ACHIM KINZEL

LUMPEN UND ANDERE EHRENMÄNNER

ROMAN

VERLAG SIMMERING

Herausgeberin: Ulla Behr-Kinzel

Erschienen 1995 im Verlag M. Simmering
Hauptstraße 28, 28865 Lilienthal,
Telefon 04298 / 16 65, Telefax 04298 / 54 87

Druck: Zertani, Bremen

Umschlaggestaltung: Hans Bock, Worpswede

Foto: Claudia Kempf

ISBN 3-927723-21-5

Für meine Munzels Ulla und Fuad

„Si non è vero, è ben trovato“

Giordano Bruno in „Gli eroici furori“

Erstes Buch

Graumanns Geheimnisse

Anselm Focke kam zum Schluß. „51, 52, 53... alle da.“

Über die Bordlautsprecher des doppelstöckigen MAN-Reisebusses forderte er die Gäste auf, den Voucher, er sagte „Wautscha“, bereitzuhalten.

„Ohne Wautscha keinen Knautscha, ha, ha, ha.“ Gehorsam zogen die Leutchen ihre gelben Zettel hervor, auf denen ein Stempel der Firma „Sonnenschein GmbH & Co. KG“, Ostburg, den eingezahlten Betrag bestätigte. 398 Mark für sieben Tage Lloret de Mar an der nordspanischen Mittelmeerküste. Die Busgäste glaubten fest an einen guten Schnitt bei diesem Preis.

Anselm auch.

Die Dollarzeichen in seinen Augen leuchteten. Solange er die 53 in den Fingern hielt, sieben Tage also, würde er ihnen den letzten Pfennig aus dem Portemonnaie holen. Wie Tausenden vor ihnen auch. Er sah nicht ihre Gesichter, nur ihre Geldbörsen. Anselm mimte den Fröhlichen, den guten Jungen von nebenan.

>Anselm ist euer Freund, euer Schelm, der Junge, der euch bei guter Laune hält und den grauen Alltag vergessen läßt.<

Die Herzen flogen dem Sonnyboy mit den mittellangen, hellbraunen Haaren schon jetzt zu, dem Freund aller Menschen, wohnhaft in Ostburg, einer Stadt mit 150 000 Einwohnern zwischen Hamburg und Bremen, dem Städtchen am Rande der Erde.

„Ich möchte Ihnen noch Ihre Busbesatzung vorstellen,“

tönte der 1,86 Meter lange sportliche Schlaks ins Mikrophon, „Peter Knauer, Fahrer und sogar Inhaber des Busunternehmens, also für besondere Gäste der Chef persönlich."

Knauer brummte in sich hinein.

>Waschbeckenpisser. Mimt den Dicken und weiß genau, daß die „Eierhändler" uns Busunternehmer im Preis nach unten drücken ohne Ende. Deshalb fährt der Chef persönlich, anstatt sich um die Organisation seines Ladens zu kümmern, Herr Oberschlaumeier.<

Anselm hatte ihm obendrein eine Provision für Essen und Getränke abgezockt, die auf der Fahrt an die Reisenden vertickt würden. Sonst rechnete sich Knauer dabei einen zusätzlichen Gewinn aus, so als Kompensation für den ausgequetschten Fahrpreis.

>Aber nein, der Herr müssen uns auch da noch drücken!<

Maria hatte die Ware billig bei Aldi gekauft, so daß der Gewinn sich mühelos am Finanzamt vorbeisteuern ließ. Bis auf einen formalen Satz, versteht sich. Man will ja nicht unangenehm auffallen. Knauer stöhnte laut.

>Kein Wunder, daß andauernd Busse verunglücken. Hauptursache: Menschliches Versagen.<

„Herr Knauer," setzte Anselm ungeniert fort, „hat extra noch einen Ersatzfahrer mitgebracht. Bei uns werden alle Regeln eingehalten. Und die für Busfahrer sind besonders streng. Sie haben sich einem außerordentlich seriösen Unternehmen anvertraut, meine Damen und Herren. Herzlichen Glückwunsch."

Anselm hob den rechten Arm, ganz verhinderter Thomas Gottschalk.

„Und ab geht die Post."

Sein Blick wanderte durch den Bus, während das tonnenschwere Gefährt langsam aus dem vogtländischen Plauen, im Süden Sachsens, in Richtung Autobahn 9 Fahrt aufnahm.

Lauter Buschkacker, ging es ihm durch den Kopf. So hatte ein Kollege die Ex-DDRler getauft, die gleich nach dem Mauerfall zu Zehntausenden in die Busse und raffinierten Verkaufsfallen jener Unternehmer strömten, die auf Werbefahrten, auch als Kaffeefahrten oder „Eierhandel“ verschrieen, Wolldecken, Magnetbetten, Topfsets, Sauerstoffgeräte und so zu Mörderpreisen unters Volk brachten.

Die Verbraucherverbände liefen schon zu Mauerzeiten gegen diese Branche Sturm. Wucher, Betrug, Geldschneiderei, schrien sie über die Medien. Anschläge auf die Geldbörsen der kleinen Leute.

Die kleinen Leute fuhren trotzdem zuhauf mit. Nach der Wiedervereinigung drehten die Füchse im Geschäft Millionen mit den Zugängen aus den fünf neuen Ländern in ihre Taschen. Das meiste am Finanzamt vorbei.

Buschkacker! Anselm sann: Warum eigentlich? Ach ja, weil die neuen Bundesbürger entsprechend ihren alten Gewohnheiten auf den Rastplätzen nicht aufs Klo gingen, sondern ihre Geschäfte hinter den Büschen verrichteten.

>Was soll's. Tun die Wessis doch auch.<

Anselm hatte sich im Bus die letzte Reihe reserviert. Fünf Plätze am Stück reichten aus, um sich bequem auf der langen Fahrt auszuruhen. Sein Kleidersack am linken Heckfenster nahm den Rhythmus der Fahrt auf.

Am Himmel bildeten sich dicke Wolken, während sie mit Tempo 110 - eindeutig über dem gesetzlichen Limit - nun in Richtung Westen rollten, um an irgendeiner Gabelung der Straßen dieser Erde nach Süden weiterzudüsen. Anselm machte sich weder über Richtungen noch über Straßen Gedanken. Dafür waren Knauer und sein Beifahrer zuständig.

Vor drei Wochen hatte Anselm sein 31. Lebensjahr vollendet. Mit ein paar Freunden aus dem Kreis der Werbesprecher, im richtigen Leben die „Eierverkäufer“ im „Eiergeschäft“, ließ er die Sau raus. Im „Hippodrom“, seiner Lieblingskneipe.

Guter Name, dachte Anselm, fand sich immer was zum Reiten.

Im „Hippodrom“ traf sich Ostburgs Schickeria, soweit eine Stadt mit 150 000 Einwohnern mit so etwas aufwarten konnte. Was soll’s, Prominenz gibt es immer und überall, wo Zeitungen Klatschspalten führen.

Wohl mehr aus Zufall hatte sich Ostburg zu einem der Zentren des „Eiergeschäfts“ entwickelt. Von dort aus operierten derzeit sechs Firmen mit 55 freiberuflichen Sprechern. Die beharkten alle denkbaren Felder, auf denen sich Deutsche ausnehmen ließen: Tagesreisen mit Saalgeschäft, Mehrtagesreisen, Urlaubsfahrten, Campingplätze und - sehr wichtig - die Zentren des Urlaubs der Deutschen wie Italien, Mallorca, Gran Canaria, Österreich, Schweiz, Costa Brava, Costa Blanca und neuerdings auch die Karibik.

Überall, wo sich Deutsche zusammenballten oder zusammenballen ließen, schlug der „Eierhandel“ gnadenlos zu.

Die Mädels erwiesen sich trotz schwerer Aids-Zeiten als willig, wenn man mit genügend Kohle um sich warf. Die Feier hatte Anselm schlappe 3 000 Mark gekostet. Veuve Cliquot zum Start. Das mußte einfach sein.

Zumal in der Ecke eine neue Zwille saß, blond, jeder BH-Größe entwachsen. Für einen BH-Hersteller hätte sich eine Sonderanfertigung nicht gelohnt. In dieser Größenordnung fand sich auf dem Markt nicht genügend Masse.

Anselm baggerte wie der Teufel. Die anderen auch. Susi, 23 zarte Lenze, verruchte Stimme, versaut bis zum Geht-nicht-mehr, folgte ihm noch in dieser Nacht in seine 180-Quadratmeter-Wohnung am Ostrand von Ostburg. Sein ganzer Stolz.

Er hatte einmal in der „Quick“ Bilder von Bruce Willis in

einem zum Riesenappartment umgebauten Lagerhaus gesehen.

Ein Loft. Gigantisch.

So wohnte er jetzt auch, nur etwas kleiner.

Susi im Ostburger Loft. Sie zog gleich ihr Kleid aus, während er die Freddy Fender-CD anfuhr. „When the last teardrop fall..." Sie tanzten. Anselm in Hemd und Hose. Susi im Tangaslip.

Die ganze Zeit war Karl der Große, Spitzname für seinen nimmersatten Schniedel, steif. Sie schmiegte sich so eng an ihn, daß er keine Gelegenheit fand, die guten Teile der Vorderseite mit den Händen zu erhaschen. Blieb nur der feste, runde Hintern.

Am Ende der Fender-CD zog sie ihn sanft auf das Kingsizebett im zentralen Mittelfeld seines Loft, dirigierte ihn in Rückenlage und zog ihn langsam aus. Jedesmal, wenn er an ihre Domklöppel wollte, rollte sie ein kehliges „äh, äh" heraus. Als er nackt vor ihr lag, begann sie, ihn zu streicheln. Erst den Oberkörper, dann die Fußsohlen.

Ein mächtiger Schauder lief ihm noch jetzt im Bus über den Rücken bis in die Hoden.

Langsam erkreisten Susis Fingerspitzen seine Eier und berührten dann wie zufällig seinen Schniedel. Der ging ab wie ein Zäpfchen. Karl der Große pulste ohne jede Vorwarnung im Jettempo die Menschheitsvermehrer in die Luft. Im Spitzenwert schafften sie nach Anselms Empfinden einen Meter Flughöhe.

>Wie sagte doch der englische Gentleman, nachdem er sich auf dem Balkon einen runtergeholt hatte? Alle Kinder im Luftkampf verloren!<

Anselm gnickerte auf seiner Rücksitzbank vor sich hin.

Erst gegen Ende der Explosion drückte Susi das zuckende Etwas außerhalb der Erde leicht zusammen, so daß der

Ausbruch des Vulkans leicht Richtung gewann. Gut eine halbe Stunde später war er wieder so bei Kräften, daß die Post richtig abging. Seitdem lebten sie zusammen. Susi arbeitete jetzt als Schreiberin bei seinen Verkaufsveranstaltungen. Ein Traumpaar.

>Ein Glück, übermorgen läuft sie in Spanien auf. Sonst müßte ich mich am Strand umschauen, was immer auf den Umsatz drückt.<

Er freute sich ehrlich. Mit seinen 31 Jahren sah Anselm Focke so aus, daß die Mädels hinter ihm her schauten. Sein Gardemaß paßte in die Zeit, seine Tennisergebnisse auch.

Er stammte aus Ostburg, war dort bis zur Mittleren Reife zur Schule gegangen. Nach einer Lehre als Autoschlosser zog es ihn bald ins „Eiergeschäft“. Er wollte auch einer von den Jungs sein, die sich mit Barem immer die neuesten Autos holten, die tollsten Mädels abgriffen und mit jeder Faser zeigten: Hier steppt der Bär.

>Wir kommen stets daher, wo ihr Schlaffis erst noch hinwollt.<

Ihm imponierte von Anfang an die Selbstverständlichkeit, mit der sie ihre Wolldecken und den anderen Krams, ohne rot zu werden, für 500, 600 Prozent Aufschlag unters Volk brachten.

Reine Verkaufsgenies.

Noch mehr imponierte ihm, daß die geschäftlichen Rahmenbedingungen, die Vorgaben der Veranstalter, im legalen Bereich lagen. Schließlich war jeder Käufer Herr seiner Entscheidungen. Der Sturm der Verbraucherschützer hatte die Kundschaft eher noch gefestigt.

Gesellschaftliche Anerkennung? Scheiß drauf! Scheiß auf Golf und Rotary.

Anselm kloppte an die hundert Veranstaltungen pro Jahr und zog sich gut 300 000 Mark rein. Das meiste schwarz. Er dachte an die armen Schweine, die jetzt in dieser Minute für vergleichsweise kargen Lohn ihre Schicht abzogen. Am Hochofen beispielsweise.

>Mein Leben gibt entschieden mehr her.<

Ein vorsichtiger Blick in den Bus. Alle guckten nach vorne. Anselm zog ein kleines Plastiktütchen aus einer Seitentasche seines Kleidersacks und bereitete eine Kokainspur zur Verschönerung seiner Träume vor.

Wat mutt, dat mutt. Stand schon an der Bremer Straßenbahn.

Fast augenblicklich zog eine wohlige Wärme, eine Lebensfreude ohnegleichen, durch seinen Körper.

>Gut, daß ich mit dem Zeug umgehen kann. Andere werden süchtig. Nicht der kleine Anselm. Herr HNO-Doktor, leuchten Sie ruhig in meine Nase. Extrafeuchte Schleimhäute!<

Ein bißchen Unbehagen bereitete ihm die Ostpresse. Sie warnte die Leute unablässig vor dem „Eierhandel“. Hin und wieder schickte sie Journalisten als verdeckte Ermittler mit auf Reise. Ihre Berichte lasen sich verheerend.

>Und meine Busladung ist der Beweis, daß ihr an den Leuten vorbeischreibt, ihr Pflegefälle.<

Anselm wandte sich den angenehmeren Dingen des Lebens zu. Beispielsweise der zu erwartenden Kasse auf dieser Reise. Er wußte, alle Gewinne entstehen im Kopf.

>Also, Herr Kopf, Sie da oben, unten herrscht jetzt Ruhe, also Herr Kopf: Acht bis zehn Magnetbetten sollten es schon sein. Dazu 35 Flaschen Schlangenöl.<

Davon lagerten zwei Kisten im Gepäckabteil des Busses. Die hatte er für drei Mark pro Flasche beim Chef erworben, Rolf Padberg, der selbst nur eine bezahlte. Anselm legte den Verkaufspreis für diese Busladung auf 29,80 Mark pro Flasche fest.

>Die unverbindliche Preisempfehlung des Herstellers, meine Damen und Herren, liegt bei sage und schreibe 35 Mark. Ich habe extra für Sie gehandelt wie ein Weltmeister.

Tja, das Schlangenöl, die Vielzweckwaffe im Kampf um die Gesundheit der Menschheit. Hilft gegen Hämorrhoiden und spritzt nicht in der Pfanne.

Kommt noch dieses und jenes hinzu. Und dann mein Sonderstück. In wenigen Stunden!<

Anselm schlief mit wohligen Gedanken an die wundervolle freie Marktwirtschaft ein.

Nach 30 Stunden rollte der MAN-Bus auf Lloret de Mar zu. Die total übermüdeten Gäste vergaßen schlagartig die Strapazen und auch, daß ihnen eine Übernachtung im rollenden Bus zugemutet worden war. Knauer und sein Ersatzmann arbeiteten am Fließband.

Das erste Mal in ihrem Leben sahen die 53 Businsassen das Mittelmeer in natura. Zum Greifen nahe. Die Reaktionen, die Kommentare belegten das Glück der Menschen.

„Else, so schön ist es."

„Ja, Kurt, guck mal diese bunten Farben und die vielen Blumen. Das meiste habe ich mit meinen Augen noch nie gesehen."

An Anselm ging die Begeisterung vorbei. Er saß auf der Bustoilette und zog noch eine Straße Schnee.

>Gleich kommt Anselms Sonderhammer!<

„Leute," der Strahlemann, Mamis Liebling, Papas Lieblingsschwiegersohn, „Leute, hättet ihr euch vor drei, vier Jahren träumen lassen, daß ihr einmal dieses hier erlebt? Selbst. Eigenhändig. Schön, daß ihr unserer Firma das Glück geschenkt habt, euch diesen Anblick zu verschaffen." Anselm liebte es, die Knöpfe der Menschen nacheinander zu drücken und in die feuchten Augen der Dankbarkeit zu blicken.

>Jetzt spitzele ich auch schon in eure Geldbörsen.<

Das Kokain wirkte und verschaffte dem langen Kerl einen neuen Höhenflug.

>Von wegen acht bis zehn Magnetbetten! Papa erhöht auf 15.<

Er strahlte sie an mit dem nettesten Gesicht seit Erfindung der Zahnpasta.

>Ihr werdet euch überschlagen, mir euer Geld zuzuwerfen. Wetten!<

„So, meine Damen und Herren," in Anselms Stimme lag der Schmelz von Julio Iglesias, „Sie haben jetzt eine schwere, ach, was rede ich, eine leichte Entscheidung vor sich."

Sein rechter Arm wies nach links auf ein Hotel, etwas abseits der Straße halbhoch über dem Ort. Ein Bau im scheußlich-geschmacklosen Stil der Touristenboomjahre, doch alles in allem nicht ungemütlich.

„Dieses Hotel gehört meinem Freund Julio, einem ehemaligen Stierkämpfer."

>Wird er auf Anfrage bestätigen. Si, Senor.<

„Ich habe vorgestern mit ihm telefoniert. Er hat noch 28 Zimmer mit Meerblick frei. Wenn wir sie ihm abnehmen, kostet das pro Personen einen Aufschlag von 192 Märkern. Geschenkt!"

>92 für Julio, 100 für Anselm.<

„Inklusive kaltem Abendbrot."

Er holte tief Luft.

„Meine Firma hat für Sie ein nettes Hotel im Ortskern reserviert. Da sehen Sie natürlich das Meer nicht. Manchmal wird es im Zimmer recht warm. Liegt ja schließlich im Wooling. Aber mehr war bei unserem äußerst knapp kalkulierten Preis nicht drin."

>Jetzt bin ich euer Partner, der Mann, der eure Interessen gegen die Bösen dieser Erde vertritt.<

„Mehr haben wir im Prospekt auch nicht versprochen.“

Er schickte ein drohendes „Oder?“ hinterher. Blick in die Runde.

Dem Feind immer ins Schwarze schauen.

Anselm spielte wieder Alles oder Nichts. Immerhin ließ sich der blöde Fall nicht ausschließen, daß sie trotzdem alle lieber in der Ortsmitte wohnen wollten. Da hatte er aber nur zehn Zimmer bestellt statt 39, wie für diese Ladung nötig.

Im Bus grummelte es. Ein paar Leute guckten unverhohlen in ihre Brieftasche. Andere beließen es beim Kopfrechnen. Der Bus bog in die Calle Major ein.

Anselm zeigte auf das abgewetzte Hotel in der Mitte der Straße. „Für die nächsten Tage Ihr Quartier.“

Aufgeregt flogen Hände in die Luft. Alle redeten auf einmal. Schon nach wenigen Minuten war klar: Hier wollte keiner wohnen. Und niemand mochte seinem Nachbarn nachstehen und sich auf der Rückfahrt tolle Geschichten über das Hotel mit Meerblick anhören müssen.

„Na gut. Also geschlossen ab zu Julio.“

Die Rechnung ging nicht auf. Die 53 Leute im Bus benötigten 14 Doppel- und 25 Einzelzimmer.

„Leute, jetzt wird’s eng. Ich habe 28 Zimmer an der Hand. Sie brauchen elf mehr. Julio frißt mich auf.“

>Ein bißchen Angst machen schadet nichts. Und jetzt mache ich mich endgültig beliebt. Anselm ist der Mann, dem ihr vertrauen könnt.<

„OK, Busfahrer, ab zu Julio. Ich rede mit ihm von Mann zu Mann.“

40 Minuten später, alle saßen flitzebogengespannt im klimatisierten Bus, draußen dröhnte spanische Sommerhitze jetzt im Mai, kehrte ein siegesstolzer Anselm Focke zurück.

„Alle aussteigen, wir Deutschen müssen zusammenhalten. Julio sagt einem Bus mit Italienern ab, die gerade anrollen.

Wir bekommen die Zimmer.“

Im Bus machte sich spürbare Erleichterung breit. So mancher hatte sich schon im billigen Stadthotel dahindarben sehen.

Im Aufbruch ein Wermutstropfen: „Herrschaften, nicht jeder hat Meerblick. Ist doch klar. Dafür gebe ich allen, die nicht aufs Meer gucken, eine Flasche Wein aus.“

>Kostet ‘nen Fuffi extra. Habe ich eben mit Julio ausgedealt.<

„Außerdem können Sie ja nach ein paar Tagen untereinander tauschen.“

>Würde kein Wessi tun. Die Ex-DDRler sind da menschlicher, kollegialer.<

Anselm sah seine Saat aufgehen.

So spielt man mit Studenten, sagte sein Vater immer, wenn er ein verzwicktes Skatblatt zu seinen Gunsten durchgezogen hatte.

In den folgenden Tagen, bei gemeinsamen Ausflügen, beobachtete Anselm seine Brötchengeber sorgfältigst, schätzte pro Person den Barbestand und die Bereitschaft, ihn ihm auszuhändigen. Gegen Ware, versteht sich.

>Drei, vier Sportsfreunde tragen einen Igel in der Tasche. Das fordert euren Anselm noch mehr heraus.<

„Anselm, du verdammte Sau. Ich hau dir so einen auf die Schnauze.“ Knauer wog, wenn er wütend war, vier Zentner. Jetzt war er wütend. Anselm lachte ihn an.

>Peter, der Lenker. Auch du funktionierst auf Knopfdruck. Wie schön.<

„Friede seiner Asche,“ salbte Pfarrer Lüderloh im 2000 Kilometer entfernten Ostburg in die sonnenbeschienene Trauergemeinde. Am Grab von Rudi Kraft standen gut 300

Männer und Frauen.

Die meisten zahlten nicht einmal Kirchensteuer. Den Pfarrer hatte erst eine großzügige Spende von der Notwendigkeit überzeugt, Rudi Kraft ordentlich christlich in die ewigen Jagdgründe zu verabschieden.

Rolf Pottmann, Anwalt der Schönen und Reichen in Stadt und Land, zählte spaßeshalber zusammen. Nach seiner Rechnung brachte es die Versammlung auf gut und gerne 45 Jahre Knast, wenn die Justiz richtig funktionierte, was sie aber nicht tat. Unter anderem dank so tüchtiger Anwälte wie Rolf Pottmann.

Rolf Padberg stand neben Pottmann, randvoll mit zynischen Gedanken. Warum Padbergs Vorname gelegentlich ins liebevolle „Rolli" vernettet wurde, konnten selbst eingefleischte Kenner dieses skrupellosen Mannes nicht erklären. Padberg gehörte die Vertriebsfirma „Sonnenschein". Anselm Focke betrachtete er als das beste Pferd im Stall. Den Jungen hatte er selbst großgezogen. Wenn bloß das Kokain nicht wäre!

>Unser Rudi Kraft ist jetzt ziemlich kraftlos. All der Schnee von Graumann, der eigentlich Schneemann heißen müßte, die vielen Grappas bei Egidio und die wahllose Vögelei quer durch die Stadt haben unseren Rudi vorzeitig dahingerafft.<

Mit 51 Jahren.

>Viele hier, lieber Rudi, denken ganz und gar nicht an dich. Schon überhaupt nicht, ob du in den Himmel kommst oder in die Hölle. Auf jeden Fall hast du eine 50prozentige Chance, Elvis zu treffen.

Egal, was ihr alle treibt. Ich halte meinen da raus.<

Padberg blickte auf das breite Kreuz von Herbert Graumann. Manche nannten ihn „Red", wegen seiner inzwischen nachgetönten roten Haare, andere „Die Pranke", weil er in jungen Jahren die Kraft eines Stieres besaß.

Der 52jährige wirkte grobschlächtig, hatte aber kaum Bauch. Er achtete, genau wie Padberg, auf seine Figur, trank wenig Alkohol und nahm nichts von dem weißen Zeug, das er in der Region exklusiv vertrieb. Offiziell betrieb er einen riesigen Weinhandel. Padberg sah in ihm das Ziel seiner Träume, die Chance, ans ganz große Geld zu kommen.

>Der Mann hat Zukunft. Alle Achtung, wie der sich Respekt verschafft und sogar gesellschaftliche Anerkennung. Von Ermittlungen gegen Graumann hat noch niemand etwas gehört. Respekt!<

Anselm kannte Knauers Urschreigründe nur zu genau.

>War schließlich meine Idee.<

Knauers Wut füllte Julios Halle an diesem heißen Maitag.

„Die Schweine haben beide elektrischen Außenspiegel am Bus abgebaut. Macht mindestens tausend Mark Schaden. Eher mehr. Und nicht versichert."

Knauer sah seinen Gewinn auf dieser Fahrt noch mehr schrumpfen. Dabei hatte er Maria ein fulminantes Wochenende im Hotel „Strandperle" in Cuxhaven versprochen. Er mußte dringend etwas gegen den drohenden Samenkoller tun. Ihm kam es so vor, als sei er das letzte Mal beim Besuch der Freiheitsstatue in New York in einer Frau gewesen.

Maria besorgte in der Heimat das Büro, hin und wieder durfte er es ihr besorgen. Das lief nicht so ganz selbstverständlich ab. Deshalb der Samenkoller, deshalb Cuxhaven. Die geklauten Spiegel zwangen zum Handbetrieb.

Knauer war sauer.

Anselms Konter lag fest: „Peter, mein Freund, warum hast du nicht die läppischen 50 Mark Parkplatzwache abgedrückt? Nichts wäre passiert."

Knauer knurrte. Immer noch voll wütend.

>Der Hundesohn hat recht. Das kommt erschwerend

hinzu.<

Gestern abend war das Gespräch noch einmal auf die 50 Mark gekommen. In Julios Hotelbar hatten sie ein paar Köpi vom Faß geknackt.

Zu kalt, zu schnell eingeschenkt, mit zu flacher Schaumkrone. Aber wenigstens vom Faß. Dazu einige Carlos III, so als Verdünnung.

Knauer verbiß sich den Abend mit zunehmendem Promillegehalt in die 50 Mark, die er für nichts in der Welt hergeben wollte. Lieber selbst im Bus schlafen!

„Ich habe auf dem ganzen Platz keinen Wächter gesehen. Die wollen meine Kohle ohne Gegenleistung!“ Knauer mutmaßte sogar, daß sich Anselm auch diesen kleinen Betrag selbst unter den Nagel reißen wollte.

Kein Auge dem Feind. Alte Skatregel.

„Ich rede mit Julio. Vielleicht läßt sich etwas machen,“ beruhigte Anselm den Fahrer.

Er schlurfte mit seinen Sergio-Tachini-Latschen über den gewienerten Steinfußboden und verschwand durch die Tür hinter der Rezeption. Ein paar Minuten später schlurfte er auf die gleiche Weise zurück zu Knauer.

„Macht 300 Mark, plus 50 Mark für die Wache. Dann sind die Spiegel morgen früh wieder dran. Aber bar und jetzt.“

Knauer löhnte anstandslos.

Am nächsten Morgen, als er den Bus für die Fahrt zur Finca vorbereitete, sah der gestern noch verstaubte Lack aus wie geleckt. Sie hatten ihn über Nacht gewaschen und die Spiegel wieder anmontiert. Ohne jeden Kratzer, wie Knauer auf einem Inspektionsgang feststellte. „Arschlecken und Rasieren drei Mark fuffzig,“ brummte Knauer Anselm an, der im Jungverkäuferoutfit, dunkler Anzug, weißes Hemd, Designerkrawatte, auf ihn zuschritt.

„Na siehste, immer auf Vattern hören. Vorher ist billiger.“

Heute sah sich Anselm vor einer neuen Meisterleistung. Die Latte lag auf 15 Magnetbetten bei 53 Gästen. Ein kurzer Griff in die rechte Hosentasche machte ihn sicher. Das Plastiktütchen für den Schneeflug wartete auf seine Öffnungszeit.

Bei Egidio brummte die Hütte, das Restaurant „Taverna“. Wie jeden Wochentag so ab 14 Uhr standen viele bereits in der zweiten Reihe.

Hauptversammlung der Ostburger Masters of the Universe.

Ihr Publikum nannten viele „Eierverkäufer“ schlicht „Ponte“. Alle, die im Saalgeschäft arbeiteten, also auf Tagesausflügen, hatten um diese Zeit ihre „Ponte“ bereits verkloppt. Jeder beeilte sich, vor den anderen aufzulaufen.

Wegen der guten Plätze. Egidio lehnte Reservierungen ab.

John Deus, eine Art Legende im „Eiergeschäft“, auch als Revolverschnauze bekannt und durchaus beliebt, lief zur Hochform auf: „Fünf Decken, 32 Öle, sechs Patentöfen und ein kurzer Fick auf dem Damenklo. Die Mutter hatte es nötig. Gekauft hat sie nichts.“

John Deus steckte voller abenteuerlicher Geschichten. Eine war sechs Wochen alt. Er strebte mit seinem 500 SE von einem dreiwöchigen Spanieneinsatz Egidio entgegen. Zwei Dinge mochte Deus partout nicht: Flugzeuge und männliche Mitarbeiter. Außerdem war er sicher, daß außer ihm allenfalls noch Michael Schumacher wirklich mit Autos umgehen konnte.

>Aber auch mit Weibern, der Pupi?<

Deus schruppte, Stau hin, Stau her, die Strecke in einem Zug weg. Von wegen Stau. Wir haben doch eine Standspur!

>Herr Wachtmeister, ich weiß, daß ich hier nicht fahren darf. Aber die junge Frau da hinten hat einen Kreislaufzusammenbruch. Wenn ich sie nicht gleich ins Krankenhaus

bringe, stirbt sie. Da kann ich mich nicht um Bußgeld und so kümmern. Haben Sie bitte Verständnis und helfen Sie mir und ihr. Sie ist ja noch so jung.<

John Deus kannte für jede Eventualität eine Antwort, und wenn's sein mußte, fand sich auch eine passende Fluppe: Presseausweis vom Internationalen Journalistenverband, Polizeiausweis vom Polizeichor Ostsolde, Arztausweis vom St.-Julians-Hospital in Lima.

Auf dieser Fahrt war ihm gleich hinter Stuttgart ein Steifer gewachsen. „Nicht einmal mit beiden Händen hätte ich ihn weggedrückt. Und wenigstens eine brauchte ich schließlich fürs Lenkrad," berichtete er später in Egidios „Tarverna" daheim in Ostburg.

Also mußte die 22jährige Katja, seine Schreiberin, die auf der Rückbank knackte, aufwachen und bei voller Fahrt mühsam auf den Beifahrersitz krabbeln. Ihre vollen Lippen wölbten sich über sein vor Spannung schmerzendes Glied. Beim Überholen hupte er volle Pulle einen vollbesetzten Autobus an. Die links sitzenden Mitglieder eines Schützenvereins aus Kirchtimke bei Bremen schauten wie auf Befehl zu ihm. Deus steuerte noch etwas nach links aus, um den Blick in seine Großraumlimousine freizumachen, und zeigte mit der rechten Hand auf den auf und ab wippenden Frauenkopf.

Der Bus ging knapp an einer Katastrophe vorbei, als der Fahrer als letzter den Grund für das plötzliche Gejohle in seinem Fahrzeug zu sehen bekam.

Katja hatte die Story bei Spaghetti Gamberoni mit Sahnesoße bestätigt. Seitdem wechselte die alle naselang den Chef. Als Wanderpokal.

Rolf Padberg saß mit zwei seiner Leute in der Ecke des Lokals, die sie „Mafiahöhle" nannten. Die „Eierfahrer" finanzierten praktisch die „Taverna". Hier waren sie mehr oder weniger unter sich. Egidios Preise lagen meterhoch.

Alltagsmenschen konnten sie sich nicht leisten. Alles Absicht.

Padberg gab auf seinen neuen Wagen einen aus. Er war Norddeutschlands erster Besitzer des neuen 600 SEC von Mercedes. Das Supercoupé schlechthin. Er sah aus wie kein anderes Auto. Trotz der 250 000 Mark Einstandspreis standen die Kunden Schlange. Er hatte fast Tag und Nacht den Mercedesleuten auf dem Hintern gehangen, mit der Rückgabe seiner Firmenautos gedroht.

>Wenn du wirklich etwas willst, laß dich um keinen Zentimeter abdrängen, quetsch ihnen die Eier, so daß sie froh sind, wenn sie dich so schnell wie möglich loswerden.<

Das Mörderteil stand vor der „Taverna". Freund Ludwig Leitner war eingelaufen. Ein Großer im „Eiergeschäft". Immer voller Anerkennungsdefizite. Er erinnerte Padberg an Josef Kreuz, den Bauunternehmer. Ein ehrgeiziger Mann mit einem Kopf für einen 1,80er, leider brach er bereits bei 1,60 Scheitelhöhe ab. Kreuz strebte den Vorsitz im Industrie-Club an, wollte die Welt mit seinen wirtschaftspolitischen Erkenntnissen beglücken, ihr seine überragende Intelligenz vorführen, seinen scharfen Witz und seine Bedeutsamkeit steigern. Kreuz stand bereits auf Padbergs Zettel.

Auf dem Rückweg von der Toilette drängte Padberg an Leitner vorbei. „Egidio hat einen neuen Grappa. Los, Franco, venga, hol für Rolli und mich zwei Tüten voll, randvoll."

Ludwig musterte Padbergs Uhr. Das kurzärmelige Polohemd gab an diesem warmen Maitag den Blick darauf frei.

„Eine Da Vinci, funkgesteuert," erläuterte Padberg.

Leitner schob den linken Ärmel seines Manschettenhemdes hoch. „Rolex Jubiläum. Gibt nur 400 Stück. Ich habe Nummer 400. Nach mir kommt nichts mehr," erläuterte er mit stolzer Brust.

Padberg nippte am Grappa: „Erstklassiger Stoff, Ludwig. Hast du gut empfohlen.

>Ablenken, einkreisen, vernichten.<

„Was macht dein Audi Achtzylinder?“

„Geigt wie Menuhin den Bolero,“ flickte Leitner den Kulturteppich.

„Ein feines Teil. Sieht aber ein bißchen nach Japaner aus.“

„Findest Du? Der hat doch wirklich eine eigenständige Erscheinung,“ nahm Leitner seinen Liebling vor den bösen Japanern in Schutz.

Egidio mischte sich ein: „Habt ihr schon meinen neuen Grap...?“ Padberg zeigte mit dem rechten Mittelfinger auf sein Glas, tauchte ihn in die Flüssigkeit und lutschte ihn ab. „Grappa di Papa!“ Egidio war sehr zufrieden.

„Mach mir ’ne Pizza, aber eigenhändig.“

Egidio wackelte seine 200 Pfund ans Ende der offenen Küche und machte sich an die Arbeit.

„Ludwig, hast du an die Prospekte gedacht? Ich muß sie unbedingt sehen.“ Ludwig hatte: „Liegen in meinem Japaner.“

Padberg merkte sich: Leicht zu beleidigen, das Kerlchen.

„Laß uns gleich zum Auto gehen, bevor Egidio mit der Pizza anrollt.“

Padberg überzeugte sich mit einem kurzen Blick von seinem Platz an der offenen Küchentheke aus, daß für den Kurztrip genug Zeit blieb. Egidio rollte den Teig aus. Padberg und Leitner traten unter die Maisonne. Die Luft nahm langsam das zarte Blau eines jeden sonnigen Maitages in dieser Gegend an. Lag an den riesigen Fluß- und Feuchtgebieten und dem nahen Teufelsmoor. Die beiden Männer nahmen davon nichts wahr. Ihnen fehlte dazu einfach der Draht. In diesem Moment erst recht. Schließlich ließ sich mit bloßem Licht kein Geld verdienen. Und was war an grauen Tagen?

Ludwig öffnete den Kofferraum seines Audi und zog einen Packen Papier heraus.

„Ich lege es am besten gleich in meinen Wagen. Die anderen brauchen ja nicht alles zu wissen,“ sagte Padberg im Wegdrehen. In der rechten Hand hielt er einen kleinen grauen Kasten mit Mercedesemblem. Die Infrarot-Fernbedienung für die Zentralverriegelung. Ludwig richtete sich auf, drückte den Kofferraumdeckel dicht und folgte Padberg mit den Augen. Beim Anblick dieser Seltenheit von Auto legte sich der Betroffenheitsglimmer auf seine Pupille.

Padberg registrierte das Trübe im Blick des Mannes. „Ich habe ihn eben erst abgeholt. Das einzige Exemplar in Norddeutschland.“

>So spielt man mit Studenten.<

Anselm blickte tadelnd in die Runde.

„Wir sind mit 53 Leuten auf die Finca gekommen. Jetzt zähle ich nur 49. Habt ihr vier als Marschverpflegung verbraucht?“

Schüchternes Lachen der Überlebenden.

„Wie seid ihr denn drauf? Wollt ihr mich verarschen? Ich betreue euch hier tagelang, sorge für Dünnes dafür, daß ihr klasse Zimmer bekommt, jeder sitzt bequem, hat vor sich Kaffee und Mineralwasser, und dann lacht ihr mich volle Kanne aus!“ Der Schnee saß im Gehirn.

>Großhirn an Leber: Champagner kommt später.<

Die Saaltür ging auf, die Vermißten traten ein. „Wir waren auf der Toilette.“

>Ein Fortschritt. Nicht hinter den Büschen!<

Anselms große Stunde begann. Glanz sollte sich breitmachen. Fanfaren erklingen. Der große „Eierdarsteller“, bereit für Oscar und Grammy, hob zum Vortrag an.

Erst erzählte er den etwas eingeschüchterten Vogtländern von Freundschaft und Verrat, zitierte Wallenstein: Frei beieinander wohnen die Gedanken, hart im Raume stoßen sich die Sachen, rollte zu Zille, oder war es Tucholsky? Egal.

„Als es dir gut ging, und du lebtest fein, wollten alle deine Freunde sein. Als es dir schlecht ging, und du warst in Not, waren alle deine Freunde tot.“ Was stand dagegen?

Anselm war jetzt sein bester Freund. Er liebte sich, liebte sich wirklich und die „Ponte“ liebte er gleich mit.

Er schwenkte über zum wirklichen Leben, zu den Zipperlein, blätterte in renommierten Illustrierten. „Seht her, überall steht es geschrieben, was die Zivilisation den Menschen antut. Bei dem einen zerrt es, beim anderen fließt das Wasser zu langsam ab, dem nächsten ringelt sich der Darm.“

Und überhaupt, der Mensch im ganzen. Wer sieht ihn schon?

>Hier spricht Dr. Anselm Focke. Arzt, Philosph, Apotheker. Und euer Seelenklempner gleich mit.<

„Ahhh, Leute, die Ärzte. Studierte. Besserwisser. Für die seid ihr Lebern, Nieren, Lungen. Alles, bloß keine Menschen. Der Chirurg schneidet, weil er nichts anderes gelernt hat, der Internist behandelt die Leber, obwohl die Seele den Alkohol braucht. Hackethal hat doch schon alles gesagt. Ich weiß, daß ihr es wißt. Aber trotzdem: Die Wahrheit muß auf den Tisch.“ Anselm zog tief Luft ein. Im Saal herrschte atemlose Stille.

>Ich mache mit euch, was ich will.<

„Susi!“ tönte er in Richtung Nebenraum. Ein hübsches, züchtig adrettes Mädel in ausgeschnittenem Dirndl tippelte zu ihm. Unschuld im Blick. Feuer im Hintern.

Anselm stellte seine Assistentin vor: „Minirock kommt bei uns nicht in die Tüte. Wir sind Deutsche und seriöse Kaufleute. Obwohl...,“ Kunstpause, „obwohl..., sie hat sehr schööööne Beine.“

Anselm schob Susis Rock gefährlich weit hoch. In den hinteren Reihen ragten Männerköpfe empor. Und blickten in den Ausschnitt, weil Susi sich bückte, um den Rock wieder auf züchtige Länge zu bringen. Wissende Frauenhände zogen die Männer auf Sitzposition. Anselm sah sich mit Susi im Bett, wie sie auf ihm saß, den Rücken durchbog, die Schenkel fest an seine Hüften legte und mit Wucht den Schniedel auf und ab ritt, während die Brüste in schwerem Rhytmus wippten. Anselm wuchs ein Steifer.

>Jetzt aber die Peitsche raus!<

„Die meisten wollen euch doch bloß übers Ohr hauen, das hart Ersparte aus dem Beutel ziehen auf diesen Werbefahrten."

Anselm hielt ein Exemplar von „Super-Illu" hoch. „Riesengewinne aus armen Taschen" stand in großen Lettern auf dem Titel.

„Gut, daß es erstklassige, mutige Journalisten gibt, die sich dieses Themas annehmen. Wir kennen die schwarzen Schafe, und glauben Sie mir, wir seriösen Kaufleute leiden unter ihnen wie Hund."

>Gleich habe ich euch ganz. Ich erhöhe auf 16 Magnetbetten.<

„Unser Unternehmen ist so seriös, daß wir Ihnen Rabatte einräumen, von denen der Papst träumt. Heute früh habe ich mit dem Chef telefoniert und über Sie berichtet. Er war gerührt. Ja, glauben Sie mir," zerstreute er aufkommende Zweifel, „ich habe Sie beobachtet und weiß, daß Sie alle tolle Menschen sind." Fragender Blick in die Runde.

Ist etwa einer nicht toll?

„Jeder von Ihnen bekommt 20 Mark in bar, damit Sie heute auf meinen Chef einen Toast ausbringen können." Ungläubiges Staunen im Publikum. Susi schwenkte den Po durch die Reihen und verteilte 20-Mark-Scheine. Einige hielten sie prüfend gegen das Licht. „Und dann," Anselm klatschte in die Hände, die Saaltür ging auf, „und dann gebe ich persönlich noch ein Glas Champagner aus.“

>Ist bloß billiger spanischer Sekt. Aber ihr seid viel zu doof für den Unterschied.<

„Prost. Auf die Wiedervereinigung und auf die goldenen Zeiten, denen wir entgegengehen. Lassen Sie die Besser-Wessis links liegen. Die Brüder mögen wir auch nicht. Die haben vorher uns genervt und nerven jetzt Sie im Osten.“

Anselm glaubte sich jedes Wort. Susi holte aus dem Nebenraum ein kleines Paket aus OP-grünem Stoff. Anselm legte die Nummer „Wie-bin-ich-bescheiden“ auf: „Niemand kann Wunder bewirken. Dann soll er sie auch nicht versprechen. Das werden Sie bei einem Mann wie Köhnlechner nie erleben.“

>Dem vertrauen sie. Große Namen ziehen immer.<

„Wenn man älter wird, dann knacken die Gelenke. Man wird also nicht wirklich älter, man wird lauter.“ Ha, Ha, Ha. „Und da gibt es zwischen den Deutschen Ost und den Deutschen West mal keinen Unterschied.“

>Jetzt werden sie nachdenklich.<

„Hilf dir selbst, dann hilft dir Gott. Sie kennen das doch am eigenen Leib. Sie haben sich selbst vom Sozialismus befreit und nicht befreien lassen. Seien sie stolz! Und so ist es auch mit den Zipperleins. Ich zeige Ihnen heute einen Weg, sich gesundheitlich zu schützen. Eine einmalige Investition, die Ihnen langfristig hilft. Ich sage nur: Strahlen, Strahlen, Strahlen. Schützen Sie sich und Ihren Körper vor Strahlen. Das ist mehr als die halbe Miete.“

Susi reichte ein kleines Elektrogerät, groß wie ein Kofferradio. „Dieses Teil stellt ein Weltunternehmen her. Siemens. 350 000 Mitarbeiter weltweit. Ein rein deutsches Unternehmen.“

>Große Namen ziehen immer. Lüge hin, Wahrheit her.<

„Mercedes verwendet es, um Elektrosmog... ich weiß, Sie

wissen es..., also um Elektrosmog aus dem Wageninneren zu verbannen. Susi, hol Lampe und Kabel."

Der Spanier, dem die Finca gehörte, hatte den Stall perfekt zum Saal für die „Eierfahrer" umgebaut. Im Bühnenbereich überall Steckdosen. Anselm stand mit seinem grünbezogenen Tisch auf einer kleinen Bühne vor seinem Publikum. Susi zog mit sanften Händen die Stromschnur glatt - geil, echt geil -, steckte den Stecker in die Dose, bückte sich gekonnt, die runden Pobacken unter dem fließenden Dirndlstoff ragten hoch, und auf der Gegenfahrbahn ließ der runde Ausschnitt das volle Panorama der riesigen Bälle blitzen.

Domklöppel.

Das Kontrollicht ging an. Anselm hob das kleine Gerät in die Luft, zeigte es herum. „Ich schalte den Sensor ein, gleich vernehmen Sie ein Knattern." Bei der Annäherung an das Stromkabel knatterte es erst leise, dann immer lauter.

>Mein Hiroshima-Effekt.<

„Das Gerät ist so sensibel, es hat jetzt den Strom und vor allem seine gefährlichen Strahlen kenntlich gemacht, entlarvt. So ein Kabel und so eine Lampe haben Sie garantiert im Schlafzimmer am Bett. Nacht für Nacht kommen diese Strahlen auf Sie zu, krabbeln in Ihre Zellen, Ihre Blutbahn, Ihre Organe, erfassen Ihren ganzen Körper." Anselm ließ das Gerät bedrohlich laut knattern. „Man nennt das Smog. Und wie gefährlich Smog ist, wissen Sie, seitdem der hessische Umweltminister Fischer eine harte Smogverordnung durchgesetzt hat."

>Alles in einen Pott.<

Schweigen im Saal. Einige schluckten trocken runter. „Denken Sie auch an den Elektrowecker. Und wenn er nur auf Batterie läuft. Ans Radio. Alles Stromquellen."

Ruhe im Saal.

„Kommen noch die Erdstrahlen hinzu. Auch eine

Bedrohung für Ihre Gesundheit. Auch unsichtbar.“

Er hielt einen uralten „Stern“-Bericht mit kritischen Bemerkungen über die Strahlentheorie hoch. Anselm bog geschickt die Wahrheit zu seinen Gunsten: „Auch so eine renommierte Illustrierte warnt vor Strahlen.“ Die Leute erkannten nur das Wort „Erdstrahlen“ in der Überschrift. Der Rest war weggeknickt.

>Scheiße, in ihrer letzten Ausgabe warnt die Zeitung vor Leuten wie mir. Aber dieses Publikum hier liest so ein Blatt zum Glück nicht. Außerdem gehöre ich sowieso zu den Leuten, vor denen mich meine Eltern immer gewarnt haben.<

„Warnungen also gibt es genug, aber wenig Abhilfe. Ich stelle Ihnen jetzt einen verblüffend einfachen Weg vor, sich vor diesen gefährlichen Strahlen zu schützen.“ Er hob wieder den „Stern“ hoch. Susi zog am OP-grünen Päckchen den Reißverschluß auf.

>Jetzt denken alle Kerle an ihren Hosenschlitz!<

Sie entfaltete den Inhalt zu einem rechteckigen Stück, so eine Art zu kleines Bettuch, und legte es auf den Demonstrationstisch.

Anselms Gedanken schweiften ab. John Deus hatte, lange vor der Autonummer mit Katja, die geilste Numer überhaupt abgezogen. Zwischen John und seinem Publikum stand der obligatorische Tisch. Die Filzdecke reichte bis zum Boden, der Tisch John bis zum Bauchnabel. Während er seinen Vortrag hielt, saß seine Schreiberin unter dem Tisch und blies ihm einen. Gigantisch!

>Ob John ihn jemals richtig reinsteckt?<

Anselm angelte nach dem Sensor, schaltete das Gerät mit lautem „Klick“ ein und fuhr über das Laken. Nichts. Susi legte das Stromkabel drauf und zog den Stecker aus der Dose. Sensor drüber.

Nichts.

„Jetzt wieder den Stecker in die Dose, Susi."

Knatter, Knatter.

„So etwas müssen Sie wehrlos jeden Abend, jede Nacht über sich ergehen lassen. Smog ohne Ende. Wie wollen Sie da auf Dauer gesund bleiben?"

Susi zog auf Anselms Order den Stecker wieder aus der Dose. Anselm zauberte aus der Unterseite des Tisches einen Kasten hervor, etwa so groß wie Opas Zigarrenkiste, grünweiß gestrichen. Ein paar dünne Kabel hier, ein paar dünne Kabel da, einige Stecker in der Dose und im Kasten. Wieder legte Anselm einen Schalter um. Leuchtdioden glimmten auf.

„Susi, Stecker rein."

Sensorfahrt über das grüne OP-Tuch.

Nichts.

„Der Beweis, ohne daß ich Ihnen etwas erklären muß!" Anselm funkelte in die Menge. Im Saal wurde es langsam heiß. Die Sonne, die Ostburg derzeit erwärmte, brachte Spanien zum Kochen.

„Dieses kleine, unscheinbare Laken ist umrandet mit einem Spezialmetall, das die Jungs im Weltraum verwenden. Durchzogen ist es von 400 Meter Draht, ebenfalls aus diesem Material. Teuer wie Gold. Hier im Computer," Zeigefinger auf die grünweiße Kiste, „sind alle Daten über mögliche Krankheiten gespeichert, die aus Strahlen entstehen können."

>Juristisch einwandfrei, mein Vortrag. Alles von Firmenanwalt Pottmann auf Wasserdichtigkeit geprüft. Mit juristischem TÜV-Stempel.<

„Die Metallstreifen im Laken bekommen ihre Befehle direkt vom Computer, dem Steuergerät. Der schickt in gewissen Zeitabständen Impulse durch die Drähte, die dann alle Strahlen absorbieren. Nach ein paar Nächten schlafen Sie merklich besser. Sogar ans Durchschlafen können Sie wieder denken.“

>Das Problem haben in dieser Altersklasse hier im Saal doch alle.<

Anselm legte sich zum Selbstversuch auf die Decke, zog vorher artig die Schuhe aus. Susi schaltete Strom, Computer und Sensor ein. Mit dem Sensor fuhr sie aufreizend langsam über Anselms Körper.

Nichts.

Wiederholung. Diesmal verharrte sie einen Moment in der Nähe von Karl, dem jetzt Kleinen. Der Saal kicherte. Unschuldiger Blick ins Publikum.

>Habe ich etwas falsch gemacht?<

Anselm stand auf. Einen kurzen Moment richtete er den Blick auf den Schniedel. Alles dran.

„Kommen Sie nach vorne, probieren Sie selbst, was ich Ihnen gezeigt habe. Ich lasse Sie für einen Moment allein.“

Der Rentner mit der größten Skepsis, beobachtete Anselm im Hinausgehen, machte sich als erster auf den Weg. Susi strahlte ihn an.

>Also, Freund Sachsenroß, mach, was du willst. Auch du kriegst keine Strahlen hin, wo keine sind. Weiß der Henker wie, aber es funktioniert.<

Anselm ging pinkeln, zog zwei randvolle Carlos III rein. Noch einen doppelten Espresso obendrauf.

>Ran an die Betten!<

Im Saal belagerten etwa 30 Leute den Demo-Tisch, fühlten, zupften, strichen, schalteten. Anselm klatschte in die Hände. „So, meine Herrschaften. Wir haben heute noch einiges vor. Ich will das Geschäftliche rasch abhaken. Sie sehen auch daran, daß wir nicht am schnellen Geschäft interessiert sind. Sie entscheiden ganz allein, was Sie wollen. Niemand sonst. Aber eines müssen Sie wissen. Dieses Produkt für Ihre dauerhafte Gesundheit bekommen Sie nur heute und bei mir. In keinem Geschäft der Erde können Sie es kaufen. Wir haben die exklusiven Rechte."

>Braucht ja keiner zu wissen, daß wir „Eierfahrer" niemals vorher bekanntgeben, was auf einer Fahrt verkauft wird. So vermeiden wir Konkurrenz untereinander, ohne daß es einer merkt.<

„Exklusiv heißt aber auch, daß wir zu Ihren Gunsten am Preis drehen können. Der Hersteller empfiehlt als Verkaufspreis 2345 Mark. Mein Chef ist ein harter Brocken. Wir wollen die Besten sein, die Besten für sie."

>Der Affe braucht Zucker.<

„Wir geben das Magnetbett heute für 1996 Mark ab. Mein Chef, mit dem ich heute früh noch gesprochen habe, drängt auf Rabatt für Sie. Für jedes Teil gibt es 150 Mark Nachlaß. Bei zwei Teilen haben Sie quasi einmal den Reisepreis raus. Ist das ein Wort?"

In den Köpfen schaltete sich der Rechner ein. Auf Anselms Stirn blinkte ihnen unsichtbar die „16" entgegen.

„Wer kauft ein Stück Gesundheit zum Sensationspreis?"

Acht Hände gingen hoch.

Acht!

>Mist! Ziel knapp verfehlt. Knapp daneben ist auch vorbei.<

Anselm ließ sich die Enttäsuchung nicht anmerken. Susi zog mit Bestellblock und Kuli durch die Reihen. „Wir beliefern Sie zwei Tage nach Rückkehr. Dann ist der volle Betrag fällig. Auch Ratenzahlung ist möglich. Darüber wird Sie meine Assistentin aufklären." Anselm rief 30 Minuten Rau-Pi-Pau - Rauch- und Pinkelpause - aus.

Nach genau 30 Minuten, drei Brandy und zwei Espresso stieg Anselm wieder auf die Bühne. Die Leute tröpfelten in den Saal, von der Hitze geschlaucht. Susi meldete den Verkauf einer neunten Decke.

>Heute abend Champagner reichlich, Susi reichlich. Dann per Flugzeug zurück nach Ostburg, drei Tage später Anmarsch mit 50 Querköppen aus Mecklenburg-Vorpommern nach Spanien. Das wird noch schwerer. Jetzt erstmal das Sahnehäubchen.<

„Nebis“ nannten die Werbesprecher liebevoll jene Artikel, die sie nach dem Hauptprodukt anboten. Sie brachten ein paar ordentliche Mark obendrauf. Die meisten Sprecher waren bei der Preisgestaltung mehr oder weniger ungebunden. Bei „Sonnenschein“ war die einzige Bedingung, daß die „Nebis“ bei der Firma gekauft werden mußten. Anselm schaffte 28 Sahnehäubchen für 29,80 Mark das Stück. Er fühlte sich danach ausgelutscht und befreit zugleich. So mußte sich sein Idol Gottschalk nach der Show auch fühlen. Genauso.

>Den moderiere ich doch so an die Wand, den Sesselpupser. Aber man läßt mich ja nicht.<

Egidios „Taverna“ entsprach ihrem Inhaber. Mit der Küche im Mittelpunkt und einer fast hufeisenförmigen Theke rundherum höchst kommunikativ, in den Außenbereichen mit Tischen diskret und verschwiegen. Um diese Zeit, etwa gegen zwölf Uhr, saßen in der „Mafiahöhle“ drei Männer, Padberg, Graumann und Bill Kanter, der Manager des Fußball-Zweitligisten TV Ostburg.

Wie die meisten Fußballmanager befand er sich auf der Suche nach neuen Geldquellen für „seine Jungs“, wie er mit Besitzerstolz die aktiven Fußballer nannte. „Seine Jungs“ brauchten Geld ohne Ende.

Kanters Vertrag gestand ihm neben einem Grundgehalt der kleineren Sorte 15 Prozent von allen Einnahmen aus Werbung und Eintrittskarten zu. So manche Mark ließ sich nebenher schwarz einfahren. Dann fiel ein Fünftel des

Eingangs in seine Tasche. Schwarz, versteht sich.

Die drei Männer waren tief ins Rommé-Spiel versunken. Ein Außenstehender hätte kaum begriffen, wie dieses harmlose Familienspiel in die Hände dieser Leute fallen konnte.

Padberg zog vom verdeckten Stapel eine Karte, grunzte und legte in einer unnachahmlichen Blitzbewegung alle zwölf Karten auf den Tisch, korrekt sortiert. Schwarz, doppelte Punktzahl. Tausend Mark von jedem. Darüber fiel kein Wort, auch kein Zettel in Sicht. Sie merkten sich die Zahlen.

Wie auf Befehl nippten sie gleichzeitig am Prosecco. Kanter mischte erneut, Padberg faßte in die linke Jackentasche, zog einen Hunderter - in „Eiersprache" Hunni - und fragte in die Runde: „Gerade oder ungerade?"

Sein Blick heftete sich auf Kanter. Der stöhnte angesichts des drohenden Verlustes.

„Ungerade."

Padberg prüfte den Schein. „Leider gerade." Die Endzahl der Seriennummer war eine Zwei. Wortlos zog Kanter, am Igel vorbei, einen Schein aus der Tasche.

Bevor Kanter weitermischen konnte, legte Graumann seine Pranke auf den Tisch. Spätestens in solchen Momenten blitzte jedermann ins Hirn, warum der menschliche Brocken auch „Die Pranke" hieß.

Der Tisch war voll.

Mit diesen Händen und den dazugehörigen Muskeln hatte Graumann in jungen Jahren die Polizei in Ostburg und Umgebung bei Arbeit gehalten. Heute lebten von den großen Taten von einst zahllose Legenden. Graumann konnte, so eine Geschichte, einen Gegner am ausgestreckten Arm tatsächlich verhungern lassen. Heute überließ er die Schmutzarbeit anderen und camouflierte so erfolgreich, daß sich im Arm Rheuma breitmachte. Er hob noch nicht einmal mehr seinen Westhighland-Terrier richtig an. Der Respekt war so oder so da.

Wenn du erst einmal den Ruf hast, Frühaufsteher zu sein, kannst du jeden Tag bis Mittag schlafen.

Graumanns Pranke auf dem blütenweißen, gestärkten Tischtuch bedeutete, daß es etwas zu besprechen gab. Sogar der ausgebuffte Padberg schwieg. Er zündete sich rasch die 32. Zigarette des Tages an.

Graumann ließ seine gefährlich leise Stimme ertönen. Keiner hatte ihn jemals lauter sprechen gehört. „Mein Freund Josef Kreuz hat mir mitgeteilt, daß er für den Verein spenden möchte. Einen größeren Betrag. Soll sich für alle Seiten lohnen. Vorschläge?"

Graumann war ganz und gar nicht ihr Chef. Weder Kanter noch Padberg machten Geschäfte mit ihm. Trotzdem dachten sie auf Befehl scharf nach. Kanter verbarg seinen leeren Kopf hinter einem wissenden Grinsen. Er spielte das Schlitzohr.

Graumann genoß die Szene. Keiner hier wußte, wie eng sein Verhältnis zu Bauunternehmer Kreuz tatsächlich war. Der 48jährige ließ sich hin und wieder in einschlägigen Nachtbars sehen. In seiner kinderlosen Ehe hatte Ehefrau Ingevelde die Langeweile überwunden. Kreuz mußte keine Rücksicht mehr auf private Kollisionen nehmen.

Tarnung, alles Tarnung, freute sich Graumann.

Einmal in der Woche trafen sich im engsten Freundeskreis abwechselnd in Graumanns und in Kurzens Privatsauna sechs Männer, die nur ganz selten den Schniedel in einem Mädel versenkten. Sie bildeten den Mokkatöpfchenkreis und vertraten die feste Überzeugung, daß es wahre Liebe nur unter Männern gibt. Graumann war sicher, daß dieses Geheimnis im Kreis blieb.

Was wußte er schon von dem russischen Sprichwort, nach dem ein Geheimnis unter drei Leuten nur dann eines bleibt, wenn davon mindestens zwei tot sind?

Für Graumann ging nichts über das Mokkatöpfchen. Er liebte seinen eigenen kleinen Kreis und ganz besonders Josef Kreuz.

Jetzt fand er, daß die Herren in der „Mafiahöhle“ genug gedacht hatten. Padberg nutzte die lange gesuchte Chance, mit diesem Boliden von Ostburg ins Geschäft zu kommen, seine Aufmerksamkeit zu wecken.

Zum TV Ostburg gehörte ein Freundeskreis, von dem böse Zungen behaupteten, mit diesen Freunden im Rücken brauche man keine Feinde mehr. 84 Männer - Frauen waren zugelassen, aber nicht erwünscht - zahlten Monat für Monat 200 Mark pro Person in die Kasse. Sie bildeten einen bunt zusammengewürfelten Haufen: Handwerker, Werbesprecher, Autohändler, Ärzte, Zahnärzte, Anwälte, Frisöre, Postenhändler.

Kurzum alle, die sich mit ihrem freiwilligen Engagement eine VIP-Behandlung im Stadion erkauften. In ihrem Verständnis hob das ihr gesellschaftliches Ansehen. Außerdem ließen sich in dieser Verbindung gute Geschäfte arrangieren.

Padberg hatte als Schatzmeister des Freundeskreises ein Steuermodell kreiert, das er jetzt Graumann vortrug: „Als Schatzmeister nehme ich jährlich an die 200 000 Mark ein. Wir sind kein Unternehmen, kein Verein. Über Herkunft und Verbleib des Geldes verlangt niemand Auskunft. Ich selbst brauche keine Rechenschaft abzulegen. Die Jungs vertrauen mir. Alles Geld geht an den Verein für Sonderleistungen an den Büchern vorbei.“

Padberg lehnte sich zurück und genoß Graumanns fragenden Blick.

„Egidio, bring mal einen Zettel.“ Er zog einen goldenen Tintenfüller und kritzelte Zahlen auf das Papier.

„Hier stehen meine 200 000. Kreuz zahlt dem Verein offiziell als Werbemaßnahme 400 000 Mark. Die Summe macht er beim Finanzamt geltend, das ihm bei seinem Steuersatz 200 000 Mark erstattet. Ich gebe ihm die 200 000 Mark vom Freundeskreis. Kreuz hat 200 000 Schwarze und Theo Weigel gibt ihm den Rest."

Padberg schmunzelte über seinen unfreiwilligen Gag.

Kanter wirkte etwas gequält. Immerhin hatte er sich bisher von der Nettogabe des Freundeskreises seinen legitimen Anteil in die eigene Tasche gezogen. Das schmerzte.

Graumann war noch nicht fertig. „Will wirklich niemand wissen, woher das Geld vom Freundeskreis kommt?"

Padberg war vorbereitet: „Das ist rein privates Geld. Wir können damit um die Welt fliegen oder alle Nachtbars westlich der Weser durchvögeln. Meine Mitglieder vertrauen mir. Wir unterhalten noch nicht einmal ein Konto für das Geld."

„Dann ließe sich die Nummer Jahr für Jahr wiederholen?" hakte Graumann nach. Padberg nickte sinnenfroh.

Langsam füllte sich die „Taverna". Egidio stand in der edelstahlglänzenden Küchenzeile und ratterte die Einnahmen des Tages durch. John Deus ließ sich Grappa vom Feinsten auftischen.

Kanter war alle Sprüche leid. Er wollte nur noch ins Büro und arbeiten.

John teilte lautstark seinen neuesten Witz mit. Eine Schweinenummer. „Sind Weiber im Lokal?" Er blickte sich um. „Mädels, ducken! Da müßt ihr durch. Also gestern war ich mit Donald und Gimpy um die Häuser. Fing leicht an, hörte schwer auf. Als ich heute früh in den Spiegel blickte, hing aus meinem rechten Mundwinkel ein Bändchen. Ich dachte noch: Lieber Gott, laß es einen Teebeutel sein."

Die Mädels lachten lauter als die Kerle. Deus sonnte sich in der Gewißheit, zu Hause zu sein.

Peter Knauer zog zum wiederholten Male die Augenlider zusammen. Die Dunkelheit war rasch hereingebrochen, während er Kurs auf Lyon nahm. Vorsichtshalber warf er noch eine Katovit ein, um sich wach zu halten. Noch etwa 200 Kilometer bis Lyon. Viele Fahrgäste schliefen schon, einige lasen, der Rest döste vor sich hin.

Soviele Eindrücke nach 40 Jahren hinter dem Eisernen Vorhang, ging es Knauer durch den Kopf.

Es war der letzte Gedanke in seinem Leben.

Die Autobahn war beidseitig gesperrt worden. Nach Süden und Norden bildeten sich kilometerlange Staus. Blaulichter zuckten durch die Nacht. Unmittelbar am Unfallort hatte die Feuerwehr Riesenscheinwerfer aufgestellt, die das Grauen bizarr aus der Nacht schälten. Überall Trümmer und Leichenteile.

Die Polizei rekonstruierte das Unfallgeschehen später so: Der doppelstöckige MAN-Reisebus war mit fast 110 km/h ungebremst auf einen langsam fahrenden Holztransporter gerast, dessen Ladung, Bäume, wie eine Dampframme in den Bus getrieben wurde. Alle Menschen in den Reihen eins bis acht wurden regelrecht eingestampft. Im Bus starben 16 Menschen, 24 wurden zum Teil schwer verletzt.

Padberg sah in der Tagesschau den Bericht vom Busunglück. Sofort überkam ihn ein ungutes Gefühl. Das roch nach Anselms Ladung aus dem Vogtland. Er sah die Gewinne im Sarg liegen.

Padberg beschloß den baldigen Ausstieg aus dem „Eiergeschäft“.

Bei Egidio lag etwas in der Luft. Eben war „Graete“ aufgetaucht. Egidio registrierte: Pfefferfilet, Brunello, Grappa Chardonnay, Tiramisu, drei Espressi - macht 280 Mark. In den

Wind geschrieben. Denn „Graete“ brauchte niemanden mehr zu hofieren. Er hielt Hof.

Eine Erwähnung in seiner Kolumne war mehr wert als ein läppischer Rechnungsbetrag. Egidio kannte das Einmaleins. Außerdem wäre ihm ein hämischer Nebensatz, mit dem „Graete“ jederzeit jedermann bedachte, der nicht spurte, nicht gerade zupaß gekommen.

Egidio war halt ein richtiger Italiener. Auf die Frage nach seiner Tageseinteilung sagte er gerne und nicht ohne Stolz: „Morgens zwischen 9 und 11 mache ich Liebe, dann wird gearbeitet.“

Und abends?

„Da gehe ich zu meiner Frau und ruhe mich aus.“

„Graete“ durfte also nie erwähnen, daß Egidio etwas am Laufen hatte. Seine Frau sprach zwar wenig Deutsch, las aber intensiv Zeitung. Vor allem Klatsch und Tratsch.

Die Werbesprecher verhielten sich anders als sonst. Beim Eintritt in die „Taverna“ ließ jeder erst einmal den Rundblick los. Weiber da? Frischfleisch? Nein. Bauch wieder raus.

„Graete“ veränderte ihren Aufschlag. Er war für sie der Tunnel, an dessen Ende ein Licht stand, das ihren Platz auf dem Totempfahl der Bedeutsamkeit beleuchtete. Die Erwähnung in seiner Klatschspalte im „Ostburger Anzeiger“, möglichst mit einer lässigen Story, die von Selbstbewußtsein und Souveränität zeugte, verlieh Adel, hob den Mann hervor.

„Graete“ nannten sie so, weil in grauer Vorzeit ihn jemand auf „Graeter“ nach dem großen Münchner Vorbild getauft hatte. Einige kleine Schmuddeligkeiten brachten dem Journalisten den Verlust des „r“ in seinem Spitznamen ein. Sie hofften, daß er davon nichts wußte.

Sieghard Roland war eine der wirklichen Legenden im „Eiergeschäft“. Nicht nur im Ostburger. Er gab einmal im Jahr eine Riesenparty, zu der er für teures Geld einen eitlen und geldgeilen Fernsehmoderator einfliegen ließ. Diese kleine Feier sicherte ihm immer eine Topzeile in der Klatschspalte, den Neid der Kollegen eingeschlossen.

Freunde kann man ja haben, aber Feinde muß man sich hart erarbeiten, hieß Rolands Lebensessenz. Heute mimte er den Coolen, würdigte „Graete“ nur mit einem kurzen Nicken. Sollten doch die anderen schaulaufen. Mir geht das alles am Arsch vorbei, faßte Sieghart zusammen.

John Deus mußte natürlich wieder den Dicken machen. Seine Reibeisenstimme mit dem kleinen Lacher am Ende der Sätze übertönte die kleineren Gespräche in der „Taverna“. Heute trank er Cappuccino ohne Ende. Dazu Ramazotti auf Eis. Hatte er im Playboy als neuesten Kick gelesen.

Schick, schick.

John lief in diesem Moment seine Erwähnung in „Graetes“ Spalte über den Weg. Frido Kreuzer, der Frisör, betrat das Etablissement. In „Graetes“ Spalte fand er sich oft als Prominenten-Frisör wieder. Einige nannten ihn Sokrates, weil ihm hin und wieder schlaue Sprüche einfielen. Und die Prominenz bestand in ein paar Fußballern und Orts-Schicki-Mickis. Einige bediente er umsonst.

„Umsonst,“ pflegte Kreuzer seine Gesprächspartner zu belehren, „hat nichts mit kostenlos zu tun. Meine Ausbildung war kostenlos und deine umsonst.“

>Hier spricht Ihr Philosoph und links unten liegt Griechenland.<

Er sonnte sich gern in seinem Redefluß. Der Frisör setzte sich an Egidios Küchentheke neben John Deus. Kreuzer flapste hier, grinste da. Schließlich jammerte er: „Scheißkarre, kein Mensch will meine Eierfeile kaufen. 4500 soll sie bringen. Geschenkt.“ John Deus hörte aufmerksam zu, signalisierte leichtes Interesse. Jetzt sprudelte der Frisör: „Manta, Baujahr 84, 115 PS, Kilometerstand nach Wunsch. Alles tadellos.“ John Deus versicherte sich mit einem kurzen Seitenblick, ob „Graete“ auch zuhörte. Tat er nicht, war anderweitig beschäftigt.

>Dann heben wir eben die Stimme ein wenig.<

„Graeter,“ schnauzte er durch den Raum - „Graete“ hätte er nie gesagt -, „hier läuft deine Schlagzeile.“ Zum Frisör gewandt: „Also, du willst 4500 Mark für deine Kasperlebude auf Rädern. Ich sage, mehr als Tausend ist sie nicht wert. Unter guten Freunden.“

Mit den Hacken stützte er sich auf die Strebe des Barhockers und erhob sich übers Volk. „Ich gebe dir das Geld, das in meiner linken Jackenaußentasche liegt. OK?“ Der Frisör war schon immer ein Feigling. Dicke Backen, dünne Luft. „John, laß das weg.“ Er winkte ab. Um abzulenken, suchte er nach Egidio. „Du alter Italiener, schenk uns beiden den besten Grappa deiner Heimat ein. Ich behalte mein Auto.“

John Deus ließ sich nicht ablenken. Er faßte demonstrativ langsam in die linke Außentasche seines BOSS-Jacketts und zog ein Bündel Geldscheine heraus. Alles Tausender. Viele. 13, 14, 15.

„Das, Herr Frisörmeister Kreuzer, wäre ihr Gewinn gewesen,“ dröhnte der Showmaster.

„Graete“ schrieb mit.

In der „Mafiahöhle“ hatten Padberg und Anwalt Pottmann das Ereignis schweigend verfolgt.

Kindsköppe unter sich, Pflegefälle, so ihr Kommentar.

Ihr Thema sollte der bevorstehende Konkurs von „Sonnenschein“ sein. Sauber, juristisch einwandfrei. Alle Kosten blieben bei den Gläubigern hängen, alle Gewinne bei Padberg.

Ein sauberer Konkurs eben.

Außerdem erwartete Padberg jede Minute Anselms Ankunft, der bestimmt noch nichts wußte von dem Busunglück.

>Der Kerl hört nur Freddy Fender, niemals Nachrichten.<

Rolf Pottmann liebte sich, seinen Beruf und das Leben überhaupt. Sein Jurastudium hatte ihn bis nach Südamerika und Los Angeles geführt. Abschluß in Göttingen. Eine großartige Zeit. Er genoß das unsichtbare Band, das die Juristen weltweit zusammenhielt. Gemeinsame Studienzeiten, Unis, Seminare, Meetings, Reisen, Auftritte vor Gericht und, und, und. Das verband sie, ob Anwälte, Staatsanwälte oder Richter.

Und das Volk wog sich in der Sicherheit, daß dieses System, das es gar nicht richtig kannte, aber jederzeit richtig spürte, schon alles regelte. Klar, auch in der Justiz passierte mal eine Panne. Bei ihrer Behebung brauchte man immer Juristen, war also wieder unter sich.

>Ein zartes Band der Sympathie hält uns Juristen zusammen. Jeder braucht uns aus jeder nur denkbaren Richtung der Gesellschaft. Obendrein erfreuen uns hierzulande gemeinsame Erlebnisse mit den jungen Frauen in der Cin-Cin-Bar in Worpswede. Das schweißt noch mehr zusammen.<

Pottmann liebte die Mädels dort. Nicht so wie seine Frau und seine zwei Söhne. Das war ganz etwas anderes. Als Jurist verstand er es meisterlich zu trennen. Nein, die Mädels in der Cin-Cin-Bar trugen so enge Jeans, daß man schon bei der Ankunft ihre Sehnsüchte direkt von den Zweitlippen ablesen konnte.

>Solche wundervollen Erlebnisse stehen dem Plebs nicht zu. Wir bleiben unter uns und regeln, was zu regeln ist. Im Guten wie im Bösen. Selbst Feindschaften wollen geregelt sein.<

Padberg war sein Mandant ebenso wie der Stahlbauer mit 50 Millionen Umsatz, der Inhaber der Niederlassung eines großen Automobilherstellers in Ostburg, die Roggenbank, Bauunternehmer Kreuz etc. Den TV Ostburg beriet er gegen Pauschale ebenfalls. Leider hatte Graumann mit seinen vielfältigen Aktivitäten den Weg noch nicht zu ihm gefunden.

>Wir arbeiten dran.<

Ach ja, dieser Padberg, sein Gegenüber. Pottmann registrierte ihn als Zyniker der schlimmsten Sorte, brutal, gnadenlos, bißfest, immer auf den eigenen Vorteil bedacht. Und total offen, nahm nie ein Blatt vor den Mund.

Ein herrlicher Kerl!

Schade nur, daß er so wenig von Anwälten hielt. Gesellschaftshuren nannte er sie, weil sie jedes Mandat annahmen, ob Gangster, Gauner oder Ehrenmann.

Als ob es da einen Unterschied gab.

Justitia war blind, vor ihr war jeder gleich. Nach Pottmanns Lebenserfahrung brauchte jeder einen juristischen Rat und Beistand ohne Ansehen der Person.

>Wir Juristen sind das Rückgrat der Gesellschaft.<

Da war sich Pottmann mit seinen 45 Jahren total sicher. Neulich beim Besuch einer Brokerfirma in Los Angeles hatte es sogar auf dem Klo gestanden. „Do not walk without a solicitor."

>Den Schniedel etwa auch noch von Juristen abklopfen lassen. Na, soweit wollen wir es in Deutschland denn doch nicht kommen lassen.<

Diese Gedanken bewegten ihn in der „Taverna", als John Deus seine Nummer abzog. Alles, was ihn nicht unmittelbar betraf, ging an ihm vorbei, ließ ihm Zeit für seine schönen Gedanken über seine schöne Welt. Erst das brüllende Gelächter holte ihn auf den Marmorfußboden zurück.

>Habe ich gerade eine Sottise abgelassen?<

„Herr Padberg, was liegt an?"

Padberg mußte über John Deus nun doch schmunzeln:

„Wir bestellen erstmal, dann reden wir. Heute gebe ich Ihnen ein paar Denksportaufgaben vor. Alle Details behandeln wir später."

„Gut, machen Sie noch heute nachmittag den Anschlußtermin mit meiner Sekretärin aus."

>Je schneller wir zu Stuhl kommen, desto eher kann ich die Rechnung schreiben.<

Sie ließen sich von Egidios bodenständigen Kochkünsten verwöhnen. Zwischendurch ein Schluck Brunello, Jahrgang 84, dazu Smalltalk.

Wenn Sie wissen, was ich meine.

Anselm tauchte auf. Der lange Schlaks war braungebrannt, wirkte aber ein bißchen zerknittert. Susi war die reinste Kampfmaschine. Er rief Egidio zu: „Pizza spezial, Espresso, Grappa, möglichst alles auf einmal." Padberg empfing ihn mit ungewohnt ernstem Gesicht.

„Ist der Papst tot?", entfuhr es Anselm.

Padberg faßte kurz das Busunglück zusammen. In Anselm kroch Mitleid hoch. Gestern waren das doch noch fröhliche, zufriedene Leute, hatten endlich einmal die große weite Welt gesehen, Fotos geknipst, die Freiheit genossen. Und jetzt... Anselm sah viele der Gesichter vor sich. Wer wohl nicht mehr lebte? Padberg fühlte die menschliche Regung seines Mitarbeiters.

>Junge, bleib auf dem Teppich. Der Vorrat an Menschen ist groß. Kommt auf ein paar mehr oder weniger doch nicht an. Das ist bloß ein Geschäft.<

„Hoffentlich sind die Toten nicht identisch mit unseren Käufern. Dann wäre die ganze Fahrt ein einziger Zuschuß", holte er Anselm in die Wirklichkeit zurück. Und fuhr fort: „Du fährst spätestens morgen nach Plauen. Kannst den 500er nehmen. In der Zeitung da unten stehen bestimmt die Namen. Nimm die Verträge mit, sieh zu, was sich retten läßt."

„Recht so?“ fragte er übergangslos den Anwalt.

„Seien sie taktvoll, Herr Focke. In dieser Situation hilft das auch,“ mahnte Pottmann den Werbesprecher, der sich sein Grappaglas griff, um den Schock wegzuspülen, der ihn ehrlich erfaßt hatte.

>Bist doch nicht der harte Bursche, den du immer mimst. Immer Mensch bleiben, sagte schon Tegtmeier.<

Nachdem Anselm abgetaucht war, nahm Padberg den Faden wieder auf: „Nun zu uns, Herr Notar. Ich will lieber gestern als heute meine Firma sauber in Konkurs bringen. Das Busunglück kommt mir gerade recht als zusätzliche Begründung für meine Zahlungsunfähigkeit. Die Verpflichtungen liegen bei 450 000 Mark. Die Konten sind leer, mit den Banken will ich es mir nicht verderben, habe deshalb die Kreditrahmen praktisch nicht angetastet. Die verlieren also nichts.“

„Das ist sehr klug,“ sinnierte Pottmann, der an seine Roggenbank dachte.

>Wenn Du eine Bank vertrittst, mußt du an alle denken. Macht sich im Club auch besser, wenn ich den Bankdirektoren sagen kann, daß sie dank meiner Intervention in diesem Konkursfall gut dastehen.<

Konkurse waren an der Tagesordnung, seine Kanzlei geradezu spezialisiert. Vor kurzem hatten sie sogar eine Arztpraxis aus dem Verkehr gezogen. Ziemlich geräuschlos. Der Doktor hatte als Folge der Gesundheitsreform sein Haus in Marbella nicht mehr halten können. Dank Pottmann lebte er jetzt samt Familie ganzjährig in dem Haus. Seine deutschen Besitztümer gehörten nun seiner Tochter, die Praxis war gut verkauft worden. Alle freuten sich. Vor allem die reichen Araber in Marbella, denen der Doktor mit den tollsten Potenzmitteln wieder auf die Mutter half. Die Lizenz war ihm selbstverständlich geblieben. Ein sauberer Konkurs.

>Setzt dich einer auf den Pott, Mann, rede schnell mit Anwalt Pottman.<

Der Heidedichter auf Abwegen.

„Also, Herr Padberg, wenn Ihr Unternehmen tatsächlich notleidend ist, und davon gehe ich nach Ihrem Vortrag aus, dann müssen wir in den nächsten Tagen einen Konkursantrag stellen. Kaufen Sie sich schon mal einen dunklen Anzug. Kaufleute in dieser Situation sind für den Gang zum Amtsgericht obligatorisch so gekleidet." Pottmann freute sich über seinen Humor.

>Ich bin vielleicht nicht der Beste, aber von den Besten lasse ich mich nicht übertreffen, Herr Vorsitzender.<

Er spürte ein tiefes Gefühl der Liebe zu sich aufsteigen, als er mit nobel-lässiger Geste das Weinglas ergriff, verträumt die Nase reinsteckte - nicht kreisen lassen, ihr Prolos -, die feinen Aromen aufnahm, um dann zu einem kräftigen Schluck überzugehen. Padbergs Glas stand leer da.

Pottmann ließ ihn wissen: „Morgen vormittag ruft sie Herr Hansel an, ein freier Mitarbeiter, auf Computer und Konkurse spezialisiert. Sie wissen, was ich meine?"

Padberg wußte, griff in die Innentasche seines Jacketts, zog einen angemessen dicken Umschlag heraus und legte ihn neben Pottmanns Weinglas. „Der Vorschuß. Alle Rechnungen werden offiziell über Konto beglichen. Ein bißchen was wollen wir ja der Steuer auch gönnen. Gell?"

Der 500er Mercedes düste volle Kanne an der Göttinger Abfahrt vorbei. Focke fluchte in sich hinein.

>Gleich kommt Friedland und dann links ab zu den Buschkackern.

Mieser Trucker, Blinker an und raus, kannste nicht erstmal gucken und dem schnellen Mann die Fahrt gönnen, du Pflegefall da oben auf dem Bock. Wird Zeit, daß der

Wissmann für Ordnung sorgt, die Laster auf die Bahn schiebt und den Benzinpreis auf vier Mark hochdrückt, damit die Prolos endlich verschwinden. Platz für meinen Daimler. Scheiß auf den Benzinpreis. Ich tanke sowieso immer nur für 'nen Hunni. Und gut.<

In Bad Soden-Allendorf kannte Anselm ein kleines Café, direkt im mittelalterlichen Ortskern, da gab es einen erstklassigen Pralinenkuchen. Da machte er Pause. Gegen abend lief er in Plauen ein.

Bisher hatte ihn die ehemalige DDR abgestoßen. Immer nur fordern, nicht einmal „Danke“ sagen und dann PDS wählen.

Wenn er mit einem großen Auto durch die Orte fuhr, glotzten ihn die Leute mit offener Ablehung an.

>Als ob ich mir nicht leisten darf, was ich mir hart verdiene. Erstmal ordentlich arbeiten, Leute. Von nix kommt nix.<

Schon bei der Ortseinfahrt nach Plauen fiel ihm auf, daß hier mit hartem Willen und großem Fleiß am Aufbau gearbeitet wurde. Die wollten mit Macht der Vergangenheit entrinnen! Das hatte sich ihm vor zehn Tagen, als er seinen Spanienbus abholte, so nicht dargestellt.

>Alles von unserem Geld.<

Vorsichtig steuerte er den schweren Wagen vor das neu errichtete „Hotel am Theater“ in der Innenstadt.

>Hier holt sich garantiert ein Wessi alle Steuervorteile vom Aufbau Ost.<

Anselm fühlte keinen Neid.

>Wer den Staat ausnutzt zu seinem Vorteil, ist mein Freund. Basta.<

An der Rezeption ließ er sich die „Freie Presse“ und den „Vogtland Anzeiger“ geben, in einer Ecke der bayerisch-gemütlichen „Wirtschaft“ im Hause fand er noch Exemplare von gestern, so daß er sich rasch einen Überblick verschaffte, wie vor Ort die Katastrophe aufgenommen worden war. Anselm las über die Reportagen weg. Auch den Fotos schenkte er wenig Beachtung. Er hatte genug Videos reingezogen, um zu wissen, wie solche Katastrophen wirklich aussahen. Im Film waren sie sogar noch wirklichkeitsnäher, realistischer, fand er.

Er blätterte bis zu den Todesanzeigen durch. Sogar die Stadt Plauen hatte eine Anzeige für alle Opfer geschaltet. Sehr praktisch für Anselm. So hatte er alle Namen auf einmal.

>Kein Wessi-Vorturner käme je auf die Idee, bei einer ähnlichen Katastrophe eine Staatsanzeige für kleine Leute zu schalten. Die gibt es doch nur, wenn einer der ihren den Abgang gemacht hat. Die Leutchen hier halten fester zusammen.<

Aus seinem Pilotenkoffer zog Anselm die Kaufverträge, die er in Spanien abgeschlossen hatte. Er verglich sie sorgfältig mit den Namen auf der Todesliste. Mein lieber Scholli, stellte er fest, Padberg hatte wieder direkt ins Schwarze getroffen. Sieben Verträge lagen sozusagen unter der Erde.

>Kein Problem für einen Master of the Universe. Morgen suche ich die trauernden Hinterbliebenen auf und nutze die altbekannte Schmerzwelle aus, auf der alle letzten irdischen Taten des geliebten Verblichenen noch ausgeführt werden.<

Susi fehlte ihm jetzt doch. Er hatte ihr vor dem erneuten Abflug nach Spanien ein paar Tage Heimaturlaub gegönnt. Sie sollte sein Loft aufräumen, den Körper pflegen, Klamotten kaufen und sich auf den nächsten Stoß vorbereiten.

>Nach schweren Missionen schreit Karl der Große immer am lautesten nach einem Erholungsheim für steifgewordene Glieder.<

Ins Fitneßstudio hatte er sie ebenfalls geschickt. Die Muskeln auffrischen. So große Titten hielten auf die Dauer nicht von alleine den Platz auf der Empore. Anselm liebte Domklöppel. Hängend mochte er sie nicht. Auch der Hintern durfte keine Falten werfen. Alles so wie im Playboy das Folder-Girl, und das morgens, mittags, abends. Susi hätte ihm bei seiner bevorstehenden Mitleidsnummer mit ihrem Hang zu feuchten Augen unterstützen können.

Michael Douglas kämpft auch immer allein. Anselm ebenfalls, rief er sich zur Ordnung.

Nach einem ausgiebigen Frühstück machte sich Anselm erst einmal auf zur Pausaer Straße. Die nicht enden wollende Frühlingssonne brannte. Anselm stellte die Klimaanlage auf Volldampf. Eine moderate Straße Frühschnee begann ihre Wirkung.

Bei einem kurzen Blick auf den Tacho fiel ihm der Kilometerstand auf. 82 000 und ein paar Zerquetschte. Nach zwei Jahren! Normalerweise dürfte das bei der Mercedes-Niederlassung geleaste Fahrzeug nach drei Jahren erst 60 000 km auf der Uhr haben. Aber wie sagte Padberg immer: „Alle Fahrzeuge von ‚Sonnenschein' werden nach drei Jahren mit weniger als 60 000 km abgeliefert."

Die Nummer war noch niemandem aufgefallen.

Gegen Ende der neu ausgebauten Pausaer Straße fielen Anselm die typisch abgelebten „Zonenhäuser" auf. Viergeschossig, aus den 20er Jahren. Seit mindestens 30 Jahren nichts mehr dran getan. Anselm konnte die DDR hier förmlich anfassen, spürte sie in der Nase und auf der Haut.

>Aus so einer toten Hütte fliegt kein fröhlicher Furz.<

Er fand das gesuchte Haus. Der Name Jessen stand auf der 3. Etage am Klingelbrett. Anselm wuppte die Treppen hoch, das OP-grüne Päckchen unter dem Arm. Auf den halben Etagen sah er Türen.

>Mein Gott, die gehen noch außerhalb ihrer Wohnungen kacken. Sitzen auf dem vom Nachbarn angewärmten Deckel.

Und im Winter ohne Heizung. Schweinekalt. Arme Schweine.<

Vor einigen Wohnungstüren standen Kohleneimer, daneben Schuhe. Anselm war versucht, eine kleine Tauschaktion anzuzetteln. Er ließ es. Ohne Zeugen, die diese Tat weiterberichten konnten, fehlte die Würzung.

Auf zu Jessen.

Der kleine, weiße Klingelkasten stammte aus der Neuzeit.

Er drückte, hörte die schrille Klingel. Gleich darauf schlurften Schritte auf dem Vorsaal. Mit einem Seitenblick registrierte er noch eine wasserdurchtränkte Außenmauer.

>Bruch, alles Bruch. Hoffentlich fällt darauf kein Wessi rein, wenn sie diese Hütte zur Renovierung verkaufen.<

Die vergammelte Wohnungstür schwang leise auf. Vor ihm stand eine Frau von über 60 Jahren. Sofort fiel ihm das Gesicht des freundlichen Rentners ein.

„Sie sind bestimmt die Schwester von Herrn Jessen, der so tragisch ums Leben gekommen ist," traf er prompt die Zwölf. Die Frau trug ein schlabberiges, schwarzes Kleid, darüber eine saubere, karierte Schürze.

Sie nickte.

Ihr vom Kummer gezeichnetes Gesicht versuchte ein Lächeln. „Was führt Sie zu mir?"

„Ich bin bei der Firma beschäftigt, mit der Ihr Bruder nach Spanien gereist ist. Ich war der Reisebegleiter. Erinnere mich noch gut an diesen verschlossenen Mann, der nach ein paar Bieren," die Küchentür war offen, Anselm sah leere Bierflaschen neben dem Herd, konnte es also wagen, „der nach ein paar Bieren etwas auftaute. Wir haben uns gut unterhalten."

„Kommen sie doch erst einmal herein."

>Der erste Schritt zu meiner Provisionssicherung!<

Im Wohnzimmer waren die 50er Jahre in ihrer finstersten

Phase stehengeblieben. Anselm bemühte sich, so wenig Details wie möglich wahrzunehmen. Hier paßte nichts zueinander.

Sie seufzte. „Mein Bruder hat sein Lebtag bei der Plamag geschuftet, hier in Plauen im Maschinenbau. War Schweißer. Ein bescheidener Mann, ein guter Kollege. Er hat nie geheiratet, ich habe nie geheiratet. So haben wir hier unsere Jahre verbracht. Sie haben recht," ihre faltigen Hände glätteten die Schürze, „wenn er etwas getrunken hatte, war er ganz anders. Lustig."

Mit einer Handbewegung ins Ungewisse unterbrach sie sich selbst. „Jetzt wollten wir versuchen, aus dem Rest des Lebens noch etwas Freude zu holen. Die Reise war der Anfang. Es sollte wohl nicht sein."

Anselm sah verstohlen auf die Uhr.

>Mädchen, werde fertig. Ich habe noch sechs solcher Termine heute.<

Maske Nr. 4: „Mein Unternehmen und ich sprechen unser Beileid aus. Es wäre da noch eine Kleinigkeit."

Frau Jessen merkte spürbar auf.

„Sozusagen als letzten Willen auf dieser Welt hat Ihr Bruder noch etwas für Ihre Gesundheit getan. Ihre gemeinsame."

Anselm schilderte die gesundheitlichen Vorteile des Magnetbetts in aller Kürze, ganz ohne Kabel und Siemens-Sensor.

„Mit dieser Decke wollte er auch Ihnen eine Freude machen. Seine Idee war, nicht zuviel Geld auf einmal auszugeben und sie erst einmal Nacht um Nacht zwischen Ihnen auszutauschen." Frau Jessen schluchzte: „Ja, so war er. Dachte immer auch an mich."

>Außer einem sehr guten „Eierverkäufer" haben nur noch Wahrsager das Gefühl für das, was Menschen so miteinander treiben, Herr Nostradamus.<

„Ich habe Ihnen die Decke mitgebracht."

Er zeigte auf das OP-grüne Paket, zog aus dem Pilotenkoffer den Vertrag.

„Hier ist das bestimmt Letzte, was Ihr Bruder auf dieser Welt noch geschrieben hat. Der Vertrag."

Frau Jessen erschrak. „Was kostet das denn?"

„Frau Jessen, die Decke kostet normalerweise nach Werksempfehlung 2350 Mark. Nein, nein, Sie brauchen nichts zu befürchten, Frau Jessen. Ich habe Ihrem Bruder einen großen Sonderrabatt eingeräumt, weil er unbedingt meine Vorführdecke haben wollte. Der Preis beträgt 1745 Mark, inklusive Computer."

Frau Jessen war sichtbar erleichtert.

„Ich bin gleich wieder da."

Sie kehrte mit einer Plastiktüte ohne Beschriftung zurück, faltete sie sorgsam auseinander und holte Griff für Griff Hundermarkscheine heraus, 18 Stück.

„Können sie herausgeben?" Anselm konnte.

>Wenn die anderen sechs auch so gut laufen, werde ich nie mehr Buschkacker sagen.<

Im Stadtteil Chrischwitz, einer der fürchterlichen Plattenbausiedlungen für Tausende von Menschen, war die Verameisung des sozialistischen Volkes in den Himmel geschrieben worden. Und da stand sie in großen Lettern noch heute. Anselms aufwallende Gefühle vom Besuch bei Frau Jessen sackten weg.

>Die wählen hier doch voll PDS! Mein Gott.<

Nach einigen Umwegen fand er den Namen Kollwitzer. 6. Stock. Die Klingel funktionierte, die Hausrufanlage auch. „Kollwitzer." Anselm stellte sich vor als Vertreter der Firma, mit der Frau Karin Kollwitzer in Spanien war. Der Summer ertönte. Auf in den 6. Stock, den zur Stimme gehörenden Menschen begucken.

Ein etwas abgerissener Mann, so Mitte 30, stand in der offenen Wohnungstür und machte überhaupt keinen traurigen Eindruck.

>Rolli Padberg, das schaffe ich nie. Ein Glück, daß ich das Auto zwei Straßen weiter abgestellt habe. Der sitzt bestimmt am Fenster und guckt sich alles an.<

Anselm gab dem Mann die Hand.

„Kommen Sie herein."

Die Wohnung wirkte nicht ungemütlich. Die Hand einer gefühlvollen Frau war deutlich zu erkennen. Im Wohnzimmer lief der Fernseher. Boris verprügelte den fusseligen Ball.

„Wer gegen wen?"

„Boris gegen Agassi, er führt."

„Ich störe Sie doch nicht?" „Nein, nein, was war das also mit meiner Mutter?"

>Aha, der Sohnemann.<

„Ich möchte Ihnen auch im Namen meiner Firma mein Beileid aussprechen. Wir sind alle tief erschüttert. Ich habe Ihre Mutter ja noch erlebt. Eine vitale Frau."

>Foto, Junge, ein Foto muß hier doch irgendwo stehen, damit ich mich wenigstens etwas an diese Frau erinnere, die offenbar so gar keinen Eindruck bei mir hinterlassen hat.<

„Was ist, wollen wir hier rumschmusen oder haben Sie etwas mitgebracht? Ne Lebensversicherung zum Beispiel."

>Der Junge ist aber sehr gut drauf! Harte Welle, mein Freund. Henry Maske schlägt zu, du Pflegefall.<

„Nein, das leider nicht. Ihre Mutter hat bei uns noch einen Vertrag unterschrieben und eine Gesundheitsdecke käuflich erworben. Ich bin hier, um sie Ihnen als Erben zu bringen und gleich das Geld entgegenzunehmen. Wenn Ihre Mutter noch lebte, hätte ich die Sache heute mit ihr selbst abgewickelt."

„Freundchen, hier wird nichts abgewickelt. Verträge meiner Mutter interessieren mich nicht. Die gelten hier nicht. Ich bin auch nicht der Erbe.“

Anwalt Pottmann hatte die Verträge mit allen jurisitischen Finessen versehen, die man sich nur denken konnte. An ein Unglück hatte er natürlich nicht gedacht. Letzter Versuch.

„Das wollte ich auch nicht gesagt haben. Damit bei Ihnen kein falscher Eindruck entsteht. Ihre Mutter hat sich die Decke sehnlichst gewünscht, und ich meine mich zu erinnern, daß Sie auch von Ihnen sprach, daß Sie mit den Gelenken einige Probleme haben.“

>Entweder Du hast mir vorhin einen vorgespielt, oder dein Humpeln kommt von einer leichten Arthritis. Ich bin hier der Doktor!<

„So, hat sie. Was bewirkt die Decke?“

Anselm gab eine Kurzeinweisung, rollte sogar das Bettuch vor Sohnemann aus, überredete ihn, sich kurz draufzulegen und ein wenig wohlzufühlen. Das Mißtrauen schwand.

„Ich weiß, daß Sie gegen uns Wessis Vorbehalte haben. Kann ich sogar verstehen. Gibt ja bei uns auch Typen, die wollen die Mauer wiederhaben. Diesmal zum Schutz des Westens. Pflegefälle! Das haut uns seriösen Geschäftsleuten, die ehrlich am Aufbau unserer gemeinsamen Zukunft arbeiten, immer wieder in den Rücken. Die eigenen Leute! Muß man sich mal vorstellen!“

Anselm kam in Fahrt:“ Hoffentlich haben Sie wenigstens Arbeit.“

„Damit ich das Geld für Ihre Decke aufbringen kann?“

„Nein, nein,“ jetzt bloß keinen Fehler, das Ding drehte sich gerade, „mir geht es um Ihr persönliches Wohl. Ich kann mir nichts Schlimmeres vorstellen, als ohne Job zu sein. Ohne Perspektive. Die Decke spielt doch jetzt nur eine Nebenrolle. Wenn Sie das Ding nicht wollen, werden wir später einmal einen Weg finden, um Ihrem Leiden abzuhelfen.“

„Ich nehme die Decke. Tausend Mark habe ich noch, den

Rest in Raten!“

>Machen wir.<

Anselm schaffte an diesem Tag alle sieben Vertragspartner. In fünf Fällen füllte er den Geldbeutel. Zwei Verträge lagen in der Grütze. Anselm trat am nächsten Morgen die Rückreise nach Ostburg an.

Sie fuhren im 600 SEL vor. Graumann sah die schwarze Limousine vom Büro aus. Unten im Lager waren seine Leute gerade mit einer ankommenden Weinladung aus Australien beschäftigt, bestimmt für 134 chinesische Restaurants, die sich ebenso wie 643 andere gastronomische Betriebe in ganz Deutschland ausschließlich über Graumann mit Wein versorgten.

Das Geschäft lief gut. Essen und Trinken funktionierten auch in Zeiten der Rezession tadellos. Die Weinhandlung tarnte seine vielfältigen anderen Geschäfte. Das war mit dem Boß in Hamburg so eingestielt.

Aus dem Fonds stiegen zwei Männer mittleren Alters, Typ seriöser Geschäftsmann. Sie bedeuteten dem Fahrer, am Volant sitzenzubleiben.

Graumann kam ihnen entgegen. Die Begrüßung fiel förmlich, aber nicht unfreundlich aus. Der Ältere kam sofort zur Sache: „Der Boß schickt uns. Schöne Grüße. Er freut sich, Sie bald in seinem Haus wieder begrüßen zu dürfen. Wir sollen ausdrücklich ausrichten, daß er sehr zufrieden ist mit Ihrer Arbeit.“

„Wir wollen nicht hier weitersprechen. Ich habe in Bremen ein Motorboot. Die Sonne scheint. Der Motor überbrummt jedes Mikrophon. Wir bewegen uns auf dem Wasser. Keiner kann uns abhören oder verfolgen. Ist das so OK?“

War es.

Die Männer bestiegen wieder ihre Großraumlimousine,

Graumann wuchtete sich in seinen 12-Zylinder-Jaguar. Die Minikolonne setzt sich in Bewegung. Graumann liebte sein nach Conolly-Leder duftendes Luxusgefährt. In diesem Ambiente geriet er leicht ins Träumen.

Der Saunaabend gestern war die Wucht in Tüten. Mann, war Kreuz in Fahrt. Schon nach dem zweiten Saunagang. Erst die gute Nachricht von dem Steuermodell von Freund Padberg und dann dieser herrliche Frühlingsduft. Kreuz war ganz besonders beweglich geworden, als ihm klar wurde, daß von seinen 200 000 Mark Nettogewinn niemand was abhaben wollte. Ja, wo gab's das sonst noch? Dafür bot er der „Pranke" das volle Programm.

An der Lesumbrücke in Bremen-Nord stellten sie ihre schweren Fahrzeuge ab. Der Fahrer blieb wieder im Mercedes sitzen. Ein paar Treppenstufen abwärts, schon standen sie auf dem hölzernen Anleger, vor sich Graumanns 12-Meter-Sanderton-Boot mit seinen schönen runden Formen.

Graumann schloß die Tür zum Salon auf, strebte zum Fahrstand und bereitete den Start der beiden jeweils 300 PS starken Turbodiesel vor. Nach kurzer Vorwärmphase sprangen sie gehorsam an. Der typische Dieselton ging ziemlich schnell in ein zufriedenes, kraftvolles Brummen über. Die Instrumente zeigten erste Wärmereaktionen. Graumann bat seine Besucher, beim Lösen der Fender und Tampen zu helfen. Die Anzugmänner erwiesen sich als geschickt.

Mit einer kraftvollen Drehung am stählernen Steuerrad leitete Graumann eine Wende in die Flußmitte ein. Das tonnenschwere Boot setzte sich gegen das auflaufende Wasser mühelos durch.

>Bist ein braves Mädchen, meine „Priscilla". Ich hab's ja nicht so mit den Weibern, wie du weißt. Ich war und bin ein Elvis-Fan. Aber hätte ich „Elvis" ans Boot schreiben sollen? Nee, nicht immer gleich zeigen, was man wirklich will.<

„Kurz vor der Einmündung in die Weser ist eine Tankstelle, da halten wir kurz an. Drinks gefällig?“

Die Gäste nickten.

Graumann mixte geschickt drei Wodka-Lemon mit Eiswürfeln, behielt das Ruder in der Hand und prostete den Männern zu, die es sich auf dem offenen Achterschiff in den Polstern bequem machten.

Beide rauchten.

An der Tankstelle manövrierte Graumann unter Einsatz beider Schrauben das schwere Boot an den Anleger.

„Tag, Herr Graumann, dolles Wetter dieser Mai.“

„Tank voll.“

„Aye, aye Sir.“

Die Vertrautheit Graumanns mit dem Tankmann trieb seine Gäste in den Salon, durch dessen Rauchglasfenster von außen niemand hineinschauen konnte. Graumann wickelte an Land die Bezahlung ab und löste die Leinen.

Ab in Richtung Weser.

Auf dem großen Fluß gab es keine Geschwindigkeitsbeschränkung mehr. Die 12-km-Grenze auf der Lesum nervte ihn ohne Ende. Jetzt legte er beide Hebel auf den Tisch. Die Drehzahlmesser rollten bis 2500 hoch. Das Boot machte einen mächtigen Satz und kam rasch mit dem Rumpf aus dem Wasser. Fullspeed vorbei an der Werft Bremer Vulkan, wo sie an ein Containerschiff der dritten Generation letzte Hand anlegten.

Dagegen wirkte ihr Boot wie ein Ruderboot auf dem Maschsee in Hannover.

Erst am Ende der Werft zog Graumann beide Hebel auf Schlag zurück, das Boot bremste und fuhr im Marschtempo weiter.

„Lassen Sie uns oben auf die Flybridge gehen. Da sitzen wir zusammen und können reden.“ Sie stiegen die Treppe nach oben, während Graumann auf Flybridge umstellte.

„Der Chef hat Sorgen," begann der Ältere, „wir müssen verstärkt Maßnahmen zur Unterbringung unserer Einnahmen treffen. Wir wollen Sie nicht mit Einzelheiten langweilen. Der Boß ist sicher, daß Sie aktiv zur Problemlösung beitragen können."

Das Problem ihrer Geschäfte schlechthin, Geldwäsche. Aus Schutzgeld, Drogenverkäufen, Prostitution, Glücksspiel und anderen illegalen Aktivitäten kam täglich jede Menge Geld rein, das sich nicht offiziell unterbringen ließ.

Das Unternehmen, zu dem Graumann gehörte, hatte tolle Chancen in den neuen Bundesländern aufgetan. Immobilien, Firmenkäufe, Beteiligungen, Restaurants. Doch so einfach wie am Anfang lief es nicht mehr. Die Staatsanwaltschaften kannten mittlerweile eine Menge Tricks. Überdies war Ostdeutschland nun vom organisierten Verbrechen nach dem Westmuster voll erschlossen und aufgeteilt.

Graumann fühlte sich geehrt.

>Ich werde dazu beitragen, den Boß ein wenig zu entlasten. Ich kenne da nämlich einen absoluten Experten für die Unterbringung von Schwarzgeld. Ein Segen, daß wir uns gerade jetzt so schön gefunden haben. Ein gutes Karma!<

„Ich arbeite einen Vorschlag aus. Wann sehen wir uns wieder?"

Bremerhaven kam in Sicht.

„Wollen wir noch eine ordentliche Portion Fisch bei „Natusch" zu uns nehmen?" Die Herren wollten nicht. „Wir melden uns am Montag. Bis dahin sollte ein Umriß stehen."

>Die haben es aber eilig. Padberg, Mann, gut, daß es Sie gibt. Allein wäre ich jetzt auf gar nichts gekommen. Ist doch gar nicht mein Ding. Andererseits hat Geldwäsche ja was mit Reinlichkeit zu tun. Insofern bin ich der Richtige. Neben meinem Klo steht ein Bidet, das ich täglich benutze. Nach jedem

Abgang, Boß.<

Zwei Säulen trugen Graumanns Leben. Bereits als Junge konnte Graumann mit Mädchen nichts anfangen. Wie er die Doktorspiele haßte! Mädchen kamen ihm vor wie Kraken, die einen umschlangen und langsam zerquetschten.

Mit 14 ließ er sich in einem Waldversteck von einer ziemlich versauten 17jährigen einen runterholen. Dafür bezahlte er ihr fünf Mark, die er beim Kegelaufstellen im Gasthof „Zur Linde“ verdient hatte. Ein-, zweimal steckte er den Piephahn noch bei Mädels rein. Dann war die Sache für ihn gelaufen.

Graumann fühlte sich zu bestimmten Jungentypen hingezogen, klein, zierlich. Ihr Anblick ließ die Säfte im Schaft steigen. In dem Sommer, als er 16 wurde, kam es fast automatisch zum ersten intimen Kontakt mit einem Mann. Der war über 40, sehr gepflegt, sehr zierlich, sehr jungenhaft. Er brachte Graumann alles bei, was er für sein künftiges Sexleben als Grundausstattung wissen mußte.

Säule eins.

Noch vor jeder sexuellen Regung wußte Graumann, daß er nie so werden würde wie seine Eltern, die eine kleine Süßwarenbude im Ostburger Stadtteil Grünlingen betrieben, aus der sie später einen Schnellimbiß machten. Graumann las wie alle Jungen Karl May und Groschenhefte, oft im Licht der Taschenlampe unter der Bettdecke. Während seine Schulkameraden von Old Shatterhand träumten und von Winnetou, gefielen ihm die Bösewichte. Die waren die wahren Helden. So wie er sich nie für Siegfried begeistern konnte, sondern Hagen bewunderte, der so gut und böse zugleich war wie ein wirklicher Mensch, während Siegfried über den Niederungen des Alltags schwebte.

Den fand Graumann total wirklichkeitsfremd.

Eines nachmittags, da war er 13, 14, wollte er im Nachbarhaus seinen Kameraden Klaus Zapfke abholen. Zapfkes Mutter wies ihn an der Wohnungstür ab. „Klaus kann jetzt nicht. Er heult Rotz und Schnotz. Winnetou ist gerade gestorben.“

So ein Schlappschwanz!

Und zu diesem Kerl hatte er so etwas wie Freundschaft unterhalten. Die sackte bei Winnetous Tod direkt in die Erde weg. Klaus Zapfke war für alle Zeit gestorben und damit jedes Gefühl der Bindung zu anderen Menschen.

Graumann beschloß, Einzelgänger zu werden wie Billy the Kid.

In der Nachbarstraße, einer etwas finsteren Arbeitergegend, hatte sich in dieser Zeit, in den 50ern, eine richtige Jugendbande gebildet, die das gesamte Viertel und den naheliegenden Stadtwald beherrschte. Man hörte allerhand Geschichten von Wegezoll, Überfällen und willigen Mädchen. Die Phantasie in den bürgerlichen Stuben trieb tollste Blüten.

An einem Septemberabend blieb Graumann nichts übrig, als auf dem Rückweg vom Schwimmbad durch den Wald zu radeln. Graumann liebte schon immer die Septemberabende, wenn es viel früher als im Sommer dunkel wurde und aus den Fenstern der Häuser warmes Licht schien. Die Welt wirkte dann so heimelig.

Nur an diesem Abend nicht, als aus den Büschen links und rechts vier Burschen der Jugendbande brachen, ihn vom Rad stürzten und zwangen, seine Hosentaschen zu leeren. Sie klauten ihm eine Mark, das von Opa geerbte Fahrtenmesser und zwei wertvolle Glasmurmeln. Zum Abschied gab es mehrere Tritte in den Bauch. Sein altes Fahrrad ließen sie ihm.

Die Demütigung fühlte er noch heute, fast 40 Jahre später. Graumann sonderte sich nun erst recht ab, erkundete die Umgebung von Ostburg nach guten Verstecken, ganz so, als wäre er Billy the Kid, der jederzeit für seine Feinde unsichtbar abtauchen konnte.

In die Szene schlidderte er ebenso automatisch wie in die Homosexualität. Es war sein Karma.

Nach der Schulzeit nahm er seinen Eltern zuliebe eine Tischlerlehre auf. Die Berufsschultage schwänzte er, um sich im Bremer Bahnhofsviertel und im Ostertor umzuschauen. Er entwickelte eine feine Nase für die bösen Buben, denen er sich anschloß und mit seiner Kühnheit bei kleineren Raubzügen schnell imponierte. Eines kam zum anderen. Die Tischlerlehre erledigte sich wegen der Fehlzeiten in der Berufsschule von alleine.

Das Böse ist immer und überall.

Graumann hatte sich mit dem Bösen vermählt. Trotzdem neigte er weiter zum Einzelgängertum. In den höheren Managementebenen des Bösen hatte sein Name einen gewissen Klang. Die richtigen Leute fanden heraus, daß Graumann genau der Mann war, die Ostburger Szene aufzubereiten.

Ostburg war in den 60er und 70er Jahren praktisch organisationsfreie Zone. Nicht, daß dort die besseren Menschen lebten. Auch in Ostburg wurde geraubt, gezuhältert, gedealt, eingebrochen. Das volle Programm lief. Aber lotterlich, unorganisiert. Graumann bekam den Auftrag, die Stadt am Rande der Kriminalitätsstraßen dieser Erde so durchzuorganisieren, daß alles seine Ordnung hatte. Unter dem Schutzschirm des Hamburger Bosses ging er diskret und mit einem Minimum an Gewalt vor. Der in jungen Jahren polizeigefürchtete Graumann ließ sich keine Gewalttat mehr zuschulden kommen. Im Gegenteil, mit seinem erfolgreichen Weinhandel befand er sich sogar auf einer gewissen Kulturebene. Die Bullen ließen Graumann in Frieden. Die Staatsanwaltschaft fand keinen Grund für Ermittlungsverfahren, obwohl es an Gerüchten nicht mangelte.

Vielleicht ließ man ihn auch in Ruhe, weil er Schlimmeres

von Ostburg fernhielt. Außerdem war sein Mokkatöpfchenkreis in der Privatsauna mit den fünf anderen Teilnehmern gar nicht so uninteressant besetzt.

Das friedliche Aquarium Ostburg hatte dem Haifisch Graumann eine Ehren-Eintrittskarte geschenkt.

Der junge Mann kam direkt aus der Broker-Riege von „Wall-Street". „Ich bin Peer Hansel," stellte er sich Padberg vor. Dieser Mai trieb es mittlerweile toll. Schon der zehnte Sonnentag in Folge. Der Kerndruck des Hochs über Osteuropa betrug 1040 Hectopascal. Unzerstörbar. Das helle Sonnenlicht hatte sich tatsächlich bis in Padbergs Hinterhofbüro von „Sonnenschein" vorgeschlichen.

>Ist es noch so fein gesponnen, kommt es doch ans Licht der Sonnen. Deshalb fürchte ich das Sonnenlicht so sehr.<

Padberg zog die Jalousie nach unten. Seine Tausende von Kunden, die er in den „Sonnenschein"-Jahren durch Deutschland und Europa kutschiert hatte, wären bestimmt zusammengebrochen angesichts des elenden Büros, das hinter allem stand.

In jedem Fernsehfilm dirigierten elegante Menschen aus eleganten Gebäuden ihre Geschäfte.

Peer Hansel war ihm von Anwalt Pottmann als d e r Computer- und Konkursexperte angedient worden. Freier Mitarbeiter.

„Sein Honorar bekommt er von meinem Büro", klärte Pottmann gleich noch die Kompetenzen auf. Hansel sollte „Sonnenschein" endgültig zu Fall bringen. Der 28jährige Yuppie-Typ ließ sich von Padbergs Autorität nicht beeindrucken. Ruhig und sicher stellte er die richtigen Fragen und gewann trotz dröger Antworten rasch einen Überblick über Personal und Organisationsform von „Sonnenschein".

„Ich gebe Ihnen nun einen kurzen Überblick, was ich noch

an Informationen benötige, und was ich selbst inszenieren werde, um das Unternehmen so zum Konkursrichter zu geben, daß auch der Staatsanwalt bei der obligatorischen Prüfung keine Fragen mehr hat."

Padberg ließ Hansel weiterreden. Der Kerl gefiel ihm.

„Ich muß die gesamte Buchhaltung durchforsten, auch die graue. Drei Jahre zurück, wenn's geht. Dann brauche ich alle Verträge, Aufträge, Ausgaben aus diesem Jahr. Alles. Dann die Außenstände, die Finanzamtsforderungen, Konten, auch verdeckte. Dann alle Gläubigerforderungen, Busrechnungen, Post, Telefone, Versicherungen, Druckereien. Was so anfällt. Neben dem Konkurs empfehle ich für Sie, Herr Padberg, die Eidesstattliche Versicherung. Auch für diesen Zweck muß ich von Ihnen eine persönliche Vermögensaufstellung haben. Noch heute."

Padberg grinste: „Mir gehört nichts. Alles geleast oder gemietet."

„Trotzdem, gehen Sie alles durch. Kleinste Unsicherheiten müssen unbedingt mit mir besprochen werden."

Hansel machte einen frischen, vitalen Eindruck. „Ach ja, einen Raum mit Computern brauche ich für mich allein. Mit einem Sofa und Kaschmirdecke. Ich arbeite Tag und Nacht."

Er sah sich sorgfältig um, prüfte alle Türen im Raum. „Haben Sie bloß eine Toilette für Männlein und Weiblein?"

Padberg war ein sparsamer Mensch: „Das hat bisher gereicht oder vertreten Sie noch ein drittes Geschlecht? Dann baue ich an."

Hansel ließ sich nicht irritieren. Er sprach ohne Punkt und Komma: „Während ich hier den Konkurs vorbereite, reden Sie, möglichst noch heute, mit Ihrer Hausbank. Legen sie die Karten auf den Tisch, und bitten Sie um Hilfestellung bei einem Moratorium. Wir müssen unbedingt den Eindruck erwecken, alles versucht zu haben und die Front ruhig zu halten.“

>Hört sich gut an.<

„Alle Zahlungen werden mit dem heutigen Tag eingestellt.“ Hansel hatte zweifellos das Regiment übernommen.

>Soll er ruhig. Ich kann „Sonnenschein“ schon nicht mehr sehen.<

Anselm flog pfeifend ein, legte Padberg das per Handy bereits angekündigte Bare und die Ratenverträge auf den Tisch. Er beäugte kurz den jungen Sportsfreund im Raum und bot an: „Ich bringe die 20 000 Prospekte auf die Post. Sind die Papiere vorbereitet?“

So lief bei ihnen in der Hauptsache die Werbung. Sie befeuerten per Postwurf ganze Orte oder Stadtteile mit ihren Reiseangeboten. Die 53 Vogtländer waren das Ergebnis von 10 000 Prospekten gewesen. Alles selbstverständlich rechtlich einwandfrei. Kein Prospekt ohne Prüfung durch Anwalt Pottmann bis hin zum Hinweis auf die Verkaufsveranstaltung von „Sonnenschein“.

Den unteren Abschnitt füllten die Leute aus und schickten ihn unterschrieben an „Sonnenschein“. Der Vertrag war zustande gekommen.

„Sonnenschein“ schickte dann nur noch die Reisebestätigung und den Stempel für den Geldeingang.

„Nein, Anselm, bleib hier. Wir haben schon Mecklenburg abgesagt. „Sonnenschein“ ist pleite. Ach, Herr Hansel, lassen Sie sich von Frau Wolf noch die Stornos geben. Auch ein wichtiger Konkursfaktor.“

Die Stornos nahmen Monat für Monat zu. Auf den Veranstaltungen unterschrieben die Leute, Verkäufer und Veranstalter jubelten, eine Woche später lag das rechtlich einwandfreie Storno vor. Der gesamte Kalkulationsboden wackelte von einer Sekunde zur anderen.

„Anselm, mach zwei Wochen Urlaub. Ich zahle deine

Pauschale weiter. Danach habe ich neue Aufgaben für dich. Bleib auf jeden Fall bei mir. Ist das so OK?"

Zwei Wochen Urlaub machten Anselm glücklich. Ein bißchen Geld lag auf der Kante, Susi war runderneuert, sein Loft bestimmt blitzeblank. Und Egidio mußte ein paar neue Grappas einfliegen lassen.

„Gemacht, Chef," verkündete er auf seine lockere Art und verließ den Hinterhof.

>Mach keinen Scheiß und fall mir niemals in den Rücken. Dann wirst du einmal ein ganz Großer.<

Padberg zog nachdenklich an seiner Zigarette. Er hatte für die Zukunft große Pläne. Die Glocken läuteten bereits.

Sein Leben hatte bis zum 21. Geburtstag nicht die Spur der Abweichung von dem vorgezeichneten bürgerlichen Pfad gezeigt. Vater, eine ehemaliger Weltkrieg II-Offizier, war Beamter, Mutter sorgte für die drei Söhne. Sohn Rolf hieß all die Jahre Rolf, kein Kose- oder Spitzname kam hinzu. Schon in der Schulzeit zogen ihn Autos und Technik an. Abitur lehnte er ab.

Vater zeigte sich tolerant: „Dann, mein Junge, lerne etwas Praktisches. Ein Kumpel von mir hat eine gutgehende Autowerkstatt für Ford. Danach kannst Du immer noch über den zweiten Bildungsweg aufsteigen. Ingenieur wäre auch nicht schlecht."

Das gefiel Rolf.

„Vielleicht wird sogar Herr Ford auf dich aufmerksam. Wer weiß."

Auch das gefiel Rolf. Er mochte Herrn Ford. Der hatte die „Badewanne" gebaut.

Als Stift in der Werkstatt freundete sich Rolf mit dem Autoverkäufer an, der ihn zu Bier und Schluck und an die Quellen des großen Geldes führte. Immerhin ließen sich beim

Verkauf von einem Gebrauchten bis zu 1000 Mark Schwarzkohle machen, hatte er ihm vorgerechnet. Das war für Rolf ein Vermögen. Rolf schloß die Lehre ab, arbeitete zum Teil als Geselle noch in der Werkstatt und machte sich in der restlichen Zeit im Verkauf nützlich. Abends belaberte er Familie und Freunde, sich einen gebrauchten Ford zu kaufen. Das betrieb er so hartnäckig, daß mancher sogar einstieg.

Die Provisionen verschafften ihm Zutritt zu den In-Kneipen in seiner Heimatstadt Ostburg, in denen das wahre Leben brodelte. Im nahen Bremen begannen sie das Geschäft mit Werbeverkaufsfahrten. Sie trieben es zur ersten Blüte. Ein paar Ostburger hatten reingeschnuppert und kamen Abend für Abend mit prallgefülltem Beutel in die Kneipen, fuhren statt Vespa TR 4, Fiat Spider und so.

Nix Ford.

Sie waren die neuen Schönen und Reichen, denen die Mädels zu Füßen lagen. Rolf fühlte sich dem Geschäft sofort gewachsen. Schon die erste Anfrage bei einer Bremer Firma brachte ihm den Job als Schreiber bei einem Sprecher. Rolf lernte schnell, sprach schon bald die „Nebis". Der erste Alleingang kam 1965.

Seine Skrupellosigkeit, Überzeugungskraft, auch sein Charme, seine Fähigkeit auf die Leute zuzugehen und auf sie einzugehen, machten ihn schon in jungen Jahren zur Legende. Er löste alle festen Beziehungen und bot seine Arbeit den Meistbietenden an. Provisionen bis zu 30 Prozent füllten seine Taschen, während die Sprecherplebs bei weit weniger als 20 Prozent hängenblieb.

Nur wenige Tage nach seinem 35. Geburtstag, also vor zehn Jahren, eröffnete er für alle in der Branche völlig überraschend „Sonnenschein", seinen eigenen Laden, nachdem er still und heimlich bei der Wirtschaftsakademie in Bremen die kaufmännische Prüfung nachgeholt hatte.

Mit erstklassigem Ergebnis.

Er wollte in die eigene Tasche wirtschaften, kannte alle Tricks und Fallstricke der Branche. Eine große Menge steuerfreies Geld lag in nicht zurückverfolgbaren Tafelpapieren an einem sicheren Ort. Zwei Bankchefs waren ihm so sehr verbunden, daß selbst Excalibur dieses Band nicht hätte durchtrennen können.

Die Frage nach seinem privaten Vermögen hatte Hansel selbstverständlich stellen müssen. Die Antwort war nicht gelogen. Ihm gehörte auf dieser Erde offiziell nichts.

Ausgenommen sein geliebtes Leben.

Selbst der Monet und der Chagall im Wohnzimmer waren geleast. Seine Autos, Uhren, Computer. Einfach alles.

Padberg bewohnte in der vornehmen Roonstraße die Beletage einer Jugendstilvilla. Beim Einzug vor vier Jahren hatte er mit dem Besitzer einen 30jährigen Mietvertrag ausgehandelt. Danach zogen die Handwerker in die 240 Quadratmeter große Etage ein. Ihre Hände und der ausgezeichnete Geschmack seiner Ehefrau Eva verwandelten die Etage in ein Schloß. Hier lebte er mit seinen heißgeliebten Töchtern Saskia, 11, und Tanja, 9, ein völlig bürgerliches Leben.

Eva war frei und ohne Sorgen. Eine Haushälterin stand Tag und Nacht zur Verfügung, ebenso wie der 560 SEC. Keine Rechnung stieß bei Padberg auf Kritik. Ob zweimal die Woche Frisör, weil die pechschwarzen Haare schon der Nachtönung bedurften, die Boutique, der Schuhladen oder der Juwelier. Das Liebesleben stimmte.

Padberg ließ sich höchstens hin und wieder von fremden Lippen einen blasen. Mehr fremd kam nicht in Frage.

Es mußte Eva gewesen sein, die „Rolli“ in die Welt gesetzt hatte.

Wenn diese schöne, hochgewachsene, schlanke Frau durch die Stadt ging, auch in Bremen oder Hamburg, hielten manche Kerle schon mal den Atem an. Padbergs Liebe zu seiner Familie stand in krassem Gegensatz zu seinem Verhalten im Geschäft.

>So bin ich eben. Himmler war genauso. Im Hauptamt hart und zu Weihnachten „Stille Nacht“ mit Kind, Kegel und Schäferhund. Man muß geschäftlich und privat trennen.<

Padberg achtete streng darauf, abends bei seiner Familie zu sein. Streit und Krach waren in seinem Hause abwesend. Nicht etwa, weil er es so angeordnet hatte. Sie waren alle lieb zueinander.

Manchmal spätabends zog es ihn in den Keller, den er schalldicht ausgeschlagen hatte, eigenhändig, mit einer raffinierten Lüftung versehen, die Luft brachte und Schall schluckte.

>Wenn ich gewollt hätte, wäre ich mit Leichtigkeit Ingenieur geworden. Ein armer Ingenieur, lieber Vater.<

Die Tür zum Keller ließ sich nur mit einem Spezialschlüssel öffnen, der am unantastbaren Schlüsselbund hing. Die Wände waren voll mit Plakaten aus der Nazizeit, Fotos der Großen jener Tage hingen dazwischen, einige handsigniert, größtenteils bei Kujau erworben.

Eine Vitrine quoll über vor Nazi-Erinnerungen wie Orden, Uniformteilen, Mützen, Rangabzeichen, Spangen und Ordensbändern. Originalplattenspieler aus den 30er Jahren spielten Originalplatten mit Original-Marschmusik.

„Die Fahne hoch“ war sein Favorit. Reden vom Führer, Goebbels, Streicher powerten ihn hoch wie Anselm sein Kokain. Die Stunden im „Führerhauptquartier“ genoß Padberg ohne Ende. Hier kamen ihm seine großen Ideen, hier tankte er seine Batterie auf. Hier besoff er sich manchmal mit Southern Comfort, und es kam vor, daß er am nächsten Morgen im Gästezimmer aufwachte, ohne zu wissen, wie er dahin gekommen war.

Stets prüfte er zuallererst sein Schlüsselbund, danach das Schloß im Keller, um jedesmal festzustellen, daß alles seine Ordnung hatte.

Er konnte sich auf sich verlassen, auch wenn er nicht bei sich war.

Nun stand die nächste Ebene seines Lebens bevor. Das spürte er überdeutlich. „Hilf dir selbst, dann hilft dir Gott," hatte sein Vater ihn gelehrt. Ein weiser Mann. Seit er „Wall Street" mit Michael Douglas gesehen hatte, schwebte auch ihm das ganz große Geschäft vor.

Alles fängt im Kopf an.

Spekulationen auf Kosten anderer reizten ihn tausendmal mehr als der „Eierhandel" mit seinen immer begrenzteren Möglichkeiten. In ihm arbeitete es, und er arbeitete, holte sich von allen unbemerkt alle Informationen, insbesondere über hochspekulative Warentermingeschäfte. Bisher hatten die Spekulanten immer ihn angerufen, immer ihn zu Geschäften an den Börsen in New York, Chicago, Rotterdam, Tokio und Frankfurt animieren wollen.

>Freunde, das mache ich bald selbst.<

Er konnte nicht ahnen, daß er längst im Geschäft war. Andere hatten seinen Knopf gedrückt.

Egidio schnitt mit seelenvollem Blick Filetsteaks auf. Heute standen Filetstreifen in Pfeffersahne-Soße auf der Tafel, dazu überbackene Broccoli al dente.

George Bush wäre daran so vorbeigegangen. Er haßte bekanntermaßen Broccoli. Was aber hatte so ein Mann von Welt in der Provinz zu suchen? Also gab es Broccoli.

Graumann saß in der „Mafiahöhle", zog am Prosecco und knabberte warmes Weißbrot aus Pizzateig. Padberg kam auf die Minute pünktlich. Er grüßte kurz rüber zu Egidio, nannte alle Namen vom Rest der Truppe. Jeder antwortete mit einem kurzen Kommentar.

Eine lebensfrohe Truppe.

Sein Prosecco folgte auf dem Fuß, Schwitzwasser perlte außen am Glas. Eine Wohltat bei dieser nicht enden wollenden Frühjahrshitze. Padberg prostete Graumann zu und zog den Inhalt auf Schlag weg. Graumann hätte wetten können, noch nicht einmal eine Bewegung der Gurgel geäugt zu haben.

Er musterte sein Gegenüber. Um 10 Uhr hatte er ihn telefonisch zu diesem Rendezvous gebeten. Die Zeit drängte.

Die „Taverna“ füllte sich. Später würde Graumann nicht mehr genau rekonstruieren können, warum er, der einsame Wolf, der Menschenverächter, genau in diesem Moment zur Eingangstür schaute. Und genau wie bei Jesus das Rote Meer, teilte sich in dieser Sekunde das dichtgestaffelte Volk um die Küchentheke und gab ihm den Blick frei auf das Schönste, Aufregendste, das seine Augen je wahrgenommen hatten.

Noch schöner als sein Jaguar, an dem er nun wirklich hing.

Martha Harrington stand leibhaftig in der Eingangstür und schickte sich an, die zwei Stufen der Eingangstreppe hinabzusteigen.

Hinabzuschweben.

Ihr Gesicht war bekannter als das von Claudia Schiffer. Gegen ihre makellose Schönheit war Barbie aus Düsseldorf blaß und künstlich. Selbst der stockschwule Graumann erkannte sie auf Anhieb. Keine Illustrierte ohne ihr Gesicht auf der Titelseite, mit der feinen olivfarbenen Haut, der ovalen Außenlinie, den hohen Wangenknochen, der erregend exotischen Ausstrahlung und dem blauschwarzen Haar, das sie mittellang trug.

Die 21jährige war das Produkt eines indischstämmigen Vaters und einer weißen Südafrikanerin, aufgewachsen in feinsten Kreisen im südafrikanischen Durban.

Milch und Honig standen miniberockt auf den zwei geradesten und schönsten langen Beinen, die die Welt je gesehen hatte, mitten in diesem kleinen Lokal am Rande des Weltgetriebes, das Graumann plötzlich grau, mies und schäbig erschien. Der 53jährige Liebhaber des Mokkatöpfchens sah die Frau seines Lebens.

Alles, was er bisher getan hatte, erschien ihm jetzt als schierer Zeitvertreib, um die Lücke zu überbrücken bis zu diesem Moment. Die ganz große Liebe hatte Graumann erwischt, eroberte blitzschnell Zelle für Zelle, Organ für Organ. Ihm war regelrecht schwindelig, sein Herz galoppierte. Sein Nichtraucherherz.

Flugzeuge bahnten sich den Weg durch seinen Bauch.

Graumanns Innenleben teilte sich Padberg über Leuchtschrift auf der Stirn mit. Auf Graumanns Kopf kreiste ein Blaulicht.

Martha hatte mittlerweile wie selbstverständlich an der Theke einen Barhocker besetzt, den ein Gast wie selbstverständlich für sie geräumt hatte.

Die Schweigeminute löste sich zögernd auf. Nach und nach begannen alle wieder zu reden, ohne ihren Gesprächspartner auch nur mit einem Blick zu bedenken, was der ohnehin nicht wahrnahm. Alle schielten auf das Weltwunder mitten unter ihnen. So wie alle Augen brannten, waren alle Ohren plötzlich verstopft.

Egidio und „seine Italiener“ vollführten Fruchtbarkeitstänze. Sergio hüpfte im Hintergrund auf und ab, in der rechten Hand die Titelseite einer „Bunten“, darauf Martha Harringtons Gesicht. Er zeigte mit der freien Hand aufgeregt auf dieses Bild, als müßte Martha sich selbst kennenlernen.

Kein Mensch bekam, was er bestellt hatte. Die diversen Flüssigkeiten in den Töpfen auf den Herdplatten brodelten vor sich hin. Noch zwei solche Tage, und Egidio konnte dichtmachen.

Kasse leer.

An Padberg ging die Ausstrahlung dieser Jahrhundertfrau völlig vorbei.

>Auch diese Frau wird älter, kriegt Falten und verschrumpelt dann ganz.<

„Herr Graumann," nahm er deshalb die Dinge wieder in den Griff, „was führt uns zusammen?" Graumann kehrte aus seiner neuen Welt zurück und reagierte überraschend präzise: „Wir könnten geschäftlich etwas enger zusammenkommen. Ihr Steuermodell hat mir gefallen. Haben Sie davon mehr und vor allem für größere Summen auf Lager?"

Padberg zog langsam an seiner Zigarette, ging sichtbar in sich.

>Ist das Zufall? Muß ich jetzt ganz vorsichtig werden? Oder haben wir beide einfach nur ein gutes Karma? Was soll's. Ich wollte Geschäfte mit ihm. Daß es so schnell geht, kommt mir nur entgegen. Aber langsam mit den jungen Pferden.

Wie war doch noch die Geschichte von dem jungen und dem alten Bullen, die auf einem Hügel stehend eine Herde Kühe beobachten. Der junge Bulle ruft aufgeregt: „Laß uns rennen und ein paar von ihnen bumsen." Der alte Bulle wendet sich ihm ohne jede Hast zu: „Laß uns langsam hinuntergehen und alle bumsen."

Sagten Bullen wirklich bumsen? Na, ich habe die Geschichte jedenfalls so gehört.<

„Ich strukturiere meine Geschäfte gerade um."

Kreuz als Mann des Industrie-Clubs hätte es nicht besser formulieren können.

„Da sehe ich Gemeinsamkeiten, die sich schon am Anfang einsteuern lassen."

Graumann riß sich mit aller Kraft zusammen. Die Frau ließ ihm keine Ruhe mehr, sie pulste durch sein Blut. Trotzdem rief er sich zur Ordnung.

>Werde erst einmal über deine Gefühle klar. Die kommt wieder.<

„Können Sie mir schon Details sagen?“

Zwei Strategen unter sich. „Wall Street“ grüßte.

„Ich steige in den Warenterminhandel ein. Die Vorarbeiten sind abgeschlossen, die Börsenkontakte nach New York, Rotterdam und Chicago stehen.“

Graumann sprang an: „Die Gewinne aus diesen Geschäften sind steuerfrei?“

„Alle an Börsen erzielte Gewinne aus Spekulationen werden vom Finanzamt nicht veranschlagt.“

>Läuft doch. Und jetzt Butter bei die Fische, Sportsfreund Graumann. Ich warte.<

„Nun, ein paar Freunde und ich haben von Zeit zu Zeit ein paar Mark übrig. Kann man die mit Warenterminhandel weiß kriegen? Sie wissen, was ich meine?“

>Präzise sogar. Ich soll Geld waschen. Nur Mut.<

„Große Summen?“

„Drei, vier Millionen im Jahr. Für den Anfang.“ „OK, wie kommen wir zusammen?“

„Machen Sie mir bis Montag einen Vorschlag. Alle Fakten. Kosten, Risiken, Steigerungsmöglichkeiten. Sie wissen schon. Montag.“

Graumann versuchte, einen Blick auf die Frau zu erhaschen, die sich auf ihrem Platz seinen Blicken entzogen hatte. Er bekam sie nicht in die Optik.

>Die läuft mir nicht davon.<

Lautes Gejohle füllte plötzlich den Raum. Ein Schwung Werbesprecher fegte durch die Tür, angeführt von John Deus. Als sie offenbar alle auf einmal Martha sahen, blieb ihnen das Wort im Halse stecken.

John Deus fand als erster die Sprache wieder, setzte seine

Vorwärtsbewegung fort und ging direkt auf den freien Platz neben Martha zu.

„Sie sind aber das dollste Sahnestück, das je hier im County aufgelaufen ist,“ tönte er. Egidio stellte ihm wortlos einen eiskalten Prosecco vor die Nase. John ergriff das Glas und prostete der Schönheit zu, ganz Mann von Welt.

„Für Sie kaufe ich den ganzen Laden, schmeiße die Itaker raus und koche Ihnen Schweinebraten mit Klößen. Diese aufdringlichen Italiener sollen Sie nicht weiter belästigen.“

Beim letzten Satz hatte er die Stimme merklich angehoben. Sollten ja auch alle hören.

Die junge Frau warf den Kopf leicht zurück, die Haare kamen in Schwung und legten sich genau an den Stellen nieder, an denen sie vorher auch gelegen hatten.

Perfekt.

Sie schenkte Deus das schönste, liebevollste, irritierendste Lächeln, das ihr in ihrer Welt zur Verfügung stand, öffnete leicht, sexy die vollen Lippen, zeigte ihre makellosen Zähne, drehte diesen unvergleichlichen Oberkörper zu John Deus und ließ den Hammer fallen, der in die Geschichte von Ostburg einging: „Und was, wenn ich Sie bitte, den Stuhl neben mir freizumachen?“

Sie sprach einwandfreies Deutsch mit gutturalem Sound, wie gesungen. Dem Frisör war es mittlerweile gelungen, sich von hinten heranzurobben. Er bekam die Szene Wort für Wort mit. Die Sache mit dem Auto lag ihm immer noch schwer im Magen. Jetzt kam die Revanche ohne eigenes Zutun.

>Ich muß dringend „Graete“ anrufen.<

In Ostburg war die Welt eingefallen.

„Graete“ war schon unterwegs.

Egidio hatte sich im allgemeinen Wooling ins Büro verpieselt und „Graetes“ Handy angemorst. Dieses Ereignis roch nach höherem Ruhm, überregionaler Bedeutung. Die Welt blickte nach Ostburg. In diesem Moment wußte sie es nicht. Er, der Klatschreporter vom kleinen „Ostburger Anzeiger“, war auserwählt, der Welt zur richtigen Blickrichtung zu verhelfen.

„Graete“ saß auf dem Beifahrersitz seines VW-Käfers, Baujahr 64, sein Fotograf am Steuer. Allen Unkenrufen zum Trotz wußte er genau, wie die Lästermäuler ihn nannten. Im richtigen Leben hieß er Bernd Vogelsang, war 28, mit 1,78 Meter kurz unter Gardemaß, mit 115 Kilo kein Leichtgewicht, aber kräftig gebaut.

Ein Klotz.

Ihm paßte es in den Kram, so eingeschätzt zu werden, wie die Knaller in diesem Örtchen es taten. Vogelsang verstand viel von Camouflage. Die Rolle als blöder, leicht korrupter Klatschreporter gehörte zur Verabredung mit seinem in Ulm residierenden Verleger Wido Warring, der aus altem friesischen Torfadel stammte, das väterliche Erbe strebsam vermehrt und in den Jahren des Zeitungssterbens mit gutem Geld ein kleines Medienimperium geschaffen hatte.

Ins Familienwappen hatten seine Vorfahren gemeißelt: Von sparn und wahrn kommt hebben von her.

Neben seinen kaufmännisch-verlegerischen Talenten pflegte Warring Menschenbeobachtung. Sein Lieblingsautor John le Carré schuf Lebensgrundlagen in ihm. Folgerichtig zog es ihn mehr in die Schattenbereiche. Die Position im hellen Scheinwerferlicht überließ er gern anderen. Sein Unternehmen residierte in einem schwäbisch-bescheidenen Bürogebäude am Rande von Ulm.

Der „Ostburger Anzeiger“ war ihm Mitte der 70er Jahre förmlich aufgedrängt worden. Mit seiner Auflage von 60 000 Exemplaren in und um Ostburg hatte es sich für den damaligen Verleger nicht mehr gerechnet. Warring kannte den deutschen Nordwesten wie die Westentasche und sah im „Ostburger Anzeiger“ den Glücksgriff, der als Expansionsobjekt eines Tages Gewinne abwerfen würde, vor allem aber der Schlüssel war zu den damals noch weit entfernten privaten elektronischen Medien.

Ein weitsichtiger Mann. Vom Journalismus verstand Warring wenig. Vom Geschäft umso mehr.

Thoma von RTL machte Jahr für Jahr vor, daß ein privater Sender die Lizenz zum Gelddrucken bedeuten konnte, wenn man es richtig anfing.

Vor zwei Jahren in Ulm hatte sich ein klotziger junger Mann neben ihn an die Kneipentheke geschwungen. Der „Uhu“ war sein Entspannungs- und Beobachtungsfeld. Der Hannoveraner Wirt kam seinem Bedürfnis nach norddeutschem Kolorit im tiefen deutschen Süden entgegen. Der junge Mann bestellte ein Rezept. Der Wirt stellte ihm prompt Bier und Korn hin.

Warring staunte. „Woher wissen Sie...?“ Der junge Mann nahm dem Wirt die Erklärung von den Lippen: „Ich habe ihn als Hannoveraner erkannt. Auf Anhieb. Und ein Hannoveraner Wirt weiß natürlich, was ein Rezept ist. Das klare A. Sie wissen schon.“

Er sprach das A wie ein langgestrecktes Ö und sagte statt Hannover „Hannova“.

„Ich komme aus Hannover-Linden. Klassischer Arbeiterbezirk, eigenes Bier.“ Das Rezept zog er durch. „Noch eins“.

Die Männer am Tresen kamen ins Gespräch. Warring gab sich als Friese zu erkennen. Schon liefen die Witze. Warring spürte, daß die Chemie stimmte. Der Friese entwickelte rasch ein gutes, offenes Gefühl für diesen jungen Mann, und als der die einzig wirklich gute Hannoveraner-Geschichte vom Stapel ließ, die er erst bei Wiederholung richtig verstand, lachte er erst, um am Schluß nur noch zu prusten.

Die Geschichte?

Kamera schwenkt: Kommt eine vornehme Dame auf den Lindener Marktplatz, so auf Schicki-Micki. Sucht Kontakt zu den einfachen Leuten. Kann sie am Abend bei Konsuls erzählen. Sie tritt an einen Aalstand und titscht mit den behandschuhten Händen einige Aale an. Die Aalfrau guckt sich das eine Weile an und sagt dann: „Sie, Frollein, Ölecken sind kaane Nillecken, die werden vom Önföten nich dicka."

Kamera wieder auf Totale.

Erst nach etlichen Bier, wobei Warring geschickt die eine oder andere Runde ausließ, stellte sich heraus, daß der junge Mann Redakteur bei den „Stuttgarter Nachrichten" war, ein kleines Licht noch mit großem Ehrgeiz. In Ulm war er auf Reportage.

Warring hielt sich bedeckt und horchte den Nachbarn geschickt aus. Vogelsang erzählte freimütig seine Einschätzung von der Entwicklung der Medien. Neugierig, wissensdurstig, offen, charmant. Ein Mann nach Warrings Geschmack. Dem, so sein Eindruck, fiel es leicht, mit seiner offenen Art an alle Informationen zu kommen.

Ein paar Tage später bekam Vogelsang einen Anruf vom Warring-Verlag in Ulm mit der Bitte, doch am übernächsten Tag zu einem wichtigen beruflichen Gespräch zu kommen. Vogelsang war neugierig genug, um zuzusagen. Im Chefzimmer traf er auf den Chef, Wido Warring. Großes Hallo.

„Sie Schlitzohr."

Warring entwickelte ihm seine Pläne mit dem „Ostburger Anzeiger" und zeigte dem jungen Mann eine langfristige Perspektive auf, die ihn faszinierte. Vogelsang schlug ein und fing als unscheinbarer Klatsch- und Lokalreporter an, um gründlich die Machtverhältnisse im County und darüber hinaus zu recherchieren und zu analysieren. „Graete“ gefiel ihm deshalb ganz besonders. Er wußte, daß es noch ein paar Nüsse zu knacken gab.

>Ich arbeite daran.<

In der Redaktion kannte niemand seinen Draht zum Verleger. Er wollte sich alleine durchsetzen, seinen Weg alleine gehen, um dann alle Erfahrungen in seine künftige Aufgabe einmünden zu lassen.

„Graete“ ließ den Fotografen hinter dem 500er parken, der gerade vor der „Taverna“ zum Stehen gekommen war. Anselm Focke entstieg dem Schlachtschiff. Sah ein wenig stoned aus. Konnte auch an der anhaltenden Frühjahrswärme liegen. Anselm strebte der „Taverna“ entgegen.

„Graetes“ Fotograf mußte erst noch sein Gerät präparieren. Wie schon vorhin, als Martha bei Egidio auflief und die Menge vor Graumanns Augen kurz auseinanderstrebte, teilte sie sich jetzt wieder. John Deus hatte tatsächlich den Schwanz eingezogen. Wortlos entstieg er dem Thekenhocker.

Martha drehte sich um. Ihr Blick traf auf Anselms Augen. Ohne das geringste Zwischenspiel winkte sie ihm zu und zu sich heran. Anselm schaute sich vorsichtshalber um.

Niemand.

Die unglaublich schöne Frau saß da, mitten in der Provinz, wo die „Eierverkäufer“ die Masters of the Universe waren, und winkte ihm zu. Ihm!

Der rote Kreis.

>Die wartet tatsächlich auf mich. Der Hocker daneben steht leer. Diese Granate kenne ich. Aber woher? Mann, du Pflegefall, das ist das Topmodell Martha Harrington. Ist die etwa hier, um bei mir eine Wolldecke zu kaufen?

In dem Alter hat man doch noch kein Rheuma.<

Wie auf Schienen wandelte Anselm dem Hocker entgegen,

setzte sich und sah diese Frau aus dem Weltall an.

„Hallo."

Mehr wollte nicht raus. Sie strahlte ihn fröhlich an, unbeschwert.

„Schön, dich kennenzulernen. Ich bin Martha."

Die zarteste, langgliedrigste Hand seines Lebens bewegte sich auf seine zu.

„Anselm".

„Schöner Name, habe ich noch nie gehört."

„Meine Eltern haben ihren poetischen Drang an mir ausgelassen. Sie sind Martha Harrington, stimmt's?"

„Der Name stimmt, nur nicht „Sie" sagen, bitte."

„Woher sprechen Sie... äh du so gut Deutsch?"

„Erstens, ich heiße wirklich so, zweitens hatte ich in Durban eine deutsche Nanny. Ich spreche Deutsch und Englisch."

„Mal ne doofe Frage," Anselms Gaumen bildete langsam wieder Feuchtigkeit, „was machst Du in dieser gottverlassenen Gegend?"

>Die war bis heute dein Lebensmittelpunkt, der Nabel der Welt, du Verräter.<

„Normalerweise sieht man dich doch in New York, Rio, Tokio."

„Das ist schnell erklärt. Hier ganz in der Nähe, in Axstedt, wohnt einer der besten Fotografen der Welt. In der Branche weiß das jeder, die Leute in der Gegend haben meist keine Ahnung. Du weißt, der Prophet im eigenen Land und so."

>Auch noch gebildet.<

Sie warf den Kopf zurück, schüttelte das Haar, das sich wieder präzise auf die Ausgangsposition zurückschwang.

„Er heißt Peter Petersen. Du hast bestimmt von dem Jahreskalender mit Claudia Schiffer gehört. Einen ähnlichen Kalender will er mit mir machen. Die Fotos entstehen zum Teil hier. Soll eine besonders schöne Gegend sein. Bin mal gespannt."

>Hoffentlich kein Nacktkalender. So eine schöne Frau muß ihre Reize nur andeuten. Was ist mit mir passiert?<

„Falls du denkst, es werden Nacktfotos, liegst du falsch. Davon gibt es kein einziges auf der Welt. Also, dieser Petersen kommt erst heute am Abend zurück und hat mir diesen Italiener als den besten im Umkreis von 50 Kilometern genannt. Ich bin vom Bremer Flughafen mit Taxi erst nach Axstedt, die Koffer abgeben und dann hierher. Will ein paar Nudeln drehen: Machst du mit?"

„Wie lange bleibst du in unserer schönen Gegend?"

„Ein paar Tage. Ich wohne in Petersens Gästehaus. So, hoffentlich kann dieser Italiener gut kochen. Ich habe einen Mordshunger."

Egidio empfahl Spaghetti Gamberoni, Anselm schloß sich an. Dazu noch ein Glas Prosecco. Martha nippte bloß.

„Was hältst du davon, wenn ich dir nach dem Essen ein bißchen die Gegend zeige. Am Nachmittag kriegst du dann auch dieses wundervolle zarte Blau in der Luft mit, das es um diese Zeit nur bei uns gibt."

„Ja, von diesem Blau hat Petersen auf den Seychellen bei der Arbeit so geschwärmt."

>Arbeit auf den Seychellen! Da arbeitet doch sonst nur das Hotelpersonal für die Touristen. Da fährt man zum Urlaub hin.<

Graumann und Padberg waren in der „Höhle" mit Filetspitzen in Pfeffersoße fertig. Bei Grappa und Espresso, zu dem Egidio immer ein paar Mandelnüsse mit Amarettogeschmack legte, redeten sie über dieses und jenes. Padberg las Graumanns Gedanken und versetzte Stück für Stück seinen Stuhl so, daß der Weinhändler nachrücken und nun endlich einen Blick auf die Schönheit werfen konnte.

Graumann nahm wahr, daß Anselm dran war. Das behagte

ihm nicht. Der Kerl konnte gut Mädels aufreißen.

Der frisch Verliebte kaute auf dem Keks wie auf einem Granitbrocken.

„Graete“ machte mit der Annäherung an das Weltwunder den Anfang. Er dirigierte sich hinter den Küchentresen, betrat heiliges Land und tauchte vor Martha und Anselm auf.

„Ich bin Journalist beim hiesigen Blättchen und schreibe auch für nationale Zeitungen,“ ergänzte er bedeutungsvoll.

„Darf ich ein Foto machen? Hier ist Georg, mein Fotograf.“

„Selbstverständlich, aber nur kurz bitte und nicht, während ich esse oder trinke,“ lächelte Martha ihn in seine Grenzen.

Georg ließ es blitzen.

Der Frisör meldete sich auch wieder. „Blitzen kannst du ja, kannst du auch donnern?“ Viele lachten, Martha nicht. Sie genoß sichtlich die Nudeln. Anselm genoß ihren Anblick, ihre Grazie, ihre Anmut. Und er verglich sie mit Susi.

>Welten! Mehr sage ich nicht.<

„Bringst du mich nachher nach Axstedt?“

Anselms Teller ging fast voll zurück. Egidio sah ihn besorgt an. Italiener wissen, daß Manneskraft von einer guten Nudel kommt. Martha verlangte nach einen Espresso. Anselm auch. Als Egidio die Täßchen brachte, wünschte Martha noch einen Schuß Amaretto obendrauf. „Ich mag keinen Zucker, trotzdem muß der Espresso etwas süß sein.“

Auf Egidios Stirn leuchtete das Schriftband: Espresso Egidio, aufgefüllt mit Amaretto. Speciale. Er sah sich schon erwähnt in „Schöner Essen“ oder wie diese Zeitschrift hieß.

Die Sonne neigte sich bereits und tauchte Ostburg in ein warmes, nach Orange tendierendes Licht, zu dem sich jetzt draußen auf den feuchten Wiesen das zarte Blau mischte. Der Sommer ließ grüßen.

Anselm drückte die Fernbedienung, die Sicherungsstifte der Türen im 500er glitten geräuschlos auf. Martha warf ihre helle Lederjacke achtlos auf den Rücksitz. Im schwarzen T-Shirt und dem hellblauen, knallengen Minirock stach sie die Sonne aus. Sie stiegen ein.

Anselm startete den seidenweichen Achtzylinder, legte eine Freddy-Fender-CD ein. „Silver wings, shining in the sunlight..."

>Was ist mit dir los, Alter? Du willst nur mit ihr rumfahren, Karl der Große schweigt vor sich hin. Jeder Mann auf dieser Welt würde diese Frau knallen wollen. Nur Du nicht. Die Frau lähmt mich.<

„Wann läufst du bei Petersen auf?"

„Wieso auflaufen?"

„Das Wort kannte deine Kinderschwester wohl noch nicht. Also, wann mußt du heute bei Petersen sein?"

Ihr helles Lachen legte sich über Freddy Fenders leicht versoffene, fröhliche Stimme! „So gegen sieben Uhr, denke ich."

„Dann rollen wir durch die Gegend, vielleicht bis Worpswede. Schon davon gehört?"

„Vogeler," kam es prompt. Den kannte sogar Anselm.

Er erzählte eine Mischung aus Fakten und guter Phantasie über Worpswede. Sie hörte schweigend zu. Vor dem restaurierten Vogelerhaus hielten sie an. Die Besichtigungszeit war noch nicht abgelaufen.

„Hier hat sogar Rilke gewohnt und geschrieben."

Martha kannte auch Rilke. „Habe einige Gedichte gelesen."

Im Worpsweder Landhaus bei Geisler nahmen sie auf der Terrasse hinter der großen Hecke Platz. Weiß-braune Zeltpavillons mit offenen Seiten zauberten orientalischen Touch, den Martha sofort mochte. Auf der Ausfallstraße nach Osterholz-Scharmbeck war um diese Zeit allerhand los. Sie störten sich nicht daran. Martha nippte am Darjeeling, Anselm trank Kaffee, dazu ein Mineralwasser.

>Bloß den Kopf klarhalten. Ich muß mir jedes Bild einprägen. Solche Momente kommen in meinem Leben bestimmt nicht wieder.<

Gegen sieben lieferte Anselm die schöne Frau bei Petersen ab. Der Fotograf lebte auf einem restaurierten Bauernhof etwas abseits des Dorfkerns. Mächtige alte Eichen bildeten einen Schutzwall gegen Sturm und Wetter.

Das Fachwerk war wiederhergestellt, dazwischen roter Ziegelstein. Das mächtige Reetdach faßte das Ganze zu einem kuscheligen Romantikteil zusammen. Wo früher ein altes, unansehnliches Scheunentor gehangen hatte, putzte jetzt ein weißes Tor mit Butzenscheiben die Hausstirn, rechts und links ließen Butzenscheiben einen Blick auf die honigfarben beleuchtete Diele zu.

Ein Traum.

Vor der Tür parkte ein perlblauer Audi 80 Avant RS 2. Das ultimative Auto, noch ein Geheimtip, von Porsche gebaut. In dem Teil ließ sich jede Menge unterbringen.

Petersen war also da, der Traum ging zu Ende. Anselm stieg aus, öffnete der schönen Frau die Tür, die es geschickt verstand, trotz Minirocks nichts blitzen zu lassen. Sie stand in ihrer Gardelänge vor ihm, trotzdem überragte er sie.

Plötzlich lag ihr Mund auf seinem, drang ihre Zunge durch seine Lippen und raubte ihm alles, was bisher den Macho Anselm ausgemacht hatte.

>Ich fliege. Nicht aufhören.<

Noch bevor dieser Augenblick sein Gehirn erreichte, war er schon vorbei.

>Jetzt bloß nicht auf die Schnauze fliegen, Herr Chefpilot.<

Sie stand wieder in voller Länge vor ihm, aus ihren Lippen hauchte es: „Auf morgen. Ich habe nach den Fotoarbeiten viel Zeit für uns. Ruf an. OK?“

Noch bevor er wenigstens die Telefonnummer erfragen konnte, verschwand sie mit Petersen in dem Bauernhaus. Anselm implodierte.

>Wo ist mein Handy? Ich muß eben Michael Douglas anrufen, auf einen Drink bei ihm vorbeikommen. Wir stehen jetzt auf einer Stufe, Alter.<

Die sechs Herren saßen in der Sauna und schwitzten. Kreuz war heute Gastgeber.

Der Bauunternehmer hatte es so einrichten können, daß der Anbau mit Sauna und Schwimmbad fast parallel zum Ausbau des Kreishauses in Ostburg lief. Was im Kreishaus jetzt an Qualität fehlte und sich erst in ein paar Jahren bemerkbar machen würde, hatte für einen soliden Freizeitbereich gereicht.

Graumann erzählte von dem Erlebnis mit Martha Harrington. Die anderen hatten schon etwas läuten hören. Die Ostburger Buschtrommeln arbeiteten seit Stunden auf Hochbetrieb. In dieser Stadt mit den fleißigen Telefonfingern, allen voran Bauunternehmersgattin Ingevelde Kreuz, hatte es jeder Verleger schwer. Welche Aktualität konnte er am nächsten Morgen im Blatt noch bieten?

Ein paar gute Fotos vielleicht.

Graumann verschwieg geschickt den Eingriff in sein Gefühlsleben.

>Die Jungs merken noch früh genug, daß das Mokkatöpfchen bei mir erst einmal geschlossen bleibt. Wegen Umbauarbeiten im Gefühlsapparat.<

Das Mädchen kreiste wie ein Virus durch sein Blut.

„Ich habe neulich im Playboy etwas über sie gelesen,“ erinnerte sich Kreuz, „die Kleine verdient Millionen. Was will die bloß in unserem Kaff?“

Kreuz zitierte weiter den Playboy: „Die Lüttje hat alles, was das Herz begehrt. Trotzdem erinnere ich mich, daß sie gesagt hat, sie ist unglücklich.“

Graumanns Gehirnzellen schossen Kabolz: „Warum?“

„Wenn ich das noch wüßte. Muß mal gucken, ob der Playboy hier im Haus herumliegt. Ingevelde hat ihn bestimmt noch nicht weggeschmissen.“

Graumann ließ jetzt nicht mehr locker. Er witterte seine Chance, doch noch an die Kleine heranzukommen.

>Wenn ich den Schwachpunkt kenne, fällt mir auch der Schlüssel ein, diesen Punkt aus ihrem Leben zu tilgen. Großzügige Geschenke wirkten bei Kerlen, warum nicht auch bei Frauen?<

„Ich versuch's nochmal mit dem Kopf. Heureka, wie wir Engländer sagen, ich hab's. Sie will unbedingt Schauspielerin werden, so wie Marilyn Monroe und Ava Gardner. Nach ein paar Probeaufnahmen in Hollywood haben die Schluffis sie abgelehnt. Das sitzt tief in ihr. Die haben gesagt, sie soll bei den Fotos bleiben.“

Kreuz blickte stolz in die Runde. Sein Gedächnis! Schau einer an.

Graumann verrieb mit seiner rechten Pranke den Schweiß auf dem Körper. Anschließend drückte er die Feuchtigkeit aus seinem Haarschopf, der an den Seiten besonders lang wuchs, um erste kahle Stellen auf dem Haupt zu überdecken. Sein Blick ruhte wohlgefällig auf dem muskulösen Körper.

>Ich bin bestens in Form, kaum Bauch, kaum Fett. Hilft trotzdem nicht. Zwischen mir und Martha liegen 30 Jahre. Das ist manchem sein Ganzes. An mir als Mann wird sie nichts finden. Also werde ich ihr schenken, was sie braucht, sich von ganzem Herzen wünscht.

Martha, das wird dir gefallen.<

Er sprach schon den ganzen Nachmittag in der Du-Form

mit ihr. In den trockenen 90 Grad in der Sauna erinnerte er sich an den „Paten“ mit Marlon Brando.

>Ich bin der Pate von Ostburg.<

Der Pate hatte doch seinem Neffen zu einer Filmrolle verholfen. Kopf ab, Pferd. So machten die das in Amerika.

>Wir sind da viel eleganter und genauso effizient.<

Vor vier Jahren hatte der Boß ihn zu einem Glas Wein in seine Villa nach Hamburg eingeladen. „Rein privat, caro Graumann,“ ließ er ihn auf seine väterliche Art wissen. Sie standen auf der Terrasse mit Blick auf die Elbe. Schick, schick.

Bei einem erstklassigen Tignanello plauderten sie über dieses und jenes. Im Hintergrund lief italienische Opernmusik. Den ganzen Tag. Der Boß war und blieb Italiener. Zu der Zeit zeigte das Fernsehen „Allein gegen die Mafia“ mit großem Erfolg. Der Boß und seine Leute schauten sich die Folgen auch an. Mit wachsender Begeisterung. Graumann wunderte sich, bis der Boß ihm seine Philosophie darlegte.

„Solche Filme festigen den Respekt der Menschen vor solchen Institutionen wie der Mafia. Früher wurden viel mehr solche Filme produziert. Denken Sie an den ‚Paten‘. Jetzt werden es immer weniger. Das ist bedenklich. Der Respekt verliert sich schnell.“

So hatte Graumann die Sache bisher nicht gesehen. Er war mehr für Ruhe an allen Ecken.

„Wir sollten nachdenken, ob wir nicht auch in das aufblühende Fernsehfilmgeschäft etwas Geld investieren. Die Leute gucken an so was hoch. Warum warten, wenn wir etwas selbst machen können? Hilf dir selbst, dann hilft dir Gott.“

Der Boß glaubte wirklich an Gott. Er ging jeden Sonntag in die Kirche. Und beichtete.

Der arme Pfarrer.

„Caro Graumann, wenn Sie in dieser Sache auf eine gute

Idee kommen, lassen sie uns gleich darüber sprechen. Ich bin da sehr offen."

>Der Boß braucht mich, setzt auf mich, weiß, daß ich weit mehr kann als das, was ich jetzt tue. Nicht schlecht, Frau Specht. Der Mann darf nie etwas von meinem heißen Hintern erfahren. Dann ist Schicht im Schacht.<

Der Auftrag, einen Weg ins Film- und Fernsehgeschäft zu buddeln, bestand nach wie vor. Die Fernsehsender schossen wie Unkraut. Überall las man, daß sie dringend gute Filme suchten.

>Jetzt habe ich allen Grund, den Spaten gegen einen Bagger zu tauschen. Das Ding muß in die Gänge kommen. Bald. Wird den Boß freuen und mir helfen.<

Graumann seufzte, was die anderen als Sehnsucht nach ihren heißen Spielen auslegten. Doch Graumann winkte bei den ersten Signalen ab. „Hab heute mächtig Kopfschmerzen."

>Der Boß wird mich küssen, wenn ich mit der Filmfirma auch gleich einen weiblichen Superstar anschleppe. Hoffentlich kriege ich bei diesem Kuß nicht die verkehrten Gefühle!<

„Die Fahne hoch..." Padberg nahm zum ersten Mal seit Inbetriebnahme seines „Führerhauptquartiers" weder Text noch Musik wahr. In ihm regte sich ein großer Wurf. Graumanns Angebot, für ihn und seine Freunde Geld zu waschen, durfte auf keinen Fall in den kriminellen Abgrund führen, ihn unter gar keinen Umständen abhängig machen von diesen Leuten, deren Geschäfte ihm nur zu klar waren. In ihm lagen die Pflastersteine für einen Weg, auf dem er sauber gehen konnte, ohne auf das viele Geld von Graumann zu verzichten.

>Jede gewaschene Million werden die mir fürstlich bezahlen, mir, dem Produzenten von Waschmitteln aller Art.

Zurück geht jetzt sowieso nichts mehr. Dazu bin ich zu weit drin. Dafür warst du viel zu gierig, mein Freund.<

Padberg bastelte an einem Unternehmen für Geldanlagen jeder Art und hochspekulative Geschäfte wie dem Warenterminhandel. Er wußte auch schon, wie er es anfangen wollte.

>Morgen um elf gibt mir Anwalt Pottmann die letzte juristische Ölung. Dann hält uns niemand mehr.<

In Augenblicken großer Zufriedenheit liebte Padberg die Ansprache an sich in der dritten Person.

Dieses Wonnewetter im Wonnemonat hörte einfach nicht auf. Es war, als habe der Himmel den Schalter zum Ausknipsen verloren. Sonne ohne Ende, vom Westen näherte sich ein neues Hoch. Anselm wollte Padberg schon vor Freude in den Arm nehmen, als ein kleiner Rest Verstand ihn zurückhielt.

>Der Chef mag solche Annäherungen nicht.<

Padberg gönnte seinem Mitarbeiter nur einen kurzen Blick. Innerlich platzte er vor Neugier und wartete dringend auf die Story mit Martha.

In guten Zeiten hatte „Sonnenschein“ Zucker und Kaviar für insgesamt 20 Mitarbeiter abgeworfen. Jetzt bastelte bloß noch Hansel am Computer und die Sekretärin wuselte durch die Gegend. Padberg war froh, daß er Focke gut angefüttert hatte.

Im Warenterminhandel, der zu 100 Prozent aus Telefonaquisition bestand, brauchte er Anselm dringend. Der war genau die Quasselstrippe, die auch den Hartleibigsten das Geld aus der Tasche redete.

Vor einer halben Stunde hatte sein einer Banker angerufen: „Ich setze heute das Moratorium in Bewegung. Herr Hansel hat mir bereits alle Gläubiger gefaxt. Die Bank stellt sich in die Mitte. Der Vorstand zieht mit. Sehen Sie zu, daß Sie so bald wie möglich wieder Einnahmen erzielen, damit der alte Schwung zurückkehrt. Good luck."

Anschließend drängelte auch der Lieferant der Magnetbetten: „Herr Padberg, Sie sind einer der stärksten Vertriebe, die ich kenne. Nicht schlapp machen." Padberg lachte sich eins ins Fäustchen.

>Wenn Pottmann mir alle Pläne juristisch absegnet, wird nichts mehr vertrieben. Höchstens ihr.<

Nun begann Anselm zu sprudeln wie ein Spatz im Frühling: „Ein Traum, ein echter Traum. Die Frau fährt total auf mich ab."

„Schon gebumst?"

„Hast auch nur eines im Koppe!"

„Also erzähl."

>Man gut, daß ich ihn im Moment nicht brauche. Rammele dich aus, betreibe ordentlich deine Sexualhygiene und komm frischgewaschen zum Dienstantritt, wenn ich dich brauche, Kerlchen.<

„Meinst du, daß du bis zum 1. September damit durch bist?"

„Warum bis dann?"

„An dem Tag eröffnet unser neues Unternehmen."

Anselm suchte ein ruhiges Plätzchen, kramte in der rechten Hosentasche und holte ein Zündholzheftchen heraus. Auf der Innenseite stand der Schlüssel zur Glückseligkeit, Petersens Telefonnumer.

Gestern abend war Anselm noch in den „Axstedter Hof" gefahren, hatte seine Freude mit zwei Pils und drei schwarzen Steinhägern unterstützt und nebenbei vom Wirt Petersens Nummer rausgekitzelt. War nicht schwer. Der Wirt gab sogar Auskünfte: „Wir wissen auch nicht so recht, was der junge Mann eigentlich macht. Hin und wieder ißt er hier ein Mettwurstbrot oder ein Schnitzel mit Bratkartoffeln. Reist viel rum. Is' wohl Fotograf." So weit, so gut.

„Aber keine Pornos," nahm er seinen Mitbewohner gleich nach dem Motto in Schutz: Unser Dorf soll sauber bleiben.

>So, Fremder, mehr wird nicht erzählt.<

Es tutete. Einmal, zweimal, dreimal. Anselms Herz klopfte mächtig.

>Sie arbeiten noch, können nicht abnehmen.<

„Petersen."

„Hier spricht Anselm Focke aus Ostburg. Ich habe gestern Martha zu Ihnen gebracht. Kann ich sie eben mal sprechen?"

Petersen legte offensichtlich die Hand übers Mikrophon. Anselm nahm nur noch Gemurmel wahr.

>Da ist der lästige Bursche dran, der mit dem unförmigen Auto. Blöder Kerl. Ich wimmele ihn ab.<

Anselms Gedanken verwirrten sich.

„Sie sitzt gerade in der Maske. Ich soll Ihnen ausrichten, daß Sie sie gegen 15 Uhr bei mir abholen können. Klappt das?"

Punkt drei Uhr stand Anselm samt 500er vor Petersens Hof. Seine Sinne waren scheunentorweit geöffnet, nahmen wahr, was ihm sonst so am Hintern vorbeiging. Die Vögel zwitscherten, die Bäume dünsteten Duftstoffe aus, die Blumen strahlten in die Welt, das Gras sah saftig aus. Und dann dieses allgegenwärtige, helle Grün.

Frühling.

Seine Poren saugten die Welt in den Körper.

>Wenn ich das in meinem Club erzähle!<

Sie stand neben ihm, ohne daß er auch nur etwas gehört hatte. Die schöne Frau nahm ihn kurz und bestimmt in den Arm, küßte seinen Mund. Den Gegendruck nahm sie schon nicht mehr wahr, so flink war sie auf der anderen Seite des Mercedes und stieg ein. „Laß uns ein wenig durch Worpswede wandern, Galerien gucken, Antiquitäten und am Abend in dem schönen Restaurant essen, wo die Wüstenzelte vor der Tür stehen," schlug sie vor, „Petersen hat mir eine Menge vorgeschwärmt. Auch von der überladenen Einrichtung."

>Hoffentlich laufen in Worpswede ein paar Leute rum, die sehen, mit welchem Wunder ich die Gegend beglücke.<

Auf ihren Wegen verfolgten sie alle Blicke. Jeder nahm nur Martha wahr. Eine Sensation! Viele hatten natürlich das groß aufgemachte Foto im „Ostburger Anzeiger" gesehen, der hier das Leib- und Magenblatt war. Martha tat, als ginge ihr der ganze Rummel am Achtersteven vorbei.

>Ein knallharter Profi. Muß ich mir merken, wenn ich auch erst einmal berühmt bin als der Mann an ihrer Seite.<

Sie erklärte ihm ihre Einstellung: „In meinem Job ist Bekanntheit bares Geld. Das stumpft leider auch ab. Am Anfang war ich noch stolz und sehr aufgeregt über die Reaktionen. Alles galt mir, die Kellner machten Buckel wegen mir, überall die besten Tische - für mich. Auf der 5th Avenue blieben die Leute meinetwegen stehen, auf den Champs-Élysées, überall. Irgendwann begann es zu nerven. Jetzt läuft es an mir vorbei. Einfach so."

Anselm hing an ihren Lippen, an ihren Augen, an ihrem Gesicht. Sie trug wieder so einen knappen Mini mit ausgeschnittenem leichten Top.

>Die braucht nur ganz winzige Koffer für diese ganz winzigen Sachen.<

Anselm fiel nicht auf, daß sein Sexualleben völlig am Boden lag. Sie erzeugte mit ihrem Topkörper nicht einen Reiz bei Karl dem Großen.

>So schön kann nur die Liebe sein. Warte nur, lieber Karl, wenn es doch so weit kommt und du machst schlapp, drehe ich dir den Hals um. Dann ist aber Schluß mit lustig.<

Wie hatte doch sein Vater immer gesagt: „Hauptsache, die Nille steht."

In seiner großen Epoche hatte das „Worpsweder Landhaus“ wilde Zeiten erlebt. Die Worpsweder verstanden sich als die besseren Bremer, die der Großstadt entflohen, aufs Land gezogen waren. Nicht irgendwohin, nein, in eine Gegend mit gehobenem, kulturellen Anspruch.

Worpswede eben.

Das „Landhaus“ war ihr Zentrum für große Feten, Besäufnisse, Freßorgien. Hier waren nach vielen Getränken Freundschaften und Ehen vor die Hunde gegangen. Selbst nationale und internationale Konkurrenz maß sich im einarmigen Reißen.

Der Wirt Conny, so erzählt die Legende, hat einmal am endlos langen, worpswede-dunklen Bartresen mit Roger Moore Jubiläumsaquavit um die Wette gesoffen.

James Bond verließ, immer noch die Legende, die Stätte geraden Hauptes, während der Wirt hinter der Theke liegend auf das Sauerstoffzelt wartete, um die Zeit bis zur Lebertransplantation bei Pichelmeier in Hannover halbwegs lebend zu überstehen.

In Worpswede, dem Ort der Kunst, lebten auch viele „Eiersprecher“. Gegensätze ziehen sich eben an.

Der neue Wirt brachte Essenskultur in das abgelebte Haus am Rande des Teufelsmoores. Gewollt überladene Dekoration aus der Geschichte dieser Landschaft, Bienenkörbe als Lampen, Spitzendeckchen überall, rustikale schwere Holztische, alles passend durcheinander. Dazu eine Küche von Niveau.

Es zog wieder die vornehmeren Herrschaften in den ausgelagerten Bremer Vorort. Sie mischten sich gerne mit den Leuten aus den immer ausgedehnteren Grauzonen unserer Zeit. War doch ganz was anderes als den ganzen Tag im Büro.

Hier boxte der Papst.

Martha und Anselm betraten gegen sieben Uhr den

Vorraum. Die Dunkelheit im Rücken. Nur einen Tag nach ihrem ersten Kurzbesuch drehte der Oberkellner fast eine Pirouette. Das Besteckgeklapper im Hauptrestaurant hörte auf. Ein paar wichtige Leute saßen da und taten sich mit oder vor ihren Tischgenossen wichtig.

Anselm sichtete alle auf einen Blick: Ein Chefverkäufer von Mercedes, etwas weiter hinten der BMW-Chef, ein Zeitungsverleger, gleich zwei Unternehmer, ein Arbeitgeberpräsident, der Trainer vom TV Ostburg mit seinem Präsidenten und noch ein paar andere Bedeutsamkeiten. Anselm grüßte mit freundlichem Gesicht nach rechts und links. Plötzlich waren alle seine besten Freunde. Das überraschte ihn.

>Die gucken mich doch sonst mit dem Hintern nicht an.<

Der Oberkellner räumte mit großer Geste das Reserviert-Schild von einem Tisch, den garantiert niemand vorgeordert hatte. Der Abend konnte beginnen.

„Erstmal zwei Glas Champagner und dann bitte Vorschläge außerhalb der Karte. Frau Harrington möchte nur ein paar Kleinigkeiten."

Martha bewegte ihren Luxuskörper in Richtung Damentoilette, vorbei an den Wichtigkeiten der Region. Die Herren blickten mehr oder weniger direkt hinterher. Der Trainer tat so, als sähe er die Frau nicht.

>Schließlich bin ich auch berühmt. Kann mich ja zuerst grüßen.<

Martha tat so, als merkte sie das alles nicht. Souverän schwebte sie links in den Gang, nachdem der Oberkellner, ganz diskreter Regisseur, mit leichten Fingerzeigen den Weg gewiesen hattte. Alles wie aus einem Guß.

Nach einem leichten Lachs-Carpaccio, dazu ein Glas Mersault, rosagebratener Entenbrust mit einem anständigen Chateau Talbot, Jahrgang 86, saßen sie nun beim doppelten Espresso, beide mit Amaretto gesüßt.

„Ich muß unbedingt etwas wissen," sagte Anselm mehr angelegentlich, „wirst du antworten?"

Sie blickte interessiert.

„Warum hast du gestern bei Egidio ausgerechnet mich zu dir gewunken?"

„Gute Frage. Da war so ein aufdringlicher Kerl, den war ich gerade losgeworden. Ich wollte einen Schutz gegen diese blöden Typen. Da kamst du im rechten Moment."

„Danke. Und was willst du jetzt von mir?"

„Mit dir schlafen."

Anselm spürte einen Spontandrang, sie in den Arm zu nehmen. Karl der Große war doch noch am Leben. Mit einem leichten Outstep ihres Oberkörpers verhinderte sie den Kontakt.

„Wir haben doch Zeit. Ich laufe nicht weg."

Thema beendet.

Sie hatten lauter dummes Zeug gequatscht, gelacht, gekichert. Sie bewegte sich bei ihren Gesprächen so, daß sie ihn hin und wieder wie unbeabsichtigt berührte.

Vertrautheiten für die Galerie.

Ihre Augen verließen keine Sekunde sein Gesicht. Niemand außer ihm fand ihr Interesse. Und trotzdem wußte Anselm genau, daß sie ihre Umgebung wahrnahm, taxierte, mit ihr spielte. Besonders mit den Frauen.

„Warte nur ab," ratschten die Mädels, „in ein paar Jahren hat sie Falten im Gesicht und an Stellen," kicher, kicher, „die man abends sieht, wenn man sich nackt im Bad begegnet. Außerdem ist das doch eine Nutte. Geht mit jedem ins Bett. Habe ich in der ‚Bunten' gelesen."

Sie merkten nicht, daß gerade diese Einschätzungen ihre eigenen Kerle besonders anheizten. Anselm nahm nichts wahr.

>Lieber Gott, solltest du den schändlichen Plan haben,

mich noch heute abzuberufen, warte bitte noch bis nach der Nummer, dann werde ich auch bei Petrus die ersten hundert Jahre die Wolken putzen.<

Marthas grüne Augen wurden plötzlich ganz weich, ihr tiefschwarzes Haar begann zu knistern: „Anselm, kannst du dich für ein paar Tage freimachen?“

„Und ob!“

„Petersen muß überraschend bis nächsten Freitag weg. Laß uns in den Süden reisen.“

>Himmel, Arsch und Zwirn, das gibt es doch nicht, Freunde, ich wünsche jedem von euch einmal dieses Gefühl, das durch die Birne brennt, wenn das Blut wirklich kocht.<

Anselm cool: „Was hältst du von Gran Canaria, da haben wir um diese Zeit alles, was das Herz begehrt. In viereinhalb Stunden Flugzeit.“

Martha stimmte der Idee zu. „Wir können morgen nachmittag abdüsen. Du bestellst Flüge und Hotel. Ich übernehme alle Kosten.“

Das Angebot paßte in Anselms Kassenlage. Außerdem ließ ihre Stimme keinerlei Widerspruch zu.

So einer Frau widerspricht niemand.

„So,“ sie zog die goldene Amexco aus der zierlichen Gucci-Tasche, „du bist heute eingeladen, und ich muß zu meinem Schönheitsschlaf ins Bett. Allein.“

Sie winkte dem Oberkellner, der rannte, als sei am Hintern ein Propeller angesprungen. Der für seine lockeren Sprüche bekannte Mercedesmann zog seinen Nachbarn zu sich und raunte: „Muß ein guter Rammler sein, wenn sie sogar die Zeche zahlt.“

Worpswedes Bürgermeister Krause mußte an diesem Abend die Schalmei geschlagen haben. Aus allen Richtungen quoll die Prominenz in seinen Ort. Als Anwalt Pottmann gegen 22 Uhr die Cin-Cin-Bar betrat, grinste ihm der nur noch mit einem Slip bekleidete Vorstandsvorsitzende der Stahlbaufirma in Ostburg an. Er saß auf einem Barhocker, zwei ebenfalls leicht bekleidete Herren daneben - „Geschäftsfreunde, Herr Notar" -, und um sie herum blanke Möpse und hochgezogene Tangas ohne Ende.

Die Mädels nippten „Veuve Cliquot", die Knaben zogen Whisky-Cola, und der Barchef Pepe Leinen lachte alle fröhlich an, Dollarzeichen auf beiden Pupillen. Pottmann durchfuhr ein leichter Schauder. Der Jurist schöpfte einen furchtbaren Verdacht.

>Wenn diese Sausäcke mein HIV-Programm gebumst haben, ohne mich zu berücksichtigen, verlieren sie bei nächster Gelegeheit einen saftigen Prozeß.<

Pottmann freute sich schon seit Tagen auf diese Nummer ohne Gummi, die er sich à la carte bei Leinen bestellt hatte. Persönlich. Er setzte sich an die äußerste Barecke. Pepe stellte den obligatorischen doppelten Wodka-Lemon wortlos hin.

„Keine Angst," der Barmann kannte seine Pappenheimer, „die kleinc Nadja hat heute die Unbedenklichkeit abgeholt. Garantiert Aids-frei. Sie können sie heute, morgen und übermorgen einreiten mit blankem Hans. Ihre Tage kriegt sie erst in einer Woche. Macht zusammen den wirklich guten Preis von 5000 Mark."

Pottmann schluckte kurz, beruhigte sich aber gleich wieder. Wo dieses Schwarzgeld für diesen Klassefick herkam, lag noch mehr. Padbergs Fragen über die juristischen Grenzbereiche seiner künftigen Aktivitäten hatten Pottmann sofort den Weg gewiesen.

>Geldwäsche. Da verhungert auch der Anwalt nicht, gelle.<

„Wer gibt beim Bumsen mehr, der Mann oder die Frau?"

Der Frisör lief wieder zur Hochform auf. Niemand bei Egidio wagte eine Antwort.

„Der Mann, ihr Pflegefälle, die Frau gibt Sex, der Mann gibt acht.“

Alle gluckten. Seit vor ein paar Tagen Martha Harrington hier unter ihnen erschienen war, verhielten sie sich bei jedem Schritt, jeder Geste, jedem Wort so, als sei sie mitten unter ihnen. Alles galt ihr. Alle tranken Espresso mit Amaretto. Sie lachte in ihrer Phantasie über die Späße, bewunderte ihren Geist, ihre männliche Ausstrahlung, ihren beruflichen Erfolg. Zwischendurch suchte sie sich einen von diesen Prachtbolzen aus, um sich auf einen Quickie in die Damentoilette zurückzuziehen.

Bloß nicht länger, damit man möglichst schnell mit diesem neuen Kapitel im Lebenslauf vor den anderen prahlen konnte. Außerdem durfte der Prosecco nicht warm werden.

>So sind wir.<

Martha war der Virus im Blut von Graumann, sie war das Blut in den Adern der Stadt. Heute früh hatte „Graete“ wieder über ihren Besuch mit Anselm in Worpswede berichtet.

Nicht jeder in Ostburg machte das Schaulaufen mit. Ingevelde Kreuz saß als Spinne im Netz auf dem Stuhl des Geschäftsreisemanagers im größten Reisebüro der Stadt, im „Buenos Dias“. So hatte sie einmal ein Kunde begrüßt, „schöne Fotos“ angefügt und fürchterlich gelacht.

Ingevelde wußte bis heute nicht, an welcher Stelle der Witz eintrat. In ihren zahlreichen täglichen Telefonaten mit allen Zelebritäten der Stadt verschwieg sie diese Blamage.

Ingevelde wußte, was in Ostburg lief, wer wann mit wem und wo. Nur die Mokkatöpfchen-Neigung ihres Mannes blieb ihr verborgen.

Ingevelde brauchte nicht zu arbeiten, das Gehalt interessierte sie wenig, tarifliche Auseinandersetzungen stießen sie ab. Ihr Job unterstützte ihr Hobby, den Klatsch. Mit der Telefonitis erfuhr sie alles und verbreitete alles weiter, garniert mit einem Schlag eigenen Senf.

Im Gegenzug meldete sie durch, wenn ein Ostburger Unternehmen Dienstreisen buchte. Sie bekam unerhört schnell heraus, wenn keine Ehefrauen mitreisten, dafür aber Mitarbeiterinnen. Das roch immer nach der alten Geschichte von der Dienstreise des Chefs mitsamt Sekretärin in die Alpen.

Die Sekretärin wurde gleich nach Rückkehr von den neidischen Kolleginnen gefragt, ob ihr der Chef auch den Watzmann gezeigt habe. „Jawohl, gleich hinter Hannover."

Den hatte Ingevelde gleich beim ersten Mal voll verstanden.

Jetzt wählte sie die Nummer ihrer Lieblingsfreundin Annette, der Frau des Oberbürgermeisters.

„Ich bin's. Hast du heute von der Harrington gelesen? Worpswede. Als ob diese kleine Nutte davon was versteht. Mir geht die langsam auf den Geist." Ingevelde fuhr ihre kurzen Finger wie einen Kamm durch ihren Kurzhaarputz. Die kaum 1,60 Meter kleine zierliche Frau, die neben ihrem Mann so erschien, daß er an Länge gewann, bot wenig Weibliches.

„Diese Harrington sieht doch aus wie aus der Nachtbar. Dieser Minirock allein. Da ist doch schon jeder drüber weggestiegen."

Annette stimmt zu: „Die muß hier bald verschwinden. So was paßt nach New York oder nach Paris. Aber hierher? Puh."

Beim Abflug tauchte die untergehende Sonne Bremen und Umgebung in ein zartes Orange. Bei der Ankunft in Las Palmas auf Gran Canaria regierte die Nacht. Auf dem hellerleuchteten Flugfeld schlug ihnen eine Affenhitze entgegen.

Die Luft stand. Im Ankunftsgebäude legte sich ein feiner Schweißfilm über ihre Körper. Gran Canaria kannte Anselm wie seine Westentasche.

Viele „Eierverkäuferkollegen“ sagten übereinstimmend: „Hier kannst du gleich nach der Ankunft mit der Erholung beginnen. Nach ein paar Tagen bist du mit geladenen Batterien wieder fit.“

Das stimmte nur bedingt. Viele Kurztrips zur maximalen Erholung mündeten unter ihresgleichen spätestens nach zwei Tagen in einem maximalen Besäufnis, beginnend an der Poolbar tagsüber, endend im „Coupé“, einem Anmachschuppen. Sie schleppten lallend noch ein paar Mütter mit an die Burg, die meist von der Rammelei genauso wenig mitbekamen wie ihre Reitersleut.

Dann noch zwei, drei Tage gemütliche Bumserei, und alles war vorbei.

Schon der viereinhalbstündige Flug wurde in Wodka-Lemon-Einheiten bemessen. Anselm schaffte meist 10 Doppelte pro Flug.

Diesesmal nahm Anselm Dinge wahr, die sonst an ihm vorbeigegangen waren. Hübsch häßlich, was dieses Krebsgeschwür Tourismus angerichtet hatte, fand er.

Die Taxe hielt vorm Hotel Palm Beach. Jorge vom Empfang überblickte sofort die Lage und sprang ihnen auf der breiten Treppe entgegen. Anselm hatte ihn von Ostburg aus telefonisch auf die Fulminanz des bevorstehenden Besuches hingewiesen.

Alle speziellen Wünsche ließen sich erfüllen. Sie bekamen Zimmer 610 mit Blick aufs Meer und Kingsize-Matratzen. Anselm erwartete heiße Bettkämpfe. Im Koffer lagerten acht Heftchen Schnee, die er für die Expreßfahrten mit diesem Teufelsweib einsetzen wollte.

Martha schaute nur kurz auf den Balkon. Das Meer ließ sich

mehr hören als sehen. Dafür leuchteten die Sterne. Zurück im Zimmer zog sie ungeniert das Top über den Kopf, stieg aus dem Minirock und befreite sich übersinnlich sinnlich vom Tanga. Anselm schaute regungslos zu, Karl der Große schwieg bedenklich. Vor ihm stand das Schönste, das er je gesehen hatte.

>Wenn eine Frau wirklich schön ist, gibt es absolut nichts Schöneres auf der ganzen Welt, Herr Ferrari.<

Sie schwebte auf ihn zu, zog seinen Kopf zu sich. Ihre Lippen berührten sich leicht. Bevor Anselm seine Zunge auf den Weg schicken konnte, drehte sich dieses Fabelwesen um, zeigte das perfekt geformte Hinterteil und schnurrte: „Jetzt dusche ich, dann du, dann wird in der Bar getanzt."

Anselm war Zeuge eines Ereignisses geworden, für das tausende, zehntausende - Milliarden! - Männer auf der Welt alles gegeben hätten. Für ihn umsonst. Einritt frei.

Langsam gewöhnte er sich an ihre Art, mit ihm umzugehen. Ein paar Fruchtbarkeitstänze in der Bar waren keine schlechte Idee.

>Bringt das prominentengeile Publikum in Wallung. Steigert den Umsatz.

Eigentlich müssen sie mich beteiligen.<

Gegen Mitternacht fiel sie erschöpft aufs Bett. „Ich brauche meinen Schönheitsschlaf."

Anselm lag da wie Falschgeld. Er fühlte sich wie die Flasche, der man den Alkoholiker entzogen hatte.

Frühstück im „Palm Beach". Das zählt zu den Plagen des Kapitalisten. Alle wollten einen Platz an der frischen Luft im Palmengarten. Die Besitzer hatten die Platzzahl dieses Teils offensichtlich am ersten Bauabschnitt orientiert. Der zweite Abschnitt brachte einen ordentlichen Bettenzuwachs. Die Zahl der Frühstücksplätze draußen blieb gleich. Tägliches Gedränge als Ergebnis.

Die Leute kamen trotzdem.

Martha fand den freien Platz wie im Traum. Die Leute gingen just, als sie erschien. Im selben Moment tauchte auch der Kellner auf, der alles reinigte. Anselm staunte bloß.

>Ich habe immer drei Stunden warten müssen, Frau Glücksfee.<

Martha war schnell fertig. Croissant ohne alles, ein Löffel Honig, etwas O-Saft, das war's.

„Und jetzt einen Strandspaziergang."

Anselm kannte mittlerweile jedes Körperdetail dieser Fee. Heute früh war sie nackt vor ihm herumgelaufen, ohne jede Spur der durchschlafenen Nacht auf Gesicht und Körper.

Jetzt zog sie sich schon wieder aus, um dem Bikini Platz zu machen, artig mit Oberteil auf den mittelgroßen Brüsten, die so fest waren, daß man darauf mühelos einen Floh hätte ausdrücken können.

Am kilometerlangen Strand von Maspalomas herrschte Völkerwanderung. Wie dicke Ameisenstränge folgten die Menschen einer vorgegebenen Spur in beiden Richtungen, hin nach Maspalomas und zurück nach Playa del Ingles. Jeder erkannte diese 180-Zentimeter-Frau, die unter anderem das Topparfum unserer Zeit vertrat. Alle Frauen kauften es, um wenigstens den Hauch ihrer Schönheit auf sich zu übertragen.

Im richtigen Leben war sie sogar noch schöner, erkannten die meisten von ihnen ohne Neid. Playa del Ingles kam in Sicht.

„Zurück, Marsch, Marsch."

Alle Frauen liefen mit blankem Busen am Strand. Martha behielt das Oberteil an.

Im Hotelzimmer entledigte sie sich mit der bekannten Langsamkeit des Bikinis, stieg unter die Dusche, trällerte Freddy Fenders „My special prayer" vor sich hin und rieb den trocken gerubbelten Luxuskörper mit Bodylotion ein.

„Auf ins Bad, du Salzhering!“ Anselm gehorchte.

Sie lag nackt auf dem Bett, als er zurück ins Zimmer kam. Ganz natürlich und doch arrangiert. Ihr Busen stand selbst in dieser Haltung wie eine Eins, kein Gramm Fett in Sicht. Das dunkle Dreieck schimmerte seidig und verlockend. Sie küßten sich, zart, ruhig, ohne jede Hast und Hektik. Er fuhr mit der Zunge auf Entdeckungsreise. Ganz flüchtig nur berührten ihre Finger Karl, den nun wirklich Großen.

Ein kleines Stöhnen hauchte über ihre vollen Lippen.

Keine Gier, nichts Turnerisches, kein Kampfgetümmel, keine Akrobatik, keine Hektik. Nicht gierig und hastig wie mit Susi, die er vor dem Abflug noch rasch entsorgt hatte.

Sie trieben langsam der Vereinigung ihrer Körper entgegen. Ganz selbstverständlich glitt sein Penis in sie hinein. Eine brennende Hitze erfaßte jeden Quadratmillimeter, genau auf der Grenze zwischen Himmel und Hölle.

Seidig weich legte sich ihr Fleisch um seinen Penis, sanft liebkoste es seine Begierde und Lust. Sie begann, heftiger zu stöhnen, ihr Atem ging in einen gurrenden Gesang aus der tiefsten Tiefe über.

Martha war selbstbewußt, fordernd. Er folgte ihrem Willen, ohne daß sie erkennbar Regie führte.

Er war sie.

Wenige Sekunden vor dem Ausbruch hörte er einen winzigen spitzen Laut, der kurz darauf in einen nicht enden wollenden Urschrei überging. Sie rang nach Luft, ihre aufgerissenen Augen starrten ihn an und nahmen doch nichts wahr. Sie kamen aus dem inneren Weltraum.

Ihre Hüften bewegten ihn über Berg und Tal direkt in seinen Himmel, bis sie sanft aufhörte, sich zu bewegen, still unter ihm lag und ihn dann mit Kontraktionen im Inneren ihres Schoßes zum Höhepunkt brachte, wie er ihn noch nie erlebt hatte.

Auch Anselm schrie.

Über eine bisher unbekannte Nervenbahn lief ein Kribbeln an der Wirbelsäule längs bis in den Rücken der schweißfeuchten rechten Hand.

>Danke, lieber Gott, so in dieser Art wollen wir von nun an weitermachen. Natürlich nur, wenn es recht ist.<

Er dachte später, viel später an die offene Balkontür. Granni hatte zugehört, Granni sollte zuhören! Er pries sich für seine Erfahrung mit Frauen, die diesen Ritt erst möglich gemacht hatte.

Früher wäre er viel zu schnell gekommen, ohne daß sie, die Prinzessin dieser Erde, etwas davon gehabt hätte.

Die nächsten drei Tage blieben sie auf dem Zimmer, ließen sich Champagner, leichte Speisen und jede Menge Kaviar bringen. Das Kokain lag im Koffer.

>Ich habe es nicht gebraucht.<

Auf dem Bett liegend erzählte sie ihm ihr Leben, ihre Freuden, ihre Ängste. Über das, was sie verband, redeten sie nicht. Anselm spürte den dringenden Wunsch, ihr das Ausmaß seiner Gefühle darzustellen, ihr sein ganzes Leben zu schenken. Sie bewahrte selbst in diesen Stunden der offenen Seelen Distanz, undurchdringbar für Anselm. Diese wunderschöne Frau hatte den Kern ihrer Seele eingekapselt. In ihr lag eine Zone absoluter Unberührbarkeit.

>Ich komme durch diesen Panzer nicht durch. Also neuer Versuch.<

„Wir sollten zusammenbleiben,“ fühlte er vor.

Sie kam von weit her: „Anselm, du bist ein toller Lover und hast hoffentlich kein Aids.“

„Alles sauber.“

„Ich war sowieso sicher. Aber im Ernst. Wie stellst du dir unser gemeinsames Leben vor? Ich brauche in meinen Arbeitsphasen keinen Sex.“

>Die Kerle sind doch sowieso alle gleich. Wenn ich ihm anbiete, mit mir zu reisen, mit mir in New York zu leben, wird er sich sträuben. Ein Mann läßt sich nicht von einer Frau aushalten. Und was wäre umgekehrt?<

„Wie wäre es, wenn ich dich bei deiner Arbeit trotzdem begleite?“ tastete Anselm das Terrain ab.

>Das wird sie auf keinen Fall wollen. Also biete ich es an. Ganz ungefährlich. Ich kann meinen Job nicht aufgeben und von ihrem Geld leben. Außerdem bringt Padberg mich um, jetzt , wo er mich für sein neues Geschäft braucht.<

Martha rechnete vor: „Ich bin an 120 Tagen im Jahr unter Vertrag. Mein Agent Carl Chandler macht Verträge, Reisepläne und so. Der Rest gehört mir. Dann gehe ich auf freie Angebote ein, sofern sie andere Verträge nicht berühren. Also nicht nochmal Parfum und so. Einen großen Teil meiner freien Zeit möchte ich gern mit dir verbringen.“

Sie blickte mit ihren grünen Augen voll in seine Pupillen, drang mit einer Macht in seine Seele, die Anselm in diesem Augenblick unangenehm berührte. Er fühlte physisches Unbehagen.

„Ist das OK?“ lockte sie.

Anselm war froh, daß sie den Blick zum Balkonfenster wandte. Jede Zelle seines Körpers gehörte dieser Frau. Nichts, gar nichts würde ihn je wieder davon befreien können. Und doch wollte er sich ihr nicht völlig ausliefern. Etwas in ihm sträubte sich ganz entschieden gegen jede Einvernahme.

>Wenn ich sie je verliere, bin ich auch verloren.<

„Wo wohnst du eigentlich?“ wechselte er das Thema.

„Ich habe ein Appartment im Trumptower am Centralpark in New York. Ansonsten lebe ich überall auf der Welt, immer in den schönsten Hotels.“

„Laß uns das neue Leben starten. Egal wie.“ Er zog sie sanft zu sich. Sein Solarplexus spielte verrückt.

„Priscilla“ dümpelte am Anleger. Das Geräusch der Autos von der Lesumbrücke drang bis zu ihnen. Die Sonne schien noch kräftig. Ein aufgeregter Zweitakter hielt sich nicht an die Höchstgeschwindigkeit von 12 km/h auf der Lesum und brachte „Priscilla“ Squaredance bei.

Der bisher harmonische Klang des hin und her schwingenden Eises im Wodka-Lemon ging ohne Vorwarnung in eine 12-Ton-Oper über. Padberg und Graumann griffen gleichzeitig zu ihren Gläsern, um bloß nicht auch noch etwas zu verschütten. Empört schauten sie dem davonbrausenden Schlickrutscher nach.

Junge Leute!

Beide Männer stammten aus einfachen Verhältnissen. Sie spürten das Band, das sie allein aufgrund dieser gemeinsamen Lebenserfahrung zusammenfügte. Graumann hatte heute jede Menge auf dem Herzen. Am Morgen hatte der Boß persönlich angerufen. Von Handy zu Handy. Absolut abhörsicher.

>Gott segne dieses freie Land, das Geschäftsleuten so wenig Steine in den Weg legt!<

Der Boß wollte überraschend nichts vom Warentermin-handel hören, das stand auch erst für Montag auf dem Zettel.

„In der BILD von heute steht, daß mindestens zehn neue Fersehsender kommen.“ Das Boulevardblatt las er morgens immer zuerst.

„Caro Graumann, lesen Sie jeden Morgen BILD und Sie wissen, was die Deutschen heute denken sollen.“

Ein Spruch, den Graumann schon aus den Anfangszeiten ihrer Geschäftsbeziehung kannte.

„Beim Einstieg ins Fernsehgeschäft sind Sie mein Mann. Ich habe die Frage lange mit meinen Leuten diskutiert. Wir trauen Ihnen zu, den richtigen Weg zu finden. Hier steht...,

Moment,... ja hier: Der Kommunikationsmarkt wird im Jahr 2000 den Automobilmarkt überholen. Das ist die Zukunft."

Graumann schwitzte leicht. Ihm war noch nichts eingefallen. Trotzdem kündigte er an: „Ich bin dicht dran. Wieviel Geld steht zur Verfügung?"

„Ich habe mich erkundigt. Eine Produktion kann viele Millionen Mark kosten und viele Millionen Gewinn einbringen, die sind zum richtigen Zeitpunkt da."

Den Boß bedrückte noch etwas . Im Hintergrund sang Mario Lanza „Che gelida manina." Der Boß hatte etwas auf dem Herzen: „Ostburg steht andauernd in der Zeitung. Das gefällt mir nicht. Nur wegen einer Frau!"

Graumann wandte sich Padberg zu: „Sind Sie schon weiter?"

„Wir hatten Montag verabredet."

„Ja, ich will auch nicht unnötig drängen."

„Also," Padberg dehnte die Buchstaben, zündete sich eine Zigarette an, „ich habe trotzdem schon alle wesentlichen Vorbereitungen abgeschlossen. Vor allem die juristischen."

Graumann stellte die Lauscher auf.

Jetzt schlug Padbergs Stunde. „Warentermingeschäfte werden es sein. Sie sind hochspekulativ, können einen schnell in den Abgrund reiten. Aber es gibt Wege, die Dinge geschickt zu steuern."

„Welche?"

„Abwarten."

Padberg hatte sich auf der Basis seines ausführlichen Gesprächs mit Anwalt Pottmann präzise vorbereitet. Warum bis Montag warten? Heute ließen sich alle Grundlagen einstielen.

>Graumann ist heiß. Der hat Druck von oben. Das verschafft mir einen Vorteil. Ich ergreife ihn... jetzt. Spot an.<

„Alle Gewinne aus Börsenspekulationen sind absolut steuerfrei. Als Unternehmer bin ich nicht verpflichtet, festzustellen, aus welcher Quelle das mir anvertraute Geld stammt. Ich brauche lediglich einen Namen, eine Adresse und den Betrag."

„Wieviel läßt sich pro Monat umdrehen?"

„Am Anfang weniger, später mehr."

„Wieviel?" drängte Graumann.

„Bei guter Aquisition schaffen wir sechs, sieben Millionen Mark Umsatz im Jahr leicht."

„Haben sie eine Firmengrundlage?"

Pottmann war in Hochform bei unserer Konferenz: „Ich habe eine GmbH aufgefunden. Sie heißt ‚intakt', existiert seit zwölf Jahren, verkaufte kleine Geräte und Werkzeuge. Absolut koscher, niemals irgendwo in Verzug. Ein Unternehmen, wie man es sich heutzutage nur noch im Computer herstellen kann. Diese Firma, Herr Padberg, kann Ihnen mit kleinen juristischen Schnitten auf den Leib geschneidert werden. Sie zahlen 80 000 Mark für die Firma, zuzüglich die Notargebühren, ich melde den Laden auf Ihre Frau an, die wir als geschäftsführende Gesellschafterin einsetzen. Sie hat ja die kaufmännische Gehilfenprüfung. Das dauert ein paar Wochen. Am 1. September steht ein blütenweißes Unternehmen mit besten Referenzen auf dem Brokermarkt." „Und ich kann mich beim Gespräch mit Kunden auf die zwölfjährige Firmengeschichte berufen?" „Selbstverständlich."

„Merken Sie sich schon mal den Firmennamen ‚intakt' vor," brachte er Graumann auf die Bahn.

Graumann knetete jetzt mit beiden Armen im Geschäftsteig.

„Sie sind unser Partner?"

„Ja und nein. Nein, weil ich noch zur Eidesstattlichen Versicherung muß. Mein Anwalt schlägt meine Frau als Gesellschafterin vor."

„Eine Frau im Geschäft wird meinen Freunden nicht gefallen. Das bringt Unglück. Müssen Sie unbedingt Männchen machen?“ „Nach Lage der Dinge wird es so kommen.“

„Wieviel kostet es, das abzuwenden? Wir legen Wert auf Ihre weiße Weste im Geschäft.“

„Ich schätze so 400 000 Mark.“

„Leiten Sie den außergerichtlichen Vergleich ein, ohne jedes Geräusch, damit Sie ohne Pause unbehelligt weiterarbeiten können, und kein Staatsanwalt an Ihnen herumbastelt. Bringt alles Unglück. Das Geld bekommen Sie als unbegrenztes Darlehen. Sie zahlen zurück, wenn es die neue Geschäftslage erlaubt. Sie werden Chef von ‚intakt‘.“

„Einverstanden.“

>So erspare ich mir den Gerichtsvollzieher. Vor allem die Druckerei macht sich doch einen Spaß daraus, mir jeden zweiten Tag den Vogelhändler auf die Matte zu schicken.<

Pottmann hatte für die Zukunft alles einkalkuliert: „Bei Ihren Warentermingeschäften müssen Sie ohne Wenn und Aber die Kunden auf die möglichen Risiken aufmerksam machen, auch darauf, daß sie des Einsatzes verlustig gehen können.“

Graumann mahnte zu behutsamer Vorgehensweise: „Wir kommen erst langsam mit unserem Geld. Ihr Gesamtgeschäftsvolumen sollte mit maximal 40 Prozent, eher weniger, von meinen Freunden und mir bestimmt sein. Kann man alle Geschäfte zurückverfolgen?“

„Sicher, wenn man jahrelang Zeit hat. Stellen Sie sich den Vorgang vor. Der Kunde setzt 100 000 Mark ein, 40 000 bleiben von vornherein bei mir zur Deckung der Kosten. 60 000 Mark gebe ich an den Broker in Rotterdam, New York oder Chicago weiter, damit er auf Öl, Währungen, Schweinebäuche oder Getreide spekuliert. Es laufen per Fax Bestätigungen hin und her. Clevererweise liste ich bei dem Betrag nicht den

Spieler und seinen Einsatz auf. Also zahle ich nicht seine 60 000 Mark direkt, sondern summiere mehrere Einsätze auf, sagen wir, 200 000 Mark. Nur mein Computer weiß, wer mit was beteiligt ist. Und mein Notizbuch. Ein zweiter Computer listet nach ordentlichen, also tatsächlich aquirierten Spielern auf, die bei Prüfungen auch nachvollziehbar sind.“

Padberg brauchte eine Atempause, zog nachdenklich an seinem Drink und zündete eine neue Zigarette an.

„Der inoffizielle Computer kann jederzeit mit einem Knopfdruck auf Null gestellt werden. Das ist bereits vorbereitet. Ich ziehe nach Geschäftsschluß seine Daten auf Diskette und lösche den Arbeitsspeicher. Für die Disketten hat Mexco in Bremen-Nord mir einen Tresor ins Auto gebaut, den keiner findet.“

Graumann knetete seine Hände. Sein Gesichtsausdruck bezeugte Achtung vor der Leistung des Geschäftspartners.

„Wann erfährt das Finanzamt, daß ich 100 000 verspekuliert habe?“

„Es muß davon nichts erfahren. In meinen Abrechnungen finde ich Möglichkeiten, Ihren Namen gar nicht erst auftauchen zu lassen. Besser wäre es noch, wenn Sie mir offiziell Kunden zutreiben, deren Namen und Adressen ich ja nicht gesondert prüfen muß, wenn sonst alles in Ordnung ist. Der Gewinn ist sowieso steuerfrei.“

Padberg setzte sein Siegerlächeln auf.

>Wie haben wir das gemacht?<

„Wie sieht so ein Vorgang aus?“

„Aus den Branchenbüchern der Telekom suchen meine Mitarbeiter in ganz Deutschland Adressen von Ärzten, Anwälten, Immobilienmaklern, Handwerkern, Zahnärzten, also allen mehr oder weniger Selbstständigen, bei denen sich Geldüberschuß vermuten läßt, Bauunternehmer nicht zu vergessen. Mit denen wird telefoniert. Ein Kunde springt an, bekommt von uns ein Fax mit Bestätigung, schickt per Einschreiben-Eilpost Scheck oder Geld. Wir geben die Summe in die Geschäfts-Pipeline. Der Broker bestätigt seinerseits und alle warten auf Gewinn. Solche Bestätigungen lassen sich auch fälschen. Soweit bin ich im Moment aber noch nicht. Auch das wird juristisch geprüft. Natürlich nicht, ob die Fälschung verboten ist, sondern auf welche Weise eine Fälschung aufgedeckt werden könnte, und was ich dagegen tun kann. Daran arbeitet mein Anwalt. Wenn Sie verstehen, was ich meine."

Graumann verstand jedes Wort. Ein Fieber hatte ihn ergriffen. Er sah deutlich den Weg, der ihn beim Boß eins rauf bringen würde.

„Ich mache Sie zu unserem Mann für Anlagen. Jedenfalls in Teilbereichen," zeigte sich Graumann zufrieden. Das Boot schaukelte leicht im warmen Frühlingswind.

„Was ist mit Barem?"

„Sie basteln an einer Meldepflicht ab 20 000 Mark. Noch ist es nicht soweit. Also kein Problem. Und wenn's kommt, sage ich nur: Wo ein Wille ist, ist auch ein Gebüsch."

„Hat die Behörde das Recht, von Ihnen zu verlangen, die Herkunft der Gelder zu prüfen?"

„Kein Einzelhändler ist verpflichtet, die Herkunft der 5000 Mark zu prüfen, mit denen der Kunde seinen Großbildfernseher bezahlt. Das wäre ja noch schöner."

In Graumann arbeitete es. Er suchte nach Lücken, Zweifeln, fand aber nichts mehr.

Doch, halt: „Sie ziehen jedesmal 40 Prozent als Bearbeitungsgebühr ein? Auch von uns?"

„Eins zu eins geht bei Ihrem Geld doch sowieso nicht."

„Das ist schon richtig, aber gleich 40 Prozent!"

„Wir werden einen Weg finden, der beide Seiten zufriedenstellt," schloß Padberg diesen Teil ab, den sie emotionslos abhandelten wie alle anderen Details zuvor auch.

>Es ist doch nur ein Geschäft, nichts Persönliches.<

„So, jetzt essen wir Bratkartoffeln und Sülze an der Wümme in Höftdeich, dazu ein schönes kühles Bier und ein Aquavit," lief Graumann schon jetzt das Wasser auf der Zunge zusammen. Zur Überbrückung schenkte er noch einen Wodka-Lemon ein, Verhältnis eins zu eins, weil's ja auch munden soll.

Padberg löste bereits Leinen und Fender, die Turbodiesel brummten rund, die Schrauben sorgten für Vortrieb. Von der Flybridge aus sah die Welt etwas zierlicher aus.

So ganz nebenbei schob Graumann noch eine Frage nach: „Wie stehen Sie zu Focke?"

„Er ist mein Minenhund, glänzender Verkäufer, vertrauenswürdig. Ich werde ihn in Zukunft benötigen."

„Der macht doch mit dieser Schauspielerin rum."

Padberg korrigierte: „Fotomodell."

„Wo ist der Unterschied?"

Padberg ging auf das Spiel ein: „Der Unterschied liegt darin, daß sie als Fotomodell Millionen verdient. Als Schauspielerin wäre sie arbeitslos. Jedenfalls nach dem, was ich über sie gelesen habe. Armes reiches Mädchen."

„Kann Focke wirklich zuverlässig sein mit so einer Torte am Hals?"

„Der Junge ist doch ausgebufft, vögelt sich jetzt tot. Wenn der erste Rausch verflogen ist, sieht er auch ihre Falten. Normal."

Graumann bewegte skeptisch seinen Schädel: „Kann sein, kann auch nicht sein. Jetzt jedenfalls steht er in allen Zeitungen. Unserem Geschäft bekommt das nicht."

„Bis wir in den Markt gehen, steht der Junge wieder auf dem Boden der Tatsachen," versuchte Padberg den Mann am Ruder zu besänftigen.

Die Lesum beschrieb eine langgestreckte Linkskurve. Sie hatten die Autobahnbrücke unterquert. Graumann legte das Ruder leicht nach Backbord. Trotz des auflaufenden Wassers wollte er noch mehr Wasser unterm Kiel. An manchen Stellen war das Wasser gefährlich flach und durch die moortrübe Flüssigkeit konnte man nicht auf den Grund sehen. Als erfahrener Revierhase kannte er die tieferen Stellen aus dem ff.

Er beharrte auf einem Punkt: „Wir können es uns nicht leisten, einen Mitarbeiter andauernd in der Zeitung zu sehen. Das Ding muß beendet werden."

„Das sage nicht nur ich," fügte er bedeutsam hinzu. Padberg registrierte diesen Satz besonders sorgfältig.

>Bloß keine Konflikte mit den oberen Etagen.<

„Die Kleine will doch in die Schauspielerei. Können wir da aus eigener Kraft ein Angebot basteln?" Padberg grübelte.

>Ich kann mit einer Verbindung dienen, die sich ausbauen läßt. Laß es uns versuchen, Herr Fellini.<

„Vielleicht weiß ich einen Weg. Aber Sie sind sich klar, daß dieses Geschäft einen beträchtlichen finanziellen Einsatz erfordert?"

„Wir reden momentan nicht über Geld. Sie und ich wissen, daß in unserer Branche alle Geschäfte mit großem Geldeinsatz gemacht werden. Geld ist das beste Schmiermittel. Also, wovon reden wir? Wenn Sie mir einen bringen, der einen Film mit der Mutter drehen will, das Ganze überzeugend darlegt, wir alle vielleicht noch ein paar Mark dabei verdienen, machen wir ein zusätzliches Geschäft. Noch besser wäre es, sie erst zu locken und dann abzulehnen."

Padbergs Nase witterte Unrat. „Ist das nicht ein Widerspruch? Erst locken wir sie und holen uns den großen Namen. Dann drehen wir sofort den Hahn zu."

„Die Frau muß hier weg. Hollywood hat sie abgelehnt. Das werden wir doch wohl auch können. Und was heißt hier großer Name! Mit einer guten Produktion kaufen wir uns einen anderen großen Namen ohne das Risiko, ein noch nicht gerittenes Pferd ins Rennen zu schicken,“ gab Graumann zu bedenken.

„Ich habe verstanden,“ signalisierte Padberg sein Einverständnis. „Obendrein verschaffen wir uns mit der Harrington erst einmal eine gute PR für welches Filmprojekt auch immer.“

Graumann setzte sein teuflisches Grinsen auf. Er mochte Leute, die ihn verstanden.

Auf der rechten Seite machte Graumann die Wümmemündung aus, vorsichtig dirigierte er „Priscilla“ an der Sandbank steuerbords vorbei, die schon manchen Skipper zum unfreiwilligen Verweilen in der schönen Flußlandschaft gezwungen hatte. Sie war im trüben Wasser nicht sichtbar. Die Männer genossen schweigend die eigenwillige, trotzige Landschaft. Die völlige Abwesenheit der menschlichen Grundausstattung beunruhigte sie nicht. Was sollten sie auch mit Werten wie Fürsorge, Rücksichtnahme, Zuneigung, Besorgnis, Verantwortung für die Mitmenschen.

>Dafür ist die Schreinemakers zuständig. Wird schließlich ordentlich bezahlt.<

„Andreas?“

Eine frische junge Stimme antwortete: „Ja, hier spricht Andreas Zick, JoJo-Film.“

„Hier ist Rolf Padberg aus Ostburg.“ Andreas war im Bilde.

„Was gibt's Neues? Kommen unsere Geschäfte in Gang?“

„Nein, die noch nicht. Meine Geschäftspartner sind etwas unbeweglich. Ich habe ein Anliegen, bei dem du gut verdienen kannst ohne viel Arbeit.“

Der Yuppie sprang an: „Was willst du, wieviel kann ich verdienen?“

Zick fand es schade, daß ihr gemeinsames Projekt, ein verkaufsförderndes Video über die Magnetbetten, noch im großen Teich lag. Padberg war auf diese Idee beim Condor-Flug nach Granni gestoßen. Da lief ein Video statt der Freiübungen der Stewardessen, um die Passagiere mit den Sicherheitsvorkehrungen vertraut zu machen. Über einen befreundeten Schausteller mit Fellini-Ambitionen war er an JoJo-Film gekommen.

Moderne Zeiten erforderten moderne Mittel.

Obwohl der Auftrag ruhte, hatte sich Padberg mit den Hamburger Jungs auf Anhieb verstanden. Sein Interesse für alle Neuerungen fand Befriedigung.

„Andreas, ohne große Umschweife. Ihr kennt doch bestimmt einen notleidenden Filmproduzenten, mit dem sich's arbeiten läßt.“ Andreas rastete mißtrauisch ein, witterte Konkurrenz: „Kann schon sein, willst du uns ausbooten?“

„Nein, nein,“ Padberg beeilte sich, den jungen Mann zu beruhigen. „Das hat mit uns nichts zu tun. Wenn du mir so einen nachweist, die Sache sich einfädeln läßt, und sie auf den Weg kommt, lege ich dir 10 000 Mark bar ohne Quittung vor. Ist das so OK?“ Er hörte Andreas nicken.

„Ich brauche bis morgen 13 Uhr Namen, Adresse, Telefonnummer. Und du mußt den Mann auf mich eintunen. Wenn's läuft, kommst du am Wochenende nach Ostburg und holst dir dein Geld ab.“

Andreas brauchte dringend einen AT-Motor für seinen 25 Jahre alten Karmann Ghia.

Das Ruhrgebiet flog am ICE förmlich vorbei. So jedenfalls sah Padberg die Welt. Obwohl es umgekehrt wohl eher den Tatsachen entsprach. An denen war Padberg jetzt sowieso nicht interessiert. Er strebte der Welt von Licht und Schatten, dem Universum des Films entgegen. Dank Andreas Zick, dem der in Aussicht stehende Geldsegen Beine gemacht hatte. Er nannte Padberg pünktlich einen Filmproduzenten, auf den die Beschreibung paßte.

Johannes Adam.

Der Produzent und Regisseur wußte, daß die Welt nach seinem Werk schrie. Einmal lag sie ihm bereits zu Füßen, als er ihr vor zwei Jahren das dreiteilige Fernsehepos „Frau auf Abwegen“ geschenkt hatte. Er lebte in Köln.

Johannes Adam besaß die „LUSTamLEBEN GmbH“. Sein legendäres Stück war in einem der großen privaten Sender gelaufen. Der Gewinn stellte den Nichtkaufmann Adam nicht auf die festen Füße, die er sich erhofft hatte. Trotzdem verhalf ihm der Film zu großer Popularität.

Plötzlich trauten ihm alle möglichen Leute die tollsten Filme zu. Stoffangebote schneiten nur so herein. Wer nicht kam, waren Kirch und Berlusconi Arm in Arm, wie er sich das vorgestellt hatte. Nein, im Gegenteil, in dieser brutalsten aller legalen Branchen saß er wieder im letzten Waggon und zehrte vom Ruhm der Vergangenheit.

Johannes Adam wollte so gern mit neuen Erfolgen dienen.

Am kargen Anfang der Herz-Schmerz-Welle legte sich ihm eine Story zu Füßen, die sogar ihn zum Heulen brachte. Die Geschichte einer Frau, die ihre Familie verliert und ihr Gedächtnis, und die trotzdem wieder auf die Beine kommt. Gut, dramatisch, dicht, zeitnah, fand Adam.

Noch stand er mit seiner Einschätzung allein auf weiter Flur. Die wirklich Großen der Branche waren untereinander miteinander so eng verbunden, daß dem Außenseiter kaum die Luft zum Atmen blieb. Und das Ding selbst zu produzieren, fehlten ihm die Mittel.

Padberg saß mit Adam im Kölner Dom-Hotel in der Nähe des Hauptbahnhofs bei Kaffe und Kuchen. Adam gab sich künstlerisch-fahrig, fummelte ständig an sich herum, erzählte von seinen großen Werken, seinen noch größeren Zielen und von den Haifischen dieser „miesen Branche“. Padberg war ihm von Zick avisiert worden als finanzstarker Anlageberater mit einem Haufen Klienten im Rücken, die gern ins Filmgeschäft wollten.

>Diesen Mann muß ich erst einmal umfassend aufklären über alle Details dieser Branche.<

Adam malte alle bekannten Namen im Geschäft so schwarz, bis schließlich er und sein Werk blütenweiß vor Padberg aufragten .

Und dann schwärmte er von seinem nächsten Durchbruch mit dem atemberaubendsten Drehbuch der Neuzeit. Namen wie Michael Douglas, Spielberg und Petersen flogen nur so durch die Hotelhalle.

Padberg schlug den nüchternen Weg ein: „Herr Adam, ich habe wenig Zeit. Meine Klientel sucht ein Anlageobjekt. Sie sind mir wärmstens empfohlen worden. Steht in ihrem neuen Film auch eine gute Frauenrolle?“

„Wie kommen Sie jetzt auf diese Frage? Haben Sie eine im Ärmel? Kim Basinger?“

>Wenn du Pflegefall wüßtest, wie dicht du dran bist.<

„Also haben Sie oder nein?“

„Ich habe dieses tolle Drehbuch, in dem es ausschießlich um eine Frau geht. Eine Riesenrolle.“ Er zog das Wort Riesenrolle auf doppelte Länge.

„Also geben Sie mir das Drehbuch mit, meine Leute prüfen es, und Sie bekommen innerhalb von 48 Stunden Antwort. Ist das so OK?“

„Na, Sie haben ja eine seltsame Vorstellung von meinem Geschäft. So etwas gibt man doch nicht aus der Hand ohne Garantien.“

„So können wir kein Geschäft machen.“

„Gut, ich habe hier ein ausführliches Treatment. Das können Sie sogar behalten. Ich gebe Ihnen die Sache 48 Stunden an Hand. Wenn Sie bei mir einsteigen wollen, dann muß ich es bald wissen. Es warten noch andere.“

>Wo? Auf der Venus?<

„Wenn, ich sage ausdrücklich wenn, wir einsteigen sollten, wollen wir einen Anteil an Ihrer Firma. Ich bin ein Mann des offenen Wortes und sage gleich: 49 Prozent für uns, der Rest bei Ihnen. Sie legen unserem Prüfer sämtliche Unterlagen zur Bewertung vor. Dann reden wir über die Kosten des Films. Da möchte ich in drei Tagen eine Kostenkalkulation auf meinem Tisch sehen. Ich habe Möglichkeiten, alles nachprüfen zu lassen. Kommen wir so ins Geschäft?“

>Anders kann man mit diesem Töffel nicht klarkommen. Später erzwingen wir eine Kapitalerhöhung, die er nicht packt. Dann gehört alles uns. Bis dahin machst du genau, was ich von dir verlange, Freund Adam.<

Adam schluckte aufgeregt. Immerhin saß vor ihm Berlusconi, sein eigener, privater Berlusconi: „Das wäre ein Weg.“

Padberg wußte auch schon, wie er die Produktion unter die Leute bringen würde. Anwalt Pottmann kannte aus Studienzeiten den Justitiar eines großen Senders.

>Wenn wir gleich mit einem ordentlichen Dumpingpreis starten, beißen doch alle gerne an. Die müssen täglich hunderte von Programmstunden füllen. Wir helfen. Frage ist nur, was will Graumann mit dem Filmgeschäft wirklich? Die Kleine wäre er doch auch anders losgeworden.<

Norddeutschland war noch immer in Frühlingssonne getaucht, während in Süddeutschland erste Wärmegewitter das Ende dieses Superfrühlings andeuteten. Martha und Anselm nahmen die Wetterveränderung aus 10 000 Meter

Höhe auf dem Rückflug von Las Palmas nach Bremen wahr. Bei der Ankunft auf dem Neuenlander Feld präsentierte sich der Himmel wie beim Abflug. Wolkenlos.

„Warum sind wir nicht einfach hiergeblieben?“ wollte Martha wissen.

„Verlaß sich einer auf unser norddeutsches Wetter.“ Anselm lieferte sie direkt bei Petersen ab.

„Ich brauche eine ganze Nacht lang Schlaf, bevor ich morgen vor die Kamera trete. Schön allein reicht nicht. Von mir wird verlangt, schöner, strahlender zu sein als andere. Das schaffe ich nur ohne Lotterleben.“

Dabei fuhr sie mit den Fingern der rechten Hand schnippisch über die Nase. Anselm fühlte Wehmut und Sehnsucht. Eine Nacht ohne sie, die erste Nacht ohne sie.

>Für heute geht es ja noch. Ich lasse mich im „Hippodrom“ feiern, quatsche ein bißchen dumm rum.<

Anselm fürchtete schon jetzt die Zeit, wenn Martha wochenlang zu Fotositzungen entschwinden würde.

>Das halte ich nicht aus.<

Seine Eifersucht hatte sie auf Granni schon ziemlich beschäftigt.

„Woher weiß ich, daß du nicht überall auf der Welt einen Lover hast wie mich?“

„Na wenn schon, davon würdest du doch gar nichts merken.“

>Kann sie nicht ein wenig die Wogen glätten, wenigstens etwas, mein Gott.<

Martha amüsierte sich köstlich über seine Phantasien. Bis sie ihn schließlich doch beruhigte: „Anselm, Schatz, ein Mädchen wie ich verbraucht sich rasend schnell, wenn es durch alle Betten hüpft. Alle Geschichten in den Zeitungen kannst du vergessen. Große Namen werden mit großen Namen gepaart wegen der Publicity, damit die dummen Leute glauben, wir seien ewig unterwegs. Die Wahrheit ist so, daß ich in mein Privatleben niemanden schauen lasse. Weil es so schrecklich langweilig ist, daß alle meine Fans enttäuscht wären. Das will ihnen mein Manager nicht zumuten.“ Ihre Zunge fuhr über die vollen Lippen.

„Glaub mir, ich habe kein Interesse an Sex, wenn ich arbeite. Ich habe kein Interesse an noch so schönen Männern, wenn ich fürchten muß, daß sie Aids haben. Ich habe alles Interesse der Welt an meinem Wohlergehen. Und wenn du jemals hörst, daß mein Ehrgeiz mich zum Film treibt, dann ist das ausnahmsweise nicht gelogen. Mein Gesicht und mein Körper gehen bei meinem jetzigen Job in spätestens vier, fünf Jahren in Pension. Dann kommen andere. Soll ich mit 25 als Legende durch die Welt laufen, bewundert für das, was ich in meiner Jugend war, obwohl ich noch jung bin? Das entspricht nicht meinem Anspruch an mich und an das Leben, verstehst du?“

Ein bis über die Ohren verliebter Mann versteht von Frauen nichts, schier gar nichts. Dabei hatte ihn Vater immer gewarnt, sich so zu verlieben, daß man mehr gibt als bekommt. „Dann, mein Junge, stehst du immer auf der schlechten Seite der Straße. Der andere bestimmt, wann die Fußgängerampel auf Grün schaltet.“

Das hatte er als junger Mann nicht verstanden.

Martha gab ihm jetzt Nachhilfe.

Im „Hippodrom“ stand der Zigarettenqualm. Er betrat die berlinerisch eingeräumte Kneipe wie Michael Douglas das „Spago's“ in Los Angeles, jedenfalls so, wie es sich Anselm vorstellte, und die Leute im Raum reagierten, wie sie auf Michael Douglas reagiert hätten.

>Ich bin eine Zelebrität. Muß unbedingt nachgucken, was das Wort bedeutet, das der Gottschalk immer sagt.

Hoffentlich ist es mehr als Unterinspektor.<

Den Mittelpunkt des Abends vor Anselms Aufschlag bildete Susi. Ihr frecher Hintern ragte über den mittleren Barhocker, das Dekolleté reichte für 36 Personen. Als sie ihren Ex-Lover äugte, zog sie demonstrativ lange an der Zigarette, machte den Holly-Vamp, verdrehte die Augen.

>Gleich wird sie gelangweilt so tun, als sei ich Luft.<

Denkste! Susi sprang vom Hocker, die Domklöppel hüpften zeitverzögert mit, und sie umarmte Anselm, als sei er mehr als Michael Douglas.

>Henri Valentino vielleicht. Ich muß ihr unbedingt sagen, daß der mordsschwul war.<

Es wurde ein Abend auf Wolken. Alles kam wie durch Watte zu ihm, drang in seinen Kopf, als seien lauter Filter um ihn herum.

>Im Kino nennt man das Fettlinse, habe ich in „Cinema" gelesen.<

Die linke Hand mit den beiden Schlüsseln zitterte leicht. Der Kleinere hatte erwartungsgemäß die Haustür aufgesperrt. Dem größeren, ein Wilka mit eingestanzter Nummer als Zeichen für Hochsicherheit, stand eine schwierigere Aufgabe bevor.

Andreas Zick steckte ihn zunächst in das auf Gesichtshöhe montierte Schloß. Es drehte sich geräuschlos. Nach Padbergs Anweisungen war nun die Alarmanlage ausgeschaltet. Das Türschloß ließ sich mit dem selben Schlüssel zweimal drehen, der Schnapper rutschte zurück, die Tür glitt geräuschlos auf.

Zick nahm einen ungewöhnlich großen Raum mit einem riesigen Bett in der Mitte wahr, eine in die Decke eingelassene Halogenlampe brannte. Das paßte gut, denn draußen war es bereits dunkel. Der junge Mann schloß die Tür hinter sich, drehte den Sperriegel am Hauptschloß wieder ein und wandte sich zur geschlossenen Terrassentür. Er dachte an Padbergs Einweisung.

„Die Alarmanlage funktioniert nur bei geschlossenen Fenstern. Du gehst auf die Terrasse, setzt dich in den Strandkorb, der auf der linken Seite steht und wartest, bis der Mann und die Frau kommen. Das Mädchen ist instruiert. Es wird die Terrassentür öffnen und wegen der Wärme offenlassen. Der Mann ist bestimmt so besoffen, daß er auch die bereits entsicherte Alarmanlage nicht mehr bemerkt. Nach deinen Filmaufnahmen pennt der Bruder garantiert wie ein nasser Sack ein. Das Mädchen läßt dich raus. Du bringst den Film, ich zahle noch 5000 Mark obendrauf. Mehr will ich im Moment nicht."

Das war bei der Übergabe der 10 000 Mark für die Vermittlung von Adam. Padberg hatte ihn noch beruhigt: „Das ist nicht illegal, denn ich habe den Zweitschlüssel zur Wohnung vom Mieter ausdrücklich in Verwahrung. Ich gieße in seiner Abwesenheit die Blumen."

Ein anderes wichtiges Argument für Zicks Bereitschaft, einen Film zu drehen, lag in Padbergs Angebot, seine Produktion künftig in einen großen Fernsehfilm einzubetten. Er tastete nach den 10 000 Mark in seiner Motorradjacke.

Im Licht der Halogenlampe prüfte er den Sony-Camcorder. Datum eingestellt. Brennweite stimmte. Aus der Innentasche zog er den „Ostburger Anzeiger" vom heutigen Tag, legte ihn so aufs Bett, daß das Datum einwandfrei erschien und hielt die Kamera zum ersten Schuß aufs Bett und Blatt.

Dann verschwand er auf der Terrasse. Dort prüfte er, ob die von Padberg erläuterten Fluchtmöglichkeiten im Fall des Falles stimmten.

Im „Hippodrom" legte Susi es darauf an, Anselm ins Bett zu holen. Sie füllte ihn regelrecht ab, ließ sich fürsorglich die

Autoschlüssel aushändigen und fuhr den schwankenden Mann zu seinem Loft. Dort ließ sie alles nach Padbergs Anweisungen ablaufen.

„Susi," hatte Padberg gesagt, „du kriegst den Kerl zurück, und ich belohne dich fürstlich, wenn du ihn ein bißchen unter Kontrolle hältst."

Susi war auf das Spiel bereitwillig eingegangen.

Es wurde ein wilder Ritt, von dem Anselm kaum etwas mitbekam. Ein Wunder, daß Karl der Große überhaupt mitspielte. Zick filmte durch die von Susi weit geöffnete Terrassentür. Die Kleine hatte sogar noch mehr Lichter eingeschaltet, um Anselm zu blenden. Sie zog ihre Nummer ab wie im Rausch. Zicks Videoband fing einen Porno der Extraklasse ein.

Nach einer dreiviertel Stunde fiel Anselm leblos von Susis Körper auf den Rücken und begann, laut zu schnarchen. Susi holte Zick mit einem frechen Grinsen von der Terrasse.

>Die kriegt es fertig und bläst mir noch einen. Mein Ständer könnte es dringend gebrauchen.<

Padberg erwartete Zick bereits in der „Linde" im Ortsteil Grünlingen. „Fein, daß du kommst. Hat alles geklappt?"

„Minutiös." Andreas gab einen knappen Bericht, wobei er seine sexuelle Erregung ausließ.

Unter dem Tisch reichte ihm Padberg die versprochenen fünf Tausendmarkscheine. Die Kassette ruhte bereits in seinem Jackett.

Die geschwollenen Gehirnzellen erlaubten es Anselm nur sehr langsam, die Umgebung wahrzunehmen. Susi raunzte neben ihm. Das Telefon klingelte. Anselm hob ab.

„Ja, Hallo."

„Ich bin's, Martha. Ich wollte dir nur sagen, daß ich ein sehr starkes Gefühl für dich empfinde. Noch nie hat mir ein

Mensch so gefehlt wie du. So, gleich muß ich in die Maske. Ich werde heute besonders schön sein. Nur für dich und nur durch dich. Hol mich um drei Uhr ab."

Susi öffnete verschlafen die Augen. Er fand keine Erklärung, welcher Teufel ihn so in Versuchung gebracht hatte, von Champagner auf Milch umzusteigen. Anselm schämte sich wie nie zuvor.

Schon wieder klingelte das Telefon. Padberg.

„Bist du allein?"

„Ja, was willst du?"

>Soll ich dir sagen, daß du nicht allein bist, daß dein rotgebumster Schniedel in einer anderen gesteckt hat. Padberg weiß alles. <

„Was hälst du davon, wenn ich dich und dein Mädchen heute Abend in die ‚Meierei' nach Bremen einlade."

Padbergs Ton duldete keinen Widerspruch.

„Gute Idee. Wann?"

„Ich habe für 19 Uhr einen Tisch bestellt."

Das sehr schön im Bremer Bürgerpark gelegene Restaurant mit seinem nicht immer gerechtfertigten topgastronomischen Anspruch war knallvoll. Padberg saß bereits rauchend an einem Fenstertisch mit Blick in die Abenddämmerung. Den Süddeutschen war es noch nicht gelungen, ihren Regen auf den Norden abzuwimmeln.

Die Bremer Schickis beäugten pflichtschuldigst das Wunderwesen. In BILD hatten sie schon alles gelesen. Nun war sie bei ihnen. Na und?

>Wir sind schließlich mehrfacher Deutscher Fußballmeister!<

Padberg gab sich beim ersten Champagner locker: „Ihr seid meine Gäste, also legt los." Von Martha ließ er sich schon gar nicht beeindrucken.

>Vaters Weisheit hilft immer: Was nutzt dem Menschen all

sein Geist, wenn er im Kornfeld sitzt und scheißt. Auch eine noch so schöne Frau muß auf das Klo.<

„Sie also sind die Frau, die meinen besten Mann so glücklich macht. Ich bewundere Sie und Ihre Schönheit."

Martha witterte den Macho und konterte: „Schön, daß Sie die Wirkungen der Liebe so positiv einschätzen."

>Wenn die Weiber bloß nicht soviel sabbeln würden. Wir haben sie Jahrhunderte unterdrückt. Und heute war es doch im Prinzip noch genauso. Warum? Weil es sich bewährt hat! Jawoll, Frau Schwarzer.<

Sie einigten sich auf Fasan.

„Haben Sie Ihr Interview im Playboy gelesen?"

Martha verstand sofort: „Ja, warum?"

„Stimmen die Zitate?"

„Alle. Ich habe es vorher genehmigt."

„Würden Sie auch in einem großen deutschen Fernsehfilm die Hauptrolle übernehmen?"

Jetzt mußte Martha doch schlucken, das kam verdammt überraschend. Sie richtete ihre grünen Augen direkt auf Padberg.

„Grundsätzlich bin ich interessiert. Kommt auf das Drehbuch an und natürlich, wo es gesendet wird. Auf keinen Fall Pornodinger wie Sharon Stone. In ihrem hohen Alter muß sie. Ich bin noch jung."

Padberg schwang wie zur Glättung der Wellen die flachen Hände über den Tisch.

„Ich halte eine Beteiligung an einer Filmfima," nahm er die Ereignisse voraus, „wir haben vor zwei Jahren einen großen Dreiteiler mit Riesenerfolg senden lassen. Das gewonnene Geld wird jetzt reinvestiert. Ein Riesendrehbuch."

Padberg holte unter dem Tisch einen kleinen Aktenkoffer hervor, klappte ihn auf der Tischkante auf und zog einen gehefteten Papierstapel heraus.

Anselm staunte. Davon hatte Padberg ihm nie was erzählt.

„Hier ist das Treatment. Sie können es sich in aller Ruhe durchlesen. Die Frauenrolle steht im Mittelpunkt. Ich will, daß Sie diese Rolle übernehmen."

„Wieviele Drehtage?" wollte sie sachkundig wissen.

„Wir rechnen mit 70, können auch 75 werden. Sie brauchen wir an etwa 30 Tagen. Wäre das OK?"

Er hörte die Freudenglocken in ihrer Seele bimmeln. „Ja, das paßt. Man muß den Job mit meinem Manager abgleichen."

Padberg faßte sofort nach: „Heißt das, daß wir nicht direkt verhandeln können?"

„Das heißt, daß ich nichts ohne Absprache mit Carl Chandler, meinem Manager, unternehme. Ja."

„Ich kann Ihnen sowieso kein freihändiges Angebot machen. Die Firma gehört mir nur zu 49 Prozent. Ich will dem Partner noch das Wort gönnen. Wie wollen wir weiter verfahren?"

„Ich lese zunächst einmal das Treatment, lasse es meinen Manager prüfen und gebe Ihnen dann Nachricht, ob wir überhaupt weiterverhandeln."

„Nehmen Sie sich alle Zeit der Welt. Die Probeaufnahmen sollten spätestens Ende des Sommers abgehen."

Anselm kam sich vor wie ausgeschlossen. Das Gespräch lief ausschließlich zwischen den beiden anderen. Sie sahen ihn noch nicht einmal an.

>Selbst Martha hat nicht einmal signalisiert, was sie fühlt. Und Sau Padberg hat seine verlogenen Signale so gesetzt, daß ich schweigen muß.<

Padberg stieg vor der „Meierei" in seinen SEC, Anselm öffnete Martha die Tür vom 500er. Angst kroch in ihm hoch. Angst vor Padberg, Angst vor sich selbst und schließlich Angst vor dem Leben, das ihm bevorstand.

„Bring mich bitte nach Axstedt. Morgen ist ein schwerer Tag. Wir sehen uns wieder um 15 Uhr. Laß uns jetzt nichts mehr diskutieren. Ich muß nachdenken. Und müde bin ich auch.“

Martha kuschelte sich in das weiche Leder des Beifahrersitzes.

Rechtsanwalt Pottmann war's nach italienisch. Mit Padberg belegte er die „Mafiahöhle“. Er wußte, wie die Leute hier diesen Tisch nannten. So ganz behagte ihm die Sache nicht.

>Was sagen meine Golfer dazu? Gar nichts. Und wenn. Ich vertrete alle Interessen. Man muß sie nur ordnungsgemäß abschichten. Dann haben alle ihre Vorteile.<

Vor Pottmann, neben seinem Prosecco, lag eine Klarsichtfolie. Mitten im Laden tönte Anselm. Geschichten ohne Ende. Jorge im „Palm Beach“ auf dem Hintern vor Schreck, als er Martha sieht. Mit Anselm! Und dann diese miesen Frühstückstische!

Padberg wollte wissen: „Hat Adam reagiert?“

„Er hat. Zwei Faxe sind angekommen. Herr Adam stimmt allen Vorschlägen zu. Ich habe mit ihm telefoniert. Heute nachmittag geht er zum Anwalt und unterschreibt alle Verträge. Fax allein reicht nach der neuesten Rechtsprechung nicht mehr.“

Padberg nippte am Grappa. „Sollten Sie nach dem Essen probieren. Frisch aus dem Friaul.“

„Warum erst nach dem Essen?“

>Die Fäden laufen zusammen. Morgen fahre ich mit Graumann für zwei Tage Boot. Nach dem Wetterbericht hält das Hoch durch. Nicht, daß ich nachher noch kotzen muß. Solche Triumphe hat Graumann nicht verdient.<

Graumann hatte die Nacht an Bord verbracht. Er nahm auf

der Auffahrt der Lesumbrücke den 600 SEC wahr. Padberg trug Freizeitkleidung. Stück für Stück handverlesen, ganz der Bankier am freien Wochenende.

„Sie haben die falschen Schuhe an," griff Graumann in das schöne Bild ein, „auf See trägt man rutschfestes Schuhwerk. Unten im Salon im Kleiderschrank stehen welche, die Ihnen bestimmt passen. Ich mische schon mal den Drink an."

Sie machten es sich auf der Flybridge gemütlich. In höchster Himmelshöhe schimmerten verstreute Wolken.

„Was macht Hollywood?"

„Die Sache haben wir im Sack."

Graumann freute sich wirklich: „So schnell. Kompliment! Ich bin gespannt."

Padberg faßte zusammen: „Die Filmfirma schlucken wir zunächst zu 49 Prozent. Dafür gewinnen wir Zugriff auf Namen und Drehbuch. Die Gesamtinvestition kann ich erst berechnen, wenn ich die Kosten für den Film kenne. Jetzt sind erst einmal 500 000 Mark fällig. Die Harrington hat sich heute früh gemeldet, obwohl ich ihr länger Zeit gegeben habe. Ihr Manager stimmt zu, sie macht mit."

Er zündete eine Zigarette an und fuhr fort: „Den Film kann Johannes Adam nicht finanzieren. Wir werden sehr bald eine Kapitalerhöhung durchdrücken, die ihm den finanziellen Atem nimmt. Dann gehört der Laden uns."

>Pottmann, wie gut daß ihr Anwälte solche Huren seid.<

Graumann rieb mit beiden Händen über sein Gesicht. Die Maihitze hatte einen Schweißfilm gelegt: „So könnte es gehen. Kriegen wir die Kleine gleich mit in die Mangel? Wir brauchen beide Fliegen. Das Geschäft und Ruhe für Ostburg."

„Die Kleine trägt jetzt nur noch feuchte Höschen. Ich habe alles soweit vorbereitet, daß wir sie in absehbarer Zeit ganz los sind. So wollten Sie's doch?"

Graumann grunzte zustimmend: „Dann haben wir einen Grund zum Feiern. Nur noch eine kleine Randbemerkung. Das Warentermingeschäft ziehen Sie bitte so auf, daß wir eine Art Franchising einleiten können, um das Stück auf die Republik zu verteilen. Das Filmgeschäft organisieren Sie bitte völlig getrennt. Auch die Gelder fließen getrennt. War doch gut, auf Ihrer weißen Geschäftsweste zu bestehen."

„Priscilla" passierte mit 15 Knoten „Meyer Farge", ein beliebtes Ausflugsrestaurant am nordwestlichen Zipfel von Bremen.

>Fehlt nur noch, daß der Schiffsmeldedienst uns wahrnimmt: Zwei Ehrenskipper auf dem Weg nach Wangerooge. Schwarzgeld haben sie nicht an Bord.<

Graumann freute sich auf Wangerooge. Maischolle satt mit Speckkartoffelsalat, dazu Bier und Korn. Den Abend würden sie im In-Treff an der Bahnhofstraße beschließen und dann an Bord übernachten. Jeder in seiner eigenen Kabine.

Die Verträge lagen unter Dach und Fach. Nachdem die Firma „intakt GmbH" auf Padbergs Namen lief, durfte sie ganz legal alle vorgegebenen Geschäftszwecke verfolgen. Der neue Geschäftsführer, Rolf Padberg, hatte die Beteiligung an einer Filmproduktion beschlossen. So stand es in einem offiziellen Protokoll.

Die Einstandssumme kam in Form eines langfristigen Darlehens von der Schweizer Privatbank „Dirgot et Cie" aus Zürich. „intakts" Kreditlinien und ihr unbescholtener Ruf nach zwölf Jahren Existenz reichten, um auch diesem ersten Geschäft den von der Bank gewünschten liquiden Hintergrund zu geben.

Heute nachmittag hatte Johannes Adam die letzten Unterschriften geleistet, die den Übergang von 49 Prozent Anteil an der „LUSTamLEBEN GmbH" an die Firma

„intakt" in Ostburg sanktionierten. Der aufmerksame Oberkellner in der „Meierei" verschaffte Padberg und Adam nun am frühen Abend genau die Atmosphäre, die zum Beginn großer Geschäfte einfach gehört.

Sie plauderten entspannt über die Zukunftspläne. Padberg formulierte die Vorgaben: „Nachdem ich jetzt das Drehbuch gelesen habe, bin ich überzeugt, daß wir den Markt aufrollen. Auch wenn ich in diesem Geschäft noch neu bin, erwarten meine Klienten eine stramme Kostenkontrolle. Sie schreiben alles auf, ich überprüfe es. Dann setzen wir uns zusammen und rechnen gemeinsam. Ist das so in Ordnung?"

Adam fand zur Zeit alles in Ordnung.

>Endlich wieder Geld in der Kasse, genug Geld für die nächste Produktion. Wenn wir erstmal richtig Film machen, lasse ich dich Sausack sowieso auflaufen. Dann spielen wir auf meinem Platz mein Spiel, von dessen Tücken du nichts weißt.<

Padberg fiel auf Adams freundliches Lächeln nicht herein. Er ahnte die Fallstricke.

>Freund Adam, wenn du wüßtest, wer hinter mir steht, würdest du zum entferntesten Zipfel der Erde laufen. Solange wir dich brauchen, lutschen wir dich aus. Danach werfen wir dich auf den Müll. Ich lerne schneller als alle anderen Menschen zusammen, du Pflegefall.<

Der Champagner perlte im Glas. Sie kamen auf die Rollenbesetzung zu sprechen.

„Ich stelle mir einen Superstar für die Frauenrolle vor," legte Padberg die Latte hoch.

„Das will in dieser Branche doch jeder. Wissen Sie, was das kostet?" holte Adam den Unwissenden auf den nackten Steinfußboden zurück.

„Und was, wenn ich bereits einen Weltstar an der Angel habe?" fühlte Padberg vor.

„Woher soll der denn kommen? Die haben doch alle miese Agenten."

„Mein Weltstar hat einen Agenten, der hat bereits das Treatment gelesen, sich von der Seriosität unseres Unternehmens überzeugt und will den Vertrag machen," überraschte Padberg den leicht erstaunten Adam und fügte an: „Was sagen Sie nun?"

„Los, Hosen runter. Wer ist es?"

Padberg genoß den Augenblick, zündete eine Zigarette an und zog zwei, drei Schlückchen Champagner.

„Sie heißt Marha Harrington."

„D i e Harrington? Das glauben Sie doch selber nicht!"

„Ich rede selten Unsinn. Sie macht mit."

Das haute Adam tatsächlich vom Stuhl. Er legte eine Schweigeminute ein.

„Die hat doch in Hollywood lauter Ablehnungen!" fiel ihm das Playboy-Interview ein. „Stimmt genau. Und wir werden sie auch ablehnen," nickte Padberg.

Nun verstand Adam die Welt nicht mehr.

>Rin inne Kartoffeln, raus ausse Kartoffeln.<

„Was soll dann das Spiel?"

Padberg orderte neuen Champagner, hielt eine frische Zigarette zwischen den Fingern, die andere lag qualmend im Aschenbecher: „Das Spiel soll dieses: Wir holen die Harrington ohne gegenseitige Verpflichtung zu ausgiebigen Probeaufnahmen. Ich habe sie dafür heiß gemacht. Sie schicken ihr die Drehbuchseiten, die starke Monologe der Frau enthalten. Um das Ganze machen wir ordentlich Tamtam, also unsere Filmfirma in Köln. Alle Welt weiß dank des großen Namens von unserem Film, wir legen ein paar Details aus der Story nach. Die Presse weltweit blendet sich ein. Oder läßt das die Jungs kalt?"

Adam wirkte etwas atemlos: „Nein, im Gegenteil, das funktioniert immer, weil alle Zutaten stimmen. Kostet praktisch nur die Spesen. Genial."

„Bleiben wir beim Geniestreich," lobte sich Padberg selbst, „nach dem weltweiten Echo schreiben wir der Harrington ab. Genauso wie Hollywood. Lassen aber noch ein kleines Fenster für die Zukunft offen. Man weiß ja nie, ob wir sie nicht doch noch brauchen. Sie ist heiß. Ihr Manager ist heiß. Aber erst einmal holen wir uns mit der Absage eine zweite Welle der Aufmerksamkeit auf unser kleines Filmprojekt. Das läuft wie auf Schienen."

„Und dann, lieber Padberg, haben wir keine Hauptdarstellerin."

„Aber ja, lieber Adam, wir werden eine haben. Mit dem ganzen Rummel im Rücken sprechen wir alle Weltstars an, machen sie auf uns aufmerksam. Wir befinden uns dann schon auf der Umlaufbahn und nicht mehr nur noch im kleinen, verkackten Deutschland. Sharon Stone, Kim Basinger, Uma Thurman. Wen immer wir wollen, wir rennen offene Türen ein. Und die Abnehmer springen auch an. Viel eher, als wenn wir mit einem guten Drehbuch als unbekannte Leute auftreten. Ist das so in Ordnung?"

Adam hatte es die Sprache verschlagen. Gleichzeitig ahnte er, daß seine kleinen Träume von der Zukunft seiner Filmfirma mit Padberg als dem blöden Zauberlehrling nicht aufgehen würden.

Padberg spielte am Computer. Peer Hansel zeigt ihm den Umgang mit den beiden Programmen.

„Sie buchen alle tatsächlichen Eingänge auf diesem Keyboard."

Hansel zeigte ihm Schritt für Schritt die Eingabemodalitäten.

„Wenn Sie auf die eine Taste drücken und dann blitzschnell

diese hinterher, fallen alle Daten in sich zusammen. Sie zurückzuholen wird auch dem Besten nicht gelingen. Höchstens 60 Prozent wird er schaffen. Das erkennt kein Gericht an. Am Abend vollziehen Sie folgende Schritte," erläuterte der Computerfreak den nächsten Druck auf die Tastatur, „die dann den Tag auf Diskette übertragen. Die ziehen Sie aus dem Computer. Fertig."

Nun wurde Padberg unruhig: „Was macht das erste Gerät?"

„Darauf registrieren Sie alle offiziellen Eingänge und mischen sie kreativ, so daß auf Anhieb einzelne Vorgänge nicht erscheinen. Die Mischung macht es. Außerdem weiß ich aus allen Konkursverfahren, die ich begleitet habe, daß Sie mindestens drei Jahre in Ruhe gelassen werden. Im übrigen werde ich alle Vorgänge mitbearbeiten. Mein Entschluß steht nämlich fest, Ihr Angebot anzunehmen. Ich steige bei „intakt" ein."

Der Sommer war ein Traum. Gott liebte Norddeutschland. Die Sonne schien, idealerweise regnete es nachts gelegentlich. Anselm reiste genau viermal hinter Martha her. Sie behandelte ihn wie den Fürsten von Zamuda. Anselms Erinnerung an die verbotene Nacht mit Susi versank in der Grauzone.

>Gott liebt mich.<

Einmal hatte sie ihn aus Bahrein angerufen, einem Öl-Emirat am Persischen Golf. Am Flughafen lag das Ticket erster Klasse. Die Stewardessen hielten ihn für Aga Khan.

In Manama behandelten ihn die Männer in weißen Kleidern wie Herrn Jedermann. Erst nach einer dreiviertel Stunde rief eine Stimme im Lautsprecher seinen Namen. Eine schmuddelige, braune Hand drückte ihm den gestempelten Paß in die Hand. Martha erwartete ihn in der Suite im zehnten Stock vom „Sheraton". Die Etage darüber gehörte einem Saudi-Prinzen, der im eigenen Land keinen Alkohol trinken durfte.

Geschweige denn ausschweifend leben.

Für drei Milliarden Dollar hatten die Saudis ihren arabischen Brüdern einen Causeway, eine Brücke, über den Golf geschenkt als Verbindung zum arabischen Bruderland, in dessen Luxushotels das moslemische Alkoholverbot nicht galt. Es war so etwas wie die Schiffe nach Helgoland in den 60er und 70er Jahren.

Der unbeschwerte Weg zum Spritfelsen.

Ein Gefühl so groß wie das Leben begleitete ihn durch die arabischen Zaubereien. Abends saßen sie mit lauter Männern in weißen Distâjen, den landesüblichen Kleidern, in der ersten Reihe vor Whitney Houston, die zu diesem Konzert eigens eingeflogen worden war. Ehrfurchtsvoll wurde von einem Honorar von 150 000 Dollar für diesen Abend gemurmelt.

Whitney rief ihre Lieblingsfreundin Martha und deren Lieblingsfreund Anselm hinter die Bühne. Sie verbrachten einen bezaubernden Abend, bei dem die dunkelhäutige Schönheit sich zunächst die Augen ausheulte wegen ihres Göttergatten, der alle Betten liebte, nur nicht das in seinem häuslichen Schlafzimmer. Martha nahm sie voll Fürsorge in die Arme.

Das Topmodel stellte Anselm in den Mittelpunkt. Alle schönen Männer in ihrer Umgebung waren Luft. Anselm gestand ihr endlich seine Liebe: „Ich verbrenne ohne dich. Ich liebe dich mehr als mein Leben."

>Alles die reine Wahrheit, Indianerehrenwort.<

Anselm verzichtete auf Schnee in der Nase.

>Ich will jede Sekunde spüren.<

Anfang August lebte Martha bei ihm im Loft. Ein Drehbuchauszug war von ihrer New Yorker Adresse nach Bahrein nachgeschickt worden. An den Sommerabenden saßen sie bei leichtem Soave auf der großen Terrasse, blickten in die Feuchtwiesen vor Ostburg und freuten sich auf das Leben als Filmstar und dem dazugehörigen Mann.

Dann fuhr sie für fünf Tage nach Hamburg, wo sie im Studio Hamburg als dem renommiertesten Fernsehproduktionsbetrieb in Norddeutschland ihre Probeaufnahmen absolvierte.

„Ich habe ein sehr gutes Gefühl,“ berichtete sie Anselm bei einem Abendessen im ‚Worpsweder Landhaus‘. „Ich weiß genau, ich habe das Zeug zur Schauspielerin. Sie reden auch nicht mehr von meiner Konkurrentin.“

Das einstmals quirlige Büro von „Sonnenschein“ lag in Agonie. Das Telefon riß Padberg aus einem schönen Traum. Vor ihm lagen Papiere, die er nach und nach beschrieben hatte. Die Organisation von „intakt“ stand auf diesen Zetteln. Er verbrannte sorgfältig ein Blatt nach dem anderen im Aschenbecher. Nach dem achten Klingeln nahm er ab.

„Vogelsang vom Anzeiger, Tag Herr Padberg.“ Schweigen.

>Laß ihn kommen.<

„Kann ich bei Ihnen Herrn Focke erreichen?“

„Manchmal schon. Jetzt nicht,“ antwortete Padberg einsilbig, die Zigarette in der linken Hand.

„Ich wollte nur wissen, ob er noch mit der Harrington zusammen ist. Vielleicht können ja auch Sie mir Auskunft geben.“

„Was habe ich davon?“ Padberg blieb einsilbig.

„Ich kann Ihnen nichts zusagen. Aber in meinem Geschäft gilt auch: Eine Hand wäscht die andere.“

Das interessierte Padberg. „Welche Hand wollen wir jetzt waschen?“

„Ich kann durchs Telefon keine sehen.“

Padberg fand Gefallen an Vogelsang: „Ich möchte am Telefon auch keine Hand zeigen. Schon gar nicht durchreichen. Was halten Sie davon, wenn ich Sie zum Essen einlade?“

„Hört sich gut an. Vorschlag!“

„Ich kenne einen sehr netten, kleinen Laden, wo wir bei diesem Wetter in einer Ecke am Fluß in aller Ruhe reden können. Ist das so OK?“

„Graete“ stimmte zu. Padberg wollte das letzte Wort behalten: „Ich hole sie auf dem Parkplatz von Aldi ab.“

>Triff dich, wo das Volk sich trifft. Das Volk ist ein gutes Versteck.<

Die Hamme war ein idyllisches Flüßchen auf dem Weg von der Weser nach Worpswede. Eine kleine Schleuse bei Ritterhude hielt Ebbe und Flut von ihr fern. In dieser Landschaft paarten sich Ruhe und Kraft. Hier war es so flach, daß die Leute schon am Mittwoch wußten, wer am Sonntag zu Besuch kommen wollte. Mittendrin stand ein mächtiges reetgedecktes ehemaliges Bauernhaus mit kleinem Hotelbetrieb namens „Tietjens Hütte“, ein Ausflugslokal.

Die Sonne schickte am späten Nachmittag noch wärmende Strahlen aus. „Graete“ und Padberg ließen sich im Sommergarten direkt am Fluß nieder. Sie bestellten zwei König Pils und die Karte.

„Aquavit dabei?“ fragte Padberg den Journalisten.

„Später“.

Trotz der verlockenden Angebote an niedersächsischer Hausmannskost konnte Padberg nicht an der hausgemachten Sülze im Glas mit Bratkartoffeln vorbei. Vogelsang schloß sich an.

Die ersten zwei Biere zischten sie in einem Zug weg.

„Gleich zwei hinterher!“ rief Padberg dem davoneilenden Ober nach.

„Schön Herr Vogelsang, daß wir einmal Zeit gefunden haben, uns zu einem kleinen Vier-Augen-Gespräch zurückzuziehen," eröffnete Padberg die dienstliche Runde.

Vogelsang nickte ihn zustimmend an.

„Ich möchte Ihnen ein Geschäft vorschlagen," strebte Padberg seinem Ziel zu.

In diesem Moment brachte der Ober die gefüllten Teller. Sie aßen schweigend. Padberg schob schließlich die letzten Bratkartoffeln durch die Soße auf seinem Teller und winkte dem Kellner zu: „Noch zwei Bier und zwei eiskalte Aquavit. Die brauchen wir jetzt aus gesundheitlichen Gründen."

„Was für ein Geschäft?" nahm Vogelsang den Faden auf. Padberg zündete sich die unvermeidliche Zigarette an und saugte den ersten Rauch mitsamt der milden Abendluft tief in die Lungen. Der Aquavit kam. Sie prosteten sich zu.

„Ein innerer Reichsparteitag," freute sich Padberg.

Er nahm „Graete" ins Visier: „Sie kommen viel rum in Ostburg und Umgebung. Ich auch. Manches erfahre ich, manches Sie. Mein Vorschlag: Wir tauschen uns aus."

„Wie soll das gehen?"

„Herr Vogelsang, mir machen Sie nichts vor. Sie mimen stets den leicht korrupten Klatschkönig. Tatsächlich können Sie mehr. Und wenn ich das richtig sehe, wollen Sie auch mehr als auf diesem miesen Bein stehenbleiben. Stimmt's?"

„Nicht schlecht. Wohin geht die Reise?"

„Wir tauschen uns von Zeit zu Zeit oder aktuell nach Bedarf aus. Dafür halten Sie meinen Namen aus Ihrem Blatt raus."

„Dann erstmal Butter bei die Fische, wie wir Norddeutschen sagen. Damit ich weiß, auf was ich mich einlasse."

„Gut, ich gebe Ihnen ein paar Details über unser junges Glück. Später mehr. Damit landen Sie auch außerhalb unserer Provinz eine gute Story."

Padberg beugte sich vor und weihte den Journalisten in Kleinigkeiten aus dem Privatleben von Martha und Anselm ein. Vogelsang schrieb mit. Beim dritten Aquavit reichten sich die Männer die Hand und blickten in die untergehende Sonne.

Ein schönes Stück Heimat.

Das „Pilsener Urquell“ am Bremer Herdentorsteinweg war voll wie immer um diese Zeit. In Kühlregalen hinter dem Tresen standen etwa 20 schaumgekrönte Biergläser. Nach jedem neuen Schuß aus dem Hahn wanderte jedes Glas in sein eigenes Kühlfach, um auf dem Weg zum Gast präzise die Temperatur zu halten. An diesen heißen Sommertagen ein besonders gern genutztes Angebot.

Padberg wischte mit der linken Hand über das Schwitzwasser auf dem Gas und zog in aller Ruhe die 0,5 Liter in einem Zug weg. „Ahhh.“

Sein Gegenüber, Rainer Pfaff, tat es ihm gleich. Sie kannten sich seit gut 20 Jahren. Ihren gemeinsamen Start im „Eiergeschäft“ vergaßen sie nie. Sie hatten sich gegenseitig geholfen, um so schnell wie möglich nach oben zu kommen. Ihre Wege trennten sich erst, als Padberg seinen eigenen Laden aufmachte und Pfaff ihm bedeutete, um ihrer Freundschaft willen auf ein Chef/Mitarbeiterverhältnis zu verzichten. Pfaff stieg damals in die aufstrebende Branche Warenterminhandel ein. In einer angesehenen Bremer Firma brachte er es rasch auf einen Platz, der ihm höchste Provisionen sicherte.

Padberg entwickelte ihm seinen Plan, selbst im Warenterminhandel Fuß zu fassen. Unterdessen wuchs im Kühlfach ihr nächstes Pils. Pfaff weihte Padberg an diesem Abend ausführlich in die Finessen, legal wie illegal, seiner Branche ein. Er versprach seinem Kumpel, auch in der Anfangszeit mit Insiderwissen zur Verfügung zu stehen. Das Verhältnis Chef/Mitarbeiter hatte in den Jahren an Bedeutung verloren.

„Wenn du mich bezahlen kannst, würde ich vielleicht sogar bei dir arbeiten,“ stellte er in Aussicht.

Anselm stürmte ins Büro seines Chefs. Wenn er wütend war, wog er vier Zentner. An diesem 2. September, dem zweiten Tag im neuen Leben von „intakt“, ruhte die Last der Erde auf seinem langen Körper.

Der Sommer lag noch immer in der Luft. Trotz einer leichten Zwischenstörung vom Westen her wollte die Sonne keinen Millimeter Kraft abgeben.

Anselm war durch die beiden neuen Großraumbüros gestürmt. Beide sahen aus, als habe Saddam eine Scud-Gruß rübergeschickt. Massenweise Telefone und Berge von Branchenbüchern aus ganz Deutschland verdeckten die Blicke. Zehn Gesichter gaben der Szene einen halbwegs menschlichen Ausdruck. Sie residierten auf einer kompletten Etage in einem neuen Bürohaus in Bahnhofsnähe. Anwalt Pottmann hatte das Domizil eingefädelt und vom Vermieter eine schöne Provision bezogen.

Padberg hatte diesen Augenblick herbeiinszeniert. Er wußte, was auf ihn zurollte, war vorbereitet. Er dachte: Laß die Wut auskochen.

Anselm schleuderte Padberg das komplette Vokabular entgegen: „...Arschloch... Scheißer... Ratte... Verräter... Sau... Mistbock... Kahlsau... Unterarsch...“

Padberg nahm die Füllwörter schon gar nicht mehr wahr.

„Was ist bloß mit dir los?“ fragte er in aller Unschuld den außer Fassung geratenen Mitarbeiter.

Anselm fehlte der Atem, die Power, er jammerte, schließlich weinte er: „Ich liebe sie, lebe für sie, kann nicht ohne sie. Du und deine Ratten haben sie angeschissen.“

>Jetzt gehört deine Seele mir, lieber Anselm. Für alle Zeit.<

Anselm legte auf den Tisch, was Padberg längst kannte oder

ahnte. Zwei Briefbögen, der eine mit Briefkopf, der andere handgeschrieben. Padberg erkannte Marthas Handschrift:

„Du und Deine Helfershelfer haben mich reingelegt. Geh aus meinem Leben. Martha. Laguna Beach, Velassaru, Maledives".

Der zweite Brief trug einen offiziellen Briefkopf:

„LUSTamLEBEN GmbH, Köln.

Sehr geehrte Frau Harrington,

nach umfangreichen Probeaufnahmen ist der Regisseur zu dem Ergebnis gekommen, daß Sie für die vorgesehene Rolle nicht geeignet sind.

Wir stellen uns jedoch vor, mit Ihnen in einem anderen Projekt zusammenarbeiten zu können.

Mit freundlichem Gruß. Josef Adam."

Anselm sah Padberg in die graubraunen Augen: „Sei einmal in deinem Leben ehrlich. Hast du diese Nummer arrangiert?"

Padberg blickte seinem Mitarbeiter ruhig in die Pupille. Ganz entspannt, ohne den üblichen Zug aus der Zigarette, entgegenete er: „Nein."

>So spielt man mit Studenten, lieber Freund. Jetzt rufe ich „Graete" an.<

Anselm hatte die Briefe wütend auf dem Schreibtisch liegenlassen.

Im Reisebüro „Buenos Dias" wippte tags darauf Ingevelde Kreuz aufgeregt mit dem rechten Fuß. Der Klatschreporter hatte die ganz heiße Nummer zum Riesentitel auf Seite eins von BILD verarbeitet:

Schneewittchen verstößt Froschprinzen

Darunter in kleiner, aber fetter Schrift:

Von Bernd Vogelsang.

Ebenfalls auf der Titelseite ein Kopffoto von Anselm,

Bikinifoto von Martha. Ingevelde tippte die Nummer von Annette, der Frau vom Oberbürgermeister: „Hast du BILD gelesen? Sie ist weg. Wir haben sie ausgeschwitzt.“

Zweites Buch

Die den Hals nicht vollkriegen

Die Transall C 160 der britischen Chartergesellschaft „Push Air“ änderte behutsam den Kurs. Die Nase der zweimotorigen Turboprop-Maschine mit militärischer Vergangenheit zog südwestwärts. Der Transporter ließ in 3000 Meter Höhe langsam das Süd Male-Atoll im Indischen Ozean hinter sich.

Am Horizont machte Flugkapitän Jeff Prior die Lagunen des Ari Atolls aus.

>Komisch, die Dinger sehen aus wie Spiegeleier von Paprikahühnern. Mit dunklem Dotter.<

Prior beobachtete sorgfältig die Wasseroberfläche, soweit sich aus dieser Höhe Details bestimmen ließen. Der Nordost-Monsum wehte gleichmäßig. Jetzt wurde ihm klar, warum dieses Meer der „Stille Ozean“ hieß. Das Wasser lag glatt wie ein Gebirgssee im Sommer. Selbst aus der großen Höhe und der flimmernden Hitze von weit über 30 Grad wirkte das Meer wie eine riesige Glasscheibe. Die Wolken verteilten sich nach Art der berühmten Schafherde über den Himmel. Alles wirkte, als habe Walt Disney seine eigene Wunderwelt aufgemalt.

Male International hatte keine Wetterkapriolen vorausgesagt. Im Kopfhörer verfolgten Prior und sein Kopilot, der Inder Yussuf Arangar, den Funkverkehr von Male International mit einer ankommenden Boeing 767 der deutschen Chartergesellschaft Condor.

>Wieder Hunderte von Touristen, die wie ein Krebsgeschwür das letzte Paradies auf Erden auch noch zer-

fressen werden, wenn nicht der steigende Meeresspiegel die 1195 Inseln der Malediven vorher auslöscht. Die Zivilisation wird diesen Archipel der Glücksseligkeit so oder so vernichten.<

Prior verzog angeekelt das Gesicht. Arangar beobachtete ihn schweigend. Hatte er schon Angst vor dem, was sie jetzt erwartete?

„Wie lange noch," wollte der Inder wissen. „Es wird langsam Zeit, daß du und die beiden Männer hinten euch vorbereiten." Priors Blick glitt über die Instrumente. Alles OK. Er verglich die Uhr am Cockpit mit seiner Pulsar am linken Arm.

„Du und die Männer legen gleich die Fallschirme an. Ich komme rechtzeitig. Wir stürzen in," noch ein Blick auf die Uhr, ... „genau zwölf Minuten ab." Arangar zeigte sich kein bißchen beunruhigt angesichts der ungeheuerlichen Nachricht.

Er schraubte sich geschickt aus dem Steuerbordsitz und öffnete die Tür, die das Cockpit vom Frachtraum trennte. Mit einem kurzen Blick sondierte er die Lage. Der Größere stand in der Nähe der Ausstiegsluke und trug einen Kampfanzug genau wie die Piloten. Das war so verabredet. Nervös zog er an seiner Zigarette, inhalierte tief den Rauch und warf die Kippe auf den geriffelten Metallboden. Mit dem linken Schuh, einem Springerstiefel, trat der den Stummel aus. Seine Hände fummelten die nächste Zigarette aus der Pappschachtel. Er zündete sie mit nicht nachlassender Nervosität an. Auf der Backbordseite machte Arangar hinter dem Vorhang, der die primitive Toilette vor neugierigen Blicken verbarg, Bewegung aus.

>Kerlchen, hast wohl Schiß. Dann drückt die Blase unerträglich. Jede Wette, daß du nicht einen Tropfen rauskriegst. Warte erstmal, wenn du unten bist. Schon beim ersten Hai wirst du dich vollpissen.<

Arangar gab dem Mann am Luk ein Zeichen und robbte sich an den drei beladenen Paletten vorbei zum Vorhang. Er klopfte durch das Filztuch auf den Rücken des Mannes und schrie gegen das laute Turbinengeräusch: „Fertigpissen. In elf Minuten hängst du in der Luft. Dann kannst du pinkeln, soviel du willst.“

Sie hatten die Ladung mitsamt den Begleitern auf Sri Lanka in Colombo an Bord genommen. Die Frachtpapiere wiesen ordnungsgemäß Computerteile aus, die per Schiff vom polnischen Hafen Gdansk nach Colombo gebracht worden waren und nun wegen der Eile per Charterflug weiter nach Nairobi in Kenia transportiert werden sollten. Dort waren die wertvollen Computerteile - die Versicherungssumme lag ausweislich der Frachtpapiere bei 30 Millionen Dollar - für eine PC-Fabrik bestimmt, die mit billigen afrikanischen Arbeitskräften billige Computer für den Weltmarkt herstellte.

Daß dieser Flug sein Ziel nicht erreichen und seine menschliche Fracht aus den Computern der Einwohnermeldeämter verschwinden würden, beruhte auf einer Verabredung. Wichtig war für alle, möglichst noch zur Zeit des berechenbareren Nordost-Monsuns, also bis jetzt im Februar, den Plan zu vollenden. Ende April begann der Südwest-Monsun mit manchmal heftigen Stürmen und Regengüssen.

Der Nervöse fragte Arangar: „Hat Prior schon etwas ausgemacht?“ Arangar konnte diese Frage nicht präzise beantworten. Er beruhigte: „Prior beobachtet das Meer mit einem Fernglas. Er wird das Boot schon rechtzeitig sehen.“

Der Pilot beugte sich so weit wie möglich im Cockpit vor. Mit bloßem Auge erkannte er, daß sich die Maschine über den Südteil des Ari Atolls bewegte. Male International hatte den Kurs genehmigt. Prior griff zum Feldstecher.

>Vom Boot aus erkennt ihr uns eher als ich euch. Also los, ab mit den Leuchtkugeln.<

Er richtete das Glas auf die vermutete Position der Yacht, die Rainer Pfaff vor zwei Wochen in Colombo für einen achtwöchigen Törn durch die Atolle angemietet hatte.

Pfaff und Ingo Bütt standen auf der Flybridge der 14-Meter-Yacht „Shalimar" und suchten mit Ferngläsern den Himmel ab. Pfaff neigte leicht den Kopf. In weiter Ferne machten seine empfindlichen Ohren Motorengeräusche in der Luft aus. Schon seit Stunden hatten sie sich im Leerlauf westlich vom Ari-Atoll auf dem fast glatten Wasser treiben lassen, ohne ein anderes Schiff zu sehen. Auch kein Dhoni, die typischen Boote der Malediver, was die Männer nicht überraschte.

Auf dem Radarschirm blinzelte kein einziger Blip als Hinweis auf Schiffsverkehr. Die Einheimischen bevorzugten die Ostseite der Atolle für ihre Fahrten. Pfaff umklammerte die schußbereite Leuchtpistole. Im Fernglas nahm er das Flugzeug als größeren Punkt am fast wolkenlosen Himmel wahr.

„Siehst du sie auch?" wollte er von seinem Partner wissen. Bütts Feldstecher hatte das Flugzeug ebenfalls erfaßt. „Ist es die Transall?" Pfaff stellte die Lauscher auf. „Ich bin sicher, daß ich Turboprops höre. Also los."

Er richtete die Leuchtpistole in die Luft.

>Bloß nach oben mit dem Vogel. Vor drei Jahren hatte in Bremen bei einem Volksfest ein Vollarsch so ein Ding abgefeuert und auf der anderen Weserseite einen Menschen regelrecht durchgebrannt.<

Prior nahm die Leuchtkugel sofort wahr.

>Jetzt geht der Zauber los.<

Aufgeregt schrie er ins Funkmikrophon: „Mayday, Mayday, Flug 803 von Colombo nach Nairobi. Mein rechtes Triebwerk fällt aus. Mein Gott, es brennt."

Male Tower konnte kaum noch reagieren. Alle Versuche,

einen einwandfreien Funkkontakt aufzubauen, schlugen fehl. Prior hatte mit gefühlvollen Fingern die Frequenz unscharf gestellt.

Salman Haradi kümmerte sich um diesen Flug bereits, seit die Maschine in den Bereich von Male International gekommen war. „803. 803. Können Sie die Maschine halten? Können Sie wenden und hier landen? Ich bereite alles für den Notfall vor."

Auf der Flughafeninsel Hulule in Sichtweite der Hauptstadt Male schrillten die Alarmsirenen. Der geruhsame mittägliche Urlauberbetrieb geriet gewaltig in Unordnung. Alle wollten sehen, was passierte.

Nichts ist so schön wie andere Menschen in Not. Und diesmal vielleicht Tod live und nicht im Fernsehen.

„Mayday. Mayday," krächzte es aus dem Lautsprecher im Tower. Haradi hatte den Funkverkehr auf die Gesamtanlage geschaltet. Auf dem Schirm konnte er die Transall noch sehen.

Prior schrie sich die Seele aus dem Leib. „Mayday. Mayday. Jetzt brennen beide Triebwerke. Ich kann den Vogel nicht mehr halten. Wir versuchen auszusteigen."

Die Hektik, die Prior im Tower und auf dem Flughafen Hulule auslöste, stand voll im Gegensatz zu der ruhigen Atmosphäre an Bord. Beide Turbinen liefen einwandfrei. Der Radarschirm erfaßte im Umkreis von 50 Kilometern kein Ziel.

Prior prüfte die Sprengladung. Die Uhr mit dem Auslösemechanismus stimmte präzise mit seiner Pulsar überein. Er stellte sie auf zweieinhalb Minuten ein, schrie noch ein paar „Maydays" mitsamt den Koordinaten in den Äther und angelte seinen Fallschirm hinter seinem Sitz. Mit dem Paket in der Hand betrat er den Frachtraum. Dort hatten die Männer bereits die Ausstiegstür geöffnet.

Planmäßig verlor die Maschine langsam an Höhe. Genau wie die drei Männer vor ihm befestigte Prior den Karabinerhaken an der Reißleine seines Fallschirms an dem innenbords laufenden Stahlseil.

>Wir steigen in verdammt knappem Abstand aus. Das kann genauso gut schiefgehen. Bloß jetzt keine Angstgefühle. Kannste dir für die Haie nachher im Indischen Ozean aufsparen.<

Rolf Padberg wußte, daß er als erster springen mußte. So hatten sie es festgelegt. Sein Begleiter, Klaus Sternwald, den jetzt die Blase höllisch drückte, stand auf Platz zwei. Padberg und die Piloten öffneten die Reißverschlüsse ihrer Kampfanzüge und schoben jeder einen flachen Aktenkoffer vor die Brust. Sie zogen die Verschlüsse wieder zu und lächelten sich wissend an.

Weder Padberg noch Sternwald wußten genau, was ihnen bevorstand. Die Piloten hatten sie notdürftig in ein paar Details eingeweiht. Auch ihnen fehlte jede Sprungpraxis. Sie waren schließlich Piloten, ausgebildet, den Vogel in der Luft zu halten. Geldgierige Piloten, die für jeweils eine Million Dollar und zwei hervorragende Pässe mit neuer Identität diesem uniquen Ereignis genauso aufgeregt entgegensahen wie ihre Auftraggeber.

Padberg spürte einen harten Schlag in den Rücken, verlor den Boden unter den Füßen. Seine Gedanken überschlugen sich. Jede Ordnung ging verloren. Ein zweiter, wesentlich stärkerer Hieb in den Rücken stoppte abrupt den freien Fall, alles um ihn herum drehte sich.

>Jetzt habe ich auch noch in die Hose gepißt. Macht nix. Wird gleich im Indischen Ozean feinstens ausgewaschen.<

Er blickte vorsichtig nach oben. Der Fallschirm verdeckte die Sicht zum Himmel.

>Solange keiner an mir vorbeifliegt wie ein Stein, ist ja alles

in Ordnung.<

Es flog keiner vorbei. Alle vier Männer baumelten ordnungsgemäß an ihren Schirmen, als verdammt nah eine ungeheure Explosion die Transall vom Himmel nahm. Sie zerplatzte in Tausende von Teilen. Padberg beobachtete, wie etwas größere Trümmer qualmend in Richtung Indischer Ozean trudelten.

>Sie sind eher unten als ich. Dafür liegen sie auch in wenigen Minuten auf dem Meeresboden, unauffindbar für alle Rettungstrupps, die sich gleich auf den Weg machen. Das Allergrößte aber kommt erst noch. Ich werde mich an der Suche nach meiner Leiche beteiligen.<

Padberg gewann langsam seine alte Souveränität zurück. Seine Augen suchten das Wasser ab. Er beobachtete die breite schäumende Heckschleppe des weißen Bootes, das sich mit Höchstgeschwindigkeit in seine Richtung bewegte. Nun nahm er auch Sternwald am Schirm wahr und schickte sein berühmtes dreckiges Grinsen hinüber.

>Jetzt 'ne Fluppe, so am Fallschirm, das wäre die Nummer überhaupt. Wenn ich das in meinem Club erzähle. So haben sich die deutschen Jungs gefühlt, als sie 1944 auf Kreta niedergingen! Oder war es 1943? Muß ich unbedingt im „Führerhauptquartier" nachlesen.<

Padbergs Gedanken kreisten jetzt um seinen gesellschaftlichen Aufstieg in der 150 000-Einwohnerstadt Ostburg zwischen Bremen und Hamburg, wo er innerhalb weniger Monate mit Anlagegeschäften und Warenterminhandel nach und nach eine Topposition in der Ostburger Gesellschaft erobert hatte.

Er, der als Unternehmer im Werbeverkaufsgeschäft, dem sogenannten „Eierhandel", Zehntausende von Menschen mit überteuerten Wolldecken, Magnetbetten und Schlangenöl auf Kaffeefahrten und Auslandsreisen über den Tisch gezogen hatte. Erst der Umstieg in die Welt des großen Geldes und der großen Spekulation brachte ihm gesellschaftliche Anerkennung, die ihm nichts bedeutete, außer daß er sie auf dem Weg zum Multimillionär brauchte.

>Lieber Herr Staatsanwalt Dr. Bringfriede, was ein schöner Name, jetzt bin auch auf dem Weg vom Himmel in den Himmel. Ich werde in wenigen Sekunden sterben, um als reicher Mann weiterzuleben, ohne daß wir uns jemals wiedersehen. So spielt man mit Studenten.<

Male-Tower setzte minutenschnell alle Hilfsmaßnahmen zur Bergung möglicher Überlebender des Transallabsturzes am Ari Atoll in Bewegung. Per Funk wurden die bewohnten Inseln informiert mit der Bitte, sich, wenn möglich, an der Suche auf dem Wasser zu beteiligen, ebenso alle in der Nähe befindlichen Schiffe.

Zwei uralte Sikorski-Hubschrauber, die tagtäglich Touristen die Inselwelt von oben bescherten, änderten den Kurs. Beide befanden sich im Bereich des Meemu und Dhaal Atolls. Im Tower herrschte wenig Hoffnung, weil alle möglichen Helfer frühestens in einer Stunde im Absturzgebiet Hilfe leisten könnten.

In dem allgemeinen Tohuwabohu ging eine halbwegs beruhigende Nachricht fast unter. Eine Privatyacht in der Nähe der Absturzstelle meldete sich per Funk.

„Wir haben den Absturz in einiger Entfernung beobachtet und hoffen, in etwa zwanzig Minuten an der Aufschlagstelle zu sein," kündigte eine tiefe Stimme an.

Rainer Pfaff nutzte eiskalt die Chance, die exakten Koordinaten der Absturzstelle so zu verändern, daß auch die zu erwartenden Taucher der Versicherung monatelang im falschen Gebiet nach Trümmern auf dem Meeresboden suchen würden.

Der Tower antwortete rasch: „Nehmen Sie bitte Kurs und

halten Sie Kontakt mit uns. Wir schicken weitere Hilfe."

Padberg gefiel sich jetzt in der Rolle des Fallschirmspringers. Etwa 20 Meter über dem Wasser, die heranrauschende „Shalimar" im Blick, entsprang seinem offenen Mund ein lautstarkes „Hollaladijöh". Dann schlug er mit beiden Füßen voraus fast vorschriftsmäßig auf das harte Wasser auf.

Wie ein Alter drückte er mit der rechten Hand den Zentralverschluß auf seiner Brust und fand noch Zeit, die angenehme Wärme des Wassers wahrzunehmen, das auch seinen Urin am Hosenbein wegspülte.

Der Fallschirm löste sich und trieb auf dem Wasser. Die „Shalimar" erreichte ihn und seine Mitflieger kaum zwei Minuten später. Ihnen blieb nicht einmal Zeit, sich vor den Haien wenigstens ein klein wenig zu fürchten.

Über die Badeleiter am Bootsheck bestiegen sie sicheren Boden. Gemeinsam zogen sie die nassen Seidenschirme aus dem Wasser. Morgen würden sie versenkt.

Die Männer gingen unter Deck, entledigten sich der tropfnassen Kampfanzüge und erschienen in Freizeitkleidung auf Deck. Eine fröhliche Männerrunde fernab der Mädels auf frischer Fahrt durch den Indischen Ozean.

>Oder was haben Sie gedacht, Herr Dr. Bringfriede?<

Die „Shalimar" fuhr diensteifrig hilfsbereit das gesamte Absturzgebiet ab. Die Männer, die nun sozusagen im staatlichen Auftrag suchende Blicke auf das Wasser richteten, konnten keine einzige Spur von dem Flugzeug mehr entdecken. Das meldeten sie Male-Tower und den Besatzungen der beiden Hubschrauber, die nun auch aus der Luft nach Überlebenden suchten.

Die Polizei von Male veröffentlichte zwei Stunden später den Absturz der Transall von „Push Air" und den vermutlichen Tod der zwei Piloten und zwei Passagiere.

Die umfangreiche Suchaktion, an der auch private Yachten beteiligt gewesen seien, habe keine Spur ergeben. Vier Männer und ein Flugzeug waren von der Erde verschwunden.

Die Nachricht ging weiter an das Headoffice von „Push Air“ in der Mainland Street 34 in West-London.

Als dpa den Absturz meldete, brach in Ostburg der Abend an. Eine halbe Stunde später reichte die Agentur die Namen der Piloten und der beiden Flugbegleiter nach, die ordnungsgemäß aus den Unterlagen von „Push Air“ hervorgingen. Der Klatsch- und Lokalreporter Bernd Vogelsang vom „Ostburger Anzeiger“ bekam die Nachricht noch so rechtzeitig auf den Bildschirm, daß die Zeit für den großen Aufmacher am nächsten Morgen reichte.

Bei Durchsicht seiner Archive fand er seltsamerweise kein Foto von Padberg, dafür jede Menge von dessen Ehefrau Eva, die er auf feinsten Bällen und Benefizveranstaltungenn geknipst hatte.

Ostburg stand vor dem Höhepunkt seiner 700jährigen Geschichte.

Male-Tower bedankte sich am frühen Abend bei den Männern der „Shalimar“ für ihre Hilfsbereitschaft. Die zu Hilfe geeilten australischen Hubschrauberpiloten lobten die Hilfs-. und Kommunikationsbereitschaft und den unermüdlichen Einsatzwillen der Urlauber in höchsten Tönen.

„Sollen wir nach Male kommen, um Bericht zu erstatten?“ wollte der Skipper Rainer Pfaff, Inhaber eines A 6-Patents für Große Fahrt, wissen.

Male überließ ihnen die Entscheidung. Pfaff kündigte ihren Besuch an und nahm Kurs auf die Hauptstadt der Maledive Islands.

Die Antwort entsprach Padbergs Erwartungen: „Schön, wenn wir Sie begrüßen dürfen. Wir werden Sie mit allen Ehren empfangen.“

„Wir ankern vor Einbruch der Dunkelheit in der Lagune von Olhuveli und fahren morgen nach Male weiter.“ Pfaff studierte sorfältig die Seekarten, um bloß nicht auch nur in die Nähe der Korallenriffs zu kommen.

Er dachte an Hans Albers und La Paloma.

„...scharf ist ein Riff und schnell geht ein Schiff zugrunde.“

„Denken Sie nur daran, daß es unter uns Maledivern als sicher gilt, daß man unter keinen Umständen die Nacht auf der unbewohnten Insel verbringen darf. Dann kommen die bösen Geister,“ warnte Male-Tower die „Shalimar“. Padberg nahm es mit einem Grinsen zur Kenntnis.

>Diese Einsamkeit brauchen wir für eine Weile. Mindestens solange, bis wir eine Annonce aufgeben: Einsamer sucht Einsame zum Einsamen.<

Er nickte zufrieden vor sich hin. Bis jetzt war sein Tod planmäßig verlaufen. Er turnte die schmale Leiter von der Flybridge und nahm im Salon Platz. Ihm war heiß.

>Eine Affenhitze hierzulande. Hoffentlich halte ich das die nächsten Monate durch. Dagegen hilft ein eiskalter Wodka-Lemon.<

Padberg prüfte das Gepäck. In dem Aktenkoffer, der ihn auf seinem Flug ins Wasser begleitet hatte, lagen eine Million Dollar in Haushaltsmischung, 10er, 20er, 50er, 100er und 1000er. Die Portokasse. Und dazu noch die Pässe für die beiden Piloten. Sorgfältig verglich er sie mit den Originalpässen, die sie noch zur Einreise nach Sri Lanka benutzt hatten. Mit drei unterschiedlichen Kugelschreibern malte er Daten in die vorgestempelten Visa. Es bereitete ihm Spaß, den Zöllner zu spielen.

>Und wir Österreicher, die wir jetzt sind, san immer korrekt. Gehn's, Herr Baron.<

Sein Geld und das Geld seiner Freunde ruhte auf gesonderten Nummerkonten, für jeden eines, auf einer Baseler Bank.

Entsprechend einem präzise festgelegten Verfahren würde dieses Geld in den nächsten Monaten weiterüberwiesen.

>Dieses muß bis zum Rest meines Lebens reichen. Schön sparsam sein, mein Kerlchen. Schade nur, daß Eva und die Kinder jetzt traurig sind, weil sich die Haie den Alten reingezogen haben. Das fette Sparbuch wird sie beruhigen. Vielleicht ahnt Eva ja auch etwas. Auf jeden Fall werden wir uns wiedersehen. Hauptsache du hüpfst nicht gleich mit jedem ins Bett.<

Die vornehme Jugendstilvilla in der Ostburger Roonstraße glänzte winterlich. Alle Zimmer in Padbergs Beletage waren hell erleuchtet und bestrahlten den weißgeschneiten Garten. Trotz aller Hoffnungen auf milde Winter als Ergebnis der Erderwärmung hatte die Natur ihre eigene Antwort auf die menschlichen Bedenken erteilt. Der Himmel ließ auf Deutschlands Nordwesten Schnee in Höhe von einem Meter ab.

Im Vorgarten strahlte ein Schneemann mit Kohlenaugen und einer Mohrrübennase die abendlichen Spaziergänger an. Ein Kunstwerk von Saskia und Tanja, den Padberg-Töchtern.

Die Spaziergänger erstarrten, als ein markerschütternder Schrei aus den geschlossenen Fenstern über den Rasen hallte. Eva Padberg hörte in diesen Sekunden telefonisch die Nachricht vom Tod ihres Mannes.

„Graete" in seiner charmanten Art hatte die traurige Aufgabe übernommen und angerufen.

„Frau Padberg?" Eva erkannte erfreut seine Stimme.

>Er will bestimmt noch für Sonntag einen schönen Bericht schreiben über meine wundervolle Aktion für die Krebskinder in der Bremer Klinik. Über 100 Werke von Ostburger Kindern mit winterlichen Motiven liegen bereits in meinem Arbeitszimmer. Der Benefizball am übernächsten

Sonnabend unter der Schirmherrschaft der Gattin des Ministers wird bestimmt mehr als 50 000 Mark einbringen. Immerhin zahlen die handverlesenen Gäste 500 Mark Eintritt. Rolli hat sich rührend, Herr Vogelsang, wirklich rührend um die Vorbereitungen gekümmert.<

„Graete“ ging auf das Benefizstück gar nicht erst ein. Er liebte den direkten Weg: „Frau Padberg, wissen Sie, wo sich Ihr Mann derzeit aufhält?“

„Ja, er begleitet eine Fracht mit Computerteilen nach Afrika. Er möchte den Transport unbedingt selbst überwachen. Sie wissen ja, wie sorgfältig er arbeitet.“

„Frau Padberg, sind Sie sicher, daß er dabei ist? Hat er sich gemeldet?“

„Ja, erst gestern abend aus Colombo. Muß ich mich wegen irgendetwas beunruhigen?“

Vogelsang schrieb eifrig jedes Wort mit.

>Für meine Story brauche ich Butter bei die Fische, wie wir Norddeutschen sagen.<

„Frau Padberg, es ist möglicherweise etwas Schreckliches passiert. Ich dachte, Sie seien bereits informiert.“

Vogelsang bewunderte sein Einfühlungsvermögen.

„Was soll denn sein? Was muß ich wissen? Reden Sie!“

„Frau Padberg, Ihr Mann ist mit dem Fluggzeug in der Nähe der Malediven über dem Indischen Ozean abgestürzt. Angeblich gibt es keine Überlebenden.“

Vogelsang nahm den Schrei wahr, der die Fußgänger auf der Roonstraße erstarren ließ. Dann war die Telefonverbindung unterbrochen.

>Jetzt muß ich hin. Brauch unbedingt ein Foto von der trauernden Witwe und den Kindern. Möglichst mit schönen Schneemotiven und vor vielen Kinderbildern, die die schöne Eva für den Benefizball eingesammelt hat, damit der Alte noch bessere Geschäfte machen kann, diese miesen Heuchler.

Und ein Foto von ihm staube ich gleich auch noch ab.<

Die elfjährige Saskia und Tanja, die vor zwei Wochen zehn Jahre alt geworden war, rannten verwirrt in den riesigen Wohnraum, in dem Eva Padberg schluchzend auf dem Ledersofa saß. Der Schrei hatte die Kinder vom Fernseher gerissen, wo sie gerade bei Pro 7 „Die Simpsons“ sahen.

Besonders Saskia war ein Fan des blöden Vaters.

Im Hause Padberg herrschte immer Harmonie. Rolf Padberg verstand es meisterlich, seine Eiseskälte, die er im Job an den Tag legte, an der Wohnungstür abzustreifen. Kein Heile-Welt-Regisseur wäre in der Lage, die Padberg-Harmonie zu erfinden. In der fürstlich ausgestatteten Wohnung in der Beletage der prunkvollen Jungendstilvilla herrschten täglich eitel Freude und Sonnenschein.

Desto mehr traf der markerschütternde Schrei von Eva Padberg das ausgeglichene Seelenleben der beiden Mädchen. Die häusliche Harmonie hatte alle vier besonders stark zusammengeschmiedet, weil die Kinder in der Schule natürlich mit den Untiefen des richtigen Lebens konfrontiert und damit sehr oft nicht fertig wurden. Zu Hause fanden sie nie Gelegenheit, den Widerspruch zwischen ihrem Alltag außerhalb der Wohnung und der Familienidylle zu diskutieren.

Mutter Eva war viel zu sehr damit beschäftigt, den gesellschaftlichen Rang der Padbergs aufzubauen, und Rolf Padberg ließ sich nie auf tiefere Gespräche ein.

Trotzdem verbrachten sie viel Zeit miteinander, vor allem beim Sherlock-Holmes-Spiel. Padberg liebte sprachliche Kargheit. Hauptsache die Dollars liefen klaglos ein.

Saskia und Tanja hatten ihre Mutter noch nie weinen sehen. Sie selbst hatten nur einmal richtig geweint, vor acht Monaten, als Oma Padberg plötzlich gestorben war.

„Ist jetzt auch Opa tot?“ wollten sie folgerichtig von ihrer

Mutter wissen. Eva nahm sie beide in die Arme. Tränen verschleierten ihren Blick. „Nein, nein," sie mußte schlucken, „ihr kleinen Lieblinge. Ich habe eine sehr traurige Nachricht für euch. Papa ist tot. Er hat uns für immer verlassen."

Manchmal bleibt die Welt doch für einen kurzen Augenblick stehen.

Jetzt.

Die beiden Mädchen nahmen für ein paar Sekunden gar nichts wahr. Um sie herum versank alles in Schweigen. Wie ein Vakuum. Ihre kleinen Herzen krampften sich zusammen. Und es dauerte noch lange, bis die furchtbare Nachricht ihre Köpfe erreichte.

„Ist er jetzt im Himmel?" wollte die kleine, blonde Tanja wissen.

„Bestimmt," bekam Eva mühsam heraus, „bestimmt. Wir müssen beten, daß der liebe Gott ihn zu sich nimmt."

Die ältere Saskia, die ihrem Vater wie aus dem Gesicht geschnitten war und auch die dunkelbraunen Haare von Rolf Padberg geerbt hatte, schien als erste zu begreifen, was wirklich los war.

„Bist du sicher? Woher weißt Du es?"

„Vatis Freund hat eben angerufen. Du weißt doch, der Journalist. Er hat die Nachricht als erster bekommen und mich sofort benachrichtigt."

Damit wollte sich Saskia nicht zufriedengeben. Sie verhielt sich wie eine Alte.

„Der kann sich doch irren. Wen müssen wir anrufen, um es genau zu erfahren? Die Polizei? Bitte, ruf sofort die Polizei an."

Eva schneuzte die Nase aus. Die tränengefüllten Augen suchten nach dem Funktelefon. Die Nummer von Annette Scheuer, der Frau vom Oberbürgermeister, kannte sie auswendig.

„Ich werde den Oberbürgermeister fragen, Vatis Freund. Der muß es wissen.“

Annette meldete sich beim zweiten Rufzeichen. Neugierig wie immer. Bloß nichts verpassen.

„Ja, Hallo.“ Wichtige Leute meldeten sich nie mit Namen. Sie hießen allesamt „Ja, Hallo“.

„Annette, du mußt mir helfen. Ist Kurt da?“

„Moment. Kurt, Eva will dich dringend sprechen.“

Der Oberbürgermeister zog die Krawatte fest. Heute abend wollte er endgültig den Nagel für seine Wiederwahl bei den Kommunalwahlen im nächsten Herbst einschlagen. Ein kleiner Kreis einflußreicher Ostburger hatte ihn eingeladen zu einem zwanglosen Herrenabend mit Imbiß und angenehmen Getränken. Auf der Agenda stand die Wahlkampffinanzierung, um das neu aufkommende Bündnis von einigen ziemlich angesehen Bürgern gegen das politische Establishment abzublitzen.

Padberg befand sich zwar auf Reisen, seine Wahlkampfspende von 150 000 Mark lag in bar gegen Quittung bereits in der Kasse. Außerdem liebte Padberg solche Zusammenkünftc ohnehin nicht, hielt sich lieber im Hintergrund. Er stand folgerichtig nicht auf der Einladungsliste. Das war den Herren bekannt.

Sie brauchten ohnehin mehr sein Geld als seinen Namen, den sie trotz des gesellschaftlichen Aufstiegs in den vergangenen Monaten lieber nicht auf ihrem Display sahen. Viele von Scheuers Parteifreunden, vor allem das maulende Pack an der Basis, wie er im vertrauten Kreis die meisten Parteimitglieder einordnete, waren voller Mißtrauen gegen Padberg. Seine Warenterminspekulationen galten bei ihnen als windig, seine Versuche, sich mit Hilfe seiner Frau als Wohltäter der Menschheit zu geben, durchschauten viele als mittelalterlichen Trick. Damals hatten nach ihrer Geschichtsauslegung die Fürsten Kirchen bauen lassen, um ihr schlechtes Gewissen wenigstens etwas zu beruhigen.

„Frag bitte, was Eva will. Ich bin schrecklich in Eile," wies er seine Frau an.

„Hast du ihn brüllen gehört, den zahnlosen Löwen?" wollte Annette von Eva wissen.

„Du, Annette, es ist vielleicht etwas Schreckliches passiert. Mach jetzt bitte keine Späße."

Erst jetzt bemerkte Annette die Erregung und Tränen in der Stimme ihrer derzeitigen Lieblingsfreundin.

„Ich habe verstanden. Kurt, komm bitte jetzt ans Telefon!" befahl sie dem ersten Ostburger Bürger. Der maulte vor sich hin und zog auf dem Weg zum Telefon schon das dunkelblaue Jackett über.

„Ja, Eva, was kann ich für dich tun?"

„Kurt, es scheint etwas Schreckliches passiert zu sein. Vogelsang hat eben angerufen. Irgendeine Nachrichtenagentur meldet, daß Rolf mit dem Flugzeug abgestürzt ist. Irgendwo bei den Malediven. Kannst du etwas herausbekommen?"

Der Oberbürgermeister legte blitzschnell die Mitleidsrille auf, mit der er gerade vorige Woche bei der Beerdigung des Fraktionsvorsitzenden der schwarzen Opposition sogar den Eindruck erweckt hatte, es könnte nach den Wahlen doch zur von den Schwarzen jahrzehntelang ersehnten Koalition mit der regierenden nach links tendierenden Unbhängigen Liste (UL) kommen.

Ostburg hatte es in der Nachkriegszeit tatsächlich geschafft, den in Deutschland etablierten Parteien die Nase zu drehen und sich „unsere eigenen Roten", so hatte es sich im Ostburger Sprachschatz festgesetzt, zu leisten. So nach dem Motto: Ostburg gegen den Rest der Welt.

Deshalb mochten die Ostburger die PDS ganz und gar

nicht. Das Monopol auf Widerstand gegen den Mainstream lag schließlich bei ihnen.

Nur wenigen Ostburgern fiel auf, daß der Filz auch ihr Idyll längst zerfressen hatte. Ostburger Nabelliebe machte genauso blind wie anderswo.

„Eva," beruhigte er die 40jährige, „Eva, was weiß ein Ostburger Journalist schon."

„Kurt, egal. Kannst du nicht die Polizei einschalten? Ich muß Gewißheit haben. Sonst drehen ich und die Mädchen durch."

Saskia gab sich derweil sicher: „Mutti, frag bei der Polizei. Papa lebt bestimmt. Ich fühle es ganz genau in meinem Herzen. Er lebt!" Zwischen ihr und ihrem Vater bestand ein festes, unsichtbares Band. So wie eine Nabelschnur, über die sie Körpersäfte und Gedanken auszutauschen schienen. Saskia ließ sich in ihrem Glauben nicht erschüttern.

„Papi lebt."

Der Oberbürgermeister witterte mit dem untrüglichen Politikerinstinkt die Chance, sich aus der Geschichte herauszuwinden und sich beim Herrenabend ohne Verspätung einzuklinken. „Eva, ich rufe sofort den Beamten vom Dienst an. Gib mir vorsichtshalber noch deine Telefonnummer. Der Beamte wird sich bei dir melden."

Willy Schäfer schob den Kommissar vom Dienst - Dienst auf dem Ostburger Polizeipräsidium. Er liebte diese Schicht, weil er sich nachts erlaubt von zu Hause entfernen durfte. Außerdem verschaffte sie ihm einen plausiblen Grund, den Tag über in seinem Arbeitszimmer in Ruhe gelassen zu werden. 18 Ehejahre hatten ihn zermürbt und sein Gehirn für einen gerissenen Umgang mit dieser Misere geschärft. Der Anruf des Oberbürgermeisters riß ihn aus seinen Gedanken.

„Ja, ja, Herr Oberbürgermeister, ich habe verstanden. Uns

liegt noch nichts vor. Ich werde beim Lagedienst in Hannover nachfragen.“

Kurt Scheuer gab ihm die Telefonnummer von Eva Padberg: „Rufen sie die Frau bitte direkt an, sowie Sie etwas wissen. Sie können mich unter... Moment,“ er zog einen Briefbogen aus der Tasche und entzifferte erst mit Hilfe seiner Lesebrille die Telefonnummer des Hotels, in dem das heutige Treffen stattfinden sollte, „also in der ‚Arensburg‘ erreichen.“

Der Polizist nickte: „Wird gemacht, Herr Oberbürgermeister.“ Der Ostburger Regierungschef fühlte sich erleichtert und beschwert zugleich.

>Hoffentlich hat der meine Wahlkampfspende nicht mehr in den Akten vermerkt. Wenn ja, kommt mir sein Tod sehr gelegen. Der Kerl erschien mir in letzter Zeit ziemlich windig.<

Die Polizeirecherche nahm kaum mehr als 20 Minuten in Anspruch. Hannover fragte in Bonn nach, wo das Außenministerium bereits informiert war.

Willy Schäfer wählte die Nummer der Witwe. „Frau Padberg, der Oberbürgermeister hat mich gebeten, eine schreckliche Nachricht zu überprüfen. Leider muß ich Ihnen bestätigen, daß Ihr Mann bei einem Flugzeugunglück auf den Malediven ums Leben gekommen ist.“

Saskia weigerte sich nach wie vor standhaft, die Nachricht zur Kenntnis zu nehmen. Sie weigerte sich auch, traurig zu sein oder gar zu weinen.

„Vati lebt. Das fühle ich ganz genau.“

Eva Padberg war vorübergehend froh, sich nur mit Tanjas Trauer auseinandersetzen zu müssen. Beide weinten hemmungslos, als es an der Haustür klingelte. Über die Haussprechanlage meldete sich Vogelsang. „Frau Padberg, darf ich raufkommen?“ Eva drückte den Summer.

Warum sollte der Journalist nicht kommen? Er war immer sehr freundlich, berichtete korrekt, und Padberg sprach von ihm als einem Freund.

Vogelsang schwang sich die wenigen Stufen zur Beletage hoch. Er mimte den Besorgten.

„Frau Padberg, die Agenturen bestätigen den Flugzeugabsturz Ihres Mannes und die vergebliche Suche. Das Wetter dort unten ist ruhig, so daß Überlebende längst hätten gefunden werden müssen. Jetzt ist dort Nacht, und sie wissen ja, wie es in der Dritten Welt so zugeht.“

>Hört sich nach Vorurteil an. Kommt aber gut.<

Vogelsang ließ den Blick durch das Wohnzimmer schweifen. Der Chagall fiel ihm sofort auf. Seine Augen wanderten unruhig weiter.

>Ein Foto, verdammt, ein Foto von diesem Mann muß hier doch irgendwo stehen! Nichts.<

„Frau Padberg, haben sie ein Foto von Ihrem Mann? Ich würde ihn mir gern ansehen.“

Eva schüttelte verzweifelt den Kopf.

„Ich habe keins. Er hat sich immer geweigert. Wollte sich nicht für dic Nachwelt verewigen lassen. Sie kennen ihn doch ...,“ sie hielt kurz inne und bemühte sich um Korrektheit, „... Sie kannten ihn doch. Er war immer so bescheiden.“ Vogelsang konnte es nicht fassen.

>Der muß doch mindestens soviel Dreck am Stecken haben, wie ich seit einiger Zeit vermute. Hier stinkt es zum Himmel. Die Alte weiß bestimmt etwas.<

„Frau Padberg, am Telefon vorhin haben Sie mir gesagt, daß sie gestern noch mit ihm telefoniert haben. Aus Colombo. Richtig?“

Die Mädchen betrachteten den Journalisten mißtrauisch. „Mama,“ sagte Tanja, „Mama, der Mann soll gehen. Er soll nicht sehen, wie wir weinen.“ Durch Eva ging ein Ruck.

„Herr Vogelsang, lassen sie uns jetzt bitte allein mit unseren Gedanken.“

„Graete“ gab sich geschlagen. Im Abgang griff er sich noch ein silbergerahmtes Foto von Eva Padberg mit ihren Töchtern und ließ es unauffällig in seiner Motorradjacke verschwinden. „Ich melde mich morgen noch einmal. Auf Wiedersehen.“

In Ostburg liefen die Buschtrommeln heiß. Die Telefonrepublik, eine Nachricht kostete ja nur 23 Pfennig, drehte durch.

Annette „Oberbürgermeister“ ließ es erst einmal bei Ingevelde Kreuz, der Bauunternehmers-Gattin, durchklingeln. Damit war der Industrie-Club auf dem Laufenden. Die Telefonkette arbeitete reibungslos. Vogelsang konnte wieder einmal schreiben, was er wollte. Es würde nicht mehr sein als gerade mal die Bestätigung dessen, was in der 150 000-Seelen-Stadt - Seelen? - alle wichtigen Leute innerhalb der ersten Stunde nach der Tagesschau ohnehin wußten. Der schillernde Herr Padberg war tot.

War er tot?

Diese Frage beschäftigte, unausgesprochen, versteht sich, in dieser Nacht und an den darauffolgenden Tagen überraschend viele Leute in dem kleinen Städtchen.

Fast 9000 Kilometer entfernt blickte der Totgesagte verträumt zum Himmel. Deutlich hob sich das Kreuz des Südens hervor.

„Seemann gib acht, und strahlt auch als Gruß des Friedens hell durch die Nacht das leuchtende Kreuz des Südens...“ summte Padberg leise vor sich hin.

>Komisch. Es ist das erste Mal, daß ich die Natur bewußt wahrnehme. Das erste Mal in meinem Leben. Was doch der Tod so alles bewirkt. Schau einer an.<

Seine fünf Kumpane quasselten quer durcheinander.

Padberg nahm ihre Stimmen aus weiter Entfernung wahr. Er gönnte ihnen die Freude über den gelungenen Coup, der jeden von ihnen zum Millionär gemacht hatte.

>Und mich zum Mulitmillionär, ihr Waschbeckenpisser.<

Der Schampusvorrat schmolz zusehends dahin. Bald würden sie zum Wodka-Lemon übergehen und dann in zwei, drei Stunden schnarchend und pupsend in den Kojen liegen.

>Hauptsache ihr spielt morgen in Male eure Rollen 1a. Dann wird der Rest zum Kinderspiel.<

Padberg hatte sich diesen abgelegenen Fleck, die Malediven, sorgfältig als Fluchtpunkt ausgewählt. Das Inselreich am Äquator mit seinen 1195 Inseln und 214 000 Einwohnern lag nach seiner Sprachkategorie „am Arsch der Welt“. Die Vereinten Nationen legten die Malediven unter den 20 ärmsten Ländern der Erde ab. Jedenfalls noch vor ein paar Jahren.

Inzwischen fraß sich der Tourismus durch die Korallenriffe. Mal gerade 200 Inseln waren bewohnt, dazu kamen mehr als 20 Touristenhotels, Tendenz steigend.

Padbergs Plan für sein neues Leben sah vor, sich ein paar gute Verbindungen zu schaffen, um dann in sechs, sieben Monaten in ein Insel-Ressort zu investieren, möglicherweise in Partnerschaft mit einem Malediver. Nach seinen Informationen war in dem hundert Prozent moslemischen Land die Macht auf wenige Familienclans aufgeteilt.

Sein uneigennütziger Rettungseinsatz zur Entlastung der ohnehin schwachen nationalen Rettungskapazitäten sollte als erste Eintrittskarte genügen.

Rainer Pfaff warf gegen acht Uhr die Schiffsdiesel an, die sich bei der Außentemperatur von 31 Grad rasch erwärmten und nach wenigen Minuten rund liefen. Klaus Sternwald lichtete beide Anker. Vorsichtig dirigierte Pfaff die schwere Yacht durch das flache Wasser in der Lagune. Der Bug richtete sich mühelos auf den Weg durch die Begrenzungsbojen, die die Einfahrt markierten.

Die Männer winkten zu einem vorbeifahrenden Zweimaster voller Taiwanesen, die ihren wachsenden Wohlstand auch auf Urlaubsreisen zeigten, bevor die „Shalimar" schnellere Fahrt aufnahm. Pfaff kannte die Seekarten mit dem Weg nach Male auswendig. Trotzdem lag auf dem Kartentisch am Unterdeck-Fahrstand noch einiges Hilfsmaterial.

Padberg saß zusammen mit den beiden Piloten bequem auf der Achterdeck-Terrasse und trank seinen Morgenkaffee. Die Sonne war schon jetzt kräftiger als an Hochsommermittagen daheim in Ostburg. Trotzdem ließ sich die Wärme bei dem Fahrtwind gut ertragen.

Er zündete die achte Zigarette dieses Morgens an, indem er die linke Hand schützend vor das Feuerzeug hielt, um den Wind abzuwehren.

„Jungs," hob er an, „jetzt muß alles nach Plan laufen. Ich schätze mal, daß wir in Male mit einigen Ehren empfangen werden. Wir lassen unsere Pässe ordnungsgemäß stempeln. Ihr wohnt dann noch ein paar Tage auf Kurumba. Da gibt es ein schönes Hotel. Und dann ab mit den „Emirates" nach Indien. Ich denke, wir werden uns nie wiedersehen."

Prior und Arangar nickten zustimmend.

„Wir wollen noch weiter in Richtung Philippinen oder Thailand, vielleicht sogar nach Vietnam. Unsere Pässe sehen gut aus, die neuen Pilotenlizenzen auch. Vielleicht machen wir in Fernost oder der Südsee einen Flugservice mit einer eigenen Maschine auf," entwickelte Prior ihre Zukunft.

Die beiden Männer wollten unbedingt zusammenbleiben. Nach den Plänen von Padberg und seinen Kameraden fragten sie gar nicht erst. Prior versank für einige Augenblicke in sein Innerstes.

>Wenn das meine Kollegen aus der Lufthansa-Verkehrsfliegerschule in Bremen wüßten. Welch eine Karriere, würde der Chef Alfred Vermaaten sagen, bei dem ich die Fliegerei gelernt habe. Aber der lebt schon lange nicht mehr. Das alles fand in den 70ern statt. Jumbo-Kapitän wollten wir alle werden mit dickem Gehalt und vielen willigen Stewardessen. Das große Airlinesterben hat alle Pläne zerstört. Im Grunde konnte ich froh sein, wenigstens die alte Mühle unterm Hintern zu haben. Ein Glück, daß die Umschulung auf dieses Muster noch geklappt hatte. Bei meinem Alkoholkonsum! Na ja, bald wird das Gerät noch kleiner sein. Dafür aber neuer. Und ich reicher.<

Male machte einen zusammengewürfelten Eindruck, notierte Padberg. Zwei Kilometer entfernt landete eine Boeing 737 der „Emirates" auf der Flughafeninsel Hulule.

Pfaff zog die Gashebel zurück. Die „Shalimar" bremste abrupt. Auf zwei Uhr erkannte er die Hafeneinfahrt. Die Betonmauer rund um das Hafenbecken bröckelte an vielen Stellen.

Die Höfe der Lagerhäuser längs der Küste quollen über. Wohl auch von Müll, dem größten Problem der Malediver, die noch immer den Löwenanteil der Abfälle einfach ins Meer kippten. Den Rest verbrannten sie auf einer eigens dafür freigestellten Insel nordwestlich der Hauptstadt.

So als hätten sie nichts gehört von der langsamen Zerstörung des Great-Barrier-Riffs vor Australien, dem größten Korallenriff der Erde. Dort stellten die Korallen langsam das Wachstum ein, weil ihr empfindliches Seelenleben die zunehmende Wasserverschmutzung nicht vertrug.

Im Hafen lagen zwei riesige Luxusyachten mit arabischen Namen. Die jahrhunderte alten Beziehungen dieses moslemischen Landes zu den Arabern hielten noch immer. Das goldene Dach der Moschee zeugte von brüderlicher Hilfe aus den arabischen Ölstaaten.

In langsamer Fahrt kam ihnen ein 10-Meter-Boot der Polizei entgegen. Der ranghöchste Offizier an Bord entpuppte sich als Polizeichef der Malediven, Yussuf Itara, der sie überschwenglich freundlich in Empfang nahm, nachdem beide Boote am Kai festgemacht hatten.

Mit untrüglichem Polizistenverstand identifizierte er Padberg als Anführer, der sich artig in brauchbar flüssigem Englisch vorstellte: „Anton Lechleitner aus Wien in Österreich."

Itara verbeugte sich leicht.

„Wir schippern für ein paar Monate durch den Indischen Ozean, wollen aus unserem Alltag aussteigen. Wir sind Geschäftsleute, alle aus Österreich. Herzlichen Glückwunsch zu Ihrem herrlichen Land."

>Alte Diplomatenschule, KuK.<

Padberg verbeugte sich artig vor dem zierlichen, dunkelhäutigen Mann, der nach seiner Einschätzung noch kleiner war als der Präsident des Industrie-Clubs im heimischen Ostburg.

„Meine Regierung bedankt sich für Ihren Einsatz bei der Suche nach dem abgestürzten Flugzeug. Wir sind heute noch einmal die Unglücksstelle abgeflogen. Heute nachmittag wird noch ein Boot der National Security auf die Suche gehen. Aber schon nach Ihrem Bericht wußten wir, daß nichts übrig geblieben ist," berichtete Itara und fügte an: „Der Innenminister möchte sich bei einem kleinen Empfang persönlich bei Ihnen bedanken. Haben Sie Zeit, heute abend in seiner Residenz sein Gast zu sein?"

Padberg stimmte zu: „Wir nutzen gern die Gelegenheit, Ihre schöne Stadt zu besichtigen und nehmen die Einladung an. Allerdings bitten wir um Nachsicht bei der Kleiderfrage.

Wir sind als Aussteiger nicht auf Empfänge eingerichtet.“

Der Polizeichef winkte verständnisvoll ab: „Wir freuen uns über Ihren Besuch.“

Padberg steuerte unaufällig sein zentrales Problem an: „Wird auch Presse dabei sein?“

„Haben Sie den Wunsch?“

„Nun, nicht unbedingt. Wir sind Geschäftsleute und keine Fernsehstars. Uns liegt nichts an Publicity.“

„Dann werden Sie auch keine haben.“

>Jetzt werde ich doch noch Schach lernen, mein Freund. Alle meine vorausberechneten Züge für dieses kleine Abenteuer gehen auf. Kein Schwein interessiert sich auf dieser Welt für eine abgestürzte Transall mit vier Flachwichsern an Bord. Und hier in diesem schönen Winkel der Erde laufen keine neugierigen Journalisten herum. Die tun hier gut daran, die Demokratie gründlich auszusperren.<

„Haben Sie internationale Presse in Male?“ wollte Padberg noch wissen.

„Oh, nein, für uns interessiert sich niemand. Und wir sind auch nicht an großer Öffentlichkeit interessiert. Hauptsache, die Touristen kommen und bringen uns Devisen. Journalisten sind unberechenbare Leute, ausgenommen vielleicht die Reisejournalisten. Also bis heute abend.“

Yussuf Itara ging zurück auf das Polizeiboot, das sofort ablegte und zügig den Hafenbereich in Richtung Hulule verließ.

Padberg und Sternwald, der viele Jahre als Steward auf Kreuzfahrten gedient und sich bei den älteren Damen die Seele von der Eichel gevögelt hatte, gingen auf Erkundungstour. Die Stadt erweckte den typischen Eindruck von Dritte Welt, obwohl sich moderne Bürogebäude langsam in den Kernbereich vorfraßen.

Am meisten erstaunte sie der massive Autoverkehr, den sie

in diesem Inselparadies so gar nicht auf dem Zettel hatten. Aus einem Büchlein erfuhren sie, daß das Land der Hauptstadt aus Meeresboden aufgespült worden war.

Die Bilder verloren sich in ihren Köpfen, ohne irgendwo festgehalten worden zu sein. Das Duo suchte nach Banken. Immerhin hatten sich mit dem Touristenboom vier, fünf internationale Geldinstitute angesiedelt. Sie residierten, wie konnte es anders sein, in modernen Bürokomplexen, die sich geradezu exotisch von den umliegenden Häusern abhoben. Moderne europäische Büroarchitektur gegen Dritte-Welt-Bauten. Nichts wollte harmonisch zusammenpassen, fand Padberg alias Lechleitner.

Die Männer entdeckten schnell, daß es besser war, die Klimaanlage an Bord in Gang zu setzen, etwas Obst, Brot und Konserven einzukaufen und den Rest des Tages auf der „Shalimar“ zu verbringen. In einem Reiseführer hatten sie obendrein gelesen, daß die einheimischen Frauen für Europäer absolut Tabu waren.

>Dann knallen wir eben Touristinnen.<

Um sieben Uhr fuhr ein schwarzer, blankgewienerter Chrysler Voyager vor. Ein Uniformierter kam an Bord, und wies sich als ihr Chauffeur für den Abend beim Innenminister aus.

In ihren bunten Urlauberklamotten wirkten sie halbwegs adrett. Alle sechs hatten sich sogar rasiert.

Padberg erteilte den Marschbefehl: „Los Männer. Vertretet die Farben Österreichs würdevoll.“

Die Residenz des Ministers lag direkt am Strand. Ein eingeschossiges Traumhaus mit freiem Blick auf den Indischen Ozean. Padberg mit seinem neuen Faible für die Natur erkannte sofort, wie trübe das Wasser hier war verglichen mit dem kristallklaren, fischreichen Wasser in der Lagune von Olhuveli am gestrigen Abend.

Artig machten er und seine Kumpane ihre Diener. Der Innenminister stellte als Beweis der Ehrerbietung vor den Seefahrern seine Gäste persönlich vor. Alles, was Rang und Namen in Wirtschaft und Verwaltung hatte, Einheimische und in Male arbeitende Ausländer, war gekommen. Sie nutzten die Gelegenheit, dem eintönigen Alltag auf der kleinen Hauptstadtinsel eine Würzung zu geben.

Den Fremden aber berichteten sie voller Innigkeit die schönen Seiten ihres ach so aufregenden Lebens in diesem tollen Land. Außerdem sonnten sich fast alle in Berichten über ihre vielen Geschäftsreisen nach Asien, Amerika und Europa. Das wiederum freute Padberg, der Ostburger Züge wiedererkannte.

>Machen sich alle wichtig. Genau wie meine Pappnasen, also, meine ehemaligen Pappnasen. Ich bin ja schließlich tot und heiße Anton Lechleitner.<

Padberg fiel die völlige Abwesenheit des weiblichen Geschlechts auf. Das gefiel ihm. Freundliche, dunkelhäutige Diener wuselten um die gut 40 Leute herum, boten Säfte und Snacks an.

Padberg übte sich mit seinen bescheidenen Englischkenntnissen in Smalltalk. Er ließ sich die Karten zweier Bankdirektoren geben, der pakistanischen Habib Bank und der State Bank of India, und merkte beim Polizeichef an: „Wir sind immer noch illegal in Ihrem schönen Land."

Der Oberpolizist schmunzelte: „Sie sind Ehrengäste. Aber wenn Sie Stempel brauchen, kommen sie bitte morgen um neun Uhr in mein Büro. Liegt direkt am Hafen."

Nach drei Stunden löste sich die Gesellschaft auf, ohne daß irgend jemand ein Zeichen gegeben hatte. Der Innenminister verabschiedete sich von Padberg mit der unübertroffenen orientalischen Höflichkeit und Gastfreundschaft: „Bleiben Sie so lange in unserem Land, wie Sie mögen. Wenn Sie irgendein

Problem haben, wenden Sie sich an mich. Wenn Sie mich nicht sofort erreichen, ist mein Polizeichef jederzeit für Sie da. Genießen Sie das Leben. Auf Wiedersehen.“ Padberg legte sein schönstes Grinsen auf.

>Jetzt stehe ich auf dem Mount Everest. Die Malediven liegen mir zu Füßen. Herr Minister, bei Ihnen bleibe ich für den Rest meines Lebens. Hier findet mich niemand. Und wenn, wird mir niemand etwas tun. Bei meinen Freunden!<

Als sie noch bis spät in die Nacht auf dem Achterdeck saßen und sich über den alkohol- und frauenfreien Abend amüsierten, wanderten Padbergs Gedanken zurück nach Ostburg. Zurück in die Zeit, als er mit dem Warenterminhandel und dem Weg zum Millionär sein Leben aufgebrezelt hatte. An seine Familie verschwendete er keinen Gedanken.

>Seltsam, wie weit weg sie alle sind. Ich bin für den Einzelkampf geboren, mein Führer.<

Die 82 Männer und Frauen im Festsaal des „Ostburger Hofes“ waren sich ihrer Bedeutsamkeit ebenso bewußt wie der Bedeutung des Ereignisses, das sie zusammenführte. Die Gattin des Ministers war dem Ruf der neuen Sterne am Ostburger Society-Himmel unverzüglich gefolgt. Immerhin hatten sich Fernsehen und Presse angesagt.

Die Publicity reizte sie. Öffentliche Milde gegenüber den Verlierern der Wohlstandsgesellschaft machte sich immer gut. Schließlich stand bald die Wiederwahl ihres Mannes an. Und von seinem Glanz fiel soviel auf sie ab, daß sie auf keines der Privilegien mehr verzichten mochte.

Möglichst nie mehr.

Welch ein Höhepunkt für die 150 000 Seelen in der Stadt, die noch mal 100 000 im Landkreis gar nicht gerechnet! Alle standen stramm, handverlesen, wichtig, gemeinsam mit der ranghöchsten Frau im Lande, wie „Graete“ sie in seiner

Spalte angekündigt hatte, dem guten Zweck zu huldigen.

Niemandem fiel auf oder ein, daß die Gattin des Ministers nichts anderes war als eben dieses, die Gattin, und ganz und gar nicht eine der ranghöchsten Frauen im Lande. Niemand störte sich daran, daß sie so gnadenlos in den Stand der Ranghöchsten gejubelt worden war.

Die schnöde Wahrheit hätte doch bloß die Bedeutung des Ereignisses unnötig geschmälert. So, wie sich niemand daran stieß, daß die von Hotelier Klops angeschleppte adoptierte „Königliche Hoheit" auch nicht das war, was ihre Visitenkarte hergab.

Die Menschen glauben sowieso nur, was sie sehen und was sie sehen wollen.

Und auch die noch mühsam Kritischen ließen sich nichts anmerken. Das hätte sie doch bloß ins Abseits gestellt und möglicherweise aus der Umlaufbahn gehoben, in die sie doch gerade erst durch die schöne Einladung geschossen worden waren.

Ein Mann fehlte an diesem Abend geradezu auffällig. Der Mann, der so vielen von ihnen zu unverhofftem Geldsegen verholfen und ihnen mit dieser Initiative einen besonders schönen Abend bereitet hatte: Rolf Padberg, noch vor wenigen Monaten ein Nobody, ein Unbeachteter, weil er als Unternehmer im Warenvertriebsgeschäft mit Wolldecken und gesundheitsfördernden Magnetbetten, im „Eierhandel" eben, tätig war.

So sehr seinem alten Geschäft der Geruch der Unseriösität anhing, so sehr strahlte sein jetziges Betätigungsfeld, der Handel mit Warenterminen und Geldanlagen eine unwiderstehliche Anziehungskraft auf die Schönen und Reichen des Städtchens zwischen Hamburg und Bremen aus.

Bernie Cornfeld war längst vergessen, ja, die meisten hatten noch nie von ihm gehört.

„Ist das da drüben nicht die Frau von einem Bremer Senator?“ wollte Ingevelde Kreuz von ihrer Nachbarin und Lieblingsfreundin Annette Scheuer wissen, der Oberbürgermeister-Gattin.

„Ja, sie ist tatsächlich gekommen. Wir müssen uns unbedingt mit ihr unterhalten.“

Sie strebten der Großstadtbedeutsamkeit entgegen. Doch just im Moment der Begegnung mit der nächstgrößeren Welt hielten sie inne. Frau Oberbürgermeister-Gattin stellte aufgeregt ihr Sektglas auf die wertvolle Biedermeierkommode. Der große Augenblick war endlich da.

An der Seite von Padbergs Gattin Eva betrat die Gattin des Ministers den Raum. Aufgeregt stieß Ingevelde ihre Lieblingsfreundin an: „Die ist ja noch kleiner als ich.“

Das nahm ihr Gatte, der Bauunternehmer Josef Kreuz, befriedigt zur Kenntnis. Mit seinen 1,61 Metern fühlte er sich ihr haushoch überlegen. So wie er sich als wahrer Menschenriese vorgekommen war vor sechs Wochen, als er Seite an Seite mit dem Oberbürgermeister in seiner Eigenschaft als Präsident des hiesigen Industrie-Clubs über die Tokioter Ginza geschritten war. Da hatte kaum einer der Passanten seine Scheitelhöhe erreicht.

Oberbürgermeister Kurt Scheuer schritt gemessenen, angemessenen Fußes auf die beiden etwa gleichaltrigen Frauen zu. Eva Padberg sah mit ihren 40 Jahren nach einer ausführlichen Tageskur bei Friseur und Visagist hinreißend jung aus neben der Gattin des Ministers, die bekannt für ihre rustikale Einstellung zu sich und dem Leben als solchen war.

„Annette,“ stieß Ingevelde ihre Freundin in die Rippen, „die hat doch neulich so einen linken Spruch abgelassen, von wegen die Manager sind an allem schuld.“

Ingevelde bemühte sich um möglichst wortgetreue Wiedergabe des Zornesausrufs ihres Gatten, als er die Einladung zu diesem illustren Abend auf den Tisch des Hauses legte.

Kreuz nickte bedächtig, wies jedoch mit dem Zeigefinger auf der Lippe seine etwas vorlaute Gattin an, sich tunlichst zurückzuhalten. Er nahm sich eine kleine Gardinenpredigt für nachher in den häuslichen vier Wänden vor. Es konnte ja schließlich nicht angehen, daß seine etwas unbedarfte Ingevelde mit solchen altbackschen Äußerungen ihre gesellschaftliche Position in Frage stellte. Schließlich hörten auch andere, was er hörte.

Die etwas einfühlsamere Annette hielt sich klugerweise sofort zurück und wich sogar sichtbar zwei Sidesteps von Ingevelde weg.

>Kommt nicht in die Tüte, daß die blöde Henne mir den Auftritt vermasselt. Wird Zeit, daß wir uns für den gesellschaftlichen Aufstieg vom Ballast der Vergangenheit etwas absetzen.<

Annette Scheuer rief sich allerdings innerlich gleich wieder zur Ordnung. Ingevelde war die Klatschtante des Städtchens. Sie brauchten sich gegenseitig.

Annette nahm die beiden Sidesteps vorsichtig zurück.

Beim Haus- und Hofgastronomen der Ostburger Szene, Hansi Klops, er hieß wirklich so, sprang der Propeller am Hintern an. Leicht vorgebeugt, schon für den gleich fälligen Diener in Vorposition, schoß er den Frauen in der Mitte dieses Abends entgegen. „Frau Minister,“ rollte es über seine Lippen, „und liebe Frau Padberg, liebste Eva, herzlich willkommen in meinem Hause. Herzlichen Dank, daß Sie, gnädige Frau, unserer Einladung gefolgt sind und vielen herzlichen Dank auch, daß Sie unsere Aktion zugunsten des SOS-Kinderdorfes durch Ihre Anwesenheit unterstützen.“

Die Gattin aus der Hauptstadt schien die Einzige, die an diesem Novemberabend in Ostburg mit den Füßen am Boden blieb.

„Lieber Herr Klops,“ säuselte sie bewußt unnatürlich, „ich freue mich auch, muß Sie aber ein wenig korrigieren. Ich bin die Frau des Ministers, der Ihnen allen heute Abend herzliche Grüße ausrichten läßt.“

>In Wirklichkeit kümmert sich dieser Hurenbock einen Dreck um mich und meine Aktivitäten. Der liegt jetzt auf seiner Sekretärin und hat in seinem kleinen Zweitkopf keinen Gedanken für mich.<

Klops drehte seine Eitelkeit hin und her. Eine Fernsehkamera begleitete die gesellschaftliche Kür. Immerhin war es gelungen, den regionalen Privatsender für dieses einmalige Ostburger Geschehen zu gewinnen. So gingen „Graetes“ Fotograf und der Schreiber fast unter.

Niemand blickte direkt in die Fernsehkamera, alle taten so, als sei sie gar nicht im Raum. Und alle bewegten sich so, daß sie auf jeden Fall ins Bild kamen, möglichst im Dunstkreis der Gattin des Ministers.

Einige nahmen sogar mit der aus Bremen angereisten Senatoren-Gattin vorlieb, weil schließlich nicht alle 82 auf einen Quadratmeter paßten.

„Graete“ fischte eifrig nach Informationen. Neuerdings hielt er statt Kugelschreiber und Notizblock ein kleines elektronisches Diktiergerät in der rechten Hand. Fand er praktischer und machte wichtiger.

Eva Padberg klatschte vernehmlich in die zarten Hände mit den im Nagelstudio nachgeformten langen, rosa lackierten Fingernägeln: „Meine Damen und Herren, ich bin sehr glücklich, Sie zu diesem großen Ereignis in unserer kleinen Stadt begrüßen zu dürfen. Natürlich bin ich stolz, daß es Herrn Klops und mir gelungen ist, die Gattin des Ministers, die Gattin des Senators, Sie, Königliche Hoheit, und so viele wichtige Männer und Frauen aus unserer Region an diesen Ort zu holen. Schon Ihr Eintritt hat die stolze Spendensumme von 15 000 Mark eingebracht. Die Tombola, über die ich Sie später noch informieren werde, wird sicher zur Abrundung beitragen und den Kindern und ihren Pflegeeltern im Kinderdorf die dringend benötigte Entlastung bringen. Als Hauptpreis der Tombola darf ich schon eine großzügige Spende meines Gatten, Herrn Rolf Padberg, ankündigen. Es werden vier Aktien von Daimler-Benz sein. Der Gewinner des heutigen Abends kann sich also schon auf die nächste Aktionärsversammlung in Stuttgart freuen."

Diese wundervolle Ankündigung forderte spontanen Beifall heraus. Einige Ohs und Ahs legten sich über das Klatschen.

Kreuz, dem ein Steuermodell von Padberg schon einmal zu 200 000 Mark Netto verholfen hatte, freute sich über den Unternehmergeist, der aus dieser Geste sprach. Er beschloß, Padberg einen Mitgliedsplatz mit Aussicht auf ein Vorstandsmandat im Industrie-Club anzudienen.

>Interessiert doch keinen Menschen, was er vorher gemacht hat. Man soll sowieso niemanden wegen seiner Vergangenheit ablehnen. Es zählen nur die Taten der Gegenwart. Und die sind aus Unternehmersicht beachtlich.<

Er ahnte nicht, daß sein Angebot so ziemlich das letzte war, was der Emporkömmling Padberg sich von Ostburg und seinen Honoratioren wünschte. Er wollte lediglich ihr Geld. Und das reichlich. Außerdem dienten sie ihm als Schutzhülle vor neugierigen Blicken der Behörde, wie er die Organe der Rechtspflege gerne nannte.

Eva Padberg bat mit vollkommenem Charme zum Abendessen, was Ingevelde Kreuz zu der lästerlichen Bemerkung veranlaßte: „Woher hat die Manieren gelernt? Geht sie jetzt wieder in die Tanzschule?"

Seit sie selbst an der Börse spekulierte, fühlte sie sich selbstbewußter. Ihr Mangel an Ausbildung machte ihr keine

Sorgen. Alle anderen waren doch sowieso noch blöder!

Josef Kreuz beschloß, die Gardinenpredigt nachher etwas kräftiger ausfallen zu lassen.

>Die dusselige Kuh reitet mich noch in die Scheiße!<

Gastronom Klops ließ es sich als Mitgastgeber nicht nehmen, die Gäste, die immerhin pro Person 200 Mark Eintritt plus 150 Mark für Essen und Trinken ausgeworfen hatten, über die Herrlichkeiten seiner Küche nicht im Unklaren zu lassen.

Jeder, aber auch jeder in Ostburg kannte seinen Ehrgeiz, so bald wie möglich mit seinem Drang nach Öffentlichkeit und Bestätigung mindestens in „Essen und Trinken“ Erwähnung zu finden. Alle hätten sich gewundert, wenn seine wäßrigen Küchenkünste dort tatsächlich Bewunderer fänden.

Klops ließ sich von seinem Ehrgeiz auch deshalb nicht abbringen, weil sich niemand berufen fühlte, ihm die Realität vorzuführen. So ließen die Gäste denn die Segnungen der Mahlzeit ebenso über sich ergehen wie Klopsens Redegüsse.

Einige waren schon einmal in England gewesen und hatten dort gegessen. Das härtet ab.

Am Tisch der Gattin des Ministers versuchten alle auf einmal, ihre Botschaften loszuwerden, die sie an die Frau richteten in der Hoffnung, sie werde es dem Gatten weitererzählen, als hätten beide, einmal abgesehen von ihrer kaputten Beziehung, nichts anderes zu tun.

Industrie-Club-Chef Kreuz sah sich besonders berufen, wirtschaftspolitische Eckdaten zu erläutern. „Wir dürfen auf keinen Fall länger diejenigen staatlich fördern, die arbeiten können, und es offensichtlich nicht wollen. Auf meinen Baustellen fehlen mir jeden Tag mindestens 40 Leute. Und das, obwohl ich bei den Arbeitsämtern Druck mache, in den Zeitungen Anzeigen schalte und sogar Rundfunkwerbung mache. Es bringt nichts. Dabei haben wir doch fast zehn

Prozent Arbeitslose hier in der Region. Darauf muß die Wirtschaftspolitik unbedingt eingehen," schwadronierte er.

Die sozial beseelte Gattin warf couragiert ein: „Diese Argumente hören wir immer wieder, Herr Kreuz. Dadurch werden sie nicht wahrer. Die Arbeitslosigkeit ist das Ergebnis falschen Managements. Die Wirtschaftsbosse sind schuld."

Ingevelde schmunzelte.

>Das habe ich vorhin doch schon gesagt, daß sie das sagt. Aber ich mußte mal wieder den Mund halten: Typisch.<

Josef Kreuz nahm erschreckt die Reaktion seiner Frau wahr und griff unter dem Tisch mit der rechten Hand auf ihr linkes Knie. Ingevelde schwieg beleidigt, obwohl ihr der Griff gefiel.

>Könnte er auch mal unter der Bettdecke anwenden. Aber nein, da hat er immer den Kopf voller Geschäfte. Typisch Geschäftsmann. Unternehmer!<

Die Minister-Gattin war in ihrem Element, der Kritik an Unternehmern und Managern. Annette Scheuer und Eva Padberg saßen unter Strom daneben, bis Eva das Heft des Handelns mit der Ankündigung der Tombola übernahm. Am Ende des großen Ostburger Ereignisses freuten sich alle auf die bevorstehenden Berichte im Fernsehen und im „Anzeiger". Auch Ostburg hatte das Bedeutsamkeits-Fieber des „Ich habe gestern im kleinen Kreis mit der Gattin des Ministers über die Arbeitslosigkeit gesprochen und ihr meine Meinung gegeigt" ergriffen.

Die Schönen und Reichen liebten es, sich gegenseitig Trinkgeld zu geben. Padbergs Strategie ging auf, und der Pate von Ostburg, Herbert Graumann, sah Blütenträume reifen.

>Wir kommen bestimmt noch in den Himmel. Vorher aber müssen wir dringend zum Papst.<

Ein sanfter Südostwind legte eine akkurate Wellenfrisur auf das tiefblaue Wasser des Zwischenahner Meers nordwestlich von Bremen. Eine Horde Enten rangelte sich lautstark um ein paar Hände voll Weißbrotbrocken. An diesem Nachmittag wie an jedem anderen Nachmittag des Jahres übten sich gelangweilte Kurgäste im Entenfüttern.

Die Sonne spendierte reichlich Altweibersommer. Die beiden massiv gebauten, muskulösen Männer trugen kurzärmelige, bunte Seidenhemden. Die Hände auf den Rücken verschränkt, schien nichts von der Schönheit der Natur bei ihnen anzukommen. Auch für den gepflegten Kurpark mit dem regen Kurgast- und Tierleben fanden sie keinen Blick.

Die Welt um sie herum nahm die Männer als exotische Figuren im Kur- und Tourismusalltag wahr. In einem urtümlichen Bayerisch vernahmen sie: „Die hab i doch neulich im Fernsehen g'sehn."

Der Kurgast betrachtete auf seinem inneren Monitor eine Szene mit zwei Mafiosi in „Allein gegen die Mafia".

Sein Kopfvideo funktionierte korrekt. Herbert Graumann und Rolf Padberg mit ihren massigen Erscheinungen verkörperten präzise das, was sie in den Köpfen der Beobachter an Eindruck erzeugten. Mehr noch: Das Äußere stimmte korrekt überein mit der Realität dieser Männer, die mit ihren Geschäften eine ganze kleine Stadt in den Griff bekommen wollten. Padberg zog an der unvermeidlichen Zigarette und sog einen Mund voll Qualm tief ein, den er genüßlich an die Lunge überwies.

„Die Zwischenahner Luft ist unwahrscheinlich sauber," hielt er den Augenblick fest und blies aus.

Graumann nahm den Ball auf: „Die Luft hier ist so gesund, daß wir uns in Zukunft zu Besprechungen nur noch hier sehen sollten. Es geht in Ostburg niemanden etwas an, daß uns einiges verbindet. Die Leute quatschen erfahrungsgemäß sowieso nur dummes Zeug. Geben wir ihnen keinen Anlaß!"

Padberg nickte zustimmend. Er sah auf seine Da Vinci: „Ich

habe einen Mordshunger. Mit ein bißchen Glück finden wir im Spieker-Garten einen schönen Platz unter dem Apfelbaum."

Das traf Graumanns Geschmacksnerven an der richtigen Stelle. Langsam und schweigend nahmen sie den Weg über eine kleine Holzbrücke zu dem mächtigen reetgedeckten Ammerländer Bauernhaus auf dem Museumsareal des Heimatvereins auf, der mit einem genialen Schachzug vor Jahrzehnten eine schier unerschöpfliche Geldquelle erschlossen hatte. Zu dem historischen Ensemble am Rande des Kurparks gehörte ein uralter, restaurierter Speicher, den die Gründungsväter in eine gemütliche Gaststätte mit Ammerländer Speiseplan umbauen ließen. Seitdem haben Zehntausende von Gästen aus Deutschland und aller Welt die Ammerländer Gastlichkeit und den Korn aus dem Zinnlöffel genossen. Auf plattdeutsch hieß er „Spieker".

Wanderer, kommst du nach Bad Zwischenahn, genieße im „Spieker" einen frischen Smoortaal, nur mit den Fingern bearbeitet, begieße ihn mit einem Schnaps aus dem Zinnlöffel und lasse dir die Finger mit einem flüssigen Korn abspülen. Dann wirst du verstehen, warum dich ein Amerikaner in San Diego fragt, wenn du ihm von Bad Zwischenahn erzählst: „Yes, I know, you mean the „Spieker"."

Auf dem Fußweg wollte es Graumann noch einmal genau wissen: „Die 18 Namen und Telefonnummern haben hingehauen?" Padberg faßte jetzt, am späten Nachmittag, die Gespräche der vergangenen Stunde zusammen: „Ja, ich gebe die Nummern direkt in die Aquisition und fertige die sonst üblichen Laufzettel von den Voraquisiteuren selbst an, damit sie in der Akte liegen. Ich habe über Ihre Adressen bisher 400 000 Mark eingesammelt, die sich jetzt in der Pipeline befinden. Die Ergebnisse als Mischung aus Verlust und Gewinn kommen auf die angegebenen Konten. Wir müssen uns noch über meine Marge unterhalten."

Graumann zeigte sich befriedigt. Padbergs Frage nach dem Gewinn überhörte er. Mit seiner typischen leisen Stimme setzte er nach: „Ich gebe Ihnen wöchentlich jeweils drei, vier Namen und Telefonnummern. Alles nachvollziehbar, Adresse, Name, Konten und so. Bei Bargeld ist Ihre Phantasie gefragt. Verstärken Sie, bitte, die übrige Aquisition, damit wir bei wöchentlich mindestens 200 000 Mark Einsatz landen. Wie gehen Sie eigentlich mit den Leuten um, die ihren Einsatz verlieren?"

„Sie werden schon bei der Aquise auf das Risiko aufmerksam gemacht. Außerdem schneiden wir alle Gespräche mit. Ich höre mir alle an, die zu einem Ergebnis führen. Meine Leute stellen Fragen, die mir schnell Hinweise geben, ob Schwarzgeld läuft. Solche Spieler können ruhig mal verlieren, ohne daß sie aufmucken. Wollen die etwa dem Staatsanwalt mitteilen, sie seien betrogen worden um illegales Geld?"

Das leuchtete Graumann ein. Er belohnte Padbergs Cleverneß mit einem achtungsvollen Nicken. Padberg überschlug die Zahlen, die Graumann ihm gesagt hatte, im Kopf.

Macht 800 000 im Monat und an die zehn Millionen schwarze Mäuse im Jahr.

„Haben sie mit ihren Freunden schon entschieden, welcher Anteil bei mir bleibt. Ich will nicht zuviel schnappen," hakte er nach.

Jetzt ging Graumann darauf ein: „Ich weiß, daß sie von uns gerne 40 Prozent selbst einziehen und nur 60 Prozent in den Umlauf geben möchten. Wie bei den anderen. Solche Gewinne mögen wir nicht."

Padberg nahm diese Information äußerlich gelassen zur Kenntnis.

>Jetzt bloß nicht provozieren. Die Brüder können verdammt unangenehm werden. Ich komme schon auf meine

Millionen.<

„Haben Sie Vorschläge?“

„Ja, habe ich. Meine Freunde und ich meinen, daß 25 Prozent für Ihren Einsatz genug sind. Solche Gewinne erzielen Sie doch sonst allenfalls mit Waffengeschäften. Und Ihr Risiko wird auf Sparflamme gehalten. Dafür sorgen wir, wenn Sie verstehen, was ich meine.“

Padberg verstand und übte sich erneut im Kopfrechnen. Nach Abzug aller Kosten wie Büro, Provisionen und Spesen blieben von den zehn Millionen jährlich aus dieser Quelle gut 1,2 Mio. bei ihm. Selbst bei nur 500 000 kam er gut weg. Dazu kamen nach seiner Kalkulation noch einmal 500 000 Mark aus der anderen Aquisition. Mindestens.

>Das ist jetzt schon mehr als im „Eiergeschäft“.<

Sie erreichten den Garten vom „Spieker“, der um diese Zeit fast voll besetzt war. Die Kurgäste und die Tagesbesucher überbrückten mit selbstgebackenem Apfelkuchen und Sahne die Lücke bis zum Abendbrot. Die beiden Männer fanden einen Platz in der Nähe des steinernen Backofens unter einem voll tragenden Apfelbaum.

Padberg blickte kritisch in die Fruchtfülle: „Wir müssen aufpassen, daß uns nicht ein fallender Apfel auf den Schädel brummt.“ Graumann grinste: „Dann ist der auf meinem Stahlschädel augenblicklich Mus.“

Ein bodenständig-folkloristisch mit Trachtenweste und Kniebundhose bekleideter Kellner kam fast augenblicklich zu ihnen. Er hatte die Apfelsorgen der Männer durchschaut. „Keine Sorge, meine Herren, die Äpfel sind noch nicht reif. Sie werden trefferfrei bleiben.“

Alle grinsten.

Graumann entschied sich erst einmal für einen halben Liter Bier. Padberg schloß sich an. Kaum fünf Minuten später - von wegen sieben-Minuten-Pils - rollten die Pilsken an. Beide ergriffen fast gleichzeitig die Gläser, auf denen werbewirksam das Kondenswasser perlte, und zogen mit kräftigen Schlucken gut die Hälfte der halben Liter weg.

„Ahhhh, das mußte sein," faßte Padberg zusammen.

Der Kellner kam wieder und empfahl Aal: „Absolut frisch. Heute früh aus der Räucherei angeliefert. Die haben gestern noch die Aaldamen verunsichert."

Graumann entschied sich für dieses Angebot. Padberg war seit Jahren festgelegt: „Warm und kold mit drei Spiegeleiern." Graumann fragte neugierig: „Warm und kold. Habe ich noch nie gehört."

Padberg erläuterte ihm seinen Ammerländer Lieblingsteller: „Fein gewürfelter Ammerländer Schinken mit drei Spiegeleiern. Ich lasse das Eigelb auf dem Schinken zerfließen. Probieren Sie es bei nächster Gelegenheit. Unbedingt. In meinen Hauptkampfzeiten vor 15 Jahren habe ich davon drei pro Sitzung verdrückt. Dann schmeckt der Schnaps hinterher noch besser."

Kellner Karl jonglierte auf den Händen zwei große Teller herbei. Mit gekonntem Hüftschwung umschiffte er im Wege stehende Tische, Stühle und Gäste. Mit gleichem Schwung servierte er Padberg den Teller mit „Warm und kold", vor Graumann baute er eine Schüssel voller schwarzer, fettglänzender Aale auf.

„Alle für mich? Das schaffe ich nie. Wollt ihr mich mästen!" protestierte Graumann.

Kellner Karl beruhigte den körper- und gesundheitsbewußten, massiven Mann: „Suchen Sie sich ungestört den Schönsten aus. Der Preis steht dran. Bitte nicht mitessen. Guten Appetit allerseits. Noch zwei halbe Liter?"

Er nahm das freudige Grunzen als Zustimmung.

Schweigend gaben sich die Männer den bodenständigen Ammerländer Küchenkünsten hin, um sie herum Vogelgezwitscher und menschliche Sabbeleien.

Graumann entschied sich für einen zweiten Aal.“War ja kaum was dran,“ verteidigte er sich.

Fast grazil brach er, so wie es der Kellner bei Aal Nummer eins vorgemacht hatte, mit seinen mächtigen Pranken dem toten Fisch den Kopf an, so daß noch eine Verbindung zur ledrigen, festen Außenhaut blieb. Mit einem Zug pellte er das Fell ab und knabberte das weißlich-rosige, fettige Fleisch in sich hinein. Die Schneidezähne bewegten sich nach Kaninchenart.

Sie aßen nicht hastig, aber zielstrebig, ohne große Zwischenbemerkungen. Zwei Männer, die sich ihrer Lebensziele und ihrer Aufgaben in dieser Gesellschaft bewußt waren.

Intensiv leben, intensiv arbeiten, intensiv essen - so sagten sie es zwar nie, weil es ihnen so auch gar nicht in den Sinn kommen würde. Aber genau so waren sie, die Herren von Ostburg.

„Wie wollen wir weiter vorgehen? Ich meine mit „intakt“ und auch mit der Filmfirma.“ Graumann wischte sich mit den bereitliegenden Servietten die Hände ab.

Padberg nahm noch ein paar kräftige Schlucke aus dem Glas, das Normalgewachsenen recht groß erschien, in seiner Hand aber eher wie ein 0,2-Glas wirkte.

Bevor er seine Zukunftspläne offenlegen konnte, stand der Kellner wieder an ihrem Tisch, eine Schnapsflasche in der rechten Hand, in der linken noch ein Stapel weißer Servietten. „Die Hände bitte zum Trichter,“ wies er den verblüfften Graumann an, der aber artig den Anweisungen folgte. In die Höhlung schüttete der Kellner reichlich 32-prozentigen Schnaps.

Einen Moment lang war Graumann, wie schon so viele vor ihm, versucht, die schnapsig-fettige Suppe zu trinken.

„Nein, nein," wehrte der Kellner routiniert ab, „nur ordentlich verreiben. Das holt die Fettschicht runter. Und jetzt mit den Servietten trocknen. Fertig."

Verschmitzt blickte er auf die Männer: „Können Sie eine Anmerkung vertragen?" Er wartete gar nicht erst auf die Antwort. „Also nachher beim Pinkeln aufpassen, sonst glitschen die Finger vom Schniedel und der Strahl geht in die verkehrte Richtung." Das erheiterte satzungsgemäß.

„So," schloß der Kellner seinen Auftritt ab, „nun bestimmt noch einen Schnaps aus dem Löffel. Rein aus gesundheitlichen Gründen nach dem vielen Fett." Aus dem Gürtel zauberte er zwei Zinnlöffel, blankgeputzt. „Moment, ich hole den Stoff." Kurz danach lief er mit einer eisgekühlten Flasche Hullmann, dem Korn der Oldenburger, auf. „Löffel in die linke Hand, Öffnung nach oben." Er schenkte beide randvoll. „Nicht zittern, nichts verschütten."

Es folgte das uralte Ammerländer Ritual, bei dem er gleich die Rolle von Kellner und Gast im Doppelpack spielte. „Ick sei di." Der Kellner.

„Dat freut mi." Der Gast.

„I supp di tau."

„Dat dau."

Jetzt mußte getrunken werden.

Kellner: „Ick heb di tausopen."

Gast: „Hastn rechten dropen."

Den Rest bekamen die Ostburger nicht mit, weil ihnen, obwohl sie aus dieser Gegend stammten, das Plattdeutsche leicht am Hintern vorbeiging.

Schon als der Kellner abdrehte, knüpfte Padberg an Graumanns Frage nach der Zukunft an: „Die Terminfirma soll sich sehr schnell zu einem angesehenen Unternehmen in Ostburg entwickeln, damit wir gesellschaftliche Abfederung finden. Ich habe für meine Frau die Rolle der Mutter Teresa vorgesehen. Die Charity-Lady. Sie wird eine Reihe mildtätiger Veranstaltungen ins Leben rufen, die „intakt" finanziert als Werbemaßnahme. Ich suche noch einen promigeilen Partner, der mir gleichzeitig die ganze organisatorische Arbeit abnimmt. Haben Sie vielleicht einen Tip?"

Graumann setzte die Chips in Gang. „In Ostburg kommt nur ein Mann in Frage. Genauso klein wie unser Bauunternehmer. Der braucht dringend Aufforstung. Kommt sich zurückgesetzt vor, obwohl er sich für den Größten hält."

„Nach der Beschreibung ist das genau unser Mann. Wie heißt er?"

„Ich denke an Hansi Klops, Inhaber vom ‚Ostburger Hof'.

„Na klar. Daß ich nicht gleich darauf gekommen bin. Bei dem paßt alles zusammen. Kann sogar noch ein paar Mark dabei verdienen."

Padberg setzte sein leicht teuflisches Grinsen auf, das Berühmte: „Das Verdiente nehmen wir ihm bei „intakt" gleich wieder ab. Doppelpaß. Bingo. Sehen Sie das auch so?"

Der Pate von Ostburg liebte solche Kombinationen, die gefahrlos alle Chancen bis zur Neige ausnutzten. „Einverstanden. Also diesen Mann meine ich. Entwickeln Sie mir bitte in den nächsten Tagen ein Konzept, damit ich mit meinen Freunden darüber reden kann. Einverstanden?"

Er nahm Padberg scharf ins Visier: „Ich habe noch einige Fragen."

Sein Gegenüber hob langsam den Kopf und legte ihn leicht schief. Das Signal stand auf „Was soll denn noch sein?".

„Was ist, wenn doch einmal kontrolliert wird? Polizei, Staatsanwaltschaft, Finanzamt. Bestimmen Sie die Reihenfolge selbst."

„Das Finanzamt fürchte ich im Moment am wenigsten. Ich zahle ordentlich Steuern, beschäftige zwei Steuerberater, einen hier, weil die Behörde ihn kennt, und einen abgewichsten Typ in Hamburg. Alles sauber und korrekt. Das kann drei, vier Jahre dauern, bis von dort etwas kommt. Und wenn, ziehe ich die Firma noch rechtzeitig aus dem Verkehr. Strafrechtlich habe ich alles im Griff. Also kein Grund zur Sorge."

„Und wenn doch kurzfristig bei der Behörde etwas geschieht, bezahlen wir einen Journalisten, der uns rechtzeitig informiert."

„Gut, dann wäre auch diese Seite geklärt. Ich bleibe dabei, alle direkt nachverfolgbaren Vorgänge abends auf Diskette zu ziehen und im Autotresor zu verstecken. Um den zu finden, müßten sie das Auto auseinanderschweißen. Das traut sich die Behörde bei einem so teuren Gerät sowieso nicht. Außerdem habe ich dort auch meine Drähte."

„Nun gut, was ist mit Ihren Leuten? Irgendwie bekommen sie doch mit, daß immer wieder Adressen von Kunden auf dem Tisch liegen, die keiner aquiriert hat."

„Das regele ich mit Focke."

„Ist der über seine Bumserei mit der Harrington weg? Ich höre von meinen Leuten, er säuft ziemlich viel."

„Redet er im Suff?"

„Ich habe ihn ein paar Tage und Nächte beobachten lassen. Es gab keine Hinweise."

„Außerdem habe ich die dicke Titte auf ihn angesetzt, sie wissen schon, sie heißt Susi. Singt bei mir wie eine Elster im Frühling, nachdem sie ein Meisennest verputzt hat. Ich bekomme alle Informationen, die ich brauche."

„Trotzdem, bleiben Sie mißtrauisch. Wir brauchen Sie und hassen Verräter. Was macht nun unser Filmengagement?" kam er auf sein anderes Anliegen zurrück.

„Was das angeht, haben wir den ersten weltweiten Pressewirbel um die Absage an Martha Harrington entfacht. Ich überlasse alle Aktivitäten Josef Adam, dem ja noch 51

Prozent der Firma „LUSTamLEBEN“ gehören. Die kriegen wir bald auch noch, wie Sie wissen. Mein Anwalt hat bereits einen kompletten Plan entwickelt. Wir gehen jetzt in die zweite Phase, so in drei, vier Monaten, indem wir neue Namen für die Hauptrolle ins Spiel bringen. Wir denken an Kim Basinger, Kathleen Turner und solche Kaliber.“

Graumann freute sich nun doch auf den morgigen Besuch beim Boß an der Elbe in Hamburg. Seine Karten sahen gut aus.

Die Männer gönnten sich noch einen Löffeltrunk, lernten, daß man den Hohlraum über die Unterlippe zum völligen Abtrocknen ziehen mußte, um ihn dann mit dem Rand nach unten auf eine trockene, weiße Serviette zu legen. Wenn dann noch ein Hauch von Feuchtigkeit auftrat, stand der Gastgeber für die nächste Runde fest. Padberg verlor.

>Hin und wieder muß der Pate auch mal gewinnen. Solange es den Beutel nicht zu sehr strapaziert, soll er sich als Sieger fühlen.<

Die Rechnung ging auf, Graumann lachte herzlich: „So, jetzt haben Sie eine Runde verloren. Aber nicht hier. Wir müssen noch fahren. Wäre doch schade, wenn wir auf diese Weise die Fluppe an die Behörde verlieren.“

Auf dem Parkplatz standen ihre Luxusschlitten weit auseinander, um allzu massive Eindrücke gar nicht erst auftreten zu lassen. Graumann rollte sich mit leichtem Schwung in seinen Jaguar XJ 12, verharrte einen Moment hinterm Volant, um den intensiven Ledergeruch einzuatmen. Padberg benötigte so gut wie keinen Körpereinsatz, als er in seinen 600 SEC stieg.

In dieses Riesengerät hätte auch King Kong gepaßt.

Der Endvierziger mit dem sportlichen Körper und dem gelichteten Schädel, den ein dichter, graumelierter Haarkranz einrahmte, schob dem Barkeeper sein leeres Glas hin.

„Daß die Weiber niemals pünktlich sein können. Mach mir noch einen trockenen Wodka-Martini." Leicht ungehalten fixierte er den Eingang zur Bar des Beverly Wilshire Hotels am Ende des Rodeo Drive in Beverly Hills.

Der Barkeeper war wartende Menschen gewöhnt. Hierzulande schien niemand Zeit zu haben, um wenigstens im Ansatz seine sehr trockenen Martinicocktails wirklich zu genießen.

Schlagartig endeten in der gut gefüllten Bar alle Gespräche, ja sogar alle Geräusche in dem altenglisch eingerichteten Raum. Just als sich Carl Chandler seinem Getränk zuwendete, betrat sie die Bar.

Martha Harrington nahm die atemlose Bewunderung, die sie selbst in diesen heiligen Hallen auslöste, in denen immerhin „Pretty Woman" gespielt hatte und die Leute an Prominenz und Schönheit gewöhnt waren wie ein Alkoholiker an die Flasche, nicht wahr. Zum einen war sie geladen bis obenhin, zum anderen wußte sie, daß ihre Auftritte wo auch immer mit den selben Umständen begleitet waren.

Diese wunderschöne, 21jährige Frau kannte jeder. Keine Zeitschrift, die auf diese unglaubliche Schönheit auf dem Titel verzichten konnte. Neben allen schönen Models dieser Erde hob sie sich immer noch positiv ab. Sie war einfach die schönste Frau, die Menschenaugen je bewundert hatten. Und jetzt war sie die unglücklichste und wütendste.

Carl Chandler fühlte den heißen Rauch, den sie vor sich her trieb.

Die in wohlbehüteten Verhältnissen im südafrikanischen Durban aufgewachsene junge Frau verfiel in einen für sie ziemlich ordinären Ton: „Diese verdammten Wichser in Deutschland führen mich vor wie sie wollen. Wenn ich auch nur den Hauch einer Chance wittere, sie in die Eier zu treten, dann lege ich los. Carl, du hast ab jetzt den Auftrag, diesen Leuten den Marsch zu blasen. Einen ordentlichen deutschen Marsch. Was fällt diesen Luftpumpen ein, mich so zu demütigen. Ich habe keinem von denen auch nur das Geringste getan. Carl, krieg raus, was dahinter steckt. Namen und Fakten. Wir machen sie alle zusammen platt.“

Carl kannte seine Martha in- und auswendig. Seit vier Jahren, gleich von Anfang ihrer großem Model-Karriere an, vertrat er sie als Manager und Mädchen für alles. Was hatte sie ihm vorgeschwärmt von diesem großen Jungen da oben in Deutschland. Verliebt war die junge Frau bis über beide Ohren. Was hatte er sie gewarnt, sich auf das Filmexperiment mit diesen Leuten einzulassen, obwohl, zugegeben, alle Auskünfte über die Filmfirma auf Seriosität deuteten, und er schließlich genickt hatte.

Carl Chandler verstand Marthas kochende Wut. Genauso gut wußte er, daß in solchen Situationen erst einmal Ruhe herrschen sollte.

>Rache muß man kalt genießen. Eiskalt. Ich werde dich noch auf den Punkt bringen, meine Schöne.<

Immer wenn er sie sah, war es anders, als über sie nachzudenken, ihre Karriere zu planen, die Verbindungen zu machen, die Kasse zu füllen. Ihre Erscheinung erschlug jedes Geschäft. Ihre bloße Nähe transferierte sein Kopfvolumen von oben in die Körpermitte. Er konnte gar nicht mehr zählen, wie viele er sich allein beim Gedanken an sie und ihren Körper runtergeholt hatte. Dennoch verstand es Carl Chandler meisterlich, Geschäft und Körper zu trennen. Ohnehin verschuf ihm der Handbetrieb stets für eine gute Weile Luft für den Kopf oben. Mit fast 50 stand er sowieso nicht mehr auf der Ich-bumse-täglich-Seite.

Ihre Erfolge erfüllten ihn zunehmend mit Mißtrauen. Jeder Harrington-Schritt nach oben veranlaßte ihn zu einem Schritt in Richtung Keller. So hofft er, eine Art Gleichgewicht zwischen Himmel und Hölle herzustellen und im Ernstfall dem Boden näher zu bleiben als sie. Chandler glaubte, jedes Gefühl, jede Regung von Martha besser zu kennen und zu erkennen, als sie es selbst schaffte oder ihre deutschstämmige Nanny, die sie in Südafrika auf das Leben vorbereitet hatte, und die jetzt ihren Haushalt in dem 400-Quadratmeter-Penthouse im Trump-Tower an der piekfeinen New Yorker 5th Avenue führte. Auf seine väterliche Art brachte er Martha stets rechtzeitig auf den aus seiner Sicht richtigen Weg.

>Was wissen alle Sesselpupser, die sich in ihren Gazetten mit angeblichem Wissen über Models wichtig schrieben, denn schon von diesem Geschäft und den zarten Seelen. Die Menschen brauchen Schönheit und Anmut, um ihre eigene Unzulänglichkeit zu vergessen. Wer ist denn schon wirklich schön? Die Models verschaffen den Traum von Schönheit und Leichtigkeit, die Illusion. Das ist eine hohe Kunst genauso wie die Schauspielerei. Zu Hause leben und leiden die jungen Dinger genauso wie alle anderen Mennschen auch. Was nutzt dem Menschen all sein Geist, wenn er im Kornfeld sitzt und scheißt. Auch meine Martha, auch die deutsche Claudia pupsen. Wie auch immer. Martha befindet sich derzeit in der Nähe des unteren Totpunktes. Noch ein Schuß aus der falschen Richtung, und sie fällt um. Mit ihrem Ende gehen auch andere Karrieren zu Ende.<

Carl Chandler beschloß, was er immer in solchen Situationen entschied.

>Attacke! Wir greifen an. Allerdings ohne vorderasiatische Unruhe. Ich kenne mein kleines Mädchen, sie wird tun, was der große Onkel will.<

„Martha," er rührte die Olive in seinem Martiniglas, „ich habe schon einiges recherchiert. Du weißt, daß ich an dich und dein schauspielerisches Talent glaube. Was immer wir jetzt über diese deutschen Säcke lamentieren. Es bringt uns keinen Schritt weiter. Also vertrau mir wie immer. Du bekommst deine Chancen innerhalb der nächsten Monate. Chance eins: Du drehst einen Film als Hauptdarstellerin und die Welt wird begeistert sein. Zweitens: Diese Deutschen kriegen einen auf den Sack, daß sie nicht wieder aufstehen. Ich mache meine Geschäft seit über 20 Jahren. Für dich gehe ich durch jedes Feuer. Paß nur bloß auf, daß dein Liebesleben nicht zum vorzeitigen Ableben führt. OK?“

Martha kochte noch immer, obwohl wenigstens in einem Punkt Ruhe herrschte. Nach ihrer fürchterlichen Erfahrung mit Anselm Focke aus Ostburg war sie nach der achtwöchigen Sicherheitszeit zum HIV-Test gegangen. Das Ergebnis: HIV-negativ.

Die ganze Welt lag ihr zu Füßen. Jeder Mann wäre bereit, den Rest seines Lebens oder doch wenigstens sein Vermögen zu opfern, um mit ihr ins Bett zu kommen. Nur einem einzigen hatte sie es vor Anselm gestattet. Und ausgerechnet der Mann, der ihr die Glückseligkeit eines perfekten Orgasmus verschaffte, dem sie alle ihre Gefühle schenkte, soweit ein Model als Eigentum der ganzen Welt überhaupt einem einzelnen Menschen etwas schenken konnte, mußte sie so hinterrücks verarschen.

Martha wollte wütend sein: „Ich will Köpfe rollen sehen, Carl Chandler. Und wenn du es nicht schaffst, verbünde ich mich mit der Mafia.“ Chandler traute ihr alles zu.

>John Gotti wäre vielleicht sogar ihr Typ gewesen.<

Der Manager spürte den Drang seiner einzigen Klientin nach Rache, Genugtuung.

>Hat sie hundertmal verdient. Aber ich glaube, der Stecher ist nicht der Böse. Der Schurke im Stück muß noch aufgespürt und eingekreist werden.<

„Hast du dir gut überlegt, daß die Rache uns beide ziemlich beschäftigen wird? Ich möchte noch zwei, drei Drehbücher und Drehbuchautoren testen. Wäre es meiner kleinen Zuckerschnecke möglich, in der Zwischenzeit auch noch ein wenig zu arbeiten? Ich habe zwei tolle Fotoangebote für rund 500 000 Dollar. Das ließe sich mit zwei Werbespots verbinden. Alles in allem vier Wochen. Wieder auf den Malediven. Und dein Lieblingsfotograf Peter Petersen wäre mit an Bord. Was hältst du davon?"

Martha witterte die Chance, sich vier Wochen von der Welt zurückzuziehen und vielleicht mit sich ins Reine zu kommen.

„Chandler, unterschreib den Vertrag. Aber du bleibst in New York und arbeitest an meiner Rache."

Der untersetzte Endvierziger mit der ausdrucksvollen Stirnglatze ergriff kraftvoll respektlos ihren rechten Unterarm. Mit der Linken drehte er Locken in den Haarkranz.

„Laß uns heute Abend zusammenbleiben. Wir haben so lange Zeit nicht mehr ausgiebig miteinander diskutiert. Wir werden uns rächen. Beim Thema Rache aber muß man einiges bedenken, was du mit deiner schönen Jugend nicht kennen kannst." Wenn es um Martha ging, sagte Chandler immer „Wir". Die junge Frau befreite sich mit einem Schwung aus seinem Griff.

„Carl, ich muß ins ‚Spago's'. Liz hat angerufen. Robert Redford wird da sein, vielleicht auch Spielberg. Ich halte an meinem Plan fest, zum Film zu kommen. Scheiß auf deine Drehbücher. Heute habe ich eine gute Gelegenheit, mich zu präsentieren und vielleicht noch einmal eine Chance zu bekommen. Außerdem habe ich gehört, daß Robert Altman einen Film mit und über Models drehen will. Das kann er ja wohl nicht ohne mich."

„Schnuckel, zieh dir endlich den Zahn, durch bloße

Anwesenheit in diesem Geschäft etwas zu werden. Du weißt es doch tausendmal besser. Die Kerle wollen dich ficken, dann geben sie dir eine kleine Rolle. Basta. Ich kann die Brüder sogar versteh'n."

Martha ging ab wie ein Zäpfchen. „Du blöder, nichtsnutziger Idiot. Was bildest du dir bloß ein. Bisher hast du doch nur gut an mir verdient! Mit Filmen kommt noch mehr Geld in die Kasse. Fällt dir dazu nichts ein?"

Sie sprachen bereits den ganzen Abend deutsch. Carl Chandler hatte eine deutsche Vergangenheit. Sein Weg unterschied sich beträchtlich von der vierspurigen Straße, auf der Martha seit der Geburt reiste.

Sein Vater gehörte zu den Amerikanern, die Deutschland von den Nazis befreit und dem Rest die Demokratie geschenkt hatten. Seine Mutter Helga Schneider aus Offenbach war genau das junge Mädchen, das damals keine Lust mehr hatte, vor sich hinzudarben und nicht zu wissen, wann endlich das Wunder geschehen würde. Sie fiel Carter Chandler in die Arme, diesem flotten schwarzhäutigen GI, der ihr neben Zigaretten, Schokolade und ordentlichen Mahlzeiten mit seiner Wünschelrute auch sexuelle Höhepunkte bescherte, solange die heftige Liebe anhielt. Ziemlich genau bis zu dem Tag nämlich, als Chandler Junior, geheiratet hatte er die Schwangere bereitwillig, zwei Monate alt war. Da stellte Carter Senior seine sexuellen Aktivitäten mit Helga ein und wenige Jahre später nutzte er die Gelegenheit, noch einmal im Koreakrieg zu Ehren und vor allem zu einem begründeten Abgang aus Deutschland zu kommen.

Er ahnte nicht, daß sein Umweg über den Todespfad Korea gar nicht notwendig gewesen wäre. Helga hatte sowieso die Faxen von dem „Spinner" dicke, wie sie ihn nur noch nannte. Fortan gab sie sich als Koreawitwe aus und zog den Jungen in einem Arbeitervorort von Offenbach auf, wo ihn die Leute bestaunten und riefen: „Ach, hat der süße Kulleraugen. Den könnte ich so mitnehmen.“

Dieselben Leute, die den dunkelhäutigen Jungen so offen bewunderten, lehnten mal unverhohlen, mal hinter vorgehaltener Hand die junge Mutter ab, die sie als „Niggernutte“ abstempelten. Ein Nachkriegsschicksal eben.

Für Carl entstand nur ein einziger Vorteil aus dieser Geschichte, die ihm auf die Welt geholfen hatte: Er wuchs zweisprachig auf, was ihm im Berufsleben später sehr zustatten kam.

An die Schul- und Lehrzeit bei einem Schuhmacher erinnerte er sich voller Grauen. Die meisten seiner Mitschüler hänselten ihn. Der Rassismus in Deutschland lebte auch damals munter fort und sich manchmal an Carl aus.

In der Berufsschule fragte ihn ein weißer Mitschüler einmal: „Kannst du auch weiße Schuhe machen?“ Carl war schon damals ziemlich kräftig und wollte gerade zu einer Kelle ausholen, als ihn der Mitschüler mit einer versöhnlichen Handbewegung zur Ruhe brachte: „Versteh mich bloß nicht falsch. Wir haben nichts gegen Neger, ganz und gar nicht. Jeder sollte einen haben.“

So entschloß er sich früh zu einem Einzelgängerleben. Mit großen Augen zog es den Jugendlichen Anfang der 60er Jahre in die Wohnviertel der Betuchten. Dort entdeckte er Dinge, die er sich niemals würde leisten können.

Dachte Carl.

Dort auch entwickelte er den unbändigen Ehrgeiz, seinen gesellschaftlichen Fesseln so schnell wie möglich zu entkommen. Er würde es diesen Scheißern schon noch zeigen. Mit großer Spannung verfolgte er deshalb die Fußballerkarriere von Jimmy Hartwig, ebenfalls ein Produkt einer weiß-schwarzen Nachkriegsbeziehung. Der Junge hatte es mit dem

Sport geschafft. Carls frühe Neigung zu Bier und fetter Wurst und der ziemlich kleine Wuchs strichen den Sportler von der Wunschliste auf dem Weg in den kapitalistischen Himmel.

Dafür interessierte sich Carl bald nach der bestandenen Schuhmacherlehre intensiv fürs Showgeschäft. Seine passable Bluesstimme verschaffte ihm Zugang zu einer Band, die Elvis, Cochran und Buddy Holly-Titel von oben nach unten und unten nach oben spielte.

Carl sang.

Er strapazierte die Stimmbänder auf Partys, in Kneipen, auf Bällen. Die vierköpfige Truppe war gut im Geschäft. Hier störte seine Hautfarbe nicht. Im Gegenteil. Sie gab der Truppe überhaupt erst die exotische Würze, die damals schon gefragt war.

Im Rhein-Main-Gebiet machten die Jungs gut auf sich aufmerksam.

Der Gesang allein brachte zwar ausreichend Brot, aber keine Aussicht auf einen Weg nach oben. Dazu reichte die Stimme nicht. Carl lernte nach und nach die Gesetze des Showgeschäfts, seine Tücken und seine Chancen kennen.

Außerdem liefen ihm einige der Nachkriegsstars der deutschen und englischen Musikszene über den Weg.

Carl beschloß, ins Management zu gehen. Ins Show-Management. Er begab sich auf die Suche nach Talenten, um sie in dem ständig wachsenden Markt unterzubringen.

Der absolute Hammer gelang ihm aus dem Handgelenk.

Seitdem wußte er: Es lohnt sich nicht, sich für die großen Türen den Hintern aufzureißen. Nacht für Nacht verbrachte Carl damals Anfang der 70er Jahre in einem Tanzschuppen, einem Vorläufer der Discos. Der Besitzer holte alle möglichen Talente und verfolgte den Ehrgeiz, im kleinbürgerlichen Offenbach der großen weiten Welt - man rauchte Peter Stuyvesant - Platz zu schaffen. Alles Drumherum stimmte aufs I-Tüpfelchen.

Nur in einem kleinen, ärgerlichen Punkt bewegte sich absolut nichts: Bring mal ‘nen Spießer dazu, seinen fetten Hintern vom Fernseher wegzuheben.

Die Offenbacher, auch die feineren, kehrten dem Schuppen, der auch noch etwas angeschwult „La Liberté“ hieß, den Rücken. Nur zu der groß angelegten Eröffnung, die sich der neue Besitzer mindestens 5000 Eisen kosten ließ, waren sie zuhauf aufgelaufen.

Als die Ortsschickeria gegen 23 Uhr auf die leeren Getränkegutscheine blickte und die Order kam, ab jetzt selbst zu bezahlen, entschwanden alle Gäste fast schlagartig, um nimmer wiederzukehren. Ein Wunder, daß sie nicht noch schmutzige Lieder absangen über den Trottel, der ihnen zu einem so schönen Abend verholfen hatte.

Lutz Thasen hieß der Mann. Im Städtchen munkelten die Leute, er brauchte auch nicht unbedingt Geld zu verdienen, weil seine Investoren gute Gründe hätten, schwarzes Geld auf diesem Wege weiß zu machen. Das erklärte Thasens unbekümmerte Art, mit den stets so gut wie leeren Räumen locker umzugehen.

Es schien ihm sogar Spaß zu machen, die paar Schmarotzer abzufüllen und zuzuschauen, wie sie Stunde für Stunde mehr verfielen und dummes Zeug laberten.

Zwischen Carl und Lutz entwickelte sich in den Wochen der kleinen Geschäfte eine gesprächige Beziehung. Lutz gab sich über seine wahren Geldgeber zwar schweigsam, doch Carl machte sich seinen eigenen Reim.

Die in diesen Jahren bereits gut organisierte Kriminalität im Rhein-Main-Gebiet ließ hier offenbar eine Pflanze sprießen.

Carl dachte sich: mal sehen, was noch alles herauskommt. Man kann nie genug Leute kennenlernen.

>Dann lasse ich euch meinen blanken Negerarsch sehen.<

Eines abends wirkte Thasen richtig aufgeregt.

„Carl, ich lasse gleich einen Sänger auftreten, bei dem dir auf Anhieb die Eier kochen. Ich fühle es. Aus dem wird ein ganz Großer.“

So erregt hatte Carl den Tanzpalastfürsten noch nie gesehen.

Mit seiner coolen Art, die auch den weißen Mädels immer wieder imponierte, konterte er: „Hey Mann, welcher Weltstar will schon in deiner Kasperlebude auftreten?“

„Hör dir den Jungen an und halte bis dahin den Sabbel, OK?“

Der junge Mann sah nach nichts aus. Seine Gitarre wirkte, als habe er sie in seinen CVJM-Zeiten völlig abgenudelt.

Carls Skepsis wich der Gewißheit, die Situation mal wieder richtig eingeschätzt zu haben.

>Erstes Gebot von Carl, dem Allwissenden: Niemand erkennt einen Star außer Carl.<

Mit unbeholfenen Schritten stiefelte der Jüngling, der sich als Ingolf Becker vorstellte, auf die prunkvolle Bühne. Der Vorhang war aus grellbuntem Chintz. Das Bühnenbild hätte mit seinen ebenfalls grellen Farben und surrealistischen Bauten einer Weltstadt Ehre gemacht. Ingolf Becker wirkte in diesem Prunk verloren.

Die Mikros für Gesang und Gitarre waren bereits eingerichtet. Auch auf eine erneute Tonprobe verzichtete der Sängerknabe.

An der Art, wie sich der langhaarige Jüngling der Gitarre annahm, meinte Carl eine gewisse Routine, ja sogar Klasse zu bemerken.

>Vielleicht steht hier doch der neue Elvis!<

Carl beschloß, sich seinen Sinnen zu überlassen. Auf die konnte er sich blind stützen.

Die ersten Akkorde auf der Gitarre wirkten frisch, neu.

So etwas von Gefühl kannte die Musikbranche jener Zeit nicht oder nicht mehr. Carl meinte, jede Note wiederzuerkennen und empfand die Musik trotzdem als völlig neu, voller Gefühl.

Die Stimme des etwa 20jährigen nahm die Töne im Raum seidenweich auf, schwang sich ohne jede Mühe bis hin zum fast glockenreinen Tenor, hielt die Töne, modulierte sie und erreichte ohne jeden Umweg den Bauch, das Gefühl seiner Zuhörer.

Erst nach und nach konzentrierte sich Carl Chandler auf den Titel, den Text. Becker besang die Liebe eines einsamen Mädchens zu seinem Pony. Völlig ohne Schmalz, ohne das üblich Getue und Gesülze der Nach-68er-Jahre.

Becker bewegte sich sparsam, gelassen, selbstsicher, frei von Arroganz.

Noch heute, wo der Sängerknabe aus Offenbach längst auf den großen Opernbühnen den Star gab, begleitete ihn diese Natürlichkeit. Obwohl ihn die Gesellschaft, die sich selbst gern die große nannte oder in den Klatschgazetten nennen ließ, diesem Mann zu Füßen lag, die Frauen allein bei seinem Anblick feuchte Höschen bekamen, blieb er außerhalb der Bühne der Junge aus dem Leben.

Carl Chandler wußte, als er aus seinem Traum erwachte, daß vor ihm ein Riesenstar stand. Jetzt, im „La Liberté“, setzte er erst einmal alles daran, niemanden auf seine schrille Begeisterung aufmerksam zu machen.

Sein geheimes Anzeigegerät für bevorstehenden Erfolg behielt er sowieso für sich.

>Muß ja keiner wissen, daß mein Arschloch kribbelt, wenn mich ein Stück auf der Bühne mitreißt. Jetzt hat es nicht nur gekribbelt, sondern auch gejuckt. Gut, daß ich nicht schwul bin.<

Carl blieb cool.

„Lutz, du hattest recht, der Junge ist nicht schlecht. Vielleicht läßt sich was aus ihm machen. Könnte hin und wieder in unserer Band singen, wenn ich mal heiser bin oder was Außerordentliches zum Bumsen habe."

Er winkte sich Ingolf Becker heran, der auch bei den wenigen Gästen mächtig Eindruck hinterließ. „Woher kommst du? Wo hast du den Titel geklaut?" stieg Chandler gleich voll ein.

>Erstmal zeigen, wer Herr im Haus ist, bevor die Preise steigen.<

Der junge Mann blieb unbeeindruckt.

„Ich habe auf der Jugendmusikschule Gitarre gelernt. Ich denke, meine Stimme paßt einigermaßen zum Instrument. Titel und Text stammen ausschließlich von mir."

„Willst du mit deiner Musik Karriere machen?"

„Auf jeden Fall wünsche ich mir, mit Musik mein Geld zu verdienen. Vielleicht als Gitarrist in einer gut beschäftigten Band, die auch einen Sänger gebrauchen könnte."

„Ich habe so eine Band und singe auch selbst. Komm doch morgen einfach mal vorbei. Wir proben tagsüber auf dieser Bühne. Der Chef ist großzügig. Dafür spielen wir am Wochenende hin und wieder hier für Dünnes, wenn wir anderswo kein Engagement haben."

Ingolf Becker erschien am nächsten Tag zur Mittagszeit, die Gitarre in einem zerbeulten Plastikkoffer verstaut. Die anderen Jungs der Band erkannten sein Talent und ihre Chance, sich mit ihm echt zu verstärken.

Klaus-Dieter Bohne, bisher der Lead-Gitarrist, bot ohne Umstände seinen Rückzug an. Seine Frau maulte sowieso ohne Ende, daß er kein Wochenende zu Hause war und immer erst sonntags in den frühen Morgenstunden ziemlich besoffen an die Burg kam.

Ingolf Becker fühlte sich wohl bei den Jungs. Zum erstenmal in seinem Leben befand er sich unter Menschen, die ihn mochten und ihm ihre Zuneigung offen zeigten. Zu Hause mußte er die elterliche Liebe mit sieben Geschwistern teilen.

Papa Heuss, der Bundespräsident, hatte wegen des Kinderreichtums sogar eine Patenschaft übernommen. Allerdings nicht für Ingolf.

Der mußte sehen, wie er zurechtkam. Sein musikalisches Talent in der Vier-Zimmer-Sozialwohnung störte bloß. Schon bei den ersten Griffen auf den Saiten klopfte es in dem hellhörigen Nachkriegsbau an irgendeiner Wand.

„Ruhe im Puff! Kann man sich nirgendwo mehr ausruhen?"

Ingolf Becker wuchs in dem Gefühl auf, ein Störenfried zu sein. Deshalb gelang es ihm auch auf der Jugendmusikschule nicht, seine wahren Talente aus der harten Schale zu pellen.

Erst Carl Chandler fand den Weg zu seinem Inneren.

„Das Mädchen mit dem Pony" stieg unter Chandlers sorgsamer Vermarktungsstrategie innerhalb weniger Monate zu dem Hit im Deutschland der 70er Jahre auf. In diesem Lied fanden die Deutschen ihre Sehnsüchte und Träume wieder, die sich in diesem Jahrzehnt langsam verflüchtigten. Die aufkommende Ellenbogengesellschaft suchte nach Gefühlsnischen.

Der Song brachte Becker das Geld für die Ausbildung seiner Stimme, deren Reize Chandler Rudolf Schock so nahegebracht hatte, daß der die Karriere des jungen Mannes aktiv unterstützte. Bei einem Gespräch am Rande einer Kulenkampff-Show ließ Schock Chandler wissen: „Ich bin dem Herrgott so dankbar für meine Stimme und meine Karriere, daß ich ihm wenigstens etwas zurückgeben möchte, indem ich andere große Talente fördere und ihnen so manchen Umweg erspare."

Chandler partizipierte finanziell und auch im Beziehungskapital stramm von der Karriere Beckers. Anfangs, beim Aufstieg des Erfolgsschlagers, verband sie ein handschriftlicher Vertrag, der Chandler 40 Prozent aller Einnahmen sicherte. Unter der beliebten juristischen Lupe entsprach die Vertragsdauer präzise der Dauer des Lebens von Ingolf Becker. Es gelang ihnen, die zu Freunden geworden waren, mühelos, ohne Krach auseinanderzukommen.

Chandler erkannte schon bald, daß dieser große Tenor seine Managerfähigkeiten überstieg. Heute bereute er diese Bescheidenheit, weil sein Leben bewiesen hatte, daß er für ganz große Karrierebeförderungen durchaus geeignet war.

Auch wenn der Warenterminhändler Padberg mitsamt seiner Kölner Filmfirma „LUSTamLEBEN" ihn und seinen Schützling Martha Harrington so mächtig gelinkt hatte.

Zwischen Becker und Chandler bestand auch nach über zwei Jahrzehnten noch immer eine Freundschaft, die hielt, ohne sich andauernd sehen und hören zu müssen.

Ein Anruf, und keiner von beiden brauchte auch nur den geringsten Anlauf. Sie verstanden sich sogar ohne Worte.

Beim Aufbau von Marthas Model-Karriere hatten Beckers weltweite Beziehungen bis hin zu den Präsidenten der USA sehr genutzt. Und das Leben war ja noch nicht zu Ende.

Hier im Beverly Wilshire Hotel in Hollywood beschwor er Martha noch einmal: „Du bist erst 21. Laß dich nicht auf Versprechungen ein. Mach dich nicht zum Kasper. Obwohl dich alle umgarnen, bist du eine Fremde, eine Exotin. Vergleiche dich niemals mit der Schiffer. Die sieht zwar toll aus. Die hat nicht dein Talent. Denk an das, was neulich Marcello Mastroianni gesagt hat: Er versteht nicht das ganze Gesumse um die Models, die nichts haben als eine vergängliche Schönheit und sich gebärden wie große Filmstars. Ein Filmstar, mein Schatz, muß mehr, weit mehr haben als maskenhafte Schönheit. Du hast Intelligenz, schauspielerische Fähigkeiten, natürliche Anmut und eine über alle hinausragende Schönheit. Du hast etwas von Rita Hayworth, und das werden wir an den richtigen Filmmann bringen. Versprochen!“

Martha brauste wieder einmal auf: „Deine Sprüche kenne ich. Du willst bloß ablenken. Und jetzt gehe ich.“

„Schnucki, nun halt mal die Luft an. Laß uns hier im Hotel eine Kleinigkeit essen und endlich in Ruhe miteinander reden. Fällt dir nicht auch auf, daß wir kaum noch Zeit haben, wie früher miteinander über Gott und die Welt zu quatschen? Laß es uns heute tun, bevor wir uns wieder der großen Welt stellen.“

Seine Worten trafen ihren Nerv.

>Ich kenne dich wie keiner sonst auf Welt. Du willst Rache, weil du beleidigt bist. Einverstanden. Du willst Vergeltung, weil dich ein Kerl hintergangen hat. Auch in Ordnung. Trotzdem wirst du noch oft lernen, daß auch schönste Frauen Konkurrenz haben. Niemand auf der Welt kann einen anderen Menschen wirklich besitzen.<

Und trotzdem wurde er das Gefühl nicht los, daß sie Anselm Focke richtig liebte.

>Dann doch lieber Rachegelüste. Die sind nicht so gefährlich wie Liebe.<

Zwischen Becker und Martha Harrington lagen für Carl Chandler muntere Jahre mit guten, sehr schönen und außerordentlich bitteren Erfahrungen. Wie viele, die in den 70ern und Anfang der 80er in Deutschland Steuern sparen wollten, weil auch ein Show-Manager nicht nur schwarze Kohle abgreift, fiel auch er auf die Bauherrenmodelle rein.

Er saß auf einem Balken mit Zahnärzten, Ärzten, Rechtsanwälten, Managern und Handwerksmeistern.

Jemand vergessen? Bestimmt.

In den ersten 80ern wendete sich das Blatt. Die Mietpreisgarantien liefen aus. Die Zinsen stiegen auf neue Rekordmarken. Den Mietern wurden die Wohnungen regelrecht hinterhergeworfen. Mancher Vermieter hätte das sogar sehr gern wahr gemacht.

Doch weder die Physik noch die Banken ließen sich überlisten. Letztere drehten Carl Chandler den Hahn ab. Und wieder saß er auf einem Balken mit vielen anderen, die sich nach den Bernie-Cornfeld-Träumen auf neue Wolken gebeamt hatten. Ein ganzes System fiel in sich zusammen.

Die Banken gaben sich als Verlierer, viele aber kauften die maroden Immobilien für einen Appel und ein Ei aus dem Konkurs selbst auf.

Sie wußten: Für Immobilien muß man einen langen Atem haben. Wer so schön so viele Zinsen von so vielen Menschen bezieht, hat einfach den längsten Atem.

Chandler brachte das Ganze nicht direkt um.

Er gründete wieder eine Band. Ein Dunkelhäutiger wie er war immer noch eine Attraktion. Er suchte weiter nach Talenten und tingelte sich durchs Leben. Bei dem nun weltberühmten Tenor Ingolf Becker um Hilfe anzuklingeln, verbot ihm sein Stolz.

Er wartete einfach auf die zweite Chance. Die traf er bei einem Engagement in Südafrika. In einem Weißen-Club in der Hafenstadt Durban am Indischen Ozean durfte seine Band, die „Zampoz", auftreten. Dafür hatte ein Kontakt aus der „Liberté"-Ära in Offenbach gesorgt.

Damals war sie noch ein lebenshungriges Girl, das sich an ihm und seiner Musik berauschte. Ihre heiße Phase dauerte ein paar Wochen. Danach sahen sie sich hin und wieder und fanden, daß der Magen immer noch knurrte. Bis sie ihm eines Tages meldete, sie habe einen „reichen Knilch" aus Südafrika kennengelernt, „so einen Diamantenbaron", den werde sie heiraten und mit ihm ans Ende von Afrika gehen.

Sofort machte er Witze über Schwarze, bis sie ihm drohte, die Kalauerpolizei zu rufen. Sie verbrachten noch zwei wilde

Abschiedsnächte miteinander. Bald danach erreichte ihn ein offizielles Schreiben aus Südafrika, das eine Heirat in der Upperclass-Kaste verkündete.

An die gepunzte Karte war ein Zettelchen geheftet, auf dem Lisa mit ihrer zierlichen, weiblichen Schrift verkündete: Ruf mich an, wenn du mich brauchst. Ich brauche dich immer. Daneben stand eine ellenlange Telefonnummer.

Als er die wählte, meldete sich etwas Hochoffizielles, so etwas wie ein Butler.

>Bestimmt ein Neger. Macht sich als Hiwi bestens.<

Er verband ihn anstandslos mit der Dame des Hauses. Lisa Waterrot, wie sie jetzt hieß, stieß einen spitzen Schrei aus, als sie zum erstenmal seine Stimme über die 8000 Kilometer lange Strecke hörte. „Carl, sag mir sofort, wo ich dich erreichen kann. Du hast bestimmt kaum Geld für dieses Telefonat. Ich rufe dich sofort zurück.“

Das klappte damals und viele Male danach. Hin und wieder besuchte sie ihre Eltern, die ihre Pension im Taunus verzehrten. Sie teilte ihre wenigen Tage in Deutschland immer gerecht zwischen wilden Ritten mit Carl und Nostalgieveranstaltungen mit ihren Eltern auf.

Mit dem Engagement von Carls Band, die sich voll auf Buddy Holly, die zweite Elvis-Phase und Paul Anka spezialisiert hatte - man wird ja schließlich nicht jünger und die Musik der 80er brachte Carl manchmal schon außer Atem - holte sie sich den Lover in ihre neue Heimat.

Lisas Brilli-Gatte erwies sich auf einen Blick als ergrauter Esel, der der immer noch agilen und schönen Lisa gewiß nicht einmal mehr die Zunge geben konnte. Dafür verwöhnte er sie mit einem reichen, unabhängigen Leben.

Ende der 80er, bei Carls Musikvisite in Durban, waberte auch Angst durch ihr Haus, ihre Gespräche. Angst vor dem politischen Wandel, dem Ende der weißen Herrschaft in

Südafrika. Lisa nahm es lockerer als ihr Gatte. Schließlich hatte mit Carl ein Schwarzer, oder doch wenigstens Angeschwärzter, ihr die Jungfernhaut durchstoßen.

„Ich habe vor den Schwarzen hier keine Angst. Hatte ich vor dir auch nie. Außerdem haben sie es bei mir gut. Wer also soll mir etwas tun?"

Ihr Gatte gab sich realistischer.

„Wir werden das Ende der Welt erleben, wenn Herr Mandela und seine geltungssüchtige Frau in diesem Land die Macht übernehmen. Die Schwarzen können doch noch nicht einmal einen Kronenkorken ohne weiße Anweisung herstellen."

Carl ließ es dabei.

>Alter und Reichtum machen zynisch, mein Freund. Wer hat dir denn zu deinem Reichtum verholfen. Doch wir Schwarzen. Oder hast du je geschuftet, um auch nur einen Diamanten aus der Erde zu holen?<

Carl merkte, daß vor seinem inneren Monitor das volle Programm der europäischen Presse ablief. Und bei Herrn Waterrot ließ Herr Schönhuber grüßen.

Er wunderte sich nur, daß sie ihn als Halbschwarzen in ihrem vornehmen weißen Club mit angeschlossenenem Tanzbein überhaupt duldeten. Aber Musiker waren in den Augen der feinen weißen Gesellschaft von Durban wohl keine richtigen Menschen.

Vielleicht sahen sie dunkle Hautfarbe in ihrer näheren Umgebung als eine Art Eintrittskarte, einen Beweis für ihre neue, liberale Tour im Umgang mit Schwarzen.

Wie auch immer, Carl verdiente ordentlich, wurde mitsamt seinen drei weißen Mitstreitern in Dollar bezahlt. Sogar die Musikanlage stand bereit. So konnten sie sich den umständlichen Transport einer PA von Deutschland ans Kap der Guten Hoffnung sparen.

Und Lisa schaffte es geschickt, sich seines Mörderschniedels so oft zu bedienen, daß sich die Vorhaut bereits rötete.

Er dachte an das Schwabenmädel, das am Ende einer Liebeswoche mit einem Norddeutschen zum Abschied seufzte: „Gelle, scheide tut weh.“ Worauf er in feinstem angelernten Schwäbisch zurücksäuselte: „Das Schwänzle aah.“

Am sechsten Abend meldete sich sein Anus mit heftigstem Juckreiz. Das untrügliche Signal für einen zukünftigen durchschlagenden Erfolg in seiner Nähe, den der Betreffende noch nicht einmal ahnte, der für Carl in dieser Sekunde bereits Gewißheit war.

Aus dem Restaurant, in das sie ihn nicht ließen, kam laut schwatzend und lachend eine Familie wie aus dem Gemischtwarenladen. Der Anführer war ein dunkelhäutiger, gut 1,80 Meter großer Mann, offenbar ein Inder, mit pechschwarzem, dickem Haar, der mit dem rechten Arm eine Frau um die Mitte 40 hielt, eine weißhäutige Schönheit.

Doch sie löste den Juckreiz am Popometer nicht aus. Es war die junge Frau, etwas größer als der Mann, mit olivfarbener Haut, pechschwarzem Haar, endlos langen Beinen, die aus einem schenkellangen Minirock ragten.

Carl nahm neben der jungen Frau einen vielleicht 13jährigen Knaben wahr, der dem Mann an der Spitze ähnelte.

Von Lisa erfuhr Carl, daß es sich um die Familie Harrington handelte, Vater ein wohlhabender Handelsmann indischer Abstammung, seine Frau eine weiße Südafrikanerin aus besten Verhältnissen mit ihren Kindern, die beide in Schule und Gesellschaft auf eine erstklassige Zukunft hoffen ließen. Eine perfekte Familie, reif für die Klatschspalten, die tatsächlichh schon bald über sie herfallen würden.

Carls Popometer rasselte.

Die Tochter löste bei ihm die schönsten Zukunftsszenarien

aus. So eine Schönheit, das nahm sich Carl in diesem Moment vor, darf nicht von den künftigen Herrschern dieses Landes aufgebraucht werden. Solidarität mit Menschen seiner Hautfarbe interessierte ihn sowieso nicht.

>Die mit ihren Negermammis haben doch sowieso keine Ahnung von Schönheit.<

Von Lisa erfuhr er auch, daß die Schönheit mit Vornamen Martha hieß.

Flotow dröhnte durch seine inneren Lautsprecher: Martha, Martha, du entschwandest...

>Du, liebe südafrikanische Martha, wirst mir nicht entschwinden. Du wirst meine Zukunft, und ich verschaffe dir eine größere Fangemeinde, als du dir jemals erträumt hast.<

Carl meinte es ernst. Sein Anus sagte nie etwas, wenn es bloß um Sex ging. Diese Frau sah er nirgendwo in seinem Inneren auf dem Bett, so nach dem Motto: Was stellst du dir unter einer schönen Frau vor? Na...! Richtig: Eine Matratze.

Carl sah in diesem Mädchen nur die Schönheit, die auf den ersten Blick ausreichte, um die ganze Welt in Verzückung zu bringen.

Mit Lisa beratschlagte er am nächsten Mittag nach dem Vormittagsritt in ihrem klimatisierten Schlafzimmer, das sie alleine benutzte, während ihr Gatte einen halben Fußballplatz entfernt mit Härte 10 im Kopf und Härte 0 am Schniedel dahinschlummerte.

Ihn interessierten nur Diamanten und die Zukunft seines Geldes, das er, so Carls Verdacht, ohnehin längst auf Schweizer Konten deponiert hatte.

„Lisa, dieses Mädchen muß hier raus."

„Reiche ich dir nicht?"

Lisa reagierte wie typisch Frau, fand Carl.

„Nein, das hat mit uns nichts zu tun. Das Mädchen hat alles, Körper, Gesicht, Hautfarbe, Anmut, was immer du willst, um auf dieser Welt ganz vorne mitzumischen. Zuerst vielleicht als Model. Wenn es Frauen wie die Campbell und die Schiffer schaffen, sich auf alle Titelseiten zu drängen, dann Martha Harrington erst recht. Du erinnerst dich an die Entdeckung von Ingolf Becker, habe ich dir ja oft genug erzählt. Dieses Mädchen kann mein zweiter Scoop werden. Habe sowieso keine Lust, bis ans Lebensende Musik zu machen und Bands an Kneipen zu verticken. Damals war ich noch nicht so weit, Beckers Weltkarriere aufzubauen. Jetzt weiß ich genug. Dieses Mädchen muß in die Umlaufbahn."

Solcherlei Gedanken beruhigten die eifersüchtige Frau in Lisa, der es immer egal gewesen wäre, ihren hechelnden Mann auf einem anderen Körper zu entdecken. Die Sache mit Carl war etwas ganz anderes.

„Lisa, wie komme ich an die junge Frau ran? Oder besser erst einmal an den Vater. Die ist doch noch nicht volljährig."

„Da könntest du leicht recht haben. Soviel ich weiß, ist sie gerade mal 17 geworden."

„Genau das richtige Alter für den Start als Model. In Paris und Mailand siehst du immer jüngere Frauen, die nachrücken. Später könnte sie dann noch beim Film was werden. Wer weiß?"

„Es geht kompliziert. Und es geht einfach. Laß uns erst einmal den einfachen Weg versuchen." Lisa griff zum Telefon, wählte, wartete und freute sich: „Bridget, mein Schatz. Schön, daß ich dich erreiche. Habt ihr schon gegessen?"

Sie wartete die Antwort nicht ab, sondern sprudelte weiter: „Schade, daß wir gestern abend nicht richtig Zeit füreinander hatten. Aber das läßt sich ändern. Wir müssen uns en famille treffen... Ja...ja...., laß uns zusammen telefonieren. Ein zünftiges Barbecue wäre eine tolle Nummer. Bei euch? Morgen abend? Ja, paßt gut. Wir haben nichts vor und mein Göttergatte kriegt Order. Du, übrigens, wie gefiel dir die

Musik gestern im Club? Ja, ja, die Band. Was hältst du davon, wenn ich den Sänger mitbringe, ja, den mit der schönen, weichen Stimme. Ich kenne ihn noch aus Deutschland.“

Nun mußte sie den Redefluß doch unterbrechen. Bridget wollte offenbar etwas ganz genau wissen. Lisa war darauf eingerichtet: „Nein, nein, nicht was du denkst. Ich war immer ein braves Mädchen. Außerdem.... die Hautfarbe. Das mochte man damals in Deutschland nicht. Also, was ist, soll er mit? OK. Ich sehe ihn am Nachmittag zum Tee. Dann werde ich es ihm sagen. Der ist wirklich nett. Riecht nur ein bißchen, wie alle Neger. Du weißt ja.“

Dabei stieß sie Carl verschwörerisch an. Der grinste in sich hinein und fühlte, wie er einen Steifen bekam.

„Hast du was von Tee gesagt? Jetzt gibt es erst einmal erste Sahne. Fliederfarben.“

Das Haus der Harringtons stammte aus der Jahrhundertwende. Carl ließ sich beeindrucken von der Pracht des riesigen Gebäudes mit der langen Auffahrt, den mächtigen Säulen an der Frontseite und dem gepflegten Rasen, der auf dem Sommersitz der Queen nicht gleichmäßiger sein konnte.

>Typisch Carl, kaum bin ich mal bei etwas Feinerem, schon will ich noch eine Etage höher.<

Auf der Terrasse, deren Größe Carl überhaupt nicht mehr überraschte, standen bereits viele Leute herum, schwatzend, am Drink nippend, nach Aschenbechern für ihren Zigarettenstaub suchend. Sie betrachteten ihn schon ein wenig von der Seite, nicht beleidigend, aber eben mit diesen Blicken. Ein Halbschwarzer war etwas anderes als ein vornehmer Inder. Die Hausherrin reichte ihn als den „großen Soulsänger aus Deutschland“ herum.

Das beruhigte die Geister.

Wenn man als Künstler berühmt ist, darf man ausnahmsweise auch dunkelhäutig sein, schrieb Carl auf seine Hardware.

Ihn erstaunte die Versoffenheit dieser vornehmen Menschen. Erstaunlich, was die schwarzen Diener an Tabletts mit Gläsern voller Martini-Cocktails, Wodka-Lemons, Whisky und südafrikanischem Wein heranschleppten, und in welchem Tempo sie mit den leeren Gläsern abtrabten.

>Die haben hier nicht nur klasse Lebern, sondern auch Riesenblasen. Ich sehe kaum jemanden zur Toilette gehen.<

Carl beäugte die Gesellschaft und versuchte, Unterschiede zu den wenigen höher- oder hochgesellschaftlichen Ereignissen festzustellen, derer er in Deutschland zu Beckers Schlagerzeit teilhaftig werden durfte.

>Die Reichen und die Schönen sind überall gleich. Und kacken müssen sie auch alle.<

Nur das Pinkeln vermißte er hier ein bißchen. Vergeblich hielt er nach Martha Harrington Ausschau. Nur zu gerne hätte er wenigstens ein paar Worte mit ihr gewechselt. Schließlich nahm Lisa ihn an die Hand.

„Komm mit mir in den Salon. Ich habe das gewünschte Gespräch mit Vater Harrington vermittelt. Er wartet auf uns."

Carl hatte noch nie einen so freundlichen Mann getroffen, der gleichzeitig auch reich war. Anwar Harrington empfing Carl mit festem Händedruck.

„Lisa hat mir einiges von Ihnen erzählt."

„Hoffentlich nur Gutes," flocht Carl weltmännisch ein.

„Nun, wir werden uns schon verstehen. Lisa sagt, daß Sie Pläne für meine Tochter entwickeln."

„Pläne wäre zuviel gesagt. Ich habe Ingolf Becker entdeckt und auf den Weg gebracht. Sie kennen ihn sicherlich."

„Davon hat Lisa mir erzählt. Das ehrt Sie. Und mich ehrt es, dem Mann gegenüberzustehen, dem ich mit den Genuß dieser großartigen Stimme verdanke. Ich verehre Herrn Becker, und ich habe ihn mit meiner Frau bei einem Besuch in der Mailänder Scala kennenlernen dürfen. Ein großer und zugleich bescheidener Mann. Aber nun zu unserem Thema."

„So wie ich bei Ingolf Becker einen untrüglichen Instinkt für seine Fähigkeiten hatte, sehe ich in Ihrer Tochter eine junge Frau, auf die die Welt regelrecht wartet. Sie hat alles und noch mehr, um als Model auf den Laufstegen in Paris, Mailand, New York Millionen in ihren Bann zu ziehen und Millionen zu verdienen."

„Millionen hat sie auch bei mir. Das Geldargument überzeugt mich nicht, und Martha wird darüber nur lachen. Wir sind eine intakte Familie, die sich auch über ihre Gefühle austauscht, müssen sie wissen."

„Ich weiß wohl, daß das Geldargument nicht zieht. Soll es auch nicht. Mir liegt daran, Ihnen meine Einschätzung zu sagen und Sie mit meinen Gedanken ansonsten nicht zu belästigen. Sie müssen wissen, daß ich Martha alle Türen öffnen kann, die sie in die ganz große Welt führen. Und ich möchte lediglich, daß Sie als Vater und bestimmt auch Marthas Mutter einfach nur darüber nachdenken, daß Ihrer Tochter dieser Weg offensteht. Manchmal ist es doch so, daß man den Wald vor lauter Bäumen nicht sieht und einen jungen Menschen auf einen anderen Weg bringt, als er sich ihn insgeheim vielleicht wünscht, ohne es formulieren zu können.

Mag ja auch sein, daß Martha ihre Schönheit anders einschätzt als ich oder Sie. Wäre doch kein Wunder. Alle jungen Menschen, vor allem Mädchen, neigen dazu, erst ihre Fehler zu sehen und sich ihrer zu schämen."

>So, mein, Freund, das Virus sitzt auf deiner Hardware. Jetzt kannst du gar nicht mehr anders, als darüber nachzudenken, auch wenn du es nicht willst. Es will dich. Und dann redest du schon bald mit deiner Frau darüber.<

„Herr Harrington, verstehen Sie mich bitte nicht falsch. Ich bin nicht hier, um Geschäfte zu machen. Schon gar nicht mit Menschen. Ich weiß, daß die ganze Welt auf Ihre Tochter wartet. Das sollten Sie der jungen Frau nicht verwehren. Denken Sie bitte über meinen Vorschlag nach. Mehr will ich nicht. Ich lasse Ihnen noch meine Karte da."

Der sehr männliche Anwar Harrington zeigte sich nicht unbeeindruckt: „Ich werde über Ihren Vorschlag nachdenken. Auf keinen Fall dürfen dem Mädchen Flausen in den Kopf gesetzt werden. Derzeit geht sie auf eine Privatschule. Wir führen ein enges Familienleben mit liberalen Grundsätzen. Auf Martha wartet auch hier in Südafrika eine große Karriere. Vielleicht wird sie Medizin studieren oder Jura. Sie weiß es noch nicht. Was sind solche Aussichten gegen eine Karriere als Model!" „Beides bleibt ihr doch unbenommen. Models sind allenfalls 80 bis 100 Tage im Jahr beschäftigt," saugte sich Carl aus den Fingern, „dazwischen hat sie Zeit für alle Studien oder andere beruflichen Interessen. Eine so intelligente Frau aus einem solchen Stall kann doch auf vielen Bahnen gleichzeitig laufen."

Harringtons Ablehnungsfront zeigte leichte Risse.

„Wir werden darüber in der Familie reden. Versprochen. Und ich teile Ihnen das Ergebnis, so oder so, mit. Wann sind Sie wieder in Deutschland?"

„In einer Woche."

„Bis dahin haben Sie die Antwort der Familie Harrington. Einverstanden?"

Nach sieben Tagen machte sich in Carl Nervosität breit. Nur mühsam gelang es ihm, die Verträge für eine neue Band auszuhandeln, die sich für Galaabende auf Feuerwehrfesten und Schützenveranstaltungen bestens eignete. Carl kannte eine Menge Schützenpräsidenten und Ortsbrandmeister im Rhein-Main-Gebiet und in Norddeutschland, mit denen sich gute

Arrangements treffen ließen.

Trotzdem, Martha rollte wie eine Laufbandanzeige auf dem Timessquare durch seine Gedanken. Schließlich hielt er es nicht mehr aus und rief Lisa in Durban an. Sie wußte auch nichts und fand es verfrüht, nachzuhaken.

Jedesmal, wenn sein Handy piepste, zuckte ein Stromschlag durch sein Herz.

Er fürchtete, bei noch längerem Warten einem Herzinfarkt zu erliegen.

Bevor die Medizin ihm seine letzten Märker abnehmen konnte, piepste wieder einmal sein Handy. „Harrington. Anwar Harrington aus Durban. Ich hoffe, Sie erinnern sich an mich."

Carl war danach, erfreut loszusprudeln. Aber er blieb cool, so cool, wie er es sich für diesen Anruf in seinen schlaflosen Nächten vorgenommen hatte.

„Mr. Harrington," kam es gedehnt, „na klar, ich erinnere mich. Sie wollten mich anrufen. Sicher haben Sie es in den vergangenen Tagen schon vergebens versucht. Aber ich war viel unterwegs."

„Bei Ihrem Job kein Wunder. Wir haben im Familienkreis Ihren Vorschlag besprochen. Ich will Sie nicht mit Einzelheiten langweilen und nur das Ergebnis zusammenfassen: Geben Sie mir in den nächsten Tagen schriftlich einen detaillierten Plan über alle Maßnahmen und organisatorischen Voraussetzungen, um Martha als Model in der Weltspitze zu etablieren. Sie wissen ja besser, was zu tun ist als ich. Wenn uns der Plan überzeugt, können wir weiterreden."

„Ich mache mich an die Arbeit."

„Soll ich meine Adresse aufgeben?"

„Nicht nötig. Ich habe sie bereits in meinem Computer."

Das stimmte ganz und gar nicht. Carl haßte wie viele seiner Generation diese elektronischen Geräte. Tatsächlich war die

Computerabstinenz nichts anderes als die Sorge, die Dinger könnten seine Fähigkeiten weit übersteigen und intelligenter sein als er. Vater Harrington hatte, wie Carl erst später von Martha direkt erfuhr, den Bericht über das Interesse der Familie an Marthas Model-Karriere bewußt niedrig angesetzt.

Die Diskussion über Carls Vorschlag löste nämlich bei Martha spontan hellste Begeisterung aus. Ihre Mutter verstand diese Gefühle und signalisierte Unterstützung, allerdings mit der Einschränkung: „Laß es uns Schritt für Schritt versuchen. Keiner von uns hat eine Ahnung, was im Inneren dieses Geschäftes mit den Mädchen wirklich passiert. Man hört und liest manchmal die abenteuerlichsten Geschichten.“

Martha rutschte vom Hocker der Wilshire-Bar und stand in voller Schönheit im Raum. Sie trug einen knappen Minirock aus glänzendem Material und einen knallengen Pulli.

Carl hatte den Sex an dieser Frau erst lange nach ihren ersten Begegnungen entdeckt. So sehr beschäftigte ihn ihre Karriere. Seit ihm Martha einmal im Backstage einer Modenschau total nackt begegnet war, saß das Virus direkt unter seiner Vorhaut, die jetzt auch wieder juckte.

Er riß sich zusammen.

>Junge, halt dich zurück. Das Mädchen will nichts von deinem Schniedel, und du hast in ihr nichts zu suchen. Das verdirbt nur das Geschäft.<

„Martha, Liebling, gib dir einen Ruck, iß mit dem guten alten Carl einen Happen, auch wenn das Essen hier miserabel schmeckt, und laß uns ausführlich quatschen. Dann decke ich auch ein paar Geheimnisse auf.“

Er traf wieder ihren Nerv.

„OK, du hast mich überredet. Meinst du, daß ich noch absagen muß bei Liz?“

„Ruf sie an und sag, du mußt dringend nach Europa. Ich

klariere inzwischen im Restaurant den Tisch."

Martha bestellte ein Steak mit Salat und fügte an: „Wirklich gut durchgebraten."

Sie hatte einmal von ihrem südafrikanischen Mitbürger Professor Barnard gehört, was alles an Trichinen und Bakterien und sonstigen Erregern im Fleisch lebt, vor allem im halbdurchgebratenen Filet.

Nach dem Essen bestellte Carl noch einen leichten Soave, den Martha mit der Bemerkung begleitete: „Muß das sein? Den habe ich mit Anselm, diesem Schwein, bei dem Ostburger Italiener auch immer getrunken. Der war übrigens nett."

„Ok, Schnucki, laß uns ans Eingemachte gehen. Du willst zum Film und du willst Rache. Fangen wir mal beim Film an: Wir haben uns in der Vergangenheit gegenseitig viel zu sehr unter Druck gesetzt. Schon die Probeaufnahmen in Hollywood waren ein Fehler. Bei der Geschichte in Deutschland hätte ich dich massiv warnen müssen. Es war mein Fehler, daß du in die Falle getappt bist. Ich möchte unter keinen Umständen, daß uns noch einmal so ein Ding passiert." Er sprach immer noch deutsch.

„In den nächsten Wochen kommen zwei, vielleicht drei Drehbücher für Filme, die in Amerika produziert werden. Darin sollen kleinere Rollen für dich stehen. Gute Rollen, nicht so ein nackter Scheiß wie mit Tatjana Patitz in „Wiege der Sonne"."

„Wann geht es los?"

„Immer mit der Ruhe. Erstmal die Drehbücher. Dann diskutieren wir. Willst du was gelten, mach dich selten. Im Moment bist du, was dieses Thema anbelangt, ein wenig verbraucht." Martha presste die Lippen zusammen und schwieg.

„Es ist sehr gut, wenn du mich in Ruhe meine Gedanken aufsagen läßt. Wir schaffen es schon. Also, wir lassen es ruhig angehen. Wir dürfen nicht im ersten Anlauf auf eine Hauptrolle hoffen. Dazu ist dein Gesicht zu bekannt. Außerdem glaube bloß nicht, daß die anderen Models dich aus Liebe und Zuneigung anlächeln. Die würden dich am liebsten umbringen."

Das war Martha längst klar. Genau wie sie wußte, daß ihr junges Alter von 21 Jahren in dieser Branche in Richtung Seniorin wies.

Sie unterbrach ihren Manager mit barschem Ton: „Halt, halt, lieber Freund, vorhin wolltest du mir noch eine Hauptrolle andienen, jetzt redest du von Nebenrollen. Ich leide noch nicht unter Gedächtnisverlust."

„Gut, ich habe übertrieben, weil ich dich langsam vom Gipfel holen mußte bei deinem Temperament. Laß uns einen Schritt nach dem anderen gehen. Am besten, wir bewegen uns fürs erste offiziell von diesem Thema weg. Du beschäftigst dich für alle Welt sichtbar mit deinem neuen Parfum. Das können wir prachtvoll unter die Leute bringen. Die Zeitungen werden voll sein von dir und deinem neuen Duft. Die Parfumfirma in New York macht alles mit, was wir empfehlen. Und ich schlage nach der Fotosession jetzt auf den Malediven eine Weltreise in Sachen Parfum vor. In jedem Land werden sie dich feiern. Das tut deiner Seele gut und lenkt von dem Filmdebakel ab. Außerdem werden dir die blöden Journalisten Löcher in den Bauch fragen nach deinen Filmplänen. Bis dahin lassen wir uns eine Antwort einfallen, die uns nutzt."

„Und was ist mit der Rache?" bestand Martha auf ihrem zentralen Problem.

„Laß uns noch einmal in Ruhe die ganze Geschichte durchgehen, damit wir präzise festlegen können, wer dich tatsächlich gelinkt hat und warum. Anselm Focke scheint mir noch der Unschuldigste."

„Das miese Schwein? Bumst mit einem Fräulein Ich- bin-niemand rum, während ich mit ihm zusammen bin und läßt sich dabei filmen und mir das Video schicken. Schöne Scheiße. Der muß als erster dran glauben.“

„Martha, ich bitte dich, der Junge ist sehr wahrscheinlich auch nur hereingelegt und mißbraucht worden. Wer liefert dir denn den letzten Beweis, daß diese Aufnahmen nicht älteren Datums sind? Auch wenn es dich nervt, gib mir die Kassette.“

Martha rastete fast aus: „Willst du jetzt auch noch was lernen auf meine Kosten?“

Carl blieb cool: „Ich habe Freunde im Filmgeschäft. Auf dem Film wird nichts sein, was dich damit in Verbindung bringt. Also kann ich ungefährdet einiges feststellen und auch Fotos von der Kleinen abziehen lassen. Ich kenne mich in Deutschland bestens aus, wie du weißt, und ich habe in allen Schichten Leute, die ich ansprechen kann. Ich werde die Wahrheit herausfinden. Erst dann gehen wir an die Rache. Mach es dir bitte nicht schwerer als es ist.“

Chandler drehte wieder mit den Fingern der rechte Hand Locken in seine drahtigen Haare. „Und was,“ fügte er in sich gekehrt an, „wenn Anselm unschuldig ist? Wenn andere eure Beziehung für ihre Zwecke ausgenutzt haben?“

„Mit welchem Ziel? Zu welchenn Zweck, Carl? Sag mir einen Grund, nenne mir einen Vorteil.“ Trotzdem lag für Martha ein gewisser Hoffnungsschimmer in der Luft. Die 21jährige spürte jäh, daß ihre wochenlange Wut die wahren Gefühle für Anselm überdeckt hatte. Das Gespräch tat ihr gut, lockerte die Verkrampfungen.

„Liebst du ihn?“

„Ich weiß nicht.“

„Ich weiß nicht heißt nach meiner Lebenserfahrung: Ja, ich liebe ihn, will es mir nur nicht eingestehen.“

„Was hilft es uns weiter? Ich habe die Beziehung abgebrochen und seitdem kein Wort mehr mit ihm gesprochen. Der hat doch inzwischen jede Menge andere."

„Martha, wenn du den Jungen liebst, mußt du alles weitere selbst entscheiden. Mach es nur nicht kompliziert. Alle Störungen in dir funken in unsere anderen Pläne."

„Ich gehe in mich, und du fährst nach Deutschland. Finde alles heraus. Zieh die Schuldigen aus dem Verkehr!"

Sie prosteten sich mit den Rest Soave zu.

Martha seufzte: „Bei Egidio schmeckte er besser."

Die Firma „intakt" residierte im 3. Stock eines sechsgeschossigen, modernen Bürogebäudes nahe dem Ostburger Bahnhof.

Zwei lichtdurchflutete Großraumbüros mit Schreibtischen und mindestens 20 Telefonen pro Raum beherrschten die Szene, zwei messingbeschlagene Mahagonitüren führten in die Büros von Padberg und dem Computerexperten Peer Hansel, den er von Rechtsanwalt Pottmann endgültig abgeworben hatte. Hansel steuerte ein feingesponnenes Computersystem, das auch einer staatsanwaltschaftlichen Prüfung keine Hinweise über den tatsächlichen Ablauf der in dieser Firma getätigten Geschäfte lieferte. Der einzig überprüfbare Hauptcomputer würde immer nur Daten ausspucken, die einen sauberen Geschäftsverlauf dokumentierten.

Die gesetzlichen Ruheräume fehlten.

In diesem Büro fanden die Gesetze ohnehin keinen Respekt, eher ihre gekonnte Umgehung. Im kleineren Raum, der vom anderen Büro durch riesige Glasscheiben getrennt war, saßen sechs junge Männer und zwei junge Frauen und telefonierten. Padberg nannte ihn den „Anmachschuppen", weil die jungen Leute den Auftrag hatten, alle Telefonbücher aus Deutschland plus Branchenbücher nach potentiellen Kunden zu durchflöhen und die Leute telefonisch anzufüttern.

Kaum zu glauben, wie weit verbreitet die Gier nach der schnellen Mark just in den Kreisen war, die von der politischen Klasse gern als das Gerüst der Gesellschaft gesehen wurden: Anwälte, Ärzte, Immobilienmakler, Zahnärzte, Handwerksmeister, Manager, Unternehmer, Handelsvertreter, Zahnlaborbesitzer und, und, und...

Im großen Büro residierten sechs Männer als Herrscher über Telefone und zahllose Computer, die alle an dem Zentralcomputer in Padbergs Büro hingen. Zwei große Fenster schaufelten Licht in die Büroetage.

Nur Padberg liebte es abgedunkelt. Bei ihm waren die Jalousien immer runtergelassen und so eingedreht, daß nur der notwendigste Lichtschein eindrang.

Padberg beriet mit Hansel die Börsenverläufe in Chicago, Rotterdam und New York. Ihre Partner, die an diesen Börsen zugelassen waren, ihre Plazierungen setzten und die aktuellen Hinweise rüberfaxten, legten den Schwerpunkt derzeit auf Dollars und Öl.

Auch ihre eigenen Verkäufer im „Geldraum“ hatten aus der Beobachtung der Börsenentwicklung seit heute früh in Hongkong und Tokio Öl und Dollars zum Schwerpunkt gemacht. Heftig bearbeiteten sie per Telefon alte Kunden und neue Kontakte.

Pflichtgemäß wiesen sie jedesmal auf das Risiko des Verlustes hin. Die meisten Player kannten das Spiel und ließen sich von drohenden Ausfällen nicht beeindrucken.

Spieler eben.

Padberg tat seine Marktanalyse kund: „Saddam und die Amis spielen perfekt miteinander. Bin mal gespannt, wann die Welt zu wissen bekommt, wieviel für den Irak bei diesen Spielchen herauskommt. Heute kriselt es mal wieder am Persischen Golf, weil ein paar irakische Soldaten von A nach

B wandern.

Als wüßte nicht sogar meine jüngste Tochter, daß die niemanden bedrohen können, selbst wenn sie wollten. Aber die Arabs nutzen den Marsch für großes Geschrei. Die Amis mobilisieren ihre Truppen, der Ölpreis steigt, der Dollar auch. Alle haben ihre Milliarden verdient. Jede Wette, morgen kneift Saddam wieder den Schwanz ein. Die Amis kreischen noch ein paar Tage rum, bis alle ihre Freunde genügend Gewinne melden. Saudi und Kuwait drücken ein paar Milliarden als Kostenbeteiligung für den amerikanischen Aufmarsch ab. Die UNO hält die Sanktionen gegen den Irak aufrecht. Wen kümmert bei diesem Spiel, wieviele Kinder deshalb verhungern und Kranke mangels Masse nicht behandelt werden können? Meine Damen und Herren, es sprach der Oppositionsführer."

>Was kann die Welt gegen meine Geschäfte haben, wenn sie selbst versaut ist? Ich nehme mir nur, was mir zusteht, wenn sie mich an ihrem Spiel nicht beteiligen.<

Im „Anmachschuppen" redeten alle durcheinander. Jeder der jungen Leute ging jeden Tag systematisch eine Region durch. Nach und nach riefen sie alle Menschen an, die dort für Spekulationsgeschäfte in Frage kamen. Wenn sie den Mann - seltsamerweise spekulierten so gut wie nie Frauen - am anderen Ende der Leitung überzeugt hatten, daß er sich mehr von den verlockenden Gewinnen anhören wollte, schlossen die Gespräche immer gleich: „Sagen sie mir bitte einen Termin heute oder morgen, wenn unser Vizepräsident Sie anrufen soll, um die Details zu erläutern." Manchmal kamen Einwände wegen der Zeit.

Dann drückten die „Anmacher" auf die Paise: „Wir können Ihnen nur noch heute und allenfalls morgen dieses Angebot machen. Sie wissen, wie sehr die Märkte schwanken. Unsere Referenzmakler in New York und Hongkong drängen. Nicht wir. Nach der Frist können Sie allenfalls noch mit kleineren Gewinnen rechnen. OK, der Vizipräsident ruft Sie um genau 19 Uhr an. Bis dahin gute Geschäfte."

Der „Anmacher" faßte anschließend seine handschriftlichen Notizen auf der Computermaske zusammen, die dem eigentlichen Verkäufer, dem angekündigten „Vizepräsidenten", als Kompaß diente.

Während der Drucker lief, winkte Padberg Anselm Focke im „Geldraum" zu, den sie so nannten, weil dort die Telefonverkäufer den Kunden das Geld aus der Tasche redeten.

Focke hatte sich bereits in den ersten Tagen als Glücksgriff erwiesen. Padbergs Prognose ging Kunde für Kunde, Plazierung für Plazierung auf.

Der 31jährige zeigte sich auch bei der Behandlung der Telefonkunden, die Graumann vorgab, als einfühlsam und effizient.

Dennoch, das feste Band des Vertrauens, das die beiden Männer im „Eiergeschäft" viele Jahre zusammengehalten hatte, ribbelte auf.

Vertrauen verträgt keinen Kratzer.

Anselm fühlte sich nach wie vor von Padberg mißbraucht, ohne direkte Schuld zu erkennen. Es war ein Gefühl, das ihm immer wieder sagte: Der Arsch hat die Liebe zu Martha Harrington irgendwie für seine Zwecke benutzt und auch für die Trennung gesorgt.

Susi Freudenpiez, so hieß sie nicht wirklich, doch wegen ihrer unglaublichen Titten fiel niemandem mehr ihr bürgerlicher Name ein, tröstete ihn jetzt in seinen einsamen Stunden.

Susi hatte die teuflische Verabredung mit Padberg genutzt und, nachdem sie pornografische Aufnahmen mit Anselm ermöglicht hatte, die Padberg der Harrington zuschickte, mit Focke eine neue Zweisamkeit begonnen. Sie durfte hin und wieder Büroarbeiten erledigen.

Ansonsten sorgte sie in Anselms Loft für Ordnung und im Fitneßstudio für stramme Muskeln an den entscheidenden Körperstellen.

Anselm nahm sie nicht für voll, mangels brauchbarer Alternative aber dennoch hin.

Punkt 19 Uhr wählte er die Nummer des Klempnermeisters Hirtzle auf der Schwäbischen Alb, die ihm die Anreißertruppe auf den Tisch geschoben hatte.

„Guten Abend, Herr Hirtzle, ich bin Vizepräsident der Firma „intakt" in Ostburg. Das liegt zwischen Bremen und Hamburg. Im Schnittpunkt der altehrwürdigen Hanse. Ich bin Vizepräsident des Unternehmens. Mein Mitarbeiter hatte Sie ja heute schon einmal gesprochen."

„Guten Abend," meldete sich ein hörbar skeptischer Hirtzle.

„Herr Hirtzle, mein Name ist Anselm Focke. Wenn Sie ein paar Minuten Geduld haben, sich mein Angebot anzuhören, können Sie auf Anhieb eine Menge Geld verdienen. 20 bis 30 Prozent auf den Einsatz. Legal, steuerfrei, ganz nach den Buchstaben des Gesetzes."

„Na, na," kam es immer noch skeptisch aus dem Schwabenland zurück.

„Herr Hirtzle, ich verstehe Ihre Skepsis voll und ganz. Die begegnet mir jeden Tag. Und zu Recht. Ich weiß ja, wie viele unseriöse Geschäftemacher auf diese Tour reiten."

„Und wer sagt mir, daß ausgerechnet Sie seriös sind," wollte der Schwabe wissen.

„Sie werden es selbst sagen, Herr Hirtzle, wenn Sie einmal mit uns gearbeitet haben. Ich weiß doch, wie man in Ihrer Branche schuften muß. Mein Klempnermeister Endrokat aus Ostburg ist gleichzeitig mein Skatbruder. Manchmal kommt er vom Einsatz, wenn wir schon die dritte Runde spielen. Kaputt. Aber eins will ich Ihnen sagen, Herr Hirtzle, Ihr

Ostburger Kollege spielt wie der Teufel. Wir fürchten ihn ziemlich. Er braucht das für seine Entspannung.“

„Ja, manchmal ist es schon ziemlich viel, auch viel Ärger mit den Mitarbeitern, obwohl ich noch Glück habe. Zwei Gesellen sind schon seit über zehn Jahren bei mir,“ berichtete der Schwabe, der langsam auftaute.

Anselm frohlockte innerlich.

>Man muß nur auf die Jungs eingehen.<

„Und dann noch der ewige Ärger mit dem Finanzamt, Herr Hirtzle. Den haben wir doch alle. Alle, die in diesem Lande fleißig arbeiten.“

>Komm in meine Netze<

„Unser Unternehmen besteht nachweisbar seit über 12 Jahren. Wir haben klein angefangen und führen auch heute noch einen überschaubaren Bereich. Wenige Angestellte, auf die man sich verlassen kann. Nach genau diesen Gesichtspunkten haben wir unsere Partner an den Börsenplätzen in Chikago, New York und Rotterdam ausgesucht. Auch da läuft allerhand Pack herum.“

„Was wollen Sie nun von mir?“

„Herr Hirtzle, ich weiß, daß das Telefon nicht unbedingt der richtige Weg ist, gute Geschäfte zu machen. Schöner wäre es, wir könnten uns in die Augen schauen. Mein Chef sucht auch nach Wegen, wie das zu schaffen ist. Beispielsweise, indem wir kleine Büros überall in Deutschland einrichten. Dann sind wir näher am Kunden. Aber das kostet. Und wir sind bestrebt, alle Gewinne so hoch wie möglich an den Kunden weiterzugeben.“

„Na ja, so kostet es weniger Zeit.“„

„Genau das ist es, Herr Hirtzle. Unsere Makler in Wall Street, Chikago und Rotterdam melden uns eine Nische, die wir für unsere Kunden so schnell wie möglich besetzen müssen. Sie haben ja heute Nachrichten gehört.“

„Nur kurz. Ist ja wieder allerhand los auf der Welt. Die Araber machen Sperenzchen.“

„Und um genau diese, äh, Sperenzchen, Herr Hirtzle, geht es. Unsere Makler und alle Computer, die uns direkt mit den Börsen verbinden, besagen, daß die Preise für Öl und Dollar wegen der dramatischen Entwicklung im Irak steigen werden. Mindestens um zehn, vielleicht auch mehr Prozent. Unsere Makler haben Order, jetzt zu noch günstigen Konditionen große Anteile einzukaufen. Innerhalb von vier, sechs Wochen können wir es schaffen, den Einsatz um mindestens 25 Prozent anzureichern. Steuerfrei. Wir wollen Sie mit ins Boot nehmen.“

„Mit wieviel wäre ich dabei?“

„Pro Charge 10 000 Mark. Nach oben ohne Limit. Wir behalten 40 Prozent für unsere Kosten ein, der Rest geht in den Börsentopf.“

„40 Prozent. Das ist aber viel.“

„Herr Hirtzle, das sagt jeder. Aber: Wir haben einen riesigen Kostenapparat zu bewegen. Denken Sie allein an die Kosten für die Makler, die Standleitungen zu den Börsen, unsere Telefon- und Personalkapazität und, und, und... Mehr muß ich nicht erzählen. Und bedenken Sie, wir arbeiten für Sie, in Ihrem Auftrag, ausschließlich in Ihrem Interesse. Allein kommen Sie mit Ihrem Geld nicht an die Börse. Wir haben alle, wirklich alle Informationen im Blick. Das kann keiner alleine. Das braucht Spezialisten. Na klar, Sie können auch zur Bank gehen. Wie die mit Ihrem Geld umgehen und was da an Gewinnen rausspringt, muß ich doch Ihnen als altem Fahrensmann nicht erzählen. Einnahmen bei uns sind, wie schon gesagt, absolut steuerfrei. Das ist der Vorteil, den wir Ihnen bieten und den kein anderer offerieren kann.“

„Was kommt für mich rum, wenn ich, sagen wir mal, 50 000 Mark einsetze?“

„Wir rechnen fest damit, einen solchen Einsatz in etwa sechs Wochen in Höhe von weit über 60 000 Mark zurückzahlen zu können. Hängt ganz von der Entwicklung ab. Denken Sie nur an die wahnsinnigen Kursgewinne während des Golfkrieges. Ganz so doll rechnen wir diesmal nicht. Aber immerhin. Wenn wir den Gewinn überweisen samt Einsatz, telefonieren wir erneut, um festzustellen, ob noch mehr drin ist, oder Sie aufhören wollen. Das liegt bei Ihnen."

„Wie komme ich ins Spiel?"

„Ganz einfach. Sie schicken sofort ein Fax an meine Firma und bestätigen Ihren Einsatz. Morgen in aller Herrgottsfrühe geben Sie Ihrer Bank den Eilüberweisungsauftrag auf das Konto, das ich Ihnen per Fax als Bestätigung Ihrer Bestätigung schicke. Auf meinem Fax finden Sie auch detaillierte Beschreibungen von dem, was ich Ihnen jetzt erzählt habe. Außerdem schicken wir Ihnen per Post einen Prospekt unserer Firma. Dann haben Sie alles schwarz auf weiß. Wenn das Geld hier angekommen ist, geht es per Faxanweisung sofort an die Börse. Das heißt, es wird Bestandteil des Gesamtkaufs, den mein Unternehmen tätigt, beziehungsweise die zugelassenen Makler vor Ort in unserem Auftrag."

„Gut, Herr Focke, der Name war doch richtig?"

„Ja, Focke mit F wie Fiktor. Ha, ha."

„Also, ich setze 50 000 Mark zum Anfang. Was ist, wenn die Dinge sich anders entwickeln?"

„Herr Hirtzle, ganz ohne Risiko wird niemand richtig reich. Natürlich muß ich Sie darauf aufmerksam machen, daß Ihr Einsatz unter unglücklichen Umständen auch verlustig gehen kann. Doch Sie haben die Nachrichten selbst verfolgt. Die Dinge nehmen ihren Lauf. Es wird so kommen, wie wir voraussagen."

>Geschafft. Hoffentlich schluckt er die Risikopille. Aber jetzt ist er geil aufs Spiel.<

„Herr Hirtzle, unter uns. Wie wollen Sie sonst in so kurzer Zeit so viel steuerfreien Gewinn machen.“

„Heißt das, ich könnte auch, wenn wir erst einmal gut zusammenarbeiten, Bargeld einsetzen?“

„Soviel Sie wollen, Herr Hirtzle. Wir gehen ja vertrauensvoll davon aus, daß Sie nur versteuertes Geld einzahlen. Sonst ginge es nicht.“

„Natürlich, davon können Sie ausgehen. Aber manche meiner Kunden zahlen in der Eile bar. Das meine ich mit Bargeld.“

„Herr Hirtzle, wir haben uns richtig vestanden. Und jetzt ans Faxgerät, damit wir keine Zeit verlieren. Kann auch handschriftlich aufgesetzt sein. So ein Klempnermeister hat ja meist eine Ehefrau, die die Büroarbeit erledigt. Und die wollen wir ja jetzt nicht mehr behelligen. Vielleicht muß sie ja auch nicht alles wissen. Nur so ein Tip von mir.“

Klempnermeister Hirtzle sah die Welt im schönsten Licht trotz der dunklen Abendstunde. Er hatte sich auf die Umlaufbahn des großen Geldes, der großen Gewinne begeben.

Die menschlichen Opfer, die seinen Weg zu den kapitalistischen Sternen erst möglich machen sollten, interessierten den Mann auf der Schwäbischen Alb nicht.

Der Orient ist weit.

Anselm wuchtete sich aus seinem Drehstuhl und reckte die Arme zur Decke.

„War ein verdammt langer Tag,“ ließ er die anderen Telefonverkäufer wissen.

„Ich habe 500 000 Mark gedreht. Gott, Allah, Saddam und Bill Clinton, ich danke euch. Haltet durch, damit der kleine Anselm morgen und übermorgen und alle Tage danach weiter so gute Geschäfte machen kann. Aber erst einmal muß ich von Itzak in New York hören, was er zur Entwicklung meint.“

Nach einen zehnminütigen Gespräch mit dem Brokerpartner von „intakt" grunzte er zufrieden. „Wir bleiben morgen und übermorgen bei Öl und Dollar, vorausgesetzt, der Chef stimmt zu. Wenn die Krise weitergeht, kommen noch andere Werte ins Wanken. Dann rollt die Gewinnlawine." Er blickte hinüber zu Padbergs Bürotür. Die war verschlossen.

„Weiß jemand, ob der Chef noch im Laden ist? Ich muß ihm die Umsätze berichten.Wird ihn freuen."

Kurt Hoffmann rief ihm vom Platz gegenüber zu: „Rolli ist mit irgend jemanden verabredet. Kommt erst morgen früh wieder in den Betrieb."

Anselm reckte wieder seinen 1,86 langen, schlanken Körper.

„Jungs, ich gebe auf den Erfolg einen aus. Mein bester Tag seit Bestehen der Firma. Läuft wie ein heißes Messer durch kalte Butter."

Sie wollten alle ganz gerne mit ins „Hippodrom", Anselms Stammpiesel mit der endlos langen Theke aus dunklem, poliertem Holz und den willigen Mädels, die nur kamen, weil dort die Masters of the Universe verkehrten mit ihrem vielen Geld.

Schade nur, daß Anselms Abendverläufe niemals variierten.

Er startete mit dem Spruch: „Hier sitzen immer die, die immer hier sitzen."

Dann folgte ein ellenlanges Besäufnis über Champagner, Bier mit Fernet Branca und schließlich Wodka-Lemon, wobei die Lemonflasche beim Einschenken auf der Flucht war.

Zum guten Schluß kraulte Susi Anselms volle Haarpracht, der lallte etwas von „große Scheiße, daß ich sie verloren habe" und stolperte dann an Susis Arm zum Ausgang. Wen er mit „sie" meinte, wußten mittlerweile alle.

Anselm träumte Tag und Nacht von seiner großen Liebe

Martha Harrington.

Alle wunderten sich über seine gewaltige Leber, die es jedesmal wieder in den wenigen Stunden bis zur Büroeröffnung um elf Uhr, vorher ließ sich kein Warenterminzocker zu Geschäften bewegen, schaffte, den Schlaks wieder so herzustellen, daß er seinen Geschäften erfolgreich nachgehen konnte.

Und noch einem ging Martha Harrington nicht aus dem Kopf. Herbert Graumann, der Ostburger Pate, fand seit Wochen keinen Gefallen mehr an Männerhintern. Den Mokkatöpfchenkreis, der sich einmal in der Woche in einer Privatsauna traf - mal bei Graumann, mal bei seinem Heckgespusi, dem Bauunternehmer Josef Kreuz - hielt er aufrecht.

Dort liefen Informationen.

Außerdem befürchtete er Komplikationen wegen der unkontrollierbaren Gedankengänge der anderen fünf Heckpartner. Trotzdem erregten ihn Männerkörper nicht mehr.

Martha Harrington saß wie ein Virus in seinem Blut.

Auch an diesem Abend schützte er Kopfschmerzen vor: „Macht wohl das Alter. Muß mal zum Arzt." Die anderen machten sich ihre Gedanken, ohne auch nur im Ansatz darauf zu kommen, daß dem Altschwulen plötzlich ein Weiberhintern im Sinn stand.

Sie fürchteten eher, daß Graumann fremdging.

Mit wem wohl? Der warme Kern von Ostburg war ihnen wohlbekannt. Dahin konnte er nicht ausweichen.

Letztendlich waren sie alle dem kräftigen, massiven Mann zu sehr verpflichtet, ja ausgeliefert, um sich gegen mögliche Eskapaden zu wehren.

So versuchten sie, ihn an diesem Abend mit ein paar

Sprüchen aufzuheitern.

Es war nur ein Nebensatz. So dahingeworfen, flüchtig wie eine Sternschnuppe in einer klaren Augustnacht.

Mehr nicht.

Padberg reichten die wenigen Wörter aus, um nachzuhaken. Er wußte, daß Graumann niemals unbeabsichtigt wichtige Informationen weitergab. Er wußte auch, daß es zwecklos war, so nebenher hingeworfene dicke Brocken sofort aufzunehmen und weiter anzufüttern.

Graumann blieb dann stets stumm und tat so, als habe er gar nichts gesagt.

Padberg musterte sein Gegenüber, den Klatsch- und Lokalreporter Bernd Vogelsang: „Kennen Sie einen Journalisten mit so guten Verbindungen, daß er an die Ermittlungscomputer der Polizei und der Staatsanwaltschaft kommt?"

Vogelsang ging in sich: „Ja, da kann es nur einen geben. Einen richtigen journalistischen Schwerverbrecher, 'ne Schreibernutte, macht jetzt auch noch belanglose Filmchen für einen privaten Fernsehsender. Warten Sie... der Mann heißt Heinz Witzlaff, lebt in der Nähe von Oldenburg und ist mit einem Polizeiboß eng befreundet. Der verschafft ihm Zugang. Muß ihm nur einen Namen sagen oder 'ne Beschreibung, und schon weiß er Bescheid. Meistens findet er auch eine passende Zeitung, die seine Schweinereien abdruckt. Im Kollegenkreis haben wir den Eindruck, daß er die Honorare von den Verlagen gar nicht braucht. Er betreibt gezielte Kampagnen im Auftrag von Leuten, die ihn dafür bezahlen. Was ich jetzt sage, ist natürlich nicht justitiabel. Warum fragen Sie überhaupt?"

„Mir hat neulich jemand über diesen Typen berichtet. Ich wollte nicht glauben, daß Journalisten sich für so etwas hergeben."

„Im allgemeinen selbstverständlich nicht. So ein Mistbock versaut den Ruf der ganzen Branche. Wo dieser Ruf sowieso nicht zum besten steht. Einmal hat der vom großen Spatzensterben berichtet, so nach Art des Robbensterbens, um selbst auch einmal eine große Story zu landen. In Wirklichkeit aber waren es profane Gründe, die zum Tod von ein paar Vögeln geführt hatten. Und der Kerl wußte das ganz genau. Irgendeine Zeitung hat es trotzdem gedruckt und sich lächerlich gemacht. Übrigens macht der Typ gern einen auf links, um sich Kritik von der Seite vom Hals zu halten. Hat bisher gut geklappt."

Nun kannte Padberg einen wichtigen Informanten der Graumann-Szene, denn der Pate hatte neben vielem anderem angemerkt: „Wir haben einen Journalisten, der uns warnt, wenn die Behörde gegen einen von uns vorgehen will."

Oder so.

Bevor Vogelsang allzu neugierig werden konnte, wechselte Padberg das Thema: „Scheißer gibt es eben überall. Lassen Sie uns erst einmal bestellen."

Die freundliche Bedienung, weiße Bluse, gestreifter Rock, blondes Haar, von „Tietjens Hütte" an der Hamme auf dem Weg von Lilienthal zur Kreisstadt Osterholz-Scharmbeck bei Bremen, stand aufnahmebereit neben ihnen.

Padberg blieb bei seinem Lieblingsgericht: „Sülze im Glas und Bratkartoffeln, dazu zwei Köpi und zwei Dänenaquavit."

„Ich schließe mich beim Essen an, die Getränke reichen ja erstmal für zwei," ergänzte Vogelsang. Sie saßen auf der rustikalen Moordiele. Für eine Außensitzung im Biergarten war es trotz des wunderschönen Altweibersommers zu kalt und auch schon zu dunkel.

Außerdem schwirrten jetzt die Mücken auf der Suche nach Zapfsäulen. Padberg haßte diese Viecher wie die Pest.

Die Diele unter dem schweren Reetdach des mächtigen

Bauernhauses, das im Sommer für Kühlung und im Winter für Wärme sorgte, paßte in die Landschaft am Rande des Teufelsmoores.

Die gekalkten Wände waren im Laufe der Jahre nachgedunkelt. Durch die Butzenscheiben konnte man in die Küche sehen. Ein Teil der Küche war in die Diele integriert, so daß man schon beim Eintritt die wunderbaren, goldgelben Bratkartoffeln sehen konnte, von denen man bald ein paar auf dem Teller wiederfand.

Padberg liebte diese nordwestdeutsche Küche. Obwohl der Abend erst langsam anlief, waren bereits alle Plätze besetzt.

„Dieser Laden ist wie eine Lizenz zum Gelddrucken," taxierte Padberg das Geschäftsvolumen.

„Auch schon Ihr Kunde?" wollte Vogelsang wissen.

„Nicht, daß ich wüßte. Aber ich kümmere mich nicht um einzelne Geschäfte. Ich halte meine Nase in die Börsenwinde und suche nach den lukrativsten Geldanlagen. Übrigens, Herr Vogelsang, wenn Sie ein paar Mark übrig haben, angesichts der neuen Nahostkrise lassen sich jetzt schnelle Gewinne machen. Steuerfrei. Alles gesetzlich einwandfrei. Wie wär's?"

„Heiße ich Berlusconi? Ich bin Lokalschreiber mit einem ordentlichen Gehalt. Trotzdem ist mein Konto wie mein Bett heute. Frisch überzogen. Nee, geht nicht. Aber dennoch, danke."

„Ich meine es wirklich ernst, Herr Vogelsang. Wenn Sie mal eine Geldvermehrung brauchen, sagen wir, Sie erben etwas, kommen Sie zu mir. Das tun in Ostburg inzwischen viele."

„So, tatsächlich. Sagen Sie doch ein paar Namen."

„Herr Journalist, ich bitte Sie. Datenschutz. Noch nie gehört? Nein, im Ernst, ich darf keine Namen nennen. Aber Sie wissen doch selbst, wer in Ostburg zuviel Geld hat und es gerne noch vermehrt. Das große Spiel macht mehr Spaß als Sie glauben."

„Solche Spiele sind nichts für mich, Herr Padberg. Aber trotzdem hatten Sie bestimmt einen Grund für unser Treffen. Immerhin haben wir uns seit der Harrington/Focke-Ära nicht mehr gesehen.“ Das Essen kam und mit ihm die Getränke, zwei goldgelbe, eiskalte Aquavit und zwei erstklassig eingeschenkte König-Pilsener.

„Auf den Schaum könnte man einen Heiermann legen, ohne daß er sinkt,“ freute sich Vogelsang. Sie prosteten sich zu und aßen schweigend.

Padberg wischte mit einigen Bratkartoffeln den zerlaufenen Saft der Sülze aus. Kaum war die Mischung verschluckt, steckte er sich eine Zigarette an.

„Herr Vogelsang,“ Padberg ließ etwas angestaute Luft aus dem Magen mitschwingen, „ich möchte ihre Zustimmung zu einem Projekt. Ohne Ihr Wohlwollen lasse ich das Ganze.“

Vogelsang freute sich. Padberg erkannte seine Bedeutung in Ostburg mit diesen Worten unumwunden an.

>An mir kann eben keiner vorbei. Je eher er es erkennt, desto besser für ihn.<

„Schießen Sie los.“

„Ich finde, daß unsere kleine Stadt ein paar Anreize braucht. So schön die Veranstaltung auch ist, das Ostburger Bankett des Industrie-Clubs reicht nicht aus. Außerdem lassen die nur Unternehmer zu. Tatsächlich gibt es noch mehr wichtige Leute in Stadt und Land, vor allem Frauen. Was halten Sie von einer Veranstaltung, die wir ‚Ostburger Zirkel' nennen, zu dem jeweils eine hochrangige Persönlichkeit von außerhalb erscheint. Alle Gäste handverlesen. Es gibt ein exzellentes Abendessen, gute Getränke und so. Jeder zahlt einen hohen Preis, sagen wir 200 Mark oder auch 300, um dabei zu sein. Der Reinerlös geht an einen guten Zweck.“

„Und was soll ich in dieser Veranstaltung?“

„Nun, erstmal berichten, wenn Sie wollen. Und dann legen

wir beide den guten Zweck fest.“

„Wer veranstaltet, wer organisiert?“

„Den Sponsor haben wir schon: Meine Firma ‚intakt‘ ist bereit, die Grundfinanzierung zu leisten und alle organisatorische Angelegenheiten wie Adressenmaterial, Einladungen und so. Die Logistik eben. Dafür möchte ich völlig im Hintergrund bleiben, selbst auch gar nicht teilnehmen, sondern meiner Frau die Öffentlichkeit überlassen. Das geht nur mit Ihrem Einverständnis. Habe ich das?“

„Wo bleibt dann die Wirkung für Sie?“

„Mir reicht es, wenn die Leute wissen, daß ich dahinterstehe. Das Ganze also auch finanziell Hand und Fuß hat. Was halten Sie davon, Hansi Klops mit seinem ‚Ostburger Hof‘ einzubinden? Da hätten wir genügend Platz. Auch unsere Ansprüche an gehobenem Standard lassen sich erfüllen.“ Vogelsang stimmte dem Plan zu und fütterte sogar noch die eine oder andere Idee ein.

Padberg fuhr zufrieden nach Ostburg zurück und freute sich auf einen langen Abend im „Führerhauptquartier“, seinem verschwiegenen Kellerausbau, wo er seine Leidenschaft für die Nazis auslebte.

Von dieser Neigung wußten nur ganz wenige, genaugenommen nur die, die ihn mit Originalmaterial aus der Nazizeit versorgten.

Für den heutigen Abend hatte er sich auf verschlungenen Pfaden eine dieser ganz seltenen Aufnahmen mit einer Rede von Reichsführer Himmler besorgt.

Zu Hause fielen seine Töchter über ihn her.

„Papi,“ rief die elfjährige Saskia, sein Liebling, aufgeregt, „Mama hat jedem von uns einen neuen Gameboy gekauft. Wir können die Geräte miteinander verbinden und gegeneinander spielen.“

„Das heißt mit anderen Worten, ich trete gegen jeden von euch an.“

„Au ja, Papi,“ kreischte die neunjährige Tanja.

„Wehe, ihr schummelt. Es reicht ja wohl, daß ihr schon geübt habt.“

Normalerweise verlor Padberg nur sehr ungern.

Von seinen Töchtern ließ er sich bereitwillig in jedem Spiel schlagen. Jede schaffte ihn dreimal, dann schritt Eva ein: „So Mädels, euer Vater hat heute mächtig geschuftet, und ihr müßt euch jetzt bettfertig machen. Auf die Plätze, fertig...“

„...los,“ nahmen die Mädchen ihr das letzte Wort aus dem Mund und blieben sitzen.

Padberg ließ sich protestierend zu noch einem Spielchen breitschlagen. Verständnisvoll blinzelt er zu seiner Frau, die mit einem Lächeln antwortete.

>Sie will kuscheln, ich sehe ihr an, daß sie unbedingt heute kuscheln will mit mir.

OK, Mädchen, die Pflicht geht vor.

Hinterher bleibt immer noch Zeit für den Reichsheini.<

Als sie kaum zwei Stunden später nebeneinanderlagen, qualmte bereits die nächste Zigarette.

Padbergs Sucht machte auch vor dem Schlafzimmer nicht halt.

„Eva, ich möchte, daß wir beide morgen abend ganz groß ausgehen. Menü, Champagner, passende Weine, Espresso. Das volle Programm. Hast Du Zeit und Lust?“

„Willst du dich scheiden lassen?“

„Wie kommst du auf solchen Unsinn?“

„Du hast mich seit Wochen nicht mehr so eingeladen. Aus meinen Romanen weiß ich, daß das Ende einer Ehe meistens so anfängt, mit einem großen Essen.“

„Eva, es wird Zeit, daß du unter Leute kommst. Schmeiß deine Romane in den Kamin. Ich möchte mit dir essen und quatschen. So wie wir es früher auch oft gemacht haben. Einverstanden?“

Eva rollte sich genüßlich auf ihr Bett, zog die Lammwolldecke, die noch aus der „Eierverkäuferzeit“ stammte und sie selbstverständlich nicht 1800, sondern bloß den Einstandspreis von 350 Mark gekostet hatte, über ihren nackten Körper.

„Ich bin müde. Stell bitte noch das Fenster auf kipp, damit wir frische Luft haben.“

Padberg knipste erst einmal die Lampen aus, damit die Mücken, die bestimmt darauf warteten, daß er das Fenster einen Spalt öffnete und ihnen Einlaß gewährte, sein Manöver wenigstens nicht sehen konnten.

Er schlich sich behutsam aus dem ehelichen Schlafzimmer. Zur Rede vom Reichsführer gehörte ein ordentlicher Southern Comfort, handwarm.

Den Rest der Nacht würde er trunken und schnarchend auf dem Sofa im Gästezimmer verbringen.

Am nächsten Morgen hing der Himmel voller Wolken, starker Nordwestwind kam auf. Der norddeutsche Herbst mit Sturm und Regen kündigte sich an. Auf den Wetterkarten meldeten sich weit und breit nur noch gräsige Tiefs. Padberg versäumte das Frühstück mit den Mädchen. Seine Frau ließ ihn in Ruhe schlafen.

Als er gegen 10 Uhr aufwachte, brummte ihm gewaltig der Schädel. Auf dem flachen Mahagonitisch entdeckte er einen Aspirinfilm. Drei Tabletten fehlten.

>Klappt also immer noch. Auch wenn ich nicht bei mir bin, behalte ich die Kontrolle.<

Vorsichtshalber zog er die am Boden liegenden Beinkleider zu sich, faßte in die Tasche. Auch das Schlüsselbund lag in der Tasche, so wie er es mit sich in nüchternem Zustand verabredet hatte. Sein Schädel brummte verstärkt.

Mühsam referierte er sich den Tagesplan. Ums Büro brauchte er sich nicht zu kümmern. Anselm hatte alles im Griff. Trotzdem zuckte es wie ein Blitz durch seine geschwollenen Gehirnzellen.

>Anselm hat sich verändert. Ich muß ihn schärfer im Auge behalten.<

Er griff zum Handy, das nach wie vor den unschätzbaren Vorteil besaß, nicht abgehört zu werden. Er dankte jedesmal wieder diesem wundervollen, liberalen Staat, der nicht in jedes Geschäft pfuschte. Neuerdings, hatte er gelesen, dirigierten sogar ganze Verbrecherbanden ihre Einsätze per Handy. So konnten sie schon im weiten Umkreis des Tatortes ankommende Polizei beobachten und ihre Komplizen so rechtzeitig warnen, daß die Polizei immer nur auf dem zweiten Platz einlief. Also hinterher.

In der Wohnung vernahm Padberg keine Geräusche. Eva war auf Tour. Friseur, Fitneß, Visagist, Fingernägel.

Oder umgekehrt?

Sie sollte sich ruhig für heute abend schön machen lassen. Padberg war stolz auf seine Frau, und die Liebesstunde gestern abend weckte ein wohliges Lustgefühl in ihm.

Ging ja noch alles primstens.

Er fingerte nach dem Handy, angelte nach einem Telefonbuch und bestellte im Maritim-Hotel in Bremen im vornehmen Restaurant „L'Echalote", was immer das heißen mochte, den besten Tisch. Gegen 19 Uhr ließ Padberg seine schwere Limousine in die Tiefgarage des Hotels rollen. Mit dem Fahrstuhl erreichten sie die große Halle des Hotels, das dem leicht angetrockneten Bremen einen weltmännischen Anstrich gab.

Wohl auch deshalb ließen die Bremer dieses Haus noch immer links liegen. Sie blieben lieber unter sich. Trotz der immer wieder beschworenen hanseatischen Weltoffenheit zogen sie das Bekannte dem Fremden vor.

Extra für sie muß Miraculix gesagt haben: „Ich habe nichts gegen Fremde. Viele meiner Freunde sind Fremde, aber dieser Fremde ist nicht von hier."

Padberg peppte das Menü mit 200 Gramm Kaviar auf, den sie genüßlich Perlmuttlöffel für Perlmuttlöffel auf der Zunge zergehen ließen und mit Dom Perignon hinunterspülten.

Sie schwelgten in Erinnerungen und waren froh, daß ihre Töchter schon für einige Stunden ohne Aufsicht bleiben konnten.

Beim Nachtisch, einer Mousse-au-Chocolat vom Feinsten, eröffnete er seiner Frau seinen Plan: „Eva, ich bin mit der Firma überraschend schnell auf den Weg gekommen. Wir können uns bald ein noch komfortableres Leben leisten."

„Und vielleicht auch wieder einmal in Urlaub fahren," ergänzte seine Frau.

„Bestimmt."

Evas Augen blitzten ob des überraschend schnellen Erfolges ihres Vorstoßes.

„Tatsächlich? Ich habe doch bloß einen Scherz gemacht. Ja, laß uns bald in die Sonne fahren. Vielleicht sogar wir zwei ganz allein. Meine Mutter paßt gerne auf den Haushalt und die Mädchen auf. Und beide hängen sehr an ihr."

„Langsam mit die jungen Pferde. Eins nach dem anderen. Aber der Urlaub ist versprochen. Eva, ich möchte erst einmal etwas anderes. Hör mir einfach in Ruhe zu und entscheide dann."

Er zog an seiner Davidoff One, stieß eine feine Wolke aus und transportierte den Rauch des zweiten Zuges, der ein größeres Volumen hatte als der erste, voll in die Lungen.

„Meine Geschäfte erfordern, daß wir unser gesellschaftliches Ansehen steigern. Dafür gibt es Vorbilder, die du ja immer in den Klatschillustrierten liest."

Eva nickte eifrig.

„Ich weiß, an wen du denkst, Eva. So in etwa. Mußt ja nicht zum Weltmeister aufsteigen. Stadtmeister reicht auch. Ich denke mir das so: Die Firma ‚intakt' finanziert und organisiert Wohlfahrtsfeste mit den Reichen und Schönen aus unserer Region. Über einen hohen Eintritt sammeln wir Geld für einen guten Zweck. Dazu noch eine kleine Tombola, deren Preise ‚intakt' spendet. Ich habe schon mit dem Journalisten Vogelsang gesprochen..."

„... du meinst ‚Graete'."

„Ja, den. Der schlägt für den Anfang das SOS-Kinderdorf in Worpswede vor. Hört sich gut an. Macht auch für meine Zwecke einen guten Eindruck. Jedenfalls für den Anfang. Später suchen wir uns etwas anderes. Aber Kinder machen sich immer gut."

„Was soll ich genau tun?"

Eva war jetzt erregt. Das interessierte sie.

„Du wirst die Frau, die im Rampenlicht steht. Du lädst ein. Unter allem steht dein Name. Ich denke noch an einen Partner, weil wir ja auch einen guten Raum und eine brauchbare Gastronomie benötigen. Mir fällt nur Hansi Knirps mit seinem ‚Ostburger Hof' ein. Der könnte Co-Veranstalter sein. Eitel genug ist er."

„Rolli, das gefällt mir. Endlich eine Aufgabe. Und so in der Öffentlichkeit zu stehen, fällt mir überhaupt nicht schwer. Auch wenn ich am Anfang vielleicht aufgeregt bin. Und wenn es dem Geschäft nutzt, nutzt es auch der Familie. Ich mache mit."

Sie prosteten sich mit einem sehr alten Grappa zu, für den hier pro Glas 36 Mark fällig wurden. Ostburgs neue und erste Charity-Lady strahlte vor Glück.

Sie sah ihr Foto schon in allen Zeitungen.

Vielleicht würde es sogar eines Tages für eine große Illustrierte reichen.

Die großen Opern dieser Erde haben eines gemeinsam: Jede möchte die Größte sein. So schwirren denn auf vornehmen Parties die berühmten Namen nur so durch den Raum. Metropolitan, Placido Domingo, Pavarotti, Becker, Carreras, ach, der ja auch, Scala, Paris, Wien.

Neuerdings mischte sich schon mal die Semper Oper in Dresden darunter. Die Reichen und Schönen haben sich der Kultur angenommen, nachdem andere Exklusivitäten an Reiz verloren haben, wie etwa Reisen in ferne Länder oder Tennis und Golf. An beiden ergötzten sich so langsam auch die Massen. Außerdem wies Anteilnahme an Kultur erst den gehobenen Menschen aus.

Die neuen Kulturnerver drängten sich überall ins Bild, wo sie ihren neuen Lebensinhalt einem größerem Publikum mitteilen konnten, um zu zeigen: Wir sind was Besseres.

Die bekanntesten Melodien der großen Opern pfiffen sie mittlerweile mit. Den Klatsch und Tratsch, den phantasievolle Journalisten über ihre neue, aufregende Welt verbreiteten, kannten sie auswendig. Hin und wieder zitierten sie sogar Rilke.

Die Gesalbten machten sich über diese Möchtegern-Kulturis unverhohlen lustig. Da sich niemand traute, sich über die Gesalbten lustig zu machen, mußten sie mit sich selbst zurechtkommen.

Welch ein Schicksal!

Viele der Weltstars kümmerte das Gesumse wenig. Sie interessierten sich mehr für die unglaublichen Gagen, die Spitzentenöre an erster Stelle. Dafür ließen sie sich hin und wieder bereitwillig auf der einen oder anderen Party sehen.

Nichts allerdings nervte sie mehr, als wenn ein angetrunkener reicher Gast oder gar der Gastgeber sie aufforderte, „einen für uns zu schmettern“.

Diese Gedanken gingen Carl Chandler auf dem Flug von Los Angeles nach New York durch den Kopf. Auf ihn wartete ein großes Opernereignis, das ihn schon deshalb in Spannung versetzte, weil er seit gut 20 Jahren nicht mehr in einem Theater gewesen war.

Damals hatten Ingolf Becker als Tenor in Ausbildung und er einen Liederabend mit dem Becker-Mäzen Rudolf Schock erlebt. So bescheiden sich dieser große deutsche Tenor stets gab, so stolz war auch er, einmal an der Metropolitan Opera engagiert gewesen zu sein.

Heute abend stand die „Traviata“ mit Ingolf Becker als Alfredo in der Met auf seinem Zettel. Becker war vor Freude fast übergeschäumt, als Carl ihn in seinem geliebten Hotel, dem „Waldorf-Astoria“, nach einigen vergeblichen Versuchen erreichte.

„Carl,“ hatte diese auch beim Sprechen wundervolle Stimme durch die Leitung getönt, „wir haben uns seit mindestens zehn Jahren nicht gesehen. Komm nach New Yok. Ich habe noch vier Vorstellungen. Morgen schaust du dir eine auf dem besten Platz an und so gegen Mitternacht gehen wir beide im ‚Waldorf‘ etwas Essen und Trinken.“

Carl war’s recht.

Im Theater fand er Beckers Stimme noch ausdrucksvoller und vielschichtiger als im Fernsehen oder auf CD. Sie erreichte mühelos das hohe C, obwohl Becker auch schon an die 50 Lenze klopfte.

Noch immer trug eine glockenähnliche Reinheit den gesamten Vortrag, führte er die Stimme ruhig, ohne jede provinzielle Betonung von Tönen. Carl erinnerte sich an Schocks Urteil, daß kein lebender Tenor das Portamento so beherrschte wie seine einstige Offenbacher Entdeckung.

Dieser Stimme waren noch mindestens acht bis zehn schöne Jahre vergönnt.

>Nur einmal einen Tag so singen wie Ingolf und dann auch noch so gut aussehen. Lieber Gott, läßt sich das nicht einrichten, verdammt nochmal?<

Carl schwor sich, den Abstand zum nächsten Live-Erlebnis dieser Stimme kürzer zu gestalten als bisher.

>Schon aus biologischen Gründen. Sonst machen wir nach nochmals zwei Jahrzehnten Pause den sterbenden Schwan im Altersheim.<

Becker holte Carl in der weitläufigen, kostbar eingerichteten Halle vom „Waldorf" ab und begleitete ihn höflich wie einen Ehrengast ins Restaurant mit seinen unendlich hohen Decken und Stukkaturen. „Ich wohne für mein Leben gern hier, wenn ich in New York bin. So verstaubt und überholt das Haus erscheint. Es hat noch immer etwas von dem Glanz seiner ersten Jahre," erläuterte ihm Becker sein derzeitiges Domizil.

Die Ober schafften tiefere Diener als Bundeskanzler Kohl bei seinem Antrittsbesuch bei Ronald Reagan. Dienstbeflissen zogen sie die Stühle des mit einem bunten Blumenbukett geschmückten Tisches nach außen. Die Männer setzten sich fast gleichzeitig.

>Mann, muß das peinlich sein, wenn der den Stuhl nicht rechtzeitig unter deinen Hintern balanciert. Gut, daß ich den Dunkelblauen übergeworfen habe. Mit Jeans wird man in diesem Schuppen nichts.<

„Auch das," Becker schien die Gedanken seines Gastes gelesen zu haben, „geht mir direkt ins Herz. Hier kleiden sich die Leute noch ordentlich. Wenn du ins Plaza gehst, glaubst du manchmal, die Besatzung einer Bohrinsel ist eingefallen."

Beide kicherten. Es ging ab wie früher.

„Überlaß bitte mir alle Bestellungen, lieber Carl. Ich weiß, was du magst und was gut ist für mich.“

Sie starteten mit einer Flasche Roederer Crystal.

„Eine Saufnase war mein Tenor noch nie,“ erinnerte sich Carl.

„Nein, Alkohol in scharfer Form war nie mein Ding. Ich liebe weinige Getränke. Wir lassen es erst einmal beim Champagner und nehmen dazu jeder sechs Austern.“

Bis der erste Gang kam, schwelgten sie in Erinnerungen. Nichts ließ erkennen, daß ein Weltstar und ein Manager zusammenhockten. Jeder, der sie beobachtete, und das tat jeder, sah, wie zwei alte Freunde ihr Wiedersehen feierten, völlig losgelöst von ihrer Umgebung.

Die Austern kamen, gelagert auf gestoßenem Eis, umgeben von Zitronenvierteln in rauhen Mengen, dazu allerlei Gewürze.

„Nein,“ dirigierte Becker den Kellner um, der Zitrone auf eine Auster träufeln wollte, „holen Sie bitte die große Pfeffermühle. Du mußt das unbedingt probieren,“ ergänzte er zu Carl gewandt, „eine ordentliche Ladung groben Pfeffers auf die Auster. Das gibt richtig Tinte auf den Füller.“

„Weißt du denn, an wen du schreibst?“ frozzelte Carl.

„Mal ehrlich,“ die erste Auster hatte Becker bereits mit einem kräftigen Schluck Champagner weggespült, „ist das noch so wichtig?“

Carl grinste: „Ich muß zugeben, daß mein letzter Stoß eine Woche her ist. Habe seitdem nichts vermißt. Aber du kannst dir die Mädels doch aussuchen! Mit deiner Stimme und deinem Aussehen. Hast dich sehr gut herausgemacht seit unserem letzten Date. Ganz ohne Flachs.“

Becker straffte unwillkürlich seine Schultermuskeln. Mit seinen 1,84 Metern, seinem noch immer jugendlichen Gesicht, dem fast bauchfreien, sportlichen Körper und dem halblangen, dunklen Haar, das wellig auf den Hemdkragen fiel und nur wenige graue Strähnen enthielt, war er der Inbegriff des männlichen Mannes.

Seine Intelligenz wurde überall gerühmt.

„Kein Mensch kann sich heute die Mädels einfach aussuchen. Dieses Aids-Virus verbietet ganz von alleine große Groupie-Experimente. Wobei ich gerne zugebe, daß ich auch eine solche Phase mitgemacht und sehr genossen habe. Nein, nein. Heute reisen mir eine ganze Menge durchaus passabler, sehr reicher Damen von Auftritt zu Auftritt hinterher. Immer mit feuchtem Höschen. Ich lasse mich auf keine ein. Du weißt ja, nimmste eine, sind die anderen sauer. Außerdem ziehe ich mich so manches Mal viel lieber mit einem Fläschchen Rotwein zurück, am liebsten einen Brunello aus dem Jahre 1984. Den liebe ich sehr. Wir werden noch ein Fläschchen köpfen nachher."

Carl blickte seinen Freund etwas skeptisch an.

„Sollte es stimmen, daß wir Neger mehr Potenz haben als ihr Weißen?"

„Du alter Sack, mach einem erfahrenen Mann doch nichts vor. Außerdem bist du bloß Halbneger."

Beide lachten.

„Weißt du übrigens, daß mir nicht nur Frauen hinterherlaufen?"

„Bist du etwa Bi?"

Carl war echt erschrocken über diese Offenheit.

„Nö, mein Junge, Männerfleisch wäre das Letzte. Nein, ich habe die Tage gelesen, daß zwei deutsche Fußballtrainer, ziemlich bekannte Leute, öffentlich behaupten, ich sei ihr Freund. Nur weil ich ihnen mal erzählt habe, daß ich ein großer Fußballfan bin."

Carl setzte sein listigstes Grinsen auf.

„Ich habe da einen Vorschlag für einen neuen Geschäftszweig. Drück jedem, der von sich behaupten möchte, dein Freund zu sein, gegen 100 000 Dollar einen Freundschaftszertifikat auf den Arsch. Ein schönes Tattoo.“

„Tolle Idee. Ich merke schon, ich nutze meine Chancen nicht genug. Muß ich mit meinem Anlageberater besprechen. Aber im Ernst, die wollen doch alle bloß mit mir renommieren. Ich kenne das nicht anders. In meinem Leben gibt es keine Freundschaft, die nach unserer Offenbacher Zeit entstanden ist. Das kann es in einem so öffentlichen Leben wie meinem nicht geben. Aber wem erzähle ich das! Wir arbeiten ja beide im Showgeschäft.“

Als Hauptgang servierten die Kellner zwei gewaltige T-Bone-Steaks. Carls Augen gingen über. „Mann, das ist ja wie in unseren guten Anfangszeiten. Da haben wir uns vom ersten großen Gagensegen für deine Musik auch so ein mächtiges Ding geleistet. Was waren wir hungrig damals!“

„Jetzt sind wir zwar nicht hungrig, dafür aber appetitlich. Guten Appetit. Ich bin richtig glücklich, dich bei mir zu haben. Das machen wir jetzt häufiger. In meinem Leben,“ Becker kaute bereits, „ist es manchmal etwas einsam. Außerdem habe ich keine Lust, mich immer nur mit Dummköpfen umgeben zu müssen, wie das in meinem Geschäft leider keine Seltenheit ist.“

Sie aßen in Ruhe zu Ende, leerten dabei einen formidablen Chateau de Pez aus dem Jahr 1985 und vergaßen die Szenerie um sich herum. Sie waren wieder in dem Steakhaus in Hamburg, nachdem die erste Gage für das „Mädchen mit dem Pferd“ geflossen war. Damals hatten sie sich geschworen, immer Freunde zu bleiben, sich gegenseitig nie übers Ohr zu hauen, alles füreinander zu tun und niemals zu vergessen, wo sie hergekommen waren.

Fürs Showgeschäft Grundsätze, von denen sich nach Lage der Dinge nicht einer einhalten ließ. Sie hatten es trotzdem geschafft. Die Augen der beiden Männer glänzten feucht.

Es war Freude, es waren aber auch Tränen der Rührseligkeit, des Glücks.

„Nun mal ehrlich, Ingolf. Irgendein Mädel muß dich doch trotz Aids in schöne Träume bringen."

„Du hast ja recht. Meine Managerin ist eine reinrassige Italienerin. Du hast sie bestimmt schon auf Fotos gesehen. Franca Casiraghi heißt sie. Nicht verwandt und verschwägert mit dem leider tödlich verunglückten Gatten von Prinzessin Caroline."

„Die Prinzessin wäre doch für dich das Richtige. Hast du nie an so etwas gedacht? Ein Kerl mit deinem Namen kann sich doch so eine Nummer leisten."

„Carl, hast du vergessen, worauf sich mein Leben aufbaut? Ich verachte alle diese Möchtegern-Wichtigen dieser Erde. Ich benutze sie, weil sie meine Stimme bezahlen, mir ein völlig unbeschwertes Leben ermöglichen. Du hast doch bestimmt gemerkt, daß ich in den vergangenen zwei, drei Jahren sehr viel tue, um meine Musik, meine Stimme, dieses Geschenk Gottes, möglichst allen Menschen zu preiswerten Bedingungen zugänglich zu machen. Das soll noch mehr werden. Ich komme mit Franca gut zurecht. Sie kennt meine Wünsche, überfordert mich nicht mit Verträgen, die mir gegen den Strich gehen und sorgt dafür, daß meine Finanzen ordentlich verwaltet werden. In all diesen Dingen bin ich der Trottel von damals geblieben."

Becker ereiferte sich richtig.

Carl freute sich, daß sein Freund die Füße am Boden hielt. Damals schon hatten sie sich gesagt: Immer hübsch den Ball flach halten.

„So, nun habe ich aber allerhand über mich erzählt. Von dir weiß ich nur, daß du dich in der Modeszene herumtreibst. Und da laufen doch noch mehr tolle Weiber rum als in meinem Leben. Was fällt dir also ein, mich einzukreisen. Steckst du ihn bei der kleinen Harrington rein?“

„Lieber Ingolf, ich bin der Manager der jungen Dame. Und ich darf dir berichten, daß ich sie auf dieselben Grundlagen gestellt habe wie damals dich. Zeitweise mit deiner Hilfe, wie du dich sicher erinnerst. Du wirst dich wundern, wie bodenständig die Ansichten dieser Schönheit sind. Ihr werdet euch mögen.“

„Nun bin ich aber gespannt. Von dieser Szene habe ich naturgemäß überhaupt keine Ahnung. Ich denke immer nur, das sind schöne Larven ohne Inhalt. Wie hießen doch diese Puppen, die es auf der ganzen Welt gibt?“

„Barbie.“

„Richtig, lauter Barbies. Alle nett anzusehen, will ich nicht leugnen. Aber Lichtjahre von meinem Leben entfernt. Trotzdem lasse ich mich jederzeit vom Gegenteil überzeugen. Du weißt ja, man wird alt wie ne Kuh, und lernen tut man immer noch dazu. An diesem Gedicht hätte Rilke wohl keine Freude.“

Becker schenkte den Rest des Weins aus. So wie er es sich den ganzen Abend nicht nehmen ließ, die Getränke selbst zu dosieren, indem er diensteifrige Kellner, die ihm die Arbeit abnehmen wollten, mehrfach abwies.

Er erwies dem Freund die Ehre.

„Erzähl mir noch ein bißchen von deiner Schutzbefohlenen. Wie hast du diesen Fisch wirklich an Land gezogen? Mehr als die eine oder andere Vermittlung habe ich doch nicht beigetragen. Übrigens, sie ist die schönste Frau, die je ein Männerauge geschaut hat. Aus der würde Verdi auf der Stelle eine Oper machen.“

Carl erzählte lückenlos seinen Südafrikatrip vor mehr als vier Jahren.

Becker staunte nicht schlecht: „Als Schwarzer, Entschuldigung, Halbschwarzer, hast du im schwarzenfeindlichen

Südafrika von damals aber ganz schön zugelangt. Die hätten dich glatt massakrieren können wegen unbotmäßigen Verhaltens. Die haben doch schon Schwarze verprügelt, die sie in einer Weißenkirche angetroffen haben, weil sie sie verdächtigten, dort zu beten. Aufgehört haben sie erst, als die erfuhren, daß diese Schwarzen die Kirche bloß gereinigt haben. Ich habe immer strikt Engagements dort abgelehnt, auch, als Barnard mich inständig darum bat. Nix für mich."

Carl fühlte wieder diese Gänsehaut, die ihn immer überkam, wenn er sich seinen unbekümmerten Wagemut von damals vor Augen führte.

Jetzt wieder.

„Nun gut, mit dem Wissen von heute würde ich das auch nicht mehr tun. Aber nun ist in Südafrika sowieso alles anders. Ein Glück. Und Lisa und ihr Brilli-Gatte und auch die Harringtons leben nach wie vor in großem Reichtum."

Er prostete seinem Freund zu, schüttelte den Wein und hielt die Nase tief ins Glas.

Seine Augen glänzten.

„Na gut, nachdem ich der Familie Harrington einen detaillierten Plan für Marthas Auftritt auf der Weltbühne schriftlich vorgelegt hatte, bekam das Mädchenn die Familiensalbung. Nicht lange danach hat sie mir auf einem Flug von Frankfurt nach New York gebeichtet, daß keiner in der Familie sie an der Model-Karrriere hätte hindern können, weil sie selbst schon daran gedacht hatte, bevor ich kam. Ich liebe Menschen, die schlauer sind als ich."

„Sag einmal, ich habe da neulich irgendwo gelesen, daß sie gern zum Film möchte und die Jungs sie nicht lassen. Du siehst, ich interessiere mich hin und wieder doch für Klatsch und Tratsch. Man kann im Flugzeug schließlich nicht andauernd der Stewardeß auf den Hintern schauen. So schön wie früher sind die sowieso nicht mehr. Selbst in der ersten Klasse nicht."

Carl entschloß sich zur völligen Offenheit.

„Ingolf, es ist nicht nur, was du da gelesen hat. In den vergangenen Monaten ist sie durch ein ziemliches Tal gegangen, und in einem Punkt kannst du mir vielleicht helfen."

„Schieß los, aber laß nichts aus, mein Freund. Die ganze Geschichte. Ich bin neugierig, wie alle Spätarbeiter noch hellwach und voller Lust auf Neuigkeiten und noch einen schönen Brunello. Herr Ober!"

Carl schilderte ihm die ganze Deutschlandstory mitsamt der Liebesaffäre.

„Warum schießt sie den Kerl nicht in den Wind?" fragte sich nicht nur Becker.

„Sie liebt ihn. Muß ein guter Lover sein und was sonst noch zur Liebe gehört. Ich selbst bin der Liebe nie begegnet, deshalb spreche ich wie der Eunuch vom Vögeln."

„Nun gut, mit seinen Gefühlen muß jeder selbst zurecht kommen," räumte Becker ein, „aber was könnte ich tun?"

„Sie ist ein großes schauspielerisches Talent. So in Richtung Rita Hayworth. Im Medium noch unverbraucht. Völlig frei von jedem Interesse für Nacktszenen. Das sind Voraussetzungen, mit denen man einen neuen Star für eine neue Zeit machen kann. Unsere Zeit läuft so oder so ab. Die neue Generation will und muß neue Akzente setzen. So war es mit uns doch auch."

„Also, fangen wir mal mit Deutschland an. Da empfehle ich dir, dich mit Lutz Thasen in Verbindung zu setzen. Du weißt schon, dem Inhaber vom ‚Liberté' in Offenbach. Der muß jetzt so um die 60 sein. Schon damals hatte der Bombenconnections. Fahr mal in die Offenbacher Gegend. Thasen haust da bestimmt noch. Sonst mußt du ein wenig Detektiv spielen."

Carl stimmte zu.

„Ich fliege sobald wie möglich nach Deutschland. Kein Problem."

„Was die Filmsache anbelangt, da habe ich eine Idee. Einmal abgesehen davon, daß wir uns von jetzt an regelmäßig sehen - das ist ein Befehl! -, möchte ich Martha so bald wie möglich persönlich kennenlernen, um mir ein Bild zu machen. Vorher verschaffe ich dir einen Kontakt. Vorgestern in der Premiere war mein alter Bekannter Cisco de Vasco. Der steht zwar hin und wieder nochmal vor der Kamera, will sich aber auf Regie und Produktion konzentrieren. Hat er mir nach der Premiere erzählt. Ich rufe ihn morgen gegen Mittag an, wenn ich aufgestanden bin, und teile dir das Ergebnis mit. Vergiß nicht, mir deine Karte zu geben. Vielleicht könnt ihr euch in den nächsten Tagen treffen."

Das war mehr, als Carl in seinen kühnsten Träumen erhofft hatte. An Marthas nächstem Karrierestep wuchsen Hände und Füßchen.

„Und jetzt," Becker hob das neu gefüllte Weinglas und stieß es gegen das von Carl, „jetzt, mein Freund, reden wir über die angenehmen Dinge des Lebens."

Er ließ vorsichtshaber noch eine dritte Flasche Brunello öffnen, damit sie schon mal atmen konnte.

Eine der feinsten Adressen der Erde lautet: Trump-Tower, 5th Avenue, Manhattan, New York. In diesem Gebäude mit seinem Messingglanz in den Geschäftsetagen wohnten bis in den Himmel hinein berühmte Schauspieler, Industrielle und auch schwerreiche Araber, die dem amerikanischen Schutzschild in dieser Welthauptstadt mehr vertrauten als ihrer Polizei und Armee daheim.

Während des Golfkriegs waren die Riesenapartments voll belegt. Hier im kalten New York Anfang 1991 ließ es sich leichter um die Sicherheit der arabischen Brüder am heißen

Golf zittern.

Und bequemer.

Bereits zwei Jahre nach ihrem atemberaubenden Karrierestart fand es Martha Harrington an der Zeit, sich auch beim Wohnen eine eigene Grundlage zu schaffen. Der Liebe zu ihrer Familie in Südafrika tat das keinen Abbruch.

Sie genoß in vollen Zügen ihren Erfolg, und daß die Leute auf der 5th Avenue sie bestaunten wie Liz Taylor. Das alles empfand das junge Mädchen damals als aufregend. Ohne Carl wäre sie, wie so viele ihrer schönen Kolleginnen, abgehoben, hätte die Bodenhaftung verloren.

Nur allzu verständlich bei so jungen Menschen, die niemand in ihrem Drang, sich in göttlicher Höhe über dem Plebs zu bewegen, aufhielt.

Der lebens- und showerfahrene Carl wußte, wie man dieses Mädchen auf den Teppich nagelte, ohne ihm den Atem zu nehmen. So lag auch die Entscheidung, die verdienten Millionen nebst einem Millionenhäubchen von Vatern in eine Immobilie zu stecken, die Reputation und Wertzuwachs versprach, präzise auf der von Carl vorgegebenen Linie.

Martha schlug von sich aus vor: „Laß uns das Office gleich mit in dem Apartment unterbringen, und nimm du dir einen Raum für dich. Das spart Hotel und wirkt bei unserem Lotterleben wenigstens etwas heimelig. Außerdem habe ich dich dann immer in der Nähe. Ich brauche jemanden, den ich jederzeit quälen kann."

Es war einer der Scherze, wie Martha sie liebte und damit unvorbereitete Leute ziemlich schockte. Wenn ihr so ein Ding gelang, lachte sie sich noch tagelang kringelig.

Daß beiden die amerikanische Staatsbürgerschaft fehlte, machte keine Probleme. Sie hielten sich mehr irgendwo auf der Welt auf als im Big Apple.

Wenn sie in New York war, lebte Martha ihren Lebenshunger voll aus. Sie trank wenig Alkohol, aß äußerst diszipliniert. Carl Chandler hatte sich vom deutschen Heilpraktiker Köhnlechner eine Spezialdiät für Martha zusammenstellen lassen, die ihre Eltern, immer noch auf eine gewisse Fürsorge bedacht, bei Professorr Barnard gegenchecken ließen.

Martha zog mit Freundinnen und Freunden durch die New Yorker Szene, von der die Taxifahrer sagten: „Bei uns ist nur einmal im Jahr die Straße frei. Am Neujahrsmorgen."

Carl fragte Martha nie nach ihrem Liebesleben. Als erfahrener Mann wußte er genügend Schliche, um die Sexualfrequenz herauszufinden. Nach seinen Recherchen hielt sie sich äußerst bis ganz zurück.

Einmal erst, so nach 14 Monaten Zusammenarbeit, fanden sie die Ebene, um dieses Thema zu diskutieren.

Sie saßen auf der Terrasse des exklusiven Hotels Villa D'Este am Comer See in Norditalien.

„Martha, laß es mich mal direkt ansprechen. Bist du noch Jungfrau?"

Die gerade 19jährige kicherte und blickte ihn mit ihren schönen grünen Augen intensiv an. Mit diesem Blick erreichte sie bei jedem Menschen ohne Umwege den Lebenskern.

„Carl, willst du mich verführen?"

„Ich bin bloß dein Manager. Mehr soll es niemals werden. Außerdem könnte ich dein Vater sein."

„Vater liebe ich aber sehr. Junge Männer geben mir nichts."

Carl rutschte etwas nervös auf seinem Laura-Ashley-gepolsterten Rattansessel hin und her.

War er zu weit gegangen, zu sehr nach vorne geprescht?

„Martha, jetzt mal im Ernst. Als dein Manager habe ich nur deine Geschäfte zu regeln. Zu deiner Art von Geschäft gehört aber leider auch das Privatleben. Du merkst ja selber, daß die Presse sich mehr und mehr darum kümmert. Irgendwann wird so ein Journalist auch nach deinem Privatleben fragen. Dafür werden wir uns bei Gelegenheit eine gute Antwort einfallen lassen. Damit die Antwort nicht aus Versehen zu nahe an der Wahrheit liegt, muß ich die Wahrheit eben kennen. So einfach ist das."

„Carl, ich habe Riesenangst vor Aids. Ich hatte in Durban eine Erfahrung mit einem jungen Mann aus gutem Haus, wie wir in unserer Klasse so sagen."

Sie liebte es, sich und ihre Herkunft durch den Kakao zu ziehen.

„Mehr nicht? Dann bist du ja praktisch doch noch Jungfrau!"

„Die erste Erfahrung war langweilig. Wir haben es danach noch ein paarmal versucht. Für mich blieb es langweilig. Seitdem glaube ich, daß ich zu den Frauen gehöre, die dafür nicht geschaffen sind."

„Wie sollen wir dich dann zur Sexgöttin am Ausgang des zweiten Jahrtausends aufbauen?" frozzelte Carl.

„Nun, spielen kann ich es erstklassig. Soll ich anfangen?"

Sie stieß tatsächlich ein paar Seufzer aus, die Theresa Orlowski so niemals hätte synchronisieren können.

Carl lief unter seiner dunklen Haut rot an, drehte sich um und prustete los. Niemand hatte sie gehört.

„Gut, der Regisseur von 'Basic Instinct' gibt dir eine Eins."

„Sharon Stone ist doch schon über 30. Die muß solche Rollen spielen. Das will ich niemals, Carl, niemals. Hast du mich verstanden? Auch keine Nacktfotos."

„Ich bin stolz wie ein Vater auf sein kleines Mädchen. Mach dich niemals zum Aschenbecher für die Kerle, schon gar nicht, wenn du sowieso nichts davon hast. Du weißt ja, ein Flirt geht immer bis zur Bettkante. Mach die Brüder heiß, wild, geil. Aber laß sie am Schluß hängen. Mehr sind sie sowieso nicht wert. Bin ja selbst einer."

Dieses Gespräch fiel Carl bei seinem obligatorischen Gang über die 5th Avenue ein.

Immer, wenn er in New York war, ob ein, zwei Tage oder ein paar Wochen, morgens nach dem Rasieren und einer erfrischenden Dusche zog es ihn in ein kleines italienisches Cafe um die Ecke, wo Bruno ihn freudig begrüßte, einen Redefluß aus amerikanisch und italienisch abließ und schließlich einen Tisch am Fenster zurechtrückte. Ohne auch nur ein Wort der Bestellung, lieferte ihm Bruno ein Frühstück mit Weißbrot, Brateiern, italienischem Aufschnitt und etwas Mozarella auf Tomaten mit Basilikum.

Bruno beklagte jedesmal, daß der einzig wirklich gute Mozarella aus der Gegend von Modena komme.

„Italiener in Amerika machen bloß amerikanischen Mozarella,“ faßte er stets seine Früharie zusammen.

Das Treffen mit Ingolf Becker hatte sich ziemlich in die Länge gezogen. Die dritte Flasche Brunello auch. Trotzdem fühlte sich Carl leicht und beschwingt.

Im Büro wartete bereits Lucille, eine dunkelhäutige Schönheit aus der Bronx, mit einem wahren Papierberg auf ihn.

„Carl, gut, daß du endlich kommst. In den vergangenen Tagen hat sich mächtig was angesammelt. Post und Faxe liegen auf deinem Schreibtisch. Obendrauf findest du eine Liste mit den Leuten, die du zurückrufen sollst.“

Das Büro bestand aus zwei jeweils 20 Quadratmeter großen Räumen. Aus seinem blickte Carl auf den Central Park. Er spürte, wie sein Dynamo anlief, seine Vitalität dem ersten Höhepunkt entgegenstrebte.

Zuallererst aber wählte er die Nummer in Durban. Bridget Harrington meldete sich schon nach dem zweiten Klingeln.

„Hallo, hier ist Carl Chandler. Ich soll Ihnen von Martha herzliche Grüße ausrichten. Sie hat eine tolle Fotosession auf den Malediven. Ist ja nicht so weit von Ihnen."

„Ein paar tausend Kilometer schon."

„Was ist das für unsere Martha? Ich habe schon gecheckt. Sie fliegt über Colombo und Pretoria zu Ihnen. Wird so in zwei Wochen sein. Dann hat sie etwas Zeit für die Familie, bevor sie auf Welttournee geht."

„Wir machen uns trotzdem Sorgen. In der Zeitung stehen so seltsame Berichte aus Deutschland. Da soll sie bei Dreharbeiten massive Fehler gemacht haben."

„Mrs. Harrington, immer langsam mit die jungen Pferde. Im Showgeschäft ist nichts so wie es scheint. Da versuchen ein paar Leute, sich mit Marthas Namen eine goldene Nase zu verdienen. Ich gehe der Sache ab nächste Woche nach. Die bösen Buben werden bluten, verlassen Sie sich darauf."

„Haben Sie deshalb angerufen? Um mich zu beruhigen?"

„Mrs. Harrington, ich verehre Sie. Sie sind ein wertvoller Mensch. Grüßen sie bitte Ihre Familie. Bis bald."

>Das war keine Sekunde zu früh. Diese Scheißer in Deutschland machen alle Leute verrückt. Trotzdem lassen wir sie noch etwas weiterwerkeln, die Provinzartisten. Den letzten Schuß gebe ich ab.

Verlaßt euch drauf.<

Carl lehnte sich in seinem Bürostuhl zurück und las systematisch die Post durch. Die meisten Faxe kamen von Firmen, einige von Privatleuten, die Martha für ihre Parties und Verkaufspräsentationen anheuern oder einfach nur auf Parties mit ihr renommieren wollten. Gegen dicke Kasse.

>Solche Geschäfte überlassen wir anderen Models. Martha wird nicht rumgereicht, bis die Haut an der rechten Hand ausdünnt.<

Der Vertrag mit der Kosmetikfirma für die Parfumpräsentation mußte in einigen Passagen abgeändert werden. Er diktierte Lucille den Brief und hakte den Vorgang fürs erste ab.

„Carl, da ist ein Gespräch für dich," meldete sich Lucille am frühen Nachmittag.

Ingolf Beckers wohlklingende Stimme drang in Carls Ohr.

„Ingolf, selbst wenn du sprichst, singst du. War das damals auch schon so? Ich erinnere mich nicht mehr richtig."

„Das bin ich meinen Fans schuldig. Und du stehst auf der Liste. Wie geht es deinem Kopf?"

„Mir geht es gut wie lange nicht mehr. War ein großartiger Abend. Ich werde es von jetzt an so einrichten, daß ich unsere Pläne wenigstens zweimal im Jahr mit deinen abstimme, und wir uns dann richtig ausquatschen können. Wir haben erst einen Tag abgehakt. Alle anderen müssen auch noch besprochen werden. Vor allem deine Groupie-Zeit. Das interessiert mich im Detail."

Beide lachten.

„So, Carl, nun zu deinem Auftrag, den ich pflichtgemäß erledigt habe. Cisco de Vasco will gerne mit dir sprechen. Wie ich dir gesagt habe, zieht er sich mehr und mehr aus der Schauspielerei zurück. Derzeit bereitet er eine Produktion vor mit einer sehr schönen Frauenrolle. Ich habe ihm Martha Harrington nahegelegt und scheine auf sein Interesse gestoßen zu sein.

Und ich habe ihn ausdrücklich ermahnt, die Finger von ihrem Körper zu lassen. Der Kerl legt mit seinen 58 Jahren noch jede 20jährige Schönheit um. Zur Zeit bedient er sich bei einem anderen Topmodel, die aber für Film nicht in Frage kommt. Hat er mir ausdrücklich gesagt. Alles in allem steht seine Tür für euch sperrangelweit offen. Den Rest müßt ihr selber machen. Ich gebe dir eben noch seine private Telefonnummer. Ruf ihn sofort an. Er wartet auf dich. So, jetzt aber Schluß mit dem Reden. Ich muß mich einsingen."

„Das tust du noch! Bei deiner Erfahrung!"

„Jeder hat seine Methode. Normalerweise singe ich jeden

Tag die Stimme frei. Wenn ich abends Vorstellung habe, spreche ich bis zum Auftritt nicht mehr. Das ist ein Geheimnis und wird mit dem nächsten Piepston gelöscht. Carl, halt mich auf dem laufenden. Bis bald."

Das war weit mehr, als Carl erwartet hatte, obwohl ihm am Popometer etwas warnte. Noch immer glaubte er, daß ein Filmstart für Martha ein, zwei Jahre hinausgezögert werden sollte. Sie war menschlich noch nicht zu voller Reife aufgeblüht.

„Ja. Hallo."

Carl erkannte die weltberühmte rauhe, tiefe Stimme sofort.

„Mr. de Vasco, hier spricht Carl Chandler. Unser gemeinsamer Freund Ingolf Becker hat eben mit Ihnen gesprochen."

„Ja, Ingolf. Der Kerl hat eine Stimme! Schade, daß in Filmen immer nur gequatscht wird. Man sollte ein neues Genre erfinden, nur für Ingolfs Stimme. Alle Dialoge gesungen. So, unser Freund hat mir erzählt, daß Sie der Manager von Martha Harrington sind. Wie ist sie im Bett?"

Das riß sogar Carl vom Hocker.

„Ich bin bloß der Manager. Ihr Liebesleben geht mich nichts an."

„Na, ja, Ingolf hat mich ermahnt, die Hände von dem Mädchen zu lassen. Ich werde mich daran halten. Trotzdem, sie ist das Schönste, was rumläuft. Oder brauche ich eine Brille?"

„Sie haben recht."

„Also machen wir's kurz. Ich arbeite an einem Film über einen alternden Mafiaboß, dessen Frau stirbt, und der sich in eine junge Anwältin in der Kanzlei verliebt, die ihn seit Jahrzehnten vertritt. Das Mädchen kommt mit Einser-Abschluß und hehren Vorstellungen von Recht und Ordnung von Harvard und soll auf die Welt der Gerichte losgelassen werden. Am Drehbuch arbeiten wir noch. Wir stellen gerade die Finanzierung auf die Beine. Gedreht wird aus Kostengründen in Deutschland, bei der Bavaria in München."

„Wann geht es los?"

„Nun, das hat noch ein paar Monate Zeit. Ich schätze etwa im Herbst nächsten Jahres fangen die Dreharbeiten an."

„Könnten Sie sich Martha in dem Film vorstellen."

„Das habe ich schon zu Ingolf gesagt. Ich habe gesagt, Ingolf, das Mädchen könnte die Richtige sein. Bisher hat bloß noch keiner an sie gedacht."

„Mit anderen Worten, die Rolle ist unbesetzt."

„So ist es."

„Wie wollen wir weiter verfahren? Wir haben natürlich auch eine Menge Vertragspflichten."

„Wer hat die nicht? Also machen wir es kurz. In den nächsten drei bis fünf Monaten habe ich ein rundes Bild. Dieser Film steht derzeit bei mir absolut im Vordergrund. Wenn ich soweit bin, brauche ich Probeaufnahmen. Nicht irgendwelche. Bei mir geht es direkt zur Sache. Wir machen einen Termin, einen Drehort, und ich schicke Ihnen das passende Stück Drehbuch. Mehr nicht. Und tut mir einen Gefallen. Schickt das Mädchen nicht plötzlich auf die Schauspielschule oder holt einen großen Schauspieler in euer Wohnzimmer. Wenn ich sie will, dann so wie sie ist. Ich werde sie noch ein wenig aus der Ferne beobachten."

„Gut, ich geben Ihnen eine Nummer, unter der Sie mich immer erreichen können."

„Ich notiere. Und noch etwas. Unser Gespräch von heute ist Topsecret. Cosmic, wie wir NATO-Artisten sagen. Wenn ich irgendwo auch nur ein Wort lese, brechen wir unsere Beziehungen ab und ich schicke mein Erschießungskommando. Die Reihenfolge bestimmen Sie."

„Nein, nein Mr. de Vasco..." „...sagen Sie Cisco." „...gut, Cisco, wir halten still. Wir sind gerade in Deutschland ziemlich reingelegt worden.“

„Ich habe es gelesen. Die Zeitungen schreiben sowieso nur Schweinescheiße. Nicht drum kümmern. Und wenn es sein muß, schickt denen ein Erschießungskommando. Ich mach' das immer so. Frag den Friedhofswärter in Brooklyn.“

Carl überlegte, ob er Martha anrufen sollte. Eine innere Stimme riet ihm ab.

Er wandte sich den Tagesgeschäften zu.

Zwei Tage später saß Carl im Lufthansa-Airbus von New York nach Frankfurt. Er hatte bewußt einen Nachtflug gewählt. Nichts war mit dieser gedämpften Stimmung in der ersten Klasse zu vergleichen, wenn nach einem guten Abendessen, zwei, drei Döschen Kaviar, Champagner und einem eiskalten Wodka um ihn herum die Nachtruhe begann.

Die meisten Mitflieger drückten ihre schweren Sessel auf Schlafposition und schlossen die Augen, während Carl einen wundervollen Wachzustand erlebte. Er genoß den obligatorischen Film, die besondere Aufmerksamkeit der Stewardeß, ließ sich Champagner nachschenken und hing seinen Gedanken nach.

An Bord waren ihm schon viele kreative Ideen gekommen.

Wegen des Zeitunterschieds traf er Frankfurt mitten im Geschäftsleben. Auf solchen Reisen beschränkte er sein Gepäck auf einen Koffer und einen kleinen Kleidersack. Für das, was er vorhatte, brauchte er so gut wie keine offizielle Kleidung.

Nach den Paß- und Gepäckformalitäten rückte er aus der VIP-Rolle auf den Flughäfen und an Bord ins normale Alltagsleben zurück. Das machte einem Mann wie ihm nichts aus. Er konnte es hoch wie niedrig, paßte sich mühelos jeder Situation an.

>Carl, das Chamäleon. Mimikry in jeder Lebenslage. Nur

die Hautfarbe bleibt immer.<

Das kühle, regnerische Herbstwetter ging ihm ein wenig auf die Eier. Er wußte, daß er einige Tage brauchen würde, um sich daran zu gewöhnen.

Am Avisschalter fragte er nach einigen Autotypen und entschied sich für einen silbergrauen Mercedes C 220 mit 150 PS. Er freute sich schon auf die Autobahnen ohne Geschwindigkeitsbeschränkung. Als er sich in Richtung Offenbach auf den Weg machte, fielen ihm viele andere silberfarbene Autos auf.

>Sieht aus wie lauter Silberfische. Wo ist das Paral?<

In Offenbach erkannte er alles wieder, so wie er nichts mehr erkannte. Die Stadt kam ihm vertraut vor, in den gut 15 Jahren seit seinem stillen Abgang war jedoch viel neu- und umgebaut worden.

>Diese fleißigen Deutschen. Paßt nur auf, bald geht es euch im Westen schlechter als euren Neubürgern im Osten.<

Die Straßennamen waren auf seiner Festplatte gelöscht. Er folgte seinem Gefühl und stand bald vor dem chinesischen Restaurant „Haus Tu", das einmal der glorreiche Tanzschuppen „La Liberté" gewesen war.

Sie hatten beim Start von Ingolf Beckers Karriere diese Station in der Öffentlichkeit bewußt ausgelassen, weil sie nicht mit der Halb- und Unterwelt in Verbindung gebracht werden wollten, was sich als gute Idee erwies.

Chinesen leben und arbeiten in riesigen Familienclans. Deshalb brauchen ihre Restaurants keine Ruhetage.

Auch heute war geöffnet, und Carl murmelte vor sich hin: „Das ist der erste Schritt auf dem Weg zu Marthas Rache."

Er fragte nach dem Geschäftsführer. Ein unterwürfig lächelnder Kellner in schwarzer Hose und weißem Oberhemd brachte ihn zu einem ebenso grinsenden Mann in dunkelgrauem Anzug.

„Ich bin Carl Chandler, lebe in Amerika und kannte hier

vor gut 15 Jahren das Geschäft, das hier untergebracht war. ‚La Liberté'. Sagt Ihnen das was?"

Der freundliche Chinese schüttelte ebenso freundlich den Kopf, was in China „ja" heißt.

Der Mann war eindeutig assimiliert.

Er schüttelte den Kopf auf deutsch.

„Nein, daran kann ich mich nicht erinnern. Wir sind seit drei Jahren hier. Davor war es ein deutsches Lokal. Der Wirt ist gestorben."

Carl verabschiedete sich, enttäuscht, weil sich so gar keine Nostalgie einstellen wollte.

Vorher ließ er sich noch das örtliche Telefonbuch geben und rief beim Ordungsamt an. Zu seiner Überraschung bekam er nach zweimal Durchstellen den richtigen Mann an die Strippe.

„Herr Chandler, Sie müssen aber selber herkommen, sich ausweisen. Dann schauen wir in den Akten nach. Ich bin sicher, daß ich Ihnen helfen kann."

„Soll ich gleich losfahren?"

„Nein, geht nicht. Wir schließen jetzt den Publikumsverkehr. Kommen Sie morgen zwischen acht und 14 Uhr. Ich heiße Ludewig, Zimmer 34 im ersten Stock."

Chandler verbrachte die Nacht in einem kleinen Gasthof in der Nähe von Offenbach, den er noch aus alten Zeiten kannte. Dahin hatte er sich manchmal mit einem Mädel verdrückt, wenn es pressierte.

Nach seiner Erinnerung war dieses sogar Lisas Entjungferungstempel.

>Oder war schon vorher einer an ihr dran? Egal. Das Gedächtnis läßt eben schon etwas nach, mein Kerlchen.<

Nach einem ordentlichen altdeutschen Frühstück mit Brötchen, Rührei und Leberwurst setzte er sich wieder nach Offenbach in Bewegung. Gegen 10 Uhr klopfte er im

Ordungsamt an das Zimmer mit der Nummer 34.

„Herrrein," schallte es ihm entgegen.

Carl öffnete die Tür und ließ erst den Kopf sehen.

„Sie sind Herr Chandler," empfing ihn der Beamte Ludewig, als sei ihm bereits seit ihrem Telefonat Hautfarbe und Aussehen des Antragstellers klar.

Carl machte sich seinen Reim.

>Der hat einfach meine Akte gezogen, weiß schon alles über mich.<

„Herr Ludewig," Chandler saß auf einem einfachen Holzstuhl neben Ludewigs Schreibtisch und blickte auf hunderte sorgfältig verstauter Akten, „ich suche einen Freund. So, wie ich es Ihnen ja bereits gestern angekündigt habe. Er heißt Lutz Thasen. Bis vor 15 Jahren gehörte ihm das Tanzlokal ‚La Liberté'. Danach bin ich von Deutschland weggegangen und habe ihn aus den Augen verloren. Natürlich habe ich nicht erwartet, das Lokal in der alten Form anzutreffen, aber doch gehofft, von den neuen Besitzern wenigstens einen Hinweis zu erhalten."

Ludewig klopfte auf eine Akte auf seinem Schreibtisch.

„Der Mensch vergißt, eine deutsche Behörde nicht, Herr Chandler. Niemals. Ich bin gleich gestern für Sie tätig geworden. Alte Freunde müssen sich doch auch mal wiedersehen. Und Sie sollten den besten Eindruck von Deutschland mit in die Welt nehmen."

Ludewig unterbrach seinen Redefluß, sein Gesicht nahm einen mißtrauischen Ausdruck an.

„Oder suchen Sie Herrn Thasen, weil er Ihnen Geld schuldet? Dann darf ich natürlich keine Auskunft geben."

„Ich bewundere Ihre Umsicht und kann Sie beruhigen. Der alte Gauner wird sich wirklich freuen, wenn er mich wiedersieht. Lebt er überhaupt noch?"

„Nach meiner Aktenlage lebt er dort, wo viele Deutsche

gerne ihren Urlaub verbringen, vor allem in diesem besonders schönen Sommer."

„In Bayern," riet Chandler.

„Falsche Richtung, kalt, ganz kalt," lenkte der Beamte Chandler auf eine andere Fährte.

„Mallorca."

„Nach Norden, Herr Chandler, nach Norden."

„Dann wohnt er an der Küste! Stimmt überhaupt, Seeluft mochte er schon immer. Spannen Sie mich nicht zu sehr auf die Folter."

„Er hat sich in Offenbach abgemeldet vor, ...Moment...., vor zehn Jahren. Die letzte Adresse, die ich in meiner Akte habe, lautet: Lutz Thasen, Kaiserstraße, Norderney."

„Das liegt ja in Ostfriesland," entfuhr es Chandler.

„Der Geographielehrer gibt dem Herrn eine Eins. Habe ich Ihnen dienen können?"

„Ja, sehr. Wie kann ich Ihnen dienen?"

„Indem Sie mit diesem Zettel an die Kasse im Erdgeschoß gehen und 52,34 Mark Gebühr bezahlen und mich in guter Erinnerung behalten, wenn Sie mal auf deutsche Beamte schimpfen. Schönen Tag noch und guten Erfolg."

Chandler entschloß sich, sofort in Richtung Norden abzudüsen. Es drängte ihn, endlich mal wieder schneller als 60 Meilen zu fahren.

Je weiter er nach Norden vordrang, desto mehr dünnte sich der Verkehr aus. Immer wieder erstaunten ihn Geschwindigkeitsbeschränkungen.

War wohl nichts mehr mit „Freie Fahrt für freie Bürger".

In den Kasseler Bergen mußte er zeitweise auf 100 km/h runtergehen. Dafür ging es ab Seesen flotter und auf dem dreispurigen Ausbau bei Hildesheim gelang es ihm, auf der linken Spur voll durchzutreten. Nur vier Stunden nach dem

Adieu bei Ludewig schoß Chandler am Rasthaus Allertal vorbei.

Zu spät bemerkte er, daß die Benzinuhr bereits rot leuchtete. So blieb ihm nicht übrig, als die Abfahrt Westenholz zu nutzen und eine Tankstelle zu suchen. Dort kaufte er gleich ein paar Zeitungen und tunkte an der Imbißbude auf dem angrenzenden Parkplatz zwei Bratwürstchen in Currysoße.

Bis jetzt war die Sache gut gelaufen.

Auf der Bremer Autobahn beschloß er, seine Reise in Ostburg zu unterbrechen. Thasen konnte noch etwas warten. Er wußte sowieso nichts vom bevorstehenden Wiedersehen.

Carl steuerte den nächsten Parkplatz an und entfaltete auf dem Beifahrersitz seine Straßenkarte. Der Weg nach Ostburg war nicht schwer zu merken, ein Tankstop auf dem Weg unnötig.

>Ich komme inkognito und gucke mir mal ein bißchen die Gegend an. Auch den Italiener, von dem Martha so schwärmt.<

Glücklicherweise erwies sich die Tiefdruck-Wetterlage als nicht so niederschmetternd, wie es die Wetterfrösche am Abend zuvor in der Tagesschau angekündigt hatten. Bis Ostburg fiel kein Regen. Als Chandler in das Städtchen einlief, war es bereits dunkel. Auf dem Hinweisschildern entdeckte Carl die Anzeige „Hotel Ostburger Hof“.

>Den nehme ich. Bestimmt so ein Vertreterhotel mit Klo auf der Etage. Dann pisse ich eben wie früher ins Waschbecken.<

Nach all den Luxushotels im Dienste von Martha Harrington freute er sich richtig auf eine einfache Unterkunft, so wie die bei Offenbach vergangene Nacht.

Desto stärker überraschte ihn der hellerleuchtete Neubau mit seiner breiten Auffahrt.

>Kann man in so einem Kaff mit dieser Investition auf sein

Geld kommen? Erstaunlich.<

Die Hotelhalle wirkte ein wenig eng, die Rezeption regelrecht eingeklemmt. Dafür empfing ihn ein freundlich lächelndes Gesicht, das zu einer adretten, jungen Frau gehörte.

„Was kann ich für Sie tun?"

„Ich brauche für zwei, vielleicht drei Nächte ein schönes, ruhiges Zimmer und Unterkunft für mein Auto."

„Wir können mit beidem dienen."

Durch die kleine Halle schritt mit wichtigem Gesicht, das Handy am Ohr und immer wieder „ja, ja" von sich stoßend, ein mittelgroßer Mann.

„Ihr Chef?"

„Getroffen. So, Herr..... ?"

„Ich bin Carl Chandler. Ja, der Nachname wie der große Cowboyheld Jeff Chandler."

Sie blickte ihn zweifelnd an.

„Natürlich, seine Filme kennt Ihre Generation nicht mehr. War so ein großer, gutaussehender Mann mit grauen Haaren. Also so einer wie ich. Nur, daß er als Weißer am Tag geboren wurde und ich bei Nacht."

Jetzt lachte sie.

„Ich gebe Ihnen Zimmer 34, liegt zur Gartenseite im ersten Stock."

>Zimmer 34 im ersten Stock hatte ich doch heute schon bei Herrn Ludewig in Offenbach. Wie sich die Bilder gleichen, könnte Ingolf jetzt singen.<

„Sehr gut. Und mein Auto?"

„Hier haben Sie einen Chip. Damit öffnen Sie die Schranke zum Parkplatz neben dem Haus. Haben Sie Gepäck?"

„Zwei Stücke."

„Gut. Erich, Erich," rief sie nach hinten in Richtung Büro.

Ein junger Mann in Kellnerkleidung tauchte auf, bekam die Order, die Koffer am Auto abzunehmen und aufs Zimmer zu bringen, das sich als recht komfortabel erwies.

Nur den Fernsehschirm fand der verwöhnte Chandler ein wenig zu klein.

Für den Abend verordnete er sich ein ordentliches Essen und anschließend einen angemessenen Kneipenbummel. Ihm war nach einem frischgezapften Bier, dazu ein, zwei eiskalte Körnchen.

>Das Leben soll ja Spaß machen.<

Die „Taverna“ im Tiefparterre der alten Patriziervilla am Rande der Ostburger Innenstadt lief langsam voll. Wie immer am Ende der allgemeinen Mittagszeit kehrten die im Saalgeschäft tätigen Werbesprecher, Ostburgs „Eierfahrer“, von ihren Touren zurück. Trotz allgemeinen Geschäftsrückgangs verdienten sie immer noch weit mehr als ein Durchschnittsarbeitnehmer.

John Deus mit seiner großen Klappe beherrschte den Küchentresen. Er erzählte den Schluß von seinem Tortelliniwitz, der aus allgemeinen Geschmacksgründen hier nicht wiedergegeben wird, aber beim Autor angefragt werden kann.

Alle brüllten vor Lachen. Auch Egidio, der mit viel Gefühl in der Tomatensoße rührte. Er war froh, daß Tortellini heute nicht auf seiner Karte standen.

Frido Kreuzer, der Prominentenfrisör von Ostburg, ließ erwartungsgemäß den Beifall seiner Haßliebe Deus nicht so stehen.

„Wenn du den nochmal erzählst, hole ich die Kalauerpolizei.“

„Das hat in diesem Buch schon ein anderer gesagt,“ konterte Deus.

Kreuzer verstand den Witz ganz und gar nicht. Deshalb verzichtete er auch demonstrativ aufs Lachen.

Auf Egidios Gesicht ging die Sonne auf.

„Rolf, Rolf Padbergo, dich habe ich aber vermißt, wo bist du die ganzen Wochen gewesen?“

„Egidio, bevor ich mit dir rede, schenkst du mir den besten Grappa ein. Hoffentlich hast du einen neuen.“

„Claro, Rolf, extra für dich eingeflogen.“

Er zauberte aus einer Ecke eine Flasche, wie man sie auch in Krankenhäusern gelegentlich im Fach für Blumenvasen findet.

„Mann, wer hat da reingepinkelt, Egidio?“

Kreuzer meldete sich zu Wort.

„Mach hier nicht die Hollywoodwelle, du Pflegefall,“ stoppte Deus seinen Nachbarn.

Padberg legte noch eine Kohle drauf: „Zur Strafe drei Tage Grappaverbot für den Frisör.“

Er strahlte einen Gruß in die Runde, zündete eine neue Zigarette an und stieß lautstark gegen Egidios dickwandiges Glas.

„Schön, daß du einen mittrinkst. Spricht für dein Vertrauen in das Produkt.“

Sie ließen das Getränk langsam über die Zunge rollen, die schwere Flüssigkeit das Zäpfchen entlanggleiten und spürten den weichen Aufprall an der Magenwand.

„So, und jetzt will ich ein paar Nudeln drehen.“

Egidio langte über die Küchenplatten zu den portionsweise zusammengerollten, noch steifen Spaghetti.

„Nicht so schnell. Gib mir erst ein bißchen heißes Pizzabrot mit Pesto, einen ordentlichen Prosecco und halte den Tisch hinten in der Mafiahöhle frei. Ich erwarte einen Kumpel.“

„Rolli,“ drehte sich Deus um, „wie laufen die Geschäfte? Wir alle vermissen dich hier.“

In seiner Stimme lag ein ehrlicher Unterton.

„Ich habe alles vorbereitet, damit ihr Halunken reich werdet. Ich meine richtig reich. Nicht nur immer die Omas bescheißen."

„Hör auf mit deinem Warenterminen! Da hört man auch viel Dreck."

„Habe ich jemals einen von euch angeschissen? Die Wahrheit! Sonst gibt's die Kugel, ihr Weicheier."

„Laß uns nicht über Geschäfte reden. Nicht hier," holte Deus geschickt die Luft aus dem Ballon. Die Stimmung drohte auf explosiv umzuspringen.

Sie bemerkten nur am Rande, daß ein dunkelhäutiger Mann mit hoher Stirn und mächtigem, graumeliertem Haarkranz die „Taverna" betrat, sich kurz umsah und auf einen Tisch an der Rückwand des Lokals zusteuerte. Noch bevor Chandler saß, hatten sie ihn bereits vergessen.

Sie flachsten und schoben sich gegenseitig die Bälle zu.

In der „Taverna" machte sich die Feierabendstimmung der „Eierfahrer" breit.

Chandler orderte bei der Bedienung einen Prosecco und die Tageskarte.

Sergio machte ihn auf die Schiefertafel an der Küchenrückwand aufmerksam: „Da stehen noch andere frische Angebote, die nicht auf der Karte sind."

Chandler bedankte sich artig und ließ die Atmosphäre auf sich einwirken.

>Ich habe in den Glückstopf gegriffen. Der große Souveräne in der Mitte muß Padberg sein.

Ja, das ist Freund Rolf Padberg.<

Sein Instinkt, der ihm so oft den richtigen Weg gewiesen hatte, schlug Kabolz.

>Das ist der Schurke im Stück. Rieche ich hundert Meilen gegen den Wind. Mal abwarten, was mein Popometer meldet.

Hoffentlich taucht auch Anselm Focke noch auf.<

Doch dem sollte er erst später begegnen.

Als hörbar die Tür aufging, drehte sich Padberg um.

>Ein mißtrauischer alter Bär. Mit allen Wassern gewaschen. Immer erst gucken, was im Rücken läuft.<

Chandler registrierte sorgfältig jede Bewegung, jeden Gesichtsausdruck von Padberg.

Am Anus rührte sich ein Kribbeln. Alarm!

Bei vielen Autorennfahrern sitzt genau an der Stelle auch der Alarmmelder. Nicht im Kopf.

Padberg begrüßte mit gebremster Freude den Mann, der den Raum betreten hatte.

Beide verzogen sich in eine hintere Ecke, wo Chandler sie nur noch mit Mühe sah.

Padberg zog eine Zigarette aus der Schachtel, zündete sie mit einem Streichholz an, das er mit dem ersten Rauch ausblies.

„Rainer, was treibt dich zu dieser Stunde zu mir. Du solltest doch um diese Zeit Kunden mit Anlagen beglücken."

Rainer Pfaff machte einen mißmutigen Eindruck.

„Noch keine Zeitung gelesen?"

„Wann denn?"

„Der Staatsanwalt hat unseren Laden hopp genommen. Der Chef sitzt in U-Haft. Sie haben ihn mit der Stahl-Acht rausgeholt. Ziemlich dramatisch."

„Haben sie dich auch am Wickel?"

„Nein, nein. Angeblich liegt eine Anzeige gegen die Firma, also die Geschäftsleitung, vor. Einer soll sich um mehrere Hunderttausend betrogen fühlen."

„Mark oder Lire?"

„Du, mir ist ganz und gar nicht nach Spaß. Laß uns eine Nudel drehen und einen ordentlichen Grappa trinken. Heute nacht penne ich hier im Hotel. Zu Hause fürchte ich, daß sie mich abholen."

„So schlimm ist es?"

„Ich bin mir keiner Schuld bewußt und habe niemanden

beschissen. Sie sagen ausdrücklich, daß sie von mir nichts wollen. Aber weiß ich, was hinter den Kulissen gelaufen ist. Das herauszufinden hatte ich doch bei der vielen Arbeit nie Zeit."

„Rainer, ich habe ein Gästezimmer. Das gehört erstmal dir. Eva wird keine Einwände haben. Ich höre mich ein bißchen um. Bloß keine Panik."

Die beiden Männer hatten vor langer Zeit versprochen, sich auch in schwierigen Situationen gegenseitig zu helfen. Padberg kam Pfaffs Notlage zupaß.

Die gute Zeit mit Anselm war ein auslaufendes Modell. Er hörte auf, dem Mann zu trauen, konnte aber nicht ganz auf ihn verzichten.

Pfaff mit seinen profunden Kenntnissen in diesem Geschäft, die er ihm von Zeit zu Zeit bereits zur Verfügung gestellt hatte, paßte ihm genau in den Kram.

Der Mittvierziger Pfaff hatte sich zu Beginn seines Berufslebens auf einem ganz anderen Trip befunden. Er strebte nach einer Seefahrerkarriere, machte in der Seefahrtschule Brake das A 6-Patent für Große Fahrt und fiel dann in das Loch des Reedereisterbens.

Auf den Weltmeeren fuhren immer weniger Schiffe unter deutscher Flagge. Dementsprechend wenig Arbeit blieb für deutsche Kapitäne. Für die Newcomer erst recht.

Mit 25 Jahren lernte er Padberg kennen, der bereits die ersten Schritte im Eiergeschäft gegangen war. Sie hielten zusammen wie Pech und Schwefel und schafften so schneller als die meisten anderen den Sprung vom Schreiber, der die Kundenaufträge entgegennahm und entsprechend wenig verdiente, zum Sprecher, dem King im Ring, der die dicken Scheine zog.

Erst als sich Padberg selbstständig machte, trennten sich ihre Wege. Pfaff nahm die Fahne aus dem Wind, um sich im Warenterminhandel zu tummeln. Auch in diesem Job machte er Mörderumsätze. Padberg war entschlossen, seinem Kumpel aus alten Tagen aus ganz eigennützigen Gründen kräftig unter die Arme zu greifen.

„Heute abend treiben wir beide ein bißchen Sport. Eva ist nicht im Hause, die Kinder sind versorgt."

„Mann, was soll ich jetzt mit Sport! Ich brauche ein paar gute Getränke."

„Meine ich doch, mein Junge. Wenn ich Sport sage, ziele ich auf einarmiges Reißen von vollen Biergläsern, du Luftpumpe."

„Hast wohl auch ein paar neue Sprüche drauf. Lernt man das im staubigen Ostburg?"

Sie aßen ihre Nudeln.

Im Abgang trafen sich für einen kurzen Augenblick die Blicke von Chandler und Padberg, auf dessen Festplatte sich das Bild von diesem Mann speicherte, ohne daß er es bewußt wahrnahm.

Dazu blieb sowieso kaum Zeit, weil er am Ausgang einem neuen Gast förmlich in die Arme fiel.

„Sternberg, Klaus Sternberg. Seit wann bist du wieder raus?"

„Seit heute früh. Ich saß in Santa Fu in Hamburg," erzählte er freimütig.

„War einfacher Betrug, wenn ich mich recht erinnere," kramte Padberg im Gedächtnis.

„Sehr einfacher. Sie hatten gar nichts gegen mich in der Hand. Habe die 15 Monate auf der linken Backe abgesessen."

„Egidio, ich muß leider los. Mein Freund ist zum Essen und Trinken eingeladen. Schreib alles auf meine Monatsrechnung."

Er kramte im Jackett, bis er eine Visitenkarte fand.

„Hier, ruf mich in den nächsten Tagen an. Vielleicht habe ich Arbeit für dich. Oder bist du versorgt?"

„Natürlich nicht. Ein Glück, daß meine Frau einen ordentlichen Job hat, sonst wäre sie glatt verhungert. Ich dachte, daß ich ins ‚Eiergeschäft' gehe. Vielleicht als Sprecher. Wie wär's bei dir?"

„Ich hab was Neues. Also, ruf an und quatsch nicht zuviel rum. Schadet nur."

Pfaff wartete bereits an der Tür. Zusammen verließen sie die „Taverna".

Chandler aß in Ruhe seine Lasagne.

>Martha hat recht. Dieser Italiener gehört nach New York. Ob der hier wohl auch Schutzgeld bezahlt?<

Er lauschte noch eine gute halbe Stunde bei Espresso und Grappa den Gesprächen, saugte die Atmosphäre auf und wußte, als er zum Hotel zurückfuhr, um sich einen Mittagsschlaf zu gönnen, daß Padberg der wahrhaft böse Bube war. Nun brauchte er noch die Beweise und die Zusammenhänge.

>Erst noch ein wenig die Gegend erkunden. Morgen rufe ich Thasen an. Hoffentlich macht er nicht Urlaub von der Urlaubsinsel. Heute abend denke ich nach, wie ich an Padberg rankomme.<

Die repräsentative Villa des Bauunternehmers Kreuz in der Beethovenstraße im vornehmsten Quartier Ostburgs war hell erleuchtet. Vier eigens für diesen Abend engagierte Kellner wuselten um die Gästeschar. Ingevelde hatte beim letzten Checkup persönlich überprüft, ob auch tatsächlich alle Lichtquellen in der geräumigen Villa brannten.

Eigens für diesen Tag hatte sie auf ihre geliebte Arbeit im Reisebüro „Buenos Dias" verzichtet, um am Abend auch topfit vor ihre handverlesene Gästeschar, angefangen beim Oberkreisdirektor über den Oberbürgermeister bis hin zu den Spitzen der Kultur, des Sports und der Gastronomie, auch

Hotelier Knirps fehlte nicht, und zu den Bigs der Wirtschaft, treten zu können.

Kreuzens wollten offiziell seinen Aufstieg in den Bundesvorstand der Vereinigung der Industrie-Clubs Deutschlands feiern.

Selbstverständlich standen die Padbergs als neue Größe in der Ostburger Society auf der Liste. Rolf Padberg sagte ab und bat darum, Eva seine Interessen vertreten zu lassen.

Von dieser Party sprachen einige Gäste noch lange. Ingevelde Kreuz hatte nichts ausgelassen, was halbwegs anspruchsvollen Gästen gerade noch als Mittelmaß aufgefallen wäre.

Es begann beim einfachen Sekt „Mumm trocken“ und endete mit einem fulminanten Bremer Kükenragout, das Ingevelde großartig ankündigte: „Liebe Gäste. Ich habe dieses Gericht selbst gekocht, nach einem alten Familienrezept.“

Die wäßrige Soße und der preiswerte Riesling aus Einliter-Flaschen paßten hervorragend zusammen. Beim Abschied fragte Ingevelde Eva: „Hat es dir gefallen, meine Liebe. Schade, daß dein Mann nicht dabei war. Wie fandest du übrigens mein Kükenragout?“

„Als ich auf die erste Krabbe stieß, wurde es immer besser. Danke für den schönen Abend.“

Sie rechnete sich korrekt aus, daß diese Spitze an Ingevelde vorbeisauste und fügte deshalb ungeniert an: „Schönen Gruß von meinem Mann. Er hat ein interessantes Angebot für dich, um etwas Geld anzulegen und zu vermehren. Dein Josef muß ja nicht alles wissen.“

Darauf sprang die kleine Frau mit dem Kurzhaarputz sofort an.

„Du hast recht. Ich weiß manchmal nicht, wohin mit meinem eigenen Einkommen. Josef verwöhnt mich derart. Andererseits gibt es ein paar Dinge, für die mein Geld nicht ausreicht. Meint Rolf etwa, daß ich Geld genug habe, bei ihm zu spekulieren? Ich dachte, das ist nur etwas für Reiche."

„I wo. Ingevelde, selbst ich lege ein paar Mark für meine Mutter an. Die hat aus der Rente Überschuß und spielt gerne Lotto. Warum also nicht auch an der Börse?"

„Wenn ich gewußt hätte, daß es so einfach geht, wäre ich schon längst zu deinem Mann gekommen."

Ingevelde war jetzt so aufgeregt, daß sie unter den Armen zu schwitzen begann.

„Soll ich gleich morgen anrufen?"

„Ich sage Rolli bescheid, wenn ich zu Wort komme."

Padberg und Pfaff gestalteten sich den Abend gemütlicher. Sie hockten an einem blanken, abgewetzten Holztisch in einer der urigsten Vorstadtkneipen von Ostburg, in der „Linde" im Stadtteil Grünlingen. Das angekündigte einarmige Reißen nahm langsam Formen an. Die beiden Mittvierziger strapazierten mächtig ihre Lebern und ihre Erinnerung an große alte Zeiten.

„Rolli, was zahlst du für einen Verbesserungsvorschlag?"

„Ein Bier."

„Einverstanden. Erweitere ab morgen deinen Firmennamen. Warenterminhandel hört sich zu windig an. Du wirst sehen, in nächster Zeit rollt eine Prozeßwelle und die Steuerfahndung durchforstet ganz Deutschland. Wenn sich unser Ding in Bremen rumspricht, kocht doch Angst hoch."

„Stimmt, weiß ich auch. Wo bleibt dein Vorschlag?"

„Sag in Zukunft ‚Anlageinstitut intakt'. Das macht sich einfach seriöser. Auch Zocker sind obrigkeitsgläubig. Institut hört sich immer wie vom Staat direkt genehmigt an."

„Karl," wandte sich Padberg an den Wirt hinter der Theke, der am Zapfhahn wirkte, „noch zwei Garnituren."

Der Wirt nickte, bewegte zwei frischgewaschene Gläser aus

dem Kopfstand in Aufnahmeposition und drehte den messingglänzenden Zapfhahn.

„Rainer, ich mache dir ein Angebot, das du nicht ablehen kannst. Komm in meinen Laden. Solange die Sache in Bremen kocht und wir nicht wissen, was die Behörde von dir wirklich will..., vielleicht braucht sie ja einen Kronzeugen, ... bevor wir das nicht ganz genau wissen, arbeitest du inoffiziell. Wenn's wieder gut aussieht, nehme ich dich offiziell auf die Payroll. Vergiß den Unsinn mit ich Chef, du Angestellter."

„Was zahlst du?"

„Ein paar Prozent von jeder Mark, die du direkt reinholst. Im Gegenzug erwarte ich alle Betriebsgeheimnisse aus deiner alten Firma."

„Top, die Wette gilt. Ich bin dabei."

Sie sahen erwartungsfreudig dem Wirt entgegen, der auf einem Tablett zwei schaumgekrönte Pils und zwei eiskalte Glas Korn balancierte.

„Karl, setz dich einen Moment zu uns und erzähle ein paar Witze."

Der „Emirate"-Flug 4325 von Hongkong nach Male, der Hauptstadt der Malediven, ging langsam zu Ende. Der Pilot nahm die Triebwerksleistung zurück, der Sinkflug begann.

Martha Harrington saß in der ersten Klasse in Reihe 2 am Fenster. Sie beobachtete, wie Sri Lanka unter der Maschine wegzog. Obwohl sie diesen Anflug bereits kannte, fand sie ihn faszinierend. Am Horizont tauchten kleine, grüne Inselchen auf, umgeben von riesigen Korallenriffs.

Fluggäste auf Linienflügen geben sich gern cooler als Charterflieger, die am Ende des Fluges wie zur Erleichterung, daß die Erde sie wohlbehalten wieder hat, laut klatschen, was die Piloten normalerweise als Beleidigung ihrer Arbeit auffassen müßten, aber offenbar nicht tun.

Trotzdem herrschte auf diesem Flug eine besondere Atmosphäre, die sich jeder Beschreibung entzog.

Marthas bloßer Auftritt hatte schon in der VIP-Lounge in Hongkong, einer der elegantesten der Welt, hohe Beachtung gefunden. Selbst ein persönlicher Auftritt von King Kongs Sohn hätte nicht zur Steigerung gereicht.

Alle kannten Marthas Gesicht, ihren Körper. Ihre persönliche Anwesenheit übertraf jedoch wie immer jede Erwartung. Jeder, ob Männlein oder Weiblein in der Lounge der Plutokraten, hoffte inständig, sie möge seinen oder ihren Flug nehmen. Als Male aufgerufen wurde, die Hauptstadt eines Landes am Ende der Welt, machte sich eine gewisse Enttäuschung breit.

Nur vier arabische Glückspilze, die nach Sharjah weiterfliegen wollten, strahlten fröhlich. Sie durften sich die schönste Frau der Welt teilen, wenigstens ihre Nähe.

Schon auf dem Weg zur Maschine scharwenzelten sie um Martha herum, die das mit großer Freundlichkeit zur Kenntnis nahm. In der Maschine war sie dann froh, daß ihr die Stewardeß eine Bank für sich allein zuwies und niemanden auf den Platz daneben ließ.

Martha erhoffte sich auf dem achtstündigen Direktflug Ruhe, um nachzudenken, ihre Gefühle zu ordnen. Zu tief saß noch immer der Stachel der Demütigung, den der Ostburger Porno und die Absage der Filmfirma „LUSTamLEBEN" in ihr hinterlassen hatte.

Trotzdem verließ sie keine Sekunde die tiefsitzende Liebe zu Anselm Focke. Sie setzte alle mentalen Kräfte ein, um diesem Gefühl in ihrem Körper keinen Raum zu geben. Sie hoffte, daß es so wie der Fötus bei einer Abtreibung den Körper verließ, ohne eine endgültige Form anzunehmen.

In Durban hatten alle Jungs schon die 15jährige Martha heiß begehrt. Sie umschwirrten sie und ließen ihr manchmal keine Luft zum Atmen. So sehr sie die Verehrung genoß, die sich mit der Ausformung ihres schönen Gesichts und Körpers noch intensivierte, so sehr fühlte sie sich auch bedrängt.

Die auf sie einstürmende Masse begieriger Kerle mit Kindergesichtern ließ ihr keine Zeit, sich um einen einzelnen Jungen zu kümmern, zu lernen, wie man mit dem anderen Geschlecht umgeht. Der erste Versuch, sich mit einem dunkelblonden Jungen, den sie beim Basketball „Air Jordan" nannten, allein zu treffen, schlug kläglich fehl. Einige andere hatten das Rendezvous mitbekommen - später mutmaßte sie, daß der Junge damit vorher geprotzt hatte -, und plötzlich war das kleine Restaurant, in dem sie allein sein wollten, gerammelt voll mit Schulkameraden.

Dieses Ereignis und ihre zunehmende Unsicherheit im Umgang mit anderen Menschen schweißte sie noch fester mit ihrer Familie zusammen.

Sie begann, die jungen Spunte zu verachten und machte kleine Flirtversuche mit älteren Männern, also so ab 25, die ihr mehr und mehr Spaß bereiteten. Einer dieser „reifen" Typen, dessen Name ihr schon nicht mehr komplett einfiel, bekam den Zuschlag für die Entjungferung.

Von ihren wenigen Freundinnen hatte sie gehört, daß ein Mädchen mindestens mit 16 schon „Erfahrung" haben müßte. Sie nahm die Ratschläge ernst und erkannte erst eine Weile später, daß sie unter Gleichgeschlechtlichen auch keine richtige Freundin gewinnen konnte.

Ihre blendende Schönheit versetzte alle Frauen, ob jung oder älter, sofort in Neid. Ein Schicksal, das Martha wie alle sehr schönen Frauen begleitete, die zu allem Unglück auch noch intelligent sind und sich durchsetzen können.

Alle anderen fühlten sich in ihrer Gegenwart wie Puttchen Brammel im Blockflötenkleid, unterlegen, beiseite gestellt und geradezu herausgefordert, um sich zu beißen, dem letzten

Mittel vieler Menschen, wenn sie ihre Souveränität verlieren.

Wohl auch deshalb, weil ihre Schönheit ihr den Weg zu einem „normalen“ Leben versperrte, reifte in ihr schon sehr früh der Wunsch nach einer großen Karriere, die sie von den irdischen Problemen weghob.

Ein schöner Traum, der sie jetzt, wo sich so vieles erfüllt hatte, mit Zweifeln verstopfte. Sehr oft kam sich Martha wie ein mieser Schmarotzer vor, weil sie bloß ihren Körper, ihr Gesicht, also ihre Hülle, auf den Markt warf und damit Millionen verdiente. Ihr Charakter, ihr Wesen blieben auf der Strecke. Manchmal verachtete sie sich dafür und ihre jugendliche Unbekümmertheit, mit der sie sich auch den Kolleginnen gegenüber ausließ, reduzierte den Kreis ihrer Freunde stetig. Außerdem nervte es sie gewaltig, daß die anderen schönen Frauen in diesem Job sie mehr und mehr als Gefahr betrachteten, nur weil sie eine Spur schöner war.

Martha registrierte: Schönheit macht einsam und unglücklich. Wo blieb der Schutzwall, den sie sich beim Aufstieg aus den Niederungen des Lebens erhofft hatte?

Martha litt.

Auch deshalb folgte sie gerne Carl Chandlers Rat. Sie sah in ihm ein überirdisches Wesen, weder Mann noch Frau, weder Fisch noch Fleisch. Ihm verdankte sie die Erfüllung ihres Lebenstraums. Gott, da war sie sicher, hatte Carl geschickt, um sie aus ihrem südafrikanischen Gefängnis zu befreien.

Ihm verdankte sie, daß ihr Vater den Weg freigab und sich sogar freizügig an der Finanzierung ihrer New Yorker Traumwohnung beteiligte.

>Er soll diesen Großmut hundertfach zurückbekommen.<

Chandler hatte ihr vor dem Abflug gesagt: „Martha, Schnucki, folge nur deinen Gefühlen und dem Ruf deines Herzens. Ich weiß, das hört sich nach Kitschroman an. Aber dieses Genre hätte nicht so riesige Umsätze, wenn sich die

Leute nicht irgendwie darin wiederfänden.

Nutze die Tage auf den Malediven, um dich einfach von dir selbst überfluten zu lassen, halte nichts zurück, unterdrücke nichts, vergrabe nichts. Dann wirst du Klarheit gewinnen und die richtige Entscheidung treffen. Und bedenke noch eins. Vielleicht war es wirklich nicht Anselm, der dir wehtun wollte. Dahinter steckt mehr. Ich fahre nach Deutschland und finde es heraus."

Der Airbus A-300 unterschritt die 1500-Meter-Marke, das Fahrgestell polterte in Landeposition, der Pilot erhöhte den Anstellwinkel der Landeklappen. Unter ihr lag Male, die goldenen Kuppeln der Moschee und des Minaretts in der Nähe des Hafenbeckens blitzten in der Sonne. Auf dem Videoschirm auf der Trennwand zur vorderen Galley erschien die Landebahn auf der Flughafeninsel Hulule.

Eine Kamera im Bug der Maschine übertrug den Anflug.

An der Maschine wartete kurz darauf ein Chrysler-Van, der sie und die vier Araber in der ersten Klasse abholte. Die Männer verschwanden im Transitraum, während ein zierlicher, gutaussehender dunkelhäutiger Mann Martha in ein Büro am Ende des Flughafengebäudes begleitete. Ein Beamter stempelte ihren Paß, ein Pkw fuhr sie zu den zahlreichen Anlegestellen im Hafenbecken, auf die sich die Urlauber verteilten, um sich zu ihrer Insel bringen zu lassen.

Ganz am Ende der Schiffsliegeplätze hielt der Fahrer und führte sie zu einer schneeweißen Yacht, die Martha riesig vorkam. Am Bug stand „Raya".

Kurz darauf traf auch ihr Gepäck ein. Ein höflicher Mann in schneeweißer Uniform hielt Martha galant die rechte Hand entgegen, half ihr über eine kleine Leiter an Bord und gab einigen Mitarbeitern Handzeichen, das Gepäck an Bord zu befördern.

„Herzlich willkommen auf den Malediven. Ich bin Kapitän

Rasheed Dolanovuli und fahre Sie mit meinem Schiff nach Cocoa Island. Die Insel liegt im Süd-Male-Atoll. Wir werden gut eineinhalb Stunden auf dem Wasser sein. Machen Sie es sich bequem."

Martha setzte sich unter das mit einem Segeltuch überspannte Sonnendeck am Heck des Schiffes. Die schneeweißen Stoffpolster machten den luxuriösen Eindruck vom Schiff komplett.

Sie fühlte sich nach den langen Flügen von Los Angeles nach Hongkong und weiter nach Male ziemlich kaputt. Zum Glück war sie ein paarmal kurz eingeschlafen. Die heiße Luft brachte die schlanke Frau ins Schwitzen. Sofort erschien ein Boy mit einem eisgekühlten, eingerollten Frotteetuch, das herrlich duftete und für ein wenig Erfrischung sorgte, als sie damit die Stirn und die Schläfen betupfte.

„Darf ich Ihnen etwas zu trinken bringen, Madame?"

„Ein großes, kühles Mineralwasser wäre jetzt meine Rettung."

Die Yacht setzte sich langsam in Bewegung. Die dieselgetriebenen, dickbauchigen Dhonis der Einheimischen machten respektvoll Platz. Gleich hinter der Hafenausfahrt legte der Skipper die Leistungshebel nach vorne, beide Diesel versetzten dem Schiff einen mächtigen Schlag, innerhalb weniger Sekunden erreichte es fast volle Fahrt und preschte vorbei an den auf Reede liegenden Frachtern zwischen Male und Hulule in Richtung Süden.

Martha entspannte sich langsam. In ihrem Körper breitete sich ein Glücksgefühl aus. Sie wußte jetzt, daß sie Anselm nach wie vor liebte und begehrte, vielleicht sogar mehr als in den Monaten ihrer Zweisamkeit.

Er fehlte ihr.

Alles in ihr, jede Faser, jede Zelle ihres Körpers wandte sich dem Mann zu, der sie zur Frau gemacht, ihre sexuelle

Leidenschaft wachgerufen hatte, die bei ihr schon längst auf der Vermißtenliste stand. Sie fühlte sich bereit, mit ihm zu reden und ihm möglicherweise zu verzeihen. Während die Inseln des Atolls förmlich vorüberflogen, sie gar nicht weit vom Schiff entfernt spielende Delphine beobachtete, entstanden in ihrer Phantasie Bilder von einer schönen Zukunft mit Anselm als treuem Gefährten an ihrer Seite, an der Seite der berühmten Filmschauspielerin Martha Harrington.

>Hold on tight to your dreams.<

Cocoa Island erwies sich als ein anderer Traum, als das Paradies auf Erden. Bei ihrem ersten Besuch vor ein paar Monaten war ihr die ganze Dimension der Schönheit dieser Welt mitten im Indischen Ozean gar nicht aufgefallen.

Jetzt sog sie die Atmosphäre durch die Poren in ihren Körper.

Die mächtigen Palmen wiegten sich im Nordostmonsun.

Der Wind fächelte angenehme Kühlung zu.

Die Yacht blieb in respektvollem Abstand vom winzigen Anleger der Insel liegen. Aufgeregte Stimmen in maledivischer Sprache waberten aus dem Lautsprecher des Funkgeräts.

Der Skipper berichtete: „Wegen Ebbe können wir nicht direkt anlegen. Sie schicken ein flaches Boot, das Sie und Ihr Gepäck abholt. Haben Sie bitte Geduld.“

Aus dem Palmendschungel ragten zwei palmenwedelbedeckte Satteldächer, zwei von insgesamt acht Bungalows auf der winzigen Insel, und signalisierten das totale Paradies - ohne Radio, Fernsehen, Zeitung.

In dem flachen Wasser der Lagune erschreckte Martha beim Anblick kleiner Haie, die majestätisch durch das topasgrüne Wasser schwammen.

„Keine Angst, Madame,“ beruhigte sie der Skipper, „das sind Babyhaie, die im Schutz der Lagunen aufwachsen. Sie tun den Menschen nichts. Erst wenn sie groß sind und draußen im tiefen Wasser schwimmen, ist Vorsicht geboten.“

Eine Brise vom Meer fächelte ihr Luft zu, als Peter Petersen, ihr Lieblingsfotograf, mit großen Schritten auf sie zulief, was im seltsamen Gegensatz zu der kleinen Insel stand, die man in wenigen Minuten umquerte.

„Martha, du bist seit unserer letzten Sitzung noch schöner geworden,“ stellte er mit professionellem Blick fest.

Der kleine Bungalow gestattete vom Bett aus einen Blick auf das topasgrüne Wasser in der Lagune, das am Korallenrand in tiefes Blau überging.

Martha freute sich auf die Aufnahmen und die Tage im Tropenwind. Abends saß sie oft lange mit Petersen unter dem Kreuz des Südens. Am Tag bei der Arbeit umschwirrte sie immer ein ganzes Team von Helfern und Helferinnen, die auf einer Nachbarinsel nächtigten. Ein kleines Motorboot brachte sie morgens zur Arbeit.

Wo gibt es das sonst noch.

Martha zeigte exklusive Bade- und Sommermoden und mußte dementsprechend „bearbeitet“ werden, wie sie es gerne nannte.

Außerdem lief auch bei ihr der Schweiß, der immer wieder Restaurierungsarbeiten erforderte.

Ihre neuentdeckte Liebe beflügelte sie, ließ sie mit einer Leichtigkeit arbeiten, die sich auch auf die Stimmung im Team übertrug. Manchmal erschrak sie, wenn sie beobachtete, mit welchem Ernst die jungen Leute bei der Arbeit waren, und wie wenig sie die paradiesische Umgebung wahrnahmen.

>Die merken gar nicht, welches Privileg sie mit dieser Arbeit genießen.<

Martha nahm sich vor, von nichts und niemandem ihre Träume auch nur berühren zu lassen.

>Hauptsache, Carl kriegt das mit Anselm wieder hin. Ich glaube fest daran. Alles beginnt im Kopf, hat Vater immer gesagt.<

„Lieber Herr Thasen, raten Sie dreimal innerhalb von 20 Sekunden, wer am Telefon ist. Als erster Preis winkt ein Besuch des Anrufers in Ihrer Wohnung."

Lutz Thasen reagierte trocken wie immer: „Ich kann zwar die Stimme nicht identifizieren. Aber Sie sind schon jetzt bei mir eingeladen, vorausgesetzt, Sie bringen drei Flaschen Dom Perignon, Jahrgang 1952, mit. Gläser habe ich. Außerdem wären Sie mir als Frau mit langen Beinen, großen Titten und festem Arsch lieber. Dann würden es zwei Flaschen Dom auch tun."

„Du alter Gauner, habgierig und versaut wie immer und immer nur vom Feinsten," half Chandler seinem Telefonpartner auf die Sprünge.

„Jetzt rate ich doch dreimal und erhöhe den Eintrittspreis auf fünf Flaschen Dom Perignon, Jahrgang 52. Wenn Sie schon keine Frau sind, bringen Sie eben obendrauf eine mit."

„Ich höre".

„Erster Versuch … Sie sind François Mitterand."

„Kalt, außerdem duzt du dich mit dem nicht."

„Stimmt auch. Aber der würde mühelos an den Champagner kommen. So als Franzose, meine ich.

Gut, also zweiter Versuch.... äh, darf ich Sie auch duzen?"

„Ja, gerne."

„Du bist mein alter Freund Ingolf Becker."

„Warm."

„Dritter Versuch, du bist die schwarze, stinkende Kanalratte Carl Chandler aus der Berckhusenstraße in Offenbach. Wehe nicht!"

„Der Kandidat hat 100 Punkte und keinen Tropfen

Champagner."

„Spielverderber".

„Lutz, ich bin ziemlich in deiner Nähe und habe mühsam herausgefiltert, wo der ehemalige Obergangster von Offenbach haust."

„Falsch, ich habe das Rhein-Main-Gebiet kontrolliert. Jedenfalls kannte ich alle hübschen Mädels. Ist ja auch schon was."

„Bist du wenigstens mit einer verheiratet?"

„Sollen alle anderen sich die Augen ausweinen?"

„Dann brauchst du dringend einen Freund," Chandler begann zu singen, „„... ein Freund, ein guter Freund, das ist das Beste, was..."

„Mooooment. Wenn du nicht sehr weit weg bist, warum bist du dann nicht hier, du alter Herumtreiber?"

„Das frage ich mich ehrlich gesagt auch. Wo kann ich wohnen?"

„Wenn du magst, bei mir. Platz habe ich."

„Nein, ein alter Herumtreiber wie ich hat seine Gewohnheiten, mit denen ich dir nicht auf den Sack gehen will. Miete mir ein schönes Zimmer im besten Haus am Platz. Und gut ist es."

„Sehr gern, der Herr, darf es auch etwas Besseres sein? Und wann, bitte sehr," Thasen nahm den Tonfall vom Portier im „Sacher" an.

„Wenn du magst, komme ich morgen, so am frühen Nachmittag. Wäre das dem Herrn recht?"

„Es konveniert. Mit Auto, mit dem Fahrrad?"

„Mit dem Auto, du Döspaddel. Kann ich das auf die Insel nehmen?"

„Ja, ist bequemer. Die Fähren gehen so gut wie jede Stunde in Norddeich ab. Wo bist du überhaupt?"

„Sagt dir Ostburg etwas?"

„Wenig. Liegt irgendwo bei Hamburg."

„In diesem Kaff hält sich dein alter Freund Pumpernickel auf."

„Gut, dann wirst du etwa drei Stunden bis Norddeich brauchen. Kommen mit Einschiffen..."

„Was, muß ich als Fahrpreis pissen?"

„Hör auf mit dem Scheiß. Also rechne mal alles in allem gut fünf Stunden. Dann werde ich ja sehen, ob ich dich wiedererkenne."

„Du mich. Ich bin jung und dynamisch wie immer. Und du bist zehn Jahre älter. Ein Opa."

„Dich lege ich noch dreimal auf die Matte, du Sesselpupser. Also, ruf mich an, bevor du auf die Fähre gehst. Dann komme ich zum Hafen und nehme dich in Empfang."

„Ich fahre einen silbergrauen Mercedes C 220."

„Dann werde ich noch ein Zeichen brauchen. So eine Farbe fährt heutzutage jeder. Vielleicht eine rote Nelke im Knopfloch."

„Du wirst mich schon erkennen. Mach es nicht kompliziert."

„Wenn ich mich recht erinnere, bist du doch der Kohlensack mit den dicken Ringen unter der Pupille."

„Ich bin ein Halbschwarzer, habe eine weiße Mutter und lege darauf größten Wert."

Thasen mimte den Erschrockenen: „Habe ich dich in deiner Ehre verletzt? Das wollte ich nicht, mein Seelchen. Nicht, daß du dir jetzt einen Fleck ins Hemd machst."

„Jetzt wird das Gespräch langsam teuer. Also dreh dich um. Bis morgen. Ade."

Am nächsten Morgen lenkte Chandler seinen Leihwagen zunächst nach Axstedt nahe der Kreisstadt Osterholz-Scharmbeck. Er wollte sich unbedingt den Bauernhof von

Petersen anschauen, von dem ihm Martha viel Gutes berichtet hatte.

Die schweren Wolken am Himmel hielten zum Glück den Regen fest. Ein böiger Westwind fegte sie vor sich her.

>Dann muß ich nachher auf dem Schiff bestimmt kotzen.<

Das Frühstück drehte sich jetzt schon bei dem bloßen Gedanken in seinem Magen.

Während Chandler die Witterung Richtung Nordwest aufnahm, drehte Padberg wieder Geld um. Der Anruf von Ingevelde Kreuz kam wie heute beim Frühstück von seiner Frau angekündigt.

Sie hatten herzhaft über ihre „Krabbenspitze" gelacht.

„Wußte gar nicht, daß du so spitzfindig sein kannst. Alle Achtung. Kann meine Charity-Lady nur noch weiter nach vorne bringen," fand Padberg anerkennende Worte.

Er beugte sich über den schmalen Tisch und küßte seine Frau.

„Ich liebe Dich".

„Ich dich auch. Merkst du überhaupt, daß wir seit einiger Zeit wieder liebevoller miteinander umgehen? Kommt bei dir der Frühling im Herbst?"

„Die Geschäfte laufen jetzt einfacher. Wir müssen uns wirklich mehr umeinander kümmern. Vielleicht habe ich bald noch mehr Entlastung."

Im Türrahmen erschien ein zerknitterter Rainer Pfaff, das Hemd nachlässig in die Hose gesteckt.

„Mann," begrüßte ihn Padberg, „dich hatte ich ja fast vergessen. Eva, du kennst Rainer ja. Er hat sich endlich entschlossen, bei mir zu arbeiten. Um sich einzuarbeiten, durfte er heute nacht hier schlafen. Gibst du dein Permit für noch drei, vier Nächte, bis wir was Passendes für ihn gefunden haben?"

„Na, klar. Hatten Sie überhaupt Bettwäsche für die Nacht."

Pfaff gähnte herzhaft: „Es ging prima so. Darf ich einen Kaffee?"

„So, ihr beiden, amüsiert euch. Aber nicht auf meine Kosten und nicht auf meiner Frau, mein Freund."

Sie schütteten sich vor Lachen.

„Ich haue ab in die Firma. Die Ostburger Zeitung liegt dahinten. Steht allerhand drin," fügte Padberg zu Pfaff gewandt hinzu.

„Am besten, du kaufst erstmal ein paar Sachen ein. Was du aus deiner Wohnung in Bremen brauchst, holen wir später. Und dann erwarte ich dich in meinem Büro. Eva sagt dir den Weg."

In der Firma rief Padberg gleich Focke zu sich.

„Anselm, ich habe hier eine Liste mit zwölf Namen, die angerufen werden müssen. Wollen alle an der großen Tombola teilnehmen. Und sag bitte allen Telefonaquisiteuren, sie sollen sich von jetzt an mit ‚Anlage-Institut intakt' melden."

Anselm hakte nicht nach. Wenn der Chef seine Anweisungen erteilte, erübrigte sich jede Diskussion. Seine Antennen nahmen eine unterschwellige Feindseligkeit wahr.

>Die Sau hat wieder einen Hackentrick im Köcher. Oder er weiß, daß ich ihn verdächtige.<

Sie blickten sich in die Augen, um zu signalisieren, daß alles noch wie früher war.

Auf der drahtlosen Datenbahn empfing Anselm eindeutige Signale des Mißtrauens gegen seine Person, wie sie sein Empfänger vorher nie wahrgenommen hatte.

Schauspieler unter sich.

Anselm Focke rief den ersten Namen auf der Liste an. Das Gespräch lief ab wie immer.

Komisch nur, daß ihm der Chef diese Nummern und Namen

direkt gab, im „Anmachschuppen“ niemand etwas von diesen Namen wußte, und sie trotzdem abends auf dem Computer erschienen, als seien sie über die normale Telefonaquise hereingekommen.

„Guten Tag, Herr Krohn. Ich bin Vizepräsident von ‚Anlage-Institut intakt’ im schönen Ostburg. Haben sie Zeit, einen Moment zuzuhören.“

„Habe ich,“ kam es einsilbig zurück.

>Bei diesen Nummern geht es jedesmal wie das heiße Messer durch kalte Butter. Ich brauche nur meinen Text aufzusagen, und der andere antwortet, als habe es ihm jemand aufgeschrieben.<

„Unser Unternehmen ist im Börsenhandel tätig. International. Unsere Maklerpartner in New York, Rotterdam und London melden zur Zeit sehr hohe Gewinnchancen bei Dollar- und Ölspekulationen. Wir haben eine kräftige Charge zu günstigen Preisen gesichert und werden sie bei steigenden Kursen umdrehen. Wir bieten ihnen an, bei diesem Bombengeschäft mitzumachen.“

„Kann ich 100 000 setzen?“

„Geht auch mit weniger.“

„Nein, 100 000. Keine Diskussion.“

>Gleich übernimmt der auch noch die Gesprächsführung.<

„Sie kennen aber auch das Risiko? Ich muß es Ihnen aus rechtlichen Gründen nennen. Auch ein Totalverlust ist bei so empfindsamen Spekulationen nicht auszuschließen. Obwohl wir absolut sicher sind, daß Sie mit mindestens 20, 25 Prozent Gewinn in sechs Wochen rechnen können. Steuerfrei.“

„Hört sich gut an. Wie kommen wir ins Geschäft?“

>Solche Aquisitionen habe ich gerne. Und das wird den ganzen Tag so weitergehen. Da ist doch etwas faul.

Oberfaul.<

Sie besprachen den technischen Ablauf. Auch in diesem

Bereich standen keine Nachfragen an. Focke würde an diesem Tag alle Namen auf der Padberg-Liste nach dem gleichen Muster abarbeiten. Er war sicher, daß die Gelder genauso präzise wie in allen anderen Fällen, die er nach Liste bearbeitete, eintrudelten.

Seltsam. Es war so, als verhandele er mit Marionetten oder sprechenden Computern, die nur einen Text kennen.

Focke nahm sich vor, beim nächsten Mal ein, zwei Gespräche heimlich mitzuschneiden. Ein kleines Tonbandgerät für solche Zwecke hatte er in Hamburg als technische Neuheit gekauft.

Gegen Mittag verabschiedete sich Padberg.

„Kundengespräch“.

Er ging an Fockes Arbeitsplatz vorbei. Der Telefonartist hatte eben aufgelegt und fühlte die rechte Hand Padbergs auf seiner linken Schulter.

„Läuft Granate. Alle deine Kunden auf deiner Liste beißen an. Sensationell“, ließ er den Chef wissen.

„Alles eine Frage der Vorbereitung. So, mach weiter, hol Geld rein. Bis nachher.“

Anselm vergewisserte sich mit einem Blick aus dem Fenster, daß Padberg in sein Auto stieg. Der massige Mann im dunkelblauen Einreiher beugte sich gerade über die Windschutzscheibe seines 600 SEC und zog ein Strafmandat hinter dem Scheibenwischer hervor. Ohne es zu prüfen, steckte er das Papier in die Tasche.

Ungerührt.

Anselm rechnete nach: Das war Nummer acht in dieser Woche, immer an dieser Parkuhr. Der muß im Polizeihaus einen Freund sitzen haben.

Sonst kommt damit keiner durch.

Er beobachtete noch, wie Padberg das schwere Coupé aus der Parklücke lenkte und ging dann geschäftig mit einem

Packen Papier zum Kopierer.

In dem Stapel lag auch die Liste, die er von Padberg bekommen hatte.

>Ich fange mal an zu sammeln, bevor ich später mit in den Bau gehe.<

Durch den 31jährigen ging ein Ruck der Erkenntnis. Die berühmte Osrambirne sprang an und gab ihm einen urplötzlich unverbauten Blick auf sein Innerstes frei. Focke erschrak, eine Gänsehaut lief ihm über den rechten Oberarm. Er sah, wie er sein Leben verplemperte, es anderen in die Hand gab, sich zum Arsch der Nation machte und trotzdem nicht sicher sein konnte, am Ende reich und frei aus der Tür zu gehen. Im Gegenteil: auf ihn wartete die Arschkarte.

Padbergs tief verwurzeltes Mißtrauen, dessen Wellen ihn vorhin erreicht hatten, waren so etwas wie ein Schlüssel der Erkenntnis.

>Der Mistbock läßt mich genau in dem Moment auf den Schoß des Staatsanwaltes fallen, in dem er es braucht. Ich bin Kanonenfutter und nur solange geduldet, wie er keinen Besseren an meine Stelle setzen kann.<

Er nahm sich vor, nach Feierabend allein auf den Pisten zu wandern, die er mit Martha gemeinsam gegangen war. Das hatte er bisher vermieden, um nicht von seinen quälenden Gefühlen eingeholt zu werden, die der Alkohol bisher so gut zu verdrängen verstand.

>Und mit Susi werde ich einen harten Tanz drehen.<

In ihr vermutete er schon seit einer Weile Padbergs U-Boot. Obwohl sein Chef das Mädchen nur sparsam einsetzte in der Firma, bezahlte er sie ziemlich großzügig.

Da war etwas faul!

Padberg traf sich mit Ingevelde in ihrer Mittagspause. Sie saßen im „Ostburger Hof“. Um diese Zeit eine gute Tarnung, weil die Ostburger ihre Geschäftsessen lieber nach außerhalb legten, nach Bremen oder Hamburg.

Wirkte weltläufiger.

„Frau Kreuz, Eva hat mir von Ihrem Interesse berichtet. Aber wollen wir erstmal bestellen. Sie sind eingeladen. Ist ein Geschäftsessen."

Davon hatte Ingevelde schon viel gehört, doch immer nur ihr Gatte nahm an so etwas teil. Jetzt war sie auch eines Geschäftsessens würdig.

Sie genoß die Karriere.

Beide bestellten Seezunge, in Butter gebraten, dazu Schwenkkartoffeln.

„Gut für die Linie," merkte Padberg an.

Er erläuterte ihr in schillerndsten Farben die wunderbare Welt der Börsen und die großartigen Chancen, schnell und ohne großes Risiko reich zu werden.

Auch davon hatte Ingevelde schon gehört.

„Meinen sie denn, daß meine paar tausend Mark reichen?"

„Frau Kreuz, ich mache auch aus zwei Mark einen Gewinn. Alles läßt sich präzise auf den Kunden zuschneiden. Hauptsache immer so, daß er das Risiko im Griff behält und trotzdem den Kitzel dieses gigantischen Spiels spürt."

Das mochte Ingevelde.

Gekitzelt werden.

Ein bißchen kribbelte es schon jetzt.

„Herr Padberg, da ist noch eins. Wir wollen ja offen miteinander reden."

„Das ist überhaupt die Voraussetzung."

„Ich möchte nicht, daß mein Mann davon erfährt, jedenfalls nicht anfangs. Er läßt mir mein Gehalt voll und ganz. Warum nicht ein bißchen damit spielen?"

Sie schnupperte schon den Duft der großen, weiten Welt. „Wall Street" ging ihr nicht aus dem Kopf.

„Frau Kreuz, Verschwiegenheit liegt in der Natur aller Geldgeschäfte. Wir verhalten uns genau wie die Banken. Was Sie Ihrem Mann oder anderen berichten, geht uns nichts an. Wir beraten Sie ausführlich. Natürlich auch über die Risiken. Es kann durchaus vorkommen, daß man den Einsatz verliert."

Ingevelde lief ein Schauer über den Rücken.

Risiko!

„Aber gehen Sie mal davon aus, daß mein Unternehmen nur die Besten beschäftigt. Wir arbeiten vertraglich, Frau Kreuz, vertraglich zusammen mit renommierten Maklern, Broker sagt man eigentlich, die an den Börsen in New York, Rotterdam, und Chicago zugelassen sind. So setzen wir auch nicht nur auf ein Produkt, sondern mischen die Risiken, die wir auf diese Weise auch minimieren."

Ingevelde saugte diesen Ausflug in die Welt des ganz großen Geldes, der Hochfinanz, in sich auf.

„Hört sich aufregend an. Da komme ich mir mit meinem bißchen Geld etwas popelig vor."

„Keine Sorge. Wir plazieren die Gelder immer als Berg. Da weiß auch der Partner nicht, welche einzelnen Summen mitspielen. Das weiß nur mein Computer. Und wenn dann auf 1000 Mark Einsatz 1500 zurückfließen, nach sechs Wochen, dann kommt doch Freude auf."

„Ich kann," Ingeveldes Stimme senkte sich auf Verschwörerlevel, „ich kann," hauchte sie über die Seezunge weg, „7000 Mark einsetzen. Bedeutet das, daß ich über 10 000 zurückbekommen würde?"

„Wenn der Einsatz stimmt und die Börse nicht plötzlich Kabolz schießt, wird es sich wohl nicht vermeiden lassen, daß Sie bald ziemlich reich sind. Alles steuerfrei. Alles absolut legal."

„Gut, wie gehen wir vor?"

Padberg schilderte ihr den Ablauf und hielt sich bei ihr wie bei allen anderen immer streng an die juristischen Vorgaben seines Anwalts und Notars Pottmann.

Auf der Fahrt ins Büro pfiff er ein fröhlich Lied.

>Sie hat angebissen. Sie bekommt 10 500 Mark schon nach vier Wochen, damit sie es weitererzählt, diese Quasselstrippe. Dann laufen mir alle anderen in die Arme. Ostburg wird mein. Hauptsache, sie schafft es auch, mir den Oberbürgermeister zuzutreiben und alle von der Seriosität meines Schaffens endgültig zu überzeugen.<

Ostfriesland empfing Chandler mit seinem zu dieser Jahreszeit schönsten Gesicht. Ein rauher Wind vom Nordwesten fegte die Wolken auseinander. Die Herbstsonne tauchte die herbe, flache Landschaft zeitweise in ein warmes Licht. Die verfärbten Bäume präsentierten sich dem Besucher von ihrer farbigsten Seite.

>Hier ist es so flach, daß man schon am Mittwoch weiß wer am Sonntag zu Besuch kommt. So weit kannst du gucken.<

Das kunterbunte Herbstlaub war ihm schon in Axstedt bei der Besichtigung des Petersenschen Anwesens aufgefallen.

An diesem Ort hatte Chandler innere Einkehr gehalten und es geschafft, ein wenig von den Gefühlen einzufangen, die er in Martha vermutete.

Chandler trieb den Mercedes in voller Fahrt über die Autobahn nach Ostfriesland. Bis auf ein paar Lastwagen gehörte die Strecke ihm. Hinter Emden dachte er an Pisa. Links äugte er den schiefen Turm der protestantischen Kirche von Suurhusen, der schiefer in den Himmel ragte als sein weltberühmter Konkurrent in der Toskana. Er hielt an und ließ sich von einem zunächst mißtrauischen Ostfriesen erklären, daß schiefe Türme in dieser Gegend keine Seltenheit waren. Lag am weichen, moorigen Untergrund.

Umgefallen war bisher zum Glück keiner.

Im Sommer herrschte in Norddeich reges Urlaubertreiben. Jetzt glichen die kleinen, kuscheligen Kneipen, Cafés und Restaurants rechts und links der breiten Straße zum Fährhafen wie ein Geisterort in einem Western.

Chandler rollte den Leihwagen am Kassengebäude aus, löste das Ticket und fuhr direkt auf die wartende Fähre „Frisia VIII“.

Im Schiffsrestaurant war er der einzige Gast. Ein netter Ober nahm seine Bestellung auf. Zwei Wiener Würstchen und ein Kännchen Kaffee.

Die etwas lauwarmen Knacker aus der Dose wetteiferten mit dem Kaffee, der bei manchem ohne weiteres als Tee durchgegangen wäre.

Die Überfahrt gestaltete sich überraschend ruhig. Trotz der steifen Brise schaukelte das Schiff nur wenig.

Die Kulisse der ostfriesischen Insel Norderney enttäuschte Chandler, der sein Lebtag noch nicht an der deutschen Küste gewesen war. Er hatte geduckte, reetgedeckte Häuser mit weißen Wänden erwartet. Stattdessen grüßte ein städtebauliches Durcheinander mit..., er versuchte zu zählen, ...bis zu fünf- oder sechsgeschossigen Häusern. In der Ferne überragte sogar ein weiß-blaues Hochhaus im „Neue Heimat“-Stil der 60er mit mindestens zehn Stockwerken, das architektonische Potpourri der Nachkriegsjahre.

Erst die Fahrt in den Ort, auf der ihn nach einem ausgiebigen Freudentanz im Hafen Lutz Thasen vom Beifahrersitz aus dirigierte, versöhnte Chandler ein wenig. Die Hafenstraße war von frischgepflanzten Rotdornbäumen gesäumt. Dann entdeckter er dickwandige Häuser mit bis zu zwei Stockwerken in Reihe, die mit ihren Butzenscheiben und dem weißen Anstrich einen urgemütlichen Eindruck vermittelten. Dazwischen lockerten größere Gebäude im Stil der

Bäderarchitekten mit ihren weißgelackten Wänden und kunstvoll verzierten Balkonen das Ortsbild auf.

Thasen trug auf dem Kopf grau, das Gesicht zeigte Spuren der Lebenszeit. Alles in allem, fand Chandler, unterschied sich dieser Mann neben ihm trotzdem nicht sehr viel von dem Tanzdielenbesitzer in Offenbach vor über 20 Jahren.

„Lutz, ganz ehrlich, ohne Flachs. Hast dich gut gehalten."

„Du weißt ja, Alkohol konserviert."

„Das glaubst du doch selbst nicht."

„Nun, die Nordseeluft auf dieser Insel hält die Zellen frisch. Sogar mit den Mädels klappt es noch wie früher."

„Angeber."

„Nein, nicht Angeber. Ich bin richtig froh, wenn die Saison zu Ende geht und die Mädels abreisen und nicht immer neue nachkommen. Herbst und Winter nutze ich, um die Batterie für die nächste Saison aufzutanken."

„Habe ich Mädels gehört. Du alter Sack und junge Mädels."

„Lieber Freund, je älter man wird, desto größer die Zahl der Jahrgänge, die für einen in Frage kommen. So, fahr bitte langsamer, hier kennt mich jeder und Raser lieben die hier nicht, so, jetzt.... rechts abbiegen. Da steht dein Hotel."

Als erstes nahm Chandler die große Terrasse vom „Inselhotel König" mitten im Ort am Kurpark wahr.

„Die ist in der Saison immer knallvoll. Ich sitze dann jeden Morgen, den Gott werden läßt, um elf Uhr auf meinem Stammplatz, trinke Kaffee, lese Zeitung und beobachte Frischfleisch."

„Und wovon lebst du?"

„Das erzähle ich dir nachher, wenn du ausgepackt hast, und wir den Schlachtplan entwickeln."

Das Hotel zählte zu den ersten Häusern am Platze. Es war ein Bau aus den Zwanzigern, schätzte Chandler.

„Ich warte im Café auf dich, bring erstmal die Sachen nach

oben.“

Ein junger Mann half bei den beiden Gepäckstücken.

Nach wenigen Minuten saßen sie zuammen und schlürften einen Cappuccino.

Carl erteilte den Auftrag, das Auto so bald wie möglich auf den Hotelparkplatz zu fahren.

Autoverkehr auf der Insel war nur bei An- und Abreise erlaubt.

„Carl, was treibt dich nach Deutschland und zu mir?“

„Ich habe in Norddeutschland zu tun. Mein Job erlaubt mir eine ziemlich freie Zeiteinteilung. Also auch den Abstecher zu dir.“

„Wärest du auch nach Offenbach gekommen?“

„Warum nicht?“

„Dir Schlitzohr glaube ich kein Wort.“

„Also wovon, Freund Lutz, lebst du?“

„Ich betreibe mitten im Ort, hier gleich um die Ecke, eine Boutique mit Strand- und Bademoden. T-Shirts, Bikinis, Badehosen und all diesen Schnickschnack. Die Leute kaufen im Urlaub doch jeden Scheiß.“

„Hat dir der Verkauf vom ‚Liberté‘ genug Geld gebracht?“

„Es hat gereicht, um mir hier in der Kaiserstraße mit Blick aufs Wasser ein Appartment zu kaufen.“

„Also willst du deinen Lebensabend hier verbringen?“

„Wer weiß, vielleicht treffe ich noch eine reiche Witwe, die einen Erben braucht und mich mit auf ihre Finca in Spanien nimmt. Ich bin für alles offen.“

„So warst du immer. Heute hier, morgen dort. Und jetzt willst du wissen, was ich mache?“

„Bestimmt Gaunereien!“

„Da verwechselst du etwas. Gaunereien waren doch dein Metier.“

Thasen schwieg sich aus und musterte Carl mit spitzbübischem Blick.

Beide grinsten.

„Ich weiß, lieber Thasen, du konntest schon immer besser aussitzen als ich. Also lege ich ohne deine Aufforderung los. Kennst du Martha Harrington?“

„Ich habe jede schöne Frau fest im Blick.“

„Ich bin ihr Manager.“

Carls Brust war für einen Augenblick geschwollen, der Rücken durchgebogen.

„Bumst du sie?“

„Du hast doch wirklich nur das Eine im Koppe!“

„Also, bumst du sie?“

„Nein, sie ist nicht so eine. Außerdem mußt du nicht glauben, was über die Mädels in diesem Gewerbe so geschrieben wird. Sie ist schön und außergewöhnlich intelligent.“

„Bringt sicher 'ne Menge Geld ein.“

„Ich komme zurecht.“

„Freut mich. Und jetzt bist du in ihrem Auftrag unterwegs. Wollt ihr auf Norderney etwa einen Film drehen?“

„Mann, Lutz, du machst es dir und mir wirklich schwer. Ich habe einen guten Job bei ihr. Ich habe sie entdeckt, und ich besorge ihre Geschäfte. Mehr brauchen wir darüber nicht zu reden.“

„Was macht Freund Ingolf?“

„Den habe ich vor ein paar Tagen in New York getroffen. Wir sprachen auch über dich. Schöne Grüße.“

„Du wußtest doch gar nicht, ob du mich findest. Konnte auch schon tot sein. Was also sollten die Grüße? Alles Ballast.“

„Sag mal, hat dir die Nordseeluft die grauen Zellen weggeblasen?“

„Carl, entschuldige,“ Thasen kehrte auf die Erde zurück, „mich macht es mißmutig, von dir aus der großen Welt zu hören, während ich hier verdorre. In Wahrheit suche ich eine Chance, hier wegzukommen. Im Sommer geht es ja noch. Im Winter bleiben nur Alkohol und Trübsal, und dann schneist du herein, das lustige Kerlchen aus dem Weltall, und erzählst Sachen, die ich selbst gern erleben würde. War 'ne schöne Zeit damals in Offenbach."

„Jetzt bist du wieder der Alte. Ich hatte eben einen Moment richtig Angst um dich. Inselkoller, mehr sage ich nicht."

„OK, wir wollen nicht Trübsal blasen. Laß uns einen Schlachtplan entwerfen. Wie lange bleibst Du?"

„Zwei Nächte."

Thasen blickte auf die Uhr.

„Ruh dich jetzt ein bißchen aus. Heute abend lade ich dich zum Essen und Trinken in einen Laden ein, der dir gefallen wird. Da habe ich schon mit dem Finanzminister und dem Kurdirektor so manchen weggezogen. Ich hole dich um Clock sieben Uhr vom Hotel ab."

Carl fiel ein paar Minuten später auf sein Bett und knackte wie ein Bär im Winter.

Wie verabredet trafen sie sich in der Hotelhalle. Auf dem Weg zum Restaurant zeigte ihm Thasen seine Boutique auf der Strandstraße. Im mit einem Scherengitter verrammelten Schaufenster lagen T-Schirts und Badezeug.

Im „Lieke Deeler" war es voll, obwohl Carl auf der Insel nur wenig Gäste entdeckt hatte.

>Hocken wohl Tag und Nacht hier. So nach dem Motto: Hier sitzen immer die, die immer hier sitzen.<

Sie bestellten zwei Jever-Pilsener. Carl setzte nach ein paar Schlucken ab.

„Mann, das reißt einem ja die Zunge auf, so herb ist das."

„Die Friesen lieben dieses herbe Bier, und du wirst es am Ende dieses Abends auch lieben."

„Was hat ‚Lieke Deeler' zu bedeuten?"

„Stammt noch aus der Störtebekerzeit, der Zeit der Viktualienbrüder, als sie alle Gewinne zu gleichen Teilen, also lieke Deeler, aufteilten."

„Dann lebst du Gauner jetzt unter den Piraten!"

„Quatsch, die Zeiten sind längst vorbei. Heute wird nicht mehr geteilt. Heute schnappt sich jeder, soviel er kriegen kann. Jedem das gleiche und mir das meiste, heißt die Devise. Die Leute kriegen doch den Hals nicht voll."

„Mann, du hast aber linke Sprüche drauf. Früher warst du doch sehr konservativ. Vorsichtig ausgedrückt."

„Du wirst dich wundern. Je älter ich werde, desto linker mein Weltbild. Kommst du junger Schnösel auch noch hinter."

„Danke, der Herr, aber Politik interessiert mich den Dreck. Die kochen doch alle nur ihr eigenes Süppchen, füllen den eigenen Beutel und hängen den ums Allgemeinwohl besorgten raus, wenn es an die Wiederwahl geht. Und jetzt laß uns die Wampe füllen, damit der Schnaps nicht so aufklatscht."

Sie langten beim Fisch und den Getränken kräftig zu, tauchten in die Vergangenheit und vergaßen die Welt. Erst um drei Uhr morgens kamen sie, etwas torkelig, an die Burg.

Sie schafften es gerade noch, sich zum Frühstück zu verabreden.

Nach dem Frühstück im Hotel überredete Thasen seinen Freund zu einem ausgiebigen Strandspaziergang. Gummistiefel und eine dicke Windjacke hatte er für ihn gleich mitgebracht. Sie marschierten mutterseelenallein bis zur Weißen Düne und zurück.

„Lutz," faßte Carl das Marschergebnis zusammen, „jetzt kenne ich das Geheimnis der Ostfriesen. Wie immer die Nacht war, ein ordentlicher Ritt über den Strand erfrischt jede Zelle in deinem Körper. Warum willst du unbedingt weg?"

„Du weißt doch: Einsam sein ist schön, einsam sein müssen

große Scheiße. Ich muß hier einsam sein. Obwohl mich alle kennen und akzeptieren, werde ich doch nie ein Einheimischer. Für die komme ich aus Süddeutschland. Ein Zugereister."

„Wollen wir einen Happen essen?"

„Am besten gleich im Hotel. Die kochen recht ordentlich."

Nach dem Essen verordneten sie sich einen Mittagsschlaf. Thasen beschrieb noch den Weg zu seinem Apartment und lud Carl dorthin zum Kaffee ein.

Thasens Wohnung lag im fünften Stock eines über zwanzig Jahre alten Hauses, gebaut im Stil jener Zeit.

Quadratisch, praktisch, gut.

Die Aussicht auf das endlose, heftig bewegte Meer, entschädigte für den häßlichen Bau. Thasen hatte den Eßtisch am großen Fenster zum Balkon liebevoll mit ostfriesisch-blau-weißem Teegeschirr gedeckt und eine Platte Zuckerkuchen aufgeschnitten.

Carls Gefühle stritten sich. Auf der einen Seite fand er es gemütlich, auf der anderen Seite unnatürlich, so gar nicht dem weltmännischen, durch alle Ohren gebrannten Thasen entsprechend, an den er sich erinnerte.

„Lutz, du hattest doch immer gute Verbindungen zur Halb- und Unterwelt im Rhein-Main-Gebiet?"

„Willst du Rauschgift verkaufen?"

„Knaller!"

„Neger und Amerika, paßt doch zusammen."

„Herr Thasen, reißen sie sich zusammen. Ich brauche möglicherweise deinen Rat und deine Hilfe. Können wir vernünftig reden?"

„Schieß los."

Carl legte die Karten auf den Tisch, soweit Thasen sie kennen mußte.

„Gut, ich denke nach. Das klappt immer noch. Und du versprichst mir, das Mädchen bei nächster Gelegenheit vorzuführen. Hier auf Norderney, damit die Leute mich hier mit ihr Arm in Arm sehen können. Das verbessert meinen Aufschlag."

„Versprochen."

„Kleinen Cognac, so zur Abrundung?"

„Nachdem dein Tee so gut war, kann der Cognac nur die Krönung sein. Schenk ein, mach Striche."

Sie prosteten sich zu.

„Carl, wir können das Problem lösen. Aber wir müssen einiges bedenken. Du weißt, jede Anfrage führt beim Befragten zu Reaktionen. In der bürgerlichen Gesellschaft verfallen zunehmend die Werte. Die Regeln ändern sich andauernd. Die Juristen verschieben ständig alle Positionen auf dem Koordinatenkreuz. Eine eiserne Rechtsposition von heute liegt am nächsten Tag schon im Papierkorb. Wer am meisten zahlt, bekommt am ehesten Recht."

„Lutz Thasen, der Küstenphilosoph. Eine ganz neue Seite," staunte Chandler.

„Laß mich meinen Gedanken in Ruhe entwickeln. Also, in der Unterwelt, wie du es nennst, gelten Regeln immer. Da laufen keine Anwälte rum, die daran rumbasteln und Geld verdienen. Wer nach oben kommt, kennt die Regeln und hält sie ein. Wenn du so willst, hat auch die ehrenwerte Gesellschaft ihre Gesetze. Sie zu brechen kostet mehr Konsequenzen als in der Oberwelt. In Deutschland gibt es jede Menge von Kriminalität. Aber längst nicht mehr so wie zu unserer Zeit. Es laufen zwar noch immer Individual-Kriminelle rum, doch alle wichtige Kriminaliät wird großflächig organisiert. Wie ein großes Unternehmen. Zufall ausgeschlossen.

Die Leute, denen dein Mädchen in die Hände gelaufen ist, gehören auf jeden Fall in den Dunstkreis vom Mob. Wenn ich also nach ihnen frage, werden sie schnell von dieser Initiative hören und sind gewarnt. Sie werden der Spur nachgehen, bis sie die Quelle kennen und dann entscheiden, was zu tun ist. Also, mein Freund, einfach jemanden anrufen und fragen, ob er die Nasen kennt, ist nicht."

„Wie wäre es mit einem Anwalt, einem Privatdetektiv?"

„Vorsicht, diese Leute verfügen über weitreichende Verbindungen bis ganz nach oben. Wir reden ja nicht über eine Frau Wer-kennt-mich-schon, wir reden über einen Weltstar."

„Gibt es einen Weg, den wir gehen könnten? Darin warst du doch immer Weltmeister!"

„Ja, einen Weg gibt es tatsächlich."

Carl setzte sich senkrecht.

Jetzt wurde es spannend.

Knapp 300 Kilometer entfernt wischte sich Anselm Focke den Schweiß von den Handflächen. Er blickte sich unauffällig im Büro um.

Alle telefonierten. Padbergs Bürotür war verschlossen.

Auch Peer Hansel konnte er nirgendwo entdecken.

Aus der rechten Jackentasche zog er ein dünnes Kabel, prüfte mit den Spitzen von Daumen und Zeigefinger das winzige Knöpfchen am oberen Kabelende, das Mikrofon, und befestigte es am unteren Teil des Telefonhörers.

Behutsam steckte er die rechte Hand wieder in die Tasche und schaltete das winzige Aufnahmegerät ein.

Obwohl er diesen Vorgang gestern in seinem Loft geübt hatte, war das nichts gegen die Realität. Unruhig tastete er die letzte Telefonnummer auf dem Zettel ein, den Padberg ihm gegeben hatte. Am anderen Ende klingelte es viermal.

„Ja, Hallo."

„Spreche ich mit Herrn Wolfsohn?"

„Wer ist dran?"

„Ich bin Vizepräsident vom ‚Anlage-Institut intakt' in

Ostburg. Wenn Sie ein paar Minuten Zeit haben, mache ich Ihnen ein Angebot für eine Geldanlage, bei der Sie mehr als 20 Prozent Gewinn einstreichen können in nur sechs Wochen.“

Sein rechter Zeigefinger legte sich auf das Gerät in der Tasche. Die Vibration, die er wahrnahm, entsprach den Schwingungen bei den gestrigen Tests.

Das winzige Tonbandgerät lief.

„Hört sich gut an. Kann ich mit 80 000 einsteigen?“

Focke jubilierte innerlich.

>Es läuft wie immer bei diesem krummen Dingern. Der ist nie und nimmer ein echter Zocker, der sagt bloß seinen Text auf. Ihre Einsätze liegen immer zwischen 60 000 und 100 000. Damit es einem Dummkopf wie mir nicht so auffällt, nicht wahr, Herr Padberg.<

Anselm konzentrierte sich.

„Ich biete Ihnen eine Beteiligung am derzeitigen Dollar- und Ölpreisboom. Wir haben eine große Charge über unsere Vertragsmakler in New York und Rotterdam zu günstigen Vorkrisenbedingungen erworben. Jetzt gehen die Preise hoch und damit die Gewinne. Sie steigen noch auf dem alten Stand ein.“

>Warum erzähle ich dem das? Der hat doch schon genickt, als er noch gar nicht wußte, worum es geht.

„Ich spiele mit 80 000 Mark. Wie muß ich Ihnen das Geld schicken?“

„Am besten per bankbestätigtem Scheck auf Eilpost. Eine Blitzüberweisung geht auch.“

„Und bar?“

„Geht auch. Nur, wie komme ich an die Summe?“

„Während die Faxe hin und her laufen, schicke ich einen Boten mit dem Geld. Er fährt gleich los.“

>Der wartet wohl schon seit Stunden mit warmgelaufener

Maschine, um endlich das Geld loszuwerden.<

„Gut. Ich sage Ihnen noch unsere Adresse und beschreibe den Weg.“

„Nicht nötig. Er wird sie finden. Sind ja nur 300 Kilometer.“

>Jede Wette, der Bote steht schon irgendwo im Ort. Kriegt einen Anruf, daß er anstandshalber so lange warten soll, wie er für die lange Fahrt brauchen würde. Teuflisch gut, die Jungs.<

Focke fand Spaß an dem Spiel. Er notierte auf einem kleinen Zettel für sich Wolfsohns Adresse in Göttingen und beschloß, sie sich am Wochenende selbst anzusehen.

„Herr Wolfsohn, ich muß sie pflichtgemäß noch darauf aufmerksam machen, daß es natürlich auch ein Risiko gibt. Wenn die Börsen Kabolz schießen oder die Araber sich plötzlich wieder vertragen mit Saddam, dann kann der Einsatz auch verloren gehen. Außerdem schicken wir nur 60 Prozent Ihrer Summe ins Spiel. 40 Prozent behalten wir für unsere Kosten.“

„Sie müssen ja auch leben,“ brummte die Stimme ins Telefon.

„Bei uns, Herr Wolfsohn, sind Sie trotzdem gut aufgehoben. Wir schätzen alle Risiken sehr sorgfältig und in Absprache mit unseren internationalen Partnern ab.“

„Das will ich auch hoffen. Also, ich mache jetzt das Fax an Sie fertig. Sagen Sie mir eben noch die Nummer. Und dann gebe ich Order für das Geld. Der Mann kommt direkt zu Ihnen und weist sich aus, indem er eine Kopie meines Faxes vorlegt.“

Es lief mit Herrn Wolfsohn präzise so ab wie mit allen anderen, die seitwärts ins Geschäft eindrangen, per Chef-Zettel.

>Die Aufnahme ist im Kasten. Und nun paßt der kleine Anselm auf, ob er noch eine Diskette vom Geheimcomputer des Chefs ziehen kann.

Ihr leimt mich nicht.<

Während er sich Gesprächsnotizen machte, die wie immer in die Akte eines jeden Vorgangs wanderten, überlegt er, wie er weiter mit Susi verfahren sollte. Für ihn stand bombenfest, daß sie Padbergs U-Boot in seinem Leben spielte und ihn gnadenlos aushorchte.

>Dich kriege ich auch noch. Aber langsam. Niemand darf Verdacht schöpfen, bevor ich nicht alles zusammen habe. Diese Brüder bringen es glatt fertig, mich aus dem Verkehr zu ziehen. Und überhaupt, was sollte der Besuch von Rainer Pfaff beim Chef? Meine Ablösung?<

Anselm hing am Leben, sehr sogar, und vor allem forderte alles in ihm, einen Weg zurück zu Martha zu finden.

Er konnte nicht wissen, daß daran bereits andere Kräfte werkelten.

Auf Norderney brach der Abend herein. Die beiden Männer saßen beim vierten Cognac und gingen ihre Pläne durch. Hin und wieder warfen sie einen Blick auf den orangefarbenen Abendhimmel und die Schaumkronen auf dem Meer.

Die Flut erreichte ihren Höhepunkt.

Thasen faßte ihre Gedankengänge zusammen: „Ich finde heraus, was gespielt wird, indem ich meine Quelle nach Padberg und seinen Geschäften befrage. Als Grund gebe ich an, daß ich Geld an die Börse bringen und deshalb bei Padbergs Firma einsteigen will. Das findet niemand verdächtig. Ich werde das ein wenig verbrämen. Ganz sicher bekomme ich eine Auskunft, mit der sich etwas anfangen läßt.

Nach allem, was du mir über diesen Focke erzählt hast, läuft der nur mit. Vielleicht weiß er nur im Ansatz, was gespielt wird. Er ist das schwächste Glied in der Kette. Den nimmst du dir vor.“

„Was meinst du, soll ich in Ostburg wieder ins Hotel?“

„Lieber ein bißchen weiter weg. In der Provinz fällt ein Neger auf.“

„Was schlägst du vor?“

„Kennst du Hamburg?“

„War einmal da.“

„Da steppt jetzt nach der Wiedervereinigung der Bär. Geh ins Interconti Hotel direkt an der Alster. Sag dem Portier einen Gruß von mir. Vielleicht gibt er dir Prozente.“

„Wann rechnest du mit deinen Informationen?“

„Warte ein, zwei Tage. Am besten, du machst dich morgen auf den Weg. Das Wetter wird noch einige Zeit halten. Du kannst ein wenig durch die Hamburger Innenstadt pilgern. Ich hinterlasse beim Portier Nachricht, wenn ich dich nicht direkt erreiche. Wollen wir noch im ‚Lieke Deeler' einen Happen zu uns nehmen?“

„Denk an meine Leber. Wenn du vom Essen in dem Laden redest, meinst du Trinken. Und morgen haben wir keine Zeit für einen langen Spaziergang.“

„Dann trinken wir eben Kurze und machen einen kurzen Spaziergang.“

Im „Lieke Deeler“ fielen sie noch Gerd Lammers in die Arme, dem umtriebigen Klinikchef von Norderney. Er war berühmt für seine Witze und seine Trinkfestigkeit. Carl kam nicht weg über Lammers' Behauptung, daß die Motorradfahrer in Ostfriesland statt Sicherheitshelme lieber Pudelmützen tragen. Er selbst fuhr eine Harley Davidson, war also Experte.

Der Klinikdirektor blickte Carl direkt in die Augen, als er den Testbericht wiederholte: „In Leer haben sie einen Crashtest mit den Helmen gemacht. Alle Helme, die sie vom Kirchturm hinunterwarfen, zerbrachen beim Aufprall. Zufällig ist einem der Tester beim Abwurf eines Helms auch die Pudelmütze vom Kopf gefallen. Die blieb beim Aufprall heile. Seitdem wissen wir Ostfriesen, daß Pudelmützen sicherer sind als schwere Motorradhelme."

Schließlich stieß noch ein Mann zu ihnen, den Chandler ohne weiteres als Nachfahren von Störtebeker hätte durchgehen lassen, ein waschechter Ostfriese mit wettergegerbtem, faltigem Gesicht und leicht geröteter Nase, ein bekannter Hotelier von Norderney. Im linken Ohr trug er einen goldenen Ohrring mit den Anfangsbuchstaben seines Namens. Ein Bier in der Linken, einen Kräuterschnaps in der Rechten, erzählte er die Bedeutung des Ohrschmucks, der die Nähe zu den Piraten nur noch unterstrich: „Früher kam es oft vor, daß Norderneyer auf See blieben und ihre Leichen irgendwo an die Küste gespült wurden."

Chandler und Thasen blickten ihn fasziniert an und konzentrierten sich auf die plattdeutsch gefärbte Schilderung.

Der Hotelier fuhr fort: „Der Finder der Leiche mußte sie beerdigen. Damals war eine Rückführung nicht möglich. Hätte ja Wochen gedauert. Dafür durfte er den Ohrring behalten, der die Kosten abdeckte. Außerdem wußte er, woher die Leiche stammte, und mit Hilfe der Buchstaben konnten man die Angehörigen ausfindig machen und benachrichtigen."

Listig fügte er an: „Heute kriegt man als Gegenwert für den Ohrring allerdings höchstens ein Brett vom Sarg."

Am Schluß wußte Carl nicht mehr, ob er mehr Flüssigkeit zu sich genommen oder hinausgeprustet hatte.

Der private Hamburger Rundfunksender „Alsterradio" beendete den Wetterbericht.

„Das stürmische kühle Herbstwetter hält an."

Trotz seiner massiven Wut im Bauch mußte Graumann doch schmunzeln.

>Wenn hier einer anhält, dann der Verkehr.<

Die Meldung folgte prompt nach dem Piepston: „Drei Kilometer Stau vor dem Elbtunnel in beiden Richtungen.“

In diesem Stau stand Graumann mit seinem XJ12 und schnaubte vor sich hin. Die Hände hielten krampfhaft das zur Zeit recht überflüssige Lenkrad fest.

>Ich Idiot hätte auf mich hören sollen. Freitagnachmittag darfst du diese verflixte Autobahn nicht benutzen, dann fahren sie alle. Um 19 Uhr muß ich beim Boß auflaufen.<

Langsam lief auch die eingebaute Sicherheitsreserve von einer Stunde ab. Graumann war um kurz vor 17 Uhr in Ostburg losgefahren.

Üblicherweise schaffte er die Tour bis zur Elbvilla vom Boß in einer Stunde.

Trotz der Nervosität ging er noch einmal alle Punkte durch, die mit Sicherheit auf dem Tablett lagen.

>Ist das Geschäft mit der Geldwäsche gut angelaufen?<

„Ja. Boß. Die ersten 500 000 Mark kreisen.“

>Ist Padberg wirklich zuverlässig? Schließlich arbeitet er mit unserem Geld.<

„Ja, Boß. Ich habe alles überprüft.“

>Ist gewährleistet, daß im Unternehmen „intakt“ niemand Wind bekommt?<

„Ja. Boß. Ich bin mit Padberg alle notwendigen Fragen durchgegangen.“

>Wie fassen die Ostburger das neue Geschäft auf?<

„Padbergs Frau wird Charity-Lady. Die ersten Einladungen sind schon raus. Ich habe ein Muster mitgebracht. Die Frau vom Minister ist Ehrengast.“

>Was macht das Filmgeschäft?<

„Kommt in Bewegung. Die Spuren zu uns liegen tief unter der Erde, Boß.“

>Noch Fragen?<

Er schaffte es doch noch, pünktlich einzutreffen.

Sein schwerer Jaguar befand sich auf der Auffahrt zur mächtigen weißen Jugendstilvilla vom Boß, die einmal einem reichen Hamburger Kaufmann als Sommerresidenz gedient hatte, in bester Gesellschaft. Vor ihm parkten zwei Mercedes, ein S und ein SL.

Gleich hinter ihm knirschte in dem Moment, als Graumann ausstieg und nach seinem dunkelblauen Jackett angelte, ein Rolls Royce Cabrio, tiefschwarz, auf den Kiesboden.

Ihm entstieg ein Ehepaar, das ihm bekannt vorkam.

Sie winkten sich fröhlich zu.

In der Eingangshalle mit den breiten Treppenaufgängen aus dunklem Holz, die in die oberen Stockwerke führten, brannten alle Lampen. Jede für sich ein Sammlerstück von hohem Wert. Einige für einen illustren Abend gekleidete Paare standen plaudernd herum, ein livrierter Diener servierte auf einem kostbaren Silbertablett in schweren Kristallgläsern Champagner.

>Hätte der Boß aber auch sagen können, daß es fein hergeht. Oder traut er mir keinen Smoking im Kleiderschrank zu?<

Der Boß höchstpersönlich schritt mit ausgestreckter Hand auf Graumann zu.

„Caro Graumann“, kam seine etwas singende hohe Stimme, „ich freue mich, Sie zu meiner kleine Soiree in meinem Haus begrüßen zu dürfen.“

Er wandte sich leichtfüßig zu den anderen Gästen: „Liebe Freundinnen und Freunde, ich freue mich, Ihnen einen der größten deutschen Weinimporteure vorstellen zu dürfen, Herrn Graumann aus Ostburg. Fragen sie ihm ruhig Löcher in den Bauch. Keiner weiß soviel über Wein wie er. Und bestellen,“ er zwinkerte Graumann verschwörerisch zu, „dürfen sie bei ihm auch. Für Freunde macht er Sonderpreise.“

Graumann schmunzelte bedeutungsvoll, wie er es neulich

beim Bundeskanzler in einem Interview gesehen hatte, als er eine Frage partout nicht beantworten wollte.

Der Boß reichte ihn herum wie einen Ehrengast, obwohl auch die anderen Gäste ziemliche Kaliber waren. Alle aus Wirtschaft und Politik.

Die Rolls-Royce-Insassen entpuppten sich als ein bekanntes Schauspielerehepaar.

Der Gastgeber ließ ein perfektes Vier-Gänge-Menü auffahren, dazu seine geliebten italienischen Weine aus dem Friaul und einen großartigen Tignanello 85, der allen Worte der Bewunderung entlockte.

Der Boß strich sich zufrieden über die Weste.

Sie zogen sich in die mit Büchern vollgestopfte Bibliothek zurück, die Herren am Kamin, die Frauen in die Leseecke.

„Meine Herren, ich habe die Bibliothek komplett vom Verkäufer damals übernommen und bin sehr stolz darauf, bisher keines der Bücher gelesen zu haben."

Von den Männern rauchte niemand, jedenfalls winkten alle die angebotenen Davidoff-Zigarren ab. Der Boß dankte es ihnen.

„Es stört mich kein bißchen, wenn Sie nicht rauchen."

Er hatte vor einem Jahr das Rauchen aufgegeben.

„Das ist mir sehr gut bekommen bisher," berichtete er, „ich bin beweglicher geworden. In meinem Alter muß ich mich fit halten. Nach dem Tod meiner Frau vor vier Jahren ging es gesundheitlich ziemlich bergab. Wer weiß, vielleicht läuft mir ja noch einmal die Frau meines Lebens über den Weg."

Der Schauspieler ging auf das Spiel ein: „Nur nicht entmutigen lassen. Es laufen viele sehr schöne Frauen herum. Wenn ich nicht mit so einer verheiratet wäre, wer weiß..."

Ihre Gespräche blieben eine gute Stunde ohne Ziel, bis sich der Boß direkt an Graumann wandte: „Caro Graumann, ich habe vernommen, daß in Ostburg ein Anlageberater große

Erfolge am Markt erzielt. Kennen Sie ihn?“

Das hieb Graumann aus den Schuhen. Er blickte dem 60jährigen irritiert in die Augen.

Der nickte leicht, signalisierte Zustimmung.

„Ja, die Firma heißt ‚intakt‘, genau ‚Anlage-Institut intakt‘. Seriös und findig. Ich habe selbst schon einen guten Schnitt gemacht, und jetzt, wo die Araber wieder rumfuhrwerken, sind die weltweiten Partner von ‚intakt‘ wohl kurz vor der Krise mit einem großen Teil Warentermine für Dollars und Öl zu niedrigen Preisen eingestiegen, die derzeit immens ansteigen. Sehr clevere Leute.“

„Würden Sie auch Ihrem alten Hamburger Freund zu einer kleinen Anlage raten?“

„Soweit ich das Geschäft bisher übersehe, sage ich uneingeschränkt ja. Die Firma ist mehr als 12 Jahre alt. Hat immer gute Geschäfte gemacht.“

„Schicken Sie mir doch morgen ein Fax mit den wichtigsten Daten. Ich werde mich nächste Woche darum kümmern. Meine Herren,“ er blickte in die Runde, „kleine Gewinne erhalten die Freundschaft. Sie sind eingeladen, mit mir zu gewinnen.“

Graumann blieb die Spucke weg.

>Das ist die genialste Art, sich die Leute gewogen zu machen, sie zu kaufen, sein Netz dichter zu spannen. Der Alte ist noch hundertmal schlauer, als ich je gedacht habe. Donnerwetter. Er schmiert die Typen, ohne selbst aus dem Beutel zu kommen. Jetzt muß Padberg aber gewaltig viele Leute abkochen, damit die vom Alten geforderten Gewinne übrig bleiben.<

In Erwartung größerer Geldeinnahmen auf so wunderbar legalem Weg, schließlich nahmen sie kein Geld aus dunkler Quelle, sondern setzten sogar noch eigenes Kapital ein, lösten sich die bisherigen Verkrampfungen des Abends völlig auf.

Einer, ein hoher Beamter, ließ sich sogar zu der Frage verleiten: „Wie hoch schätzen Sie die Gewinne, Herr Graumann.“

>Wie sagt doch Padberg immer: Es ist die Gier, die schiere Gier.<

„Ich habe innerhalb von sechs Wochen an die 25 Prozent reingeholt auf den gesamten Einsatz.“

Die ersten Witze machten die Runde.

Bis schließlich der alte Fuchs noch ein Thema in die Furche schob.

„Peter,“ er blickte zu dem Schauspieler, „wie laufen die Angebote? Ich habe schon einige Zeit keine Filme mehr mit dir gesehen.“

„Nun gut, manchmal geht es nicht so, wie man möchte. Aber es liegen zwei gute Drehbücher auf meinem Schreibtisch. Eines wird bestimmt umgesetzt.“

Der Alte blinzelte zu Graumann und sah wieder zu dem Schauspieler: „Leg erst einmal ein bißchen Geld an. Du hast ja gehört, daß es im Moment ganz ohne Risiko einen großen Sprung nach oben macht. Und Gewinne aus Börsengeschäften sind steuerfrei. Danach wird man sehen.“

Graumann verstand.

>Ich soll ihm bei unserer Filmgesellschaft eine Rolle verschaffen. Genau wie im Film „Der Pate“!<

Beim Abschied ließ er sich von dem Schauspieler die Karte geben.

Er würde in den nächsten Taggen mit Padberg auch über dieses Thema reden.

Im selben Stau wie Graumann stand an diesem Abend Carl Chandler. Er hatte bei den vielen Verzweigungen vor Hamburg den Faden verloren und war in Richtung Elbtunnel von der Hansalinie abgefahren, obwohl es geradeaus über die

Elbbrücken besser gewesen wäre.

Chandler nutzte die Standzeit, um nachzudenken über seine Verabredungen mit Thasen.

Die Vorgehensweise hatte Hand und Fuß.

Sie gefiel ihm.

Nun fehlte ihm noch der richtige Kick, um sich Anselm Focke unauffällig zu nähern.

Er rasterte noch einmal alle Informationen über den jungen Mann durch.

>Bloß keinen Fehler machen. Wenn der Kerl mit im Padberg-Boot rudert, schlägt Marthas Rache fehl. Das wird dem Mädchen nicht gefallen und in ihm Gott weiß was auslösen. Dann brechen womöglich viele schöne Zukunftspläne in sich zusammen. Ich bin noch zu jung für die Rente.

Also Vorsicht, alter Knabe.<

Ihm war sternenklar, daß auch nur ein Fehler die Padberg-Bande in einen Haufen Piranhas verwandeln würde.

Unberechenbar. Blutrünstig.

Endlich kam die Lawine vor dem Elbtunnel in Gang. Carl nahm die nächste Abfahrt hinter dem Tunnel.

Lieber in der Stadt steckenbleiben, die Mühle abstellen und ein Bierchen zischen.

In ihm röhrte mächtiger Nachdurst.

Außerdem machte sich in ihm Freude breit, weil er für sich die Entscheidung über Focke ohne jede Einschränkung gefällt hatte, einfach entlang seiner Lebenserfahrung auf der Popometer-Basis. Carl sah Anselm Focke schon auf seiner Seite. Er war der Schlüssel, die anderen zu knacken und aus der Bahn zu werfen.

Am Sonnabend ließ Anselm alle Griffel fallen. Das Wochenende gehörte auch in dem neuen Geschäft ihm allein, obwohl einige seiner Aquisitionskollegen gerade auf diese

Tage schworen, weil dann die meisten Angerufenen auch abnehmen.

Anselm fand, daß er in der Woche genügend Geld reinholte, um sich die Bibel plus eins zu gönnen: Zwei Ruhetage.

Aus dem Büro hatte er die Firmenkarte für „Metro“ in Bremen mitgenommen, die in der Nähe des Flughafens residierte. Nachdem ihm die freundlichen Damen die Eingangssperre geöffnet hatten, ging er zügig zur Rollbahn, die ihn in den ersten Stock beförderte, zur Computerabteilung.

Er hatte Glück. Ein Verkäufer, den ein Namensschild am blauen Kittel als „Herr Granitzka“ auswies, nahm sich seiner an.

„Ich arbeite zwar in meiner Firma am Computer, bin aber nur in der Lage, ein paar Programme aufzurufen, die für mich erforderlich sind. Mehr weiß ich nicht,“ skizzierte er seine Ausgangsposition.

„Mit anderen Worten, Sie wollen bei uns einen Computer kaufen, mit dem Sie mehr arbeiten können als in der Firma. Ich zeige Ihnen gerne ein paar Geräte, und weise Sie auch in die wichtigsten Grundlagen ein, damit Sie dann zu Hause weiterarbeiten und lernen können.“

Anselm fiel ein Stein vom Herzen.

In ihm schwang dieselbe Angst vor Computern wie in so vielen anderen Menschen, denen diese Geräte unheimlich sind.

„Grundlage eins: Das Gerät macht nur, was Sie ihm vorgeben. Und was Sie zu tun haben, sagt es Ihnen auf dem Bildschirm. Mit etwas Geduld schaffen Sie es mühelos. Welche Art von Gerät schwebt Ihnen vor?“

„Ehrlich gesagt, ein Laptop oder Note Book, wie die Dinger heißen, damit ich auch unterwegs damit arbeiten kann.“

Granitzka schlug einen Compaq mit schwarzweißem Bildschirm für knapp 3000 Mark vor. In einem Schnellkursus zeigte er ihm den Umgang mit dem Gerät und den Programmen, vor allem der Textverarbeitung und dem Organizer.

Erst ganz am Schluß und, wie er hoffte, völlig unauffällig, kam Anselm auf Disketten zu sprechen. Der Verkäufer zeigte ihm die Arbeit mit Disketten, belehrte ihn über unterschiedliche Speicherkapazitäten und kam dann auf den zentralen Punkt: „Sie können Ihre Daten jederzeit, auch zwischendurch, auf die Diskette speichern. Das tut man, um beim möglichen Verlust auf der Festplatte nicht alles zu verlieren, oder um mit einem anderen Computer weiterzuarbeiten. Disketten sind sehr praktische Hilfen."

Nach diesem Lehrgang fühlte sich Focke fit, um an diesem ungemütlichen Wochenende das Abspeichern von Daten auf Diskette ausgiebig zu trainieren. Er hatte sich vorsichtshalber alle Arbeitsschritte aufgeschrieben.

>Dagegen kann in der Firma niemand etwas haben, falls Susi mein neues Hobby Padberg meldet. Selbst wenn Padberg bei „Metro" nachrecherchiert, gibt es keinen Grund für irgendeinen Verdacht gegen mich.<

Die Fahrt nach Göttingen zur Überprüfung von Herrn Wolfsohns Adresse ersparte er sich. Er hatte Namen und Adresse schon im Telefonbuch nicht gefunden.

Fockes Gefühle vermengten sich. Auf dem Weg nach Bremen überkamen ihn plötzlich Ängste und Zweifel. Ihm war klar, daß er einen gefährlichen, für ihn lebensgefährlichen Weg plante. Zwar hatte er noch nie gehört, daß Padberg jemanden umgelegt hatte.

Das wäre im „Eiergeschäft" auch nicht erforderlich gewesen.

Aber jetzt, mit der eindeutigen Verbindung zur Unterwelt, jetzt, wo Padbeg praktisch ein Bankier des organisierten Verbrechens war, griffen andere Gesetze.

Focke wähnte sich andererseits noch in Sicherheit, unverdächtigt.

>Wenn ich die Beweise nicht jetzt sammele, dann schaffe ich es nie mehr. Dann machen die mit mir, was sie wollen.<

Die Angst kroch durch seine Adern, jetzt auf dem Weg zurück nach Ostburg.

Er zwang sich, auf den Verkehr zu achten und sich auf die Arbeit am Computer vorzubereiten.

In den nächten Tagen hoffte der früher so unbekümmerte Mann, Gelegenheit zu finden, in Padbergs Büro unauffällig eine Diskette von dessen Computer abzuziehen, dessen Daten sich offenbar von denen der anderen Computer unterschieden.

Danach wollte er weitersehen.

Das Bild von Martha erschien auf seinem inneren Monitor und knipste die Sonne wieder an.

Ein gutes Stück Sonnyboy kehrte zurück.

Ohne Alkohol und Kokain.

Nichts war mehr so wie früher.

Sonntagvormittag umrundete Carl Chandler die Alster. Er fühlte sich einsam in dieser großen Stadt, die Samstag um 14 Uhr einfach ihre Pforten schloß.

Beim Abendessen im Hotel blieben ihm nur flüchtige Gespräche mit den Kellnern als Kontakt zu Menschen. Ihn trieb Sehnsucht, Marthas Stimme zu hören und ihr von seinen Fortschritten zu berichten. Seine innere Stimme mahnte zur Zurückhaltung.

Die Zeit für Martha war noch nicht reif.

Jetzt beneidete er sie, weil sie am Äquator mitten im Indischen Ozean Sonne und Wärme umgaben, während ihm das graue Herbstwetter auf den Docht ging.

Sein Gesicht mußte ziemlich grimmig dreinschauen. Das

Hotelpersonal jedenfalls hielt einigen Abstand, als er die Lobby des „Interconti“ betrat. Mit ungerührter Miene händigte ihm die junge Frau an der Rezeption auf seine Nachfrage eine schriftliche Nachricht aus.

„Bitte Herrn Thasen anrufen. Dringend!“

Plötzlich kam Bewegung in Chandler. Sein Lächeln kehrte zurück und wurde prompt beantwortet. Trotz der grauen Wolken schien nun wieder die Sonne.

Auf dem Zimmer im sechsten Stock verzichtete Carl auf den Alsterblick. Seinem Notizbuch entnahm er Thasens Telefonnummer und tippte sie hastig in den Apparat ein, die 9 vorweg, um ein Amt zu bekommen.

Thasen meldete sich beim ersten Klingeln.

„Carl, wir pieksen in eine stinkende Blase. Ich kann dir die Geschichte nicht am Telefon aufsagen. Dazu ist sie zu brisant und gefährlich. Ich komme nach Hamburg. Sag dem Portier Bescheid. Er soll mir zu meinem Tarif ein Zimmer flottmachen. Wir essen zusammen Abendbrot. Bis nachher.“

Chandler konnte eben noch „Tschüß“ sagen, da schwieg die Leitung schon.

>Das kann ja heiter werden. Martha, in was bist du bloß reingetappt. Dich darf man nicht alleine laufen lassen.<

Die komplizierte Lage verschaffte ihm trotzdem ein gewisses Wohlbehagen, weil ihm immer klarer wurde, daß die Lösung Martha noch enger an ihn schmieden würde.

>Meine Pension ist sicher.<

Die Stunden bis Thasens Ankunft schienen jede aus 120 Minuten zu bestehen.

Chandler fühlte sich wie als Kind in der Vorweihnachtszeit, als er sich wahnsinnig und mit zunehmender Gefühlsdichte auf den Heiligabend freute und beim Blick auf den Adventskalender die Tage gar nicht vergehen wollten.

Gegen 19 Uhr hielt es ihn nicht mehr auf dem Zimmer. Er

setzte sich in die Halle in einen bequemen Ledersessel, bestellte beim Kellner einen Martini-Wodka, beobachtete das internationale Menschenmischmasch und spähte zur hellerleuchteten Auffahrt. Aufgeregt rückte er seinen Sessel so, daß ihm niemand den Blick versperren konnte.

Bei jedem Auto stützte er sich auf die Arme, hob den Körper ein wenig, um sofort lossprinten zu können.

Erst kurz vor 20 Uhr kam die Erlösung. Thasen drückte ihm an der Rezeption nur kurz die Hand und beschleunigte in Richtung Portier.

Die Männer begrüßten sich wie die besten Freunde auf dieser Erde.

„Lutz," strahlte der Portier, „ich habe für deinen Freund alles wunschgemäß arrangiert. Und du bekommst dein obligates Hamburger Zimmer. Die Getränke stehen bereit. Sonst noch Wünsche?"

„Nein, vorerst alles OK. Ich bleibe ein paar Tage."

Jetzt hatte er Zeit für Chandler.

„Entschuldige, wenn ich dich eben vernachlässigt habe. Aber es gibt Dinge, die haben Vorrang."

„Ich bin 8000 Kilometer gereist, um das zu lernen. Vielen Dank."

„Sei nicht gleich eingeschnappt. Hast du einen Tisch geordert im Gartenrestaurant?"

„Ja, der Herr. Rasieren auch? Folgen Sie mir, bitte."

Lutz bat den Portier, sich um sein Gepäck und sein Auto zu kümmern und stiefelte an den edlen Verkaufsgeschäften in der Hotelhalle entlang zum Restaurant.

Am reichhaltigen Büffet füllten sie ihre Teller, bestellten Chardonnay und mümmelten still in sich hinein.

„Ich weiß, Carl, du bist gespannt. Aber der erste Hunger muß weg. So, Prost."

Sie zogen mit Bewunderung für das reiche nach Blumen

und Sommer duftende Aroma des Weins die Augenbrauen hoch und grinsten sich an.

Verschwörer unter sich.

„Also, Lutz, was hast du herausgefunden?"

„Viel. Sehr viel. Unsere Vermutung, daß Focke nur mitspielt, stimmt wohl. Die Idee, ihn herauszubrechen, sollten wir so schnell wie möglich umsetzen. Deshalb bin ich auch hergekommen. Ich traue dir nicht zu, mit solchen Dingen allein fertig zu werden."

„Danke, Herr Kommissar Oberschlaumeier."

„Scheiß drauf. Vier Augen sehen mehr und zwei Köpfe denken mehr. Unsere Lebenserfahrung zusammengenommen, könnten wir das Ding wuppen. Aber Vorsicht."

Thasen hob mahnend den linken Zeigefinger. Sein rechter Handrücken legte sich unter das Kinn.

„Die Bewegung muß ich mir merken. Einsame Spitze."

„Döspaddel. Ich will dir damit sagen, daß wir uns auf glattem Eis bewegen. Und jetzt hör auf, mich andauernd zu unterbrechen."

„Aye, Aye, Sir."

„Ruhe jetzt. Also..., Padberg wird zu so etwas wie zum Bankier des organisierten Verbrechens aufgebaut. Sie gehen sehr vorsichtig zu Werke. Er hat seinen Deckenverkauf eingestellt. Ohne Konkurs, wie sonst in dieser Branche üblich.

Erst hieß es, die Firma sei pleite. Plötzlich lag genügend Geld auf dem Tisch, um alle Gläubiger ruhigzustellen. Genauso plötzlich besaß er eine neue Firma namens ‚intakt', mit der er Warentermingeschäfte und andere Geldvermehrung oder -verluste arrangiert. Ganz wie's so kommt.

Das System kenne ich natürlich nicht genau. Ich habe meine Leute ja auch nur gefragt, ob sie mir raten, mit der Firma zu arbeiten. Da sprudelten sie schon los. Der Kontaktmann der Organisierten, Mafia wage ich nicht zu sagen," er blickte sich mißtrauisch im Raum um und senkte die ohnehin schon leise Stimme um ein paar Einheiten, „der Kontaktmann wohnt in Ostburg. Ist großer Weinhändler. Wohl zur Tarnung. Padberg hat den Auftrag, das reime ich mir nach den Informationen jetzt zusammen, schwarzes Geld über legale Börsengeschäfte weiß zu waschen. Also kurzum, meine Freunde haben mir geraten, die Finger von Geschäften mit ‚intakt' zu lassen und auch den Namen schleunigst zu vergessen."

„Mann, darf ich jetzt wieder etwas sagen?"

„Nur Mut."

„Das ist wirklich eine Giftblase. Da brauchst du nur einmal dran zu schnüffeln, schon fällst du tot um. Und nun?"

„Gute Frage. Wir müssen jetzt methodisch vorgehen. Erster Schritt: Wir nehmen Kontakt mit Focke auf und stellen fest, ob er kooperieren will. Vor allem müssen wir wissen, ob er deine Klientin noch liebt."

Thasen kratze sich die Stirn und setzte erneut an: „Bevor ich mit dir, Freund Carl, ‚Allein gegen die Mafia' spiele, habe ich noch eine Bitte. Gehe morgen zum Frisör und laß dir dieses jugendliche Restgelocke von deinem schwarzen Schädel holen."

„Wirst du jetzt noch mein Modeberater, oder bist du heimlich schwul und hast jetzt deine erste große Liebe getroffen?"

„Weder noch. Ich hasse vorpubertäre Erscheinungen an gestandenen Männern. Außerdem, ein kleiner Tip vom Freund, wenn die Stoppeln kürzer werden, sieht man mehr von deinem ausdrucksvollen Schädel, und du kommst meinem Lieblingsschauspieler Michel Piccoli näher."

„Aber nur, wenn ich die Hauptrolle spielen darf. Und jetzt ist Schluß mit lustig. Wir müssen telefonieren."

Auf dem kleinen Computerschirm standen wirre Worte. Und immer wirrere kamen dazu. In Schreibmaschine ungeübte Finger formten nach dem Adlersuchsystem Buchstaben zusammen. „Trautikaboplotz" war eines der unaussprechlichen Gebilde, für die noch eine Sprache erfunden werden mußte.

Anselm Focke waren diese abenteuerlichen Kombinationen egal. Wenn er mit seinen Computern hantierte, dann nur, um bestimmte Börseninformationen aufzurufen. Dazu bedurfte es bloßer Übung mit den Tastenkombinationen. In ehrlichen Stunden gestand er sich sogar ein, daß er seit der mittleren Reife ziemlich viel an Rechtschreibung vergessen hatte und unanständig viel Zeit benötigte, um einen Brief zu schreiben.

Zum Glück hatte Bell das Telefon erfunden.

Er fuhr mit dem eingebauten Trackball in seinem Compaq Note Book den Curser über den Schirm, klickte „Datei" an und in dem Menü „Speichern unter...". Auf dem Display erschien eine Maske, die ihn darauf hinwies, daß er im A-Laufwerk, also auf der Diskette, seine Daten abspeichern konnte. Er klickte auf „OK" und ein Elektromotorgeräusch nebst Leuchtanzeige auf der Anzeigetafel über der Tastatur bestätigten die Ausführung des Befehls.

Diesen Vorgang hatte er an diesem Sonntag 'zigmal geprobt.

Die Nackenmuskeln verspannten sich bereits und ließen sich auch durch Lockerungsübungen nicht zur Entspannung überreden. Nach Abschluß der Diskettengeräusche klickte er sich aus der aktuellen Datei aus und ging zurück auf das Startmenü für alle gespeicherten Programme.

Er dattelte ein wenig im Kartenspiel „Solitär" herum und kehrte dann mit Hilfe des Trackballs zurück zum A-Laufwerk, um sicherzugehen, daß er, ohne auf seine Notizen zu schauen, die Daten von der Diskette wieder auf diesen Bildschirm bekam.

Ihm ging es um den bloßen Vorgang. Der Inhalt seines Geschreibsels interessierte ihn nicht.

Es klappte so, wie es ihm der Herr Granitzka vorgeführt hatte. Das Laufwerk schrammte, die Diskettenanzeige leuchtete und auf dem Bildschirm erschien sein Wortsalat.

Zufrieden verschränkte er die Hände hinter dem Kopf und drückte die Nackenmuskulatur durch, bis die Finger fast den Druck nicht mehr hielten und langsam auseinanderrutschten.

Das Telefon klingelte.

>Bestimmt will Susi Freudenpiez wissen, ob ich sie heute zum Chinesen oder Griechen einlade, weil sie genug hat von sechs Stunden Fitneßcenter und sich die abgearbeiteten Gramm pfundweise zurückfressen will. Hoffentlich kann ich sie so bald wie möglich entsorgen. Ich fürchte, das wird erst klappen, wenn ich Padberg hinter mir habe.

Oder in der Kiste liege.<

Die blonden Haare auf beiden Unterarmen stellten sich senkrecht. Sein meditativer Augenblick gewährte einen tiefen Blick in ein großes, schwarzes Loch.

Das Telefonklingeln erreichte ihn aus weiter Ferne.

Wie in Trance griff Anselm zum Hörer.

„Focke."

„Guten Abend, Herr Focke, mein Name ist Carl Chandler. Antworten Sie bitte nicht, sagen Sie auch nichts, bevor ich ausgesprochen habe. Das ist jetzt wichtig. Sie werden gleich erkennen, warum."

Anselm runzelte besorgt die Stirn. Der Name sagte ihm tatsächlich etwas. Eigentlich konnte der Anruf nichts Gutes bedeuten.

Chandler schien seine Gedanken zu lesen.

„Machen Sie sich keine Sorgen. Es ist nichts Unangenehmes. Sagen sie auf meine erste Frage bitte nur ‚Ja' oder ‚Nein'. Sie wissen, wer ich bin?"

„Ja."

„Sind Sie allein oder kann jemand mithören?"

„Erstens ja, zweitens nein."

„Dann lassen sie uns reden."

„Einverstanden. Sie haben mir aber einen ziemlichen Schreck eingejagt mit Ihrer Geheimniskrämerei."

„Das mußte sein. Und ich weiß nicht, ob Sie nach Ende der Aktion, die wir vorhaben, sich nicht an diesen Augenblick als einen Moment der Lebensfreude erinnern gegen das, was noch kommt."

„Hört sich ja nach 'ner großen Sache an."

„Herr Focke, es ist jetzt 22 Uhr. Könnten Sie noch nach Hamburg kommen?"

„Geht es um Martha?"

„Auch."

„Ist sie bei Ihnen?"

„Nein. Aber ich garantiere Ihnen, Sie werden sie zu sehen bekommen, wenn alles vorbei ist."

„Vorbei? Was?"

„Deshalb bitte ich Sie nach Hamburg. Dauert ein, zwei Stunden, damit Sie morgen wieder bei der Arbeit erscheinen. Wann fängt Ihre Bürozeit an?"

„Um elf."

„Arbeiten Sie noch in der alten Firma?"

„Das ist eine lange Geschichte. Erzähle ich nacher in Hamburg. Wo treffe ich Sie?"

„Im Hotel Intercontinental an der Außenalster."

„Kenne ich. Bis in einer guten Stunde. Tschüß."

„Ciao."

Anselm löschte auf seinem Computer die Arbeiten des Nachmittags und ging dabei systematisch nach den Anweisungen seines Lehrers vor, die er sorgfältig mitgeschrieben hatte.

>Susi ist sowieso viel zu doof, um überhaupt den Sinn des

geschlossenen Geräts zu endecken, geschweige denn, es zu öffnen.<

Da irrte er gewaltig.

Susi kam zurück, kurz nachdem er mit seinem roten 61er Porsche 356 b in Richtung Hamburg abgedampft war.

Sie las seinen Zettel, auf dem nur stand, er müsse sich kurzfristig mit einem möglichen Kunden treffen.

Sie griff sofort zum Telefon und wählte Padbergs Nummer in seiner Wohnung.

„Herr Padberg," berichtete sie mit Verschwörerstimme, „ich sollte anrufen, wenn etwas Ungewöhnliches ist. Anselm ist heute abend ausgeflogen, obwohl er wußte, daß wir essen gehen wollten. Auf seinem Schreibtisch steht ein kleiner, dunkelgrauer Kasten."

„Was steht drauf."

„Compaq."

Padberg brannte eine Zigarette an und dachte nach.

„Das ist ein Note Book."

An Padberg sauste Susis Intelligenzblitz scharf vorbei.

„Die sind doch aus Papier."

Soviel Englisch verstand Susi.

„Hat er Ihnen einen Zettel geschrieben?"

„Ja."

„Vorlesen!"

„Ich treffe mich kurzfristig mit einem Kunden, um ein Geschäft zu besprechen."

„Steht nicht drauf, wann er zurückkommt?"

„Nein".

„Ich bin in zehn Minuten bei Ihnen. Rühren Sie das Gerät nicht an."

Padbergs Systeme standen auf Rot.

>Der Kerl haßt Computer wie die Pest. Wieso jetzt gleich einen Beweglichen?

Es stinkt.<

Padberg pellte sich aus seinem gelben Kaschmirpullover mit V-Ausschnitt, den er gerne an Heim und Herd trug und warf eine Lammlederjacke über.

„Eva, ich muß nochmal in die Firma. Dauert 'ne Stunde. Wenn du müde bist, leg dich schon schlafen."

In Anselms Loft sah sich Padberg kurz um und öffnete dann routiniert den Deckel des Note Books. Er ging mit dem Gerät um, als habe er nie etwas anderes getan. Nach einem Tastendruck und einem Piepston leuchtete der Bildschirm auf und zeigte nacheinander alle Daten, die zum Laden des Hauptprogramms erforderlich waren. Schließlich erschien das Gesamtmenü. Padberg doppelklickte auf Microsoft Works und fummelte sich in die Schreibdatei. Kein Hinweis auf die Tagesarbeit von Anselm.

Klick.

„Works-Assistent" sprang auf den Schirm.

Padberg klickte die „Arbeit heute" an.

Anselm hatte mit den A-Laufwerk gearbeitet. Den ganzen Tag.

>Was hat das zu bedeuten? Die Buchstabenzusammenballungen ergeben nur Unsinn. Der Knabe wollte etwas anderes als einen Brief schreiben.<

Padberg klickte das Gerät auf die Ausgangsposition zurück und versetzte es, wie vorgefunden, in Tiefschlaf.

Ihm kam zugute, daß er in einer Fachzeitschrift über diesen Computer etwas gelesen hatte.

„Susi, hier hast du 'nen Hunni. Bleib wachsam und halt die Schnauze. Du willst den Kerl doch behalten?"

„Ja, vielen Dank, Herr Padberg."

Der muskulöse, 1,80 Meter große Mann musterte einen Moment Susis Formen, entdeckte in ihren Augen Bereitschaft und zog langsam den Reißverschluß am Hosenschlitz runter.

„Eine kleine mündliche Besprechung wäre jetzt nicht schlecht."

Susi ging in die Hocke und an die Arbeit.

Der über 30 Jahre alte, luftgekühlte Boxermotor im Heck des Porsche verrichtete mit kernigem Gegrummel seine Arbeit und bereitete seinem Fahrer Hochgenuß. Anselm liebte dieses Auto, das ihm vor acht Wochen ein „Eierverkäufer" nach mehreren verlorenen Pokerrunden gegen Dünnes überlassen mußte, heiß und innig.

Eine kleine Werkstatt im Vorort Grünlingen wartete den knallroten Wagen und hatte vor drei Tagen ein Kompressionsdiagramm vorgelegt, für das die Bank von England jeden Kredit geben würde. Erst auf den Elbbrücken ging Anselm vom Gas. Dieses Gerät liebte Dampf und ließ sich ungern auf kleine Fahrt ein.

Der uniformierte Türsteher am „Interconti" zog diensteifrig ein Lübecker Hütchen von einem freien Platz vor dem Eingang und winkte Anselm ein. An der Drehtür empfingen ihn zwei Männer in den besten Jahren, die er nicht kannte, sie ihn offenbar desto besser.

„Herr Focke," grüßte der angegraute, dunkelhäutige Mann mit der ausdrucksvollen hohen Stirn zuerst, „schön, daß sie noch kommen konnten."

„Ich bin Lutz Thasen," drückte ihm der ältere der beiden fest die Hand, „ein Freund von Herrn Chandler. Wir arbeiten derzeit zusammen."

„Laßt uns in die Bierbar gehen, Männer. Mir ist nach einem Frischgezapften", gab Chandler die Richtung vor.

Sie fanden Platz an einem blankgewienerten, hellen Holztisch, der sie etwas von den übrigen Besuchern fernhielt.

Chandler sah sich forschend um.

„Besser, niemand kann zuhören."

Er winkte der Bedienung, einer jungen Frau mit schönen, runden Formen.

„Drei Biere für Erwachsene, bitte.“

Die Männer griffen erst einmal in die mit Erdnüssen gefüllte Tonschale auf dem Tisch und kauten vor sich hin.

Chandler startete das Gespräch.

„Herr Focke, Sie wissen, ich bin Marthas Manager. Sie hat Ihnen sicher von mir erzählt?“

„Dann wissen Sie hoffentlich, warum sie unsere Beziehung abgebrochen hat, ohne mir auch den Hauch einer Chance zu geben.“

Chandler nickte gedankenverloren.

„Herr Focke, ich werde Ihnen darüber Auskunft geben, wenn wir ein paar andere Fragen geklärt haben. Erst dann.“

„Also schießen Sie los.“

Die Biere kamen. Sie prosteten sich zu und zogen in kräftigen Schlucken die Gläser leer. Als sie sie abstellten, sammelte sich am spitzen Boden ein Rest Schaum.

„Noch drei hinterher, bitte.“

Die junge Frau stand schon wieder hinter dem Zapfhahn.

„Ich habe Ihren Durst gehört und bin bei der Arbeit.“

Chandler wandte sich zu Anselm.

„So, jetzt lassen Sie uns reden. Herr Thasen wird zunächst nur zuhören. Sie können ihm hundertprozentig vertrauen und mir auch. Wir beide tun alles, aber auch alles, um Martha zu schützen. Wir wollen feststellen, ob wir Sie auf unserer Seite sehen oder nicht.“

„Sie können mit mir offen sprechen, Herr Chandler. Auch ich bin am Wohle von Martha interessiert. Und wenn es Ihnen hilft, sollen Sie wissen: Ich liebe Martha wie ich noch nie eine Frau geliebt habe. Ich leide wie Hund unter dem Schlußstrich.“

„Hört sich gut an. Jetzt will ich wissen, ob Sie mit uns

kooperieren?"

„In welcher Beziehung?"

„In geschäftlicher. Erzählen Sie uns in aller Offenheit, was mit Ihrer alten Firma passiert ist, und was Sie jetzt arbeiten."

„Padbergs Warenvertriebsfirma, wir nennen das ‚Eierhandel', ist liquidiert worden in diesem Sommer. Gleichzeitig hat Padberg ein Warentermingeschäft mit der Firma ‚intakt' aufgebaut, die schon lange besteht. Er hat sie gekauft oder so. Da weiß ich keine Einzelheiten."

„War für Sie aber ein ganz schöner Sprung vom Werbesprecher, also ‚Eierverkäufer', zum Börsenspezialisten."

„Um ehrlich zu sein, weiß ich von Börsen noch immer sehr wenig. Wir arbeiten mit Brokern, die an den Börsen in Chicago, New York und Rotterdam zugelassen sind. Die geben uns die Hinweise für die Plazierung von Geldern."

„Kann man als Kunde gut verdienen?"

„Manche ja, manche verlieren sehr viel. Das ist aber nicht mein Geschäft. Ich reiße die Kunden auf, lege mit ihnen den Umfang des Geschäfts fest. Platzierungen und Gewinnberechnungen macht der Chef zusammen mit einem Assistenten."

„Glauben Sie, daß alles sauber abläuft?"

„Wollen Sie mich aushorchen?"

„Ich möchte Ihre Grenzen kennenlernen, wissen, wo Sie stehen."

„Ob ich zu Padberg stehe, zur Firma?"

„So ungefähr."

„Was hat das mit Martha zu tun?"

„Alles."

„Sie müssen schon konkret werden, damit ich antworten kann."

Anselm blickte dem dunkelhäutigen Mann extra mißtrauisch in die Augen.

„Na klar, ich verstehe, daß Sie mißtrauisch sind. Also, dann lasse ich 'mal die Hosen ein Stück runter.

Wir glauben, daß Ihr sauberer Herr Padberg Martha bewußt und gewollt hereingelegt und mißbraucht hat. Wir glauben auch, daß er Sie bespitzelt und gegen Sie arbeitet. Wir wissen nur nicht warum."

„Nun aber Butter bei die Fische, Herr Chandler."

„Ich habe Ihnen meinen Hintern gezeigt. Bevor der Schniedel drankommt, müssen sie mir noch eine Frage beantworten. Ohne Wenn und Aber. Würden Sie uns alles berichten, was Sie über die Firma und mögliche Schweinereien wissen, die hinter den Kulissen laufen?"

„Wenn ich das tue, bin ich den Job los und in der Branche verbrannt. Wenn ich das überhaupt überlebe."

„Wenn Sie es überleben, sind Sie sehr wahrscheinlich wieder mit Martha zusammen und brauchen sich über die krummen Touren, mit denen Sie ihr Geld bisher verdient haben, keine Gedanken mehr zu machen. So einfach ist das."

„Herr Chandler, verstehen Sie mich bitte nicht falsch. Mit diesen Brüdern legt man sich nur einmal an. Das erste und das letzte Mal. Andererseits, ich liebe Martha und tue alles, um wieder mit ihr zusammenzusein. Vorausgesetzt, sie liebt mich auch."

„Davon können Sie nach Lage der Dinge ausgehen."

Anselms Herz tat einen Freudensprung: „Also weiter. Sie rufen mich an, beordern mich nach Hamburg, wir essen Erdnüsse, trinken Bier, und Sie verlangen von mir, daß ich den Kopf in die Schlinge lege. Wären Sie da nicht auch mißtrauisch?"

„Gut, ich gebe Ihnen einen weiteren Beweis. Haben Sie jemals ein Video drehen lassen, das Sie bei der Vögelei mit einer außerordentlich dickbusigen Blondinen in Ihrer Wohnung zeigt?"

„Ich bumse zwar so eine Blondine. Das ist wohl richtig. Aber Pornos drehe ich nicht.“

„Dieser Film, vom dem ich erzähle, ist genau an dem Abend gedreht worden, als Sie mit Martha von Gran Canaria zurückgekehrt sind. Sie wollte direkt zu Petersen, weil sie am nächsten Tag für Fotos absolut frisch sein mußte, und Sie haben sich gleich eine andere ins Bett geholt. Das zeigt das Video, und der es gemacht hat oder hat machen lassen, hat es direkt an Martha gesandt. Sie war damals auf den Malediven, und er kannte ihren Aufenthaltsort. Präzise feinsäuberlich adressiert das Paket.“

Anselm sah die Männer an. Er litt urplötzlich an akuter Blutarmut, so blaß saß er da.

Chandler gab ihm Zeit.

Mit gebrochener, dünner Stimme setzte der sportliche, junge Mann an: „Bei allen Göttern, dieses verdammte Schwein. Der hat die Nutte auf mich angesetzt. Scheißsauferei, Scheißkokain, Scheiße, Scheiße, Scheiße.“

„Also kannten Sie zwar die Aufnahme nicht, aber das Ereignis und der Zeitpunkt stimmen?“

„Ich geb's zu. Jetzt weiß ich, daß Martha gar nicht anders konnte. Ich bin im Suff einfach hereingelegt worden. Jetzt im nachhinein wird mir alles klar, fällt es mir wie Schuppen vom Kopf.“

„Haben sie eine Ahnung, wer das Video veranlaßt hat? Sie machten eben so eine Andeutung.“

Chandler beugte sich so weit über den Tisch, daß ihn von Anselms Kopf nur wenige Zentimeter trennten.

„Ja, ich habe nicht nur eine Ahnung. Jetzt weiß ich alles. Gut, daß ich in den letzten Tagen schon Verdacht geschöpft habe und sehr vorsichtig geworden bin.“

„Verdacht? Vorsichtig?“

„Ja, ich will mit Ihnen kooperieren, sage aber im selben

Atemzug noch einmal: wir haben es mit blitzgefährlichen Leuten zu tun. Früher im ‚Eiergeschäft' ging es hart, aber herzlich zu. Diese schöne Zeiten sind vorbei. Ich vermute Padberg im Dunstkreis des organisierten Verbrechens."

„Sie vermuten es, wir wissen es."

„Ist Herr Thasen bei der Polizei?"

„Nein, und Polizei lassen wir vorerst aus dem Spiel. Das wäre aus vielen Gründen zu gefährlich. Zum einen, weil wir glauben, daß die Jungs dorthin gute Beziehungen unterhalten und zum anderen, weil wir Marthas Ruf beschützen müssen. Also keine Öffentlichkeit."

„Sie glauben doch nicht, daß Sie allein gegen diese Bande ankommen? Wer weiß, wieviele Hilfskräfte die haben! Zu was die fähig sind, muß ich Ihnen nicht beschreiben."

„Deshalb sitzen wir hier zusammen. Herr Thasen ist ein alter Freund aus Offenbacher Zeiten. Er hat auch lockere Verbindungen in die Unterwelt, ohne dazuzugehören. Wir haben recherchiert, sehr vorsichtig, und wissen sicher, daß die Firma ‚intakt' ein Geldwäscheinstitut und Padberg so etwas wie ein Bankier der Kriminellen ist."

„Mafia?"

„Dieses Wort lassen wir raus, weil wir die wahren Hintermänner sowieso nicht kennen. Sagt Ihnen der Name Graumann etwas?"

„Ja, in Ostburg wird er als so etwas wie der Pate der Stadt gehandelt."

„Das deckt sich mit unseren Informationen. Können Sie aus Ihrer Arbeit irgend etwas ableiten, was auf illegale Aktionen hinweist?"

Anselm ließ alle Schranken fallen und berichtete über seine Beobachtungen, Mutmaßungen und auch über seine Fotokopien, die Tonbandaufnahme und seinen Plan, so bald wie möglich eine Diskette von Padbergs Computer zu ziehen.

„Herr Chandler, sie deuteten vorhin an, daß Martha mich noch liebt trotz allem. Was ist da dran?"

„Alles. Ich glaube, wir kriegen euch wieder zusammen, obwohl ich das mit kritischem Blick sehe. Na gut, wo die Liebe hinfällt. Das Leben schreibt nun mal die seltsamsten Briefe, sage ich immer."

„Wird sie die Sache mit dem Video verzeihen?"

„Ich helfe Ihnen, wenn Sie mir helfen. Sie glaubt schon jetzt an eine Manipulation. Ich werde sie weiter darin bestärken. Alles andere müssen Sie unter sich ausmachen."

Sie beratschlagten ihr weiteres Vorgehen, legten ihre Einsätze fest und gingen drei Stunden später auseinander.

Die Bedienung war heilfroh, ihre letzten Gäste los zu sein. Die Augen blickten schon etwas glasig, als Chandler die Rechnung abzeichnete.

Auf der Rückfahrt kroch in Anselm wieder die Angst hoch.

Die neue Woche begann ohne Besonderheiten. Anselm arbeitete tagsüber mehrere Arbeitszettel mit möglicherweise willigen Kunden ab, die ihm der „Anmachschuppen" vorbereitet hatte. In zwei von sechs Anrufen holte er immerhin 40 000 Mark Spekulationsgeld herein.

Danach war das Geschäft wie abgeschnitten. Allgemeine Lustlosigkeit machte sich im „Geldraum" breit. Auch seine Kollegen kamen nicht so recht voran.

Am frühen Nachmittag tauchte Rainer Pfaff auf, um gleich in Padbergs Büro zu verschwinden. Sie waren verabredet.

„Setz dich hin, Rainer. Schon was von der Behörde gehört?"

„Nichts. Auch keine Presse mehr."

„Ja, die Staatsanwaltschaft in Bremen tut sich schwer mit deinem Boß. Wenn der alles so festgezurrt hat wie ich hier, dann werden die ihm ohnehin nichts nachweisen können."

„Aber das Geschäft liegt trotzdem in der Grütze.“

„Vielleicht wollten sie ja auch nur das erreichen. Wie dem auch sei. Mein Anwalt Pottmann hat ein wenig herumrecherchiert. Diese Juristen kennen sich ja alle untereinander. Gegen dich läuft tatsächlich nichts. Also stelle ich dich offiziell bei mir ein. Einverstanden?“

„Zehn Prozent?“

„Quälgeist. Also gut, acht Prozent und keinen Pfennig mehr.“

Pfaff streckte die Hand aus.

Der Handel galt.

Padberg stellte gleich darauf der Mannschaft Pfaff als neuen Aquisiteur vor und ersparte sich weitere Erläuterungen, indem er in seinem Büro verschwand. Pfaff quetschte allen Anwesenden die Hand und orientierte sich über den Arbeitsablauf. Einen der zwei freien Schreibtische erklärte er zu seinem neuen Arbeitsplatz.

Peer Hansel ließ sich den ganzen Tag nicht sehen. Anselm bewunderte die Blase des Computergenies.

>Vielleicht trinkt er seine Soße ja auch. Soll ja sehr gesund sein, wie man aus Indien hört.<

Gegen 19 Uhr kam ein neuer Besucher zu Padberg, der von seinem nachmittäglichen Rundgang durch die Stadt zurückgekehrt war.

Anselm meinte in dem etwas dicklichen, untersetzten Mann Klaus Sternwald zu erkennen, der vor Jahren für Padberg im „Eiergeschäft“ gearbeitet hatte und von der Behörde für eine Weile aus dem Verkehr gezogen worden war.

Massive Steuerhinterziehung.

Sternwald klopfte artig an Padbergs Bürotür. Zuerst tauchte die unvermeidliche Zigarette auf und dann der ganze Mann.

„Klaus, das ging aber schnell.“

Padberg schob mit einem Ruck die Bürotür ins Schloß und musterte Sternwald.

„Neulich bei Egidio sahst du noch etwas abgerissen aus."

„Meine Frau hat mich wieder hochgepäppelt. So freizügig es in Santa Fu auch zugeht. Ich wünsche niemandem, in den Bau zu wandern."

„Das soll auch nie wieder geschehen. Du kannst bei mir im Anmachschuppen anfangen und auch sonst einige Arbeiten für mich erledigen. Wirst du noch gepfändet?"

„Ohne Ende. Erst gestern war wieder der Vogelhändler da. Muß gerochen haben, daß ich wieder frei bin."

„Nee, nee, die Behörden arbeiten eng zusammen. Mach dir keine Illusionen. Also, ich zahle dir den unpfändbaren Satz offiziell und für jeden Arbeitstag 200 netto cash. Hilft dir das fürs erste?"

„Sehr. Welche anderen Arbeiten meinst du?"

„Ich brauche Sicherheit und Kontrolle. Das Geschäft hier erfordert wesentlich mehr Absicherung als alles bisher. Dafür benötige ich einen zuverlässigen Mann. Sehr lieb wäre mir, wenn du noch einen zweiten bringst, der gar nicht in der Firma oder in unserem Umfeld auftaucht. Einen, der auch mal zulangen kann. Wenn du verstehst, was ich meine."

„Ich habe im Knast einen kennengelernt, der genau auf deine Beschreibung paßt. Geht für mich durchs Feuer."

„Schilderung!"

„Du, im Bau braucht jeder einen Beschützer. Ich hatte so meine Leute und Kontakte und habe Ingo Bütt unter meine Fittiche genommen. Der Kerl ist zwar bärenstark. Den sollte sich Schulz mitnehmen, wenn er gegen Foreman kämpft. So als Revanche am nächsten Tag, damit der Dicke wenigstens eine harte weiße Faust in die Fresse kriegt."

„Und so ein Bär brauchte im Bau deinen Schutz?"

Padberg grinste skeptisch.

„Schutz im Bau hat nicht nur etwas mit Kraft zu tun. Was nutzt stark und groß gegen spitz und lang? Du verstehst mich schon.“

„Ja, ein cleveres Kerlchen warst du schon immer. Deshalb brauche ich dich. Wann kann ich Bütt kennenlernen?“

„Der wohnt in Hannover. Am besten wir fahren hin. Wann?“

„Ruf ihn an. Ich will ihn noch heute sehen. Wird auch fürstlich bezahlt. Einzelheiten am Ort.“

Bütt nahm sofort ab und versprach, in drei Stunden in der Kneipe „Zum Schwarzen Bären“ in Hannover-Linden zu erscheinen.

Diese Kneipe kannte Padberg von früher.

Die beiden tranken noch eine Tasse Kaffee.

Beim Hinausgehen rief Padberg in die Büros: „Ich mache Schluß. Wir sehen uns morgen. Holt noch ordentlich Knete rein.“

Ein wenig erfolgreicher Tag ging zu Ende und drückte auf die Stimmung. Nach und nach stellten die Aquisiteure die Arbeit ein. Auch Pfaff verabschiedete sich.

Hansel war, welch Wunder, einmal zur Toilette gegangen und nach acht Minuten wieder in sein Büro zurückgekehrt.

Anselm blieb noch und telefonierte ein bißchen herum, um Einsatz vorzutäuschen.

>Jetzt oder nie. Die Luft ist ziemlich rein und Padbergs Computer hat noch geleuchtet, als er mit Sternwald den Laden verließ.<

Anselm ging erstmal zur Toilette. In dem weißgekachelten Raum prüfte er die Diskette mit 1,44 MB Speicherkapazität.

>Das muß reichen. Für mehr habe ich echt zuviel Schiß.<

Die Handflächen liefen feucht an. Anselm drehte am muschelförmigen Waschbecken den Hahn für kaltes Wasser an und hielt die Hände in den kühlenden Strahl. Sorgfältig trocknete er sie ab. Er verließ so natürlich wie möglich den Raum.

In beiden Großraumbüros brannten noch alle Lampen. Hansel übernahm spätabends immer die Aufgabe, alle Lichter zu löschen. Nur zweimal in der Woche wurde eine Putzfrau zugelassen, die nach Büroschluß unter Hansels Aufsicht aufräumte.

Anselm schlenderte zu seinem Arbeitsplatz zurück. Unter dem Schreibtisch schob er seinen schwarzen Pilotenkoffer in Position.

>Noch einmal alles durchgehen. Alle Fotokopien von den letzten Tagen liegen drin. Der Computer auch. Paß, Geld. Habe ich was vergessen? Verdammt, nicht nervös werden, alter Knabe. Bei dem, was du jetzt vorhast, stört dich keiner. Sind alle weg. Und Hansel bleibt noch mindestens zwei Stunden in seinem Büro hocken.<

Anselm ordnete seinen Schreibtisch und behielt die ganze Zeit die Tür zu Hansels Büro im Auge. Hin und wieder wanderte sein Blick zur Eingangstür. Leise bewegte er sich zum Fenster.

Alle Parkplätze vor dem Haus waren frei. Weit und breit nichts zu sehen von Padbergs Riesen-Coupé. Als er auf dem Rückweg an Hansels Büro vorbeikam, legte er das linke Ohr an die Tür. Durch das Holz hörte er das typische Klappern der Computertastatur.

Hansel bei seiner Lieblingsbeschäftigung.

>Der Kerl besteht nur aus Chips.<

Jetzt trieb er sich selbst zur Eile. Zwei schnelle Schritte und er stand vor Padbergs Büro. Leise drückte er den schweren Messinggriff nach unten und ließ mit sanftem Druck die Tür nach innen aufgleiten.

Die Berührung mit dem Teppichfußboden erzeugte ein leichtes, gleichmäßiges Rauschen. Die Deckenleuchte brannte, auf beiden Seiten des Schreibtischs standen leere, benutzte Kaffeetassen. Über dem Computerschirm rauschten Sterne.

Das Gerät hatte sich, wie alle anderen im Büro auch, auf Bildschirmschonung umgestellt. Anselm drückte die S-Taste. Auf dem Schirm erschienen Zahlen und Namen.

Er entzifferte drei Kunden, die auch auf der Liste standen, die Padberg ihm gegeben hatte. Noch andere Namen tauchten auf, Bankverbindungen, Telefonnummern, Börsennotierungen, Zahlen, Zahlen, Zahlen.

Anselm beendete das Studium des Bildschirms. Mit der Maus klickte er die Datei an, schob die Diskette ins A-Laufwerk und rief das Speicherprogramm auf.

Es klappte.

Das A-Laufwerk gab als Beleg seines Arbeitseifers das typische scharrende Geräusch ab. Es schien Stunden zu dauern und sämtliche Hunde zu wecken...

Anselm zog sein Taschentuch aus der linken Hosentasche.

Die Hände waren jetzt schweißnaß und auch unter den Achseln versagte das Deo jämmerlich. Nebenan unterbrach Hansel seine Arbeit. Er war damit beschäftigt, die Einspielergebnisse der vergangenen Tage so zu ordnen, daß sie wie völlig legale Geld- und Börsenbewegungen aussahen. Diese Arbeiten speicherte er jeweils abends im Computer ab und druckte sie mehrfach für die offizielle Aktenablage aus.

Zur Kontrolle lief in seinem Büro auf einem zweiten Bildschirm dasselbe Programm wie bei Padberg, der alle ungemischten Daten, die er für seine Spezialkundschaft benötigte, selbst eingab und auf Diskette abspeicherte.

Hansel wußte nicht, wohin die Disketten wanderten.

Das interessierte ihn auch nicht, solange nur das von ihm kreierte Programm für das gesamte Computernetz in der Firma nicht durcheinandergeriet. Es hatte ihn genug Arbeit gekostet, zwei getrennte Programme so zu gestalten, daß in einem die Wahrheit lief und im anderen die Wahrheit fürs Finanzamt und andere neugierige Behörden.

Hansel war sehr stolz auf seinen Geniestreich, der seine gesamten Fähigkeiten erfordert hatte. In dieser Welt von winzigsten Bausteinen der Intelligenz wollte er von niemandem übertroffen werden. Insgeheim wünschte er sich, einmal mit Bill Gates, dem reichsten Computergenie der Welt, ausgiebig diskutieren zu können.

Er hatte da noch ein paar Verbesserungsvorschläge.

Hansel wußte, daß seine wirkliche Zeit erst noch bevorstand. Trotzdem fürchtete er, langsam zu alt zu werden. Der 30. stand in Bälde an.

Ein Opa-Alter für einen Computerfreak wie ihn, der schon mit den geheimsten Computern der USA korrespondiert hatte, ohne daß man ihm auf die Schliche gekommen wäre.

Für die Zeit nach „intakt" hatte er viel vor. Das Geld, das er für seine Zukunft benötigte, verdiente er jetzt hier.

Auf dem Bildschirm rechts von ihm weckte ein leichtes Flackern seine Aufmerksamkeit, Signal für irgendeine Aktivität.

Er dachte kurz nach. Padberg hatte sich für den Rest des Abends verabschiedet.

Vielleicht ein winziger Impuls.

Wieder das Flackern.

Jetzt endete der Sternenmonitor. Auf dem Schirm erschienen Padbergs Daten vom heutigen Tag.

Er blickte gebannt auf den Schirm.

Der Curser bewegte sich.

Keine Frage, jemand hatte das Gerät in Gang gesetzt.

Hansel erhob sich leise, als könnte ihn in seinem Büro jemand beobachten, schlich sich zur Tür und öffnete sie einen Spalt.

Padberg hatte mal wieder nicht auf ihn gehört, als er Überwachungskameras für alle Büros wünschte.

„Herr Hansel, alle, die hier arbeiten, sind koscher. Solche Überwachungen machen andere nur unnötig mißtrauisch."

In den Großraumbüros entdeckte er nichts. Das gleißende Neonlicht von den Decken ließ einen Blick auf jedes Detail zu.

Hansel wagte es, die Tür ganz zu öffnen. Der Teppichfußboden fraß das Geräusch seiner langsam vortastenden Füße. Die zwei Schritte zu Padbergs Büro robbte er sich Zentimeter für Zentimeter vor.

Er legte ein Ohr an die Tür und lauschte.

Nichts.

Mit einem Ruck riß er die Tür auf und blickte auf den vor Schreck starren Anselm, der gerade eine Diskette aus dem Laufwerk drückte.

Hansel vernahm noch das Klicken des gefederten Auswurfs und sprang auf den 31jährigen zu. Mit der rechten Hand versuchte er, ihm die Diskette zu entreißen.

So ganz genau wußte er nicht, wie es weitergehen könnte, wenn er das flache Teil erst einmal hatte.

Zeit zum Denken blieb nicht.

Auch nicht fürAnselm.

Der sportliche Mann ging in Verteidigungsposition, blockte mit dem linken Arm, die Diskette fest in der Hand, den Körper des kleineren, leichteren Angreifers ab und schlug eine volle Rechte in dessen Gesicht.

Noch im Flug drehte er die Faust leicht nach links, um die Schlagkraft zu stärken und den Daumen zu schützen.

Die Faust landete präzise auf Hansels Kinn, riß die Unterlippe auf und warf den Angreifer zu Boden, wo er, schwer aus dem Mund blutend, benommen liegenblieb.

In seiner kochenden Wut auf alles und jedes in diesem

Laden trat Anselm noch mehrmals in den hilflos daliegenden Mann, der erst vor Schmerzen schrie und schließlich nur noch stöhnte.

Anselms Adrenalinspiegel stand auf Höhe Montblanc.

Er rannte um die Schreibtische herum zu seinem Platz, zog den Pilotenkoffer unter dem Tisch hervor, öffnete mit fliegenden Fingern die Schlösser, hob den Deckel und warf die Diskette nach innen.

Ebenso schnell war der Koffer wieder verriegelt und Anselm an der Ausgangstür.

Er wartete nicht erst auf den Fahrstuhl, sondern rannte, zwei Stufen auf einmal nehmend, durchs Treppenhaus ins Erdgeschoß.

An der gläsernen Hauptpforte suchte er fieberhaft nach seinem Zentralschlüssel, der, wie konnte es anders sein, in der letzten durchsuchten Tasche seiner Kleidung lag. Das Schloß hakte etwas, gab aber beim zweiten Druck willig nach.

Er verschloß die Tür wieder von außen und raste mit langen Schritten zum gegenüberliegenden Parkhaus, wo er im Tiefparterre einen Dauerparkplatz gemietet hatte.

Kostete 300 Mäuse im Monat.

Der Porsche sprang bei der ersten Schlüsseldrehung an, gehorchte sofort auf den Gasfuß. Fast hätte Anselm die Schranke an der Ausfahrt durchbrochen. Er bremste mit lautem Kreischen knapp davor, warf seinen Dauerparkschein in den Schlitz am Automaten und raste in die Nacht davon.

Erst auf der Autobahn nach Hamburg kam er wieder zu sich. Solange hatte das Adrenalin sein Handeln bestimmt.

Er parkte auf dem Rastplatz Aarbachkate.

>Eine schöne Nase Kokain wäre jetzt das einzig Senkrechte.<

Sofort rief er sein Unterbewußtsein zur Ordnung. Im Rasthaus fand er ein Telefon.

Er verzichtete auf sein Handy, weil die Firma die Telefonkarte stellte und abrechnete.

>Bloß keinen Hinweis für Padberg.<

Chandler nahm schon beim ersten Klingeln ab.

Er hatte die ganze Zeit dringend auf Anselms Anruf gewartet.

„Ich habe eine Diskette gezogen und einen Mann krankenhausreif geschlagen. Nach Ostburg kann ich vorläufig nicht zurück.“

„Ja, Herr Focke, jetzt sind Sie vogelfrei wie einst Martin Luther. Von nun an heißen Sie Junker Jörg.“

„Scheißgefühl. Was soll ich jetzt tun?“

„Sie gehen nach Plan vor. Das heißt, Sie kommen nach Hamburg. Ich mache ein Zimmer unter anderem Namen im ‚Interconti' für sie flott. Das ist schon vorbereitet.“

„Was werden die jetzt tun?“

„Sie werden Sie zum Abschuß freigeben. Haben Sie etwas anderes erwartet?“

„Gut, ich fahre los. In etwa 40 Minuten im Hotel.“

Thasen hatte das Gespräch mitverfolgt.

„Die Operation ‚Schweinepriester' ist angelaufen. Jetzt kann keiner mehr zurück.“

Chandler machte ein sehr nachdenkliches Gesicht.

„Lutz, jetzt weiß ich, was es bedeutet, allein auf weiter Flur zu stehen und dem Feind ins wäßrige Blaue zu sehen.“

Padberg kehrte erst morgens gegen drei an die Burg zurück. An die Schlafzimmertür hatte seine Frau einen gelben Zettel geheftet.

„D R I N G E N D

Sofort im Büro anrufen nach Rückkehr.“

Padbergs Achseln liefen feucht an, was sonst bei ihm allenfalls unter großer Hitzeeinwirkung geschah. In seinem Magen drehte sich Tysons rechte Faust, Highlander bohrte ihm zu allem Überfluß noch sein Schwert in die Brust.

In seinem Kopf dröhnte es wie nach einer Bombenexplosion.

Der Kreislauf sackte sekundenlang durch.

Alles drehte sich.

>Jetzt ist die Scheiße passiert. Jetzt, wo ich endlich eine eigene Schutztruppe aufgebaut habe. Einen Tag zu früh.<

Er tappte nach dem Handy in seiner rechten Jackentasche und drückte die Büronummer ein.

„Hansel," kam es breiig aus dem Hörer.

„Herr Hansel, Padberg hier. Was ist los?"

Hansel gab eine kurze Schilderung, soweit es seine geprellten Rippen und zwei fehlende Schneidezähne zuließen. Er sah aus wie Micky Mouse nach einem Kampf gegen Mike Tyson.

„Ich komme sofort. Haben Sie sonst noch jemanden benachrichtigt?"

„Nein. Ich wollte erst mit Ihnen reden. Wenn Sie kommen, erschrecken Sie nicht. Ihr Büro sieht aus wie ein Operationssaal. Ich blute noch immer stark."

Padberg dachte intensiv nach. Im Moment gab es nichts zu tun, außer...

Er wählte Fockes Loft an. Verschlafen meldete sich Susi.

„Herr Padberg, ich habe Anselm nicht gesehen."

Trotz der gestrigen Blasennummer sagte sie „Herr Padberg", was der allerdings in seiner Aufregung nicht wahrnahm.

„Wenn du ihn hörst, sei nett und versuche festzustellen, wo er ist. Gibt es Spuren, die darauf hinweisen, daß er verreist ist?"

„Nein, alles an seinem Platz."

„Dann schlaf weiter. Nacht."

Der Aufruhr in seinem Kopf und Körper ging an seinem

Schniedel vorbei. Der stand bereits, als Susi die ersten Silben durchs Telefon hauchte.

Mit Höchsttempo raste er in die Innenstadt, öffnete die Haustür und hastete die Treppen mit derselben Geschwindigkeit hoch, wie sie Focke wenigen Stunden vorher hinuntergeeilt war.

Fast lag noch der Luftzug im Haus.

Hansel hatte die Bürotür angelehnt. Die Deckenleuchten beschienen ein menschliches Wrack.

Der stolze, intelligente Computermann war schrankfertig.

„Was kann er mitgenommen haben auf der Diskette?" wollte Padberg wissen, ohne auch nur ein Wort des Mitgefühls für seinen geschundenen Mitarbeiter zu erübrigen.

„Das kann viel sein und wenig. Ich habe einen Probelauf gemacht. Wenn er Zeit hatte, Ihre gesamten Daten von heute abzukupfern, sind auch alle auf der Diskette. Wenn ich ihn unterbrochen habe, was ich hoffe, aber nicht beurteilen kann, sind nur die Anfangsdaten drauf."

„Was ist schlimmer?"

„Nach meinen Nachforschungen würde schon eine Seite reichen, um uns in Schwierigkeiten zubringen."

„Was müssen wir tun? Stellen Sie Ihre Schmerzen mal zurück und drehen Sie Ihre Festplatte an. Sie sind doch ein intelligenter Mann."

„Wir müssen ihn finden und ihm die Diskette entreißen."

„Gab es wenigstens den Hauch einer Andeutung, wohin er damit wollte. Und was?"

„Nichts. Ich weiß nur eins. Wenn er zur Staatsanwaltschaft wollte, hätte er es leichter haben können."

„Wieso leichter?"

„Der hätte unter einem Vorwand die Polizei oder den Staatsanwalt selbst holen können. Der Fehler liegt doch bei Ihnen, daß sie weg sind, es auch noch groß rausposaunen und nicht wie jeden Abend die Diskette abziehen und die Daten löschen. Dafür habe ich es doch eingerichtet!“

Das machte Padberg noch nervöser. Er überging die Schuldzuweisung.

Innerlich gab er seinem Mitarbeiter Recht.

„Ich bringe Sie jetzt ins Krankenhaus zur Behandlung. Wir erzählen, daß Sie auf der Treppe gestolpert sind. Wer will uns das Gegenteil beweisen?“

Nach dem Samariterakt - die Ärzte behielten Hansel zur Beobachtung, weil sie einen Bluterguß im Kopf befürchteten - rief Padberg Sternwald zu sich und gab Ingo Bütt Order: „Ingo, hast schon geschlafen? Macht nix. Ich brauche dich morgen früh um neun Uhr im Büro. Wir haben einen Notfall und den ersten Einsatz. Ging schneller, als ich gestern abend gedacht habe.“

>Graumann werde ich erstmal nichts erzählen. Der geht sonst an die Decke. Vielleicht zieht meine eigene Truppe die Sache selbst glatt.<

Auf dem Parkplatz des Heimatmuseums Bad Zwischenahn standen nur wenige Autos. Aus dem großen Mercedes-Coupé flog die achte Zigarettenkippe, seit das Auto dort stand. Padberg wippte nervös mit dem linken Fuß im freien Raum, den bei Autos mit Schaltgetriebe das Kupplungspedal einnimmt.

Dieser Schlitten fuhr natürlich mit Schaltautomatik, damit seine nervösen Besitzer mit dem linken Fuß wippen konnten.

Leute mit großen Autos haben viel öfter einen Grund, nervös zu sein, als Leute mit Kupplungspedalen.

Selbst Vielraucher Padberg wurde die Luft im Innenraum langsam zu dick. Er drückte auf den Schalter für den elektrischen Fensterheber. Die Scheibe seilte sich ab und ließ eine frische, nach Wasser riechende Brise Herbstluft ins Innere.

Der November hielt sich an die Wettervorgaben für diesen Monat. Tagsüber wurde es kaum noch hell.

Jetzt am späten Nachmittag war es schon dunkel.

Endlich tauchten auf der Einfahrt zu dem Parkplatz zwei runde Scheinwerfer auf. Der schwere Jaguar rollte neben das riesige Coupé und wirkte plötzlich klein und unscheinbar.

Ein Luxusauto-Schicksal.

Graumann wuchtete sich aus dem Ledersitz, blickte übers Dach weg zum Mercedes und winkte Padberg zu, der auch ausstieg.

„Tut mit leid. In Oldenburg herrschte Stau. Weiß der Henker, jetzt geht es auch in der Provinz mit Staus los."

„Macht nichts. Ich war auch zu spät. Stand auf der Baustelle der Delmenhorster Umgehung bombenfest."

„Tja, die Umgehung umgehe ich, indem ich die Fähre in Bremen-Nord über die Weser nehme. Der Weg ist zwar länger, aber schöner und freier."

Sie gaben sich die Hand.

Schraubstöcke bei der Arbeit.

Im „Spieker" enterten sie den letzten freien Holztisch und richteten ihre muskulösen Körper so aus, daß selbst Danny de Vito an diesem Sechsertisch keinen Platz mehr gefunden hätte.

Die Herren wollten unter sich sein.

Der ammerländisch gekleidete Kellner in Kniebundhose und Trachtenweste zirkelte ein Tablett mit mindestens acht halben Litern die enge, steile Teppe in die obere Etage und jonglierte an Padberg vorbei zum nächsten Tisch.

Auf dem Rückweg hielt er bei den beiden neuen Gästen an, zückte den Block und richtete den Kopf auf.

„Sie haben bestimmt Durst und Hunger."

„Woran sieht man das?" wollte Padberg wissen.

„Nun, große Maschinen brauchen viel Sprit, große Körper

müssen auch was zum Verbrennen haben."

„Dann wollen wir zwei Bier brennen und zwei ‚Warm und Kold' mit jeweils drei Spiegeleiern," orderte Padberg, der sich mit Graumann bereits abgestimmt hatte.

Der Ostburger Pate wollte nicht schon wieder Aal essen. Nach dem letzten Aal vor sieben Wochen hatte sein wertvolles Lederlenkrad tagelang nach Aal gerochen, weil trotz der Schnapsdusche der Duft an den Fingern haftete.

Graumann berichtete Padberg von den Wünschen des Bosses.

Der Neubörsianer mußte kräftig schlucken. Volltreffer auf Solarplexus.

„Mal vorsichtig ausgedrückt. Das läßt sich nur sehr schwer, eher gar nicht machen, daß wir über diesen Umweg einem Freund von Ihnen helfen, seine Freunde zu schmieren."

„Herr Padberg, so wie Sie es sagen, hört sich das logisch und plausibel an. Ich stimme Ihnen zu. Wir sind uns doch aber einig, daß wir hier weder logisch noch plausibel arbeiten. Wir arbeiten zusammen und haben gemeinsame Grundlagen geschaffen. Ich erwarte von Ihnen, daß Sie solche Aufträge ohne Widerrede ausführen."

Er grunzte und signalisierte so das Ende des Gesprächs.

Erstmals in ihrer Geschäftsbeziehung hatte sich der Ton verändert. Graumann reduzierte Padberg zum Befehlsempfänger.

Der ohnehin hypernervöse Padberg hielt nur mühsam an sich.

„Ich werde sehen, was ich tun kann."

„So nicht, Herr Padberg. Kein Ausweichen, keine Ausrede. Sie tun, was ich Ihnen aufgetragen habe. Und wegen der Filmfirma kommt auch noch etwas auf Sie zu. Wir müssen einen befreundeten Schauspieler unterbringen. Ich gebe Ihnen rechtzeitig Bescheid."

Diese Art duldete jetzt nicht mehr den geringsten Widerspruch.

Padberg saß in der Falle.

>Gut, daß ich beschlossen habe, ihm die Sache mit Anselm noch nicht vorzutragen.<

Noch nie bisher hatten sie es geschafft, ihre geschäftlichen Angelegenheiten durchzusprechen, bevor das Bier kam.

Diesmal waren sie mit ihren Themen durch, als auf der Treppe zuerst zwei Schaumkronen, dann das Bier, dann der Kellner auftauchten.

„Wie weit ist die Charity-Angelegenheit mit Ihrer Frau?" frage Graumann, das Glas mit der rechten Hand hin und her drehend.

„Übermorgen steigt die erste Veranstaltung," kam es lustlos aus Padberg, der spürte, daß ihm Graumanns Gegenwart die Luft abschnürte, „ich werde selbst nicht dabei sein. Halte mich im Hintergrund. Aber alle wichtigen Leute haben zugesagt."

„Kommt auch die Presse?"

„Ja."

„Prima, dann kann ich meinen Freunden auch mal etwas schicken."

Schweigend machten sie sich über das Essen her, das inzwischen eingetroffen war.

Auf den berühmten Löffelschnaps verzichteten sie.

Auf dem Parkplatz raunte Graumann Padberg zu: „Nehmen Sie diesen Zettel. Darauf stehen Namen und Telefonnummern der Leute, die wir fördern wollen. Lassen Sie sie einsetzen, was sie wollen. Der Gewinn pro Einsatz sollte mindestens 25 Prozent betragen. Nach sechs Wochen. Gute Fahrt. Jetzt wird Delmenhorst wohl durchlaufen. Oder glauben sie, daß der Stau anhält?"

„Nein, wir wagen es."

„Ach, Herr Padberg, noch etwas. Sie kommen mir irgendwie bedrückt vor. Läuft etwas schief? Sie wissen, auch die kleinste Kleinigkeit muß ich hören. Habe ja schließlich Geld in der Firma.“

Sein Lachen klang unecht, schmuddelig.

Die schweren Limousinen rollten zurück in Richtung Ostburg.

Padberg nahm sich einen Abend im „Führerhauptquartier“ vor.

Er brauchte Nervennahrung. Dringend.

Die Dinge drohten, ihm zu entgleiten.

In Hamburg verbrachten Thasen und Chandler einen Einkaufstag. Sie bummelten durch die City, bewunderten das große Angebot und die weltstädtische Atmosphäre.

Bei „Karstadt“ in der Computerabteilung stießen sie auf das Gerät, das ihnen für ihre „Aktion Schweinepriester“ noch fehlte.

Anselm verbrachte den Tag im Hotel. Seine neuen Freunde, die ihn jetzt „unseren Youngster“ nannten und so etwas wie Beschützerinstinkt für ihn entwickelten, veranlaßten beim Portier, daß Anselms auffälliges Auto in der Tiefgarage verschwand.

Der 31jährige bekam Order, auf seinem Zimmer zu bleiben und für alle Wünsche den Zimmerservice zu bestellen.

„Auf keinen Fall mit irgend jemandem telefonieren,“ warnte Thasen seinen Schützling.

„Alle Unterlagen, auch die Diskette und die Tonbandkassette, haben wir sorgfältig versteckt. Wenn wir nachher zurückkommen, melden wir uns. Es gibt dann jede Menge Arbeit.“

Der Blick auf die Außenalster verstärkte Anselms Angstgefühle. Das düstere Novemberwetter drückte mächtig auf die Stimmung. Obwohl er sich todmüde fühlte, lag er mit geschlossenen Augen hellwach auf dem Bett.

Lustlos zappte er sich später durch den Fernseher. Bei Fred Feuerstein blieb er eine Weile hängen. Die zahllosen, billig konstruierten Serien auf den anderen Kanälen nervten. Auch der Cartoonchannel brachte keine Aufhellung.

An so einem Tag erinnerte er sich bei aller Anstrengung nicht.

Bisher war sein Leben auf der Sonnenseite verlaufen. Kein Tag wie der andere. All die Jahre im „Eiergeschäft" warfen Bilder auf seinen Monitor voller Licht, lustiger Leute, guter Geschäfte, schöner Mädels.

Eine sorglose Zeit, obwohl auch damals manches klemmte und zu schweren Auseinandersetzungen führte. Alle Tage der Vergangenheit hatten eines gemeinsam: Immer war Anselm der King im Ring. Das Verkaufsgenie. Der Liebling aller Opas und Omas, die ihm gerne das Geld für teure Waren zuwarfen. Ja, die Mäuse schneiten nur so herein.

Und jetzt?

>Wenn ich bloß wüßte, wie ich in diese Scheiße geraten bin. Wahrscheinlich, weil ich dachte, es geht immer so weiter. Der weiße Stoff und der Alkohol haben mir die Sülze weichgekloppt.

Und jetzt habe ich eine Scheißangst. Hinter dem ganzen Mist steckt ganz bestimmt die Mafia und bringt mich um. Ich weiß zuviel und habe zu viele Beweise.

Und was ist mit den beiden Masken? Ich stürze von einer Abhängigkeit in die nächste.<

Anselm fürchtete, daß alles noch sehr viel schlimmer werden würde.

Oder..., ein winziger Hoffnungsblitz, ein elektrischer Stoß zog sein Herz zusammen, wie eine himmlische Botschaft aus dem inneren Weltall, ...oder es kommt alles sehr viel besser.

>Keine Panik, Kerlchen. Bist doch noch kein Pflegefall.<

Er gönnte sich ein Bier aus der Zimmerbar und schlief endlich traumlos ein. Das aufdringliche elektronische Signal des Zimmertelefons holte ihn aus einer anderen Welt. Er benötigte ein paar Sekunden, um sich seiner Realität bewußt zu werden.

Das Angstgefühl meldete sich nicht.

„Hallo."

„Herr Focke, hier ist Carl Chandler. Wir haben das Teil. Wäre schön, wenn Sie in mein Zimmer kommen."

Chandlers und auch Thasens Raum lagen ebenfalls im 6. Stock mit Alsterblick. Auf der anderen Seite des Sees funkelte das schneeweiße Hotel Atlantic mit seinen vielen Lichtern herüber.

Ein Stück Monte Carlo bei den Nordlichtern.

Nach dem Klopfen dauerte es einen Moment, bis sich die Zimmertür öffnete. Chandler grinste ihn an.

„Wie war der Tag?"

„Habe schon bessere erlebt."

„Junker Jörg mußte seine Zeit als Vogelfreier auf der Wartburg verbringen und hat die Bibel ins Deutsche übersetzt. In einem zugigen Raum. Wußten Sie das?"

„Wer ist die Bibel?"

„Banause. Ihre Bibel heißt Diskette und die Übersetzung wird vielleicht nicht weniger schwierig und aufwendig. Wenn's klappt, werden wir aber auch jemanden bekehren, sich die Padberg-Bande zu schnappen."

Aus einer großen Tüte holte er ein dunkelgraues, rechteckiges Gehäuse nebst Zubehör.

„Darf ich vorstellen: der Drucker."

„Habt ihr den geklaut? Die Dinger sind doch sonst verpackt."

„Wir haben ihn lieber gleich auspacken lassen. Das

Gesamtwerk war so umfangreich, daß wir damit bloß aufgefallen wären.“

„Aha, die Herren Detektive lassen grüßen.“

„So ungefähr. Und jetzt Konzentration. Ein netter Mann hat uns eingewiesen. Bevor wir alles vergessen, weil wir hier dumm ‘rumsabbeln, gehen wir lieber an die Arbeit.“

Anselm beobachtete amüsiert das bemühte Handeln der ungleichen Männer.

Erst steckten sie mehrere Teile zusammen, öffneten eine Klappe und nickten sich bedeutungsschwer zu.

Heureka! Wir haben es geschafft.

Schließlich freute sich Thasen: „Los, Carl, jetzt den Stecker in die Wand.“

Sie drückten einen Kugelknopf an dem Hewlett Packard DeskJet 320, mehrere Schalter leuchteten, einige blinkten, im Inneren des Gehäuses summte es.

Das befriedigte die beiden Ingenieure sehr.

Schließlich zogen sie aus der Tüte ein etwa 50 Zentimeter langes Kabel mit einem Stecker an jedem Ende. An der rechten Seite des Druckers befestigten sie einen Stecker und drückten den zweiten nach einigen vergeblichen Versuchen und leisen Flüchen in die Rückseite von Anselms Note Book, das sie mit einem Knopfdruck einschalteten.

Der kleine Computer rief nach und nach alle Daten auf, piepste zwischendurch erregt und entblätterte schließlich das Hauptprogramm.

Mit dem Trackball klickten sie „Datei“ an und auf dem nun erscheinenden Menü „Druckereinrichtung“.

Nach ein paar weiteren „Klicks“ kam es stolz aus Chandlers Mund: „Ich glaube, wir haben es geschafft. Lutz, hol bitte die Diskette.“

Sie schoben das flache Teil ins A-Laufwerk, riefen auf dem Computer das Programm für die Arbeit damit auf, vernahmen das scharrende Rauschen und strahlten sich an.

„Wir machen bald unseren eigenen Computerladen auf. Genies wie wir werden in der Branche gebraucht."

Auf dem Bildschirm erschienen die Daten, die Anselm gestern abend auch gesehen hatte.

„Freunde, ich gehöre ja jetzt wohl mit in den Kreis der Genies. Hätte nie gedacht, daß ich das wirklich hinkriege. Einer muß mir jetzt auf die Schulter klopfen."

Sie klopften beide. Der eine nahm die rechte, der andere die linke Seite.

„Ihre Schwarzenegger-Nummer hat sich echt gelohnt. Sehen Sie da unten in dem kleinen Kasten die beiden Zahlen?" fragte Chandler in die Runde.

Gebannt blickten sie auf „1/12".

„Wißt ihr Knaller, was das bedeutet?"

Die Genies blickten ratlos auf den kleinen Schirm.

„Freunde, unser guter Kumpel Anselm Focke hat 12 Seiten abgezogen. wir befinden uns bloß auf Seite eins und haben vielleicht mehr Daten als der Papst über Gott."

Mit der „Bild"-Taste fuhren sie durch die Seiten. Zahlen, Namen, Bankverbindungen, wieder Zahlen.

„Also," merkte Chandler enttäuscht an; „ich kann damit nichts anfangen."

„Ich auch nicht," schloß sich Thasen an, „Wir brauchen einen Experten."

„Na gut, wenn ihr mich ab sofort mit Chef-Genie anredet, sage ich, ein paar Sachen kriege ich zusammen."

Im Raum machte sich Erleichterung breit.

Chandler ging zur Zimmerbar und holte für jeden ein Bier und befreite die Flaschen mit dem Öffner, der im Gläserfach lag, von den Kronenkorken. Die landeten mit einem Klappern im Papierkorb.

Die Männer tranken aus der Flasche.

„Was nun?“ wollte Chandler wissen.

„Wir drucken die Seiten ab, jede dreimal, so daß jeder von uns sie sich parallel zu den anderen ansehen und seine Schlüsse ziehen kann. Dann reden wir weiter. Hetze schadet bloß,“ empfahl Thasen.

Der Drucker spurte auf Anhieb.

Sie verabredeten, erst einmal in Ruhe im Hotel ausgiebig zu Abend zu essen, den Chardonnay zu genießen und die Analyse auf morgen zu vertagen.

Chandler sprach für alle: „Mehr Genie an einem Tag ist einfach ungesund.“

„Die Fahne hoch...“ schmetterte der SS-Chor.

Im „Führerhauptquartier“ in der Ostburger Roonstraße schluckten die eigens präparierten Wände die Musik. Sie war nur für Padbergs Ohren bestimmt.

Der saß, ein randvolles Glas Southern Comfort in der rechten Hand, zurückgelehnt in seinem Ohrensessel, Jahrgang 1936.

Deutsche Vorkriegsware.

In seinem Kopf brummte der Kreisel, die Zigarette zwischen Zeige- und Mittelfinger seiner herabhängenden linken Hand verbrannte zu Asche.

Nichts im Kopf paßte zusammen.

>Wo bleiben die Einfälle?<

Erst am Fuße des Glases glättete sich die Oberfläche seines Gehirns langsam. Die ersten Bilder erschienen, Gedanken ordneten sich.

Er begann, den Tag durchzugehen bis hin zu der unerfreulichen Begegnung mit Graumann. Er wußte, sie hatten ihn im Sack und waren in der Lage, das obere Ende jederzeit zuzudrehen.

>Ich habe mich selbst ausgetrickst. Habe geglaubt, mit

ihnen Geschäfte machen zu können und trotzdem sauber und mein eigener Herr zu bleiben.

Welcher Teufel hat mich bloß geritten? Dieser alte Sack Graumann hat mich Stück für Stück auf seine Leimspur gelockt, nach allen Regeln der Kunst vorgeführt, ohne daß ich mißtrauischer Hund etwas gemerkt habe.

Selbst wenn ich darüber reich werde. Diesen Fängen entgehe ich nie mehr.

Und dann die Sache mit Anselm. Die halte ich so lange zurück wie irgendmöglich. Sonst drehen sie mir schon daraus einen Strick.

Und zu allem Überfluß liegt Hansel im Krankenhaus.

Wenn's knallt, dann mächtig.<

Die Hoffnung, Anselm zu finden, lag beim Nullpunkt. Die Frühbesprechung mit Klaus Sternwald und Ingo Bütt hatte außer einer methodischen Auftragsverteilung nichts ergeben.

Jetzt schnüffelten sich Sternwald und Bütt durch Anselms Leben.

D2 von Telekom hatte den Auftrag, bis morgen mittag Anselms Telefonkarte abzurechnen und alle angerufenen Nummern aufzulisten.

Vielleicht ergab sich ein Anhaltspunkt, vor allem in der Frage: Wo war der Kerl am Sonntagabend? Bevor der Alkohol den Nebelvorhang im Kopf dichtzog, leuchtete am Horizont noch ein Lichtlein auf und gab den Namen „Martha Harrington“ frei.

Hatte Anselms Verschwinden etwas mit ihr zu tun?

„Nachgehen, werden wir nachgehen,“ lallte Padberg vor sich hin.

Im Harrington-Büro in New York, wo sich der Herbst zu einem sonnigen Höhepunkt sammelte, und die Sonne den ausklingenden Indian Summer in Centralpark zu einem

Gemälde verdickte, klickte sich Lucille durch den PC.

„Carl," rief sie in die Muschel, als gäbe es keine Satellitenleitung, „Carl, hast du was zum Schreiben?"

Der schob in seinem Hamburger Hotelzimmer den Hörer erschrocken vom Ohr weg.

„Schrei doch nicht so. Wir Schwarzen arbeiten längst ohne Trommel. Satelliten gehören allen, mein Schatz."

Lucille kicherte: „Ich gewöhne mich nie daran, nicht mehr im Busch zu leben. Also, hier ist die Nummer von der Hotelanlage. Martha wohnt Bungalow acht. Durchwählen geht nicht. Die Vorwahl der Malediven ist international 00969. Paßt das noch in deinen Schädel?"

„Lucille, ich liebe dich. Erinnere mich bei meinem nächsten Besuch im Büro dran, daß ich dich wieder auf meine Liebesliste nehmen."

„Lauter leere Versprechungen. Du bist doch schon viel zu alt für so was."

„Küßchen," Carl zog die Lippen zusammen und Luft ein, was ein quietschendes Kußgeräusch ergab.

„So Jungs," blickte er seinen Stab an, „jetzt wähle ich Marthas Nummer, berichte ihr von unserer Arbeit, und dann kannst du mit ihr sprechen, Freund Anselm, und wir werden das Zimmer diskret verlassen. Liebesschwüre von anderen machen mich immer so melancholisch."

Seit gestern abend duzten sich alle.

Nach dem dritten Chardonny waren sie noch zu der Blonden in die Bierbar gewechselt, und Carl schlug vor: „Wir spielen jetzt gemeinsam ‚Allein gegen die Mafia'. Da sollten wir uns schon aus Tarnungsgründen duzen. Damit sie glauben, wir wären dicke Freunde. Das fürchten sie."

„Sind wir denn nicht auch wirklich Freunde?" hakte Thasen ein.

„Du kannst Fragen stellen!"

Chandler rechnete durch: „Vier Stunden Zeitunterschied. Wir haben Mittag, unser Schnucki schon späten Nachmittag. Dann werden wir sie irgendwie kriegen."

Er drückte sorgfältig die Telefontasten.

Der Satellit überwand die 9000 Kilometer in Bruchteilen von Sekunden. Ein fremdartiges „Tut, tut" signalisierte, daß der Ruf rausging.

„Cocoa Beach Resort. Reception."

Carl bemühte sich, sein amerikanisches Englisch so zu verlangsamen, daß ihn der Mann im Indischen Ozean auch richtig verstand.

Der war daran gewöhnt, daß man die Malediver für etwas rückständig hielt.

Und schwieg.

Intelligente Leute.

„Geben Sie mir bitte Martha Harrington auf Zimmer acht."

„Kleinen Moment."

Die Leitung schwirrte.

Die fremde Stimme meldete sich erneut.

„Sie ist nicht auf dem Zimmer. Irgendwo draußen."

„Tun Sie mir bitte einen Gefallen. Ich lege jetzt auf. Sie holen Frau Harrington und sagen, sie soll in ihrem Zimmer auf meinen Anruf warten. Ich melde mich in 20 Minuten erneut. Ist das OK?"

„Ja, Sir."

Carl legte auf.

Anselm wischte mit dem Taschentuch die Innenflächen seiner Hände trocken.

Jede Faser seines Herzens sehnte sich nach Marthas Stimme. Alle Gedanken konzentrierten sich auf die Frage: Wird sie gleich auflegen, ihn arrogant abblitzen lassen?

Er fürchtete sich und ging vor Aufregung ins Bad, um Wasser abzulassen. Die Blase meldete sich, gab aber nur ein paar ärmliche Tropfen frei.

Wie das bei Verliebten manchmal so ist.

Die 20 Minuten erschienen ihm wie 20 Stunden. Auch der Versuch seiner neuen Freunde, mit der Diskussion über ihre Analysen der Padberg-Papiere die Zeit zu überbrücken, half ihm wenig.

„So, Männer, ich wähle erneut."

Wieder tippte Carl langsam, bedächtig Nummer für Nummer in die Tastatur ein.

„Hallo, ich rufe wieder an wegen Martha Harrington. Hat es geklappt?"

„Ich stelle durch."

„Martha?"

„Carl! Mensch, habe ich deine Stimme vermißt. Wie ist das Wetter bei euch?"

„Beschissen ist geprahlt."

„Wir haben 32 Grad, hellen Sonnenschein, ein paar Wölkchen am Himmel, einfach himmlisch."

„Dann bin ich ja beruhigt, daß es wenigstens einem Menschen auf der Welt gut geht. Was machst du den ganzen Tag?"

„Wir arbeiten morgens bis etwa elf Uhr. Danach wird die Sonne zu heiß und zu hell. Außerdem schwitze ich dann. Das stört ein bißchen. Danach ruhen wir uns aus und besprechen den nächsten Tag. Abends sitzen wir direkt am Strand und essen gegrillten Fisch. Schade, daß du nicht bei mir bist."

„Einer muß ja schließlich arbeiten."

„Mußt du immer die alten Wunden aufreißen?"

„Martha, ich will dir kurz berichten, was ich erreicht habe. Ich verschlüssele einige Informationen, weil dieses keine sichere Leitung ist, und wir in eine Giftblase gestochen haben. Wenn du etwas ganz und gar nicht verstehst, frage ruhig vorsichtig nach. Ich finde, du solltest den Stand jetzt kennen, wer weiß, ob wir uns in den nächsten Wochen sehen. Ach so, was ich noch sagen wollte. Die Geschichte mit dem Parfum kommt langsam in trockene Tücher. Nicht ausgeschlossen allerdings, daß uns ein anderer Termin reinhagelt."

„Was für ein Termin?"

„Mit der Information warte ich erst auf, wenn ich dir die anderen Dinge erzählt habe."

„Du Umstandsbolzen. Also schieß los. Ich höre zu. Die Leitung hört sich tadellos an. Ich kann sogar deine Knoblauchfahne riechen."

„Wie kommst du darauf?"

„Weil ich weiß, daß du immer Knoblauch ißt, wenn ich weit weg bin."

„Ich hauche ins Telefon und verspreche: Die Fahne ist weg, wenn wir uns wiedersehen. Du, bevor ich anfange, wußtest Du, daß ich aussehe wie Michel Piccoli?"

„Wer sagt das?"

„Ein alter Freund von mir."

„Ist der schwul?"

„Wieso, ist Piccoli schwul?"

„Der bestimmt nicht. Du weißt genau, was ich meine."

„Nein, ich bleibe euch Mädels treu, Schnucki. Aber gesagt hat er es trotzdem."

„Wenn ich mir deinen Quadratschädel so vor Augen führe, könnte er leicht recht haben. So, und jetzt schieß aber wirklich los."

Carl faßt die Ergebnisse seiner Recherchen zusammen, ließ aber Anselms Rolle völlig aus. Er ging nicht näher darauf ein, wie er in den Besitz der Diskette gekommen war und Martha fragte auch nicht nach.

Als er fertig war, hörte er sie tief Atem holen.

„Carl, das hört sich sehr gefährlich an. Ihr solltet aufhören, allein zu arbeiten. Ich brauche dich noch."

„Martha, wir arbeiten noch einen Schlachtplan aus und passen auf, daß wir nicht zu nahe ans Feuer kommen. Wir können zur Zeit den Behörden nicht trauen."

„Nun, ihr werdet schon wissen, was ihr tut. Ich will meine Rache. Aber nicht auf deine Kosten. Auf keinen Fall. So, und jetzt berichte mir die Sache vom Anfang."

Carl spielte auf dumm: „Was war denn noch?"

„Du hast etwas von einem anderen Termin gesagt, der uns bald reinhageln könnte'"

„Ach, das meinst du. Ja, du wirst Anfang nächsten Jahres, Januar, Februar, vielleicht auch März, Probeaufnahmen mit Cisco de Vasco haben."

Einen Moment lang blieb die Leitung stumm.

Auch schöne Frauen kann man überraschen.

Sie jubelte, ihr Herz quoll über: „Carl, wie hast du das geschaukelt?"

„Das ist eine lange Geschichte, die ich dir bei einem guten Glas Champager erzählen werde."

„Carl, ich bin glücklich."

„Wirklich vollständig glücklich?"

Sie kam ihm sofort auf die Schliche.

„Ja, ich liebe ihn, und ich möchte, daß alles wieder gut wird. Ich glaube jetzt mehr und mehr, daß dieses Video reinste Manipulation war, um uns auseinanderzubringen. Vielleicht finden wir die Zusammenhänge noch heraus."

„Martha, ich bin jetzt sogar sicher, daß es Manipulation war."

„Gut, sehr gut. Das macht alles leichter."

Kleine Pause.

„Carl, ich habe über alles nachgedacht. Genauso, wie du es mir mit auf den Weg gegeben hast. Bist ein kluges Kerlchen, kleiner Michel. Siehst du irgendeine Möglichkeit, mit Anselm Kontakt aufzunehmen, damit ich mit ihm reden kann?

Versuch es, bitte," quängelte die schöne junge Frau.

„Martha, wieviele Schocks verträgst du an einem Nachmittag?"

„Bis auf die kriminelle Sache waren alle Schocks sehr positiv für mich. Komm jetzt bloß nicht noch mit dem dicken Ende!"

„Neben mir sitzt jemand, der mitgehört hat und mit dir reden will. Ich übergebe."

Carl reichte den handwarmen Hörer an Anselm, durch dessen Schwitzehand er fast durchrutschte.

„Martha, krieg bloß keinen Schreck und leg auf. Carl hat das gut eingefädelt. Hier ist Anselm."

Seine Vorstellung hätte er sich ersparen könne.

Sie erkannte seine Stimme auf Anhieb.

„Anselm," flüsterte sie den Funkstrahl entlang, „ich liebe dich."

„Ich liebe dich auch."

„Mein Gott, hast du mir gefehlt, du Provinzheini!"

„Und du erst, du Welttante."

Der Bann war gebrochen. Sie konnten ihre Redeflüsse kaum noch kontrollieren.

Fast wäre der Satellit vom Himmel gefallen.

Überbelastung durch Wortschwall.

„Nachher gehe ich schnorcheln. Hier auf der Insel haben sie übrigens die Bacardi-Werbung gedreht, weißt du."

„Ich dachte, das war in der Karibik."

„Wanderer, suchst du die Karibik oder die Südsee, fahre auf die Malediven. Hoffentlich machen die vielen Touristen diese Inselwelt nicht kaputt. Hier ist das Paradies. Ohne dich aber nur die Hälfte wert."

„Wir müssen noch ein wenig arbeiten."

„Ich auch. Leider darf ich nicht in die Sonne, weil ich sonst braun werde und die Fotos nicht mehr zusammenpassen.

Deshalb gehe ich auch immer erst die letzten vierzig Minuten vor Sonnenuntergang schnorcheln. Ist der Volkssport hier. Manchmal liegen dreiviertel aller Leute hier aufeinmal unter Wasser. Sieht witzig aus. Ich gucke mir gern die tollen Fische und die Korallen an. Man weiß ja nicht, wann der steigende Meeresspiegel das alles überspült. Ach, was quassle ich. Anselm, wann sehen wir uns? Ich brauche dich und habe sehr große Sehnsucht."

„Ich weiß nicht, wann wir fertig sind, und was Carl wirklich vorhat."

„Vertrau ihm. Er ist ein kluger Mann."

„Ich weiß. Trotzdem, wann sehen wir uns?"

„Mein Job hier dauert noch eine Woche. Danach wollte ich nach Durban zu meinen Eltern. Aber das kann warten. Mir steht in Malibu direkt am Pazifik ein Haus zur Verfügung. Eine Bekannte arbeitet für eine Weile in Europa. Was hältst du von Malibu?

„Die beste Idee. Ich gebe dir nochmal Carl. Der wartet mit Lutz extra draußen auf dem Gang. Wollten uns nicht stören."

Anselm stand von seinem Sessel auf, von dem aus er die ganze Zeit auf das Hotel Atlantic geblickt hatte, ohne es wahrzunehmen.

Jetzt drehte er sich um und wollte zur Tür. Die beiden Männer standen mit strahlenden Gesichtern direkt hinter ihm und dröhnten im Chor: „Überraschung."

„Wart ihr die ganze Zeit hier?"

„Na klar, du hättest ja auch wieder irgendeinen Scheiß bauen können. Dann hätten deine neuen Papas ihrem Youngster gern geholfen."

Ohne eine Antwort übergab Anselm den Hörer wieder an Carl.

„Martha, ich bin wieder da."

„Ihr habt hinter ihm gestanden und gelauscht?"

„Wenn man älter wird, lassen auch die Ohren nach. Mit dem Ohr an der Zimmertür hätten wir nicht alles mitgekriegt. So war es besser. Was habt ihr beschlossen?“

„Ich bleibe noch eine Woche hier und fliege direkt nach Los Angeles. Liz hat mir ihr Haus am Strand in Malibu angeboten für fast vier Monate. Da könnte Anselm hinkommen. Bring ihn bitte bald auf den Weg.“

„Das paßt mir gut. Ich kann ihn nur noch ein, zwei Tage sicher verstecken. Dann muß er weit weg. Er wird dich in LA vom Flughafen abholen. Laß uns noch telefonieren, wann du abfliegst.“

„Aye, aye, Sir.“

„Soll ich deinen Eltern absagen?“

„Nee, mal muß ich auch selbst Farbe bekennen, ohne immer dich vorzuschicken. Ich mach das schon. So, jetzt will ich schnorcheln und allein glücklich sein. Bis bald.“

„Tschüß, mein schönes, kleines Mädchen. Paß auf dich auf. Ich bewache und beschütze dich. Immer.“

In bester Stimmung setzten die Männer die Analyse der Padberg-Papiere fort. Bevor sie die gemeinsame Diskussion begannen, sprach Anselm Carl an: „Was sollte das mit ‚noch ein, zwei Tage sicher und dann weg‘“?

„Anselm, die setzen wohlmöglich Himmel und Hölle in Bewegung, um dich in die Finger zu kriegen. Ich schätze, daß Padberg nach Lage der Dinge seinen Auftraggebern noch nichts gebeichtet hat. Er wird selbst versuchen, dich zu finden. Dazu zählt er zusammen, was zusammenpaßt. Früher oder später wird er dich in den Armen von Martha vermuten und dort auch suchen. Wenn du schnell und unauffällig aus Deutschland verschwindest, gewinnen wir Zeit, vielleicht sogar Wochen. Hier bist du uns nur im Weg. Und früher oder später müssen wir einen Weg finden, die Justiz auf Padberg zu hetzen. Ich möchte das aber so einfädeln, daß seine

Auftraggeber seiner überdrüssig werden und ihn ausschalten wollen. Dann erst haben wir ihn da, wo wir ihn sehen wollen. Erst dann ist er für uns nicht mehr gefährlich. Der Kerl muß Tag und Nacht Schiß um sein jämmerliches Leben haben. Das ist mein Ziel. Und jetzt an die Arbeit."

Anselm erläuterte ihnen die Geschäftsabläufe von „intakt", so wie er sie kannte. Aus den Zahlen auf den Padberg-Papieren ließ sich ablesen, daß mindestens 400 000 Mark monatlich aus dunklen Quellen stammten.

Das waren die Namen auf den Papieren, die Anselm von der Liste kannte, und die er bereits fotokopiert hatte. Weiter ließ sich ersehen, daß diese Gelder nicht erst an die Börse gingen, sondern durch geschickte Kontobewegungen hin und her schwangen.

Tatsächlich landete das Geld abzüglich 25 Prozent, wahrscheinlich Padbergs Provision, auf einem Festgeldkonto, wo es nach sechs Wochen abgerufen werden konnte. Dann deklarierte Padberg es als Spekulationsgewinn.

Reingewaschen.

Carl wischte sich die Stirn.

„Reicht das Material für den Staatsanwalt?"

Thasen schob seine Papiere von sich und wiegte den Kopf.

„Wir sind keine Juristen. Aus den Unterlagen geht klar hervor, daß bestimmte Gelder nicht an die Börse gehen. Trotzdem werden sie als Börsengewinne ausgezahlt. Ist das Betrug, kann man damit Geldwäsche beweisen?"

Chandler und Focke blickten ratlos vor sich hin.

„Hier beißt keine Maus den Faden ab. Zusammen mit Anselms Aussagen reicht es für Geldwäsche. Das finde ich eindeutig," faßte Carl seine Eindrücke zusammen.

Durch seinen Körper ging ein Ruck.

„Lutz, wir prüfen ab übermorgen, wenn Anselm in Sicherheit ist, wie wir juristische Hilfe bekommen, ohne gleich den Haufen aufzuschrecken. Muß ja wohl noch ein paar ordentliche Menschen geben auf der Welt."

„Das Problem, lieber Carl, ist nicht, daß es keine ordentlichen Menschen gibt, wie du sie nennst. Das Problem ist, daß jeder Ermittler irgendwann eine Akte, einen Vorgang anlegen muß. Das kommt in den Computer und damit gewinnen eben auch Leute Zugang, die sich für solche Informationen gut bezahlen lassen."

Carl entschied: „Anselm, ich schlage vor, daß du dich aus dem Staub machst. Ich miete mit meiner Amexco-Karte heute ein Auto. Du fährst damit morgen und keine Stunde später nach Zürich direkt zum Fughafen. Dort findest du einen Flug nach Amerika, vielleicht direkt nach LA. Dort gehst du ins Wilshire Hotel, wo ich auf meinen Namen ein Zimmer bestelle und hinterlasse, daß es jemand in meinem Auftrag benutzt. Das regele ich ebenfalls von hier mit Amexco, so daß dein Name außer auf dem Flug nicht auftaucht. Den Flug bezahlst du bar. Ich habe hier 10 000 Dollar. Die reichen für den Anfang. In LA wartest du auf meinen Anruf und holst unser Mädchen dann vom Flughafen ab."

Carl hielt den Plan für hieb- und stichfest.

Wie hatte einmal der große deutsche Politiker Möllemann gesagt: Wenn du allein bist auf der Bahn, kommt von irgendwo ein kleines Lichtlein an.

Oder so ähnlich.

Oder war gar nicht Möllemann bedeutend, sondern bloß sein Ziehvater Genscher? Padberg ging dieser Frage nicht weiter nach. Politik interessierte ihn ohnehin nicht.

Außerdem kam es ihm im Moment nicht auf den exakten Wortlaut an.

Für Möllemann glühte ohnehin das Schalker Grubenlicht.

Jedenfalls erinnerte er sich an das Möllemann-Zitat, als er

an diesem Vormittag einen Anruf aus Genf bekam.

„Monsieur Padberg? Hier spricht Gerard Belletieu. Ich bin der Anlagechef der Bank Lion d'Or in Genf. Ich habe von den Erfolgen Ihres Unternehmens gehört und würde mich freuen, mit Ihnen über Geschäfte zu sprechen."

Padbergs Sorgen sackten in den Hades. Das Lichtlein brannte am fernen Horizont und winkte mit Geschäften, die ihm möglicherweise aus der Klemme halfen.

„Wie kommen wir zusammen?"

„Ich habe morgen in Hamburg zu tun. Swissair fliegt Genf-Hamburg direkt, so daß ich gegen mittag im Hotel Atlantic bin. Wollen wir dort gemeinsam einen Imbiß zu uns nehmen?"

„Ich bin um 13 Uhr in der Hotelhalle."

An der Bürotür klopfte es. Padberg legte den Hörer auf den flachen Apparat.

„Herein."

Sternwald und Bütt traten ein. Mit Bütts riesigem Körper - der 35jährige maß 1,90 Meter und wog gut und gern 130 Kilo ohne ein Gramm Fett auf den Rippen, ein Muskelprotz - füllte sich Padbergs Büro.

Es schrumpfte zur Sozialküche zusammen.

„Na, Freunde. Irgendwelche Ergebnisse?"

„Nichts," Sternwald hob bedauernd die Schultern, „der Kerl hat sich in Luft aufgelöst. Wir drehen an allen Schrauben. Der Abgang war vorbereitet. Der allein hätte so ein Ding niemals gedreht. Da stecken andere Leute dahinter."

„Aber welche? Seid ihr nach wie vor sicher, daß er mit dem Material nicht zur Behörde wandert?"

„Dann wäre das Ding anders gelaufen."

„Wo war er Sonntagabend, verdammt nicht noch eins? Wo? Und noch eins, Freunde, seid sehr vorsichtig. Alle Leute quatschen. Ich möchte zu diesem Zeitpunkt nicht, daß Anselm wirklich vermißt wird. Ich habe Susi Freudenpiez auch schon eingenordet. Die hält dicht."

Sie tranken noch eine Tasse Kaffee.

„So, Jungs, weiterarbeiten. Ich will Ergebnisse sehen."

Der Druck in seinem Inneren ließ langsam nach, die Spannung löste sich.

Er wählte die Nummer von Ingevelde Kreuz.

„Frau Kreuz, hier meldet sich Herr Sparbier."

„Wer?"

„Ach ja, Sie sind ja noch eine junge Deern. Herr Sparbier gehört zu einer anderen Fernsehgeneration. Der war der Geldbote bei den Frankenfeldsendungen im Fernsehen Anno Keks."

„An den erinnere ich mich sehr schwach. Aber ich weiß, wer Sie sind. Herr Padberg! Stimmt's?

„Gewonnen. Gewonnen im doppelten Sinne. Ich habe heute die Abrechung für Ihren Einsatz bekommen."

„Und. Nicht auf die Folter spannen."

„Genau 11 134 Mark. Ich bin nachher in der Nähe von ‚Buenos Dias', komme vorbei und bringe den Scheck."

Ingevelde legte aufgeregt auf und wählte mit schnellen Fingern die Nummer von Annette Scheuer. Jetzt mußte auch dem letzten Ostburger klargemacht werden, daß die Padbergs wertvolle Mitglieder der Gesellschaft waren.

Einen kleinen Gewinn in Ehren kann schließlich niemand verwehren.

Auch Oberbürgermeisters brauchen Geld.

Ostburg machte sich dank Ingeveldes Telefonkette bereit, sich Padberg zu Füßen zu legen.

Seit der wundervollen Wohltätigkeitsveranstaltung vor kurzem zollte ihm Ostburg Hochachtung.

Immerhin übergab Eva Padberg dem SOS-Kinderdorf Worpswede 15 000 Mark als Spendenergebnis. Die Firma

„intakt“ legte noch 10 000 Mark obendrauf, von denen sich Padberg gleich 5000 von der Steuer zurückholte.

So spielt man eben mit Studenten.

In den Tagen nach dem Geldsegen für Ingevelde meldeten sich viele bekannte Bürgerinnen und Bürger, um bei Padberg auch ein Spielchen zu wagen.

Der Oberbürgermeister bat sogar den Oberstadtdirektor, einen Juristen, den Prospekt der Firma „intakt“ auf Herz und Nieren zu prüfen. Das Ergebnis lag bereits vier Tage später vor.

„Nach unseren Recherchen handelt es sich um eine seriöse Firma mit seriösen Geschäften,“ faßte er die Prüfung zusammen.

Das gefiel dem Oberbürgermeister sehr, der immer auf der Suche nach Geldern für seine Wahlkampfkasse war. Die reine Spekulation überließ er seiner Frau. Im Zeitalter der Emanzipation ein erlaubter Weg. Von wegen Sippenhaft. So hatten sie es daheim besprochen.

„Mit anderen Worten,“ stimmt er sich mit dem Oberstadtdirektor ab, „wir setzen uns nicht in die Nesseln, wenn wir uns mit ihm und seiner Frau zeigen?“

„Nein. Wobei immer der berühmte kleine Vorbehalt bleibt. Nicht zu dicke aufeinander. Sie wissen schon. Und falls es schief geht, kann man immer noch sagen, daß wir auch nicht mehr wußten als alle anderen.“

Die Kugel rollte.

Doch Padberg war mit seinen Gedanken und Plänen schon ganz woanders.

Nach dem Frühstück seilte sich Chandler ab.

„Ich hole das Auto für dich und mache noch eine Besorgung. Wir treffen uns in einer Stunde auf deinem Zimmer. Pack schon deine Siebensachen zusammen. Was du noch brauchst, kaufst du in LA.“

Er benötigte etwas mehr als eine Stunde. Seine Freunde bogen sich vor Lachen, als er danach Anselms Zimmer betrat. Sie bauten Chandler in der Raummitte auf und wanderten um ihn herum, bestaunten ihn wie ein Weltwunder.

„Nein, haben sich der Herr aber herausputzen lassen,“ stellte Thasen mit leicht ironischem Unterton fest.

„Hatten der Herr einen Mode-Ratgeber? Vielleicht sogar einen Weißen?“

„Halt endlich die Luft an, alter Mann. Ich war beim Friseur, weil ich die Locken nicht länger ertragen mochte. Das ist alles.“

Das Spiel ging an Anselm vorbei, weil er den Ausgangspunkt nicht kannte und auch Carls Andeutungen beim Telefonat mit Martha in seiner Aufgeregtheit nicht richtig mitbekommen hatte. Arglos ließ er ab: „Du siehst mit dem neuen Putz jetzt aus wie der berühmte Schauspieler Michel Piccoli. Nur dunkler.“

Das Lachen, das jetzt abging, war bestimmt noch in der Hotelhalle zu hören.

Thasen und Chandler kullerten Sturzbäche aus den Augen und jedesmal, wenn sie versuchten, Anselm die Sache nahezubringen und sein verdutztes Gesicht sahen, verschlug es ihnen wieder die Stimme.

Sie prusteten, bis sie sich schlaff auf dem Doppelbett wälzten und ihm die Story glucksend erzählten. Jetzt lachte Anselm und dieses Lachen löste einen Proppen in seinem Körper, der bisher den Durchfluß aller schönen Gefühle verhindert hatte.

Er fühlte sich bei diesen Männern glücklich und geborgen.

Wieder zog ein Stromschlag sein Herz zusammen.

Diesmal deutete er das Signal zuversichtlich als Hinweis auf eine gute Zukunft.

Jede Angst lag hinter ihm.

Der kostbar uniformierte Türsteher am Hotel Atlantic eilte dem 600 SEC entgegen, um beim Öffnen der Autotür auf jeden Fall schneller zu sein als der Fahrer. Die Goldtressen auf seinen Schultern wippten.

Er schaffte es.

Beinahe hätte ihn die brennende Zigarettenkippe im diensteifrig nach unten gebeugten Gesicht getroffen, die Padberg aus dem halbgeöffneten Fenster schnippte. Er drückte dem Mann einen 20-Markschein in die Hand und bat, das Auto „zu entsorgen“.

„Ich habe etwa zwei Stunden im Hotel zu tun.“

„Geht in Ordnung. Ich fahre das Auto ein Stück vor. Den Schlüssel gebe ich Ihnen nachher persönlich. Oder soll ich ihn ins Hotel bringen?“

„Nein, nein. Der ist bei Ihnen bestimmt gut aufgehoben.“

Padberg angelte nach hinten und holte sein Jackett hervor. Er trug einen 3000-Mark-Anzug aus feinstem Zwirn mit Weste.

Kleider machen eben doch Leute.

>Oder glaubt einer, daß ich mit einem Schweizer Banker Geschäfte machen kann, wenn ich in Jeans auflaufe? Na bitte.<

In der plüschigen Halle mit ihren gemütlichen Sitzgruppen suchte er eine kleinere Einheit für vier Personen aus, die einen zentralen Blick in den Raum und auf den Eingang zuließ.

Belletieu hatte ihm mit einem Lächeln in der Stimme gesagt: „Sie erkennen mich nicht an der Nelke im Knopfloch, sondern daran, daß ich ein ziemlicher Brocken mit weißen Haaren bin. Das sollte genügen.“

Er entsprach genau dem Bild, das er durch die Telefonleitung erzählt hatte. Padberg erkannte den Banker sofort. Er schritt gemessen auf ihn zu.

Nicht zu schnell, nicht zu langsam.

>Der will ja was von mir.<

Sie stellten sich vor, und beide wußten in dieser Sekunde, daß sie zusammenpaßten.

Schlitzohren unter sich.

„Ich kenne das Haus recht gut. Wir könnten ins Restaurant. Aber es macht auch Spaß, hier sitzenzubleiben. Wir lassen uns ein paar Snacks bringen, dazu eine Flasche Champagner, und plaudern gemütlich. Akten brauchen wir keine zu wälzen."

„Hört sich gut an."

„Herr Padberg, Sie werden sich wundern, daß ich auf Sie zukomme. So als Vertreter einer uralten Schweizer Bank. Aber ein mit uns sehr eng verbundener Broker in Rotterdam hat sich außerordentlich lobend über Sie geäußert. Und ich bin immer neugierig auf gute Leute. Wir müssen sehr viel Geld anlegen, und es sehr gut und vielschichtig verteilen, damit die Gewinne stimmen und die Risiken auf kleinster Flamme köcheln. Hin und wieder verliert leider auch eine Schweizer Bank ein paar Fränkli. Sehr ungern, wie ich hinzufügen möchte."

„An welche Art von Geschäften denken Sie?"

Ein Kellner brachte zwei Teller mit kleinen, belegten Weißbrotscheiben. Sie unterbrachen ihr Gespräch und beobachteten angelegentlich seine Arbeit.

Als er ging, wies Belletieu mit einer einladenden Handbewegung auf die Schnittchen.

„Bitte, Herr Padberg, bedienen Sie sich. Sie sind mein Gast."

„Kommt nicht in Frage. Lassen Sie uns eine Vereinbarung treffen. Auf deutschem Boden sind Sie mein Gast, auf Schweizer ich der Ihre."

In seinem unnachahmlichen Schwyzerdütsch gab Belletieu schmunzelnd nach: „Wir Schweizer sparen, wo wir können. Ich nehme die Einladung an."

Der Kellner kehrte mit einem silbernen Sektkühler zurück, aus dem goldgelb der Flaschenhals ragte. Beim Öffnen der Flasche schaffte er es, den Korken mit einem leichten „pfffft" von der Öffnung zu holen.

Beim Einschenken schäumte der Champagner im Glas stark auf. Erst als sich der Schaum gesetzt hatte und die goldgelbe Flüssigkeit in den Gläsen funkelte, füllte er etwas nach.

„Sehr zum Wohle, die Herren, und guten Appetit. Wenn Sie noch einen Wunsch haben, ich bin immer in der Nähe."

Sie prosteten sich zu und blickten sich dabei fest in die Augen.

Erst jetzt nahm der Schweizer den Faden wieder auf: „Nun, ich bin offen. Das hilft uns am meisten. Wir verwalten sehr viel ausländisches Geld. Also auch Gelder von großen Persönlichkeiten, die aus irgendwelchen Gründen einmal aus der Welt gehen, weil die Umstände gegen sie sprechen. Sie verstehen, was ich meine?"

>Na klar, du Pfeife. Du meinst Jungs, die ihr Volk bescheißen und dann bei einer Revolution umkommen. Manchmal finden sich keine Erben, und überhaupt weiß niemand, daß es ein solches Konto überhaupt gibt.<

„Ich glaube zu verstehen."

„Das sind dann, wie soll ich sagen, freie Gelder. Keine großen Summen. Wie sagt doch der Herr Kopper von der Deutschen Bank? Peanuts. Aber immerhin Geld. Wir verwalten es weiter für den Fall, daß sich doch noch jemand meldet. Wir sind irgendwann frei, das Geld zur Arbeit zu geben. Vorzugsweise als venture capital an aufstrebende Geschäftsleute. Wäre ja auch schade, es verschimmeln zu lassen. Sie verstehen?"

„Und Sie meinen, solche Gelder könnte ich bekommen, um sie gewinnbringend in meinem Geschäftsbereich einzusetzen?“

„Daran habe ich gedacht,“ strahlte der schwergewichtige Mann über das ganze Gesicht, „genau daran.“

„Wie läßt sich so etwas an?“

„Nun, ich entwickle einmal ein Modell. Nur ein Modell, wohlgemerkt. Wir geben Ihnen die Summe X, sagen wir zehn Millionen Dollar, behalten davon zwei Millionen für unsere eigenen Kosten ein, inklusive Zinsen. Sie zahlen nach einem Jahr zehn Millionen zurück. So in etwa.“

„Das hört sich im ersten Anlauf hochinteressant an. Wo ist der Haken?“

„Es gibt keinen,“ Belletieu strahlte noch immer und schob ein Lachsschnittchen in den Mund.

„Aber Sie wollen doch bestimmt Sicherheiten.“

„Keine. Wir fordern nur eine Kreditversicherung. Dafür haben wir auch einen Partner.“

„Wie hoch ist die Versicherungssumme?“

„Etwa eine Million Dollar.“

„Herr Belletieu, das sind 30 Prozent Kosten auf ein Jahr. Wie will man die verdienen?“

„Ich mache Ihnen eine Gegenrechnung auf. Mit sieben Millionen Dollar, kann auch mehr sein, können Sie in einem Jahr wesentlich mehr Gewinn machen als 30 Prozent. Ich traue Ihnen nach den Informationen, die mir der Broker gegeben hat, so etwas zu.“

„Und wenn wir über, sagen wir, 50 Millionen Dollar reden. Wie hoch ist der Einsatz dann?“

„Aha, jetzt zeigen Sie Mut. Das gefällt mir. Ich muß rechnen.“

Er lehnte sich in seinem gemütlichen Polstersessel zurück und überlegte.

„Also, bei 50 Millionen Dollar sieht das Angebot so aus: Wir behalten sieben Millionen, die Versicherung kostet drei. Dann sind wir bei 20 Prozent. So eine Art Mengenrabatt. Das Geld ziehen wir im Vorwege ab und zahlen 40 Millionen Dollar aus."

„Wer bekommt den Kredit?"

„Ihre Firma."

„Wie lange würde es dauern, bis ich über die Summe verfügen kann?"

„Sechs bis acht Wochen maximal."

„Und ich kann das Geld einsetzen, wie ich es für richtig halte?"

„Herr Padberg, wir sitzen hier nicht, weil ich mir einen schönen Tag machen möchte. Dieses ist ein Angebot, über das Sie nachdenken dürfen. Es besteht auch keine Eile. Ich glaube an Ihre Fähigkeit, das Geschäft zu machen. Seit ich Sie gesehen habe, bin ich mir noch sicherer als nach der Papierlage."

„Und was ist, wenn ich nach einem Jahr nicht zahlen kann?"

„Ich glaube nicht, daß wir uns bei Ihnen fürchten müssen. Sie verdoppeln die Summe! Aber für den Fall ‚Wenn' haben wir ja die Versicherung."

„Wie verfahren wir? Ich bin interessiert."

„Hier haben Sie meine Karte. Wenn Sie meinen, wir sollten uns sehen, um die Details zu besprechen und die Papiere zu fertigen, rufen Sie an. Ich werde Sie als Gast in Genf sehr gerne begrüßen."

Sie schoben sich noch einige der feinen Schnittchen rein, plauderten über die Dinge des Lebens und gingen nach eineinhalb Stunden auseinander.

Padberg glaubte, dem Schlaraffenland begegnet zu sein.

Sein Verstand rasterte immer wieder einen Gedanken durch: Herr Belletieu, Generalbevollmächtigter der Genfer

Bank Lion d'Or, hat mir den Schlüssel zur Freiheit auf den Tisch gepackt.

Jetzt muß ich mich auf die Suche nach dem passenden Schloß machen.

Scheiß auf Graumann.

Scheiß auf Focke.

Wenn ich die Sache richtig anpacke, brauche ich mich um diese Pappnasen nicht mehr zu kümmern.

Trotz des miesen Wetters fuhr er noch seinen Lieblingsweg in Hamburg an der Außenalster Richtung Winterhude.

In der Höhe des Hotels „Intercontinental" nahm er einen dunkelhäutigen, kleinen Mann wahr. Seine Festplatte meldete etwas, das er nicht entziffern konnte.

>Oder habe ich den nicht doch schon irgendwo gesehen? Nein, kann mich nicht erinnern.<

Sehr wahrscheinlich rettete den ahnungslosen Chandler die neue Frisur vor Padbergs Zugriff. Voller schöner Gedanken lenkte der seinen schweren Schlitten nach Ostburg zurück.

Das Angebot von Belletieu nahm er ernst. Es kam für ihn zu genau dem richtigen Zeitpunkt.

Die Sache mit Anselm machte ihm sehr große Sorgen. Selbst wenn sein früherer Protegé nur eine oder zwei Seiten von seinem Computer abgezapft hatte, es würde einem Staatsanwalt reichen, um zu erkennen, daß bestimmte Gelder eingenommen und nach Abzug der 25 Prozent auf ein Sonderkonto zur Zwischenlagerung überwiesen wurden, ohne an die Börse zu gehen.

Daraus ließ sich bereits ein Strick drehen.

Das hatte ihm Anwalt Pottmann heute vormittag vor der Abfahrt nach Hamburg auch bestätigt und noch gemahnt, erst einmal Ruhe zu bewahren. Er versprach, seine Antennen bei der Staatsanwaltschaft auszufahren.

Zwei gegenläufige Gewalten in Padbergs Gefühlswelt vermengten sich: die urgewaltige Existenzangst und die Hoffnung auf einen goldenen Ausweg in die Freiheit.

In ihm machte sich langsam eine wohlige Ruhe breit. Die Autobahn nach Bremen war wie immer am späten Nachmittag ziemlich voll.

Er paßte sich ausnahmsweise dem Verkehrsfluß an und rollte hinter einem langsamen Laster auf der Überholspur her, den er an normalen Tagen mit Lichthupe und Fanfare von der Bahn gepustet hätte. Aus der Sound-System-Musikanlage sang Ingolf Becker „Ch'ella mi creda".

Padberg lauschte ihm eine Weile.

>Nach Tauber und Schock endlich wieder ein deutscher Tenor auf der Weltbühne. Wurde auch Zeit, daß nicht nur die Südländer den Markt abgrasen.<

Padberg summte vergnügt, aber falsch mit.

Seine Gedanken formten und ordneten sich. Er rief nacheinander alle Optionen auf, die ihm derzeit offenstanden.

>Option eins:

Weiterarbeiten mit Graumann. Die 50 Millionen Kredit nehmen, von den 40 Millionen ausgezahlten Dollar geht der Großteil an die Börse. Wenn ich Glück habe, kann ich am Ende des Jahres zurückzahlen und steuerunschädlich zwei, drei Millionen reinziehen.

Nachteil: Ich bleibe von Graumann abhängig und muß alles tun, was er verlangt. Das Verhältnis ist sowieso im Eimer.

Scheißvision.

Option zwei:

Ich nehme den Kredit, schließe die Bücher der Firma „intakt", zahle alles aus und kaufe mich mit dem Geld in ein Unternehmen ein, das mehr wert ist als 60 Millionen Mark. Nach einem Jahr übersteigt die Bankforderung den Wert meines Anteils, ich zahle mit deutschem Bankkredit zurück und hole mir erneut bei Belletieu Geld für weitere Anlagen.

Dann bin ich unabhängig.

Risiko: Fockes Verrat scheucht mir die Behörde auf den Hals, die wie bei meinen Bremer Kollegen alle weiteren geschäftlichen Aktivitäten abschneidet. Und Graumann entläßt mich sowieso nicht aus seinen Fängen.

Dann bin ich in den Arsch gekniffen und kann nach einem Jahr nicht zahlen. Selbst wenn die Kreditversicherung einspringt, wird sie sich an meine Fersen heften.

Im Ergebnis ein verfolgter Pleitegeier.

Option drei:

Ich nehme den Kredit und verpiesele mich nach Südamerika auf Nimmerwiedersehen. Das haben schon andere vor mir gemacht.<

Bei Durchsicht seiner Möglichkeiten gewann Padberg immer mehr Gefallen an Option drei.

Doch auch diese Nummer hatte einen Haken. Sie war zu groß für einen allein.

Padberg zielte bei seiner Rückkehr in die Roonstraße ohne Umwege in den Keller, ins „Führerhauptquartier".

Dieses Mal verzichtete er auf Southern Comfort. Er brauchte einen klaren Kopf.

Am nächsten Morgen saß er als erster an seinem Schreibtisch, vor sich etwa 20 Din-A-4-Bögen, alle mit seiner Handschrift vollgekritzelt, als Rainer Pfaff gegen elf Uhr eintraf. Auf dem Papier entwarf er seine mögliche Zukunft.

„Rainer," rief er durch die offene Bürotür, „komm doch bitte auf einen Kaffee zu mir."

Pfaff schloß auf Padbergs Wunsch die Tür, zog die Lasche der Milchportion auf, betrachtete kurz den Deckel, der ihm mitteilte, daß er „Kaffeesahne light" zu sich nahm, rührte die Flüssigkeit in den Kaffee und nippte an der Tasse.

„Rainer, ich habe hier eine Liste von Leuten aus Hamburg und Umgebung, die heute angerufen werden müssen. Behandele alle Fälle als ganz normale Aquisition. Heute abend erwarte ich deinen Bericht direkt."

„Sind das krumme Dinger?"

„Rainer, von jetzt an hilft nur noch Offenheit. Meine Antwort lautet: Ja."

„Muß ich etwas Besonderes beachten?"

„Nein. Und belaß es dabei. Was ich nicht weiß, macht mich nicht heiß."

Padberg richtete den Blick voll auf sein Gegenüber.

„Ich habe noch ein anderes Anliegen. Von jetzt an sprechen wir mehr als vertraulich. Ich sage nur: Höchste Geheimhaltungsstufe. Ich vertraue dir und verspreche, daß du bei dem Geschäft sehr gut aussehen wirst."

„Na, denn schieß mal los."

Pfaff lehnte sich im Besuchersessel zurück.

Padberg schilderte ihm das Gespräch mit dem Schweizer Bankier.

Pfaff pfiff durch die Zähne.

„Alle Achtung, daran darfst du nicht vorbeigehen."

„Ich muß dir aber noch ein paar Hintergründe schildern."

In groben Zügen legte er ihm die Zusammenhänge mit Graumann und Anselms Verrat offen.

„Starker Tobak, lieber Rolli. Da würde manchem anderen der Arsch ziemlich mit Grundeis gehen. Und du sitzt fröhlich da. Echt cool, Mann."

„Na, fröhlich ist übertrieben. Wichtig ist jetzt, daß du mit deinen besseren Kenntnissen von der Welt so schnell wie möglich ein Land herausfindest, in das wir uns verpieseln können. Du bekommst einen Anteil, und wir verschwinden. Schließlich bist du Kapitän."

„Ich antworte spontan: Auf keinen Fall Südamerika. Viel zu kompliziert. Und viel zu teuer. Da bleibt von den Millionen für uns kaum noch was übrig, wenn wir alle bestochen haben, uns vor der deutschen Behörde zu verstecken. Denn ich gehe mal davon aus, daß du richtig abräumen willst."

„Ja, wir hauen mit Sack und Pack ab."

„Dann müssen wir auch die Graumann-Gelder mitnehmen."

„Dann jagen sie uns."

„Die jagen uns so oder so."

„Also gut, was gibt es Besseres?"

„Besseres als bloße Flucht ist ein schöner Tod."

„Dann haben wir vom Geld nichts, und ich will noch ein paar Jahre leben."

„Genau deshalb spreche ich von einem schönen Tod, bei dem wir uns sogar unsere Beerdigung anschauen können."

„Du bist wirklich durch alle Ohren gebrannt. Mach Vorschläge."

„Erstens: Ich weiß ein Land, in das wir unauffällig verschwinden können. Zweitens: Ich habe vor dem Zusammenbruch meiner Bremer Firma einmal den Tod durchgespielt. Das könnte klappen. Wir brauchen aber noch zwei absolut zuverlässige Jungs."

Padberg riß eine neue Zigarettenschachtel auf, brannte ein Streichholz an und zog den Rauch tief ein.

„Der erste Zug schmeckt immer am besten. Was macht übrigens deine neue Wohnung?"

Er wollte etwas Zeit gewinnen, nicht gleich mit der Tür ins Haus fallen.

„Ist ein möbliertes Zwei-Zimmer-Apartment, hier gleich in der Nähe. Kostet alles in allem 1500 Eier. Willst du nicht wissen, wohin wir abhauen könnten."

„Nur Mut".

„Ich war zweimal auf den Malediven. Dieses Gran Canaria wird ja immer unerträglicher. Das liegt echt am Arsch der Welt. Wenn du es geschickt anfängst, muß es möglich sein, dort eine Insel zu krallen und unbehelligt zu leben. Nach fünf Jahren kann man sogar die Staatsbürgerschaft erwerben."

„Mach Sachen."

„Ja, habe ich damals mit ein paar Einheimischen ausgelitert. Und mit Auslieferung ist wenig. Die lassen sich nicht unter Druck setzen, schon gar nicht, wenn du ordentlich investierst und Arbeitsplätze schaffst. Das Land ist noch ziemlich arm, aber die Leute dort sind außerordentlich intelligent."

„Trotzdem, Graumanns Arm greift auch bis dahin. Verlaß dich drauf."

„Deshalb wollen wir ja auch sterben."

„Wie soll das gehen?"

„Auch das habe ich durchgespielt. War aber für mich allein und meinen Geldbeutel zu groß."

„Du hast ja jetzt mich, du Pflegefall."

„Danke, lieber Rolf. Willst Du wissen, wie's geht?"

„Sag mir alles, Liebling. Die ganze Wahrheit."

„Ich wollte ein Transportflugzeug chartern, mit dem Piloten den Absturz auf See verabreden, am Fallschirm runtergehen, mich von Freunden retten lassen und gut."

„Hört sich ziemlich simpel an. Kennst du die Haken?"

„Wo soll da ein Haken sein? Jeden Tag fliegen Millionen Menschen, sind Hunderte von Flugzeugen in der Luft. Auf der Welt machen doch bloß große Abstürze Furore. Wenn du am Ende der Welt abschmierst, kräht allenfalls in der Heimat ein Hahn nach dir. Sonst läuft die Welt weiter wie gehabt."

„Rainer, mach mir einen kompletten Plan. Ich habe hier schon die dollsten Modelle aufgeschrieben. Alles Unsinn. Das Einfachste ist immer das Beste."

„Der Herr lernen schnell."

„Was meinst du," Padberg knüllte die Zettel vor sich zusammen, legte den ersten in den großen Aschenbecher und brannte ihn an, „also, was meinst du, wieviele Leute müßten es sein?“

„Wenn wir es perfekt machen wollen, sollten wir ein Transportflugzeug chartern, das mit irgendeiner Ware von uns über den Indischen Ozean fliegt und irgendwo auf offener See in der Luft explodiert, nachdem wir mit Fallschirm ausgestiegen sind.

Also, sagen wir mal, wir brauchen einen Piloten, zwei Mann von uns an Bord und zwei auf einem Boot, das zur richtigen Zeit im Gebiet der Absturzstelle kreuzt und alle Fallschirmspringer aus dem Wasser holt. Der größte Hammer wäre dann bloß noch, wenn wir uns an der Rettungsaktion selbst beteiligen.“

„Hört sich schön teuflisch an. Gefällt mir. Feile einen Plan aus, mit Orten, auch mit der eventuellen Ladung und finde das Flugzeug heraus. Wenn wir noch zwei Leute brauchen, die habe ich.“

Er dachte an Sternwald und Bütt.

„Ist dir klar, daß wir dann niemals mehr nach Deutschland zurückkönnen?“

„Jeder Plan hat seine Haken. Aber nach zehn Jahren ist sowieso alles verjährt.“

„Stimmt auch. Aber,“ nun mußte Padberg doch schlucken, „meine Familie muß ich hierlassen.“

„So gerne wie es mir leid tut, das geht nicht anders. Sie werden dich für tot halten.“

„Immer noch besser, als wirklich tot zu sein,“ schloß Padberg diesen Teil ab.

Seine Entscheidung stand fest.

„Rainer,“ Padberg stand auf, „laß uns den Bund besiegeln.“

Beide Männer standen sich Auge in Auge gegenüber und drückten sich feierlich die Hand.

„Eins, Rolli, sollten wir gleich klären, damit es hinterher keinen Ärger gibt. Wieviel hast du für mich vorgesehen?“

„Fünf Millionen Dollar. Ist das dem Herrn so recht?“

„Es konveniert.“

Pfaffs Herz tat einen kleinen Freudenhopser.

„Und jetzt, Herr Angestellter, gehen Sie an die Arbeit.“

„Wenn Sie mir so kommen, Herr Ladenbesitzer, gehe ich zuerst zum Betriebsrat, dann zum Arbeitsgericht und schließlich lasse ich mich auszahlen.“

Beide lachten. Pfaff zog hinter sich die Bürotür zu.

Padberg knüllte alle Papiere zusammen und verbrannte sie im Aschenbecher. Die Asche leerte er von Zeit zu Zeit im Papierkorb.

Gedankenverloren blickte er auf den Teppichboden, den die Firma „Cleany“ sehr ordentlich von Hansels Blut befreit hatte.

>So, Freund Anselm, jetzt geh ruhig zur Staatsanwaltschaft. Die finden mich nicht mehr. So ganz nebenbei rette ich mit meinem eigenen Abgang auch dein Leben. Das wird Graumann ganz bestimmt fordern, wenn er von meinen Greueltaten erfährt.<

Die beiden Männer hatten den gesamten Frühstücksraum für sich. Alle anderen Gäste waren mit dem Start in den Tag bereits durch.

Sie diskutierten und vergaßen die Welt.

„Lutz,“ Carl Chandler biß mit sichtbarer Lust in sein Honigbrötchen, „ich habe mir das heute nacht wirklich durch den Kopf gehen lassen.“

„Wieso? War das Essen gestern denn so schrecklich?“

„Was hat das, was ich dir erzählen will, mit dem Essen zu tun?“

„Darf ich wiederholen, der Herr. Du hast dir etwas durch den Kopf gehen lassen. So wie ich deinen Kopf seit 25 Jahren kenne, hast du gekotzt. Was hätte sonst die Chance, da durchzugehen!“

„Mit dir kann man wirklich kein ernstes Wort reden. Wird Zeit, daß du deine Intelligenz wieder auf deine Insulaner losläßt. Die können sich wenigsten hinterher mit Nordseeluft von deinem Gesabber reinigen.“

„Scharf im Ton, gerecht in der Sache. So warst du immer. Und nun leg los. Was war so wichtig, daß du darüber nachdenken konntest. Oder lag es an der neuen Frisur? Du siehst jetzt windschlüpfriger aus.“

„Wir beide, lieber Freund, haben in der Angelegenheit ‚Schweinepriester' mehr erreicht, als wir am Anfang dachten. Anselm ist in Sicherheit, Martha glücklich. Ich habe keine Lust, mir die Hände schmutzig zu machen.“

„Im Bad liegt Seife. Wo ist das Problem?“

„Das Problem liegt bei uns. Wir sind keine Juristen, um das vorliegende Material wirklich auf strafrechtliche Relevanz zu prüfen. Anselm, ich sag's nochmal, ist aus der Schußlinie. Ich möchte morgen nach Ostburg fahren und dort ganz schlicht und einfach zur Staatsanwaltschaft gehen und das Material auf den Tisch legen.“

„Mir fällt ein Stein vom Herzen. Ich hätte dir den selben Vorschlag gemacht. Was sollen wir beiden alten Säcke uns um Kopf und Kragen recherchieren.“

„Mein Gott, warum hast du das nicht gleich gesagt!“

Chandler rührte in seinem Kaffee, Umdrehung 438. Der Rest Brötchen verschwand in seinem Mund. Er wischte sich die Hände mit der Serviette ab.

„Andiamo. Worauf warten wir noch?“

Sie packten die Koffer, baten den Portier, das Gepäck abholen und ihre Autos vorfahren zu lassen und gingen zur Kasse.

Carl verlangte alle Rechnungen.

„Carl, was soll das? Ich bezahle meine selbst.“

„Du hast uns mehr geholfen, als wir erwarten durften. Ich

lade dich ein. Geht auf Firmenkosten."

„Nun schlägt's aber 13. Wir hatten eine klare Vereinbarung. Du kommst mit Martha nach Norderney, verpinkelst dich in eine dunkle Ecke und läßt mich mit dem Mädchen allein über die Insel gehen. Das ist mein Lohn. Und jetzt," er wandte sich zum Kassierer, „geben Sie dem dunklen Herrn neben mir seine Rechnung und mir meine."

Carl gnuckste in sich hinein und murmelte etwas von „sturer Ostfriese". Auch die Rechnung für Anselms Zimmer beglich er mit seiner Kreditkarte. Die Parkgebühren für Anselms Porsche zahlte er mehrere Wochen im Voraus.

„Hamburg Ade," rief er am Auto zu Thasen, „wir treffen uns am Stadtrand von Ostburg und fahren dort mit meinem Auto weiter."

„Hast recht. Ein auffälliger, weltberühmter Filmschauspieler macht sich gut in einem unauffälligen, silbergrauen Auto."

Knapp eineinhalb Stunden später lenkte Carl den Leihwagen auf den Parkplatz der Justizgebäude von Ostburg. Nur mit Mühe fanden sie noch eine Lücke.

Thasen klagte: „Die Welt ist voller Beamter und Verbrecher. Sonst wäre es hier ja wohl nicht so vollgeparkt."

Im Eingangsbereich saß hinter einer Glasscheibe ein älterer Mann in Uniform. Er verwies die Männer an die Geschäftsstelle der Staatsanwaltschaft.

Artig stiegen sie die zwei Etagen des abgewetzt wirkenden Hauses nach oben.

Eine junge Frau schaute ihnen mit verbissenem Gesicht entgegen.

„Ich drehe sofort um. Die beißt gleich," murrte Thasen so laut, daß sie es hören konnte.

Die Frau verzog keine Miene.

Carl übernahm die Führung.

„Guten Tag. Mein Name ist Carl Chandler. Ich möchte gern

mit einem Staatsanwalt sprechen."

„Davon haben wir hier mindestens 20."

„Einer reicht mir."

„Namen."

„Ich heiße Carl Chandler."

„Guter Mann, den Namen des Staatsanwaltes, den sie sprechen wollen."

„Woher soll ich den kennen?"

„Warum sind Sie hier, wenn Sie nicht wissen, mit wem Sie sprechen wollen?"

„Frau....," Thasen entdeckte ein Namensschild, „Frau Hosselt, wir haben der Staatsanwaltschaft etwas zu melden. Und wir erwarten von Ihnen, daß Sie uns weiterhelfen."

„Wie soll ich Ihnen ohne Namen weiterhelfen?"

Eine Bürotür ging auf, und ein streng wirkender Mann in mittleren Jahren mit schütterem, leicht angegrautem Haar betrat den Gang.

Chandler und Thasen flogen förmlich auf ihn zu.

Sie stellten sich vor und klagten, daß „Frau Hosselt" sie ein wenig auf der Stelle treten lasse.

„Nun, sie meint es bestimmt richtig," nahm der Mann die Kollegin in Schutz.

„Kommen Sie eben mit in mein Büro und berichten Sie. Dann werden wir schon den richtigen Weg finden."

Dr. Max-Peter Bringfriede, so hieß ihr Helfer, erwies sich als der richtige Weg, als der Staatsanwalt für Wirtschaftsstrafsachen.

Chandler faßte sofort Vertrauen und auch Thasen stieß ihn unterm Tisch zustimmend an.

Sie benötigten eineinhalb Stunden, um alles loszuwerden, was sie wußten. Bringfriede fragte immer wieder kurz dazwischen und bewies hohen Sachverstand.

„Herr Oberstaatsanwalt," fühlte Chandler am Ende vor,

„wir haben noch ein Problem.“

Bringfriede neigte fragend den Kopf. Ganz Ohr.

„Wir fürchten, daß die Padberg- und Graumann-Truppe bis hinein in die Justiz gute Kontakte hat. Wie kann man sich davor schützen?“

„Einen vollständigen Schutz gibt es nie. Vorerst besteht überhaupt keine Möglichkeit, daß ein Dritter vom Inhalt meiner Arbeit erfährt. Was Sie mir vorlegen, bedarf sorgfältigster Prüfung. Bevor irgendetwas wirklich Relevantes geschieht, wird einige Zeit vergehen. Ich muß mir noch ordnende Gedanken machen und überlegen, wann ich Herrn Fockes persönliches Erscheinen zwecks Aussage für erforderlich halte.“

„Wie bekommen wir mit, was weiter geschieht?“

„Offiziell zunächst einmal gar nicht. Ich werde gleich noch Ihre Aussagen protokollieren. Das geht so, daß ich Ihre Mitteilungen zusammenfasse, auf Tonband diktiere, und Sie mir die Richtigkeit bestätigen.“

Er kramte aus dem Schreibtisch ein monströses Uher-Gerät hervor, fummelte an den Tasten, zog ein Mikrophon samt Kabel aus der Schublade und machte eine Sprechprobe. Endlich wirkte er zufrieden mit seiner Arbeit. Durch seinen Körper ging ein Ruck. Er blickte aus weiter Ferne die beiden Männer an.

Das staatsanwaltliche Diktat begann.

Nach einigen Sätzen unterbrach er.

„Sind Sie einverstanden? Stimmt meine Zusammenfassung mit Ihren Angaben überein?“

Sie nickten. Seine Kompetenz beeindruckte sie.

Eine Stunde später unterschrieben sie, mit dem gehörten Protokoll einverstanden zu sein.

„Entschuldigen Sie, Herr Dr. Bringfriede, wenn ich noch einmal nachhake,“ blieb Chandler hartnäckig, „wie erfahren wir, ob es weitergeht?“

„Offiziell erfahren Sie gar nichts. Ich biete Ihnen aber an, mich Anfang nächsten Jahres anzurufen. Ich hoffe, dann etwas weiter zu sein. Wenn es Sie beruhigt, sage ich ihnen jetzt soviel: Für einen Anfangsverdacht reicht Ihr Material allemal aus, vor allem die Diskette, das Tonband und die Fotokopien.“

Er reichte eine Visitenkarte über den Schreibtisch und erhob sich.

„Meine Herren, mag sein, daß Sie bei der Bekämpfung des organisierten Verbrechens eine große Hilfe geleistet haben. Ich meinerseits nehme mich intensiv der Sache an. Vielen Dank.“

Auf dem Gang, dicht bei „Frau Hosselt“, sagte Chandler zum Mithören laut: „Gut, daß uns die Tante am Eingang nicht entmutigt hat. Der Herr Oberstaatsanwalt war zum Schluß richtig menschlich.“

„Hauptsache, lieber Carl, er ist zu den Verbrechern nicht auch so freundlich und schon gar nicht zu Frau Hosselt.“

Weg waren sie.

Chandler fuhr Thasen zu seinem am Stadtrand geparkten Wagen.

„Ich gehe zurück auf meine Insel und zähle die Wellen. Was machst du jetzt?“

„Ich fahre nach Frankfurt, miete mich im Sheraton ein und telefoniere durch die Welt. Unser Kampf gegen die Mafia hat mich um Wochen zurückgeworfen. Martha muß ja auch noch ein bißchen Geld verdienen, damit ich nicht verhungere.“

„Wann sehen wir uns?“

„Sobald ich einen Überblick habe, rufe ich dich an. Mag sein, daß wir im nächsten Jahr in München zu tun haben. Dann holen wir dich. Dein Spaziergang mit Martha auf Norderney macht ja wohl erst zur Saison Sinn.“

„Nur, wenn sie auch meine Bademode trägt."

„Du meinst diese Bollerhosen in deinem Vorstadtgeschäft? Kommt nicht in Frage."

„Bevor ich dich hier erwürge und Frau Hosselt bei der Staatsanwaltschaft fragen muß, wem ich die Befreiung der Erde von einer Säureflasche zu melden habe, laß mich dich umarmen."

Sie lagen sich in den Armen wie Schuljungs beim Rangeln.

„Schön war's."

„Ja, schön war's. Das Dreamteam hat sich gefunden. Gute Fahrt."

„Adios, buena suerte."

Im Vorbeifahren drückte Carl fest auf die Hupe.

Thasens Kommentar hörte er nicht mehr: „Selbst die Hupe ist unscheinbar."

Bei „intakt" herrschte business as usal. Die Telefonverkäufer redeten sich die Münder fusselig, über die Bildschirme liefen Zahlen. Alles wuselte durcheinander, scheinbar ohne System.

Padberg sah sich in seiner Wall Street wohlgefällig um, winkte Pfaff zu, der mit einigen Handbewegungen deutlich machte, daß er die Graumann-Liste abarbeite.

Der Chef verschwand in seinem Büro, wo er einen Zettel mit der Nachricht vorfand, möglichst bald im Büro des Oberbürgermeisters anzurufen.

Wenn der Fürst ruft, laß ihn nicht warten, sagte sich Padberg und wurde schon beim ersten Versuch direkt durchgestellt.

„Herr Padberg," die Stimme von Kurt Scheuer bebte vor Sympathie für diesen Geldzauberer, „ich möchte gern mit Ihnen zu Mittag essen. Wann paßt es Ihnen?"

„Warum nicht gleich heute mittag, da habe ich eben zwei

Stunden zurückbekommen."

Scheuer schwieg einen Moment. Durch die Leitung hörte Padberg das Rascheln von Papier.

„Warum eigentlich nicht? Heute mittag im ‚Ostburger Hof'. Sind Sie einverstanden, wenn ich noch den Präsidenten des Industrie-Clubs einlade, Herrn Kreuz?"

Padberg bestätigte, legte auf und wählte gleich neu.

„Klaus," Sternwald lag noch im Bett, „was Neues?"

„Nichts. Die Ratte muß tot sein."

„Such heute weiter und komm mit Ingo heute abend pünktlich 20 Uhr in mein Büro. Wir haben etwas zu besprechen."

In den vergangenen Tagen war Padberg noch mißtrauischer und vorsichtiger geworden. Jetzt benutzte er Handys mit unterschiedlichen Telefonkarten. Er griff zu dem, das auf „LUSTamLEBEN" lief und wählte bei Graumann durch.

„Wollte nur melden, daß wir Ihre neuen Leute bearbeiten. Sonst alles paletti?"

„Kann nicht besser klagen."

Sie verabschiedeten sich.

Bevor er in sein Auto stieg, das nach wie vor an der abgelaufenen Parkuhr stand, schon seit Tagen ohne Bon, machte er einen Abstecher in die Goebelsche Buchhandlung am Bahnhof und erwarb einen Kursus „Englisch für Anfänger" mit Tonbandkassetten.

Er wollte vorsichtshalber seine eingerosteten Englischkenntnisse auffrischen.

Auf dem Weg zum „Ostburger Hof" legte er die erste Kassette ein.

Bereits bei der Ankunft wußte er, daß er in wenigen Tagen in der Lage sein würde, der englischen Königin zu sagen, wie häßlich er ihren Sohn fand.

Scheuer empfing ihn an einem festlich gedeckten Tisch, was Padberg zur Frage veranlaßte: „Wollen sie mich auffordern, als Fraktionär zu kandidieren? So habe ich es neulich in einem amerikanischen Film gesehen.“

„Herr Padberg, so kennen und schätzen wir Sie. Immer für einen Scherz gut. Herr Kreuz kommt ein paar Minuten später. Lassen Sie uns Platz nehmen. Einen Aperitif?“

„Auf Staatskosten?“

„Auf Staatskosten.“

„Ein Glas Champagner.“

„Für mich auch eins, Herr Ober.“

In dem Moment betrat Kreuz das sonst leere Restaurant.

Scheuer rief hinter dem davoneilenden Ober her: „Noch ein Glas mehr. Nicht wahr, Herr Kreuz, Sie trinken doch ein Glas Champager mit?“

Der zackige, schmächtige Mann, der stets wirkte, als sei er zu stramm aufgezogen, nickte.

„So haben wir es bei unserem Japanbesuch vor ein paar Monaten auch gehalten. Da haben glücklicherweise die Schlitzaugen als Gastgeber bezahlt. Wer zahlt heute?“ wollte Kreuz wissen.

„Ihr Unternehmer solltet nicht nur nach Soll und Haben gehen. Ich freue mich heute auf ein lockeres Gespräch unter Freunden mit den Männern, die in dieser Stadt etwas bewegen in diesen schweren Zeiten.“

Nun wurde Padberg neugierig: „Was liegt überhaupt an?“

„Lassen Sie uns doch erst einmal das Essen bestellen, damit die Küche weiß, was anliegt.“

Sie einigten sich auf Seezunge und Padberg bat den Ober: „Achten Sie bei meiner Seezunge darauf, daß sie einen guten Charakter hatte.“

„Unmöglich, die Dinger können nicht mehr einvernommen werden. Sind schon tot, wenn sie bei uns ankommen.“

„Eins zu Null für Sie.“

Scheuer nahm den Faden wieder auf: „Meine Herren, im

nächsten Herbst stehen Kommunalwahlen an. Aus vielen unserer Gespräche und den dankenswerten wohltätigen Aktivitäten Ihrer Frau, Herr Padberg, übrigens herzliche Grüße, habe ich entnommen, daß wir politisch auf einer Linie liegen.“

Padberg schmunzelte.

>Wenn du Pflegefall etwas von meinem „Führerhauptquartier“ wüßtest.<

Er schloß sich dem Nicken von Kreuz an.

„Ich habe, ehrlich gesagt, mit Ihrer Zustimmung gerechnet. Wie Sie auch wissen, sind die Zeiten schwer, die öffentlichen Kassen ziemlich leer. Die deutsche Einheit kostet viel Geld. Ich strebe wieder die absolute Mehrheit in der Stadt an und würde allenfalls einer großen Koalition zustimmen. Bloß nicht diese Ampel-Hampelei wie bei Wedemeier in Bremen. Richtig?“

Wieder nickten beide.

„Auch damit habe ich gerechnet. Was bleibt uns übrig, als auf dem Teppich zu bleiben. Aber nun ans Eingemachte. Für meine Wiederwahl werde ich diesmal mehr Geld brauchen als bisher. Kann ich mit Ihnen rechnen?“

Beide nickten nicht. Sie schwiegen und dachten nach.

So gewinnt man Zeit.

Sie belauerten sich. Wer wohl anfängt und die Lattenhöhe festlegt?

Padberg blickte Kreuz an. Kreuz starrte zurück.

Der Oberbürgermeister nippte an seinem Glas und wischte sich mit der Serviette den sauberen Mund ab.

Schließlich hielt Kreuz nichts mehr zurück: „Herr Oberbürgermeister, ich sage es, wie es ist. Auch wir verfügen nicht über große liquide Mittel. Wenn Sie mir in Gegenwart von Herrn Padberg versprechen, mich bei der Bebauung des Rathausvorplatzes zum Zuge kommen zu lassen, und ich die

Chance bekomme, den Komplex mit dem Amtsgericht zu vertretbaren Konditionen zu erwerben, dann wäre ich bereit, Ihnen unter die Arme zu greifen."

Padberg hatte noch nie an solchen Gesprächen teilgenommen und war nun doch über die unverfrorene Offenheit von Kreuz erstaunt.

>Das läuft ja schlimmer als im Film.<

„Herr Kreuz, Sie wissen, daß wir am Rathausplatz noch arbeiten und uns die Opposition, vor allem die Grünen, stramm auf die Finger schaut. Bis zur Entscheidung vergehen noch mindestens zwei Jahre.

Das Geschäftshaus mit dem Amtsgericht sieht besser aus. Ich lasse mich noch heute auf den neuesten Stand bringen und nenne Ihnen das höchste vorliegende Angebot. Da müssen Sie schon etwas drüber bleiben. Dann klappt es auch. Also, mit wieviel kann ich rechnen?"

„Sind 100 000 genug? Gegen Bescheinigung natürlich."

„Natürlich. Vielen Dank."

Er wandte sich mit fragendem Gesichtsausdruck zu Padberg.

„Ich erhöhe auf 150 000 ohne Bedingungen, Herr Oberbürgermeister."

„Das ist großzügig. Daran, lieber Josef, solltest du dir ein Beispiel nehmen."

„Vielleicht wird er ja großzügiger, wenn er bei mir Geld anlegt," sagte Padberg und verschwieg vornehm, daß sich der Oberbürgermeister bereits über seine Frau am Gewinnspiel beteiligte.

Und auch die Frau von Josef Kreuz.

Trotzdem ließ sich Scheuer die Bemerkung nicht nehmen: „Kurt, wir haben von unseren Juristen Herrn Padbergs Angebote prüfen lassen. Alles stubenrein. Mehr sage ich nicht."

Während des Essens gab der Oberbürgermeister einige Lästereien über seine Fraktionäre zum besten. Das regte ihren Appetit noch an.

Carl Chandler hatte sich der Einfachheit halber im „Sheraton“ direkt am Frankfurter Flughafen einquartiert und vorher auf dem Flughafengeländen den Leihwagen zurückgegeben. Jetzt war er froh, daß Thasen den Computer samt Drucker mitgenommen hatte. Die schweren Teile wären ihm lästig geworden. So brauchte er auf dem Gepäckwagen nur seine zwei Stücke über die Verbindungsbrücke zur riesigen Abflughalle zu rollen.

Seine Maschine ging direkt nach Los Angeles und sollte etwa zwei Stunden vor Marthas Flug eintreffen.

Diese Nachricht übermittelte er per Fax an Anselm im Beverly Wilshire Hotel. Der Schlaks war nicht auf seinem Zimmer, sondern schlenderte über den Rodeo Drive und genoß die kalifornische Sonne, während er an das scheußliche Herbstwetter in seiner Heimat dachte.

Die Prachtstraße, von der Kenner sagen, sie biete die teuersten Waren der Welt, machte ihn an. Trotzdem hielt er sich mit Käufen zurück und nahm sich einen ausgiebigen Einkaufsbummel mit Martha vor. Dabei dachte er an Julia Roberts in „Pretty Woman“.

So gingen Träume in Erfüllung.

Bei seiner Rückkehr fand er die Nachricht von Chandler vor. Er hatte noch eine Ewigkeit zu warten, bis er Martha in die Arme schließen konnte.

Endlich.

Der Kreis begann, sich zu schließen.

Pünktlich um 20 Uhr saßen die vier Männer in Padbergs Büro. In ihren Tassen dampfte Kaffee.

Nur Padberg rauchte.

„Jungs, dieses hier ist eine Sitzung nach bester Mafiamanier. Wer heute diesen Raum verläßt, unterliegt der Omertá, dem Gesetz des Schweigens. Wir verzichten auf diese dramatischen Einschwörungszenen der Mafia, schließlich sind wir nüchterne Deutsche und keine Spaghettis. Wenn jemand nicht mitmachen kann oder will, darf er jetzt aufstehen und gehen und ist verpflichtet, auch über das bisher Gehörte zu schweigen."

Er verteilte auf jeden einen durchdringenden Blick. Als er keinen Widerspruch wahrnahm, setzte er sein teuflischstes Grinsen auf.

„Ich mache jeden von euch zum vielfachen Millionär. Keiner muß jemals wieder arbeiten, wenn sich jeder streng an das hält, was wir heute verabreden."

Sternwald und Bütt schauten wie die Kuh, wenn's donnert. Ihnen dämmerte nichts.

„Klaus und Ingo, ich muß euch aufklären, daß Rainer bereits Bescheid weiß."

„Wir machen mit," sagte Sternwald für Bütt mit, „ohne Wenn und Aber."

„Eines müßt ihr trotzdem vorher noch wissen. Wir verschwinden aus Deutschland und lassen alles zurück, auch unsere Ehepartner, soweit vorhanden."

Nun mußte Sternwald doch schlucken.

„Klaus, wenn du das nicht kannst, steh lieber jetzt auf. Ich muß meine Familie auch hierlassen, ohne daß sie auch nur die geringste Ahnung hat. Sie werden denken, daß wir tot sind."

„Nein, nein, ich mache mit. Trotzdem muß ich mich mit dem Gedanken erst vertraut machen."

„Nimm dir Zeit."

„Ich mache mit. Punkt."

Padberg berichtete in aller Offenheit über das Angebot der Schweizer Bank, seine Sorgen über Anselms Verschwinden und die möglichen Beweise gegen ihn und „intakt".

Er schloß seinen kurzen Vortrag: „Ich habe mit Rainer einen Plan angerissen, um zu verschwinden. Heute abend besprechen wir generalstabsmäßig unser Vorgehen und verteilen die Aufgaben. Ziel muß es sein, spätestens Ende Januar von der Bildfläche zu verschwinden. Ich frage jetzt alle Probleme ab, die sich mir stellen. Jeder, der sich kompetent fühlt, ein Problem zu lösen, meldet sich zu Wort. Am Schluß einigen wir uns auf den Weg und gehen an die Arbeit. Rainer, du hast schon einiges geprüft. Fang einfach mal an."

Pfaff holte tief Luft, blickte zur Decke, als müsse er vom Himmel noch ein paar Eingebungen abrufen.

„Ich hatte dir, Rolli, gleich am Anfang vorgeschlagen, daß wir uns auf die Malediven zurückziehen. Dabei bleibe ich. Die haben 1195 Inseln auf 600 Kilometer Länge, sind sehr liberal und so intelligent, daß sie sich keiner Supermacht anschließen. Ein freundliches Volk auf dem Weg nach vorne. Leben vor allem vom Tourismus und der Fischerei. Die härteste Strafe dort ist, einen Verbrecher auf eine Insel zu verbannen."

Die kleine Bemerkung am Rande lockerte die angespannte Stimmung im Raum etwas auf.

Alle grinsten.

„Ich stelle mir vor, daß wir uns die Arbeit teilen. Zwei Mann müssen einen Flugzeugtransport von Sri Lanka nach Afrika begleiten. Die Maschine stürzt auf dem Weg von den Malediven nach Afrika über internationalen Gewässern ab. Natürlich hängen alle Insassen vorher am Fallschirm. Zwei Mann befinden sich auf einer hochseetüchtigen Yacht, die wir in Colombo chartern, zum Zeitpunkt des Absturzes im betreffenden Seegebiet. Wir müssen wirklich Ende Januar, Anfang Februar einplanen, weil dort trockene Wetterbedingungen herrschen, wenig Wind, wenig Wolken. Das Boot nimmt die

Flugzeuginsassen auf. Am besten wäre, wenn wir alle neue Pässe haben, denn mindestens zwei von uns sind dann offiziell tot, und auch die anderen sollen ja nie wieder auftauchen."

Padberg ließ die Idee auf sich wirken.

„Hört sich gut an. Wie kommen wir an so ein Flugzeug? Wer besticht die Piloten? Wer sichert, daß nicht irgendwelche Behörden kommen, um uns zu retten."

„Der Absturz findet in diesem Seegebiet," Pfaff entfaltete eine Karte auf Padbergs Schreibtisch und kreiste mit dem Kugelschreiber eine blaue Stelle ein, „statt. Das liegt weit genug von den Malediven und sehr weit von Afrika weg. Und ist gut 4000 Meter tief. Wer will da eine große Rettungsaktion in Szene setzen? Ich kenne die Ecke noch aus meiner Zeit als Dritter Offizier."

„Du sagst, wir können einfach eine Insel okkupieren. Wer versorgt uns mit Essen?"

„Ich denke nicht an Okkupation. Das fangen wir raffinierter an. Wir verschaffen uns eine Eintrittskarte nach Male, der Hauptstadt der Malediven."

„Wer druckt sie, wer reißt sie ab?"

„Machen wir alles selbst. Gleich nach dem Absturz des Flugzeugs wird es regen Funkverkehr geben. Sowas habe ich in meiner aktiven Zeit auf See mehrfach erlebt. Den hören wir mit, melden, daß wir in der Nähe sind und den Feuerball einer Explosion am Himmel gesehen haben und starten eine Suchaktion."

„Das hört sich verdammt schlau an."

„Ist es auch. Alles Einfache hört sich verblüffend an. Wir müssen uns voll konzentrieren auf normale, berechenbare menschliche Reaktionen. Jeder Mensch nimmt nur wahr, was er sieht. Und was sieht er? Ein Schiff mit Aussteigern, die sich selbstlos an einer Rettungsaktion beteiligen. Ist ja wohl klar, daß ich nicht zu den Fallschirmspringern gehöre. Ich bin der einzige mit Kapitänspatent. Ich fahre das Schiff."

„Klären wir gleich," beruhigte Padberg, „was ist mit Insel und so?"

„Nach meinen Informationen kann man keine Insel kaufen. Wir bleiben erst einmal in dem Seegebiet, benutzen immer mal ein Inselhotel und erholen uns. Ich schätze, daß wir nach der Rettungsaktion die Beziehungen bekommen, die wir brauchen, um einen Teil unseres Geldes zu investieren. Inseln kann man nämlich pachten, wenn man dort Geld investiert. Vielleicht kaufen wir auch einem Hotelbesitzer seinen Schuppen samt Hotel und Lizenz ab. Das entscheiden wir vor Ort."

„Wie kommen wir an das Flugzeug?"

„Ich kenne eine Chartergesellschaft in London," fuhr Pfaff fort, „dort chartern wir eine Transall. Ich habe einen Kontakt dorthin aus meiner Bremer Zeit. Bei diesen Piloten, die alle mehr oder weniger gescheiterte Existenzen sind, finde ich schon die richtige Paarung. So etwas ist mein Spezialität und eine Frage des Preises. Habe ich da freie Hand?"

Padberg runzelte die Stirn: „Was heißt freie Hand? Eine Million, zehn Millionen?"

„Höchstens eine Million."

„Wie bringen wir das Geld weg? Wie begründen wir den Flug, damit nicht gleich selbst ein Blinder wie Steve Wonder auf unsere Spur kommt?"

„Auch dafür biete ich einen Plan."

Nun saßen die anderen kerzengerade in ihren Stühlen.

„Wir haben zu meiner Bremer Zeit zwei sehr gute Geschäfte mit einer Firma namens ‚Comp EX International' in Asch gemacht. Das liegt in Tschechien, gleich hinter der Grenze in Nordost-Bayern. Sehr schöne Ecke. War einmal selbst dort, im Sommer."

„Mit Leuten aus dem Ostblock kann man doch nicht arbeiten. Alles Russenmafia," gab Padberg zu bedenken.

„Richtig und falsch. Die Firma arbeitet sehr ordentlich. Sie kauft weltweit wertvolle Computerteile, vielleicht auch geklaute Ware aus Rußland, und beliefert damit zwei Werke in Afrika, die Billigcomputer zusammenbasteln. Wir haben zweimal die Finanzierung von jeweils zehn Millionen Dollar auf die Beine gestellt, indem wir unseren Kunden Beteiligungen an den jeweiligen Geschäften verkauft haben. Die Rendite betrug jedesmal 20 Prozent innerhalb von vier Wochen."

„Hört sich nicht schlecht an. Und ging es jedesmal gut?" wollte Padberg wissen.

„Ja, reibungslos. Wir waren ja selbst erstaunt. Der Chef hat mich deshalb nach Asch geschickt. Ich kenne die Verhältnisse gut, auch die Leute."

„Wie kommen wir mit denen ins Geschäft?"

„Ich rede mit ihnen, ob sie eine Finanzierung brauchen. Und in welcher Höhe."

„Wenn, muß der Kredit genau unserer Summe entsprechen, die uns nach Abzug aller Kosten bleibt. Nur dann fällt nichts auf. Ich wüßte auch nicht, wohin legalerweise mit dem übrigen Geld."

„OK, sagen wir, ‚Comp Ex' nimmt von uns 30 Millionen Dollar, wie soll die Nummer insgesamt laufen, Rolli?"

„Das herauszufinden, sitzen wir hier. Bevor wir die Spur weiterverfolgen, möchte ich eine andere Frage klären: Wer beschafft uns die neue Identität?"

Sternwald hob den rechten Zeigefinger wie Musterschüler Pfeiffer: „Da können wir dienen, nech Ingo?"

Der menschliche Klotz nickte.

„Wir haben in Santa Fu einen Typen kennengelernt, der saß wegen Stasi-Scheiß und so. War ziemlich einsilbig. Aber auch der Mann brauchte Schutz. Wir haben ihn in unserem Kreis aufgenommen, Ingo und ich, weil wir meinten, daß er uns noch nutzen kann. Von ihm haben wir eine Telefonnummer in Ostberlin, falls mal einer einen Paß benötigt. Soll ja vorkommen, wie man sieht."

„Auch eine Änderung meines Kapitänspatents? Braucht ja nur der Name zu sein," hakte Pfaff nach.

„Ich weiß nicht, was wir alles abrufen können. Man muß mit dem Mann reden."

Padberg klinkte sich ein: „Kann man den jederzeit anrufen? Habt ihr die Nummer da?"

Bütt, der sonst besser nicht sprach, verfügte über ein sehr gutes Zahlengedächtnis. Wie im Schlaf betete er die Telefonnummer herunter, siebenstellig.

Padberg griff unverzüglich zum Handy und drückte die Nummer samt Berliner Vorwahl ein.

Es meldete sich „Ja, Hallo".

Padberg stellt sich vor und fuhr fort: „Seien Sie bitte nicht erstaunt über meinen Anruf. Ein Freund von mir sitzt hier, er kommt direkt aus dem Gefängnis und hat mir Ihre Telefonnummer genannt. Ich brauche sechs Pässe."

Das Mißtrauen auf der andere Seite drang bis in den Raum vor.

„Wie kommen Sie darauf, daß ich Ihnen helfen kann?"

„Nun, der Mann, von dem ich die Nummer habe, sitzt noch. Von wem sollte ich Ihre Nummer sonst noch haben?"

Der Gesprächspartner taute leicht an: „Gut, sagen wir einmal, Ihre Geschichte stimmt. Sagen wir weiter, ich kann Ihnen helfen. Was macht mich sicher, daß Sie mich nicht noch hereinlegen wollen. Nur, um einen Ostdeutschen aufs Kreuz zu legen?"

„Ich verstehe Ihr Mißtrauen. Das kriegen wir nur aus der Welt, indem ich Ihnen meinen Freund direkt gebe, und der Ihnen von Ihrem Mann im Knast berichtet. Vielleicht schafft das mehr Vertrauen.“

„Geben Sie ihn mir.“

Bütt ging an den Apparat und erzählte ihm umständlich von seinen Gesprächen mit dem Ex-Stasi-Mann.

Das schien zu überzeugen. Bütt reichte den Apparat an Padberg zurück.

„Herr Padberg, kommen Sie morgen nach Berlin. Wir treffen uns im Operncafé an der Deutschen Oper. Liegt an der Straße Unter den Linden. Sie werden es finden. Ich sitze um 17 Uhr in dem Raum auf der rechten Seite, wenn Sie reinkommen, und lese den ‚Stern'. Auf Wiederhören.“

Padberg drückte die Leitung weg.

„Kommt ins Laufen. Ich bestelle gleich sechs Pässe. Zwei für die Piloten mit. Und nun zurück zum Geld. Wie soll das nach deiner Vorstellung gehen mit dem Kredit?“

„Simpel, so simpel wie möglich. Ich fahre so bald es geht nach Asch zu ‚Comp Ex' und spreche alles ab. Am liebsten wäre mir, sie nehmen 30 Millionen Dollar Kredit oder höher von uns, kaufen dafür Ware, die wir auf dem Transport begleiten, das heißt zwei von uns. Das Geld wird, sagen wir, auf den Bahamas oder in Liechtenstein eingezahlt.“

„Und wer behält den Zugriff auf das Geld? Wenn die Computerteile kaufen, und wir damit abstürzen, dauert das Ewigkeiten, bis die Versicherung den Schaden ausgleicht. Diese staatlich gelenkten Betrugsunternehmen, wie ich sie gerne nenne, nehmen sich doch alle Zeit der Welt, und wir sitzen im Indischen Ozean dumm rum. Das gefällt mir nicht.“

„Der Plan kann auch anders laufen. Bei meinem letzten Besuch habe ich mit dem Geschäftsführer vom ‚Comp Ex' etwas direkter gesprochen, auch über mögliche Scheingeschäfte.“

„So will ich dich hören, Rainer.“

„Man muß auch einmal warten können. Das Gute kommt

eben zum Schluß."

„Wie läuft nach dieser Lesart ein Scheingeschäft ab?"

„Wir, also ‚intakt', geben ‚Comp Ex' einen Kredit für den Kauf von Ware. Sie heben die Summe vom Konto ab, auf das wir überweisen. Nach Abzug ihrer Provision, bei 30 Mio sagen wir..., sagen wir zehn Prozent, also nach Abzug der Provision zahlen sie an einen Herrn Schnullipulli, kommt eben drauf an, wie du in deinem nächsten Leben heißt, 27 Millionen auf die Vermittlung eines anderen, wesentlich größeren Geschäfts oder für die Lieferung von Ware. Das findet sich."

„Du willst sagen, die machen das mit. Auch die Schaffung der Papierlage."

„So habe ich es damals mit dem Mann vorgedacht. Daran hat sich bestimmt nichts geändert bis jetzt."

„Wer garantiert, daß das Geld an mich zurückfließt?"

„Bei jeder Geldwäsche entsteht ein Phase, die ich mal als Kontrollücke bezeichne. Du hast sie richtig erkannt. Aber ich bin sicher, ‚Comp Ex' macht das, weil die hinter dem Geschäft sofort die Mafia vermuten und sich hüten werden, ihren Kopf zu riskieren. Ich lasse ein, zwei Andeutungen einfließen. Im organisierten Verbrechen kann man sich auf die Einhaltung der Gesetze mehr verlassen als im richtigen Leben."

„Das stimmt nur bedingt, denn wir nehmen zum Abschied das schwarze Geld von Graumann mit."

Sie fühlten sich alle in Hochstimmung, vor allem nach Pfaffs Vortrag.

Das tödliche Risiko, die Graumann-Leute übers Ohr zu hauen, nahmen sie nicht mehr wahr. Sternwald faßte die Situation so zusammen: „Rolli, wie sagst du doch immer? So spielt man mit Studenten."

„Genau so."

Padberg erhob sich schwerfällig aus seinem Bürosessel, ging

um den Schreibtisch, beugte sich vor und legt die rechte Hand flach auf den Besuchertisch, nachdem er die Zigarette in die linke Hand gewechselt hatte.

„Legt bitte eure rechten Hände auf meine, damit wir das Geschäft besiegeln."

Sie folgten seiner Order ohne Murren. Allen war klar, daß diese Geste auch die Chefposition von Padberg in diesem Kreis für alle Zeit besiegelte.

„Niemand," mahnte Padberg, „niemand darf auch nur ein Sterbenswörtchen erwähnen. Schon der Hinweis auf mögliche Änderungen im Leben wäre für unser Unternehmen tödlich. Besonders freut mich, daß Klaus und Ingo noch nicht nach ihrem Anteil gefragt haben im Gegensatz zu Gierhals Pfaff. Jeder, also auch Pfaff, bekommt fünf Millionen Dollar. Steuerfrei, versteht sich."

Den Rest des Abends verbrachten sie bei Akritos, ihrem griechischen Feund, der Tzatziki lieferte und Giros mit reichlich Zwiebeln und dazu jede Menge eisgekühlten Ouzo und schäumende Biere.

Trotz Aircondition stand die Luft in der Ankunftshalle von LA International Airport still. Chandler kam die Stimmung anders vor als in all den Jahren zuvor. Erdbeben und Regenkatastrophen schienen den beschwingten Kaliforniern die Spitze abgebrochen zu haben. Sie benahmen sich fast wie normale Menschen.

Im Gedränge, das in den Abendstunden wegen der ankommenden Tagesrundflüge hier immer herrschte, mußte er lange suchen, um Anselm zu entdecken. Hin und wieder sprang er extra hoch. Schließlich ertönte neben ihm eine wohlklingende Stimme, die ihn in deutscher Sprache fragte: „Sind Sie nicht der berühmte Schauspieler Michel Piccoli. Sie waren wohl recht lange hier in der Sonne. In Europa sind Sie weißer."

„Anselm, jetzt hast du mich aber ganz schön erschreckt.“

Der kleine Mann zog den Kopf des längeren zu sich herunter und drückte ihm einen Kuß auf die Stirn.

„Wir haben noch eine halbe Stunde. Auf der Anzeigetafel sehe ich, daß Marthas Flug sich etwas verspätet.“

„Sag einmal, Carl, was mich hier bei den Flugplänen wundert, die schreiben alle krummen Zeiten, so wie bei der Bundesbahn. Hier, sieh mal, New York 8 Uhr 24. Das kann man doch so genau gar nicht einhalten.“

„Ich weiß es auch nicht. Soll wohl zeigen, wie präzise alles in Amerika abläuft, um die Japaner zu erschrecken.“

Sie postierten sich an einer Kaffeebar so, daß sie die Anzeigetafel im Auge behielten. Der Cappuccino schmeckte wie bei Egidio, fand Anselm, der sich ständig mit dem inzwischen feuchten Taschentuch über Stirn und Hände fuhr.

Vor Aufregung stand er unter Starkstrom.

Schließlich klopfte ihm Chandler auf die Schulter.

„Die Maschine ist eben gelandet. Dann dauert es nicht mehr lange.“

Die Ansage war an Anselm so vorbeigerauscht, weil sein Englisch gerade reichte, um sich einigermaßen verständlich zu machen. Das Amerikanische bereitete ihm noch größere Schwierigkeiten, schon gar aus einem quetschigen Lautsprecher.

Und da stand sie plötzlich vor ihnen, wie aus dem Boden gewachsen.

Sie fielen sich mit einem Hunger nach Liebe und Zärtlichkeit in die Arme, die viele Leute um sie herum zum Klatschen inspirierte. Die Amerikaner freuten sich über echtes Glück mit. In Deutschland wären sie wahrscheinlich alle mit einem grünen Fleck in der Hose nach Hause gefahren.

Sie sagten nichts, sie hielten sich bloß im Arm, tauschten ihre Ströme aus, die ausgereicht hätten, die Landebahn zu illuminieren.

Martha schaffte es schließlich, nach einem leichten Räuspern die Stimme einzusetzen: „Laß uns niemals wieder auseinandergehen. Ich sterbe ohne dich."

„Ich bleibe bei dir, immer, immer, immer...."

„Am liebsten würde ich dich essen, dann hätte ich dich wirklich immer bei mir."

„Dann dürftest du bloß nie mehr aufs Klo."

Erst jetzt nahm Martha Chandler wahr, der sich über Anselms letzten Satz kringelig lachte. Er zog Marthas Trolley mit den zwei großen Koffern und ihrem Suitcase zu sich heran und gab Order: „Meine Damen und Herren, Ihr schwarzer Kofferkuli bittet Sie, ihm unauffällig zu folgen. Der weitere Austausch von Körperflüssigkeiten wird auf einen späteren Zeitpunkt vertagt."

Lachend und plaudernd folgten die jungen Leute dem Manager. Vor dem Ausgang wartete ein silbergrauer Rolls Royce, der Fahrer schnellte aus dem Riesenschlitten, öffnete die hinteren Türen und verstaute mit Carls Hilfe das Gepäck.

„Wir wohnen heute noch im ‚Wilshire'. Morgen fliege ich weiter nach New York, wenn du ein klitzekleines bißchen Zeit für unsere Geschäfte geopfert hast, mein Schnucki, und dann dürft ihr euch nach Malibu verziehen. Mit Papas Erlaubnis. Was haben übrigens deine Eltern gesagt, daß du wieder einmal nicht nach Hause kommst?"

„Sie gönnen mir wenigstens mein Glück und lassen mich in Ruhe. Im Gegensatz zu Michel Piccoli."

Zu Anselm gewandt fuhr sie fort: „Wie hast du es überhaupt geschafft, diesen berühmten Schauspieler auf dieses kleine Maß zu kriegen und dazu, mir die Koffer zu tragen. Macht das die Sonne oder hat er zu viele kalifornische Trockenpflaumen verzehrt?"

„Ruhe auf den billigen Plätzen. Guckt lieber wenigstens hin

und wieder einmal aus dem Fenster. Ich habe extra den vollen Mond aufhängen lassen. Nur für die Liebesleute."

Bei der Ankunft im „Beverly Wilshire" kam sich Anselm wirklich vor wie Richard Gere, der seine Pretty Woman in die große weite Welt einführt.

Nur, daß die Rollen nicht richtig klappten. Sämtliches Hotelpersonal stellte bei Marthas Anblick die Propeller am Hintern an, streckte die Arme wie Flügel aus und dirigierte den Autopiloten auf diese Frau.

Richard Gere stand da wie der Lakai.

In Anselm meldete sich ein bohrender Wurm.

In der Suite kehrten sie in den Film zurück. Martha willigte strahlend ein, erst einmal gemeinsam in die Badewanne zu steigen.

„War wieder ein verdammt langer Flug. Und meine Sehnsucht nach dir hat ihn noch verlängert. Ich brauche dringend ein Bad."

In der schaumgekrönten Wanne blickten sie sich lange Zeit wortlos in die Augen. Vor lauter Glück lösten sich Tränen.

Schließlich nahmen sie sich in die Arme.

Im Bett übernahm Martha die Führung. Wieder verzichtete sie auf wilde Gesten, Bewegungen, lautes Gestöhne, lärmende Leidenschaft. Sie lenkte Anselms Kopf zu ihrem Schoß. Er bemerkte einen leichten Farbunterschied auf der Haut, da wo die Bikinihose die maledivische Sonne weggehalten hatte.

>Auch so eine schöne Frau wird braun.<

Er versank mit seiner Zunge in ihrer Lust, bis sie leise aufstöhnte, und er vorsichtig in sie hineinglitt. Mit ihren leisen, sich sehr langsam steigernden Bewegungen forderte sie ihm höchste Konzentration ab. Nur mit Mühe verhinderte Anselm einen vorzeitigen Abgang.

Nach Tagen, Wochen, Monaten, Minuten explodierten

beide Körper gleichzeitig.

Erst nach einiger Zeit brachte Martha ihren zitternden Körper unter Kontrolle.

„Mehr kann man vom Leben nicht verlangen,“ ihre zarten Finger streichelten Anselms Brust, „daß wir zusammen explodiert sind in unserer allerersten Nacht ist ein gutes Omen. Bleib immer bei mir.“

„Ich bleibe bei dir.“

„Ich möchte dir nur noch sagen, daß ich jetzt wirklich glaube, daß deine Leute dich furchtbar hereingelegt haben. Auch mit dem Video.“

Eine schrille Stimme in seinem tiefsten Inneren schrie: Jetzt! Jetzt! Sag es ihr, sag ihr die Wahrheit, sag ihr, daß du einen Fehler gemacht hast, der nie wieder vorkommen wird, sag ihr, daß es dir leid tut, schaffe es aus der Welt!!!

Doch Anselm blieb ruhig liegen und schaute ihr, die ihn mehr liebte als alles auf der Welt, die ihm eine Zukunft versprach, für die Millionen andere alles hergegeben hätten, treu in die Augen: „Ja, Martha, sie haben manipuliert, um uns auseinanderzubringen. Beinahe wäre es ihnen gelungen.“

Die Chance zur Wahrheit war vertan. An ihrem Neubeginn stand eine Lüge.

In dieser Nacht machten sie kein Auge zu.

Trotzdem gelang es Martha, nach dem Frühstück alle geschäftlichen Angelegenheiten mit Carl durchzusprechen.

Hinterher lief sie fröhlich ausgelassen zu Anselm: „Laß uns auf dem Drive einkaufen gehen. Ich habe eine gute Nachricht für dich.“

„Jetzt? Oder muß ich etwa warten?“

„Wir setzen uns nachher zu Giulio auf den Sunset Strip unter den Sonnenschirm, trinken Cappuccino, und ich erzähle dir alles. Jetzt wird eingekauft. Auf meiner kleine Robinsoninsel gab es nur getrocknete Haifischmäuler. Die armen

Tiere.“

Sie robbten sich Geschäft für Geschäft zum Strip vor. Am frühen Nachmittag saßen sie wie angekündigt unter dem Sonnenschirm, neben sich ein Berg mit Einkaufstaschen, und schlürften das In-Getränk.

„Jetzt, mein Schatz, mußt du mir die Überraschung erzählen.“

„Die Überraschung ist, daß Carl dir und mir ein Angebot gemacht hat.“

„Er will unser Trauzeuge werden!“

„Willst du mich denn heiraten?“

„Ja, so bald wie möglich. Damit mir nicht ein anderer dazwischenfunken kann.“

„Ich will dich auch. Aber laß uns damit noch bis zum Frühjahr warten. Es kommen jetzt viele aufregende Sachen.“

„Das Angebot!“

„Carl möchte einen Teil seiner Aufgaben an dich abgeben. Er meint, daß er als Agent und Manager noch ein zusätzliches Büro in Hollywood benötigt. Mehr als zwei Jobs schafft er nicht. Für alle künftigen Jobs, die auf mich warten, brauchen wir dringend einen Manager, der immer in meiner Nähe ist. Carl traut dir diesen Job zu.“

„So, tut er das,“ merkte Anselm einsilbig an.

„Was ist jetzt los?“

„Nun, hört sich nach Almosen an.“

„Ist es aber ganz und gar nicht. Wenn du den Job nicht machen willst, müssen wir jemanden einstellen. Und er wäre dann immer in unserer Nähe. Das nervt.“

„Meinst du nicht, daß es viel mehr nervt, wenn dein Geliebter und Ehemann von dir ausgehalten wird?“

„Sag mal, spinnst du? Wir reden über Arbeit.“

„Ich auch. Das wird uns die Presse doch um die Ohren hauen.“

„Ganz im Gegenteil. In vielen Künstlerehen ist das so. Wir ergänzen uns. Du bist ein toller Verkäufer. Der PR-Mann schlechthin. Und ich bin eine gute Darstellerin. So bleibt auch das Geld in der Familie."

„Ich glaube, ich muß mich an mein neues Leben noch gewöhnen. Kommt alles zu schnell."

„Du hattest doch lange Zeit, um über uns nachzudenken. Was ich dir sage, ist doch auch das Ergebnis meiner Gedanken über uns."

„Ja, ich weiß. Und trotzdem, gib mir ein paar Tage Zeit. Wir müssen uns aneinander gewöhnen. Und ich muß mich daran gewöhnen, auf einer ganz anderen Bühne zu stehen als bisher. Weißt du, bisher war das eine reine Männerwelt. Da konnte sich keiner vorstellen, eine Frau als Chef zu haben. Frauen gehören an den Herd oder ins Bett, war unser Spruch."

„Im Bett wirst du mich immer finden. Am Herd wäre ich eine Katastrophe."

„Im Bett bist du dafür eine Kanone."

„Durch dich. Du hast mich zur Frau gemacht. Ich will immer nur noch dich."

Aus dem dichten Verkehrsstrom, der an dem Straßencafe vorüberzog, löste sich der silbergraue Rolls Royce.

Der Chauffeur meldete Martha, daß das Gepäck aus dem „Wilshire" gepackt im Auto liege. Sie legten die prallgefüllten Tüten mit ihren Rodeo-Erwerbungen dazu.

„Auf zum Liebesurlaub nach Malibu!" jauchzte Martha.

Anselm fand sein Gleichgewicht wieder. Der Streit in seinen Gefühlen legte sich. Trotzdem war er noch weit davon entfernt, Marthas Berufsplänen für ihn zuzustimmen. Obwohl er ihnen auch charmante Seiten abgewann.

Für die Fahrt nach Berlin nahm Padberg den Umweg über Hamburg in Kauf. Auf dieser Strecke gab es grundsätzlich weniger Staus als auf dem kürzeren Weg über Hannover. Nach knapp vier Stunden rollte er in Berlin ein und fand Zeit, sich ein wenig auf dem Kudamm umzusehen.

Es war sein erster Berlinbesuch seit dem Mauerfall. Er fand die Atmosphäre verändert. Die Vereinigung der beiden Deutschlands hatte das internationale Flair verschluckt.

Trotz intensiver Suche nach Zeichen für die Veränderung gelang es ihm nicht, seine Gefühle in Worte zu fassen. Er ließ die Eindrücke einfach weiter auf sich einwirken. Bei „Hartke“ blieb ihm eben noch Zeit für ein gekochtes Eisbein mit Sauerkraut und Erbspuree. Das zählte für ihn nach wie vor zur Pflichtnahrung in dieser pulsierenden Stadt.

Als er sein Auto bestieg, fand er es zwischen zwei Golfs eingequetscht.

>Jetzt probieren wir mal, ob es tatsächlich stimmt, daß meine Stoßstangen einen Puff vertragen, ohne sich zu verbiegen.<

Er zog den Wählhebel der Automatik auf „D“ und schob den vorderen Golf mühelos auf dessen Vordermann, wechselte auf „R“ und drückte den hinteren Golf auf dessen Hintermann. Mit nur einem Finger drehte er die servogestützte Lenkung so, daß der schwere Wagen mit einem Satz aus der Parklücke schoß.

Am Brandenburger Tor bedauerte er die Verkehrsführung, die es dem normalen Verkehr unmöglich machte, durch das Tor zu fahren. Unter den Linden überkam ihn das alte DDR-Gefühl, obwohl ihn nichts auf der Prachtstraße wirklich an die versunkene Zeit erinnerte.

Das Nikolaiviertel strahlte im Lichterschein. Die Dunkelheit verhalf den Elektrizitätswerken zu Spitzeneinnahmen.

An der Deutschen Oper bog er auf Verdacht rechts ab und fand prompt im Halteverbot eine Parklücke.

Kurz vor 17 Uhr betrat er das Operncafé, das sie schon zu Honeckers Zeiten so prachtvoll hergerichtet hatten, um der Welt zu beweisen, daß deutscher Sozialismus auch für die Kultur ein Nischchen bereithielt.

Vielleicht hatten auch bloß die Deutschen, West viel Geld bezahlt, um die kulturellen Werte an dieser Prachtstraße zu erhalten.

Zielstrebig wendete sich Padberg nach rechts in das riesige, verqualmte Café mit Wiener Kaffeehauscharme, das bis zum letzten Platz besetzt war.

Seine Augen suchten so unaufällig wie möglich nach einem Mann, der den „Stern" las.

In einer Ecke fand er ihn.

>Genauso wie ich mir einen Stasi-Mann vorgestellt habe. Fehlt nur das karierte Hemd. Der Kerl riecht meilenweit gegen den Wind. Für den brauchen sie noch nicht einmal einen Haftbefehl oder überhaupt eine Anklage. Den verurteilt jedes Gericht auch so.<

Der Mann war etwa Mitte 50, die Haare stramm geschnitten, scharfer, aufmerksamer, durchbohrender Blick. Vor ihm stand ein Kaffeekännchen, daneben eine halb gefüllte Tasse. Die Stimme erkannte Padberg als die aus dem Telefon gestern abend wieder.

„Mein Name ist Padberg. Guten Tag,."

„Mein Name tut nichts zur Sache. Sie sind offenbar sauber."

Er sächselte leicht.

„Dazu reicht Ihnen ein simpler Blick in mein deutsches Gesicht? Alle Achtung."

„Nein, dazu reichen mir die Handzeichen meiner Leute, die Sie schon eine Weile beobachten. Erst nach diesem Zeichen habe ich den ‚Stern' aufgeschlagen."

„Hier spricht Lenin. Vertrauen ist gut, Kontrolle ist besser."

„Haben Sie genug Geld mitgebracht, damit wir überhaupt

sprechen können?“

„Soll denn alles hier abgewickelt werden? Mitten unter den Leuten?“

„Das Volk ist ein gutes Versteck.“

Den Spruch kannte Padberg.

Stammte er nicht sogar von ihm selbst?

„Gut, in meiner linken und rechten Innentasche vom Anzug stecken 50 Eintausendmarkscheine. Wenn Ihr Angebot stimmt, soll das die Anzahlung sein.“

„Zeigen!“

„Hier? Wie soll das unauffällig gehen!“

„Machen Sie es so wie im Film. Das klappt immer.“

Padberg beugte sich leicht vor, zog die linke Seite der Jacke soweit auf, daß sich mit der rechten Hand das Geld herausziehen ließ.

„25 000.“

„Andere Seite!“

Padberg drehte den Körper, um das Schauspiel auf der anderen Seite noch einmal vorzuführen.

„Reicht das jetzt?“

Schneller als er fragen konnte, hatte sein Gegenüber ein dunkelgrünes, rechteckiges Büchlein vor Padbergs Nase gelegt.

Er zog es blitzschnell weg, als der Kellner kam, um nach Padbergs Wünschen zu fragen.

Der Ostburger auf Zeit bestellte Kaffee und fragte den Stasi-Mann, ob er noch einen Wunsch habe.

„Nein, danke.“

Wie von Zauberhand lag das rechteckige Büchlein wieder auf dem weißen Tischtuch, auf dem sich dic dunkle Farbe besonders deutlich abhob.

Auf dem Deckel stand: REISEPASS, darunter etwas kleiner REPUBLIK ÖSTERREICH, darunter der Adler als

Staatswappen, ein Treppchen tiefer und noch etwas kleiner PASSEPORT, Absatz REPULIQUE D'AUTRICHE, Absatz PASSPORT; Absatz REPUBLIC OF AUSTRIA.

Alles in Goldbuchstaben.

„Darf ich ihn anfassen?“

„Dafür liegt er da.“

Padberg hielt einen ordentlichen österreichichen Paß in der Hand. Die Seriennumer von der festeren Deckelseite durchgestanzt bis Seite 16, die geraden Seitenzahlen unten links, die ungeraden unten rechts auf den gelblich-weißen Seiten.

Das Dokument präsentierte sich jungfräulich. Der Paß war nagelneu und wirkte auf Anhieb echt.

Padberg hob das Papier etwas gegen das Licht und erkannte das Wasserzeichen.

Trotzdem hakte er nach: „Ist der echt?“

„So echt wie Ihre Haare auf dem Kopf, oder tragen Sie ein Toupet?“

„Echt“.

„So echt ist der Paß.“

„Woher?“

„Geht Sie absolut nichts an.“

Der Mann blickte nicht einmal um sich, um mögliche Gefahrenquellen rechtzeitig zu erkennen.

>Der muß gut bewacht sein. Verdammt gut. Verdammt sicher.<

„Verstehe. Ich brauche sechs Stück.“

„Kein Problem. Wollen Sie sie blanko?“

„Mir wäre es lieber, Sie füllen sie aus. Da sind Sie bestimmt besser.“

„Habe ich als Beruf gelernt. Außerdem benötigen wir zur Fixierung des Fotos einen Metallstempel, der bloß die Formen eindrückt.“

„Pässe fälschen ist Ihr Beruf?“

„Nicht nur das. Auch die Beschaffung von echten Stempeln und so.“

„Alle Achtung. Ich kann Ihnen die Fotos erst in etwa zwei Wochen geben. Was kosten sechs alles in allem.“

„Pro Stück 25 000 Mark.“

„Ganz schön teuer. Wen finanziere ich damit alles? Auch die PDS.“

„Sie reden dummes Zeug. Sie finanzieren Ihre Freiheit. Dafür brauchen Sie ihn doch!“

Padberg schwieg. Ihm fiel noch etwas ein: „Wir müssen noch ein Kapitänspatent ändern. Können Sie das auch?“

„Brauchen Sie ein neues oder die Änderung eines vorhandenen Dokuments.“

„Was ist leichter?“

„Ein neues. Das kann ich beschaffen. Sie müssen mir sagen, welches Gesicht zu dem Dokument gehört, damit die Namen übereinstimmen. Behörden sind immer mißtrauisch. Weiß ich aus meiner alten Arbeit.“

„Was kostet es?“

„40 000“

„Gut.“

„Handeln wäre auch zwecklos.“

Er hob wie zur Abwehr beide Hände.

„Ich habe sechs unverbrauchte österreichische Namen. Die Pässe werden mit unterschiedlichen Daten ausgestellt, alle so ein, zwei Jahre alt. In alle stempele ich unterschiedliche Visa, damit sie auch benutzt aussehen. Macht sich bei jeder Kontrolle besser. Sie werden im zehnten Wiener Bezirk ausgestellt sein. Die Wiener sagen korrekt zehnter Hieb statt Bezirk. Sollten Sie sich merken. Wirkt irgendwie originaler. Wien ist eine große Stadt, und Sie können über Ihre Vergangenheit so gut wie alles behaupten.“

Padberg fummelte so unauffällig wie möglich die 50 000

Mark zusammen und hielt sie in der rechten Hand unter den einbeinigen Kaffeehaustisch. Der Stasi-Mann ließ das Geld so schnell verschwinden, daß er als Hütchenspieler mit Bombengewinnen rechnen konnte.

„Apropos Visa. In vier Pässen benötige ich Visa von Sri Lanka. Ich sage noch durch, in welche Pässe die Stempel gehören. Kann ich sie unter der gehabten Nummer anrufen, wenn ich die Fotos und alles zusammenhabe? Tja, und noch etwas. Wer sagt mir, daß wir uns überhaupt wiedersehen, daß Sie nicht mit den 50 000 abhauen und sie mit leichten Mädels verjubeln?"

„Kontrolle ist gut, Vertrauen ist besser," drehte er Lenin um und fügte an, „Sie brauchen übrigens nur ein Foto pro Mann. Wir sind ja keine wirklich ausstellende Behörde."

Dieser Satz durchzuckte Padberg wie ein hochgeladener Kugelblitz.

>Verdammt. Bis jetzt war ich sicher, daß kein Mensch ein Foto von mir hat. Nicht einmal meine Frau. Alles weg.

Aber die Behörde hat natürlich eins von der Ausstellung des Personalausweises. Wenn die mich je suchen, haben sie doch ein Foto.<

„Ist Ihnen schlecht?" fragte sein „Paßbeamter" besorgt.

„Nein, nein. Manchmal macht mein Blutdruck Spierenzchen. Ich brauche einfach etwas Kaffee."

Er trank hastig seinen Kaffee aus.

„Ist es nicht gefährlich, die Sache so über Telefon abzuwickeln?"

„Keine Sorge. Mein Telefon wird nicht abgehört. Ich habe lange genug auch in dieser Branche gearbeitet und erkenne sofort, wenn abgehört wird. Es braucht bloß den Bruchteil einer Sekunde, in dem die Leitung eine winzige Schwingung nach unten macht. Sie hörten es nicht, ich aber. Ihr Handy kann nicht abgehört werden. Wer soll uns also stören? Und wenn, dann dauert es in Ihrem liberalen Rechtsstaat Wochen, bis die Behörden etwas tun. Bei uns ging das von einer Minute zur anderen, wenn wir Verdacht geschöpft hatten."

Padberg schoß durch den Kopf: Wenn ich hier was zu sagen hätte, wäre es noch genauso.

„Ich merke schon, bei Ihnen bin ich in guten Händen. Wie kommen Sie an die Fotos, und wie lange dauert es dann noch mit den fertigen Pässen?"

„Ein Bote holt die Fotos an einem Rasthaus auf dem Weg nach Berlin ab. Für die Übergabe der Pässe und des restlichen Geldes bestimmen wir dann ein anderes Rasthaus. Einfach und sicher," freute sich der Ex-Stasi-Mann, der vom vereinten Deutschland als „Ihrem Deutschland, Herr Padberg" sprach und bei Erwähnung seiner früheren Arbeit immer „bei uns" sagte.

Padberg fragte noch einmal nach den Sri Lanka-Visa.

„Habe ich aufgenommen. Geht in Ordnung. Ohne Mehrkosten. Ich fertige die Visa so an, daß die Daten per Hand nachgeschrieben werden können. Auf Sri Lanka geht beides: Stempel und Hand."

Auf der Rückseite schob Padberg wie schon auf dem Weg nach Berlin eine Kassette „Englisch für Anfänger" nach der anderen ein.

Er machte Fortschritte.

>Scheiß auf das Foto.<

Der Zettel auf Padbergs Schreibtisch enthielt die ersehnte Botschaft von Pfaff: Bin zum Broker nach Rotterdam. Rückkehr voraussichtlich übermorgen. Melde mich. Gruß Rainer.

Die Nachricht hieß im Klartext, daß „Comp Ex" mit Pfaff sprechen wollte, und der sich jetzt auf dem Weg befand.

Der Frankenwald war Pfaffs erste Station auf dieser unangenehmen Fahrt. Jetzt, Anfang Dezember, drängten vom Atlantik her dicke Regenwolken, getrieben von böigen Winden über Deutschland. Heftige Regenfälle begleiteten seine Fahrt über Kassel durch den Thüringer Wald bis zum Hermsdorfer Kreuz und weiter auf der mittlerweile wegen der hohen Unfallziffern berüchtigten A9, wo er an der Abfahrt Bad Steben die Autobahn verließ und in den Kurort fuhr, um sich im weihnachtlich geschmückten Kurhotel „Relexa“ für die Nacht einzumieten.

An der kleinen Bar ließ er sich einige exotische Drinks mixen. Der Barkeeper stammte aus Sri Lanka.

Darüber freute sich Pfaff besonders.

>Ist so eine Art Probelauf. Schon bald werde ich nur noch diese Nasen um mich haben, wenn ich erst einmal erfolgreich verschwunden bin.<

Die Weiterfahrt durch den nordöstlichen Zipfel von Bayern erwies sich als mühsam. Er wollte unbedingt den Übergang nach Asch finden, der für LKW gesperrt war, um nicht solange im Stau zu stehen. Die zu dieser Jahreszeit trostlose Landschaft wischte die letzten hellen Lichter in Pfaff weg. Hier wollte er nicht tot über dem Zaun hängen.

Zweimal verfuhr er sich, bis er endlich die schmale Asphaltstraße fand, die durch Nadelwälder und über kahle Höhen zum Grenzübergang nach Tschechien führte. Wie bereits im Sommer bei seinem ersten Besuch bei „Comp Ex“ ließ sich der freundliche tschechische Grenzbeamte den Personalausweis zeigen und fragte nach dem Ziel der Reise.

„Ich komme zu Ihnen, um ein wenig Pilsener Urquell einzukaufen und mir Ihre schöne kleine Stadt anzuschauen,“ log er die Wolken vom Himmel.

Nach 200 Metern stoppte er, parkte den Wagen auf dem unbefestigten, vom vielen Regen aufgeweichten Seitenstreifen und huschte in die Geldwechselstube gegenüber.

Die junge Frau am Schalter hätte er am liebsten gleich ins Bett gezogen. So verlockend lächelten ihr Gesicht und ihre harten Brustspitzen unter der Bluse ihn an. Er tauschte einen Hunderter gegen Kronen, ohne auf den Wechselkurs zu achten.

Der Betrag reichte allemal, um seinen 230er Mercedes an der Shelltankstelle am Ortseingang vollzutanken, um ein Drittel weniger als auf der deutschen Seite, und noch eine 25er Kiste mit Halbliterflaschen Pilsener Urquell im Supermarkt zu schnappen.

Ohne Mühe fand er über holprige Straßen den Weg zu „Comp Ex", holte im Markt gegenüber erstmal die Kiste Bier, verstaute sie im Gepäckraum und klingelte dann an der Tür des ziemlich verfallenen Hauses, das wohl aus den 20er Jahren stammte.

Asch kam ihm noch abgerissener vor als die Städte in der DDR nach dem Mauerfall.

Nur vereinzelt hatten die Leute ihre Fenster mit weihnachtlichem Zubehör geschmückt.

Jiri Kovac begrüßte Pfaff an der Eingangstür der geräumigen, modern ausgestatteten Büroetage.

Wieder wunderte sich Pfaff über den Gegensatz, in dem das moderne Büro mit seinen Computern und zeitgemäßen Schreibtischen zu dem Äußeren des Hauses stand.

„Rainer Pfaff," Kovac sprach gutes Deutsch mit dem typischen harten Akzent der Osteuropäer, „kommen Sie gleich mit mir in mein Büro."

Kovac war einer der drei geschäftsführenden Gesellschafter des Unternehmens. Nach dem Austausch der üblichen Höflichkeiten kam Kovac direkt zur Sache.

„Sie haben am Telefon angedeutet, daß wir wieder ein Geschäft machen können. Geld verdienen interessiert uns ehemalige Sozialisten jetzt sehr."

„Jiri, Sie haben im Sommer gesagt, mit Ihrer Firma ließen sich auch Scheingeschäfte abwickeln. Habe ich das richtig in Erinnerung?“

„Ja.“ Der Tscheche bekundete mit seiner offenen Körperhaltung eindeutiges Interesse.

„Ich handele im Auftrag einer Organisation, für die ich gelegentlich Geschäfte tätige. Wir müssen 40 Millionen Dollar umdrehen. Paßt der Fisch noch in Ihr Netz?“

Jiri Kovac rechnete im Kopf, fast liefen die Zahlen in Leuchtschrift über seine Stirn.

„Unser Volumen hält noch größere Summen aus. Wieviel verdienen wir?“

„Sieben Prozent.“

Kovac rechnete wieder.

„Zu wenig. 15.“

„Zuviel. 8.“

„Wir können noch eine Weile weitermachen. Ich denke aber, das wäre Zeitverschwendung. Mein neukapitalistischer Kopf sagt mir, daß Ihre Leute an zehn Prozent denken. Damit bin ich einverstanden.“

„Sehen Sie, wie schön Kapitalismus ist?“

Pfaff erläuterte Kovac seine Idee von der Abwicklung des Geschäfts. Nach einigem Hin und Her kamen sie zu einer Übereinkunft.

Pfaff übergab Kovac einen Letter of Intend der Ostburger Firma „intakt“ mit dem Wunsch, Computerteile unspezifiziert im Wert von 40 Millionen Dollar zu beschaffen und nach Colombo zu verschiffen und von dort per Luftfracht nach Nairobi weiterzureichen.

Kovac diktierte eine Bestätigung seines Unternehmens und bestimmte, die Ware bis zum 15. Januar frei Hafen Colombo zu verschicken, wenn der Rechnungsbetrag - Rechnung anbei - am 6. Januar auf das Konto der Firma bei der Credit Suisse in Zürich eingezahlt sei.

Das Angebot enthielt vor allem hochwertige Chips und andere teure Computerteile, die Kovac präzise nach seinen Unterlagen beschrieb.

„Alles muß Hand und Fuß haben. Von jetzt an werden wir per Fax alle Facilities offiziell festlegen. Für eine einwandfreie Aktenlage. Da sind wir Experten."

„Wie kommen wir wieder an unser Geld abzüglich Eurer Provision?"

„Der Mann, der das Geld bekommen soll, schreibt mir so bald wie möglich eine Rechnung über die Vermittlung eines Geschäfts im Wert von 300 Millionen. Wir bekommen den Auftrag, eine Ölraffinerie im Iran komplett mit Computerhardware und Software auszustatten. Ich faxe nach Absprache mit unserem iranischen Partner noch die Einzelheiten. Die Rechnung trägt das Datum 27. Dezember dieses Jahres. Wir überweisen spätestens am 12. Januar auf das Konto, das auf der Rechnung steht."

„Wir kennen zwar viele gute Banken. Aber mir wäre ein Tip von Ihnen recht. Verbessert meinen Aufschlag bei meinen Auftraggebern."

Kovac fragte gar nicht erst nach den Auftraggebern.

Er runzelte bloß voller Respekt die Stirn.

„Wir arbeiten gern mit einer Privatbank in Basel. Lothar Gerhard et Cie. Wenden Sie sich an Herrn Graefli. Wenn Sie wollen, grüßen Sie Ihn von mir. Er geht auf alle Kreationen von Ihnen gerne ein. Die Spezialität der Bank besteht darin, Aufträge für Überweisungen jetzt anzunehmen und die eigentlichen Transfers genau zu den Zeitpunkten an die Banken zu tätigen, die nach einem festgelegten Verfahren abgerufen werden. Das eignet sich sehr gut für Leute, die geschäftlich für eine Weile außerhalb Europas tätig sind."

Kovac grinste seinen Geschäftspartner wissend an und hob

kurz die Augenbrauen.

Pfaff ging darauf nicht ein. Ihn quälte noch ein Problem: „Wir müssen ja auch Ware vorweisen. Wie soll das gehen?"

„Auch einfach. Wir packen Aluminiumbehälter so, daß ihr Gewicht mit dem der Ware übereinstimmt, die auf den Papieren steht. Alles läuft über Polen, wo wir gute Beziehungen haben."

Obwohl die Dunkelheit hereinbrach, beschloß Pfaff, direkt nach Ostburg zurückzufahren.

An der Grenze kontrollierten ihn die deutschen Zöllner auf Alkohol und wünschten zum Abschied:

„Prost."

Um Mitternacht lag Pfaff todmüde auf seinem Bett, faßte das Tagesergebnis zusammen und schlief zufrieden ein.

Am nächsten Morgen traf er im Büro noch kurz auf Padberg. Es reichte für einen stark gestrafften Bericht, weil sich der Boß bereits auf dem Weg in die Schweiz befand. Er wollte mit der Abendmaschine der Swissair von Hamburg nach Genf fliegen und unterwegs noch etwas erledigen. Vom Genfer Flughafen ließ er sich per Taxi zum Hotel Beau Rivage direkt am Genfer See fahren.

Am Hotel zahlte er dem Fahrer 18 Schweizerfranken.

In der Hotelhalle empfing ihn das vorige Jahrhundert. In aller Ruhe ließ er die Atmosphäre der bis zur Decke des mindestens zehngeschossigen Gebäudes reichenden, quadratischen Halle auf sich einwirken. Die Galerien auf den einzelnen Stockwerken führten zu den Zimmern.

Hier also war Barschel zu Tode gekommen. Hier hatte Kaiserin Sissy gewohnt, bevor sie nur wenige Schritte entfernt am See von einem Anarchisten erstochen worden war.

Das sind Schicksale.

>Und genau hier werde auch ich mir den entscheidenden

Todesstoß verpassen.<

Pünktlich um 9 Uhr am nächsten Morgen betrat der Anlagechef des altehrwürdigen Genfer Bankhauses Lion d'Or, Monsieur Belletieu, den Frühstücksraum.

Entsprechend ihrer telefonischen Verabredung sollten bei Croissants und frisch aufgebrühtem Kaffee die Grundlagen ihres Geschäfts festgezurrt werden, um es bis zum Mittag in Belletieus Büro in Papierform zu bringen.

Sie kamen überein, daß „intakt" einen Kredit von 50 Millionen Dollar bei Lion d'Or aufnahm, von denen die Bank sieben Millionen als Vorabzinszahlung behielt und nach Kontraktabschluß Vollmacht hatte, drei Millionen für die Kreditversicherung zu überweisen.

40 Millionen Dollar sollten am 29. Dezember auf das Firmenkonto von „intakt" bei der Stadtsparkasse Ostburg transferiert werden.

Der Papierkram erwies sich für Padberg als überraschend unbürokratisch.

Bereits am späten Abend saß er wieder im „Führerhauptquartier", um den Start in sein neues Leben zu begießen.

Am Morgen des nächsten Tages, Padberg lag im Gästezimmer noch in sauer und wartete auf die Wirkung des Aspirin, bestieg Pfaff den Cityhopper der KLM von Bremen nach Amsterdam.

Eine angenehme Frauenstimme bei „Push-Air" in London hatte ihm berichtet, daß die Chartergesellschaft am Frachtflughafen von Amsterdam-Schiphol ein großes Büro unterhielt, wo er sein Anliegen unter Dach und Fach bringen konnte.

Groß fand er das Büro gerade nicht. Aber ein junger Mann, der gut deutsch sprach, erläuterte ihm die Konzeption seines Unternehmens.

Kurz gesagt: Eine Transall, die im asiatischen Raum operierte, wäre in der Lage, zu einem vorbestimmten Zeitpunkt Ladung in Colombo aufzunehmen und nach Afrika zu befördern.

„Sind die Piloten immer dieselben?“

„Unser Chefpilot in Asien ist Jeff Prior. Er bringt morgen eine Transall hierher und fliegt dann mit Singapore Airlines nach Singapur zurück. Wenn Sie wollen, können Sie auf ihn warten.“

Pfaff fand, daß die Mosaiksteine besser zusammenpaßten als vorher geahnt. So sparte er sich eine anstrengende Flugreise nach Asien, Gott weiß wohin.

Priors und Pfaffs Chemie paßten ohne Fehlreaktion direkt zusammen. Das merkten beide Männer schon in der ersten Sekunde ihrer Begegnung am nächsten Tag.

Pfaff lud ihn zum Mittagessen ein: „Damit wir in Ruhe die Facilities besprechen können. Ich habe einige Sonderwünsche.“

„Konterbande?“

„Nein, die Ladung ist korrekt, aber außerordentlich wertvoll. Deshalb die Vorsicht.“

Beim Mittagessen ließ sich Pfaff aus Priors Leben berichten. Der Lebenslauf deutete auf einen Jungen aus dem Leben, mit dem sich so ziemlich alles besprechen ließ.

Er entschied sich für den direkten Weg.

Prior nahm die Überlegungen mit großem Interesse auf und wollte wissen: „Wieviel springt für mich heraus?“

„Ein neuer Paß und eine Million Dollar in bar.“

Priors Gesichtsausdruck signalisierte Interesse.

„Dann könnte ich endlich irgendwo am Ende der Welt meine eigene Charterlinie aufbauen. Aber auf internationalen Flügen wie dem, den Sie vorhaben, ist ein Kopilot vorgeschrieben.“

„Das kompliziert die Sache.“

„Nicht unbedingt. Ich brauche ohnehin einen neuen Mann und habe freie Hand, ihn auszusuchen. Da findet sich bestimmt jemand. Ich habe sogar schon jemand im Auge, der auch eine Lizenz für das Muster Transall besitzt, ein Inder.“

„Gut. Ich habe Vollmacht, auch ihm eine Million Dollar anzubieten und einen neuen Paß.“

„Auf welche Nationalität darf ich mich freuen?“

„Auf die österreichische.“

„Damit werde ich nicht weit kommen. Mein Inder schon gar nicht. Wir sprechen kein Deutsch.“

„Wollen Sie denn nach Österreich einwandern?“

„Verstehe. Da, wo ich hin will, erwartet jeder, daß ich Englisch kann, deutsch wird mich niemand ansprechen.“

„Das wollte ich hören! Und wie verbleiben wir?“

„Ich sage Ihnen heute keine Entscheidung. Muß auch erst noch mit meinem zweiten Mann sprechen.“

„Die Zeit drängt. Ich suche sonst jemand anders. Bei dem Betrag wird sich jemand finden.“

„Langsam, langsam. Geben Sie mir drei Tage Zeit. Wo kann ich Sie erreichen?“

Pfaff schrieb seine Telefonnummer auf.

„Hier ist auch unsere Adresse. Wenn Sie mitmachen, schicken Sie per Express jeweils ein Paßfoto von sich und Ihrem Kopiloten.“

Sie vereinbarten einen Code.

„Und Sie meinen, daß ich jetzt hier den Flug bestellen soll?“

„Haben Sie die Zeiten?“

Pfaff öffnete seinen Pilotenkoffer und zog ein Fax aus der Seitentasche.

„Comp Ex“ bestätigte, daß die drei Paletten mit Aluminiumbehältern in Gdansk nach Colombo verschifft werden und am 8. Februar in Sri Lanka abholbereit stehen, bereits vom Makler für den Weiterflug abgefertigt und mit den erforderlichen Frachtpapieren versehen.

„Den Transfer vom Hafen zum Flughafen begleiten zwei unserer Leute. Die fliegen auch mit. Sie müssen einen Tag vorher eintreffen und die gesamte Ausrüstung nebst Sprengstoff und Fallschirmen, Anzügen etcetera für meine Leute mitbringen und mit ihnen am Vorabend alles durchsprechen."

„Welche Kleidergröße?"

„XXL und XL. Schuhgröße 45 dürfte bei beiden passen. Die Schuhe sollen ja auch nur während der Flüge getragen werden."

„Flüge? Wir haben doch nur einen."

„Und wie nennt man das am Fallschirm?"

Prior lachte: „Ich sehe schon, wir werden uns gut verstehen. Wie ist es mit der Vorkasse? Immerhin habe ich einiges zu besorgen. Vor allem der Sprengstoff kostet auf dem asiatischen Markt ziemlich viel."

„Was schätzen Sie?"

„20 000 Dollar müßten reichen."

Wieder öffnete Pfaff seinen Flugkoffer und zählte 20 Tausenddollarscheine vor. Er hatte sich auf eine größere Vorkasse vorbereitet, ließ aber den Piloten davon nichts sehen.

„Wie kommen wir an unser Honorar?"

„Das Geld wird in zwei Koffern an Bord des Flugzeuges sein. Meine Leute händigen Ihnen die Geldkoffer vor dem Absprung persönlich aus."

„Mit anderen Worten, ich muß das Geld beim Fallschirmsprung bei mir tragen."

„Dann haben Sie doch auch etwas Eigenes. Genau wie Ihr Ko. Sehen Sie sich schon jetzt in der Lage, die genauen Koordinaten für das Unglück festzulegen?"

„Dazu benötige ich Kartenmaterial.“

Pfaff öffnete wieder seinen Koffer.

„Ein alter Seemann ist auf alles vorbereitet.“

Er blickte sich um. Im Restaurant waren alle mit sich selbst beschäftigt. Er hatte die Karte bereits so gefaltet, daß der Ausschnitt für ihre Arbeit reichte und sie nicht das Gesamtblatt auflegen mußten.

„Ich freue mich schon jetzt auf unsere Zusammenarbeit. Ihre Präzision überzeugt mich.“

„Also kann ich mit Ihnen rechnen?“

„Vorbehaltlich der Zustimmung meines Ko gehen Sie mal davon aus.“

„Ich habe, ehrlich gesagt, nichts anderes erwartet. So viel Geld und die Chance auf ein neues Leben. Wer sagt da nein. So glücklich kann doch kein Mensch verheiratet sein.“

Pfaff reichte dem Piloten einen weißen Zettel, legte einen zweiten vor sich. Sie gingen fachmännisch alle Daten durch, taxierten die Großwetterlage und erörterten weitere Einzelheiten.

„Eines müssen wir beachten,“ warf Prior ein, „wenn wir das Ding auf die Bahn schieben, hängen vier Männer am Schirm, die da vorher noch nie waren. Und wir müssen in verdammt kurzem Abstand aus der Kiste, damit wir uns nicht zu weit auf dem Wasser verteilen bei der Landung. Da unten schwimmen Haie. Außerdem weiß man nie, ob in dieser gottverlassenen Gegend nicht doch noch ein anderes Boot mit neugierigen Leuten herumschwimmt.“

„Ja, je schneller alles abläuft, desto besser. Wir minimieren das Risiko. Ganz ausschließen können wir es sowieso nicht. Und noch eins. Weder Sie, wenn Sie mitmachen, noch ich klären die beiden anderen über die Risiken auf. Sie weisen die Männer ein und tun dabei sehr professionell. So, als ständen Sie vor Ihrem 10 000. Fallschirmsprung. Das macht sich immer gut. Und noch eins. Kein Sterbenswörtchen gegenüber irgend jemandem. Ich habe mit dem Geld unser Vertrauen bewiesen. Mißbrauchen Sie es auf keinen Fall. Meine Leute kennen sich auf der ganzen Welt aus und finden jeden, der sie enttäuscht."

Zum Abschied gaben sich die äußerlich ungleichen Männer kräftig die Hand. Priors Blick ließ Pfaff hoffen, dem richtigen Piloten begegnet zu sein.

>Erstaunlich, wieviele Menschen auf der Suche nach einem neuen Leben sind.<

Mit diesem Gedanken machte sich Pfaff auf den Rückweg nach Ostburg.

Das weihnachtliche Gesteck auf dem Schreibtisch wirkte deplaziert in diesem unaufgeräumten, von Computerbildschirmen dominierten Raum. Padberg brannte ein Streichholz an, führte es erst zur Zigarette und entzündete mit dem Restfeuer die Kerze.

„Advent, Advent, ein Lichtlein brennt, erst eins, dann zwei, dann drei, dann vier … und wenn das fünfte Lichtlein brennt, dann haste Weihnachten verpennt."

Der Heidedichter auf Abwegen.

Sternwald, Pfaff, Bütt und Padberg brüllten vor Lachen.

Im Chor.

Padberg hob beide Hände zu einer beschwichtigenden Geste.

„Männer, dieses wird das vorerst letzte Weihnachten mit Tannenzweigen und all dem Gesülze. Zu Hause kann ich die weihnachtliche Stimmung schon fast nicht mehr ertragen. Besonders Tanja ist ganz verrückt nach Freddys Seemannsweihnacht. Oma hat die Platte in ihrem Schrank wiederentdeckt."

Die Blicke der Männer verloren sich für einen kurzen

Augenblick im Unendlichen. Jeder Kopf rief seine eigenen Bilder von der Vergangenheit und der unbekannten Zukunft ab.

Schon bald würde nichts mehr so sein, wie es bisher war.

„Meine Herren. Ich bezeichne unser Treffen einmal als vorweihnachtliches Überraschungspaket. Immerhin sitzen wir im Kreis der Millionäre. Soviel kann ich vorwegnehmen. Und jetzt meine erste Frage: Sitzen wir alle noch in einem Boot?“

Alle nickten stumm und blickten ihm fest in die Augen.

„Ich habe nichts anderes erwartet. Ich für meinen Teil kann berichten, daß alle Vorbereitungen getroffen sind, die auf meinem Zettel standen. Morgen bringt mir jeder ein Paßfoto. Außer du, Freund Pfaff, von dir brauche ich zwei. Eines zusätzlich für das Kapitänspatent. Die zwei von den Piloten sind heute per Expreß eingetroffen. Nicht schlecht, wir machen einen Inder zum Österreicher. Hoffentlich trinkt der nicht zuviel Urin.“

Er mußte seinen Jungs die Sache erst erklären, bevor sie lachen konnten.

Padberg fuhr fort: „Ich fasse meine Ergebnisse kurz zusammen und stelle fest, daß wir nach wie vor keine Spur haben von Freund Focke.“

„Nichts. Wir müssen allerdings auch sehr vorsichtig sein,“ berichtete Sternwald.

„Abbrechen. Bringt sowieso nichts mehr. Wir konzentrieren uns auf unseren Job. Mein Anwalt hält sein Ohr auf die Behörde, falls etwas hochkocht.“

Sternwald gab sich sicher: „Da kommt nichts mehr. Der wollte dir bloß Angst einjagen.“

„Das ist ihm nicht gelungen. Ich vermute den Kerl sowieso bei seiner Topmieze irgendwo in Amerika. Der Schwachkopf vögelt sich lieber die Seele aus dem Leib.“

Durch Padberg ging ein Ruck, er schob das Tannengesteck

mit der brennenden Kerze etwas zur Seite.

„Ich habe die Verträge für den Kredit unterzeichnet. Das Geld liegt gleich nach Neujahr auf der Bank. Die Bilder für Pässe gehen so bald als möglich an den Lieferanten. Hat alles prima geklappt," lobte er Bütt, der sein einfältiges Gesicht mit dem Signal „Vielen Dank, Chef" versah.

Mit der linken Hand fuhr er durch seine streichholzlangen Haare, die er im Nacken länger wachsen ließ.

„Rainer, wie weit bist du?"

Auch Pfaff lieferte seinen Bericht.

Padberg dachte nach, suchte nach Schwachstellen.

„Gut, wir müssen uns auf ein Kontrollvakuum einlassen. Aber trotzdem habe ich noch eine Frage. Wenn ich mit meiner neuen Identität an ‚Comp Ex' eine Rechnung wegen Provision schicke, steht mein Name in deren Büchern."

„Und an diese Bücher," beschwichtigte Pfaff, „kommt doch niemand heran. Wer denn?"

„Na die Behörde, wenn sie das Ganze als Schwindel entlarven wollen und nachforschen."

„Dazu müßte die deutsche Staatsanwaltschaft erst einmal die tschechischen Hürden überwinden. Und gefahndet würde immer nur nach Rolf Padberg. Von einer österreichischen Existenz weiß niemand etwas. Außerdem wird ‚Comp Ex' sich von keiner Behörde in alle Geschäftskarten gucken lassen. Wären doch blöde, selbst dabei aufzufliegen. Also, Rolli, in dem Punkt sei unbesorgt."

Padberg blieb skeptisch.

„Ich möchte wirklich ganz und gar verschwinden."

„Genau das wird geschehen. Es gibt keinen Grund zu unnötiger Sorge. Stellt euch doch einmal vor: Wir sind Leute mit österreichischem Paß. Die deutschen Behörden wollen uns an die Eier, uns Österreichern. Bis das entworren ist, braucht die Justiz hierzulande mehr Zeit als wir, um vielleicht eine neue Identität zu suchen. Außerdem lassen sich die Malediven nicht gern in die eigenen Karten gucken."

Sie bestätigten sich schließlich gegenseitig, daß es einen absolut perfekten Abgang nur gibt, wenn man tatsächlich vom Schöpfer gerufen wird.

Ein bißchen Nervenkitzel begleitete ihr Leben schon immer.

Das etwas überbewertete Nobelrestaurant „Meierei" im Bremer Bürgerpark leuchtete in festlichem, weihnachtlichem Glanz. Im Kamin knisterten mächtige Holzscheite und schickten eine wohlige Wärme in den Raum.

Padberg prostete seiner Frau mit einem Champagner vom Feinsten zu.

„Eva, ich muß sagen, du siehst wunderschön aus. Ich liebe Dich wie am Anfang."

Evas Gesicht erstrahlte.

„Das habe ich schon lange nicht mehr von Dir gehört, obwohl Du Dich in letzter Zeit echt verbessert hast. Und was mein Alter anbelangt. Ich bleibe bei 39 stehen und habe unsere Töchter schon gewarnt, daß sie einmal älter sein werden als ihre Mutter."

„Gute Aussichten."

Der Restaurantchef persönlich kümmerte sich um das glückliche Paar. Nach einem Lachscarpaccio wagten sie sich an einen Rehrücken, von dem sie sich gegenseitig vorschwärmten.

Schön rosa.

„Wie geht es mit deinem Weihnachtsbasar?"

„Annette Scheurer hat ihrem Mann die untere Halle vom Rathaus aus dem Kreuz geholt. Wenn ich Glück habe, kommt auch die Frau vom Staatssekretär. Du weißt, diese aufgeblasene Tante, bringt vielleicht auch ihren Mann mit. Eitel genug ist er ja. Der Erlös geht diesmal an die Krebskinderklinik in Bremen. Ich bereite ein zweites großes Ereignis vor, einen Winterball Mitte Februar. Eintritt 500 Mark. Du stiftest wieder einen schönen Preis?"

„Sicher."

Eva schilderte mit hellen Augen ihre Aktivitäten als neue Charity-Lady.

„Vielleicht schaffe ich es ja auch, einmal in der ‚Bunten' zu stehen."

Padberg nickte gedankenverloren. „Eva, was wünschen sich unsere Kinder zu Weihnachten?"

„Sie möchten gerne mit uns verreisen. So als Familie wie andere in ihrem Reitclub auch."

„Ich arbeite daran. Wenn es jetzt nicht gleich etwas wird, dann auf jeden Fall zu Ostern. Pfaff ist eine große Entlastung für mich."

Er griff in die linke Innentasche seines dunkelblauen Jacketts und zog ein rotes Büchlein hervor.

„Eva, du hast so schon alles. Ich wußte wirklich nicht, was ich dir noch schenken könnte. Nimm dieses Büchlein."

Er legte das kleine, rechteckige Heftchen neben ihr Gedeck. „Sparkasse" stand auf dem Deckel, darunter „Sparbuch".

„Aufschlagen."

Eva blätterte zur letzten beschriebenen Seite und wieder zurück zum Anfang.

„Mann, was soll das. Du hast ja 500 000 gespart."

„Die gehören alleine dir. Du brauchst niemals jemanden darüber Rechenschaft abzulegen."

„Was soll ich damit anfangen?"

„Zinsen sammeln. Ausgeben."

„Haushaltsgeld ab sofort gestrichen?"

„Das läuft obendrein weiter. Dieses ist Ausdruck meiner

Liebe und meines geschäftlichen Erfolges, der ohne dich niemals möglich gewesen wäre."

Eva stand auf und umarmte ihren völlig verblüfften Mann vor allen Leuten. Der Kuß auf seine Stirn geriet zu einem lauten Schmatz.

Verlegen wischte sich Padberg mit der Serviette den Lippenstift von der Stirn.

Es wurde noch ein sehr gemütlicher Abend, der mit einem fröhlichen Ritt im häuslichen Bett endete.

Dem letzten, wie Eva sich später, nach seinem Tod, erinnerte.

Diesmal blieb ihnen für Bad Zwischenahn keine Zeit. Graumanns Stimme hatte am Telefon ziemlich wütend geklungen, als er Padberg in sein Weinkontor beorderte. Der Ausdruck seines Gesichts, mit dem er Padberg zwischen den vielen hundert Weinflaschen entgegentrat, verhieß nichts Gutes.

„Sie hätten es mir sofort sagen müssen. Unser Geschäft verträgt solche Verzögerungen nicht!" schnauzte er ihn gefährlich an.

„Worum geht es denn, Herr Graumann?"

Padberg ließ sich so leicht nicht einschüchtern.

>Du Waschbeckenpisser wirst dich noch wundern. Hast selber schuld, wenn du selbst die Grundlagen unserer Vereinbarungen veränderst und den Chef mimst.

Keiner nimmt Padberg in die Zange.<

„Das, Herr Padberg, wissen Sie schon lange besser als ich. Wo ist Herr Focke?"

Padberg blickte gelangweilt auf seine Fingernägel.

„Deswegen machen Sie hier Terz und behandeln mich wie einen Blöden? Das kann ja wohl nicht angehen!"

>Auch Graumänner brauchen Druck.<

„Herr Padberg, Ihr Herr Focke ist Geheimnisträger. Wenn der spurlos verschwindet, ist das für mich ebenso wichtig wie für Sie. Hat er etwas mitgenommen und zweitens ...“

Padberg wollte ihn unterbrechen.

Graumann brachte ihn mit einer herrischen Handbewegung zum Schweigen.

„Vor zweitens bleiben wir doch noch bei erstens. Ihr Herr Hansel lag neulich ziemlich zerbeult im Krankenhaus. Bis hin zum Verdacht auf einen Bluterguß im Gehirn. Und der hat wirklich eins.“

„Der ist auf der Treppe gestürzt. Fragen Sie ihn selbst.“

„Das wird jemand für mich tun. Vorerst muß ich Ihnen glauben.“

„Das wäre auch besser. Es läuft doch alles. Ich habe alle Ihre Adressen bedient. Alle bekommen ihr Geld.“

„Daran kritisiere ich ja auch nichts. Und nun zu zweitens.“

Er schaute erwartungsvoll auf Padberg, der ruhig antwortete: „Also zweitens bin ich sicher, daß Focke dem Ruf seines Schwanzes gefolgt ist. Der vögelt wieder die Harrington.“

„Woher wissen Sie das?“

Padberg blickt Graumann fest in die Augen: „Er hat mich angerufen und sich nachträglich Urlaub geben lassen.“

„Ein seltsamer Vogel.“

„Ich werde ihn ersetzen, arbeite bereits einen Topmann ein. Vertrauen Sie mir.“

„So etwas, Herr Padberg, darf niemals wieder passieren. Wir haben Sie in unsere Organisation geholt ohne die üblichen Rituale. Ich dachte, Sie kennen die Regeln. Schließlich wollten Sie doch auch. Oder sehe ich da etwas falsch?“

„Nein, nein. Ich wollte dazugehören. Sie können sich völlig auf mich verlassen. Bei der nächsten Kleinigkeit bekommen Sie sofort eine Mitteilung. Hier, im konkreten Fall, ist auch der Hauch von Sorge unberechtigt.“

„Herr Padberg, wir spielen nach festen Regeln, die sich jeder einfach merken kann. Solange jeder auf seinem Platz das tut, wofür wir ihn verpflichtet haben, steht er auch finanziell auf der Sonnenseite. Verräter finden ihren Namen abends im Fernsehen wieder. Wenn man im Himmel oder in der Hölle fernsehen kann. Im übrigen haben wir den vagen Hinweis, daß Staatsanwalt Dr. Bringfriede sich für Sie interessiert."

„Und was interessiert ihn?"

„Wir wissen nichts Konkretes. Hört sich eher nach Qualm an. Wir verfolgen die Sache. Bleiben Sie nur ruhig."

Er verabschiedete seinen Mitarbeiter ohne den sonst üblichen festen Händedruck seiner berüchtigten Pranke.

Im Auto pfiff Padberg ein fröhliches Lied.

>Mann, wird der sich wundern!<

Am 3. Januar betrat Padberg das repräsentative Sparkassengebäude in der Nähe des Rathauses. Als er noch von einer langfristigen Existenz für „intakt" geträumt hatte, war seine Wahl ganz bewußt auf diese Bank als Hauptpartner für die offiziellen „intakt"-Geschäfte gefallen. Das große Spiel am Ort bedurfte auch der Unterstützung der heimischen Finanzgrößen.

Eine vertrauensbildende Maßnahme.

Heute eilte ihm der Vorstandsvorsitzende Peter Graul mit einem Strahlen auf dem Gesicht entgegen, das der matten Wintersonne glatt den Rang ablief.

„Herr Padberg, ich habe Ihnen ja wirklich große Geschäfte zugetraut. Aber 60 Millionen auf einen Streich. Donnerwetter."

„Ja, meine Geschäfte haben sich bis in die Schweiz herumgesprochen. Ich verwalte jetzt auch Gelder vom Bankhaus Lion d'Or. Sie werden schon heute eingesetzt."

Im Büro, in dem nach der Weihnachtspause wieder Hochbetrieb herrschte, rief er seine drei Mitstreiter zu sich.

„Männer, wir sind reich. Das Geld liegt auf der Bank. 40 Millionen Dollar, macht 60 Millionen Mark. Ich habe sie schon an ‚Comp Ex' weitergeleitet." Er langte in das rechte Schreibtischfach, dem er einen komplizierten Schlüssel entnahm.

Mit einem kräftigen Ruck schob er den schweren Tisch ein Stück in dem Raum und bückte sich. Alle beugten sich neugierige zu der freigewordenen Stelle. Eine Stahltür, blankpoliert, mit einem Schlüsselloch in der Mitte, strahlte ihnen entgegen. Padberg schob den Schlüssel in das Loch, drehte ihn. Der Deckel sprang mit Federdruck auf.

Er zog zwei längliche Büchlein hervor und stellte die vorherige Ordnung wieder her.

Ein Büchlein nahm er in die Hand, das andere legte er auf die blanke Tischplatte.

„Herr Stefan Langner, bitte melden.

Ruhe.

„Herr Langner," er drehte sich zu Pfaff, „Herr Stefan Langner. Sie hießen bisher Rainer Pfaff. Ihr Paß wurde am 12. April 1991 im 10. Wiener Bezirk, die Wiener sagen ‚im zöhnten Weaner Hiab', ausgestellt. Bitte sehr. Und noch ein schönes Kapitänspatent als Dreingabe. Ist es dem Herrn so recht?"

Es war dem Herrn nach eingehender Prüfung sogar sehr recht.

„Herr Albert Völz. Sie hießen bisher Ingo Bütt, wohnen auch im 10. Hiab und sollten jetzt ein wenig weanerisch üben."

Sternwald schaute etwas leer drein.

„Ich kriege nichts. So war es zu Hause auch," maulte er vor sich hin.

„Klaus, du und ich verlassen Ostburg erst in drei Wochen. Rainer alias Stefan und Ingo alias Albert reisen morgen. Ihr chartert im Colombo eine Motorjacht. Leider können wir euch im Gegensatz zu uns nicht sterben lassen. Ihr verschwindet wie von Zauberhand. Und wichtig ist auch, daß ihr spätestens nächste Woche in See stecht, um unauffällig ins Absturzgebiet zu gelangen. Es bleibt wie vereinbart. Kleines touristisches Reisegepäck. Mit der Bahn nach Zürich-Kloten und weiter mit Air Lanka nach Colombo. Wenn wir nichts weiter hören, läuft alles nach Plan. Nur im Notfall ein Fax mit dem vereinbarten Code. So, und jetzt unterschreibt die Pässe mit euren neuen Namen."

Die Aktion „Weg wie Schmidt's Katze" war angelaufen.

In den nächsten Wochen bewegte Padberg die Geldsummen nach dem vorbestimmten Muster. Bei einem Besuch der Bank Lothar Gerard et Cie. in Basel vereinbarte er präzise alle künftigen Geldtransfers. Sein österreichischer Paß bestand dort die erste Bewährungsprobe. Das noch offene Sri-Lanka-Visum fiel niemandem auf.

Jedem Transfer sollte ein Fax vorausgehen, das eine bestimmte Zahlen- und Buchstabenkombination enthielt, aus der die Bank den Willen des Auftraggebers entschlüsseln konnte. Am 22. Januar bestätigte die Bank „Herrn Anton Lechleitner", wie sie Padberg in ihren Akten führte, anläßlich eines Anrufs aus Österreich, daß die Firma „Comp Ex" 36 Millionen Dollar überwiesen hatte.

Die „Provision".

Drei Millionen in bar lagen bereits wasserdicht in schmale Aktenkoffer verpackt an Bord der „Dar Mislowski", dem polnischen Schiff mit der „wertvollen" Computerladung auf dem Weg nach Colombo.

Für die Füllung der Koffer hatte Padberg unter anderem die

Geheimkonten mit den Geldern von Graumanns Leuten leergefegt.

Selbstverständlich hatte Padberg für sich alleine die Frage durchgespielt, was geschehen würde, wenn entgegen allen Erwartungen und internationalen Erfahrungen die Aluminiumkisten von der Behörde geöffnet würden.

Was dann?

Dann hätte es immer noch dem offiziellen Auftraggeber des Transports gehört, der leider vergessen hatte, es in den Frachtpapieren zu erwähnen.

Einmal abgesehen davon, daß im Falle einer Kontrolle der Rettungsplan X eintreten würde.

Padberg kannte immer einen Ausweg.

Plan X sah vor, die Freunde fallenzulassen und ohne Tod mit dem ganzen Geld zu verschwinden. Schließlich hatte er allein Zugang zu den vielen Millionen. Darüber hatte niemand geknurrt.

Das war ohnehin seine liebste Strategie: Jedem das Seine und mir das meiste.

Noch Fragen?

Am 3. Februar verabschiedete sich Padberg offiziell von seiner Familie und meldete sich für eine Woche bei Graumann ab.

„Ich hatte versprochen, Sie immer auf dem laufenden zu halten, Herr Graumann. Ich begleite Fracht nach Afrika und erschließe eine neue Quelle. Da werden sich auch für uns noch bessere Chancen ergeben. Neuigkeiten von Dr. Bringfriede?“

„Nicht der Rede wert. Im Moment jedenfalls.“

Seiner Frau berichtete er von dem Riesengeschäft mit Computerteilen, das ihnen noch mehr Gewinn als bisher einbringen würde.

„Ich muß das erste Mal die Ladung selbst begleiten und prüfen, daß alles so klappt wie vorgesehen. Man wird ja sonst überall übers Ohr gehauen.“

„Happy landing. Ruf an, so oft du kannst.“

„Versprochen, mein Schatz. Ich bin stolz auf dich.“

Die Mädchen nahm er nach dem gemeinsamen Frühstück in die Arme.

„Ich liebe euch.“

„Wir dich auch, Papi,“ riefen sie im Duett beim Hinauslaufen, die Schulranzen fest auf den Rücken gebunden.

Er traf sich mit Sternwald im Büro, wo sie eine Taxe zum Bremer Flughafen bestellten.

24 Stunden später saßen sie im Hotel „Oberoi“ mit Blick auf den Hafen von Colombo.

Das moderne Hotel imponierte Padberg.

Es strahlte mit seiner bis zur Decke des 14geschossigen Gebäudes reichenden Halle eine orientalische Ruhe aus. Rundum liefen Etage für Etage die Gänge, die zu den Zimmern führten.

Ein Klavierspieler füllte das gewaltige Rund mit zarten Klängen. Sie ließen sich von dem Zauber einfangen und starteten ihre gefährliche Reise mit einem ordentlichen Wodka-Lemon an der Hotelbar, die Bestandteil der Halle war.

Noch hießen sie Padberg und Sternwald. Bald würden sie Anton Lechleitner, alias Padberg, und Heiner Schlumberger, alias Sternwald, heißen.

In die dunkle Zelle drang der Hall von Schritten auf dem Gang. Ein Riegel wurde weggeschoben, die schwere Zellentür schwang auf.

Gegen das helle Licht draußen zeichneten sich die Umrisse von zwei kleinen, dunkelhäutigen Männern in Uniform ab, von denen sich einer bückte und einen Gegenstand über den

Boden schurrte. In diesem Moment war zu erkennen, daß der andere Mann eine Maschinenpistole im Anschlag hielt.

Wieder dröhnten feste Schritte. Ein Mann in dunklem Anzug mit weißem Hemd, auf dem sich die dunkle Krawatte wie ein Strick abhob, blieb im Licht der Flurlampe stehen.

In der rechten Hand hielt er ein weißes Papier, das er jetzt etwas anhob, um im Licht der Deckenfunzel den Text besser lesen zu können.

„Herr Padberg aus Ostburg in Deutschland, das Gericht hat Sie soeben zum Tode verurteilt. Auf dem Tablett da unten finden Sie ihre letzte Mahlzeit."

Die schwere Zellentür schloß sich, der Riegel wurde vorgeschoben. Das Licht aus dem kleinen, heißem Raum war wie rausgeschnitten. Wieder erklang das Geräusch eines Riegels in Bewegung. Ein kleines Fensterchen in der Tür klappte nach außen auf und machte einem scharfen Lichtstrahl Platz.

Das Ende des Strahls traf das Tablett auf dem Zellenboden.

Der heftig schwitzende Padberg, der seinen eigenen Gestank kaum noch ertragen konnte, griff zu dem Wasserbecher und trank in hastigen Zügen den Inhalt leer. Wasser lief von seinen gierigen Lippen über das völlig verschmutzte, ehemals weiße T-Shirt mit dem Aufdruck: Maldives – No Problem.

Schwer atmend öffnete er die Augen. Er brauchte Minuten, um sich aufzurichten. Durch das geöffnete Kabinenfenster drangen kräftige Strahlen der Sonne, die eben über dem Indischen Ozean wie ein Feuerball aus dem Meer stieg. Padberg schwitzte. Die Laken um ihm herum fühlten sich naß an.

Endlich dämmerte ihm, daß ein Alptraum hinter ihm lag.

Wieder und wieder öffnete er die Augen, die alles verschwommen wahrnahmen. Er wischte mit einem trockenen Stückchen seines Bettlakens das Gesicht ab. Und die Augen, bis er die Details der Kabine im Achterschiff der „Shalimar“ erkannte. Die holzgetäfelte Decke, die Schranktüren aus Mahagoni, die weit geöffneten Fenster, durch die ein frisches Lüftchen wehte.

Trotzdem schaffte es der Luftzug nicht, die stickige Hitze der Tropen aus der Kabine zu vertreiben. Sie saß bereits in allen Möbeln und strahlte Wärme en masse ab.

Schwerfällig erhob sich Padberg. Langsam, sehr langsam sortierten sich seine Gedanken.

>Du Heini sitzt nicht im Knast, sondern als Anton Lechleitner auf einem kleinen Kreuzfahrtschiff und besuchst nachher den Kommandeur der Polizei von Male. Hör auf zu schwitzen. Trotzdem, dieser Horrorfilm war eben eine Botschaft.

Aber welche?<

Mit vorsichtigen Schritten bewegre er sich zum geräumigen Bad. Im Salon erkannte er die beiden Piloten, die auf den Sofas noch fest schliefen. Sie trugen nur Unterhosen.

Sternwald und Bütt lagen in der Kabine im Vorschiff.

Wo war Pfaff?

Er entdeckte ihn auf dem Terrassendeck im Heck der geräumigen Yacht. Dort raunzte er auf der Liege. Ein schneeweißes Dach aus Segeltuch schützte ihn vor der Sonne.

Padberg ließ die Männer schlafen, angelte nach der Zigarettenschachtel, die noch von gestern abend auf dem Tisch lag, umgeben von benutzten, zum Teil noch halbvollen Gläsern.

>War doch ein ziemliches Gelage. Grund genug hatten wir ja auch.<

Padberg reckte sich ausgiebig und inspizierte die Umgebung. Im alten Hafen von Male, der Hauptstadt der Malediven, lagen mindestens 20 Yachten, darunter einige, die noch größer waren als die hochseetaugliche „Shalimar“, neben der zwei offiziell wirkende Boote der 14-Meter-Klasse im Hafenbecken ankerten.

Auf dem Heck stand in großen Lettern “National Security Service Maledives“. Gestern hatten die Boote noch nicht an dieser Stelle gelegen.

An Land herrschte in den ersten Minuten des Tages ein kunterbuntes Leben. Hunderte Männer fuhren mit den Fahrrädern hin und her. Damenfahrräder entdeckten sie nicht. Manche beförderten abenteuerliche Lasten auf den Drahteseln.

Dazwischen laut hupende Autos.

Padberg erinnerte sich, daß der Minister etwas von ungewöhnlichen Arbeitszeiten auf den Malediven gesagt hatte. So was von 7.30 Uhr bis 13.30 Uhr.

Und dann war Schluß.

Gegenüber auf der anderen Seite der Uferpromenade stand ein großes, einstöckiges Gebäude. Das strahlende Weiß deutete auf etwas Offizielles hin. Padbergs Blick wanderte zum Eingang, über dem in schwarzen Buchstaben stand: Headquarter of the Security Service Meledives.

Auf dem vertrockneten Rasen vor dem Gebäude reckte sich eine dünne, weiße Säule 30 Meter in die Höhe, ein Obelisk. Der Minister hatte sie als „Symbol meines Landes für unsere Freiheit“ vorgestellt.

Erst jetzt blickte Padberg auf die Uhr. Kurz vor sieben. In zwei Stunden sollten sie im Policedepartment, etwa 800 Meter weit von ihrem Schiffsliegeplatz, an der Hafenpromenade beim Polizeikommandeur antreten und sich die Pässe stempeln lassen.

An dieser Stelle erstarrte Padberg. Sein Alptraum stieg wieder auf. Er konnte nichts gegen diese unheimliche Wandlung in seiner Seele unternehmen. Auch ein hastiger Zug aus der Zigarette blies die schwarzen Gedanken nicht weg.

>Mein Instinkt warnt mich. Ich habe etwas übersehen. Etwas Entscheidendes. Und wenn ich es jetzt nicht finde, sitze ich bestimmt gleich im Bau.<

Das Schicksal seiner Freunde fand in seinen Angstgefühlen nicht statt.

Sie waren ihm egal.

Die Warnglocke im Kopf schrillte und forderte ihn auf, seine Sachen zu krallen und schleunigst zu verschwinden. Ein Beharrungsmoment im Körper hielt ihn von fluchtartigen Bewegungen ab.

Padberg nahm nichts mehr wahr, noch nicht einmal, daß der Schweiß in großen Strömen über seinen Körper lief und den oberen Rand der Badehose schon völlig durchnäßt hatte.

Trotz aller Signale blieben die elektronischen Suchbefehle nirgendwo auf der Festplatte hängen.

>Wovor warnt mich mein Unterbewußtsein?

Ich werde noch verrückt.<

Padberg verlegte sich auf ein Mittel, das bisher immer gewirkt hatte.

Er nahm den Befehl in sein Gehirn, in Ruhe nach dem Fehler zu suchen.

Inzwischen ging er in die Pantry, setzte einen ordentlichen Pott Wasser auf und machte dabei soviel Lärm, daß seine Kumpels nach und nach aufwachten. Als sie eine halbe Stunde später auf der Achterterrasse bei Kaffee und Toast saßen, schwitzen sie alle.

Der schwergewichtige Bütt grummelte vor sich hin: „Tauwetter für Dicke."

Pfaff sah ihn erstaunt an: „Kam das direkt von dir?"

„Ja. Warum?"

„Sehr intelligent. Die Tropenhitze bekommt deinen grauen Zellen gut."

„Willst du mich veräppeln?"

„Nie im Leben!“

„Dann ist es ja gut. Sonst hätte ich dich auch zur Hölle geschickt.“

„Du hast wohl den Schuß nicht gehört? Heißer als hier kann es in der Hölle auch nicht sein.“

Padberg unterbrach das Zwiegespräch: „Laßt uns eben noch mal durchgehen, was wir gleich mit dem Polizeifritzen verhackstücken wollen.“

Sie konzentrierten sich auf den Boß.

„Ich rede mit dem Mann. Mein Englisch wird ausreichen. Keiner sonst, damit uns kein Fehler unterläuft. Wir sind Aussteiger und hatten in Wien eigene Geschäfte. Ich einen Handel mit exotischen Lebensmitteln, bei dem mir mein indischstämmiger Freund geholfen hat. Ihr anderen hattet ein Restaurant mit Disco und vom vielen Lärm die Schnauze voll. Wir sind ungebunden und wollen uns irgendwo ansiedeln, wo wir und unser Geld gern gesehen sind. Vielleicht kommt ja ein Angebot.“

Sie murmelten Zustimmung. Zu mehr waren sie in der zunehmenden Hitze nicht fähig, obwohl ein leichter, beständiger Nordostwind von See her etwas Erfrischung herbeifächelte.

Das Thermometer stand bei 32 Grad im Schatten. Den rastlos hin und her eilenden, dunkelhäutigen Menschen auf der Uferpromenade schien das nichts auszumachen.

Nach dem Frühstück rasierten sie sich, machten sich frisch, soweit es in der Hitze hielt. Jeder stäubte auf Padbergs Anordnung eine Ladung Deo unter die Achseln, und ab ging's zur Polizei.

Die Halle in dem siebengeschossigen Gebäude, das die Nachbarhäuser überragte, war eisgekühlt. Die Malediver liebten es, ihre Klimaanlagen so weit wie möglich herunterzufahren.

Ein blauuniformierter Mann kam ihnen entgegen und begleitete sie zum Fahrstuhl. Im obersten Stockwerk residierte der oberste Polizist in einem überraschend kleinen Büro mit weitem Blick über das glatte Meer.

Er empfing die sechs Männer wie Freunde.

„Meine Herren, darf ich Ihnen ein Getränk anbieten? Eiskalten Orangensaft oder Cola?“

Sie entschieden sich für eine Coke, die wie von einem Geist gerufen ein anderer Uniformierter in Gläsern auf einem Tablett brachte.

„Wie haben Sie sich entschieden? Wollen Sie eine Weile bei uns bleiben? Wenn ja, geben Sie mir Ihre Pässe. Ich lasse sie stempeln. Dann haben Sie Aufenthaltsrecht für drei Monate. Danach verlängern wir, solange Sie möchten.“

Der Alarm in Padbergs Kopf erschien ihm so lautstark, daß er fürchtete, gleich werde die gesamte Bevölkerung der Malediven zusammenlaufen. Inklusive der Inselbewohner am 400 Kilometer entfernten Äquator.

Seine Düse krampfte sich zusammen. Der Darm knetete auf und ab. Der Kaffee im Magen ergab mit der Cola von eben eine Mischung, die wie tausend Skalpelle wirkte.

Das Visum! Das Visum!

Aus jeder Faser seines Körpers schrie es ihm entgegen: Das Visum! Warnung! Warnung! Das Visum!

Die Lampe sprang an und warf ein grelles Licht auf die Windungen auf Padbergs Gehirn.

Er nahm sich zusammen wie nie zuvor in seinem Leben.

„Herzlichen Dank für Ihr Angebot. Wir sind, wie wir Ihnen ja erzählt haben, Berufsaussteiger und würden uns freuen, einen Teil unserer Zukunft bei Ihnen zu verleben. Aber gleich heute laufen wir nach Colombo aus. Wir haben gestern beschlossen, eine eigene Jacht zu kaufen, auf der wir einen Teil unserer Zeit leben könnten. Haben Sie Verbindungen zu jemandem, der uns da weiterhelfen kann?“

Auf dem Gesicht des Polizisten leuchtete Freude auf. Padberg meinte, auch Dollarzeichen blinken zu sehen.

„Ja, ich habe in Colombo einen Freund, der Yachten vermittelt. Wieviel wollen Sie ausgeben?“

„Sie soll so groß sein wie die ‚Shalimar‘. Was kostet so ein Schiff hier?“

Der Polizeichef griff zum Telefon, tippte mit affenartiger Geschwindigkeit eine Nummer ein und sprach eine Weile in einem nicht enden wollenden Redefluß auf seinen Gesprächspartner am anderen Ende ein. Dann lauschte er mindestens ebenso lange.

Asiatischer Gesprächsgleichstand.

Die Wortabschnitte auf beiden Seiten wurden nach und nach kürzer und kürzer.

Nach fünf Minuten legte er auf und strahlte seine Gäste an: „Ich bin fündig geworden. Mein Freund hat eine Yacht. 17 Meter lang, Radar, Satellitennavigation und eine Hochleistungsfunkanlage. Acht Jahre alt. Gehörte früher dem Sultan von Brunei. Also das beste, was man auf dem Markt bekommen kann.“

„Was kostet das gute Stück?“ hakte Padberg ein.

„700 000 Dollar. Geschenkt. Das Schiff war neu fast drei Millionen wert, sagt mein Freund.“

„Dann bedanken wir uns herzlich. Wie sage ich doch immer: Gute Beziehungen schaden nur dem, der sie nicht hat. Wir fahren noch heute los. Wie kommen wir an Ihren Freund?“

„Gleich im Yachthafen von Colombo finden Sie sein Büro. Unübersehbar. Steht Bulunga Shipyard drüber, auf dem Dach des Gebäudes. Er heißt Anwar Bandula. Sagen Sie einen Gruß. Handeln brauchen Sie nicht mehr. Das habe ich für Sie bereits getan. Er wollte am Anfang 850 000 Dollar.“

In Gedanken schien er hinzuzufügen: „Der Halsabschneider."

Padberg sah sein Spontanspiel aufgehen. Der Druck, der seinen Körper fast auseinandergerissen hätte, ließ langsam nach.

„Ich habe noch eine Frage."

Der Polizeimann richtete seinen Blick auf Padberg.

„Gerne."

„Kann man hier eine Insel kaufen?"

„Nein. Wir verkaufen nichts von unserem kostbaren Land. Aber Sie können eine pachten."

„Wie geht das?"

„Etwa 30 Inseln sind mit Hotels bebaut. Ihre Besitzer haben Pachtverträge über zehn bis zwanzig Jahre. Manchmal verkauft einer früher. Das wäre eine Möglichkeit. Soviel ich weiß, will die Regierung aber in einigen Monaten neue Inseln zur Hotelbebauung freigeben. Tourismus ist unsere einzige Devisenquelle."

„Meinen Sie, daß wir dann eine Chance hätten?"

„Wollen Sie sich denn hier ansiedeln?"

„Wir haben Ihnen ja berichtet, daß wir Aussteiger sind. Ich hatte einen Handel mit exotischen Lebensmitteln. Deshalb auch mein indischstämmiger Freund."

Padberg zeigte auf den Kopiloten.

Der Oberpolizist öffnete die Arme: „Wir freuen uns über Investoren, die uns helfen, den Tourismus fachgerecht aufzubauen. Sie werden sich wundern, wie preiswert Sie hier auf die Beine kommen."

„Wenn wir uns entscheiden, hier zu investieren, an wen müssen wir uns wenden?"

>Die Gier, auch hier die Gier.<

„Sie haben meine Telefonnummer. Der Minister hat mich gebeten, Ihnen behilflich zu sein, wann immer Sie einen Wunsch haben."

„Gut, wir fahren nach Colombo. Das dauert zwei Tage. Wenn wir mit Ihrem Freund handelseinig werden, erproben wir das Boot für einige Zeit und melden uns dann. Vielleicht können Sie bis dahin schon ein Angebot vorzeigen für eine Insel.“

„Ich werde alles in die Wege leiten.“

Padberg erhob sich.

„Noch eine Frage. Auf wie lange kann man die Inseln pachten, sagten Sie?“

„Auf zehn bis 20 Jahre.“

„Könnte ich auch malediviseher Staatsbürger werden?“

„Nach fünf Jahren ließe sich das arrangieren. Auch dabei würde ich Ihnen helfen. Außerdem empfehle ich Ihnen für den Aufbau eines Hotels meinen Schwager. Der hat hier ein sehr gutes Bauunternehmen. Wenn Sie zu Ihrem Schiff zurückgehen, sehen Sie kurz vor der State Bank of India einen zehngeschossigen Rohbau, etwas in die Straße hinein. Daneben steht das KAM-Hotel. Dieses Haus baut mein Schwager. Da sehen Sie gleich seine Qualität.“

Die Männer reichten sich die Hand.

Als Padberg an der Reihe war, fragte er: „Ist die State Bank of India seriös? Könnte ich mein Geld dorthin transferieren?“

„Sie arbeitet nach dem Vorbild der Bank of England. Also top. Wir haben aber auch eine maledivische Staatsbank. Teilen Sie das Geld doch auf!“

„Wie hoch sind bei Ihnen die Steuern? Wir Europäer sind da mächtig geschädigt.“

„Ich habe davon gehört. Bei uns zahlen Sie keine Steuern.“

„Und wenn die Pacht abgelaufen ist, wer bekommt dann das Hotel?“

Der Polizist lächelte wissend: „Der maledivische Staat.“

„Sehr clever.“

„Ja, wir Malediver sind sehr intelligente Leute.“

„Lassen Sie das bloß nicht die Japaner wissen. Die machen alles nach."

Der Polizeichef lachte sich kringelig.

Im Abgang zischte Padberg seinen Kameraden zu: „Männer, geordneter Rückzug. Keine Fragen."

Auf dem Schiff trieb Padberg die Freunde zur Eile.

„Weg, so schnell weg wie möglich. Aber weiter geordnet. Rainer, schmeiß die Diesel an. Ingo, Klaus, löst die Leinen, die Piloten ziehen die Fender ein. Und ich, das größte Genie aller Zeiten, brauche einen doppelstöckigen Wodka-Lemon."

Seine Zunge hing wie eine Bundeswehrdecke im pelzigen Mund.

Sie waren zu beschäftigt, um eine Frage zu stellen. Vorsichtig bewegte Pfaff das schwere Schiff an den Booten der „National Security" vorbei.

Mit Hilfe beider Propeller dreht er es fast auf der Stelle, bis der Bug zur Hafenausfahrt zeigte. Die goldene Moschee mit dem goldbedachten Minarett leuchtete in der Sonne. Am westlichen Horizont baute sich eine dicke Wolkenwand auf, die ihre Fahrt nach Colombo nicht beeinträchtigen würde. Das Schiff rauschte vorbei an den auf Reede liegenden Frachtern, einem schneeweißen Kreuzfahrtschiff und der Gefängnisinsel der Malediven.

Sie zeigten ihr den Stinkefinger.

Keiner sprach ein Wort. Alle warteten geduldig, daß Padberg anfing. Sie konnten sich auf seine Stimmungsschwankungen keinen Reim machen.

Schließlich enterte Padberg die Flybridge, über die Pfaff zum Schutz gegen die Sonne längst das Cabrioverdeck gezogen hatte. Jeder mixte sich einen Drink. Alle blickten auf Padberg. Selbst Pfaff schenkte der Fahrtroute nur hin und wieder seine Aufmerksamkeit.

„Männer, eigentlich müßte jeder von euch mir eine Million

abgeben.“

Jeff Prior bremste ihn aus: „Dann wären wir Piloten ja da, wo wir angefangen haben.“

„War nicht so gemeint,“ beruhigte Padberg die Gemüter.

Er zog an der Zigarette. Noch ein kräftiger Schluck Wodka-Lemon, in dem die Affenhitze das Eis längst geschmolzen hatte.

„Aber verdient hätte ich es.“

Sternwald hielt es nicht mehr aus: „Nun laß endlich die Hosen runter. Warum bleiben wir nicht auf den Malediven?“

Padberg erzählte von seinem Traum und der Warnglocke.

„Und jetzt kommt's. Wenn ich dem Clown die Pässe gegeben hätte, wäre der sofort auf die unterschiedlichen Daten der Sri Lanka-Visa gestoßen. Rainer und Ingo sind schon vor mehr als zwei Wochen eingereist. Nach unserem Fallschirmsprung habe ich in die Pässe von Klaus und mir und in die Pilotenpässe per Hand die Einreisedaten nachgeschrieben.“

Er zog die Stirn kraus, zog fast gleichzeitig am Wodka-Lemon und der Zigarette.

Dann setzte er seinen Bericht fort: „Genau so, wie es mir der Paßlieferant vorgegeben hatte. Und ich Vollidiot habe mich nach den Originalstempeln von Klaus und mir gerichtet, also die Originalreisedaten abgeschrieben. In den Pässen der Piloten steht das Datum des Abflugtages. Darauf stößt jeder Polizist. Immerhin hatten wir am Anfang erzählt, daß wir gemeinsam losgefahren sind. Auf diesen Widerspruch kommt auch ein Dummkopf. Die hätten uns auf der Stelle eingelocht.“

Er trank mit einem langen Zug sein Glas leer und blickte mit Siegerlächeln in die Runde.

Die Yacht passierte eine saftig grüne Insel mit hohen Palmen. Die Touristenhütten standen auf Pfählen aneinandergereiht im topasgrünen Wasser der Lagune.

Pfaff blickte besorgt auf seine Instrumente und nahm den Leistungshebel etwas zurück. Das Schiff verlor an Fahrt.

In seinem Kopf sang Hans Albers: „… scharf ist ein Riff und schnell geht ein Schiff zugrunde."

Den anderen dämmerte so langsam, in welcher Gefahr sie sich noch vor einer Stunde befunden hatten.

Plötzlich, wie auf Kommando, sprangen alle aus ihrem Sitzen hoch und schütteten die Reste aus ihren Gläsern auf Padbergs Kopf.

„Mangels Champagner, Herr Schumacher," grölte Sternwald.

„Und warum müssen wir jetzt eine Yacht kaufen?" wollte Bütt schließlich wissen, der sich an seiner zunehmenden Intelligenz berauschte.

Jetzt wollte er sie auch einsetzen.

Mit schlauen Fragen, zum Beispiel.

„Wir brauchen unbedingt ein Schiff. Das macht uns unabhängig und beweglich. Hier in diesen Gewässern prüft Dich doch kein Mensch. Außerdem reizen mich auf längere Sicht die Malediven. Ihr habt ja gehört, was da alles möglich ist. Sogar die Staatsbürgerschaft. Ganz offiziell. Dann kann uns nach fünf Jahren kein Mensch mehr meinen."

„Aber wir können doch trotzdem dieses Schiff weitermieten."

Jetzt war Bütt richtig in Fahrt.

„Junge, hörst du denn überhaupt keinen Schuß mehr? Der Oberpolizist hat seinen Kumpel angerufen."

„Ja, habe ich verstanden. Und er hat ihn auch noch runtergehandelt."

„Peng. Peng. Peng. Peng."

Bütt erschrak.

„Ja, jetzt weiß ich wenigstens, daß du weißt, daß ich dich mit ‚Peng' gemeint habe. Der Knabe hat keine Mark runtergehandelt. Der hat seine Provision ausgehandelt. Capice?“

Ingo Bütt verstand. Die anderen auch.

Von jetzt an beherrschte Padberg das Team uneingeschränkt. Er hangelte sich unter Deck, kam mit dem Geldkoffer zurück.

„Meine Herren, ein kleiner Blick auf die Kriegskasse. Das Schiff des Herrn Sultan zahlen wir vom Portogeld. Hoffentlich hat er ein paar Mädels an Bord gelassen. Davon haben die doch immer reichlich.“

Im Colombo stiegen die Piloten aus und verabschiedeten sich von ihren neuen Freunden.

Prior sagte mit einem dankbaren Blick auf Padberg: „Jetzt könnt Ihr sehen, was das Volk wirklich meint, wenn es sagt: Du siehst aus wie der Tod auf Urlaub. Ich verabschiede mich von meinen Mittoten. Macht es gut für den Rest eures Lebens. Vielleicht treffen wir uns irgendwo in der Südsee wieder.“

Arangar winkte und beide verschwanden in einer Taxe.

Padberg klemmte seinen Millionenkoffer unter den Arm und trabte vergnügt zu Anwar Badaran, dem Freund des maledivischen Polizeichefs.

Pfaff wickelte die Rückgabe der Charteryacht ab.

Die neue Yacht erwies sich als Erfüllung aller Träume.

Jeder bekam seine eigene Kabine mit Bad und Klimaanlage. Die Öl- und Wassertanks bunkerten Vorräte für Wochen auf See.

Die Ummeldung dauerte drei Tage, die sie bereits auf der neuen Yacht im Hafen von Colombo verbrachten.

Pfaff ließ sich von einem dunkelhäutigen Schiffsingenieur einweisen und freute sich besonders über den Autopiloten. Er ergänzte das Kartenmaterial, während Sternwald die Liste mit den Lebensmitteln und Getränken zusammenstellte, die sie über den Schiffsverkäufer beschaffen ließen.

Am vierten Tag schien wie an allen anderen zuvor die Sonne, die Luftfeuchtigkeit lag bei 90 Prozent. Ihre Körper gewöhnten sich langsam an das neue Klima.

Auch der Alkoholkonsum ging deutlich zurück.

Sie verließen den Hafen gegen elf Uhr.

Die „Varu", so hieß der Kahn, nahm Kurs auf die Seychellen.

Vier lustige Österreicher auf hoher See.

Zwei tot, zwei lebendig.

Alle, dank frischer Pässe, so gut wie neu.

Padberg beschloß, bei nächster Gelegenheit einen Tirolerhut zu beschaffen.

Für jeden einen, legte er nach.

Am meisten freute er sich über den Coup gegen Graumann, von dem er sich mißbraucht und ausgenutzt fühlte, der sich zu seinem Befehlshaber aufgeschwungen hatte.

Dem würde jetzt der Hintern auf Grundeis gehen.

>So spielt man eben mit Studenten.<

Alle Figuren dieses Buches sind frei erfunden.
Jede Ähnlichkeit mit lebenden Personen und
Unternehmen wäre rein zufällig.